Kyss by rowohlt POLARIS

EMILY VARGA

I AM FURY

ROMAN

Aus dem Englischen
von Nina Bellem

Kyss

Die englische Originalausgabe erschien 2024 unter dem Titel
«For She Is Wrath» bei Wednesday Books, New York

Deutsche Erstausgabe
Veröffentlicht im Rowohlt Taschenbuch Verlag,
Kirchenallee 19, 20099 Hamburg, April 2025

Redaktion Hendrik Lambertus

Covergestaltung ZERO Werbeagentur, München,
nach dem Original von St. Martin's Press
Coverabbildung Flammen: Shutterstock
Illustration: Sam Hadley
Design: Kerri Resnick
Satz aus der Greta Text
bei Pinkuin Satz und Datentechnik, Berlin
Druck und Bindung GGP Media GmbH, Pößneck
ISBN 978-3-499-01709-4

Kontaktadresse nach EU-Produktsicherheitsverordnung:
produktsicherheit@rowohlt.de

MIX
Papier | Fördert gute Waldnutzung
FSC® C014496
FSC www.fsc.org

Für meinen Vater, der Fantasy-Bücher liebte.
Ich wünschte, du hättest dieses Buch lesen können.
Und für meine Mutter, die mir den Glauben daran gab, dass ich meine Träume wahr machen kann. Danke, dass du immer für mich da warst.

EINS

Heute gab es günstiges Licht für eine Flucht.

Es fiel durch die Eisengitter – wie goldene Farbe, die über eine schmutzige Leinwand gespritzt wurde. Wenn ich mich weit genug streckte, konnte ich seine Wärme an meinen Fingern spüren. Wenn ich die Augen schloss, konnte ich mir sogar vorstellen, dass ich draußen war, das Gesicht zur Sonne gewandt. Frei.

Aber das war ich nicht.

Stattdessen war ich eingeschlossen von bröckelndem grauen Granit und kalten Steinböden.

Wenn es nach der Kerkermeisterin ging, würde ich nie wieder die Sonne auf meinem Gesicht spüren.

Wenn.

Ich ergriff meinen Stein, den ich wochenlang zurechtgeschliffen hatte, und ritzte einen einzigen Strich in die Wand über meinem Kopf. *Dreihundertvierundsechzig.*

Ich war fast schon ein ganzes Jahr hier drin.

Ein Jahr war es her, dass ich andere Stimmen als die der Wächter gehört hatte, die mir jeden Abend den Eimer mit meinen Hinterlassenschaften abnahmen. Oder die Stimmen der anderen Gefangenen, die schluchzend über ihr Schicksal lamentierten. Nicht zu reden von den endlosen, schmerzhaften Verhören durch die Kerkermeisterin. Ein Jahr war es her, dass ich das Hammel-Karahi meiner Großmutter gekostet hatte, die Schärfe seiner Gewürze auf meiner Zunge gespürt hatte. Ein Jahr, seit ich meinen Vater das letzte Mal umarmt hatte. Ihm gesagt hatte, dass alles gut werden würde, dass ich nach Hause kommen würde.

Und wenn ich an den Jungen dachte, der mir all das gestohlen hatte, hätte ich am liebsten jeden einzelnen Stein eingerissen, der mich hier umgab, und ihn darunter begraben. Er sollte das erdrückende Gewicht spüren. Sollte die Schande spüren, die nicht *meine* hätte sein dürfen. Dreihundertvierundsechzig Tage der Wut, die beständig in meinen Adern brodelte.

Dreihundertvierundsechzig Tage des rastlosen Planens – für meine Flucht.

Ich prüfte den Stand der Sonne durch die Eisengitter und berechnete die Stunde – Mittag. Fast war es so weit! Meine Fingerspitze drückte gegen die scharfe Kante des Steins. Als sie die Haut durchschnitt und ein dünner Blutstropfen heraussickerte, atmete ich erleichtert auf. Alles war bereit.

Ich war bereit.

Wochen der Planung lagen hinter mir. Ich hatte die geflüsterten Gespräche der Wächter belauscht, hatte genau abgepasst, wann die Kerkermeisterin nicht hier sein würde. Jetzt war meine Chance gekommen – jetzt würde sich all das auszahlen.

Meine leere Essensschale wartete unter dem offenen Schlitz in der Metalltür darauf, wieder gefüllt zu werden. Ich hockte mich daneben, den Stein in der Hand.

Heute würde ich freikommen. Ich würde wieder bei Baba sein.

Und dann würde ich denen das Leben zur Hölle machen, die mich hier reingebracht hatten! Schritte polterten den Gang hinunter, das Geräusch hallte von den Wänden des Gefängnisses wider.

Das rostige Quietschen einer sich öffnenden Türklappe. Eine Schöpfkelle, die gegen eine von Patina überzogene Metallschale klackerte. Das gierige Schlürfen der anderen Gefangenen, die ihre Rationen bereits erhalten hatten.

Trapp, trapp.

Am Geräusch der Schritte konnte ich ermessen, wie weit der Wärter noch von meiner Tür entfernt war. Ich schloss die Augen und stellte mir vor, ich stünde auf dem Übungsplatz, das Schwert in der Hand, während mein Gegner sich näherte.

Trapp, trapp.

Immer wenn er verharrte, um die Gefängnisrationen auszuteilen, atmete ich aus.

Ich biss mir auf die Unterlippe, um mich von dem Grauen abzulenken, das plötzlich meinen Körper durchströmte. Wenn ich mich zu sehr auf meine Angst konzentrierte, würde ich niemals von diesem Ort fortkommen, und all meine Pläne würden ins Leere laufen.

Der Wächter blieb stehen. Als er sich bückte, erklang das Knacken seiner Knie wie ein Donnerschlag. Dann schoss auch schon sein Arm durch die Öffnung! Die verbeulte Metallkelle kippte den fauligen Brei mit einem Schlag in meine Schale.

Vor Überraschung hätte ich fast aufgeschrien. Rasch presste ich mir die Hand auf den Mund. Er war schnell, aber ich war schneller. In letzter Sekunde packte ich seinen Ärmel aus grobem Stoff, riss seinen Arm durch den Spalt zu mir und schlug sein Gesicht gegen die Tür.

Sein Kopf prallte mit einem befriedigenden Knall gegen das Metall, und sofort versuchte er, sich aus meinem Griff zu winden. Ich hielt ihn mit aller Macht fest, drückte mich mit den Füßen gegen die Tür, um mich besser abstützen zu können. Zugleich kämpfte ich darum, meinen angespitzten Stein in Position zu bringen. Es gelang mir, seinen Ärmel hochzuschieben und die Spitze in den fleischigen Teil seines Unterarms zu rammen. Sofort zog ich den Stein durch seine Haut, in Richtung seiner Hand. Der Wärter stieß einen erstickten Schrei aus und versuchte verzweifelt, sich loszureißen. Ich aber umklammerte seinen Arm fester und zog mit aller Kraft daran, sodass er mit dem Gesicht abermals gegen die Tür knallte.

Wieder.

Und wieder.

Seine Schreie hörten sich jetzt eher wie ein Gurgeln an, ein ersticktes Wimmern. Meine Arme zitterten, während ich weitermachte, vor Anstrengung rann mir der Schweiß über den Nacken. Ich konzentrierte mich ganz auf mein blutiges Werk. Auf das, was ich tun musste, um hier herauszukommen. Blut tropfte aus der kleinen quadratischen Öffnung wie purpurner Regen.

Bald verstummte der Wächter und rührte sich auch nicht mehr. Meine Finger zitterten, und ich ließ ihn schließlich los. Sein Körper sackte leblos zusammen und schlug mit einem nassen Klatschen auf dem Boden auf. Der metallische Geruch nach frischem Blut war fast zu viel für mich. Für eine Minute presste ich mein Gesicht auf den kühlen Steinboden, sog die abgestandene Luft meiner Zelle tief in meine Lungen.

Doch schon bald würden die anderen Wärter das Fehlen ihres Kameraden bemerken!

Ich setzte mich auf und schob meine Arme durch die Türöffnung. Mit den Händen fuhr ich am Oberkörper des Wächters entlang, tastete über seine blutgetränkte Uniform, bis ich den metallenen Ring mit den Schlüsseln daran an seiner Hüfte fand. Ich löste ihn von seinem Gürtel, war kurz davor, vor Freude zu platzen. Endlich, *endlich* war einer meiner Pläne erfolgreich!

Ich würde von hier verschwinden. Würde meinen Vater wiedersehen.

Ich brauchte ein paar Versuche, bis das rostige Schloss sich öffnen ließ und die Tür mit einem Klicken aufsprang. Bewusst mied ich den Anblick des blutigen Körpers, stattdessen packte ich seine Beine und zog ihn in meine Zelle.

Hätte ich ihn angeschaut, dann hätte ich möglicherweise so etwas wie Bedauern gespürt.

Doch all die Male, die die Wärter mich aus meiner Zelle geholt hatten, um mich zu foltern, hatten dafür gesorgt, dass es in meinem Herzen keinen Platz mehr gab für Bedauern und Mitleid. Nicht für sie.

Und nicht für irgendjemanden sonst.

Dieses Mal verließ ich meine Zelle auf eigene Faust, auf meinen eigenen Füßen – befleckt mit dem Blut des Wärters, den ich gerade getötet hatte. Ich warf einen raschen Blick in den Gang und vergewisserte mich, dass er leer war. Dann ging ich hinaus und steuerte auf die Tür an seinem Ende zu. Es war gespenstisch still. Als hätten alle Gefangenen in meinem Flügel kollektiv den Atem angehalten ob meiner Dreistigkeit, einen Wärter zu töten.

Ich blickte auf und bemerkte, dass mich ein Paar dunkler Augen anstarrte, durch die vergitterte Öffnung in einer der Kertüren hindurch.

Es war nur eine Frage der Zeit, bis der Alarm ausgelöst wurde!

Ich musste weg von hier.

Blindlings rannte ich los. Meine nackten Füße klatschten über den kalten Boden, jeder Schritt jagte scharfe Schmerzblitze durch meine Oberschenkel.

Fast konnte ich schon die frische Brise auf meiner Zunge schmecken, den salzigen Duft des Meeres im Wind riechen. Die Möglichkeit, dass ich es tatsächlich lebend hier herausschaffen könnte – dass ich meine Familie wiedersehen könnte –, beflügelte meine Schritte.

Und natürlich die Aussicht, *ihn* für das bezahlen zu lassen, was er mir angetan hatte.

Zellen säumten den Gang. Die Gefangenen drückten ihre Gesichter gegen die vergitterten Öffnungen oben an ihrer Tür. Sie brüllten und hämmerten mit ihren leeren Essensnäpfen gegen die Wand. Hunderte von ihnen schienen gleichzeitig zu schreien, und ich konnte nicht sagen, ob sie mich verhöhnten oder es feierten, dass eine von ihnen es geschafft hatte, ihrem Kerker zu entkommen.

Wäre die Kerkermeisterin vor Ort gewesen, hätte ich mir vermutlich größere Sorgen gemacht. Doch solange Meisterin Thohfsa fort war, wurden die Sicherheitsvorkehrungen lockerer gehandhabt und die Wächter waren fauler.

Dieses Mal würde ich es schaffen, zu fliehen.

Mit den Schlüsseln fummelte ich die Tür nach draußen auf. Dabei klirrten sie wie ein schreckliches Windspiel, aber schließlich gelang es mir, das Schloss zu öffnen.

Jetzt konnte mich nichts mehr aufhalten!

Nichts – außer der Reihe von Wächtern, die draußen mit der Kerkermeisterin warteten. Ihre Klingen waren direkt auf mich gerichtet.

«Wie gut, dass ich früher zurückgekommen bin», näselte Thohfsa gedehnt, während sie auf mich zukam.

Sie trug ihren üblichen pflaumenfarbenen Sherwani. Der lange Mantel wogte in ihrem Rücken, ihr dichtes Haar war zu einem Zopf geflochten und als Dutt auf ihrem Kopf festgesteckt. Ihr Mund war zu einem bedrohlichen Strich zusammengepresst, und die tiefen Falten auf ihren Wangen zeichneten sich scharf in der Mittagssonne ab.

Mir sackte der Magen in die Kniekehlen.

Ich konnte nicht wieder zurück – alles, was mich in dieser Richtung erwartete, war meine Zelle. Aber ich konnte mir auch nicht den Weg nach vorne freikämpfen. Denn ich hatte nur einen mickrigen Stein als Waffe, gegen sechs scharfe Krummsäbel.

Ich wünschte, ich hätte einen meiner alten Wurfdolche zur Hand! Damit ich mich wenigstens anständig wehren könnte. Aber die hatten sie mir natürlich bei meiner Verhaftung abgenommen. Ich starrte auf die Krummsäbel, die auf mich gerichtet waren, und das Herz pochte laut in meiner Brust. Dabei genoss ich für gewöhnlich den Nervenkitzel des Schwertkampfes!

Doch Thohfsas Lächeln war schlimmer als jedes Schwert.

Der säuerliche Geschmack von Galle stieg mir in die Kehle. In jedem anderen Gefängnis wäre ich für diesen Fluchtversuch wahrscheinlich hingerichtet worden. Hier jedoch würde man mich dazu bringen, um den Tod zu beten.

Denn Thohfsa bevorzugte ihre Gefangenen lebendig. Sie wollte sie leiden lassen.

Nach dreihundertvierundsechzig Tagen wusste ich das nur zu gut.

«Sieht so aus, als müsste ich den Wächter im ersten Stock dafür exekutieren, dass er deinen armseligen Fluchtversuch zugelassen hat.»

«Zu spät!», rief ich quer über den Hof. «Das habe ich bereits für dich erledigt.»

Thohfsa stieß ein überraschtes Schnauben aus. Ein paar der Wachen schnappten nach Luft angesichts meiner Dreistigkeit, aber ich machte mir nicht einmal die Mühe, sie auch nur anzusehen. Stattdessen richtete ich meine ganze Wut auf Thohfsa. Ich ließ den scharfen Stein in meiner Hand hin und her rollen und erwog die Möglichkeiten, die mir noch blieben – so mager sie auch aussahen.

Thohfsa wandte sich an die Männer an ihrer Seite. «Gebt den Gefangenen im ersten Stock eine zusätzliche Ration. Das haben sie sich verdient, nachdem sie uns mit ihrem Alarm über Danias Flucht informiert haben. Und bereitet den Verhörraum für sie vor.»

«Kein Grund für ein Verhör! Ich möchte ganz gewiss nicht mehr Zeit mit dir verbringen als unbedingt nötig.» Weil ich sie so selten gebrauchte, klang meine Stimme heiser, wie ein trauriges Krächzen. Aber das hielt mich nicht davon ab, Thohfsa meine nächsten Worte ins Gesicht zu schleudern. «Lieber leiste ich den Flöhen in meiner Zelle Gesellschaft.»

Thohfsa lachte – ein grausames Bellen, das sie oft von sich gab, bevor sie eine Bestrafung vollzog.

Ich konnte jede einzelne Wunde mit den Fingern nachzeichnen, die sie auf meiner Haut hinterlassen hatte – die Narben auf meinem Körper bildeten eine Karte meines Ungehorsams. Allein der Gedanke daran versetzte mich noch mehr in Wut. Ich würde nicht einfach hier herumstehen und mich erneut von ihr festsetzen lassen – nicht, ohne mich zu wehren. Ich umklammerte den angespitzten Stein so fest, dass meine Finger sich taub anfühlten. Thohfsa hob ihr Kinn und musterte mich, als wäre ich eine Nacktschnecke unter ihrem Stiefelabsatz.

Scheiß drauf. Wenn ich schon verrecken sollte, dann würde ich wenigstens dieses Miststück mit mir nehmen!

Mit dem Stein in der Hand stürzte ich mich auf sie. Ein Schrei entrang sich meiner Kehle. Thohfsa regte sich nicht. Sie winkte nur kurz mit der Hand in Richtung der Wachen, die sie flankierten.

Sofort explodierte ein scharfer Schmerz in meinem Hinterkopf, und alles wurde dunkel.

Meine Haut brannte, sie war überzogen von blutigen Striemen. Jeder Versuch, mich zu bewegen, brachte neue Wellen der Qual mit sich – so heftig, dass ich meinen nicht vorhandenen Mageninhalt ausspuckte. Nach dem Kotzen versuchte ich, meinen Körper vom Boden der Zelle zu hieven.

Aber ich konnte mich kaum vorwärts schleppen, denn Thofsa hatte ihre schlimmsten Foltermethoden auf meine Gliedmaßen konzentriert. Es stank scharf und beißend – es ging doch nichts über den Geruch des eigenen verkohlten Fleisches, um dich an deine Stellung im Leben zu erinnern.

Sie hatten mich hier abgeladen, nachdem Thohfsa mich fertig ausgepeitscht hatte. Ich lag mit dem Gesicht nach unten auf dem kalten Stein und wünschte nur, ich könnte mich selbst in Stein verwandeln. Dann wäre zumindest der Schmerz nicht mehr mein ständiger Begleiter. Hinzu kam die vertraute Pein, nicht zu wissen, was aus meiner Familie geworden war.

Dass ich nicht wusste, was mit meinem Vater passiert war, mit meiner Großmutter – sogar mit meiner Katze.

Man hatte mich des Mordes angeklagt. Des Verrats. Und damit waren sie allesamt entehrt. Ich fuhr mir mit der Zunge über die Zähne und schmeckte die bittere Wut, die seit der Anklage keinen Tag von mir gewichen war. Denn man hatte mir ein Verbrechen angehängt, das ich nicht begangen hatte.

Deshalb hatte meine Familie ihre Ehre verloren. Mein Vater konnte wahrscheinlich seine Schmiede nicht länger betreiben, und die Freunde meiner Großmutter hatten sich gewiss angewidert von ihr abgewandt. Ich wollte mir die Haare ausreißen bei dem Gedanken daran, was sie alles ohne mich durchmachen mussten – und ich konnte nichts tun, um ihnen zu helfen.

Warum hatte mich der Kaiser nicht einfach hinrichten lassen? Langsam atmete ich aus, um meine Gedanken nicht davonrasen zu lassen. Ich musste mich aufs Überleben konzentrieren. Einfach noch einen weiteren Tag irgendwie am Leben sein, trotz der Schmerzen, trotz der Dunkelheit.

Und dann fliehen. Meine Familie wiedersehen.

Rache.

Ein leises Kratzen riss mich aus meinen Gedanken.

Ich drehte den Kopf, und bei der Bewegung zuckte Schmerz durch mein Gehirn. Ich sah mich in meiner Zelle nach der Quelle des Geräusches um. Mondlicht fiel durch die Gitterstäbe des Fensters über mir und malte Schatten auf den Boden.

Doch da war nichts. Meine Zelle war leer, einmal abgesehen von ein wenig Stroh und dem Eimer für meinen Unrat.

Könnte es eine Ratte gewesen sein?

Mein Bauch reagierte sofort lautstark auf die Vorstellung, und mein Blick wanderte zu meiner leeren Essensschüssel. Eine Ratte zum Abendessen wäre zumindest mal eine Abwechslung! Allerdings war ich nicht sicher, ob ich sie in meinem Zustand überhaupt fangen könnte.

Wieder hörte ich das Geräusch – und erstarrte. Es war nicht zu leugnen: Da schabte etwas über den Stein.

Der Laut prallte an den Granitwänden ab, war überall um mich herum, als würde er in meinem Kopf widerhallen. Ich presste meine Hände auf die Ohren und fragte mich, ob ich nun endgültig verrückt geworden war.

Aber das Geräusch war immer noch da. Es war hartnäckig.

Wurde lauter.

Ich zwang mich dazu, mich aufzusetzen, obwohl mir dabei fast schwarz vor Augen wurde. Eine Welle der Übelkeit überkam mich. Ich versuchte, aufzustehen – doch meine Beine gaben unter mir nach. Also stützte ich mich auf dem Boden ab und hielt den Atem an. Versuchte, zu lauschen.

Kratz, kratz, kratz.

Es kam von unter mir, ein unablässiges Klopfen. Ich drückte meine Wange auf den kühlen Granit. Ein leichtes Vibrieren lief über mein Gesicht. Sofort zuckte ich zurück.

Kratz, kratz.

Genauer gesagt schien es aus der gegenüberliegenden Ecke des Raumes zu kommen, aus der Nähe des Fensters, einer winzigen Öffnung im Gestein; man konnte sie nur «Fenster» nennen, wenn man eine Katze «Löwe» nannte. Langsam schlich ich auf diese Ecke zu. Mit jedem Zentimeter, den ich mich voranbewegte, vibrierte es stärker.

Das Geräusch war nicht länger ein leises Klopfen, es wurde

zu einem heftigen Pochen, zu einem Krachen gegen den Stein. Ich schrie auf und wich zurück! Jede Wunde und jede Verbrennung an meinen Oberschenkeln brüllte vor Qual.

Der Boden brach mit einem splitternden Geräusch auf, Bruchstücke des Gesteins flogen in alle Richtungen davon.

Wieder schrie ich, schlang die Arme um meinen Kopf. Trümmer flogen in meine Richtung, kleine Steinsplitter streiften meine Haut. Ein größerer Brocken prallte von meiner Schulter ab. Rasch hob ich ihn auf, bewaffnete mich damit.

Das war eindeutig keine Ratte!

Ein menschlicher Kopf schob sich aus dem Boden, als würde man das Fleisch einer Mango aus der Schale pressen. Diesmal unterdrückte ich meinen überraschten Aufschrei – und schleuderte meinen Stein! Plötzlich starrte ich in das Gesicht eines anderen Menschen, der mich vom Boden meiner Zelle aus ansah. Mein Kopf war wie leer gefegt.

«Ach, Scheiße», sagte das Mädchen, als sie aufschaute, um sich in meiner Zelle umzusehen.

ZWEI

Was bist du?», flüsterte ich, während sich das Mädchen aus dem dunklen Loch schob, das dort klaffte, wo sich eben noch der Boden befunden hatte. Sie schien etwa in meinem Alter zu sein. «Bist du ein Ghoul? Bist du endlich gekommen, um mich zu verschlingen?»

«Ich wäre jedenfalls kein sehr gerissener Ghoul, wenn ich mich hätte einsperren lassen, nur um deine Seele stehlen zu können.» Sie ließ ihren Blick über mich wandern, und ihre Stirn legte sich in Runzeln. «Außerdem siehst du furchtbar aus. Man sollte meinen, ich würde gesündere Menschen finden, an denen ich mich laben kann.»

Sie war kleiner als ich und hatte lockiges, dunkles Haar, das wild über ihre Schultern hing; es war schmutzig und verfilzt, wie bei einem Tier. Ich strich mir über mein eigenes Haar und fragte mich, wie *ich* wohl nach so vielen Monaten aussah. In den ersten Tagen meiner Gefangenschaft hatte ich mir die Haare zu einem Zopf geflochten, damit sie nicht verknoteten. Doch mittlerweile hatte ich es aufgegeben, mir Gedanken um mein Aussehen zu machen. Wenn man sich um sein Äußeres kümmerte, brauchte man ein Gegenüber, für das man gut aussehen wollte. Doch ich hatte nur vier triste, graue Wände.

Die Haut hing von den Wangen des Mädchens herab, als hätte man ihr das Fleisch aus dem Körper gesaugt. Doch auch wenn sie wie tot aussah und einem Ghoul ähnelte – in ihren Augen brannte ein knisterndes Feuer.

«Ich dachte wirklich, dieses Mal wäre ich ganz nah dran.» Sie strich sich mit ihren schmutzigen Händen über das Gesicht.

Ich blickte auf ihre Fingernägel, die dick mit Schmutz verkrustet waren. «Du gräbst dich aus dem Gefängnis frei», sagte ich langsam.

Das Mädchen hörte auf herumzutigern, und musterte mich. «Bist wohl von der ganz schnellen Sorte, was?»

Ich funkelte sie böse an. «Bitte entschuldige, dass mich der Anblick einer weiteren Gefangenen, die spontan durch den Boden bricht, erschreckt hat.» Ich war überrascht, dass ich trotz allem noch so etwas wie Sarkasmus in mir hatte. «Es ist ein Jahr her, dass ich mit jemand anderem als Thohfsa oder den Wächtern gesprochen habe.»

Ich fragte mich, ob ich mittlerweile endgültig den Verstand verloren hatte. Ob ich hier saß und mir eine andere Person vorstellte, während ich mit mir selbst redete.

Sie sah mich abschätzend an. «Bei mir sind's drei.»

Drei Jahre! Ich pfiff durch die Zähne. Drei Jahre waren eine lange Zeit, um sie allein zu verbringen, nur umgeben von Steinmauern und dem Geruch nach menschlichem Unrat.

Aber auch mir stand das bevor.

Ich blickte durch mein wirres Haar zu ihr auf. Dieses Mädchen hatte es fertiggebracht, die Wände ihrer Zelle zu überwinden. Das war mir nur ein einziges Mal gelungen, und es hatte in einem Desaster geendet.

«Wie hast du das geschafft? Wie bist du entkommen?» Ich deutete auf das Chaos, in das sie den Boden verwandelt hatte.

«Nun, ich habe es eben nicht geschafft, oder? Ich bin hier gelandet – und nicht draußen! Ein ganzes Jahr lang habe ich gegraben, und jetzt sitze ich in einer noch schlimmeren Zelle fest als da, wo ich hergekommen bin.» Sie schnupperte. «Sogar der Gestank ist hier schlimmer.»

Ich lachte. Es hörte sich an wie ein Gackern, und es dauerte so unnatürlich lange, dass ich gewiss vollkommen verstört wirkte. Schließlich räusperte ich mich und deutete auf meine Wunden. «Ich habe keinen Besuch erwartet. Sonst hätte ich vorher geputzt.»

Das Mädchen verzog das Gesicht. «Hat Thohfsa dir das angetan?»

«Ich werde es mir wohl kaum selbst angetan haben, oder?»

Sie kniff die Augen zusammen. «Du bist diejenige, die versucht hat zu fliehen, nicht wahr? Wegen dir hätte man mich fast erwischt! Die Wachen haben alle anderen Gefangenen nach Waffen durchsucht, nachdem sie dich wieder eingefangen hatten.» Sie legte den Kopf schief. «Hast du wirklich geglaubt, du könntest hier am helllichten Tag einfach so rausspazieren?»

«So wie du glaubst, du könntest dir einfach so einen Weg nach draußen graben – und stattdessen hier landest?», schoss ich zurück.

«Hast ja recht.» Sie reckte sich und schaute sich erneut um. «Deine Zelle ist viel kleiner als meine. Was hast du ausgefressen? Jemanden getötet, den du besser nicht getötet hättest?»

Ich verzog das Gesicht. «So in etwa.»

Abgesehen davon, dass er schon tot vor mir lag.

Schritte ertönten auf dem Gang – eine Wache auf ihrer üblichen Patrouille. Ich setzte mich auf und ignorierte dabei den Schmerz in meinen Schultern.

«Sei still, sonst entdecken sie dich», schnauzte ich leise.

Schweigend saßen wir da, während das Echo der schweren Stiefel um uns herum widerhallte. Als der Wächter endlich vorbeigegangen war, zog das Mädchen die Brauen hoch.

«Jeder andere Gefangene hätte mich sofort verraten», flüsterte sie. «Warum rufst du nicht die Wärter? Holst dir die zusätzliche Ration, die sie einem zukommen lassen, wenn man Ausbrecher an sie verpfeift?»

Ich erwiderte ihren abschätzenden Blick. Sie hatte recht. Ich würde belohnt werden, wenn ich sie auslieferte – genau das war mir schließlich passiert. Aber ich wollte verdammt sein, wenn ich einen anderen Menschen der Bestrafung durch Thohfsa aussetzte! Ganz egal wie sehr mein Magen auch knurrte.

Doch in meinem Kopf begann eine Idee zu keimen. Mit jedem Augenblick, den das Mädchen hier saß, wurde sie stärker.

«Ich habe keinerlei Interesse daran, einen anderen Gefangenen zu verraten», antwortete ich ehrlich. «Nicht nach meinem letzten Fluchtversuch. Du willst von hier verschwinden? Dann viel Spaß dabei.» Ich deutete auf meine frischen Verletzungen. «Aber dir werden sie dasselbe antun.»

Sie lächelte. Es war mehr eine Andeutung auf ihren Lippen, als ob sie nicht mehr wüsste, wie man überhaupt lächelt, und es erst mal ausprobieren musste. Das konnte ich verstehen – ich hatte das Lächeln auch verlernt.

«Wie lautet dein Name?»

Ich richtete mich auf. Niemand hatte mich im gesamten letzten Jahr nach meinem Namen gefragt!

Namen hatten eine Bedeutung. In ihnen lag Macht. Ich wusste: Wenn mein Name ein anderer gewesen wäre – wenn ich eine andere Familie gehabt hätte –, säße ich vielleicht gar nicht in diesem Gefängnis. Doch *hier* waren wir alle gleich.

Hier waren wir alle nichts.

Und mein Name hatte hinter diesen Steinmauern keine Bedeutung.

«Dania», erwiderte ich. «Meine Freunde nennen mich Dani.»

Nicht, dass ich noch welche hätte.

«Ich bin Noor.» Sie setzte sich im Schneidersitz auf den Boden. Ich sah zu der kleinen Öffnung in meiner Tür. In den nächsten Stunden war eigentlich keine weitere Wachpatrouille zu erwarten. Aber ich wusste nicht, ob Thohfsa mich nach meinem Fluchtversuch genauer im Auge behalten würde.

«Und sie werden mich nicht erwischen», fuhr sie fort. «Ich *werde* mir einen Weg hier raus graben. Ich werde fliehen.»

Ihre Worte klangen so sicher, so *kühn* in meiner dunklen Zelle, dass mir ein erschrockenes Lachen entwich.

Der Gedanke, der in meinem Kopf heranwuchs, wurde lauter. Ich betrachtete das klaffende Loch, das sie in den Boden gerissen hatte.

«Es ginge schneller, wenn wir zu zweit graben.» Ich sprach die Worte langsam aus, als ob sie mir gerade erst in den Sinn kamen. Als ob ich sie mir nicht bereits zurechtgelegt hätte.

Dieses Mädchen hatte sich bis hierhin gegraben. Und wenn sie sich bis hierher graben konnte, dann konnte sie sich auch bis in die Freiheit graben!

Wir konnten uns in die Freiheit graben.

Sie musterte mich mit verengten Augen. Ihr Blick war so scharf, als würde sie mich bis auf die nackten Knochen durchschauen.

«Ja, das stimmt.» Sie legte den Kopf schief. «Ich habe ein Jahr lang gegraben. Meiner Einschätzung nach liegt deine Zelle auf der anderen Seite des Gefängnisses. Als sie mich an diesen Ort brachten, muss ich die Richtungen durcheinandergebracht haben. Ich habe in die falsche Richtung gegraben.»

«Ah.» Ich beugte mich zu ihr, bemühte mich, mein Gesicht weiter völlig unbewegt wirken zu lassen – als würde ich ständig Besucher in meiner schmuddeligen Zelle empfangen.

«Merken sie nicht, dass du gräbst?»

Sie schüttelte den Kopf. «Ich bin immer rechtzeitig zurück, um meinen Unrat und die Essensschüssel rauszustellen. Ich bin nie länger als einen Tag weg – und meine Kerze spendet nicht viel Licht.» Sie deutete auf die Tasche mit ihrer Ausrüstung, die sie auf den Boden geworfen hatte. Ein kleiner Wachsstummel und ein verbeulter Zinnbecher lugten aus der Öffnung hervor.

Meine Augen weiteten sich angesichts der beiden fremden Gegenstände. Ich hatte hier nie etwas anderes als einen Löffel bekommen, mit dem ich meine Linsen essen konnte.

«Woher hast du das?» Ich hätte nie gedacht, dass meine Stimme beim Anblick eines verrosteten Zinnbechers mal so ehrfürchtig klingen würde. Es war seltsam, was man alles vermissen konnte, wenn es einem weggenommen wurde.

Das Mädchen grinste, doch in ihren Augen war nicht ein Funke Humor zu erkennen. «Du willst wirklich alle meine Geheimnisse erfahren, was? Die Wärter sind sehr an dem interessiert, weswegen ich hier bin – und was ich ihnen zu bieten habe. Manchmal geben sie mir Dinge im Austausch für Informationen. Oder sie hoffen darauf, dass ich mich eines Tages revanchieren werde.»

«Mir bieten sie nie irgendwelche Vergünstigungen an.»

«Du hast auch gerade erst einen von ihnen umgebracht, oder?»

Ich runzelte die Stirn. «Was hast du denn so Besonderes angestellt?»

Noor lehnte sich zurück und stützte sich auf ihre Hände. «Ich war die rechte Hand eines Stammesfürsten, der Zoraat für Kaiser Vahid angebaut hat.»

Überrascht sog ich die Luft zwischen die Zähne ein. Die Worte kamen ihr so ungezwungen über die Lippen!

Als ob sie nicht gerade zugegeben hätte, dass sie dabei geholfen hatte, die Machtquelle des Kaisers anzubauen: die begehrten Samenkörner, für die er einen Handel mit einem Dschinn eingegangen war, um das Reich zu übernehmen. Dschinns waren mächtige magische Wesen, die ihre Gaben nicht leichtfertig verteilten. Es galt als unklug und gefährlich, einen Handel mit ihnen abzuschließen. Sie existierten nicht einmal in unserer Welt, sondern im Reich des Unsichtbaren.

«Mein Fürst hat eine große Menge Zoraat gestohlen und es

versteckt, zusammen mit einem kleinen Vermögen», fuhr sie fort.

Ich pfiff leise durch die Zähne. Seit Vahid die ersten magischen Samen von dem Dschinn erhandelt hatte, ließ er alles Zoraat streng bewachen – schließlich hatte er mit seiner Hilfe die fünf Königreiche und die nördlichen Völker gewaltsam unter seine Herrschaft gezwungen. Das Zoraat hatte ihm Heilmagie beschert, einen endlosen Nahrungsvorrat und eine unzerstörbare Armee. Und Kaiser Vahid kontrollierte diese Macht allein – er war nicht bereit, sie mit irgendjemandem zu teilen.

«Ich kann mir nicht vorstellen, dass dem Kaiser *das* besonders gut gefallen hat.»

«Nein.» Sie schaute weg, und ein Schatten legte sich über ihr Gesicht. Es dauerte einen Moment, bis sie schließlich fortfuhr. «Der Kaiser hat meinen Fürst für seinen Verrat getötet.» Sie schluckte. Ein bitteres Lächeln umspielte ihre Lippen. «Und Kaiser Vahid glaubt, dass ich weiß, wo mein Fürst die Samenkörner versteckt hat. Also ließ er mich foltern und in dieses Gefängnis werfen.»

Auch ich schwieg kurz. «Und?», fragte ich schließlich. «Weißt du es? Wo er sie versteckt hat?»

Wieder spielte der Schatten eines Lächelns um ihre Lippen. Sie gab mir keine Antwort und ließ stattdessen ihren Blick erneut durch den Raum schweifen. Ihre Augen blieben bei der Zahl der Tage hängen, die ich in die Wand geritzt hatte – jeder Strich eine makabre Erinnerung an meinen beständig näher rückenden Tod.

«Das ist doch eine ziemlich bequeme Unterkunft hier, findest du nicht? Am Ende der Welt, auf einer kargen Insel, wohin man diejenigen verbannt, die niemand mehr finden soll.»

Ich setzte mich aufrechter hin, getrieben von meiner unbeantworteten Frage. Ein Zugang zum Dschinn-Magievorrat des Kaisers bedeutete beträchtliche Macht!

Wenn Noor tatsächlich über so einen Zugang verfügte, könnte sie damit alles kontrollieren.

Das Königreich. Den Kaiser. Die Welt.

Als ob Noor meine Gedanken lesen könnte, richtete sie ihren scharfen Blick wieder auf mich. «Und warum bist du hier, Dania? Was hast *du* getan?»

Ich schluckte. Es fiel mir schwer, die Wahrheit laut auszusprechen – auch wenn ich täglich an sie denken musste. Denn wenn ich sie aussprach, machte sie das real. Es bedeutete, dass ich mir nicht alles nur eingebildet hatte. Der Kloß in meinem Hals wurde immer dicker.

«Man hat mich reingelegt. Ich wurde beschuldigt, einen Stammesfürsten aus dem Norden ermordet zu haben.» Ich senkte den Blick. Betrachtete meine Hände und versuchte, nicht an die Leiche zu denken, die am Tag meiner Verhaftung vor meinen Füßen gelegen hatte – verbrannt und von innen heraus zerfressen.

«Mord und Verrat.»

Noor pfiff. «Und? Hast du es getan?»

Ein Echo meiner eigenen Frage. Aber dieses Spiel konnte man zu zweit spielen! «Du sagst mir die Wahrheit – und ich sage sie dir.»

Sie verschränkte die Arme vor der Brust. «Wenn du dich mir anschließen willst, muss ich erst wissen, ob du mir nicht ein Messer in den Rücken rammen wirst!»

«Nach einem Jahr hier drin würde ich alles tun, um zu entkommen. Aber um deine Frage zu beantworten: Nein, ich habe ihn nicht umgebracht.»

Ich ballte die Hände zu Fäusten. Nicht ich war es, die ihn getötet hatte. Ich wusste genau, wer es getan hatte – und warum.

In jeder einzelnen Nacht flüsterte ich für mich ihre Namen.

Und besonders einen einzelnen Namen – den einer Person, bei der ich es niemals für möglich gehalten hätte.

«Ich wurde … verraten. Reingelegt. Ich dachte, ich könnte

diesem Menschen vertrauen. Aber es stellte sich heraus, dass er nicht wirklich auf meiner Seite war.»

Diese Worte bohrten sich am schmerzhaftesten in mich.

Nicht das Eingeständnis, dass ich überlistet worden war – sondern die bloße Tatsache, dass mich mein bester Freund verraten hatte. Meine erste große Liebe. Und dass ich aus diesem Grund allein in einer dunklen Zelle auf einer vergessenen Insel vor mich hin rottete.

Mazin war es, der mich hierhergebracht hat.

Allein der Gedanke an seinen Namen ließ Wut in meinem Blut brodeln – wie das Wasser hinter einem Damm, der zu brechen drohte. Bald würde es so weit sein! Doch heute atmete ich vorerst langsam aus, um die brennende Wut unter meiner Haut zu beruhigen.

«Und ich kann nichts unternehmen – nicht, solange ich hier drin bin und sie da draußen.»

Noor spielte mit dem Saum ihrer dreckigen Kurta. Schmutz überzog das gesamte Kleidungsstück und ließ es grau wirken. «Und was würdest du unternehmen – wenn du nicht mehr hier drin wärst?»

Ich schloss die Augen. Ihre Worte hatten sich mit spitzen Haken in mein Herz gebohrt und ließen mich nicht mehr los. «Wenn ich nicht mehr hier gefangen wäre, würde ich ...»

Ich dachte an meine Familie. An meinen Vater, der sich sicher Sorgen um mich machte. Und ich dachte an diejenigen, die mich hintergangen hatten.

Mazin, dem ich mein Herz anvertraut hatte – nur damit er es mit seinem Krummsäbel aufspießen konnte. Darbaran, der Hauptmann der Palastwache, der mich verhaftet hatte. Kaiser Vahid, der mich benutzt hatte, um einen mächtigen politischen Gegner loszuwerden, ohne auch nur einen Gedanken an mein Leben oder meine Familie zu verschwenden. Ich ballte meine zerschundenen, blutverschmierten Hände zu Fäusten.

Wenn ich frei wäre, würde ich sie alle für ihre Taten büßen lassen.

Sie würden jeden Bluterguss zu spüren bekommen, den man mir zugefügt hatte. Jeden Moment der Demütigung und des Verrats.

Aber irgendwas hinderte mich daran, es auszusprechen. Noch nicht. Nicht, nachdem ich diese Worte seit einem Jahr nur zu mir selbst gesagt hatte.

«Ich bin mir nicht sicher.»

Noor warf mir einen Blick zu, als ob sie mir nicht glaubte. Als ob sie jeden meiner Gedanken der letzten dreihundertfünfundsechzig Tage auf meinem Gesicht ablesen konnte – und wusste, dass ich mir sehr wohl sicher war, was ich tun würde, sobald ich hier ausgebrochen wäre.

Sie kaute auf der Innenseite ihrer Wange herum.

«Ich will Freiheit», sagte sie schließlich. «Ich will sie so sehr, dass ich sie schmecken kann. Aber ich will auch Vergeltung. Kaiser Vahid hat mir mein Leben gestohlen. Und ich will es zurück.»

Ihre Worte klangen eindringlich. Plötzlich waren wir nicht mehr nur zwei Mädchen, die zusammen in einer Gefängniszelle hockten und keinerlei Hoffnung auf eine Zukunft hatten. Für einen Moment fühlte es sich so an, als hätten wir die Macht, tatsächlich etwas zu erreichen.

«Und du hast recht», fügte sie hinzu. «Alleine zu graben, dauert tatsächlich viel zu lange.»

Ich rührte keinen Muskel. Hatte Angst, mich zu bewegen.

«Mit einer Partnerin ginge es viel schneller.» Aus dem Augenwinkel schielte sie zu mir. «Aber du musst dich erst einmal erholen.» Sie streckte ihre Hand aus, als wollte sie mich berühren. Ich wich überrascht vor ihr zurück. Seit meiner Verhaftung war ich nicht mehr freundlich von einem anderen Menschen berührt worden.

Doch sie streckte mir lediglich ihre Hand entgegen. Misstrauisch sah ich sie an – und ergriff sie. Ihre Finger schlossen sich um meine, und wir schüttelten uns die Hände, um unsere Abmachung zu besiegeln.

«Zusammen werden wir kein weiteres Jahr brauchen, um von hier wegzukommen», sagte ich, und meine Stimme klang hoffnungsvoll, während die künftigen Möglichkeiten in mir zu brodeln schienen.

Sie nickte. Der Funke der Hoffnung breitete sich immer weiter in mir aus.

«Aber du hast meine Frage noch nicht beantwortet. Wenn du frei wärst, Dania – was würdest du tun?»

Mazins Gesicht schoss mir durch den Kopf. Der Mann, der mich in diese Hölle geworfen hatte und mich hier leiden ließ. Der mich der königlichen Garde ausgeliefert hatte, ein ergebener Diener des Kaisers.

Aber es gab jemanden, der wichtiger war als jede Rache.

Babas neue Klinge in der Hand zu halten.

Mit ihm auf dem Übungsplatz zu trainieren.

Sein leises Kichern zu hören, wenn ich die anderen Schüler besiege.

Zusammen mit ihm im gedämpften Licht seiner Schmiede zu essen.

All die Dinge, nach denen ich mich gesehnt hatte, drängten in mir hoch, als ob ein Damm gebrochen wäre. Doch es war keine Wut, die dahinter hervorrauschte, sondern pure Sehnsucht.

«Wenn ich frei wäre, würde ich zu meinem Vater gehen.»

DREI

Früher

Heute gab es günstiges Licht für einen Kampf.

Ich hielt der Sonne mein Schwert entgegen, sodass die Klinge glühte, als hätte man sie erneut in der Schmiede erhitzt.

«Entschuldigung, bin ich hier richtig? Ich suche nach dem Schwertschmied.»

Ein Junge, etwas älter als ich, stand am Tor und sah unsicher zum Laden meines Vaters. In den Händen hielt er die Zügel eines schönen schwarzen Hengstes. Er war groß und schlaksig, hatte schwarzes Haar, ein ausgeprägtes Kinn und volle Wangen, in die er noch nicht so ganz reingewachsen zu sein schien. Sein dunkler Sherwani mit Goldstickereien und juwelenbesetzten Knöpfen verriet seinen Status, er war ihm etwas zu groß.

Ich verengte die Augen – der Kerl lebte im Palast und arbeitete für Kaiser Vahid.

Für den Kaiser, der unser Königreich gewaltsam eingenommen und das Volk meiner Mutter im Norden zur Hälfte abgeschlachtet hatte.

Und ich wusste genau, warum er hier war.

«Du erkennst nicht, dass du beim Schwertschmied bist, obwohl da jede Menge Klingen vor dem Haus hängen? Dann hast du wohl andere Probleme, als dich lediglich verlaufen zu haben.»

Sein unsicheres Gehabe verwandelte sich in einen finsteren Blick.

Gut. Ich würde ihm nicht helfen. Wenn er für den Kaiser arbeitete und als sein Lakai in unser Dorf kam, hatte er von uns nichts als Verachtung zu erwarten. Mein Vater hatte Waffen für den alten König geschmiedet, die ebenso schön wie tödlich waren. Und anscheinend wollte Kaiser Vahid seine Schwerter nun beim selben Schmied fertigen lassen.

«Ich ziehe es vor, mir einer Sache sicher zu sein, ehe ich eine Vermutung äußere, damit ich am Ende nicht als der Dumme dastehe», sagte er hochnäsig. «Etwas, womit du offenbar kein Problem zu haben scheinst.»

Ich atmete scharf ein. Hatte mich dieser rausgeputzte Narr etwa gerade dumm genannt?

Er blähte seine Brust auf wie ein übergroßer Vogel und musterte mich von oben herab. «Du hast anscheinend keine Ahnung, wer *ich* bin.»

Mir entwich ein Schnauben. Dieser Junge hatte kaum Haare am Kinn – und wollte sich aufspielen, als stünde er über mir?

«Ich weiß leider nur zu gut, wer du bist. Falls du wegen des neuen Schwerts für den Kaiser gekommen bist: *Mein Vater* ist derjenige, der es schmiedet.»

Ihm blieb der Mund offen stehen, und ich schenkte ihm ein zufriedenes Grinsen.

«Der Kaiser selbst schickt mich hierher – und du wagst es dennoch, so mit mir zu sprechen?»

«Schau dich doch mal um.» Ich deutete auf mein kleines Dorf im Schatten der Berge, dessen Lehmhäuser wie Schneeflecken in den Berghang eingebettet waren. Es lag am Rande jenes Gebiets, in dem alle nördlichen Völker gezwungen worden waren, sich dem Kaiser zu unterwerfen. Zwar waren wir nur einen Tagesritt von der Stadt entfernt, in der der Kaiser seinen neuen Hofstaat eingerichtet hatte – aber wir waren hier alles andere als gehorsame Untertanen.

Niemand in diesem Dorf würde sich von der Macht Kaiser Vahids beeindrucken lassen.

Diese Menschen hatten mehr Angst vor den Räubern, die ihre Familie überfallen konnten. Sie machten sich mehr Gedanken darum, wie sie sich von den aufgezwungenen Gesetzen der Hauptstadt befreien konnten. Und darüber, wie sie in der Stadt mit ihren Waren handeln und Geld verdienen konnten. Kein einziger Dorfbewohner würde sich nach dem prachtvollen Hengst dieses Jungen umdrehen – außer, um ihn zu stehlen und damit Vergeltung am Kaiser zu üben. Für uns waren nur die Plünderer aus den Bergen von Belang und der bittere Winter, der die nächste Aprikosenernte im Tal vernichten konnte.

Ich warf einen Seitenblick auf das Pferd des Jungen, auf dessen Sattel das Emblem von Kaiser Vahid gestickt war: der goldene Umriss einer Zoraat-Blüte.

«Diese Menschen waren Gefolgsleute des alten Königs. Er hat sie beschützt. Hier wird dir niemand die Stiefel lecken, falls es das ist, worauf du aus bist.»

«Und dennoch: Wenn dein Vater der Schmied ist, dann hat er bereits zugestimmt, das Schwert für den Kaiser anzufertigen.» Er reckte stolz sein Kinn vor.

Wut tobte durch meine Brust und raubte mir für einen Moment den Atem. Ich presste die Lippen aufeinander. «Er hängt eben an seinem Kopf.»

«Du offensichtlich nicht.»

Ich knibbelte an meinen Nägeln herum, um möglichst ruhig zu wirken. «Doch, das tue ich, aber ich weiß auch, wer die Macht hat, ihn mir zu nehmen. Und du gehörst nicht dazu.»

Seine Hand fuhr zu der Scheide an seiner Hüfte, als wollte er seinen Krummsäbel ziehen, um mir damit das Gegenteil zu beweisen. Der schmucklose Griff verriet mir, dass die Waffe definitiv *nicht* von meinem Vater stammte.

Die Griffe *unserer* Schwerter waren solide, belastbar und mit kunstvollen Schnitzereien geschmückt. Mein Vater war stolz auf seine Griffe mit silbernen Koftgari-Verzierungen und den Schwertknäufen aus Kamelknochen, die er gewöhnlich selbst formte.

Aber ich hatte schon von klein auf mit Messern hantiert. Und in der Regel setzte derjenige sich durch, der seines zuerst in der Hand hielt. Meine Klinge blitzte im Sonnenlicht auf, noch ehe der Junge seine Waffe überhaupt ziehen konnte. Ich richtete mein zweischneidiges Talwar auf ihn, die schärfste Stelle der Schneide verharrte dicht an seiner Kehle. Er hob die Hände.

«An deiner Stelle würde ich das nicht tun», sagte ich ruhig und machte mir nicht die Mühe, mein triumphierendes Lächeln zu verbergen.

«Das ist Verrat!», stotterte er. Mir entgingen nicht die Flammen, die in seinen dunkelgoldenen Augen aufblitzten. Es schien, als hätte der hübsche Junge doch noch so etwas wie Kampfgeist in sich.

«Dania!», rief jemand quer über den Hof.

Ich stöhnte innerlich auf, als mein Vater den Weg hinaufkam.

Er verbeugte sich vor dem Jungen, der mindestens zwanzig Jahre jünger war als er. Und ich hätte am liebsten geschrien. Hätte nur zu gerne seinen gesenkten Kopf hochgerissen und ihm gesagt, dass er sich nie wieder vor den Lakaien des Kaisers verbeugen sollte. «Bitte verzeiht meiner Tochter. Sie ist manchmal etwas zu leidenschaftlich.» Baba warf mir einen warnenden Blick zu, und seine ockerfarbenen Augen verengten sich.

Ich lachte nur, konnte den bitteren Tonfall aber nicht verbergen. «Ich habe doch nur mit dem Jungen gespielt! Mal ehrlich, bringt der Palast seinen Wächtern nicht bei, wie man kämpft?»

Baba sah mich stirnrunzelnd an. Er glaubte mir nicht eine Sekunde lang. «Das ist kein Wächter, Dani – wie du sehr wohl weißt.»

Ich zuckte zusammen. «Nanu würde nicht wollen, dass wir uns mit ihm unterhalten», murmelte ich so leise, dass nur er mich hören konnte.

«Nanu kommt auch nicht für unsere Ausgaben auf», schoss er zurück.

Ich verschränkte meine Arme vor der Brust und starrte lieber den Jungen finster an. Er warf mir einen abschätzigen Blick zu. Dann wandte er sich wieder an meinen Vater. Ich presste die Zähne zusammen, um den Drang zu unterdrücken, noch einmal mein Schwert zu ziehen.

«Mein Name ist Mazin, und ich bin das Mündel des neuen Kaisers. Auf sein Geheiß bin ich hierhergekommen, um seine Wünsche bezüglich seines neuen Schwertes zu überbringen und die Bezahlung zu übergeben.» Er hielt inne. Sein Gesicht war ausdruckslos, aber mir entging nicht, dass sein Blick zu mir wanderte. «Falls Eure Fähigkeiten sich als zufriedenstellend erweisen sollten», fügte er schließlich hinzu.

Ich konnte nicht mehr an mich halten. Wieder pochte die Wut heiß in meiner Brust! Dass er es wagte, auch nur anzudeuten, die Fähigkeiten meines Vaters wären nicht ausreichend für den Kaiser ... Mein Blut wallte heiß auf. «Wenn du glaubst, seine Klingen wären nicht zufriedenstellend, weißt du überhaupt nichts über meinen Vater! Er ist der begehrteste Schwertschmied in sämtlichen Königreichen.»

Mein Vater legte mir beruhigend eine Hand auf die Schulter. «Das ist schon in Ordnung, Dani. Kaiser Vahid hat jedes Recht, meine Arbeit darauf zu prüfen, ob sie seinen Ansprüchen genügt.»

«Warum schickt er dann diesen dummen Jungen? Besonders, nachdem er dem Dorf jeden weiteren Schutz verweigert hat? Warum kommt er nicht selbst?»

«Vielleicht, weil er *diesem dummen Jungen* vertraut», sagte Mazin spitz und richtete sich zu seiner vollen Größe auf. Diese war beachtlich, das musste ich neidlos anerkennen.

Ich legte den Kopf schief, ließ mich auf keinen Fall einschüchtern. «Ich schätze, damit ist endgültig bewiesen, dass Vahid ein Narr ist.»

Mazin holte scharf Luft. Überraschung und so etwas wie Verwunderung zeichneten sich auf seinem Gesicht ab. Vermutlich hatte es noch nie jemand gewagt, Kaiser Vahid in seiner Gegenwart zu beleidigen.

Gut. Er hatte es verdient, mal auf den Boden der Tatsachen zurückgeholt zu werden. Doch als ich den entsetzten Gesichtsausdruck meines Vaters sah, wusste ich, dass ich zu weit gegangen war.

«Dania!» Vater zerrte mich hinter sich. «Du bleibst jetzt hier draußen, während ich mich mit unserem Gast unterhalte.» Er warf mir einen unmissverständlichen Blick zu: Ich sollte es bloß nicht wagen, mich seiner Aufforderung zu widersetzen.

Mir wurde heiß im Gesicht. Ich starrte meinen Vater ungläubig an. «Was? Du nimmst mich doch *immer* mit in den Laden, wenn du ...»

«Dieses Mal nicht. Vielleicht darfst du wieder mit, wenn du gelernt hast, deine Zunge besser zu hüten – damit wir nicht wegen Verrats angeklagt werden.» Er sprach so leise, dass nur ich seine Worte hören konnte. Der Frust verlieh seiner Stimme Schärfe.

Ich klappte den Mund zu. Baba hatte noch *nie zuvor* auf diese Weise mit mir gesprochen! Ich verengte die Augen, fixierte den Jungen, der neben ihm stand.

Baba und ich waren Kampfgefährten. Seit dem Tod meiner Mutter hieß es: Wir gegen die Welt.

Mazin folgte meinem Vater in seine Schmiede, während ein Anflug von Scham meine Wangen erhitzte. Der Junge warf mir beim Gehen ein angedeutetes Grinsen über die Schulter zu.

Meine Hände ballten sich an meinen Seiten zu Fäusten.

Dieser Junge hatte sich heute eine Feindin gemacht.

VIER

Ich grub, bis meine Hände bluteten. Nach ein paar Tagen waren meine Verletzungen so weit verheilt, dass ich mich jede Minute des Tages darauf konzentrieren konnte, einen Tunnel unter dem Boden meiner Zelle zu graben. Zentimeter für Zentimeter arbeiteten wir uns voran. Und obwohl es nur winzige Schritte waren, hatte ich das Gefühl, dass ich mich auf ein Ziel zubewegte.

Freiheit.

Familie.

Ich wehrte mich gegen die leise Stimme, die ein anderes Ziel anstrebte. Ein dunkleres, zornigeres Ziel.

Rache.

Aber ich konnte es mir nicht leisten, jetzt an Rache zu denken! Meine oberste Priorität war es, zu meinem Vater zurückzukehren und sicherzustellen, dass es ihm gut ging.

In den ersten Tagen sprachen Noor und ich nicht beim Graben. Wir arbeiteten einfach nur Hand in Hand und schoben die schwarze Erde Millimeter für Millimeter beiseite. Aber nachdem ich ein ganzes Jahr allein eingesperrt gewesen war, wollte ich nicht länger schweigen. Die Arbeit an Noors Seite machte mir klar, dass ich mein Bedürfnis nach menschlicher Gesellschaft nicht länger verleugnen konnte – sosehr ich mir das auch einreden mochte.

Wir hockten zusammen in dem dunklen Tunnel, der nur von dem wenigen Sonnenlicht erhellt wurde, das durch das kleine

Fenster hereinfiel. Ich trug das Erdreich ab und reichte ihr immer wieder gefüllte Becher zum Ausleeren.

«Du hast also für Kaiser Vahid gearbeitet? Hattest du auch mit Dschinn-Magie zu tun?», fragte ich vorsichtig. Schon seit Tagen brannte ich darauf, mit ihr darüber zu sprechen. Immer wieder wälzte ich ihre Worte in meinem Kopf herum. Wenn sie wirklich Zugang zu Zoraat hatte – der mächtigsten Substanz in unserer Welt! –, dann war nicht abzusehen, was sie tun würde, sobald sie hier rauskam.

Sie hielt inne, hielt den Zinnbecher einfach nur in der Hand. Dann hob sie ihren Blick zum kleinen Fenster in meiner Zelle und starrte in das verschwindende Licht.

«Genauer gesagt für einen seiner Fürsten», antwortete sie schließlich. «Er hieß Souma und hat Vahids Zoraat-Plantagen verwaltet. Außerdem war er dafür verantwortlich, die richtigen Dosen für seine Soldaten und Heiler anzumischen. Ich arbeitete unter Soumas Aufsicht als Kräuterkundige in Vahids kaiserlicher Apotheke.»

«All diese Dschinn-Macht.» Meine Worte waren kaum mehr als ein Flüstern. «Warum durftest gerade du damit arbeiten? Ich dachte, man muss jemand ganz Besonderes sein, um Zoraat auch nur anzufassen.»

«Willst du damit sagen, dass ich nichts Besonderes bin?» Sie zog eine Braue hoch, aber ihr Lächeln verblasste. «Nein, das bin ich wirklich nicht. Ich bin nur ein Waisenkind, das zur richtigen Zeit am richtigen Ort war. Ich brauchte einen Platz, an den ich gehöre – und Souma brauchte eine Assistentin. Die Arbeit mit Zoraat ist ziemlich gefährlich, und er hat immer wieder Assistenten ... verloren.» Sie sank ein wenig in sich zusammen.

«Du wurdest also nicht ausgewählt, weil du etwas Besonderes bist, sondern weil alle anderen gestorben sind.»

Ich reichte ihr einen weiteren Becher mit Erde. Noor leerte ihn in den Unrateimer aus und kam zurück in den Tunnel.

«Das kann man wohl sagen. Aber ich hatte auch ein Händchen für Zoraat-Mischungen. Man muss die Dschinn-Samen im exakt richtigen Verhältnis zu sich nehmen, sonst sind die Folgen katastrophal. Kaiser Vahid setzt natürlich seine eigenen Mischungen an. Angeblich hat ihn der Dschinn, von dem er diese Macht durch seinen Handel erhalten hat, gelehrt, wie man sie benutzt. Aber für die Soldaten und Heiler und alle anderen, die Zoraat verwenden, mischen Souma und seine Angestellten die Samen an.»

«Hast du es probiert?» Ich konnte die Ehrfurcht in meiner Stimme nicht verbergen. Bisher war ich noch nie jemandem begegnet, der Zoraat gegessen hatte. Ich hatte Kaiser Vahid ein paarmal im Vorbeigehen gesehen, wenn ich mit Maz im Palast gewesen war. Aber ich hatte nie direkt mit ihm gesprochen.

Über reine Dschinn-Magie zu gebieten! Die Macht zu haben, den eigenen Körper verwandeln zu können, eine rauchlose Flamme als Waffe zu schwingen oder sogar die Erde, auf der wir gingen, zu erschüttern – das waren gewiss nützliche Fähigkeiten. Ich bewegte meine Finger und dachte dabei nicht so sehr an die Dschinn-Magie, sondern an meine eigenen Fähigkeiten: die Schwerter, die ich gerne in der Hand halten würde. Die Dolche, die ich gerne wieder werfen würde.

Es war nicht die Magie, nach der ich mich sehnte – sondern das Gewicht von Stahl in meinen Fingern.

«Nein, ich habe die Samen nie selbst benutzt. Sie waren nur für die Generäle oder die persönlichen Heiler des Kaisers bestimmt, und er kontrolliert ihre Verwendung sehr streng. Er will niemandem mehr zukommen lassen, als er unbedingt braucht. Aber Souma sagte, ich sei eine der besten Bereiterinnen von Dschinn-Mischungen, die er je gesehen hat. Das war einer der Gründe, warum er ...»

Noors Stimme verklang. Ihr Gesicht lag im Halbdunkel des Tunnels im Schatten, das schwache Licht fing den Schimmer in ihren Augen ein. Nach einem Moment räusperte sie sich. «Das war einer der Gründe, warum er mir so sehr vertraute.» Ihre Stimme brach.

Das klang so, als sei Souma ihr wichtig gewesen. Vielleicht sogar so etwas wie ein Vater für sie. Ich schluckte, meine Kehle wurde eng. Ich wusste, was es hieß, seinen Vater zu vermissen.

Ein ungewohntes Gefühl von Verbundenheit zerrte an meinem Herzen. Es erkannte die Gemeinsamkeit zwischen uns. Wir waren mehr als nur zwei Gefangene, die fliehen wollten. Wir waren zwei Töchter. Zwei Menschen, denen Unrecht getan worden war. Zwei Menschen, die versuchten, das zurückzugewinnen, was wir einmal hatten – auch wenn wir es wahrscheinlich nie wieder zurückbekommen würden. Dieser Ort hatte uns Jahre unseres Lebens gestohlen, und wir würden nie wieder die Chance bekommen, sie zu leben. Ich krallte meine Finger in den Schmutz und genoss das Gefühl, wie er sich unter meine Fingernägel schob. Jemand war dafür verantwortlich, dass mir dieses Leben genommen worden war – und ich wollte diejenige sein, die ihn dafür bezahlen ließ.

Noors Schniefen brachte mich zurück ins Hier und Jetzt. Sie stopfte mehr Erde in den Zinnbecher.

«Es tut mir leid», sagte ich leise.

Sie sah zu mir auf und strich sich mit ihrer schmutzigen Hand das verfilzte Haar aus den Augen. «Ja, mir auch.»

Aber da war noch mehr an dieser Geschichte. Souma hatte Vahid verraten – und ich wusste besser als jeder andere, was passierte, wenn einem Verrat am Kaiser vorgeworfen wurde.

«Du sagtest, Souma hat dem Kaiser Zoraat vorenthalten. Dass er ihn bestohlen hat.» Ich überlegte, was daraus folgen musste. Man hatte mich in meine Zelle geworfen, damit ich hier verrottete – aber ich hatte dem Kaiser keine Dschinn-Macht gestohlen. «Ich bin überrascht, dass Vahid nicht Soumas gesamte Familie ausgelöscht hat.»

Noor schwieg für einen Moment. Ich rechnete schon nicht mehr mit ihrer Antwort. «Oh doch, das hat er. Vahid war wütend. Soumas Söhne wurden allesamt hingerichtet. Und jeder, der mit Souma in Verbindung stand, wurde hierhergebracht und gefoltert, um aus ihm herauszupressen, wo das Zoraat versteckt war. Du kannst dir sicher vorstellen, wie sehr Thohfsa das genossen hat.»

Ihre Stimme klang bitter, und mir ging durch den Kopf, wie das für sie gewesen sein musste. Wenigstens wusste ich, dass mein Vater noch am Leben war und auf mich wartete. Alle, die Noor jemals gekannt hatte, gab es nicht mehr.

Ich hackte auf der fest zusammengepressten Erde herum und war plötzlich dankbar dafür, dass *ich* hier im Gefängnis verrottete – und nicht mein Vater.

Aber wenn Souma Zoraat versteckt hatte – wusste Noor um das Versteck? Und wenn ja, würde sie dorthin zurückgehen, um die Dschinn-Samen zu holen?

Über solche Magie zu verfügen, war mehr wert, als einfach nur hier rauszukommen. Sie bedeutete völlige Freiheit! Die Macht, überallhin zu gehen. Alles zu sein, was man wollte. Ich könnte mit meinem Vater fliehen – fort vom Kaiser, fort von Maz.

Aber etwas Dunkles und Verdorbenes tief in mir mischte sich ein.

Wollte ich wirklich vor Mazin davonlaufen?

Wollte ich überhaupt davonlaufen?

Oder wollte ich ihn brennen sehen?

Ich warf Noor einen flüchtigen Blick zu. Sie hatte nicht gesagt, ob Vahid seine gestohlene Dschinn-Magie wieder aus dem Versteck geholt hatte. Was bedeutete, dass sie vielleicht wirklich wusste, wo sie war.

«Alle, die du kennst, sind tot», sagte ich, während ich einen besonders großen Stein aus der Erde brach und ihn an sie reichte. «Und Vahid hat Souma getötet. Was wirst *du* also tun, sobald du von hier geflohen bist?»

Mir hatte sie diese Frage bereits gestellt – und selber keine Antwort darauf gegeben.

Vermutlich war es Ansporn genug, einfach nur von diesem Ort wegzuwollen. Aber sie grub die Steine mit einem Feuereifer aus, der meinem in nichts nachstand. Es ging ihr nicht nur um Freiheit – so wie auch ich nicht nur meinen Vater wiedersehen wollte. Wir trugen beide etwas mit uns, das wir uns nicht eingestehen wollten – denn es einzugestehen hätte bedeutet, es zuzugeben.

Noor hielt den Stein umklammert, den ich gerade ausgebuddelt hatte. Schatten zeichneten sich auf ihrem Gesicht ab und ließen sie noch bedrohlicher erscheinen als sonst. Sie war kein besonders großes Mädchen, mit einem spitzen Kinn und einem Wust dunkler Locken. Doch gerade ähnelte sie sogar noch mehr einem rachsüchtigen Ghoul als damals, als sie zum ersten Mal in meine Zelle geplatzt war.

«Man könnte wohl sagen, dass ich ein loyaler Mensch bin», sagte sie leise. «Und ich glaube, dass Souma Gerechtigkeit verdient hat.»

«Und bist du diejenige, die ihm diese Gerechtigkeit verschaffen kann?», wollte ich wissen, wobei ich mich fragte, ob dieses Bedürfnis auch durch meine Adern floss.

Doch Gerechtigkeit war eine edle Sache – anders als das, was ich wollte. Nach Gerechtigkeit zu streben, war bewundernswert. Was ich hingegen mit den Leuten vorhatte, die mich verraten hatten, war nicht bewundernswert.

Nicht, wenn ich mir den Dolch vorstellte, der sich in Mazins Herz bohrte.

Aber selbst ich hatte noch einen schwerwiegenderen Grund, Gerechtigkeit zu fordern, als sie. Noor war eine Waise, die niemandem verpflichtet war. Sie wurde nicht des Verrats beschuldigt. Es war nicht ihr eigener Name, den sie reinwaschen musste. Schon seltsam, dass sie das Unrecht so sehr umtrieb, das man dem Mann angetan hatte, der sie einfach nur aufgenommen hatte.

«Das bin ich.» Ihre Stimme war hart wie Stein. «Wenn nicht ich es tue, dann tut es niemand sonst.»

«Wie?», bohrte ich nach, und das Wort waberte zwischen uns wie eine Beschwörung. «Wie würdest du Gerechtigkeit einfordern?» Wir wussten beide, dass ich nach etwas viel Größerem fragte als nur nach der Strategie für ihr Vorgehen.

Wie stürzte man ein Kaiserreich?

Vahid hatte es mit der Macht des Dschinns an seiner Seite geschaffen. Könnte man diese Macht noch einmal nutzen?

Sie zögerte, ihre Antwort blieb ihr im Hals stecken. «Ich habe einen Plan.»

Ich hatte keinen Zweifel daran, dass dieser Plan Dschinn-Magie und einen gestohlenen Schatz beinhaltete, dessen Versteck Thohfsa seit drei Jahren aus den Menschen herauszufoltern versuchte. Und wenn Noor auf diesen Schatz zurückgreifen konnte, dann konnte ich das vielleicht auch.

Die Aussicht ließ Hoffnung in meiner Brust aufkeimen, zusammen mit der Möglichkeit, dass wir vielleicht von hier entkamen.

Doch es war gefährlich, diesen kleinen Hoffnungsschimmer zu hegen. Denn wenn ich ihn verlor, würde mich die Verzweiflung endgültig übermannen.

So viel hatte ich im vergangenen Jahr gelernt.

«Ich glaube, der Dreck sitzt mir schon so tief unter den Fingernägeln, dass er ein Teil meiner Haut geworden ist.»

Ich lag in Noors Zelle und begutachtete meine Hände. Sie

hatte recht – meine *war* schlimmer als ihre. Im Vergleich wirkte ihre Zelle wie ein regelrechter Palast – sie war mindestens dreimal so groß, und es gab hier sogar ein klappriges Bett mit einer wurmzerfressenen Strohmatratze. Sie fühlte sich so gut an, als wäre sie mit Pfauenfedern gefüllt.

Als ich das Bett zum ersten Mal sah, kamen mir die Tränen.

Dann legte ich mich hin. Meine Knochen seufzten, mein Rücken streckte sich, nachdem ich ein Jahr auf dem kalten Steinboden hatte schlafen müssen.

«Du hast gesagt, dass man dich bei deiner Verhaftung reingelegt hat.» Noors Stimme schnitt durch meine Freude darüber, endlich wieder auf einem Bett zu liegen. Sie saß im Schneidersitz auf dem Boden, mit dem Rücken gegen die Wand gelehnt, und musterte mich. «Erzähl mir, was passiert ist. Weswegen bist du hier gelandet?»

Ich setzte mich auf, rollte die Schultern und ignorierte meinen knurrenden Magen. Meine Muskeln schmerzten vom Graben, und ich spürte den Mangel an Nahrung jetzt noch deutlicher.

Als ich nicht sofort antwortete, stieß Noor ein schallendes Lachen aus. «Du hast so einen Gesichtsausdruck, wenn du an zu Hause denkst – da muss ich dich einfach danach fragen. Und manchmal, wenn du von unserer Flucht sprichst, dann schaust du so, wie ich mich fühlen würde, wenn jemand Thohfsa vor meinen Augen zerstückelte.»

Meine Mundwinkel hoben sich unwillkürlich. «Ich weiß genau, wie ich gucken würde, wenn das passiert.»

«Also, dann erzähl mal. Was ist geschehen?»

Was ist geschehen?

Das war die eine Frage, über die ich immer wieder nachdachte. Mittlerweile konnte ich alles nachvollziehen, was gewesen war: jeden Fehler, den ich begangen hatte. Jeden Hinweis, der mir hätte zeigen können, was sie vorhatten.

Was *er* vorhatte.

Wie hatte ich nur so töricht sein können? Wie hatte ich nicht erkennen können, wer er wirklich war? Wie konnte ich nur daran zweifeln, dass er immer den Kaiser mir vorziehen würde, wenn es darauf ankam?

Ich krallte meine Finger in die kratzige Bettdecke. «Ich wurde von jemandem verraten, den ich zu lieben glaubte. Jemand, von dem ich dachte, er stünde hinter mir. Aber das tat er nicht.»

«Bastard», zischte Noor, als sie stellvertretend für mich wütend wurde. «Wie war sein Name?»

Ich atmete schwer aus, erfüllte den Raum zwischen uns mit meiner eigenen Wut. «Mazin. Wir kannten uns schon, seit wir Kinder waren. Ich dachte, ich wüsste alles über ihn.»

«Was hat er getan?»

«Er bat mich, ihn im Palast zu treffen. Stattdessen fand ich die Leiche eines Kriegsherrn aus dem Norden zu meinen Füßen, vergiftet durch Dschinn-Magie. Darbaran, der Hauptmann der Palastgarde, ließ mich ergreifen. Ich dachte, Maz würde mir helfen, zu entkommen. Aber er hat einfach nur zugesehen. Er hat nichts getan, um mich zu verteidigen.» Die Worte brannten so sehr, dass ich zitterte. «Er ließ mich glauben, dass ich geliebt werde. Dass wir uns vertrauen. Und dann haben er und die anderen im Palast mir einen Mord angehängt. Kaiser Vahid ließ mich hier einsperren und verdammte meine Familie ebenfalls für die Sünde meines Verbrechens.» Ich schluckte heftig, denn in meiner Brust gesellte sich nun Kummer zu der Wut. Maz hatte mir nicht nur meine Freiheit genommen oder den Ruf meines Vaters zerstört. Er hatte mir eine der wenigen Beziehungen genommen, die ich für sicher und wahrhaftig gehalten hatte.

Er hatte sie in Brand gesteckt und einfach nur gelächelt, als ich zusammen mit ihr in Flammen aufging.

«Wer hat dich reingelegt?»

Ich spürte, wie meine Lippen sich unwillkürlich kräuselten. Doch Noors Gesichtsausdruck – eine Mischung aus Besorgnis und Vorsicht – machte mir klar, dass mein Lächeln kein Lächeln war.

Schwelende Wut lauerte in meinen Knochen und wartete darauf, freigesetzt zu werden. Wartete darauf, dass man ihr ein Schwert gab, damit sie ihren blutigen Pfad der Rache beschreiten konnte. Dann sagte ich die Liste auf, die ich jeden Abend vor dem Einschlafen für mich wiederholte. Die Liste der Menschen, die dafür verantwortlich waren, dass ich hier festsaß.

«Darbaran, der Hauptmann der Garde, der mich beschuldigt und verhaftet hat und dafür sorgte, dass ich nicht fliehen konnte. Kaiser Vahid, der offensichtlich einen seiner politischen Rivalen loswerden wollte, ohne einen Bürgerkrieg loszutreten – und ich war diejenige, der er das anhängen konnte. Und Maz ...» Ich verstummte, traute mich nicht, noch mehr zu sagen.

«Wer war Maz für dich?» Noors Stimme klang sanft.

Ich schloss meine Augen und überlegte, wie ich diese Frage beantworten sollte. Mein bester Freund aus Kindertagen? Mein Geliebter, dem ich mein Herz geschenkt hatte? Die Person, mit der ich meine dunkelsten Geheimnisse geteilt hatte? Die ich in den frühen Morgenstunden umarmt hatte, an deren Seite ich gegen jeden gekämpft hatte, der sich uns in den Weg stellte?

Ich wandte meinen Blick von Noor ab und schaute auf die Wand hinter ihr. Noors eigene Markierungen überzogen dort den Stein, zählten die Tage – dreimal so viele Striche wie bei mir. Eine grimmige Erinnerung daran, wie meine Zukunft aussehen würde, wenn ich hierbliebe. Eine Zukunft, zu der mich Mazin ohne zu zögern verdammt hatte.

«Mazin war jemand, dem ich vertraute – obwohl ich es hätte besser wissen müssen. Jemand, der mich am Ende immer verraten hätte.»

Noor ließ ihre Zähne klackern. «Dein Geliebter also.»

Etwas presste mein Herz zusammen, und das machte mich unfassbar wütend.

Ja, wollte ich antworten.

Ja, er war mein Geliebter.

Aber ich war noch nicht bereit, das auszusprechen. Ich hatte noch nicht ganz erfasst, wie tief sein Verrat wirklich reichte. Hatte mich noch nicht dem Umstand gestellt, dass mein verräterischer Geist in seinen dunkelsten Stunden zurück in die Erinnerungen an unsere gemeinsame Zeit flüchtete, wenn ich Trost brauchte.

Als ob ich mich immer noch nach jemandem sehnen könnte, der von Anfang an nicht echt gewesen war.

Aber es hatte keinen Sinn, jetzt nicht ehrlich zu sein; dadurch konnte ich nicht rückgängig machen, was geschehen war.

Noor räusperte sich, weil ich nicht weitersprach. «Woher weißt du, dass sie dafür verantwortlich sind? Diejenigen, deren Namen du genannt hast.»

«Woher weißt du, dass dein Fürst dir vertraut hat?», fragte ich sie im Gegenzug. «Woher weißt du, dass er sich um dich sorgte?»

Noor antwortete sofort, ohne zu zögern. «Ich habe es in meinen Knochen gespürt.»

«Ja», erwiderte ich, und das Wort war nur ein Flüstern. «Ja, genau. Als ich verhaftet wurde, ging ich alles noch einmal durch: jeden Schritt, jedes Gespräch, jeden seltsamen Blick oder absurden Zufall. Maz, der mich gebeten hat, mich mit ihm in diesem Raum zu treffen, zu genau diesem Zeitpunkt. Darbaran, der stattdessen kam und mich genau dann erwischte, als ich gerade die Leiche entdeckt hatte. Keiner von ihnen hätte das getan, wenn Kaiser Vahid es nicht angeordnet hätte. Die Leiche zu meinen Füßen war ein Rivale Vahids, ein Kriegsherr aus dem Norden, der angeblich einen Aufstand anzetteln wollte. Hätte der Kaiser ihn einfach hingerichtet, hätte das einen Bürgerkrieg ausgelöst.» Meine Stimme troff vor Bitterkeit. «Maz ist

Kaiser Vahid gegenüber vollkommen loyal – egal, welche Sünden er begehen mag.»

Und Vahid hatte viele Sünden begangen. Man musste sich nur das Gemetzel während seines Aufstiegs zur Macht ansehen.

Noors Augen verfinsterten sich, als ich Vahids Namen erwähnte. «Warum haben sie dich nicht hingerichtet, um dich zum Schweigen zu bringen?»

Sie sprach die Frage aus, die auch ich mir gestellt hatte. Warum war ich noch am Leben? Warum war ich hier?

«Das kann ich mir auch nicht erklären. Ich kann mir höchstens vorstellen, dass sie mir so viel Leid wie möglich zufügen wollten.»

Das schmerzte am meisten. Das Wissen darum, dass Maz mich nicht nur verraten hatte – sondern dass er mir diese Qualen zugedacht hatte. Diesen Schmerz. Er wollte, dass ich leide.

Am erbärmlichsten war, dass mich das auch noch berührte. Es war mir nicht egal, dass er die Sache so persönlich gemacht hatte! Dass er mich hierhergebracht hatte, damit ich verrotte. Dass er sich auf die Seite des Kaisers gestellt hatte.

Was hatte ich ihm angetan, um das zu verdienen?

Vielleicht hatte ich dafür aber auch gar nichts tun müssen. Vielleicht war er schon immer dazu fähig gewesen, mir so etwas anzutun – und ich war nur zu verliebt gewesen, um es zu erkennen.

Drückende Stille herrschte in der Zelle.

Noor kratzte sich im Nacken.

«Wenn Maz dich in solch eine Lage gebracht hat, kann er jedenfalls kein besonders guter Liebhaber gewesen sein», sagte sie, und das Lachen in ihren Worten vertrieb die Spannung im Raum.

Meine Antwort war ein reumütiges Lachen. Ich wusste ihren Versuch sehr zu schätzen, die Dunkelheit aus meinem Herzen zu vertreiben.

«Nein», sagte ich schließlich, wobei das Lächeln von meinen Lippen verschwand und meine Augen über die Risse an der Decke wanderten. «Das war nie unser Problem.»

«Ach, ist das nicht immer so? Gut in einer Sache – und schrecklich in allem anderen.» Sie lehnte sich wieder mit dem Rücken gegen die Wand.

Ich dachte an das erste Mal zurück, als ich Mazin geküsst hatte.

Das erste Mal, als er seinen Arm um meine Taille gelegt und seine Lippen auf meinen Hals gedrückt hatte. Die Erinnerungen waren verdreht und bitter durch seinen Verrat – und doch wusste ich noch gut, wie sich das angefühlt hatte. Wie wild mein Puls geschlagen hatte, als sein Daumen über meine Unterlippe strich. Wie mein Magen hüpfte, wenn er mit dem Gesicht auf meiner Haut lächelte. Ich schluckte und bemühte mich, die Erinnerungen beiseitezuschieben.

«Wir kannten uns schon sehr lange. Ich dachte, ich kenne ihn so gut wie er mich – aber das war offensichtlich nicht der Fall.»

«Die, die dir am nächsten stehen, werden dich am schlimmsten verraten», sagte Noor so leise, dass ich ihre Worte fast nicht verstanden hätte. Sie klangen seltsam, fast so, als ob sie aus eigener Erfahrung spräche.

Ich räusperte mich, froh darüber, das Thema wechseln zu können. «Ist es das, was dir und Souma passiert ist? Hat jemand, der Souma nahestand, Kaiser Vahid wissen lassen, dass er ihn bestohlen hat?»

Noor nickte. «Sein eigener Sohn hat ihn verraten. Er wollte die Ehre seiner Familie retten, aber am Ende hat er sie alle damit massakriert. Sogar die Diener wurden festgenommen und ins Gefängnis geworfen.»

«So wie du.»

Die Andeutung, sie sei eine Dienerin, war Noor sichtlich unangenehm. Doch schließlich nickte sie. «Ja, so wie ich. Aber ich werde nicht hierbleiben und verrotten wie alle anderen. Das ist nicht mein Schicksal.»

«Meines auch nicht», sagte ich, wischte mir den Schmutz aus dem Gesicht und blickte auf den dunklen Tunnel, aus dem wir herausgekrochen waren.

Es würde nicht mein Schicksal sein, in diesem Gefängnis zu bleiben. Jetzt nicht mehr.

FÜNF

Unsere Tage vergingen damit, dass wir gruben, redeten und in unsere Zellen zurückeilten, bevor wir entdeckt wurden – und schliefen.

Ich schlief, wie ich noch nie zuvor geschlafen hatte. All meine Energie fokussierte sich allein auf die Flucht. Ich hatte neue Motivation, spürte neue Hoffnung in meiner Brust, mit der ich niemals gerechnet hätte. Mit jedem Zentimeter Erde, den ich aushob, kam ich grenzenlosen Möglichkeiten näher.

Das Licht der Kerze war schwach, und die Erde klebte an unserer Haut, als wären wir Nagetiere, die im Dreck wühlten.

Der Gedanke an die Freiheit trieb meine Hände an.

Die Hoffnung, meinen Vater wiederzusehen, half mir, den Hunger zu ignorieren, der sich durch meinen Bauch fraß. Ich dachte an das, was ich Maz antun würde, sobald ich endlich wieder eine Klinge in der Hand hätte – und das hielt meinen Körper in Bewegung. Ich war die Ratte, die sich aus der Falle befreite, um den Fallenstellern die Kehle herauszureißen.

«Ich glaube, wir sind auf einen Fels oder so etwas gestoßen. Ich komme hier nicht durch.» Noors Stimme klang angestrengt und war zudem durch den Tunnel gedämpft. Sie klopfte mit ihrem Zinnbecher auf die harte Erde und versuchte, sie aufzubrechen.

Mir sank das Herz in die Magengrube. Je nachdem, wie groß der Felsen war, konnte es Wochen dauern, ihn auszugraben.

«Ist es ein Felsbrocken oder Lehm?» Ich versuchte, an ihr

vorbeizugucken. «Versuch mal, daneben zu graben, um zu sehen, wie groß er ist.»

«Er bewegt sich!», rief sie zurück, und ich atmete auf. Das bedeutete, dass wir ihn ausgraben konnten.

«Wenn ich ein wenig draufklopfe, löst er sich vielleicht etwas.» Sie schlug den Becher mit einem dumpfen Schlag gegen den Felsen. «Ja, er löst sich!»

«Puh, das ist gut.»

Ich fing wieder an, Erde zu schaufeln und den überschüssigen Dreck aus dem Tunnel zu holen, um ihn in unsere Unrateimer zu stopfen. Gerade kam ich in Noors Zelle zurück und kippte die Erde auf den Boden.

Da ertönte ein erstickter Schrei aus dem Tunnel! Eine Wolke aus frischem Staub breitete sich in Noors Zelle aus. Mir wurde flau im Magen, während ich sofort zum Loch zurückeilte.

«Noor?», rief ich und vergaß dabei, meine Stimme zu senken. In meiner Panik dachte ich nicht mehr daran, dass die Wachen mich möglicherweise hören könnten. Ich sprang in das Loch und kroch so schnell ich konnte durch die Schwärze. Meine Augen hatten Mühe, sie in der Dunkelheit zu finden, denn die Kerze war erloschen.

Egal, wie oft ich rief – Noor antwortete nicht. Nun hatte ich es bis zum Ende geschafft, spürte die Wand aus Dreck vor mir. Doch Noor fand ich nicht. Ich lag in der Dunkelheit auf dem Bauch, während mir klar wurde, was passiert sein musste.

Ein Einsturz.

Ich sprang nach vorn, bohrte mich mit den Händen durch die Erde. Ein Fingernagel brach an einem großen Stein, und ich schrie auf. Meine Kehle war eng, und meine Hände zitterten beim Graben.

Nein.

Nein, nein, nein, nein.

So durfte es nicht enden. Nicht mit ihr, begraben in einem

Tunnel – und nicht mit mir, ohne Ausweg gefangen in ihrer Zelle.

Nicht, wenn wir so kurz davor standen, fliehen zu können!

Meine Finger trafen auf warme, raue Haut, und mein Herz machte einen Sprung. Noors nackter Fuß ragte aus dem Dreck. Ich zog daran und war dabei nicht besonders behutsam. Gerade kümmerte mich nur, seit wie vielen Sekunden sie schon begraben war, mit dem Gesicht unter der Erde. Ich schüttelte den Dreck von ihrem Körper ab und zog sie rückwärts durch den Tunnel. Als ich es schließlich bis zur Öffnung geschafft hatte, wuchtete ich ihren Körper auf den Boden der Zelle.

«Noor, stirb jetzt nicht! Wir haben noch ein Jahr lang zu graben.»

Meine Hände zitterten, als ich ihr Steinchen und Schutt aus dem Mund wischte. Ihre Augen waren geschlossen, ihre Glieder hingen schlaff und leblos herab. Ich strich ihr die Haare aus dem Gesicht und versuchte, den Schmutz aus ihren Atemwegen zu entfernen.

«Und wenn ich es allein machen muss, dauert es zwei Jahre.» Ich atmete tief durch. Mein Herzschlag raste unter meiner Haut wie ein panischer Vogel. «Und wir beide wissen, dass ich schrecklich im Graben bin. Also werde ich wohl eher vier Jahre brauchen.» Ich drückte mein Ohr an ihre Brust. Sie hob und senkte sich seicht. Ein leises Atmen war zu hören. Sie war noch am Leben! Vorläufig ... Ich stieß ein irres Lachen aus, das eher wie ein Schluchzen klang.

Doch dann setzte mein erleichtertes Herzklopfen aus. Ein dunkles Rinnsal rann aus einer Wunde an Noors Hinterkopf auf den Boden!

Ich sprang auf und überlegte nicht lange, was ich tun sollte.

Es war denkbar, dass sie nichts unternehmen würden. Dass es ihnen egal war, ob Noor lebte oder starb. Aber wenn die Wachen auch nur im Entferntesten daran glaubten, dass Noor Zugriff auf unvorstellbare Dschinn-Kräfte haben könnte, dann würden sie vielleicht tatsächlich etwas tun, um sie zu retten.

Ich hämmerte gegen die Zellentür, schrie wie am Spieß, rief um Hilfe. Sie konnten sie in den Krankentrakt bringen, ihre Blutung stillen, sie vor dem Sterben bewahren.

Aber ich durfte nicht hier sein, wenn sie das taten.

Schritte ertönten auf dem Gang, und ferne Rufe hallten von den Wänden wider. Ich sprang von der Tür weg und kroch zurück in den Tunnel. Dort griff ich nach der losen Bodenplatte, die wir benutzten, um den Fluchtweg zu verbergen, und zog sie mir über den Kopf.

Dann wartete ich.

Meine Brust fühlte sich eng an und kalter Schweiß brach mir am ganzen Körper aus. Sie mussten einfach kommen. Sie mussten sie retten!

Schließlich öffnete sich die Tür. Ein Krachen und Rufe drangen zu mir durch. Ich presste mir die Hand fest auf den Mund und versuchte, keinen Laut von mir zu geben, während die Wachen in Noors Zelle kamen und sie vom Boden hochhoben.

«Scheiße! Wir müssen sie zu Thohfsa bringen.»

«Thohfsa bringt *uns* um, wenn sie tot ist! Bringen wir sie lieber zuerst in den Krankentrakt.» Grunzend hoben sie Noor an, und einer von ihnen fluchte.

Dann wurde es still.

Ich stieß einen flachen Atemzug aus. Mein Herz klopfte so wild, dass ich mich kaum konzentrieren konnte. Doch es waren keine weiteren Geräusche zu hören.

Keine Schritte, keine Stimmen.

Ich wartete lange, ehe ich die Platte schließlich wieder anhob und einen Blick in den Raum warf.

Die Zelle war leer. Noor war weg.

Aber da war noch etwas anderes, das ich nicht erwartet hatte. Die Wachen hatten die Tür offen gelassen.

SECHS

Natürlich hatten sie die Tür offen gelassen! Für sie befand sich niemand mehr in der Zelle, der entkommen konnte.

Ich versuchte, das Adrenalin zu dämpfen, das in mir aufstieg. Jetzt konnte ich also einfach so gehen, ohne dass jemand etwas merkte. Konnte einfach allein in der Nacht verschwinden.

Mein flacher Atem hob kaum meinen Brustkorb, als ich durch die Tür trat. Diesmal bewegte ich mich lautlos durch die dunklen Gänge, während die anderen Gefangenen schliefen. Noors Zelle befand sich im gegenüberliegenden Flügel, direkt am Meer. Ich konnte die salzige Gischt in der Luft beinahe riechen, das kühle Wasser fast auf den Fingerspitzen spüren.

Wenn ich aufpasste und den Wachen nicht in die Arme lief, konnte ich es heraus aus dem Hauptgebäude schaffen und über die Außenmauer zum Strand klettern, ohne dass der Alarm ausgelöst wurde.

Ich war dicht dran – so dicht dran, von hier zu verschwinden! Meine Kehle war wie zugeschnürt. Mein Körper vibrierte förmlich, während ich den Gang entlangschlich.

Diesmal bewegte ich mich im Schutz der Dunkelheit. Diesmal hinterließ ich keine Spuren.

Der Stein war kalt unter meinen Füßen. Ich drückte mich an der Wand entlang und versuchte, mich an den Grundriss meines Gefängnistrakts zu erinnern. Dieser Flügel hier schien genauso aufgebaut zu sein, und wenn ich mich an den äußeren Gang hielt, sollte ich es bis zum Ausgang schaffen.

Ich bog um die Ecke – und sah zwei Wachen am Haupteingang stehen. Die kühle Brise trug ihre leisen Stimmen bis zu mir. Mit dem Rücken zur Granitwand beobachtete ich die beiden vom Mondlicht beschienenen Gestalten. Schließlich begannen sie ihren nächsten Rundgang. Sie entfernten sich vom Eingang, bewegten sich rüber zum anderen Ende des Gefängnisses.

Ich nutzte die Gelegenheit und schlich mich lautlos zur Tür. Die Seeluft schlug mir wild und lebendig entgegen, als wollte sie mich draußen willkommen heißen.

Ich schlüpfte hinaus und huschte an der Seite des Gebäudes entlang, den Rücken gegen die Wand gepresst. Plötzlich ertönten Fußschritte! Ich hielt den Atem an. Ein Wächter kam um die Ecke – und fuhr wieder herum, um seinen Rundgang in der anderen Richtung fortzusetzen. Vorsichtig ging ich weiter, mit nur einem Ziel vor Augen.

Flucht, Flucht, Flucht.

Nun stand ich direkt an der Außenmauer. Außer mir war niemand hier.

Ich konnte hinüberklettern und wäre innerhalb weniger Minuten draußen.

Doch ich warf einen Blick über die Schulter, und in der Ferne zog ein flackerndes Licht meine Aufmerksamkeit auf sich. Ein längliches Backsteingebäude stand abseits des Hauptgefängnisses und des Turms der Kerkermeisterin, es wirkte wie ein einsamer Reiter am Horizont. Ich erkannte es von dem einen Mal, als ich dort gewesen war, nachdem Thohfsa mich ziemlich hart bestraft hatte.

Der Krankentrakt.

Noor.

Mein Fuß berührte bereits die Außenmauer aus Lehmziegeln – und ich hielt inne, mit angehaltenem Atem.

Durfte ich das tun? Durfte ich fliehen und sie zurücklassen – diese eine Person, dank der ich überhaupt erst so weit gekommen war? Etwas Dunkles breitete sich in meinem Magen aus, ein ungutes Gefühl, das ich nicht abschütteln konnte.

Wenn ich zu ihr zurückkehrte, würde man uns wieder einfangen. Zu fliehen, während niemand wusste, dass ich weg war, war eine Sache – aber Noor zu retten und dafür allein gegen die Wachen zu kämpfen, war etwas ganz anderes. Ich wusste nicht einmal, ob sie bei Bewusstsein war. Oder überhaupt noch lebte.

Doch Noors bitteres Grinsen wollte mir nicht aus dem Kopf gehen, ihre geschundenen Hände, schwarz vor Erde, und ihr ehrfürchtiger Gesichtsausdruck, wenn sie über Souma sprach. Noor konnte nachvollziehen, wie sehr ich meinen Vater vermisste. Sie kannte dieses Gefühl.

Ich durfte nicht über diese Mauer klettern.

Ich durfte nicht fliehen. Nicht, wenn ich dafür Noor zurücklassen musste.

«Dania, du bist so eine Närrin», murmelte ich, während ich wieder zurückging und dann nach rechts abbog, in Richtung des Krankentrakts. Ich musste daran denken, wie leblos ihr Körper gewesen war, als ich sie aus dem Tunnel zog. An die Blutlache auf dem schmutzigen Boden – und mir wurde ganz anders.

Sie ist noch am Leben.

Sie musste einfach noch am Leben sein!

Meine Schritte waren nicht mehr als ein Flüstern auf dem kargen Gras. Die flackernde Kerze im Fenster des Krankentrakts war mein Leuchtfeuer. Ich drückte mich an die Wand des Gefängnisses und kauerte mich in den Schatten, damit kein Wächter mich auf seinem Rundgang entdeckte. Der Gefängnishof war mit niedrigen Sträuchern bewachsen, sonst gab es hier nicht viel. Doch ich war dankbar dafür, dass auf dieser Seite keine Fackeln an der Außenmauer angebracht waren.

Der scharfe Duft von Kardamom lag in der Luft, erregte meine Aufmerksamkeit. Ich drehte den Kopf. Schon lange hatte ich keinen Chai mehr getrunken, aber ich würde diesen Geruch überall erkennen. Zwei Wachen standen beim Krankentrakt und hielten große Becher in der Hand, aus denen sie tranken. Die dampfende Flüssigkeit ließ kleine Wölkchen in die kühle Nachtluft aufsteigen. Ich hätte die beiden am liebsten getötet, nur um einen Schluck davon probieren zu können.

Sie standen am einzigen Eingang des Gebäudes, und wenn ich mich schon wieder einsperren ließ, konnte ich es zumindest mit dem Geschmack von Chai auf den Lippen tun.

Also hockte ich mich unter einen dichten Busch und suchte mit den Händen den Boden nach etwas ab, das ich als Waffe verwenden konnte.

Meine Finger zitterten vor Verlangen, irgendeine Art von Messer zu führen.

Einen Krummsäbel.

Einen Katar über meinen Knöcheln.

Ich würde sogar eine reine Zierklinge nehmen.

Mir fiel der Anhänger wieder ein, den Maz mir einmal geschenkt hatte, und ich presste meine Hand auf die Brust. Es war ein richtiger Miniaturdolch gewesen, und ich hätte ihn in einem solchen Moment gut gebrauchen können.

Stattdessen streifte mein Daumen über die raue Rinde eines Astes, der über die Mauer geweht worden sein musste. Erleichtert griff ich danach und duckte mich. Fast wäre ich direkt zu den Wachen gekrochen.

Doch wenn ich die beiden jetzt angriff, würden sie Alarm schlagen, und mein Vorteil wäre dahin. Als ich das letzte Mal ohne eine ordentliche Waffe durch das Gefängnis gestürmt war, ging die Sache nicht so gut für mich aus – und diesmal war ich nicht besser ausgerüstet. Ich wog den dicken Ast prüfend in meinen Händen und biss mir auf die Lippe.

Noor würde nie etwas so Riskantes tun, wie die Wachen offen zu attackieren. Und ich musste ein bisschen mehr wie Noor denken, wenn ich uns beide hier lebend rausholen wollte.

Also schob ich mich näher an das Gebäude heran. Mein Bauch schleifte durch das weiche Gras, und ich war dankbar für die Dunkelheit, die mich mit den Sträuchern verschmelzen ließ. Seit Wochen schon kroch ich auf dem Bauch durch den Dreck, da machte mir das jetzt auch nichts mehr aus. Ein paar Meter von den Wachen entfernt hielt ich schließlich inne und belauschte sie, während sie ihren Chai tranken. Als Thohfsas Name fiel, gefror mir der Atem in der Lunge.

«Hashim sagte, Thohfsa würde persönlich nach der Gefangenen sehen. Sie hat befohlen, dass sie sofort informiert wird, falls irgendetwas mit ihr ist.»

«Glaubst du, das Mädchen weiß, wo Soumas gestohlener Schatz versteckt ist?»

Der andere Wächter schnaubte. «Ein schwaches Mädchen wie sie würde Thohfsas Folter nicht überstehen. Sie würde rasch alles verraten, was sie weiß. Aber die Meisterin glaubt immer noch, dass sie etwas weiß, was sie noch nicht preisgegeben hat. Warum sonst würde sie ihr all diese Privilegien gewähren? Oder eine Heilerin mit der Macht des Unsichtbaren herbeirufen, um sie zu behandeln?»

«Nun, wenn die Gefangene tot ist, wird Thohfsa jedenfalls nichts mehr aus ihr herausbringen.»

Bei diesen Worten geriet mein Herzschlag ins Straucheln.

Bitte sei nicht tot, Noor.

«Hoffentlich hat die Heilerin ihre Arbeit gut gemacht.»

Ich biss so fest auf meine Unterlippe, dass ich Eisen schmeckte. Wenn Thohfsa hierherkommen würde, um Noor zu sehen, blieb mir kaum noch Zeit, um sie zu befreien. Und wenn man eine Heilerin mit der Macht des Unsichtbaren herbeigerufen hatte, musste der Kaiser selbst dem Einsatz von Zoraat für ihre Heilung zugestimmt haben. Dass Kaiser Vahid den Einsatz eines seiner geschätzten Dschinnmagie-Heiler genehmigte, konnte nur eines bedeuten: Er verdächtigte Noor, etwas über

Soumas Schatz zu wissen. Aber im Moment war ich vor allem erleichtert – wenn Noor geheilt wurde, war sie noch am Leben. Und wenn ihre Verletzungen verheilt waren, brauchte ich sie nicht zu tragen, und wir hatten vielleicht sogar eine Chance, zu entkommen.

Ich schloss meine Augen und atmete ein letztes Mal den wogenden Duft des Chais ein. Dann legte ich los. Ich schnappte mir einen großen Stein, der in der Nähe herumlag, und warf ihn in die Büsche auf der anderen Seite des Krankentrakts. Mir blieb nicht mehr genügend Zeit, so unauffällig wie möglich vorzugehen – nicht, wenn Thohfsa bereits auf dem Weg hierher war.

Meine Hände umklammerten fest meinen Stock. Der Schwert-Ersatz schnitt mir in die Handflächen.

«He, hast du das gehört?» Eine der Wachen wandte sich dem Geräusch in den Büschen zu. «Da drüben sind doch keine Wachen auf Patrouille!»

Der andere Wächter schnaubte. «Das bildest du dir mal wieder ein. Hier versucht niemand zu fliehen – nicht nach dem, was Thohfsa dem letzten Mädchen angetan hat. Und *sie* wird es bestimmt nicht noch einmal versuchen.» Er stieß ein leises Lachen aus, und ich hätte fast mitgelacht.

Sollten sie doch denken, ich hätte aufgegeben. Sie würden früh genug erfahren, wie falsch sie damit lagen.

Ich schloss meine Hände fester um den Ast, bereit, es mit beiden zugleich aufzunehmen. Doch gerade als ich mich aus dem Schatten erheben wollte, schüttelte der erste Wächter den Kopf und ging rüber auf die andere Seite des Gebäudes, um zu schauen, was es mit dem Geräusch auf sich hatte.

Damit blieb ich allein mit seinem Freund zurück.

Ich rollte mich aus dem Gebüsch, sprang in das Licht der Fackel und hob meinen Stock zum Schlag.

Die Augen des Wächters weiteten sich. Sein Mund öffnete sich zu einem überraschten Schrei – aber zum Glück bekam er keine Gelegenheit, einen Laut von sich zu geben. Ich schlug ihn mit dem dicken Ende des Astes nieder, und er sackte zu Boden.

«Ich *habe* es noch einmal versucht», murmelte ich und trat fest gegen seinen reglosen Körper. Ich durfte ihn nicht hier liegen lassen – nicht, wenn der andere Wachmann bereits auf dem Rückweg war. Ein Schlüsselbund hing an seiner Hüfte. Ich schnappte ihn mir so geräuschlos wie möglich, schloss die Eingangstür auf und zog seinen schweren Körper ins Gebäude, zusammen mit dem Ast, mit dem ich ihn niedergeschlagen hatte.

Rasch zog ich die Tür hinter uns zu. Drinnen empfing uns Schweigen, nur durchbrochen von meinem wild keuchenden Atem.

Der Krankentrakt war mit denselben Steinböden ausgestattet wie der Rest des Gefängnisses, doch hier war es deutlich weniger schmutzig. Tatsächlich wirkte das ganze Gebäude sauberer, als würde es kaum benutzt, und es roch leicht nach Kurkuma von der Salbe, die sie nach den Verhören durch Thohfsa auf unsere Wunden aufzutragen pflegten. Es war nicht sehr groß – nur ein langer Gang, von dem verschiedene Räume abgingen, in denen die Patienten untergebracht waren. Der Eingang lag im Dunkeln, nur der Schimmer des Mondes fiel durch ein Fenster über uns. Und aus einer offenen Tür am Ende des Ganges drang schwaches Licht. An den Wänden waren mehrere Fackeln angebracht, die aber nicht angezündet waren, und ein leichter Luftzug wehte durch den Korridor. Ich fröstelte, schlang die Arme um mich und wünschte, ich hätte jetzt etwas von dem Chai, um mich zu wärmen.

Noch einmal griff ich nach den Armen des Wächters und stöhnte vor Anstrengung, während ich ihn in den nächstgelegenen Raum zog – eine leere Kammer mit medizinischen Vorräten. Nachdem ich seinen Körper abgelegt hatte, knetete ich meine Hände und ließ das Blut wieder in meine Finger fließen. Ich wünschte nur, ich besäße noch etwas von der unverwüstlichen Ausdauer, mit der ich damals ins Gefängnis gekommen war.

All die Muskeln, die ich beim Training mit Mazin auf dem Übungsplatz aufgebaut hatte, hatten die kargen Hungerrationen im Gefängnis ausgedörrt.

Ich stieß das Bein des Wächters mit meinem Zeh an, aber er reagierte nicht. Meine Hände tasteten seinen Körper nach irgendeiner Waffe ab, doch er hatte nichts Brauchbares bei sich. Schade. Es gab nichts, womit ich ihn hätte fesseln können, also schob ich einen der grauen Metallstühle unter die Türklinke. Dann machte ich mich auf die Suche nach Noor.

SIEBEN

Meine Füße klatschten leicht auf dem kühlen Stein, während ich den Gang entlangging und mich dabei immer im Schatten hielt. Die Räume, an denen ich vorbeikam, waren allesamt leer, und es gab keine Anzeichen von weiteren Wachen.

Ich hielt auf das schwache Licht zu, das von der Tür am Ende des Gebäudes ausging – der einzige Hinweis darauf, dass sich außer mir überhaupt noch jemand hier aufhielt. Und das bedeutete, dass Noor dort festgehalten wurde.

Eine leise Stimme in meinem Kopf bestand darauf, dass ich eine Närrin sei, weil ich zu ihr zurückkehrte und nicht geflohen war, solange ich es noch konnte.

Aber ein anderer Teil von mir – der Teil, der meine Füße in Bewegung hielt und mein Herz zum Rasen brachte – wusste es besser: Wenn ich nicht zu Noor zurückkehrte, wenn ich nicht versuchte, auch sie zu retten, würde ich mich immer fühlen, als hätte ich das Gefängnis nie verlassen. Dieses ungute Gefühl nagte in meinem Bauch herum, breitete seine schwarzen Wurzeln in mir aus. Und ich wusste genau, was es war.

Schuld.

Ich wäre niemals frei, wenn ich sie hier einfach zum Sterben zurücklassen würde. Und was war die Freiheit wert, wenn ich mich dauerhaft gefangen fühlte?

Ich schlich näher an das Ende des Ganges heran und lauschte, um herauszufinden, ob es noch ein anderes Lebenszeichen gab als das schwach flackernde Licht. Erst als ich an der Tür war, konnte ich ein leises Flüstern hören. Hoffnung stieg in meiner Brust auf.

Noor.

Noor lebte. Noor *redete.*

Aber ich hielt mich zurück – denn sie redete bestimmt nicht mit sich selbst.

«Ich habe dir doch gesagt, dass ich nichts darüber weiß!»

«Du lügst.» Eine zweite Stimme, genauso sacht, aber absolut tödlich. Bei ihrem Klang drehte sich mir der Magen um.

Thohfsa.

«Ich habe die Heilerin mit den Dschinn-Kräften bestimmt nicht gerufen, damit du mich weiter anlügst. Du wirst mir endlich sagen, wo Soumas Schatz versteckt ist! Und zwar noch heute Nacht.»

Meine Euphorie war komplett verflogen. Wenn Thohfsa dort drinnen war, würden auch Wachen bei ihr sein. Ich beugte mich vor und wagte einen Blick in den Raum.

Noor lag in einem schmalen Bett. Sie trug eine ausgeblichene Baumwoll-Kurta, und man hatte ein Laken über sie geworfen. Ihre Haut war fahl, aber ihre hellen Augen blitzten wachsam.

Thohfsa stand am Fußende ihres Bettes, die Arme verschränkt, und funkelte sie mit jenem wütenden Blick an, den ich nur zu gut kannte.

«Hast du verstanden? Ich werde dir keine weitere Chance geben, Mädchen! Du hattest mehr als genug Zeit. Ich habe dir Privilegien gewährt, ich habe dir Zeit gelassen. Und jetzt werde ich dir mehr Schmerz zufügen, als du je für möglich gehalten hast – wenn du mir nicht endlich verrätst, wo er ist.»

Als Thohfsa ihre Drohungen ausstieß, presste ich meine Nägel in meine Handfläche. Ich hatte sie schon so oft gehört – aber noch nie so vehement.

Das Krankenzimmer war nicht größer als Noors Zelle, besaß aber mehr Fenster, und Thohfsa und Noor waren ganz allein.

Ich schlich mich näher heran, immer noch verborgen von der Dunkelheit jenseits des Türrahmens. Wenn es hier wirklich keine Wachen gab, dann hatte Thohfsa einen fatalen Fehler gemacht. Und ich würde ihn gnadenlos ausnutzen.

Aber warum sollte sie ohne Schutz hierherkommen? Selbst wenn Noor keine Bedrohung darstellte – ohne ihre Wachen ging Thohfsa für gewöhnlich nie irgendwohin.

Du wirst mir endlich sagen, wo Soumas Schatz versteckt ist.

Leise sog ich den Atem ein. Natürlich! Thohfsa wollte niemanden dabeihaben, während sie die Antworten aus Noor herauszupressen versuchte. Denn sie wollte diejenige sein, die sich den Schatz holte. Und sie hatte gewiss nicht vor, ihn mit irgendjemandem zu teilen.

Doch wenn sie allein war, konnte ich sie besiegen – sogar ohne Waffe.

Ich umfasste den Ast in meinen Händen fester, bereit, ihr zu demonstrieren, wie sehr ich ihr im Kampf überlegen war.

«Wo ist er?», knurrte Thohfsa und trat näher an Noor heran. Sie umklammerte das Kurzschwert an ihrer Hüfte, und an der Art, wie sie den Griff hielt, erkannte ich, dass sie im Gegensatz zu mir nicht mit einem Schwert in der Hand aufgewachsen war. Sie hatte den Schwertkampf trainiert, das schon, aber *mir* war die Erinnerung an das Schwert in die Finger eingeprägt. Meine Klinge war eine Erweiterung meines eigenen Körpers.

Und es juckte mich in den Fingern, endlich wieder ein Schwert in die Hände zu bekommen!

Ich trat vorwärts, alle Gedanken an Heimlichkeit und Vorsicht verloren. Ein fernes Rauschen ertönte in meinen Ohren.

«Sie sagte es doch schon!», verkündete ich, und meine Stimme hallte klar durch den Raum. «Sie weiß nicht, wo er versteckt ist. Warum lässt du sie also nicht in Ruhe – und legst dich mit jemandem an, der nicht an ein Bett gefesselt ist.»

Noor stieß ein überraschtes Keuchen aus und setzte sich auf.

Thohfsas Augen weiteten sich. Noch befriedigender aber war der Schock, der sich auf ihren Zügen abzeichnete. Nach Monaten der Misshandlungen, die ich durch sie erlitten hatte, kribbelte meine Haut vor Vorfreude darauf, es ihr nun mit gleicher Münze heimzuzahlen. Schweiß überzog meine Handflächen, als ich den Ast fester packte. Ich machte einen weiteren Schritt in den Raum hinein.

Ich hatte nur wenige Sekunden Zeit, um das hier zu Ende zu bringen, bevor sie Alarm schlagen konnte.

Ich stürzte mich auf sie, holte mit beiden Armen aus und rammte ihr den Ast in den Bauch. Thohfsa zuckte unter dem Aufprall zusammen und stieß ein abgehacktes Krächzen aus.

Zieh dein Schwert, zieh dein Schwert.

Als könnte sie meine Gedanken hören, zog sie ihr Kurzschwert aus der Lederscheide an ihrer Taille. Kühle Ruhe überkam mich, als ich meine Schultern straffte und mich zum Kampf bereit machte.

Thohfsa lächelte grausam. Ihre dünne Haut spannte sich über ihrem Gesicht, sodass sie im flackernden Licht der Fackel wie ein makabres Skelett aussah. «Ich habe dich öfter gefoltert, als du zählen kannst. Und doch kommst du immer wieder zu mir zurück und willst mehr. So langsam glaube ich, dass du Bestrafungen magst.»

Ohne in meiner Konzentration nachzulassen, näherte ich mich Noors Bett. «Geht es dir gut, Noor?», fragte ich mit einem Seitenblick auf sie, wobei ich versuchte, meine Stimme ruhig zu halten.

«Es ging mir schon besser», murmelte sie – da stürzte sich auch schon Thohfsa auf mich.

«Darüber lässt sich streiten», erwiderte ich ein wenig atemlos, während ich dem Angriff mit einer Drehung auswich. «Immerhin liegst du hier in einem warmen Bett – und ich muss mit einem Stock gegen Thohfsa kämpfen.»

Thohfsa schaute von mir zu Noor und wieder zurück. Ihre runden Augen verengten sich. «Woher kennt ihr beiden euch?»

Ich hob eine Braue. «Ich dachte, du wüsstest über alles Bescheid, was innerhalb deiner Gefängnismauern vor sich geht, Kerkermeisterin?»

Thohfsa knurrte tief in ihrer Kehle. Dann stürmte sie vor, ihre Klinge weit erhoben. Ich riss meinen Ast hoch, um das Schwert abzublocken. Dabei betete ich, dass das Holz dick genug oder Thohfsas Klinge stumpf genug war, dass er nicht in zwei Teile zerspalten wurde. Als Thohfsa die Klinge niedersausen ließ, rief Noor meinen Namen. Doch ich konnte es mir nicht leisten, mich in meiner Konzentration stören zu lassen. Thohfsas Schwert traf meine Waffe genau in der Mitte.

Und blieb stecken.

Am liebsten hätte ich vor Triumph gebrüllt! Stattdessen fuhr meine Hand an ihrer Klinge hinunter, packte den Griff ihres Schwertes und rammte ihn ihr ins Gesicht.

Thohfsa stolperte zurück, prallte gegen Noors Bett. Sie verlor das Gleichgewicht – und ich riss ihr das Schwert aus der Hand! Rasch ließ ich es herumwirbeln, die Klinge direkt auf sie gerichtet.

Thohfsa stieß einen frustrierten Schrei aus, als sie auf das spitze Ende ihrer eigenen Waffe starrte. Ein Hauch von Panik flatterte über die harten Furchen ihres Gesichts. Ich konnte den Erfolg regelrecht auf meiner Zunge schmecken.

«Du bist nicht sehr gut informiert, Thohfsa», sagte ich und schenkte ihr das gleiche überlegene Lächeln, mit dem sie sonst mich immer bedachte. «Du hast dich auf einen Schwertkampf mit der Tochter des kaiserlichen Schwertschmieds eingelassen. Ich kann dich auch ohne eine Klinge in der Hand besiegen.»

«Du willst mich nicht wirklich umbringen», stotterte sie. «Ich kann dir die Freiheit schenken! Lass mich gehen, und ich sorge dafür, dass du entlassen wirst.»

«Du willst tatsächlich mit mir verhandeln? Nach allem, was

du getan hast?» Mit grimmiger Miene musterte ich sie von Kopf bis Fuß. «Ich bin nicht in der Stimmung für Verhandlungen.» Ich trat auf sie zu. Die Erinnerung an jeden einzelnen ihrer Schläge brannte noch frisch auf meiner Haut. Das schnalzende Geräusch der Peitsche, das bei jedem Schlag auf meine Oberschenkel erklang, hallte in meinem Kopf wider.

«Dania.» Noors leise Stimme durchdrang den Nebel meiner Wut. Sie war an den Rand des Bettes gerutscht und setzte zaghaft einen Zeh auf den Boden. Dann stützte sie sich auf der Matratze ab, um sich hinzustellen. Als sie auf mich zulief, atmete ich langsam aus.

«Schlag sie einfach bewusstlos. Du musst sie nicht töten!»

«Machst du Witze?» Ich blickte sie finster an und war kurz davor, die Zähne zu fletschen. «Ich muss sie nicht töten? Sie hat uns beide *jahrelang* gequält!»

«Hör auf sie!» Thohfsas eifrige Stimme durchschnitt die Luft zwischen uns wie eine grobe Axt. «Du hast eine bessere Chance auf Freiheit, wenn ich noch am Leben bin. Ich werde dir helfen!»

Ich schenkte ihr ein freudloses Lächeln. «Noor kennt dich nicht so gut wie ich, Kerkermeisterin. Solange du lebst, werden wir um unser Leben fürchten müssen.»

Thohfsa leckte sich über ihre Schneidezähne. Der berechnende Ausdruck kehrte in ihr Gesicht zurück. Ich legte den Kopf schief – doch bevor ich reagieren konnte, riss sie ihren Mund auf und stieß einen lauten Schrei aus.

Ich überlegte nicht zweimal – auch nicht, als Noor mich am Arm packte. Und auch nicht, als sie wieder meinen Namen rief.

Ich schnellte vor und rammte mein Schwert mit einem heftigen Ruck in Thohfsas Bauch.

Ein Keuchen entwich mir – ich hatte vergessen, wie es war, einen Körper mit einer Klinge zu durchbohren. Den Widerstand der Haut gegen den Stahl zu spüren und auch den einsetzenden Brechreiz in meiner Kehle, wenn sie schließlich nachgab.

Mein Schwert ließ sie mitten im Schrei verstummen. Wir beide starrten uns einen Moment lang an, ohne etwas zu sagen.

Dicke Ströme von Rot flossen über meine Klinge. Ich schloss kurz die Augen, und all die Wut und der Hass in mir verstummten.

Für einen Moment war alles friedlich.

Thohfsa hatte ihr Ende gefunden. Und es war genauso gekommen, wie ich es mir jedes Mal selbst versprochen hatte, wenn sie Hand an mich gelegt hatte. Ich riss mein Schwert zurück. Thohfsas Körper sackte zu Boden, und Blut sammelte sich unter ihr zu einer Pfütze.

Ich warf einen Blick über meine Schulter zu Noor. «Du hast nicht über die Vergeltung zu entscheiden, die ich bringe.»

Sie nickte knapp, die Augen weit aufgerissen.

Ich wischte die Klinge an Noors Bettlaken ab, während ich versuchte, meinen hastig gehenden Atem zu beruhigen.

Es war schon lange her, dass ich jemanden mit einer Klinge getötet hatte. Aber wenn ich mich jetzt in Gedanken darüber verlor, könnte das uns das Leben kosten. Eine seltsam klare Ruhe überkam mich. Ich wog das Kurzschwert prüfend in meiner Hand, testete sein Gewicht. Machte mich mit der neuen Waffe vertraut. Dann atmete ich tief durch.

«Wir müssen los. Thohfsa hat so viel Lärm veranstaltet, dass die Wachen mit Sicherheit gerade in Höchstgeschwindigkeit auf dem Weg hierher sind. Wenn wir jetzt nicht verschwinden, schaffen wir es nie.»

Noors unergründlicher Blick glitt zu Thohfsas Körper, der immer noch zuckte. Sie kaute auf ihrer Unterlippe herum und sah aus, als wollte sie mir Vorhaltungen machen. Aber sie ließ es dann doch lieber bleiben. Stattdessen fragte sie: «Hast du einen Plan?»

Ich lächelte sie an – ein Nachklang des Lächelns, das Thohfsa vorhin aufgesetzt hatte. «Nein. Aber ich habe ein Schwert.»

ACHT

Bislang hatte mir die eine Sache gefehlt, die ich brauchte, um von hier zu entkommen. Ganz automatisch passte ich meinen Gang an mein Schwert an. Es war schwerer, als ich es von meinem Talwar gewohnt war, aber es würde seinen Zweck erfüllen.

Vom anderen Ende des Krankentrakts aus ertönten Rufe und Schritte – offenbar hatte Thohfsas Warnschrei seine Wirkung nicht verfehlt.

Noor rannte zur Tür und blickte mit angstgeweiteten Augen den Gang hinunter. «Wie, im Namen des Dschinns, sollen wir hier rauskommen?»

Ich atmete tief durch. Mein Herz schlug so laut wie eine Tabla. In meinem Kopf begann ich langsam zu zählen, um meine Nerven zu beruhigen, während ich auf meinen Füßen hin und her wippte. Mit einer Klinge in der Hand fühlte ich mich sicher. Mächtig. Ich erhob sie vor mir. «Diesmal machen wir es auf meine Art.»

Schritte hämmerten über den Steinboden heran – dieselben energischen Schritte von Füßen in schweren Stiefeln, die ich seit einem Jahr ständig hörte. Noor wich zurück, als zwei Wächter mit gezogenen Waffen in den Raum stürzten. Den einen erkannte ich: Es war der Wächter, der dem Stein gefolgt war, den ich zur Ablenkung geworfen hatte. Sein Haar war kurz geschnitten und der Bart sorgfältig gestutzt. Die Uniform des zweiten Wächters war falsch zugeknöpft und auf seinem Kopf türmte sich ein Nest aus ungekämmten Locken. Ihre Blicke fielen auf Thohfsa, die regungslos auf dem Boden lag, und wanderten dann hoch zu mir und meinem blutigen Schwert.

Über ihre schockierten Gesichter musste ich unwillkürlich lachen. Ich erinnerte mich daran, wie Thohfsa die Wachen immer beschimpft hatte. «Kommt schon – wolltet ihr das nicht auch schon längst tun?»

Noor trat vor, die Hände in einer beschwichtigenden Geste erhoben. «Die Kerkermeisterin ist tot. Wenn ihr uns im Schutz der Dunkelheit entkommen lasst, überlebt ihr. Oder ihr kämpft gegen uns – und sterbt.» Sie deutete auf die Waffe in meiner Hand.

«Ich wusste gar nicht, dass wir ihnen eine Wahl lassen.» Meine Finger krümmten sich fester um den Griff, und ich machte einen Schritt nach vorne.

«Ja, ich weiß, du kannst gut mit so einem Ding umgehen. Aber ich würde lieber mit so wenig Blutvergießen wie möglich hier rauskommen», presste Noor zwischen ihren zusammengebissenen Zähnen hervor.

«Ich kann nichts versprechen!», rief ich als Antwort und kniff die Augen zusammen.

Denn ich bezweifelte sehr, dass wir hier ohne ein weiteres Blutvergießen herauskommen würden.

Die Wachen waren offenbar meiner Meinung: Sie stürmten plötzlich auf uns zu, ihre Klingen schimmerten im Schein der Fackeln.

Das Rauschen in meinem Kopf wurde leiser.

Ich wippte auf meinen Füßen hin und her und genoss, wie das vertraute Feuer des Kampfes in meinen Adern aufloderte. Meine Muskeln erwachten und erinnerten sich an jedes Training mit Baba auf dem Übungsplatz, an jeden Kampf, in dem ich mein Können verfeinert hatte.

Der Wächter mit dem gepflegten Bart stürzte sich auf mich. Ich wich zurück und schlug seinen Krummsäbel mit Thohfsas

Kurzschwert beiseite. Offenbar hatte er nicht mit meinem sicheren Schlag gerechnet, sein Schwert hing nur noch lose in seinem Griff. Er starrte mich an – und ich verschwendete keine Zeit und rammte ihm meine Klinge in den Bauch. Hinter mir keuchte Noor auf, während meine Arme unter dem weiteren Todesstoß erzitterten. Der Wächter schrie auf, das klägliche Miauen eines ertrinkenden Kätzchens.

Nun stürmte der schlampige Wächter brüllend auf mich zu, aber ich konnte Thohfsas Schwert nicht schnell genug aus dem Körper seines Gefährten ziehen. Sein zweischneidiger Krummsäbel kam herangefaucht! Ich ließ mein eigenes Schwert los und rollte mich zur Seite. Er verfehlte mich nur um wenige Zentimeter.

Ich kam wieder auf die Beine, und meine leeren Hände hätten ihm am liebsten seine Klinge abgenommen. Der Wächter folgte mir, stürmte weiter voran. Ich aber tänzelte um ihn herum.

Rasch griff ich nach dem Knauf von Thohfsas Schwert – und schaffte es diesmal, es herauszuziehen!

Der Wächter riss seinen Krummsäbel in die Höhe. Ich tauchte unter seinem Schlag hindurch und rammte ihm meinen Schwertknauf gegen das Kinn, mit dem ganzen Gewicht von Thohfsas Waffe.

Der Wächter ging wie ein Felsbrocken zu Boden.

Noor lief zu ihm hinüber und legte ihre Finger an seinen Hals. «Wenigstens ist der hier nicht tot.»

«Aber andere werden noch sterben», erwiderte ich, die Lippen grimmig verzogen. «Wenn nicht sie, dann wir.»

Ich griff mir das zweischneidige Schwert des bewusstlosen Wächters und schwang es probeweise, zerschnitt mit seiner Klinge die Luft.

«Ich kann nur so viele Schwerter benutzen, wie ich halten kann. Fürs Erste begnüge ich mich mit zweien.» Ich schaute auf den anderen Krummsäbel hinunter: eine gebogene Klinge, die in einer Blutlache auf dem Boden lag. «Den hier nimmst du.»

Noor sah aus, als hätte sie sich gerade an einem Becher voller Dornen verschluckt. «Nein danke! Ich bin mir sicher, dass ich mit dem Ding für mich selbst eine größere Gefahr wäre als für andere.»

«Du brauchst eine Waffe. Nimm sie!» Ich ging zur Tür und blickte den Gang hinunter. Keine weiteren Schritte. Keine weiteren Wachen.

Noor hob den Säbel vorsichtig mit zwei Fingern an. Die Waffe baumelte in ihrem Griff, und ihre Hände zitterten.

Ich warf ihr einen ungläubigen Blick zu. Anscheinend hatte sie die Wahrheit gesagt – sie wirkte tatsächlich nicht so, als könnte sie eine Waffe führen. Kein Wunder, dass sie sich lieber hier herausgrub, statt sich den Weg freizukämpfen.

«Alles in Ordnung?», fragte ich und musterte ihr bleiches Gesicht.

Noor atmete schwer aus. «Die Zoraat-Mischung, die die Heilerin verwendet hat, war nicht perfekt. Ich hätte sie besser ansetzen können. Dadurch spüre ich immer noch die Nachwirkungen der Genesung. Aber immerhin hat sie meine Wunde geheilt und mich aus meiner Ohnmacht geholt, damit Thohfsa mich befragen konnte.» Sie rollte die Schultern – und zuckte bei der Bewegung zusammen. Beiläufig massierte sie sich den Nacken. «Mir dröhnt der Kopf.»

«Wo ist die Heilerin jetzt?» Ich betrachtete Thohfsas Körper. Sie regte sich nicht, doch ihr Brustkorb hob und senkte sich noch immer leicht, während sie verblutete.

Ich verspürte keinerlei Lust, ihr einen schnellen Tod zu gewähren – nicht nach dem, was sie mir angetan hatte.

«Ihr wurde befohlen, sich zu entfernen, sobald sie fertig war. Ich muss zugeben, ich hätte nicht erwartet, dass Thohfsa tatsächlich über die Mittel verfügt, um so schnell eine Heilerin vom Kaiser herbeizurufen.»

Ich kaute auf der Innenseite meiner Wange herum. «Du sagtest, der Kaiser wolle sein Zoraat zurück, richtig? Da ergibt es durchaus Sinn, dass er an dir interessiert ist.»

«Mir gefällt der Gedanke gar nicht.»

«Das würde mir allerdings auch nicht gefallen.»

Ich wusste, was es bedeutete, wenn Kaiser Vahids Aufmerksamkeit auf einem lag. Er war erbarmungslos.

Wir stiegen über die Leichen hinweg und schlichen den Gang des Krankentrakts hinunter. So leise wie möglich drückten wir die Eingangstür auf. Draußen war es dunkel und unheimlich still. Aber noch wichtiger: Es waren keine Wachen in Sicht.

Wir gingen um das Gebäude herum und zur gegenüberliegenden Mauer, die nicht direkt an den Klippen entlangführte. Der Atem stockte mir in der Brust, der Druck war fast unerträglich.

Die anderen Wachen waren vielleicht noch nicht alarmiert – aber schon bald würden sie bemerken, dass Thohfsa und die anderen fehlten.

Wir mussten so schnell wie möglich handeln!

Um den Fackelschein der Wachtürme zu vermeiden, krochen wir durch das hohe Gras. Thohfsas Turm befand sich direkt neben dem Haupteingang, und wir machten uns auf den Weg dorthin, wollten dort die Außenmauer überwinden. Mein Atem formte weiße Wölkchen in der kühlen Luft.

Noch ein paar Minuten und wir würden frei sein. Noch ein paar Schritte und wir konnten dieses Gefängnis hinter uns lassen!

Doch noch während wir uns durch das Gras schoben, erklang in der Ferne ein Ruf. Ich erstarrte.

Noor stieß von hinten gegen mich. «Was ist los?»

«Da hat jemand gerufen.»

Dann war der Lärm auch schon nicht mehr zu überhören. Mehrere Wachen riefen laut durcheinander. Ihre Stimmen kamen aus der Richtung des Krankentrakts! Fußschritte stampften durch das Gras.

Es hörte sich sehr nah an.

Plötzlich ertönte das schlimmste Geräusch von allen: Das scharfe Läuten von Glocken dröhnte durch das Gefängnis!

Mir gefror das Blut in den Adern. Jetzt waren sie alle auf der Suche nach uns.

Ich umklammerte meine Schwerter fest, sie waren jetzt mein Anker.

Als ich mich das letzte Mal den Wachen direkt gestellt hatte, war es nicht gut ausgegangen. Doch dieses Mal war es anders. Diesmal hatte ich Waffen!

Mit den Schwertern in meinen Händen war ich unbezwingbar.

Noor ließ fast ihren eigenen Säbel fallen, als die Glocke ertönte. Sie wirbelte zu mir herum.

«Jedes Mal, wenn du dich umdrehst, habe ich Angst, dass du mir gleich ein Auge ausstichst», murmelte ich und wich vor ihrer wild herumfuchtelnden Schwertspitze zurück.

«Ich sagte doch, dass ich keine Waffe halten will!», schnauzte sie.

«Du *hältst* keinen Säbel, du führst ihn. Und es ist gut, dass du ihn hast, für den Fall, dass wir ...»

Ein unverkennbares Geräusch zerschnitt das Chaos um uns herum: das Zischen einer Klinge, die aus ihrer Scheide fährt.

Diesen Klang würde ich sogar inmitten eines Sturms heraushören.

An der Ecke des Krankentrakts blieb ich stehen und wagte einen Blick um die Ecke.

Ein halbes Dutzend Wachen war dabei, nach uns zu suchen, die Krummsäbel erhoben.

«Wie es aussieht, wirst du den Säbel jetzt ziemlich sicher brauchen.»

NEUN

«Wir kommen hier nicht raus.» Noors zitternde Stimme drang durch den Lärm an meine Ohren.

«Ich war schon in schlimmeren Situationen», flüsterte ich zurück.

Sie warf mir einen ungläubigen Blick zu. *«Wirklich?»*

War ich nicht. Aber das wollte ich ihr nicht verraten. Dieses Mal hatte ich zumindest eine Klinge, mit der ich ihnen etwas entgegensetzen konnte.

Falsch – ich hatte *drei* Klingen.

«Wir müssen lediglich ihre Formation aufbrechen», sagte ich und kaute auf meiner Unterlippe. Der Weg zurück war für uns verschlossen, weil wir dort nur aus einem anderen Winkel auf die Wachen treffen würden. Und über die Mauer hinter dem Krankentrakt konnten wir auch nicht klettern, denn auf der anderen Seite warteten nur zerklüftete Felsen und die raue See.

Wir mussten sie frontal angreifen.

«Mit ein paar von ihnen werde ich fertig. Sie dürfen sich nur nicht gleichzeitig auf mich stürzen.»

Erinnerungen an den Übungsplatz schossen mir durch den Kopf, und meine Hände packten das Heft meines Schwertes fester.

Doch ich dachte nicht an das Training mit Baba, sondern mit Mazin.

Wir hatten uns stundenlange Übungskämpfe geliefert, entweder mit Babas anderen Schülern oder nur zu zweit. Mazins

Schwertkunst war noch verbesserungswürdig, und doch war er der Einzige, der es mit mir aufnehmen konnte.

Bis er mich schließlich in unserem letzten Kampf besiegte – der Kampf, in dem wir uns ohne Schwerter gegenübergestanden hatten.

Der Kampf, nach dem ich im Gefängnis gelandet war, während er frei draußen herumlief.

«Dania», krächzte Noor, und die Angst war deutlich in ihren Worten zu hören, «glaubst du wirklich, ich kann es mit sechs Wachen aufnehmen? Ich weiß doch kaum, wie man dieses Ding hält!»

Ich drehte mich zu ihr um. Aus meinen Erinnerungen erwuchs etwas, das sich wie uralter Zorn anfühlte. Er verlieh meinen Bewegungen Stärke und festigte meine Entschlossenheit.

«Nicht im Kampf», gab ich zu, während ich über unsere Strategie nachdachte. «Aber als Ablenkung.»

«Na toll. Ich bin also der Köder?»

«Sie wissen nicht, dass wir zu zweit sind. Nur, dass du aus dem Krankentrakt geflohen bist und dass Thohfsa tot ist. Das sollten wir zu unserem Vorteil nutzen.»

«Also gut.» Sie nickte, und ihre Lippen waren ganz weiß. «Aber hau nicht einfach ab, während ich aufgespießt zurückbleibe.» Noor stand auf, ihren Säbel in der Hand. Dabei sah sie aus, als würde sie zu ihrer eigenen Hinrichtung gehen.

«Wenn ich das vorhätte, wäre ich bestimmt nicht zurückgekommen, um dich zu holen.»

Sie schenkte mir ein winziges Lächeln, doch es erreichte ihre ängstlich geweiteten Augen nicht.

Ich wollte sie beruhigen, aber auch ich konnte nicht wissen, was gleich passieren würde. Immerhin kannte ich meine Fähigkeiten und wusste, was man mir beigebracht hatte. Aber ich hatte noch nie einen Kampf bestreiten müssen, während ich auf jemand anderen achtgeben musste – noch dazu auf jemanden, der keinerlei Kampffähigkeiten besaß. Ich konnte bestenfalls dafür sorgen, dass die Chancen ein wenig ausgeglichener waren.

«Wir müssen sie dazu bringen, ihre Formation aufzugeben. Lock sie hierher zurück! Dann schaffe ich es vielleicht, ihre Anzahl auszudünnen.» Sie wussten nicht, dass ich hier war – und diesen Vorteil wollte ich ausnutzen.

Noor nickte stumm und umklammerte den Säbel, hielt ihn vor sich, als sei er ein Talisman und keine Waffe.

Ich holte tief Luft. Dann legte ich meine flache Hand auf Noors steifen Rücken und schob sie den alarmierten Wachen entgegen.

Rufe ertönten, und das Geräusch von Schritten polterte heran.

«Wir haben sie!» Die Stimme war gefährlich nah, der Kerl hatte sich wohl von den anderen entfernt. Genau das, was ich wollte!

«Dachtest du wirklich, du könntest entkommen?», knurrte ein Wächter leise. «So ganz allein?»

Noor rannte zurück hinter die Mauerecke, wobei sie den Säbel in einer seltsamen Haltung in ihrer Hand führte. Ein Wächter rannte hinter ihr her – doch ich stand bereit! Ich erhob meinen zweischneidigen Krummsäbel und durchtrennte ihm mit einem sauberen Schnitt die Kehle.

«Sie ist nicht allein», raunte ich seinem zuckenden Körper am Boden zu.

Für einen kurzen Moment empfand ich Trauer um ihn. Ein weiterer Tod, der vermeidbar gewesen wäre. Doch ich konnte es mir nicht leisten, zu viel darüber nachzudenken. Ich war müde. Ich hatte mich über viele Tage mit wenig Essen und noch weniger Schlaf durchschlagen müssen. Mit meiner verbleibenden Kraft rief ich mir alles, was ich über das Kämpfen wusste, ins Gedächtnis – all das, was ich von Baba und durch das gemeinsame Training mit Maz gelernt hatte.

Aber letztendlich war es die Stimme meiner Großmutter, die mir meine Schritte diktierte:

Zeige ihnen niemals, dass du Angst hast! Die Schwachen zehren von deiner Angst.

Eine weitere Wache sprang um die Ecke, und ich schlug sie nieder, ohne sie anzusehen. Der nächste Wächter folgte, und auch er wurde von meiner Klinge zu Boden geschickt. Ich zog den Talwar aus der Scheide, um mich gleich drei Wachen auf einmal zu stellen – und geriet dabei nicht ein einziges Mal in die Defensive. Jeder Schlag war ein Todesstoß, jede Bewegung ein fataler Angriff. Nun stürzte sich ein Wächter mit langem dunklem Haar auf mich, der eine Augenklappe trug. Meine beiden Klingen standen bereit, um ihn zu begrüßen.

Doch er schützte sein Gesicht mit seiner eigenen Klinge und stieß mich hart zurück. Er war groß – viel größer als ich. In einer direkten Konfrontation würde ich den Kampf gegen ihn nicht lange überleben. Ich musste ihn ausmanövrieren! Also wich ich ihm aus, und er folgte mir. Zwei weitere Wachen kamen jetzt auch noch hinzu! Ich stürzte mich auf den Soldaten zu seiner Rechten, durchtrennte seine Ferse mit meinem Krummsäbel und entfernte mich mit einer Rolle, während er mit einem dumpfen Aufstöhnen zu Boden ging. Er umklammerte seinen Fuß und stöhnte wie ein verwundeter Hund. Mit gekreuzten Schwertern parierte ich den gekrümmten Stahl des größeren Wächters, dann brachte ich mich auch schon mit einer Drehung aus seiner Reichweite. Ein kleiner Wächter mit langem Bart und Schultermuskeln wie knotige Seile schwang seinen Krummsäbel nach mir – so flink, dass er mich damit glatt überrumpelte. Seine Klinge versetzte mir einen flachen Schnitt quer über den Unterarm.

Ich unterdrückte meinen Aufschrei zu einem leisen Zischen, und ein selbstgefälliges Lächeln erschien auf seinem Gesicht. Der Schmerz fauchte wie kaltes Feuer durch meine Adern. Meine Züge verhärteten sich zu einer grimmigen Maske. Für meine Gegner würde ich wie eine undurchdringliche Mauer sein. Ich würde ihnen keine Angst zeigen.

Die Schwachen zehren von deiner Angst.

Plötzlich sprang der große Wächter auf mich zu – und schleuderte mich zu Boden! Er landete direkt auf mir. Sein fleischiger Körper quetschte meine Lunge zusammen, schnürte mir die Luft ab.

Ein dünnes Lächeln kräuselte seine Lippen. Er war mir nun so nah, dass ich jeden Mitesser auf seinen Wangen zählen konnte, während sein penetranter Schweißgeruch mir in die Nase kroch. Ich konnte mich nicht rühren, konnte mich nicht wehren, konnte ihn nicht von mir runterwälzen.

Panik hämmerte in meiner Brust.

Es gab kein Entkommen.

«Willst du mich etwa mit deinem Gestank umbringen?», fragte ich und hoffte dabei, ihn so wütend zu machen, dass er die Beherrschung verlor. Das würde ich gewiss für mich nutzen können. Meine Beine traten nach ihm, blieben aber wirkungslos. Mit seiner breiten Hand drückte er mir die Arme über dem Kopf auf den Boden, während meine Schwerter nutzlos im Gras steckten.

Er hob seine eigene Klinge und zielte mit ihrer Spitze auf meine Brust, als wollte er mich auf dem Untergrund festspießen.

Mir stockte die Luft in den Lungen, ich konnte nicht länger ausatmen. Der Wächter ließ seine Klinge herabsausen, und es war, als wäre die Zeit stehen geblieben. Doch mitten in der Bewegung wurden seine Arme schlaff. Er verdrehte die Augen – und brach auf mir zusammen.

Ich lag da und war für einen Moment wie betäubt. Dann presste ich die Handflächen fest gegen seine Schultern und schob seinen stinkenden Körper von mir. Noor stand über ihm, den Krummsäbels mit dem Griff voran ausgestreckt. Ich blinzelte. Die Worte blieben mir im Hals stecken.

«Ich dachte, du wüsstest nicht, wie man mit einem Schwert umgeht?», fragte ich schließlich und schluckte schwer.

Sie legte den Kopf schief und schnaubte. «Ich bin mir ziemlich sicher, dass ich das falsche Ende benutzt habe.»

Hinter uns erklangen Schritte, und Noor wirbelte herum. Eine weitere Wache kam auf uns zu! Ich sprang auf die Füße, schwang meinen Krummsäbel über Noors Kopf hinweg und rammte ihn in den Hals der Wache. Sogleich riss ich ihn wieder heraus, und Blut bespritzte uns beide.

Es folgte ein Moment schwerer Stille. Gemeinsam gingen wir um die Ecke des Krankentrakts und begutachteten den Schaden, den wir angerichtet hatten.

Alle Wachen auf dem Hof waren tot.

Noor stieß einen leisen Pfiff aus. «Du hast es geschafft, Dania.»

Ich jubelte nicht. Stattdessen kämpfte ich gegen den Drang an, die Toten zu betrauern, und schluckte den Schwall aus Galle herunter, der meine Kehle hinaufgekrochen kam. Schließlich hakte ich mich bei Noor unter und zerrte sie in Richtung der Außenmauer.

«In wenigen Minuten werden sämtliche Wachen des Gefängnisses hinter uns her sein! Wir müssen sofort von hier verschwinden.»

«Hast du sie nicht gerade allesamt umgebracht?»

Ich schüttelte den Kopf. Dabei zählte ich die Leichen und ging durch, wie viele Nachtpatrouillen ich bei meinen früheren Fluchtversuchen gezählt hatte.

«Anscheinend hatten wir es nur mit den Wachen der Nachtpatrouille zu tun. Aber sie haben Alarm geschlagen! Und das heißt, bald werden alle Gefängniswärter hier auftauchen. Bisher glauben sie, dass nur ein einzelner Gefangener geflohen ist.

Sobald sie das Massaker entdeckt haben, werden sie alle verfügbaren Kräfte mobilisieren.»

Noor nickte und zog dann ihre Hand aus meinem Griff. «Aber warum zerrst du mich zur Mauer?»

Ich starrte sie an. «Damit wir drüberklettern können, natürlich.»

Noor lachte und hielt einen großen goldenen Schlüsselring hoch, der im Mondlicht glänzte. «Warum sollten wir uns die Mühe machen, über die Mauer zu hüpfen, wenn ich Thohfsa schon die Schlüssel für das Tor abgenommen habe?»

ZEHN

In der Ferne ertönten Rufe. Die übrigen Gefängniswächter rannten zum Krankentrakt! Noors Hände zitterten, als sie das Tor aufschloss. Im Schutz der Dunkelheit schlüpften wir beide durch den Haupteingang, während die vorderen Patrouillen noch abgelenkt waren.

Mein Herz klopfte lauter als unsere eiligen Schritte. Doch als meine Füße schließlich den losen Sand am Wasser berührten, ergriff mich das Gefühl, zu fliegen.

Wir hatten es bis zum Strand geschafft!

Die Freiheit war in Sicht.

Nach einiger Zeit stießen wir auf ein klappriges Boot. So leise wie möglich schleppten wir es zum Wasser hinunter. Meine blutverschmierten Hände legten schließlich die Schwerter beiseite und griffen stattdessen nach einem Ruder.

Wir ruderten in die Nacht hinaus, das Adrenalin verlieh unseren Armen Kraft. Ich hätte eigentlich zu erschöpft sein müssen, um mich auch nur zu bewegen , geschweige denn mich anzustrengen. Aber auf meiner Haut prickelte es lebendig, als ob die Freiheit in mir ein neues Feuer entfacht hätte. Wir wussten nicht genau, wohin wir fuhren – aber wir wussten, dass wir das Gefängnis hinter uns ließen.

«Ich kann einfach nicht glauben, dass wir das gerade getan haben. Ich kann nicht glauben, dass *du* das gerade getan hast!» Noors Stimme zitterte, und ich war mir nicht sicher, ob sie gleich loslachen oder losweinen würde.

Ich spürte, wie mein eigenes Lachen in meiner Brust tanzte und herausdrängte.

«Diese Wachen hatten gerade mal die Grundlagen des Schwertkampfes erlernt», sagte ich und konnte mir ein Grinsen nicht verkneifen. «Hätten wir richtigen Soldaten gegenübergestanden, wäre das so nicht möglich gewesen.»

Noor schnaubte. «Es hätte überhaupt nicht möglich sein dürfen! Hast du etwa Dschinn-Magie konsumiert? Wie hast du das gemacht?»

Ich hielt mitten im Rudern inne und rieb mir den Nacken. Es war keine Magie, die mein Schwert blitzschnell durch die Luft sausen ließ – meine Reflexe waren einfach flink wie die einer Katze.

Es war Training.

Jeder Angriff war erlernt, jede Parade, jede Verteidigungstechnik. Alles war tief in meinen Muskeln verankert.

Dunkle Augen und sichere Hände schossen mir durch den Kopf, als ich daran denken musste, mit wem ich all diese Stunden des Trainings verbracht hatte.

Wenn ich meine Augen schloss, konnte ich sogar den leisen Klang seiner sorgfältig gesetzten Schritte neben mir hören. Bis ich mich schließlich nicht mehr nur an das Training erinnerte – sondern auch an die anderen Dinge. Jene Dinge an ihm, die ich unbedingt vergessen wollte: das kleine Lächeln, bei dem er nur ganz leicht die Mundwinkel hob, wenn er mich betrachtete. Der Tonfall in seiner Stimme, wenn er meinen Namen sagte. Ich krallte mir die Finger in die Handflächen. Die Nägel gruben sich bei dem verzweifelten Versuch in mein Fleisch, dem Ansturm dieser Gefühle für ihn zu entkommen. Doch jede einzelne Erinnerung an ihn war wie eingebrannt in meine Haut.

Tief in mir hatte ich sie vergraben, diese Momente der Zärtlichkeit, an die ich nicht denken wollte – denn es waren nur Lügen.

Nur eine einzige Wahrheit hatte zwischen uns existiert, und zwar auf dem Schlachtfeld.

Ich wollte seinen Namen nicht aussprechen. Nicht jetzt.

«Ich bin mit allen Arten von Schwertern aufgewachsen, schon mein ganzes Leben lang. Mein Vater hat Schwerter geschmiedet – und er hat sichergestellt, dass ich damit umzugehen weiß», sagte ich schließlich und erstickte damit die anderen Worte, die über meine Lippen zu kommen drohten.

«Das hat er allerdings.» Noor blickte auf das dunkle Meer hinaus. Für einen Moment ließen wir unser Boot einfach auf dem Wasser schaukeln, ganz in unsere Gedanken vertieft.

«Dani – ich habe dir nicht alles erzählt.» Noors leise Stimme unterbrach das ewige Rauschen des Meeres.

Ich sah auf, und etwas an ihrem Tonfall ließ das Ruder in meinen Händen erstarren.

Ihre blitzenden Augen begegneten meinem Blick über dem mondbeschienenen Meer. «Ich weiß, wo Soumas Schatz versteckt ist.»

Ich atmete tief ein, und die Seeluft glitt in meine Lungen. Die Möglichkeiten, die aus Noors Geständnis erwuchsen, rasten nur so durch meinen Kopf – sogar schneller noch als jeder einzelne meiner Pläne, aus dem Gefängnis auszubrechen. Sie verdrängten die warmen Gedanken an Maz und gaben mir etwas anderes.

Etwas, das sich anfühlte wie Rache.

Ich hatte schon vermutet, dass sie wusste, wo der Schatz versteckt war. Aber jetzt hatte sie es tatsächlich zugegeben! Und die Möglichkeiten waren schier grenzenlos. All diese Macht. All diese Magie.

Was würde ich tun, wenn ich die Macht besäße, einfach *alles* geschehen zu lassen?

Dieses Mal waren es keine tröstlichen Erinnerungen, die mich überfielen – sie waren durchdrungen von Bitterkeit. Mazins unbewegtes Gesicht, als er zusah, wie ich von den Palastwachen weggezerrt wurde. Die schmutzigen Finger von Hauptmann Darbaran, die sich in das Fleisch meines Arms bohrten und dicke Ketten um meine Handgelenke legten.

Ich könnte sie für all das bezahlen lassen! Aber was würde mir das jetzt bringen?

Sosehr ich auch dem Hass nachgeben wollte – es war die leise Stimme meines Babas, die mich drängte, stattdessen lieber nach Hause zu kommen. Rache würde meinem Vater nicht helfen. Sie würde alles nur noch schlimmer machen. Selbst wenn mir gerade alle Macht der Welt zur Verfügung stand, wollte ich im Moment doch nur eines.

«Komm mit mir. Lass uns Soumas Schatz gemeinsam heben.» Noors Stimme war so leise, dass sie fast vom Wind verschluckt wurde. Ich konnte sie dennoch deutlich verstehen. «Teile ihn mit mir. Mit dem, was Souma vergraben hat, könnten wir überallhin gehen, wohin wir wollen.» Sie schluckte. Ihre Augen leuchteten wie zwei Feuer im Mondlicht. «Wir könnten Gerechtigkeit für das bekommen, was uns angetan wurde.»

Ein tiefer Atemzug strömte in mich. «Gerechtigkeit?» Ich hob eine Braue. «Willst du wirklich Gerechtigkeit? Denn das ist nicht das, was *ich* brauche.»

Sie wandte den Blick ab, schaute auf das unergründliche dunkle Meer hinaus.

«Rache», erwiderte sie schließlich nach einer Minute. «Ich hätte besser *Rache* sagen sollen.»

Ein Wort, das ich nur zu gut kannte.

«Ich will mich an Kaiser Vahid rächen.» Sie leckte sich nervös über die Lippen, als hätte sie Angst davor, es laut auszusprechen.

Aber irgendetwas kratzte in meinem Hinterkopf. Das passte noch nicht ganz zusammen. Es konnte ihr nicht einfach nur um irgendeinen Fürsten gehen, dem sie nahegestanden hatte. Da war noch etwas anderes.

«Warum?», fragte ich, während ich sie mit schiefgelegtem Kopf musterte. Wir hatten so viel miteinander geteilt – aber vielleicht immer noch nicht genug.

«Ich will den Mann vernichten, der so viele Hinrichtungen befohlen hat. Den Mann, der meinen ...»

Noor brach ab, schien nach dem richtigen Wort zu suchen. Ich war mir nicht sicher, wo sie landen würde. *Freund? Fürst?*

Souma war jedenfalls nicht nur ihr Fürst gewesen. Nicht nur der Mann, der ihr den Umgang mit Zoraat beigebracht hatte – so viel war klar.

«Deinen ...?», hakte ich nach.

Sie sah auf, und ihre dunklen Augen funkelten. «Souma war mein Vater. Mein richtiger Vater. Er hatte eine Affäre mit meiner Mutter. Meine Mutter starb, und er nahm mich daraufhin zu sich, hielt meine Identität aber vor seiner Familie geheim. Deshalb kann ich mich nicht einfach verstecken, während Kaiser Vahid sorglos in seinem Palast hockt.» Sie ballte die Hände zu Fäusten.

Ich lächelte, und darin lag keine Spur von Humor.

«Du und ich haben beide etwas wegen Vahid verloren. Aber wenn er deinen Vater getötet hat, dann hast du dafür Vergeltung verdient, Noor. Wenn mir das passiert wäre, würde ich das auch wollen.»

Sie sah zu Boden, als könnte sie es nicht ertragen, mir in die Augen zu schauen.

Rache.

Es juckte mir in den Fingern, diese Gelegenheit zu ergreifen. Aber Rache würde mich nicht zu meinem Vater bringen. Sie würde nicht auslöschen, was geschehen war.

Noor gab mir die Schlüssel zu unbegrenzter Macht in die Hand: die Fähigkeit, über die Magie der Dschinn zu gebieten!

Seltsamerweise fühlte ich mich nicht euphorisch.

Wollte ich Vergeltung für das, was mir angetan worden war?

Gewiss. Aber mehr als alles andere wollte ich einfach nur eines: die Hand meines Vaters halten und die Narben auf seiner Handfläche spüren, angesammelt während vieler Jahre in seiner Schmiede. Ich wollte mich daran erinnern, was es hieß, geliebt zu werden. Vahid hatte Noors Vater getötet – aber meiner trug noch ein schlagendes Herz in der Brust. Und dieses Gespräch hatte mir gerade klargemacht, wie viel Glück ich damit hatte.

«Ich kann nicht.» Ich wog meine Worte sorgfältig ab. «Ich kann nicht mit dir gehen und Soumas Schatz heben.»

Ihr Mund verzog sich enttäuscht.

«Ich muss zurück zu meinem Vater.»

Noor nickte, obwohl sie ihr Ruder so fest umklammerte, dass ihre Knöchel weiß hervortraten. Zum ersten Mal fragte ich mich, ob sie überhaupt noch irgendwohin musste.

Der Mann, der ihre ganze Familie gewesen war, war tot.

Ich schluckte den Kloß in meinem Hals hinunter, denn ich wusste, dass mein Vater sie mit offenen Armen empfangen würde. Schließlich hatte sie mir geholfen.

Ich streckte die Hand nach ihr aus und legte sie leicht auf ihren Arm. «Komm mit mir nach Hause. Dort gibt es einen Platz für dich.» Ich sprach leise und von Herzen. Wir kannten uns noch nicht lange, aber unsere Beziehung war im Schmutz eines Gefängnisses geschmiedet worden, das uns vernichten wollte – und wir hatten es stattdessen mit blutigen Händen verlassen. «Wenn wir erst einmal im Haus meines Vaters in Sicherheit sind, können wir uns überlegen, was wir als Nächstes tun wollen.»

Noor biss sich auf die Lippe und blickte zurück auf das Gefängnis – ein dunkler Punkt am heller werdenden Horizont.

«Dania, du hast schon genug für mich getan. Du bist für mich zurückgekommen, und das hättest du nicht tun müssen.» Ihr Lächeln war traurig. «Ist schon gut. Wenn ich eine Familie hätte, würde ich auch bei ihr sein wollen.»

Mein Herz zersprang in tausend Splitter, denn ich wusste, dass sie niemanden mehr hatte. Dass sie jetzt allein war, während ich noch Menschen hatte, die mich liebten.

Ich umklammerte fest ihre Hände, und das Boot schwankte durch die Kraft meiner Bewegung. «Du gehörst jetzt auch zu meiner Familie.»

ELF

Mein Dorf lag am Fuße der Berge, eingebettet in den Fels, als wäre es ein Teil des Massivs. Einige Dutzend Häuser aus gebrannten Ziegeln schützten die Bewohner vor der Wut der Gletscherwinde, und ein Felsvorsprung schirmte uns vor den schlimmsten Stürmen unten im Tal ab.

Die Schmiede meines Vaters stand etwas abseits von den anderen Häusern. Stolz hob sie sich von der Bergflanke ab, und ihre weißen Mauern und das steinerne Tor schienen mich zu rufen. Für gewöhnlich war ein Schmied in der Stadt tätig, nahe beim Kaiser, um seine Armeen und Attentäter mit tödlichen Waffen auszustatten. Aber mein Vater war kein gewöhnlicher Schmied. Er weigerte sich, von dem Ort wegzuziehen, an dem er meine Mutter geheiratet hatte, seine Dorfgemeinschaft zu verlassen, um in der Stadt seinen Wohlstand zu mehren. Und doch hatte der Wohlstand *ihn* gefunden.

Denn er verfügte über die Gabe, Klingen von tödlicher Schönheit zu schmieden, mit überraschender Präzision und Ausgewogenheit, die in der Hand regelrecht zu tanzen schienen. Kaiser Vahid fragte meinen Vater sogar einmal, ob er irgendwie in den Besitz von Dschinn-Magie gekommen sei oder ob in seiner Schmiede das rauchlose Feuer der Dschinn-Reiche brannte.

Natürlich war das nicht der Fall. Mein Vater war ein einfacher Mann, und dafür liebte ich ihn.

Als wir nach unserer Flucht schließlich den ersten Küstenort erreicht hatten, gelang es Noor und mir, ein Maultier zu stehlen.

Wir ritten die ganze Nacht hindurch. Wenn uns jemand verfolgte, brauchten wir einen Vorsprung!

«Ich hoffe, dein Dorf hat einen sehr tiefen Brunnen. Ich habe das Gefühl, dass ich ewig trinken könnte.» Noor ließ sich dramatisch über den Hals des Maultiers sinken, während ich abstieg, die Zügel ergriff und das Tier im Dämmerlicht durch die Straßen meines Dorfes führte.

«Natürlich gibt es einen Brunnen. Sonst würde man hier kaum leben können.»

«Bring mich sofort zu ihm!»

Ich prustete los, auch wenn mein Kopf vor Durst dröhnte. Unsere Wassersäcke waren schon seit Stunden leer. Wir hatten nur überlebt, weil es uns bei der Durchquerung der kalten Wüste gelungen war, Schnee von den Sanddünen zu kratzen. Mein Magen knurrte, denn auch die letzten wilden Kirschen und gestohlenen Datteln waren uns an diesem Morgen ausgegangen. «Zuerst gehen wir zum Haus meines Vaters. Dort können wir so viel essen und trinken, wie wir wollen, das verspreche ich dir.»

«Gut! Denn von Datteln allein kann ich nicht leben. Da war das Essen im Gefängnis besser.»

«*Das* kann doch nicht dein Ernst sein!» Ich erschauderte bei der Erinnerung an den Linsenbrei, der durch meine Kehle kroch.

Noor hob den Kopf. «Du hast recht. Zumindest schmecken Datteln nach etwas.»

Ansonsten hatten wir in letzter Zeit fast nur Aprikosen und Mandel-Fladenbrote gegessen, die wir in den Orten gestohlen hatten, durch die wir kamen, und diese Kost machte mir nichts aus. Noor und ich hatten uns in den winzigen Siedlungen entlang des Weges genommen, was wir am dringendsten brauchten. Es war uns gelungen, zwei schlichte Kurtas als Ersatz für unsere blutverschmierten Gefängniskleider zu ergattern, außerdem einfache, aber solide gewebte Schuhe. Wenn ich Gewissensbisse wegen der Leute bekam, die ich bestahl, dachte ich daran, dass ich schon bald meinen Vater sehen würde. Wenn ich erst zu Hause war, konnte ich ihnen alles zurückzahlen.

Mir kam es einzig darauf an, ihn endlich wiederzusehen.

Anschließend könnten wir gehen, wohin immer wir wollten.

«Stell dir nur vor: Wir können vielleicht Hammeleintopf mit Reis essen! Scharf eingelegtes Gemüse. Weiches Brot mit Knoblauch und Schwarzkümmel.» Noor leckte sich über die Lippen.

«Bei meinem Vater können wir uns den Bauch vollschlagen.» Ich konnte nicht verhindern, dass meine Stimme sich drängend anhörte. Meine Haut kribbelte vor Vorfreude! Ich war meinem Vater jetzt so nah, dass hinter meinen Lidern bereits Tränen brannten.

«Komm schon!»

Ich führte Noor über das unebene Kopfsteinpflaster meines Dorfes und achtete darauf, dass die Dupatta, die ich um mein Gesicht geschlungen hatte, meine Züge verbarg. Ich wollte nicht, dass jemand Kaiser Vahid – oder gar Mazin – über meine Rückkehr informierte. Zwar wusste ich nicht, ob er Spione in meinem Dorf hatte, aber ich wollte kein Risiko eingehen.

Nun näherten wir uns dem Haus meines Vaters, dessen Lehmziegel sich in strahlendem Weiß vom Fels des Berges abhoben. An der Seite des Gebäudes befand sich seine Schmiede, über der Tür hing noch immer das Schild, auf das zwei gekreuzte Dolche graviert waren.

Doch die Schmiede lag im Dunkeln. Keine Esse leuchtete durch die Fenster.

Ich runzelte die Stirn und schloss meine Hand so fest um die Zügel, dass das Leder sich zusammenzog. Baba arbeitete frühmorgens immer in der Schmiede!

Grauen breitete sich in meiner Magengrube aus, wuchs so rasch wie ein Loch im Treibsand.

«Die Tür steht auf.» Noor zog ihren Mantel fester zu.

Ich warf einen Blick auf das Haus, um zu sehen, ob sie recht hatte. Bis eben war ich so sehr auf die Schmiede konzentriert gewesen, dass ich die offene Haustür gar nicht bemerkt hatte.

Sofort eilte ich ins Haus – so rasch, dass meine Schritte kaum den staubigen Weg berührten. Schatten lagerten im Haus, und kein Kerzenschein deutete darauf hin, dass es hier drin Leben gab.

Wo ist er?

«Baba?», rief ich. Mir schlug das Herz bis zum Hals. Wild ließ ich meinen Blick durch den leeren Raum schweifen. Die Bank aus Mangoholz im Wohnzimmer war umgestoßen worden, die Matte aus Wüstengräsern war zerrissen. Eine Schweißperle rann mir über die Schläfe, obwohl das Haus kalt war.

Es war die Art von Kälte, die sich unbewohnt anfühlte, abgestanden. Ich eilte in den hinteren Teil des Hauses, ins Schlafzimmer meines Vaters.

Alles darin war zerstört.

Sein Bett war zertrümmert worden, die Kissen aufgerissen und die Matratze aus Kokosfasern in zwei Hälften geteilt. All die Dolche, die mein Vater an den Wänden seines Zimmers aufgehängt hatte, hatte man mitgenommen. Nur noch ihre dunklen Umrisse verrieten, dass sie einmal dort gehangen hatten. Ich ging zur Wand und legte meine Handfläche auf den Umriss des Dolches, der einen goldenen Griff in Form eines Schakalkopfes besessen hatte, als wollte ich mich davon überzeugen, dass meine Erinnerungen echt waren. Dass mein Vater wirklich hier *gelebt* hatte.

Dass dieses Haus warm und lebendig gewesen war, als ich es das letzte Mal gesehen hatte.

Wieder und wieder rief ich seinen Namen. Rief nach meiner Katze Jalebi, ließ die Worte durch das Haus hallen und hielt Ausschau nach irgendeinem Lebenszeichen.

«Wo bist du?», flüsterte ich in dem vollkommen zerstörten Zimmer.

«Vielleicht ist er geflohen?» Noors leise Stimme erklang hinter mir – ganz vorsichtig, als fürchtete sie, ein wildes Tier zu verschrecken. Sie füllte die Leere des Raumes, und trotz ihrer behutsamen Worte stieg Wut in mir auf.

«Aber nicht so!», schnauzte ich. Dann durchkämmte ich das leere, verwüstete Zimmer nach irgendeinem Hinweis darauf, wo er hingegangen sein könnte.

Es gab nichts – nicht einmal eine Spur von meiner Katze. Es war, als ob hier schon lange niemand mehr gelebt hätte.

Schließlich drehte ich mich zu Noor um. «Er hätte versucht, mir eine Nachricht zu hinterlassen!»

Er wäre nicht einfach so gegangen, hätte nicht einfach sein zerstörtes Haus zurückgelassen, ohne mir irgendwie mitzuteilen, wo er hingeht.

«Vielleicht blieb ihm keine Zeit, eine Botschaft für dich zurückzulassen.» Ich hörte den Zweifel in ihrer Stimme. Es war derselbe Zweifel, der auch mich gerade mit seinem Gewicht zu Boden drückte.

«Glaubst du, Kaiser Vahid hat auch ihn verhaften lassen?»

Sie verzog den Mund zu einem dünnen Strich. «Das ist gut möglich. Aber es erklärt nicht, warum seine Sachen fehlen und alles zerstört ist. Vielleicht wurde er hier drin überfallen?»

Überfallen.

Auf Noors Worte hin rannte ich zum anderen Ende des Hauses, in mein Zimmer.

Die weiß getünchten Ziegelwände, mit denen ich aufgewachsen war, begrüßten mich, das vertraute stabile Bettgestell und das breite Fenster, durch das Sonnenstrahlen auf den herumwirbelnden Staub fielen. Doch mein Zimmer war genauso verwüstet wie das meines Vaters. Ein paar schlichte Kurtas lagen auf dem Boden verstreut, aber alle anderen Kleidungsstücke waren verschwunden. Der Raum war komplett auf den Kopf gestellt worden, als hätten viele Hände alles durchwühlt und mitgenommen, was immer ihnen gefiel.

Mir wurde schlecht. Ich fühlte mich, als wäre ich erneut verhaftet worden – als hätte man mir wieder alles genommen, was ich liebte, um mir dafür nur eine leere Zelle zu geben. Zusammen mit dieser allgegenwärtigen Angst, die seit meiner Ankunft auf mir lastete und mich fast in die Knie zwang.

Ich rückte das Bett weg von der Wand und machte mich an einem einen losen Stein neben dem Bettpfosten zu schaffen. Er gab nicht sofort nach, und ich spürte ein Aufflackern der Erleichterung. Ich drehte und zerrte an ihm, bis er sich endlich löste. Er zerbrach in meiner Hand und gab ein kleines Fach frei – ein Versteck, das nur ich kannte.

Da. Eine kleine dunkle Tasche lag unangetastet in der Ecke des Lochs. Mein Atem entwich mir zischend, während ich sie herauszog, und meine Schultern sanken erleichtert herab. Ich öffnete den indigoblauen Beutel, in dem sich meine wenigen Sachen befanden: ein Säckchen mit Geld, eine geflochtene Strähne vom dunklen Haar meiner Amma, ihre goldenen Ohrringe, ein kleines Klappmesser, das in meine Tasche passte, angefertigt von meinem Vater – und schließlich das letzte Stück: eine Halskette mit einem Miniaturdolch als Anhänger, ein Geschenk von Mazin. Ich hielt den Anhänger ins Licht und betrachtete seine schimmernde Klinge in der Morgensonne. Es war ein echter Dolch, wenn auch klein, und seine Klinge war so scharf wie die meines Vaters. Sein Griff war dem Kopf eines Halmasti nachempfunden, einer großen, wolfsähnlichen Kreatur aus den Sagen des Nordens. Es war die Nachbildung eines größeren Dolches, den mein Vater geschmiedet hatte, mein Lieblingsmesser. Ich schloss meine Finger darum, und die Klinge biss in meine Handfläche. Die Erinnerung an den Tag, an dem Mazin ihn mir geschenkt hatte, war noch ganz frisch in meinem Gedächtnis.

Du wirst ihn doch tragen, oder?

Ich werde ihn niemals ablegen!

Aber an jenem Tag hatte ich es vergessen – und so lag der Anhänger sicher in meinem Versteck und konnte mir nicht abgenommen werden, als man mich verhaftete. Dafür war Maz mir mit einer anderen Klinge in den Rücken gefallen.

«Was auch immer du hier suchst – es ist nichts mehr da. Sie haben schon alles mitgenommen. Besitzt du denn gar kein Schamgefühl?»

Die raue, schneidende Stimme traf mich wie ein Blitz und riss mich aus meinen Erinnerungen.

Ich hätte sie überall erkannt.

Sofort wirbelte ich herum. «Nanu?»

Meine Großmutter stand in der Tür, eine staubige Dupatta war um ihre Schultern gezogen. Sie sah kleiner aus als früher, wirkte geschrumpft – als hätte der Schal, in den sie sich hüllte, begonnen, sie zu verschlingen. Die sichtbaren Veränderungen jagten einen Schock durch meine Knochen. Einst war sie meiner Mutter so ähnlich gewesen – glänzendes schwarzes Haar, die Haut von einem leuchtend-warmen Braun, als würde die Sonne immer darauf scheinen ... Und nun war sie deutlich gealtert. Deutlicher, als jemand in einem Jahr altern sollte. Ich hätte sie kaum wiedererkannt – wäre da nicht diese Stimme gewesen, die wie das rostige Knarzen einer Flamme aus der Schmiede klang. Nun war ihr Haar verblichen und strähnig-grau, ihre Haut war von tiefen Furchen gezeichnet, die wie Narben aussahen.

Sie blinzelte mich an, und ihre blassen Augen schimmerten in dem dämmrigen Raum. «Dania?»

Es war nur ein leises Flüstern, aber ich hörte, wie ungläubig es klang.

Mit brennenden Augen stürzte ich zu ihr und warf meine Arme um sie. Dabei musste ich darauf achten, ihren so gebrechlich gewordenen Körper nicht zu zerquetschen. «Nanu – ich bin's,

Dania! Ich bin wieder da.» Es fühlte sich fremd an, sie so zu halten. Ich konnte mich nicht daran erinnern, wann wir uns überhaupt das letzte Mal umarmt hatten. Meine Großmutter und ich hatten uns nie nahegestanden. Mein Vater hatte das stets auf den Tod meiner Mutter geschoben. Seit sie gestorben war, hatte sich etwas in meiner Großmutter verändert – als hätte sich der Schmerz über den Verlust ihres einzigen Kindes in ihr festgesetzt, sodass sie den Rest der Welt nicht mehr ertragen konnte.

Vor allem mich nicht.

Sie hielt Abstand zu mir, und wir sahen uns eigentlich nur an Feiertagen und bei Dorffesten. Doch diese Distanz war dahingeschmolzen – jetzt, da sie vor mir stand und nicht mein Vater.

Ihre Schultern waren steif, und sie erwiderte die Umarmung nicht. «Ich dachte, du wärst gestorben, Mädchen.» Sie schüttelte den Kopf, die Augen weit aufgerissen. «Ich dachte ...»

Ihre Stimme klang immer noch unsicher, als könnte sie nicht glauben, dass ich echt war.

«Nanu.» Ich umfasste ihre Arme und schüttelte sie. «Wo ist Baba?» Meine Stimme war leise und eindringlich. «Was ist passiert?»

Ihr Mund klappte auf, und sie stieß einen Laut aus – keine erkennbaren Worte. Ihre ohnehin schon bleiche Haut wirkte nun noch weißer. Unbehagen überkam mich wie Nebel, den ich mit den Augen nicht durchdringen konnte.

Sie beantwortete meine Frage nicht. Stattdessen schien sie etwas hinter mir zu entdecken – und versteifte sich. «Wer bist du?»

Ich blickte über die Schulter zu Noor, die unbeholfen in der Tür zu meinem Zimmer stand. Ihre Unsicherheit war überdeutlich in ihrem Gesicht zu lesen.

«Nanu, ganz ruhig. Sie gehört zu mir. Sie ist meine Freundin.»

Nanu blinzelte und starrte mich an, kaute auf ihrer Unterlippe. «Ich kann nicht glauben, dass du hier bist, Dania. Dass du wahrhaftig vor mir stehst.»

Ich atmete tief aus, nahm ihre Hände in meine und drückte sie. «Ich bin echt, Nanu.»

«Sie haben dich also freigelassen?» Sie runzelte die Stirn, die Falten in ihrem Gesicht vertieften sich.

Ich schüttelte den Kopf, ein entschiedenes Nein.

Die Erkenntnis dämmerte auf ihrem Gesicht, und ihre Stimme sank zu einem leisen Flüstern herab. Sie schien es kaum zu wagen, die nächsten Worte auszusprechen. «Du bist geflohen?»

Geflohen.

Ich dachte an all die Wachen, die ich getötet hatte, um dort herauszukommen. An die Folter, die ich unter Thohfsa erlitten hatte. An Noor, die bewusstlos in einer Lache ihres eigenen Blutes auf dem Boden ihrer schmutzigen Zelle lag.

Flucht war so ein kleines Wort für das, was wir getan hatten. Wir hatten uns einen Weg in die Freiheit gebahnt – trotz all der Dinge, die man uns genommen hatte.

«Ja, ich bin geflohen. Und ich bin gekommen, um Baba zu holen – und dich, wenn du dich uns anschließen willst. Ich will unser Dorf verlassen und an einen Ort fliehen, wo Vahid keine Macht mehr über uns hat. Wo wir in Frieden leben können. Vielleicht gehen wir nach Norden zu deinem Volk.»

Ich war nicht sicher, ob Nanu mit uns kommen wollte – aber ich bot es ihr trotzdem an. Erinnerungen an sie schossen mir durch den Kopf. Wie sorgfältig sie sich von mir ferngehalten hatte. Wie sie nach dem Tod meiner Mutter zu einem Schatten ihrer selbst geworden war.

Nanus Lippen verzogen sich, bewegten sich wie eine giftige Schlange. «Dania – ich muss dir etwas über deinen Vater sagen.»

Das dunkle Loch in meinem Magen tat sich wieder auf. Aber etwas in mir weigerte sich, es zu beachten.

«Wo ist er?» Ich sah mich um, als könnte ich ihn herbeizaubern. Meine Stimme klang immer verzweifelter. «Wir müssen so schnell wie möglich weg von hier! Vahid könnte nach uns suchen.» Meine Worte sprudelten überstürzt heraus. Und ich weigerte mich, in die hohlen Augen meiner Großmutter zu schauen. Denn darin lag etwas, das ich nicht sehen wollte.

«Dania.» Noors kühle Stimme unterbrach meine verzweifelten Worte. Sie legte mir eine Hand auf die Schulter. Ich verstummte, während mir das Blut in den Ohren pochte. «Ich glaube, deine Großmutter will dir etwas sagen.»

Schmerz flammte in meiner Brust auf – eine schwarze, klaffende Wunde, die mich vollständig zu verschlingen drohte. Ich wusste, was sie sagen würde, noch bevor sie die Worte aussprach. Noch bevor sie mich mit ihren blassen Augen ansah. Noch bevor Noor mich auffing, als ich fiel. Ich wusste, was meine Großmutter mir zu sagen versucht hatte – und ich wollte es nicht hören.

Denn wenn es wahr war, dann blieb mir nichts mehr auf der Welt.

«Dania ... Dein Baba ist tot.»

ZWÖLF

Berichte mir, was passiert ist.»

Nanu brachte uns zu ihrem kleinen Haus, das ein paar Minuten entfernt lag. Wir setzten uns in ihr Wohnzimmer, in den Händen jeweils ein Becher mit Chai, den sie aus dem Topf über dem Feuer geschöpft hatte.

«Nachdem dein Vater ermordet wurde, haben sie das ganze Haus durchwühlt.»

Nachdem mein Vater ermordet wurde.

Ich wusste, dass es wahr war. Spürte es in meinen Knochen – so wie man es spürte, wenn sich ein Sturm über einem zusammenbraute. Mein Vater war fort.

Und ich musste wissen, warum! Doch meine Großmutter war meinen Fragen bisher ausgewichen und hatte uns stattdessen ein Bett im Nebenzimmer vorbereitet.

«Berichte mir, was passiert ist», wiederholte ich mit leiser Stimme und trat an sie heran, während sie die Flammen schürte. Sie schenkte mir Chai nach. Eine grüne Kardamomkapsel schwamm oben auf dem milchigen Tee. Ich nahm den warmen Becher entgegen, konnte ihn aber nicht an meine Lippen führen. Meine Zunge fühlte sich dick an und geschwollen.

«Trink deinen Tee», sagte sie mit Nachdruck.

Ich schluckte heftig und versuchte, meine Frustration beiseitezudrängen. Sie begegnete meinem wütenden Blick mit steinerner Miene. Also hob ich den Becher an meine Lippen und schluckte die heiße Flüssigkeit hinunter, ohne auch nur einen

Tropfen zu schmecken. Ich bemerkte kaum, wie der brühend heiße Tee meine Kehle hinabfloss.

«Bitte.» Ich knallte meinen Becher auf den Tisch vor uns. «Und jetzt – *berichte mir, was passiert ist!*»

Noor legte mir sanft eine Hand auf die Schulter. Ich warf ihr einen dankbaren Blick zu, schloss meine Augen und atmete tief durch, um den Aufruhr der Emotionen in mir zu beruhigen. Natürlich wusste ich, dass meine Großmutter keine Schuld trug – aber ich brauchte Informationen von ihr.

Nanu holte tief Luft. «Als sie dich gefangen nahmen, war dein Vater außer sich vor Wut. Er nahm seine besten Waffen und wollte dich damit befreien. Keiner konnte ihn zur Vernunft bringen. Sein Freund Casildo versprach, ihm zu helfen. Und so machten sie sich bei Einbruch der Nacht gemeinsam auf den Weg, um dich zu suchen.»

Casildo.

Wenn wir nach Basral reisten, machte mein Vater häufig auch bei ihm halt, und Casildo kaufte oft Schwerter bei ihm. Er war ein guter Freund meines Vaters gewesen, und auf dem Weg hierher hatte ich mit dem Gedanken gespielt, zuerst zu ihm zu reiten. Dass Casildo tatsächlich meinem Vater bei dem Versuch helfen wollte, mich zu retten, ließ etwas in meiner Brust weit werden.

Ich *wusste* bis jetzt nicht einmal, dass mein Vater überhaupt eine Rettungsaktion geplant hatte!

Meine Hand streckte sich von selbst aus, und ich ergriff Nanus kühle Finger. Sie hielt inne und schaute auf unsere Hände hinunter. Ihre Mundwinkel senkten sich und sie runzelte die Stirn. Wir berührten uns nicht oft, und jetzt hatte ich sie innerhalb weniger Stunden sowohl umarmt als auch ihre Hand gehalten. Als meine Mutter gestorben war, hatte ich mich in meinem Kummer nicht an meine Großmutter wenden können. Aber jetzt war sie die Einzige, die meinen Vater so gut gekannt hatte wie ich. Die Einzige, die wusste, was er mir bedeutete.

«Ich wusste nicht, dass Baba versuchen wollte, mich zu befreien», sagte ich und erinnerte mich an die ersten Tage meiner Gefangenschaft im Palastkerker – bevor sie mich auf die Insel gebracht hatten, damit ich dort verrottete.

Ich hatte erwartet, dass man mich hinrichten würde. Aber sie hatten mich an einen Ort geschickt, der noch viel schlimmer war als der Tod. Und währenddessen war mein Vater bei dem Versuch, mich zu befreien, gestorben. Dieses dunkle, Übelkeit erweckende Gefühl wurde immer größer und drohte mich vollständig zu überschwemmen.

«Baba ist meinetwegen gestorben?» Ich wandte mein Gesicht ab, wollte die Bestätigung in ihren Augen nicht sehen.

«Nein», sagte sie, und ihre Stimme durchbrach das Brüllen, das in meinen Ohren toste.

«Er wurde von seinem Freund Casildo verraten. Er hatte behauptet, er könne sie in das Palastgefängnis bringen. Stattdessen führte er deinen Vater direkt in die Arme der Stadtwachen. Aber dein Vater weigerte sich, einfach so aufzugeben. Er kämpfte gegen sie, bis er schließlich von den Soldaten überwältigt wurde. Töricht.»

Nanus Worte waren leise. Dennoch hörte ich sie so laut in meinem Kopf, dass ich nicht mehr klar denken konnte. Ich sah es genau vor mir: wie er seinen liebsten, kunstvoll verzierten Talwar zog, als er die Wachen sah. Wie er den Mund verzog, als er sich zu seinem Freund umdrehte – und dessen Verrat erkannte. Wahrscheinlich hatte er ihn so angeschaut, wie ich zu Mazin geblickt hatte, bevor die Wachen mich festnahmen.

Mein Vater hatte sicher dasselbe flaue Gefühl in der Magengegend gespürt wie ich. Dieselbe Fassungslosigkeit, als er erfahren musste, dass sein engster Verbündeter ihn verraten hatte.

Die Erkenntnis, dass man ganz allein dastand.

«Wo ist er jetzt?», fragte ich gefährlich leise.

Noor begegnete meinem Blick. Mit unterschlagenen Beinen saß sie auf der Matte aus Palmenfasern.

Als sie den Ausdruck auf meinem Gesicht erkannte, nickte sie.

Ja.

Sie wusste, was ich wollte. Denn sie wollte dasselbe, für dasselbe Verbrechen. Die Antwort auf die Frage, was meine nächsten Schritte sein würden, war sonnenklar.

Nanu beobachtete unseren stummen Austausch mit geneigtem Kopf – als ob sie unsere Verbindung zum ersten Mal bemerken würde.

Aber sie hatte meine Frage noch nicht beantwortet.

«Casildo?», wiederholte ich. «Wo ist er?» Meine Worte waren kaum ein Knurren – aber die Wucht dahinter veränderte sogar die Luft um uns herum. Wut und Erwartung lasteten schwer im Raum. Ich krallte meine Finger um das kleine Klappmesser meines Vaters.

Nanu verengte die Augen. «Casildo ist zurück in der Stadt – und immer noch ein angesehener Händler. Wenn überhaupt, hat sein Verrat sein Ansehen beim Kaiser verbessert. Doch bevor er zurückkehrte, plünderte er erst noch die Schmiede deines Vaters. Er nahm alle seine Schwerter mit. Sackte alles ein, was er nur kriegen konnte.»

Warum hast du ihn nicht aufgehalten?, wollte ich schreien.

Aber ich kannte die Antwort darauf bereits. Meine Großmutter war keine Kriegerin. Und nach meiner Verhaftung und dem Tod meines Vaters hatte es niemanden mehr gegeben, der seine Schwerter hätte verteidigen können.

«Hat Casildo meinen Vater deshalb verraten? Wollte er seine Schwerter haben?» Meine Stimme schwoll an. Die Worte klangen viel zu laut in der Stille zwischen uns.

Meine Großmutter lächelte schwach. «Casildo behauptete, er

habe Angst vor dem Kaiser, deshalb habe er deinen Vater verraten. Aber ich weiß, dass er seitdem die Klingen deines Vaters in seiner Waffenkammer zur Schau stellt.»

«Der Tod meines Vaters als Preis für eine Sammlung von Schwertern!» Ich schüttelte den Kopf.

«Dania – ich hatte keine Ahnung, dass dein Vater seinem Tod entgegenlief.» Ein Schatten legte sich über die Augen meiner Großmutter.

«Ich mache dir keine Vorwürfe, Nanu.» Ich zwang mich, leiser zu sprechen, auch wenn die altbekannte Wut durch meine Adern brauste und alle Dämme davonspülte. «Ich gebe den Leuten die Schuld, die mich ins Gefängnis gebracht haben.»

Mazins kalter Blick schoss mir durch den Kopf. Bei der Erinnerung an Darbarans Grinsen hätte ich am liebsten ausgespuckt. Und Kaiser Vahid hatte das alles inszeniert, um einen Gegner auszuschalten, ohne einen Bürgerkrieg loszutreten.

Und nun konnte ich auch noch Casildo zu meiner Liste hinzufügen.

Casildo, von dem ich dachte, er sei unser Verbündeter – und der doch nichts anderes war als ein weiterer Verräter.

«Und ich gebe dem Mann die Schuld, der meinen Vater betrogen hat, während er vorgab, sein Freund zu sein.»

«Tu nichts Törichtes, Dania», mahnte meine Großmutter, aber ohne jede Schärfe in ihrer Stimme. Vielleicht hatten die jahrelangen Streitereien mit meinem Vater sie ermüdet, und sie wollte ihre Energie nicht auch noch an mich verschwenden. Sie wusste, dass es nichts nützen würde.

Meine Mundwinkel hoben sich zu einem humorlosen Lächeln. «Was immer ich auch tue – es wird nicht töricht sein.»

Ich wollte Rache. Und Noor hatte die Möglichkeit, sie mir zu verschaffen.

An Noors zusammengepressten Lippen konnte ich erkennen, dass sie bereits mit meinen nächsten Worten gerechnet hatte. Sie wollte das Unrecht, das man ihr angetan hatte, wieder ins Lot bringen – so wie ich das meine.

«Wir werden ein paar Tage hierbleiben, um uns auszuruhen. Dann werden Noor und ich unsere Reise fortsetzen.»

Ich erzählte meiner Großmutter nicht, wohin wir unterwegs waren oder wonach wir suchten. Wenn ich ihr gegenüber das Zoraat erwähnte, könnte man dieses Wissen womöglich aus ihr herausfoltern. Es war besser, sie im Dunkeln zu lassen.

«Aber du kannst doch jetzt nicht gehen!» Nanu machte einen Schritt auf mich zu, und ihre Augen wurden dunkler. Ich blinzelte und fragte mich, ob es Besorgnis war, die ich in ihrer Stimme hörte – oder etwas anderes. Nanu war noch nie die Art von Mensch gewesen, der seine Gefühle offen zeigte. «Ich dachte, du wärst tot», fuhr sie mit flehender Stimme fort.

Etwas zerrte an meinem Herzen – aber ich hatte mich bereits entschieden. Mein Blut war zu Stahl geworden, als wäre ich eine von Babas Waffen. Und mit seinem Tod war meine Bestimmung geschmiedet worden.

Es ging nicht mehr um mich oder Nanu. Es ging auch nicht um Gerechtigkeit. Es ging um Rache.

«Wir bleiben noch eine Weile – aber mehr kann ich nicht riskieren. Nicht, wenn die Nachricht von meiner Flucht Vahid wahrscheinlich bald erreichen wird.»

Sie nickte, und ich konnte ihre Enttäuschung spüren. Sie wollte, dass ich blieb – aber ich konnte nicht. Nicht jetzt. Ich würde niemals mit mir selbst leben können, wenn ich nicht etwas wegen des Todes meines Vaters unternahm. Ich konnte das nicht ungerächt lassen, konnte den Mann, der ihn verraten hatte, nicht frei herumlaufen lassen – ebenso wenig wie diejenigen, die *mich* verraten hatten. Ich war entfesselt, und alles Dunkle in mir schrie danach, hervorzubrechen.

Casildo. Darbaran.

Mazin.

Ich blickte auf zu Noor. Ein Name auf meiner Liste tauchte auch auf ihrer auf.

Vahid.

In meinem Kopf sagte ich wieder und wieder ihre Namen auf – bis sich ein Plan zu formen begann. Bis ich mir jeden einzelnen Schritt vorstellen konnte, der nötig war, um an mein Ziel zu gelangen.

Und der allererste Schritt bestand darin, diesen Dschinn-Schatz in die Hände zu bekommen.

An diesem Abend aßen wir geschmorte Ziege, die meine Nanu extra für diesen Anlass geschlachtet hatte. Ich tunkte den letzten Rest der Soße in meiner Schale mit einem Stück zähem Fladenbrot auf und genoss den Geschmack des schwarzen Kardamoms und der Chilis auf meiner Zunge. Wie hatte ich es nur geschafft, ein ganzes Jahr durchzustehen, ohne dieses Essen genießen zu können? Ich saß an dem niedrigen Tisch im Hauptraum von Nanu und stocherte in dem übrig gebliebenen, scharf eingelegten Gemüse in meiner Schale herum. Seine saure Schärfe hielt mich im Hier und Jetzt.

Nanu hatte einige der Frauen aus dem Dorf eingeladen, um beim Kochen zu helfen. Ich hielt meinen Blick gesenkt, während sie Noor und mich neugierig musterten. Nanu versicherte mir, dass sie uns nicht bei Vahid melden würden, aber ich fühlte mich trotzdem unwohl damit, dass so viele Menschen mittlerweile von unserer Flucht wussten. Ich wollte nicht, dass irgendetwas dem im Wege stand, was ich vorhatte.

Der Tod meines Vaters hatte meine Entschlossenheit nur noch gestärkt.

Aber ich weinte nicht um ihn. Ich trauerte nicht.

Mein ganzer Kummer hatte sich in Wut verwandelt. Das

unbändige Bedürfnis nach Vergeltung schlang sich um meine Kehle, seine Krallen bohrten sich in meine Haut. Ich umklammerte den Rand meiner Schale so fest, dass es an ein Wunder grenzte, dass sie nicht in zwei Teile zerbrach.

«Gehen wir wirklich dahin, wohin ich glaube?» Noor schlich sich neben mich und ließ sich auf ein Kissen plumpsen. Ihre Schale war genauso leer wie meine. «Bist du endlich bereit, Soumas Schatz mit mir zu heben?»

Ich lehnte mich zurück und atmete tief aus. Noor und ich wandelten beide auf einem inzwischen vertrauten Pfad der Rache. Und da sie Zugang zu Soumas Schatz hatte, konnten wir viel mehr erreichen, als nur davon zu träumen.

«Ja.»

Noor löffelte noch mehr Reis aus den Servierschalen vor uns auf ihren Teller. Dann senkte sie ihre Stimme. «Ich dachte, er wäre dir egal.»

«Das war, bevor ich wusste, dass mein Vater ermordet wurde. Jetzt verstehe ich, was du damit vorhast. Und ich stimme dir zu. Wir beide haben es verdient, unserer Rache einen Weg zu ebnen.» Finger aus Wut schlossen sich um meinen Hals, schnürten mir die Kehle zu. Ich bekam kaum noch Luft.

Noor setzte ihre Schüssel ab und rieb sich den Nacken. «Dani – ich weiß, du bist wütend ...»

«Ich bin mehr als nur wütend.» Meine Stimme war ein leises Knurren.

«Gut. Aber triff nicht überstürzt wichtige Entscheidungen, nur weil du herausgefunden hast, was mit deinem Vater passiert ist. Denk vorher erst darüber nach.»

«Hast du dir das auch selbst gesagt, als Vahid Souma getötet hat? Als er deinen Vater tötete?»

Sie sog scharf den Atem durch die Zähne ein, aber ich war noch nicht fertig.

«Ich denke sehr genau darüber nach! Mehr als irgendjemand

jemals über etwas nachgedacht hat. Ich denke an jeden Schnitt, an jeden Bluterguss und an jeden Schlag, den ich austeilen werde, um ihnen heimzuzahlen, was sie meinem Vater angetan haben. Was sie *mir* angetan haben.» Mein Mund verzog sich zu einem grimmigen Strich, während ich die Frauen aus dem Dorf beobachtete, die gemeinsam lachten. Ein paar von ihnen hatten gerade die Hühner gefüttert, und eine rieb meiner Nanu warmes Senföl ins Haar. Afra, die Dorfälteste, verbrannte eine Chilischote an der Tür des Hauses, um den bösen Blick abzuwehren, der mir aus dem Gefängnis gefolgt sein könnte. Es herrschte eine festliche Atmosphäre – die Tochter des Schwertschmieds war zu den Leuten zurückgekehrt, die sie schon ihr ganzes Leben lang kannten.

Nur war diese Tochter jetzt anders.

Und obwohl ich an diesem Ort aufgewachsen war, war ich hier nicht zu der Person geworden, die ich im Innern war. Nicht wirklich. Erst als auf dem Steinboden des Gefängnisses gelegen hatte, war das geschmolzene Eisen in meine Adern gesickert.

«Ich möchte, dass du dir ganz sicher bist. Wenn wir diesen Weg einmal eingeschlagen haben, können wir nicht mehr zurück.»

Ich verschränkte meine Arme vor der Brust. «Bist *du* dir nicht sicher? Kannst du einfach so weitermachen, obwohl du weißt, dass Soumas Mörder immer noch da draußen ist?»

Noor wandte ihren Blick von mir ab, und Schmerz blitzte in ihren Augen auf, als sie wieder auf ihre Schüssel starrte.

Ich nickte. «Das dachte ich mir. Für mich ist das auch nicht mehr möglich. Nicht, solange sie noch am Leben sind.»

Mazins Gesicht schob sich vor mein inneres Auge, wie die erste Wolke in einem aufziehenden Sturm.

Am Ende landete ich immer wieder bei ihm.

Es gab andere, die meinen Zorn ebenso verdient hätten – aber Maz' Verrat war eine eiternde Wunde, die alles andere überwucherte.

Er war die Person, die mich am schlimmsten verraten hatte.

Wenn er nicht gewesen wäre, würde Baba noch leben. Ich schluckte und schloss kurz die Augen. Dann schaute ich wieder Noor an. «Nicht, solange *Mazin* noch am Leben ist. Er war der Auslöser für alles andere. Und ich werde alles tun, was nötig ist, damit er meine Wut zu spüren bekommt.»

Noor sah mich an. Ihr Blick war unergründlich, das Fackellicht spiegelte sich flackernd in ihren hellen Augen. «Wenn es das ist, was du wirklich willst – dann bin ich bereit. Und ich will ihn zu Fall bringen.»

Ich wusste, sie meinte mit *ihn* jemand anderen als ich. Aber wir kämpften gegen zwei Seiten derselben Medaille.

Noor hob ihr Kinn. «Ich möchte, dass Souma Gerechtigkeit erfährt.»

«Vertrau mir – Vahid wird nicht ungeschoren davonkommen. Aber bist du dir sicher, dass du all diese Macht mit mir teilen willst?»

Sie nickte. Ich musste ihr einfach die nächste Frage stellen, bevor ich nicht mehr den Mut dazu aufbrachte: «Warum?»

Noor holte tief Luft und beobachtete die tanzenden Flammen des Kochfeuers. «Weil du zurückgekommen bist, statt mich einfach mit Thohfsa in diesem Gefängnis zurückzulassen. Und weil ich nicht glaube, dass einer von uns beiden das allein angehen sollte. Weil wir gut zusammenarbeiten. Und weil ...» Sie zögerte. «Weil wir beide wissen, wie es ist, einen Vater zu verlieren. Machtlos zu sein. Und ich möchte, dass wir etwas von dieser Macht zurückbekommen.»

Ich atmete aus, und ein Teil meiner Wut verflog. Sie hatte recht, wir arbeiteten gut zusammen – unsere Flucht hatte das bewiesen, ebenso wie die Reise hierher. Und wir hatten einen gemeinsamen Feind. Sosehr ich auch mit gezogenen Schwertern direkt in die Stadt reiten wollte, wusste ich doch, dass ich klüger und subtiler vorgehen musste.

Hier ging es nicht nur um irgendeine Bestrafung, sondern darum, die Schuldigen mit aller Macht zur Rechenschaft zu ziehen.

«Das wird kein leichter Weg», sagte ich und betrachtete die Dorffrauen. Denn mir war klar, dass ich vermutlich nie wieder hierher zurückkehren würde – nicht mit dem, was noch vor mir lag.

«Glaub mir – als ich dich kennenlernte, wusste ich sofort, dass der Weg mit dir kein leichter sein würde.» Langsam breitete sich ein Lächeln auf Noors Gesicht aus.

Ich streckte den Arm aus und drückte ihre Hand, war es nicht gewohnt, Dankbarkeit zu empfinden. «Danke, liebe Freundin.»

Noor war nicht verpflichtet, ihre Macht mit mir zu teilen. Aber ablehnen würde ich sie ganz gewiss nicht.

«Dank mir erst, wenn du die Dschinn-Magie in deinen Händen hältst. Wenn du über die Macht verfügst, fast alles zu tun.»

Ich nickte. Dabei kratzte ich mit meinen Fingern über den verwitterten Holztisch, denn ich wollte nur eines: meinen Vater wiederhaben.

Aber keine Dschinn-Macht dieser Welt konnte mir diesen Wunsch erfüllen.

Nichts konnte das.

Baba war nicht mehr da. Und ich würde meinen Frieden finden, indem ich meine Feinde vernichtete. Sie würden den Preis für das bezahlen, was sie getan hatten.

«Ich glaube nicht, dass wir lange hierbleiben sollten», sagte Noor mit leiser Stimme, während sie lächelte und einer Frau zunickte, die an Nanus Feuer vorbeiging. «Die Dorfbewohner beobachten uns.»

Ich erschrak bei ihren Worten. «Meinst du, sie melden es dem Kaiser?»

Die Leute in unserem Dorf standen loyal zu den anderen Einwohnern, und es würde mich überraschen, wenn uns jemand von hier verraten würde.

Aber ich hätte auch nie damit gerechnet, dass Mazin mir das antun könnte.

«In solch einem Dorf? Hier würde man für ein paar zusätzliche Münzen in der eigenen Tasche töten, um besser durch den Winter zu kommen.»

Ich beobachtete einige der Frauen, die gemeinsam am Feuer sangen. «Dann sollten wir besser bei Tagesanbruch aufbrechen.»

«Ich werde jede Menge Rotis von deiner Großmutter einpacken. Wir haben eine lange Reise vor uns, und ich habe in letzter Zeit mehr als genug Datteln essen müssen.»

Ich schenkte ihr ein Lächeln. Es war das erste Mal, dass mir wirklich zum Lächeln zumute war, seit ich von Babas Tod erfahren hatte. «Pack auch ein paar Pakoras ein. Ich habe beim Feuer einen ganzen Teller voll davon gesehen.»

«Ooooh, gute Idee!»

Noor ging zum Essen hinüber. Ich steckte mir ein paar Fenchelsamen in den Mund und kaute darauf herum, während ich ins Feuer starrte.

Es fühlte sich an, als ob Babas Tod etwas in mir freigesetzt hätte – etwas, das ich zurückgehalten hatte, als ich noch Hoffnung hegte, ihn wiederzusehen.

Doch nun gab es keine Hoffnung mehr.

Und ich würde mich nicht länger zurückhalten.

Ich dachte an Casildo – den Mann, der meinen Vater verraten hatte. Meine Hände ballten sich zu Fäusten. Sie waren seit meiner Kindheit befreundet gewesen, und dieser Mann war wie ein Onkel für mich gewesen. Dass er meinen Vater einfach so hatte verraten können, entfachte Kälte in mir. Aber in dieser Kälte fand ich Kraft – als könnte ich alle Gefühle ausschalten und meine Ziele zu einem einzigen verschmelzen. Zu dem einzigen Ziel, das jetzt noch zählte. Vielleicht war das die Antwort auf alles. Wenn ich meinen Körper in Eis verwandelte, konnte ich vielleicht zu der Waffe werden, die ich brauchte, um meinen Vater zu rächen.

Um *mich* zu rächen.

DREIZEHN

Noor, wach auf.»

Noor rieb sich müde die Augen und blinzelte mich an. «Es ist noch dunkel. Die Sonne ist noch nicht einmal aufgegangen.» Sie setzte sich auf der kleinen Pritsche auf, die meine Großmutter ihr zurechtgemacht hatte. Die wenigen Kleider, die wir besaßen, lagen um uns herum auf dem Boden verstreut. Das Zimmer war ein einziges Durcheinander nach der vergangenen Nacht, als fast das halbe Dorf hier gewesen war. «Dania, geht es dir gut?»

«Ich habe etwas gehört. Vielleicht einen Schrei?» Ich biss mir auf die Innenseite der Lippe. «Ich glaube, wir müssen sofort hier weg.»

Noor kam auf die Füße. «Ich sattle das Maultier.»

«Mach schnell. Ich hole unsere Taschen.»

Ich stieß die Worte gehetzt hervor. Es lag Spannung in der Luft, und das fühlte sich nicht richtig an. Noor warf einen Blick aus dem Fenster. «Ich sehe nichts. Aber es könnte ein Hinterhalt sein. Jemand könnte die kaiserlichen Soldaten benachrichtigt haben.»

Ich faltete meine Kleider zusammen und stopfte sie in meine Tasche. «Die kaiserlichen Soldaten würden selbst zu Pferd einen halben Tag bis hierher brauchen. Und dann sollten wir längst verschwunden sein!» Ich hielt inne. «Es sei denn, jemand hat die Kaiserstadt bereits letzte Nacht benachrichtigt.»

«Was ist mit deiner Großmutter? Willst du dich nicht von ihr verabschieden?»

Die brüchige Farbe an Nanus Tür leuchtete in dem schwachen Lichtschein, der in ihrem kleinen Lehmziegelhaus herrschte. Ich betrachtete sie einen langen Moment und dachte an das, was ich gestern Abend zu mir selbst gesagt hatte.

Ich konnte nur weitermachen, wenn ich jede Emotion unterdrückte, alles in mir verschloss.

In mir gab es keinen Platz mehr für meine Großmutter. Keinen Platz für Freundlichkeit. Ich verwandelte mein Blut in soliden Stein und fuhr mit dem Packen fort. «Uns bleibt keine Zeit, sie zu wecken. Es ist nicht nötig, mich zu verabschieden.»

Noor runzelte die Stirn. «Aber willst du nicht ...»

«Nein. Vielleicht, wenn das alles vorbei ist.» Ich war mir nicht sicher, ob überhaupt noch etwas von mir übrig sein würde, wenn das, was ich geplant hatte, vorbei war. Und an diese Zukunft wollte ich nicht denken. Aber dann könnte ich zumindest Nanu wiedersehen. Vielleicht würde ich in dieses Dorf zurückkehren und ein leeres Leben führen.

Noor sah aus, als wollte sie noch mehr sagen. Stattdessen schüttelte sie den Kopf. «Dann lass uns gehen.»

Wir brachen auf, noch ehe die Sonne ihre ersten Strahlen in den Morgen schickte. Ich blickte hinunter auf Basral, die Stadt des Kaisers in der Ferne, während wir in die Berge hinaufstiegen. Eine Staubwolke wurde im Tal aufgewirbelt, sie kam beständig näher.

«Pferde.»

Noor blickte über ihre Schulter. Eine Gruppe schwarzer Punkte am Horizont wuchs immer mehr zu berittenen Soldaten des Kaisers heran.

«Jemand hat sie also alarmiert!»

Mein Herz schlug mir bis zum Hals, Adrenalin und Anspannung verdrängten meine Wut.

Wenn ich jetzt auf Vahids Soldaten träfe, würde ich den Boden mit ihrem Blut rot färben.

Ich schloss die Augen und atmete durch die Nase ein. Ein Kampf gegen ein paar einfache Soldaten würde mir nichts nützen, und ich würde dadurch auch nicht meine Rache bekommen. Wir mussten uns darauf konzentrieren, schnell von hier wegzukommen, bevor sie dem Kaiser bestätigen konnten, dass wir hier gewesen waren.

«Sie werden unsere Spur aufnehmen.»

«Deswegen würde ich mir nicht allzu viele Gedanken machen.» Noor nickte in die andere Richtung, hinüber zur Wüste, wo gerade der Himmel in einem grauen Dunst auf die Erde herabtropfte.

«Ein Sturm», hauchte ich.

«Der wird in der Zwischenzeit unsere Spuren verwischen. Aber wir müssen uns beeilen, bevor sie uns noch einholen.»

Wir waren tagelang unterwegs. Wir teilten uns die Rationen, die wir von Nanu mitgenommen hatten, und suchten uns ansonsten in den Bergwäldern, was wir daneben noch brauchten. Noor wusste sehr gut, welche Pflanzen wir essen konnten und welche von Dschinns gemacht waren. Die würden uns nämlich *von innen heraus verbrennen*, wie sie es ausdrückte. Wir aßen wilde rote Pflaumen und Wurzeln, die wir in Ziegenmilch kochten, um die Bitterkeit daraus zu entfernen. Außerdem brieten wir Bergskorpione über dem Feuer, die sich in Noors Tasche geschlichen hatten. Und Tag für Tag wiederholte ich die gleichen Namen wie ein Mantra, während wir uns durch das Gelände bewegten und Soumas Route nachverfolgten.

Casildo.

Darbaran.

Vahid.

Mazin.

Diese Namen aufzusagen, hielt meine Füße in Bewegung und verhinderte, dass ich auf die Knie fiel und meinen Schmerz in die Erde weinte, wann immer ich an den Tod meines Vaters dachte.

Denn wenn ich aufhörte, mich zu bewegen – wenn ich aufhörte, Pläne zu schmieden –, müsste ich mich der Realität eines Lebens ohne ihn stellen.

Noor und ich reisten meist schweigend, und ich spürte, dass sie mir Raum gab. Nachts korrigierte sie unseren Kurs, indem sie sich an den Sternen orientierte. Dabei murmelte sie vor sich hin und führte uns auf einer Zickzackroute durch die Berge.

Ich verbrachte die Abende damit, mein Messer zu schärfen.

Mazins Anhänger hing kalt an meiner Brust, und jedes Mal, wenn er unter meine Kurta rutschte, atmete ich langsam ein.

Eine beständige Ermahnung.

Wir machten immer nur für kurze Zeit Rast unter dem Sternenhimmel, falls die Soldaten uns immer noch verfolgten. Deshalb nahmen wir auch nie die direkte Route und kehrten mehrmals um, sodass wir unseren eigenen Weg kreuzten und unsere Spuren damit unleserlich machten.

Schließlich erreichten wir die andere Seite des Gebirges. Hier war der Boden mit riesigen Felsbrocken übersät, die ein Durchkommen fast unmöglich machten.

«Wir sind da», sagte Noor und betrachtete die Felsen, als könnte sie jeden einzelnen von ihnen unterscheiden.

«Woher weißt du das?»

«Souma hat mir den genauen Ort genannt und ihn gut beschrieben. Er nannte ihn den *Friedhof aus Stein.*»

Ich schaute über das riesige Gebiet. Die Felsformationen ähnelten tatsächlich Gräbern. «Wie soll man hier nur etwas finden?»

«Es gibt gewisse Anhaltspunkte. Souma hat mir eine Karte hinterlassen.»

Ich sah sie an. «Wie hast du eine Karte in Thohfsas Gefängnis schmuggeln können?»

«Habe ich nicht.» Sie tippte sich an die Schläfe. «Es ist alles hier drin. Souma hat mich gezwungen, es auswendig zu lernen.»

Jetzt, da wir endlich unser Ziel erreicht hatten, erstrahlte ihr Gesicht im Morgenlicht. Ihre Augen leuchteten noch heller.

«Du bist froh, dass wir hier sind», sagte ich langsam. Die Leichtigkeit, mit der sie sich zwischen den Felsen bewegte, war nicht zu übersehen.

«Endlich bekomme ich Soumas Lebenswerk zu sehen.» Sie schaute mich lächelnd an. «Den Schatz, den er vor der Welt versteckt hat.»

«Und du erhältst damit die Bestätigung, dass er dir mehr als allen anderen vertraut hat?»

Noor sah mir in die Augen, ihr Lächeln verblasste. «Ja. Das spielt wohl auch eine Rolle.»

Der Schatz konnte überall versteckt sein. Und sich in solch einer Umgebung zu orientieren, war unmöglich. Gut denkbar, dass wir für den Rest unseres Lebens auf der Suche nach diesem mystischen Dschinn-Schatz Felsen umdrehen würden.

Ich kaute auf meiner Unterlippe herum und schirmte meine Augen gegen die Sonne ab. «Was hat Souma noch gesagt?»

«Dass es eine Stelle gibt, an der vier steinerne Gräber in einer Reihe stehen. In der Nähe befindet sich eine Höhle, unsichtbar für zufällige Blicke.»

Ich band das Maultier an einen morschen Dattelbaum und ging zurück zu Noor. Abrupt blieb ich stehen, als plötzlich eine schwarze Schlange über den Weg vor mir glitt und im Gebüsch daneben verschwand. Ich stieß einen erstickten Schrei aus, verlor das Gleichgewicht und fiel in den Dreck.

«Warum hat er einen so ungewöhnlichen Ort für das Versteck gewählt?», fragte ich und wischte mir die Kieselsteine von den Knien. Meine frische Kurta, die ich von meiner Großmutter mitgenommen hatte, war zerrissen. Ich lehnte mich an einen großen Felsen und untersuchte den leichten Stoff.

«Aus demselben Grund, aus dem du jetzt so frustriert bist – dieser Ort ist gut versteckt. Niemand würde ja zufällig darauf stoßen. Im Gegenteil: Die meisten würden wahrscheinlich sogar einen Umweg in Kauf nehmen, um diese Ödnis zu meiden. Sieh dich um – hier gibt es nicht viel Leben. Hier gibt es überhaupt nichts.»

Sie hatte recht. Die Felsen erstreckten sich wie eine unheimliche Steinarmee bis zum Horizont. Man musste schon genau wissen, wonach man suchte, um hier etwas zu finden.

Ich stand auf und ging weiter, lief suchend zwischen den Felsen umher. Dabei warf ich einen näheren Blick auf alles, was auch nur entfernt einem Grab ähnelte. Noor folgte mir und trat zuweilen gegen die Steine. Aus dem Augenwinkel bemerkte ich etwas in der Ferne – und ich blieb so ruckartig stehen, dass Noor mir direkt gegen den Rücken prallte.

«Was zum ...»

Auf einem Felsvorsprung, an der Flanke eines Hügels, ragten vier hohe Felsengräber auf. Sie gingen so nahtlos ineinander über, dass man sie erst bemerkte, wenn man genau an der richtigen Stelle stand. Ich ging auf sie zu und konnte dabei kaum atmen. Noor folgte mir, sie schwieg ebenfalls. Je näher wir kamen, desto offensichtlicher wurde, dass diese Formationen mit Absicht errichtet worden waren – größere Felsbrocken am Boden, auf denen kleinere Steine aufgeschichtet waren. Ganz oben befand sich jeweils ein einzelner geschwärzter Stein.

«Es muss hier ganz in der Nähe sein», hauchte sie.

Ich untersuchte den Felsvorsprung. Hier konnte sich auf keinen Fall eine Höhle verstecken. Wir waren von Felsbrocken aller Formen und Größen umgeben, die über eine weite, trostlose Ebene schauten.

«Bist du sicher, dass er *Höhle* gesagt hat?»

«Ja», fauchte Noor, die offenbar zu der gleichen Erkenntnis wie ich gekommen war. Soumas Anweisungen ergaben keinen Sinn.

Noor schnaubte gereizt. «Tut mir leid – ich glaube einfach nicht, dass er mich anlügen würde. Da muss doch mehr dahinterstecken!»

Ich ging näher an die vier Steinhaufen heran und untersuchte sie. Dabei kam mir ein Gedanke.

«Noor, er hat *Gräber* gesagt?»

«Ja, warum?»

Etwas in meiner Brust löste sich. Ich sah sie an. «Die Höhle befindet sich unter unseren Füßen. Denk doch mal drüber nach – *ein Grab*.»

Sie zögerte kurz. Dann sprang sie zu mir, und ein aufgeregtes Lachen brach aus ihr heraus. «Hier in der Nähe muss es eine unterirdische Höhle geben!»

Ich kniete mich hin und strich mit den Händen über den Boden neben den Steinhaufen, wobei meine Finger vor lauter Erwartung zitterten. Meine Fingerspitzen blieben an etwas hängen – eine Fuge im Fels!

Felsen haben keine Fugen.

Ich atmete tief aus.

«Hier», rief ich ihr zu.

Noor kam zu mir geeilt. «Was ist das?»

Ich untersuchte den Spalt im Felsen. Er war viel zu gerade, zu symmetrisch, um auf natürliche Weise entstanden zu sein. «Ich schätze, eine Art Eingang.»

Gemeinsam fegten wir Erde und Kieselsteine beiseite, bis unsere Hände ganz staubverklebt waren.

Schließlich hatten wir eine Fläche freigelegt, die etwa der Größe eines hochgewachsenen Mannes entsprach. Unter all dem Staub und Geröll kam eine glatte Steinoberfläche zum Vorschein, mit einem runden Loch darin.

«Das ist eine Tür!»

Noor steckte ihre Hand in das Loch und zog, doch der Stein bewegte sich nicht.

«Lass es uns gemeinsam versuchen.»

Wir griffen beide nach dem Loch in der Steintür und zogen mit vereinten Kräften daran. Die Tür löste sich aus der Fassung, und eine Staubwolke stieg in die Luft, um uns beide einzuhüllen.

Hustend kroch ich von der Öffnung weg und versuchte, wieder Luft zu bekommen.

«Dania, alles in Ordnung mit dir?»

«Alles gut, ich brauche nur eine Minute.» Ich nahm noch einen Atemzug von der frischen Luft. Dann rieb ich mir den Schmutz aus den Augen und wandte mich wieder der Höhle unter uns zu.

Im staubigen Boden war nun eine dunkle Öffnung zu erkennen – ein Loch, das uns zu verschlingen drohte.

«Bitte sag mir nicht, du willst, dass wir da reingehen.» Ich starrte in die Öffnung, in die lauernde Dunkelheit.

«Sei nicht dumm», hauchte Noor. «Ich bin nicht annähernd so gut trainiert wie du. Ich will, dass *du* da reingehst.»

Ich warf ihr einen bösen Blick zu. Dann verdrängte ich das ungute Gefühl der Angst in meinem Magen und näherte mich der Öffnung. Wenn die Dschinn-Magie dort drin war, musste wohl ich diejenige sein, die sie rausholte.

«Souma wird gewiss keine Fallen aufgestellt haben», flüsterte Noor hinter mir. «Sonst hätte er es mir gesagt.»

«Warum gehst du dann nicht rein?», schoss ich zurück.

«Weil du am besten für diese Aufgabe geeignet bist. Da drin könnte es etwas geben, das bekämpft werden muss.»

«Was sollte denn da drin zu bekämpfen sein?», wollte ich wissen. Ich hatte meine Brauen so weit gehoben, dass sie schon fast meinen Haaransatz berührten.

«Etwas aus dem Reich des Unsichtbaren.»

Zum ersten Mal wurde mir klar, was wir da eigentlich taten – und welche Folgen es haben konnte. Wir suchten nach einem Dschinn-Schatz. Nach einer Macht, die so selten war, dass der Kaiser selbst einen Pakt mit einem Wesen aus einer anderen Welt geschlossen hatte, um darauf zugreifen zu können.

Und wir waren im Begriff, diese Macht für uns einzufordern.

Ich berührte den Griff von Babas Klappmesser unter meiner Kurta. «Wenn das hier vorbei ist, bringe ich dir bei, wie man sich im Kampf verteidigt», rief ich Noor zu.

«Warum sollte ich das lernen? Ich habe doch dich.»

Ich lachte schnaubend und verdrängte damit etwas von der Panik, die meine Brust zusammenquetschte. Dann schwang ich meine Beine über den Rand der Höhlenöffnung und versuchte, den Boden unter mir zu erkennen. Ich konnte dort nicht hinunterspringen, wenn ich nicht wusste, wie tief es war.

«Haben wir ein Seil?»

«Nein. Aber deine Großmutter hat mir einen ihrer Dupattas gegeben. Soll ich ihn dir um die Taille binden und dich daran herunterlassen?»

«Das könnte funktionieren.»

Noor zog einen dunkelroten Dupatta aus ihrer Tasche. Das Tuch war mit zartem, gelbem Garn in einem Blumenmuster bestickt, das typisch für den Norden war; meine Großmutter trug solche Muster sehr oft. Ich band den Dupatta vorsichtig um meine Taille, und Noor hielt das andere Ende fest.

«Lass ihn ja nicht los!»

«Ich kann nichts versprechen.» Ich fletschte die Zähne, und sie antwortete mit einem flüchtigen Lächeln.

Dann kletterte ich hinab in die Dunkelheit.

VIERZEHN

Licht drang durch die Öffnung über mir – gerade genug, um in der Dunkelheit des Grabes etwas sehen zu können. Die Luft hier unten war kühl und trocken, und die Höhle war durch den Fels, der sie umgab, vor den Elementen geschützt. Es ging nicht besonders tief hinunter. Ich hätte wahrscheinlich einfach gefahrlos springen können, doch der Dupatta um meine Taille gab mir ein wenig Sicherheit – obwohl ich nicht wusste, was mich erwartete.

Meine Füße drückten sich in den weichen Sand, und ich ließ meinen Blick an den Wänden der Höhle entlanggleiten.

Es war kein großer Raum, und er war leer – bis auf drei große Säcke in der Ecke. Bei ihrem Anblick stieß ich schwer den Atem aus. Gold glitzerte im spärlichen Sonnenlicht, das von oben in die Höhle fiel!

Soumas Schatz.

«Alles in Ordnung da unten?»

«Hier stehen ein paar Säcke – ich glaube, es sind Münzen darin.»

Ich ging hinüber, um die Säcke zu inspizieren. Zwei davon waren mit einem Haufen Gold gefüllt, aber auch mit glitzernden Smaragden und Diamanten – so groß wie meine Augen. Der dritte enthielt eine Substanz, von der ich nie gedacht hätte, dass ich sie jemals zu sehen bekäme.

Zoraat.

Dschinn-Magie.

Die bunten Samen glitzerten wie Perlmutt im Lichtschein. Am liebsten hätte ich meine Hände in den Sack gesteckt, um ihre Macht zu spüren.

Aber ich hatte keine Ahnung, wie Zoraat funktionierte – Noor war die Expertin dafür. Wurde allein durch die Berührung etwas von ihrer Kraft übertragen? Oder musste man sie essen, um die Magie der Dschinn nutzen zu können?

Ich legte eine Hand auf die Samen. Sie fühlten sich an wie glatte Kieselsteine am Boden eines Gezeitenbeckens.

Mit diesen Samen konnte ich alles erreichen!

Das Gesicht meines Vaters tauchte vor meinem inneren Auge auf. Sein schiefes Lächeln und die dunklen Ringe unter seinen Augen, als hätte er wieder mal die ganze Nacht in der Schmiede verbracht.

Mit diesen Samen könnte ich seinen Tod rächen.

Ich tauchte meine Hand in den Sack. Die Konsistenz der Samen erstaunte mich, sie erinnerten mich an Fischeier. All diese Macht! All diese Möglichkeiten.

Für einen Moment schien alles stillzustehen, und eine leichte Brise kitzelte mich an der Wange.

Ich runzelte die Stirn, schaute wieder nach oben. Hier drin sollte es keine Brise geben!

Rache.

Ein tiefes Flüstern hallte durch die Höhle. Ich zuckte zusammen und riss meine Hand zurück. Aus dem Augenwinkel sah ich, wie sich etwas bewegte. Ich wirbelte herum und zog meinen Dolch. Das Herz schlug mir bis zum Hals.

Doch es war niemand außer mir hier.

Stirnrunzelnd schaute ich durch die leere Höhle. Dann ging ich sie einmal ab, wobei meine Füße in den sandigen Boden einsanken. Die Stimme hatte sich echt angefühlt – rau, alterslos und durchtränkt von Gift. Und ich hätte schwören können, dass ich den Saum eines Umhangs in einer schattigen Ecke der Höhle gesehen hatte! Doch obwohl ich jeden Zentimeter abschritt, konnte ich nichts entdecken, das in der Dunkelheit lauerte.

Ich ging zurück zu den drei Säcken mit den Schätzen und folgte dabei genau meinen eigenen Fußspuren. Abrupt blieb ich stehen, den Blick auf den Boden gerichtet, wo ich eben noch gestanden hatte. Im Licht, das durch die Öffnung kam, waren zwei perfekte Fußabdrücke im Sand zu sehen – viel größer als meine eigenen.

Ich stieß scharf den Atem aus und schlang die Arme um meinen Oberkörper. Die Luft fühlte sich auf einmal viel kälter an als zuvor. Aber ich konnte nicht einfach hier herumstehen und imaginären Geistern nachjagen! Ich schüttelte den Kopf, griff nach dem Saum des Dupattas und band ihn um den ersten Jutesack. Meine Haut kribbelte noch immer – wegen der Stimme. Und wegen der Fußabdrücke. Ich wollte keinen Augenblick länger als unbedingt nötig in dieser Höhle bleiben!

«Noor! Ich binde die Taschen an dem Dupatta fest. Kannst du sie hochziehen?», rief ich ihr zu, die Augen auf die Dschinnsamen vor mir gerichtet.

«Ja, ich werde sie am Maultier festmachen.» Ihr Gesicht erschien in der Höhlenöffnung. Erleichterung erfasste mich, als ich ihr kleines, spitzes Kinn sah.

Noor zog den ersten Sack voll Gold mithilfe des Dupattas in die Höhe. Dann wiederholten wir das Ganze mit den anderen beiden Säcken, und schließlich half Noor mir dabei, mich selbst durch die Öffnung zu hieven – zurück in das wartende Sonnenlicht.

«Sieht so aus, als hätte Souma dir wirklich vertraut.»

«Ja», erwiderte sie leise, und ihre Stimme klang schwer. «Ich schätze, das hat er wohl.» Sie blickte gedankenverloren auf die Berge hinaus, die Lippen so fest aufeinandergepresst, dass sie ganz weiß waren.

Ich ging zu dem Sack mit Zoraat hinüber. Im hellen Sonnenlicht bemerkte ich zum ersten Mal, wie die Samen in verschiedenen Farben leuchteten.

«Also, wie funktioniert das jetzt?»

«Man muss die Samen in der richtigen Dosis konsumieren. Kaiser Vahids Handel mit dem Dschinn, der ihm die ersten Samen gab, sah vor, dass er die Macht der Dschinn jederzeit nutzen könnte. Ich habe Jahre damit verbracht, die richtige Dosierung zu perfektionieren, auf der Grundlage seiner eigenen Mischung. Es kann ... katastrophale Folgen haben, wenn man die falsche Menge verwendet.»

Sie schloss die Augen. Ich wollte sie nicht fragen, welche schrecklichen Torturen durch die Dschinn-Magie sie mitangesehen haben musste, wenn jemand die falsche Menge Zoraat eingenommen hatte.

Vor allem, weil ich wusste, dass ich es gleich ebenfalls konsumieren würde!

«Hast du es jemals selbst probiert?»

Ruckartig hob sie den Kopf. «Nein. Auf keinen Fall! Das war nicht erlaubt.»

«Woher weißt du dann, wie hoch die richtige Dosierung ist?»

Sie schluckte hart. «Als Lehrlinge wurden wir darin ausgebildet, alle Arten von Mischungen für die Heiler herzustellen. Weil meine Mischungen so effektiv waren, hat Souma mich dazu befördert, auch ... intensiveren Gebrauch der Magie vorzubereiten.»

«Was soll das heißen?»

«Folter. Besessenheit. Verwandlungen. Die gleichen Kräfte, über die auch die Dschinn gebieten könnten.»

Ich trat näher an die Samen heran und wagte es, meine Finger erneut in ihre kühle, glänzende Masse zu tauchen. Sobald meine Haut die glatte Oberfläche der Samen berührte, spürte ich einen seltsamen, leichten Druck, der immer stärker zu werden schien. Ein leises Flüstern ertönte von den Felsen um uns herum, wie ich es zuvor schon in der Höhle gehört hatte, und ich schrak zusammen.

«Hörst du das auch?»

Das Flüstern wurde lauter, als ob die Steine zu mir sprechen würden – als hätte sich ein Spalt im Boden aufgetan, aus dem nun die Erde selbst redete.

Immer wieder war da dieses eine Wort, es wurde lauter und lauter, übertönte das restliche Flüstern – eine Beschwörung und zugleich eine Warnung.

Rache.

«Ja», flüsterte ich als Antwort.

Ein Gesicht erschien vor mir: schwarze Augen, hagere Züge. Ich stolperte zurück, ein Schrei entrang sich meiner Kehle. Ich kannte dieses Gesicht! Ein Jahr lang hatte ich jeden Tag darauf gewartet, es wiederzusehen.

Aber es war nicht so, wie ich es in Erinnerung hatte. Das warme, schiefe Lächeln war verschwunden, Vater war eine verwesende Leiche – ein verrottender Ghoul, der gekommen war, um mich zu holen!

Mein Vater.

Der warme Griff von Noors Händen riss mich in die Gegenwart zurück. Sie zog mich weg von den Samen.

«Dani!»

Ich blinzelte zweimal und schaute sie an. Meine Brust fühlte sich an, als würde sie gleich explodieren. Das verwesende Gesicht meines Vaters stand mir noch immer vor Augen, starrte mich an. Ich konnte es nicht verdrängen – eine Erscheinung, die mich heimsuchte. «Was war das?»

Noor musterte mich. «Wir sollten besser sichergehen, dass du es nicht mehr anfasst. Nicht, ehe ich die richtige Dosierung für dich gefunden habe.»

«Du sagtest, man muss die Samen einnehmen, damit sie ihre

Wirkung tun.» Ich schüttelte meinen Kopf, um ihn frei zu bekommen. «Ich habe sie lediglich berührt.» Meine Gedanken wanderten zu dem zurück, was ich in der Höhle erlebt hatte. Aber das war einfach zu unglaublich, um es nur darauf zu schieben, dass ich das Zoraat berührt hatte!

«Was hast du gesehen?», wollte Noor wissen und legte den Kopf schief. «Du hast einen Moment lang ausgesehen, als wärst du ... leer. Das habe ich noch nie erlebt – dass es jemanden beeinflusst, nur weil er es berührt.»

«Ich sah ...» Ich leckte mir über die trockenen Lippen und versuchte zu begreifen, was genau passiert war.

Aber ich fand die richtigen Worte nicht, konnte ihr nicht von der verrottenden Leiche meines Vaters erzählen.

Ein Schauer durchlief mich. «Ist eigentlich auch egal. Denkst du, es wird wieder passieren?»

«Ich habe keine Ahnung. Normalerweise nehmen die Heiler die Zoraat-Mischung ein, bevor sie Knochen und Ähnliches wieder zusammenflicken. Sie verändern den menschlichen Körper mit der Magie, die sie zu sich nehmen.» Sie betrachtete mich einen Moment lang. «Bist du dir ganz sicher, dass du das machen willst?»

Ich war mir nicht sicher, was genau sie damit meinte – meine Rache? Das Zoraat zu konsumieren und die Dschinn-Magie in mich aufzunehmen? Ich schob den Anblick meines ausgezehrten Vaters beiseite und dachte stattdessen an seine rauen Hände, mit denen er den Stahl bearbeitet hatte. An sein tiefes Lachen, wenn ich ihm einen Witz erzählte, den ich von den Palastwachen gehört hatte. Oder auch daran, wie er immer Schluckauf bekam, nachdem er einen zu tiefen Schluck Chai genommen hatte. Hitzige Wut breitete sich wieder in meiner Brust aus und verdrängte die Angst vor seinem schaurigen Gesicht, verdrängte diese beunruhigende Stimme, die aus allen Richtungen zu mir flüsterte.

Mein Vater wäre noch hier, wenn ihn mir diese Verräter nicht genommen hätten.

«Ja. Ich bin mir sicher. Ich will das durchziehen.»

Noor nickte. «Dann lass uns an die Arbeit gehen.»

FÜNFZEHN

Wir machten uns auf den Weg in die Kaiserstadt und nahmen dabei eine kurvenreiche Route, die uns nicht durch mein Dorf zurückführte.

Da wir nun über reichlich Gold verfügten, konnten wir im ersten Bergdorf unser Maultier gegen ein Pferd eintauschen und unsere Schlafmatten auf dem dreckigen Boden gegen ein Zimmer in einer Karawanserei.

Die Karawanserei war ein großes, quadratisches Gebäude aus weißen Lehmziegeln mit blau gestrichenen Türen. Ihr Stall war ungewöhnlich groß für so ein kleines, unscheinbares Dorf. Es waren gerade nicht besonders viele Menschen hier zu Gast. Das war gut, denn so mussten wir nicht befürchten, dass uns jemand ausrauben würde. Nichtsdestotrotz mietete ich für das, was wir vorhatten, das größte verfügbare Zimmer.

«Du hast das doch schon mal gemacht, oder? Jemanden in eine völlig andere Person verwandelt?»

Die lehmverputzten Wände der Karawanserei waren auch innen weiß gestrichen, und unser Zimmer besaß sogar einen großen Spiegel. Ich betrachtete mein Spiegelbild und prägte mir mein Gesicht ein. Zeichnete die Linien meines störrischen Mundes und die großen, dunklen Augen nach.

Bald würden mich andere Augen aus dem Spiegel ansehen.

«Ein paarmal», erwiderte Noor und holte einige Zoraat-Samen aus dem Sack. «Aber es geht eigentlich nur darum, die Mischung zu optimieren und zu wissen, was man will. Du hast seltsam reagiert, als du die Samen berührt hast. Also lass uns erst einmal klein anfangen.»

Sie hatte das Zoraat in ein paar kleine Haufen aufgeteilt, sortiert nach Farben – dunkles Türkis, Blutrot, Kurkumagelb. Dann füllte sie die einzelnen Farben in kleine Steinschalen, die sie aus der Küche stibitzt hatte, zusammen mit einem schweren Stößel. Damit zermahlte sie die Häuflein zu einem feinen Pulver. Sie nahm von jedem der verschiedenfarbigen Haufen eine Prise und bereitete daraus auf einem Blechteller eine bräunliche Substanz zu. Beklommen schaute sie mich über den kleinen Haufen Zoraat-Pulver hinweg an.

Ich erwiderte ihren Blick.

«Was genau soll ich tun?»

Sie atmete tief aus und steckte einen kleinen Löffel in die Pulvermischung, die sie gerade zubereitet hatte. «Du musst gar nichts tun. Noch nicht.»

Ich biss mir auf die Unterlippe. «Wenn du das Zeug noch nie eingenommen hast – wie kannst du dann wissen, was die richtige Mischung ist, damit es wirkt?»

Sie zögerte eine Sekunde, ehe sie den Löffel an meinen Mund führte. Ich starrte auf das rötlich-braune Pulver vor mir. Meine Fingernägel drückten sich in meine Handflächen. Obwohl Noor mein Leben gerettet hatte, war es schwierig, wieder *irgendjemandem* zu vertrauen – nachdem einer der wichtigsten Menschen in meinem Leben mich zum Tode verurteilt hatte. Ich kaute auf der Innenseite meiner Wange, um den Drang zu unterdrücken, ihr das Zoraat ins Gesicht zu spucken und aus der Karawanserei zu fliehen.

Aber wenn ich ihr nicht vertraute – wenn wir *einander* nicht vertrauten –, würden die Menschen, die wir verloren hatten, nie Gerechtigkeit erfahren für das, was man ihnen angetan hatte.

Für das, was man *uns* angetan hatte.

Ich atmete ein und ließ die Luft ganz durch mich hindurch

strömen. Beruhigte all die Stimmen in meinem Kopf, die mich drängten, die Sache sein zu lassen.

Dafür war es längst zu spät.

«In der Apotheke ließ mich Souma probeweise ganz verschiedene Mischungen ansetzen; ich durfte an Heilern und Spionen experimentieren, die der Kaiser für würdig befand, Zoraat zu konsumieren. Die anderen Assistenten in der Apotheke verursachten unvorstellbares Leid. Ihre Versuchsobjekte wurden von Qualen zerrissen – ihre Gedärme wurden schwarz, die Augen schmolzen ihnen aus dem Kopf, ihre Haut schälte sich vom Körper.»

«Du bist gerade unglaublich motivierend», sagte ich und deutete auf das Pulver auf ihrem Löffel. «Ich bin wirklich gespannt, welche Farbe *meine* Innereien annehmen werden.»

Sie schüttelte den Kopf. «Was ich damit sagen will: Ich hatte große Angst davor, jemandem solche Qualen zuzufügen – und viele der Versuchspersonen starben an diesen Experimenten. Aber wann immer ich die Mischungen ansetzte, war es so, als würde mich etwas leiten. Etwas, das mir sagte, was die richtigen Mengen waren, die ich nehmen musste. Ich fühlte mich mit dem Zoraat auf eine Weise verbunden, die den anderen versagt blieb.»

«Etwas?» Ich dachte wieder an die Stimme in der Höhle – dieses geflüsterte Grollen, das aus der Erde selbst zu kommen schien.

«Ein ... Gefühl. Eine Hand? Ich bin mir nicht sicher.»

«Und du hast niemals jemanden mit deinen Mixturen getötet?»

«Nicht nur das. Es war sogar noch viel besser! Was auch immer Vahid wollte – ich konnte es geschehen lassen. Die Apotheker brauchten Jahre, um sich die Techniken anzueignen und die richtigen Mengen zu finden. Aber ich schien einfach eine Affinität dafür zu haben.» Sie zuckte mit den Schultern. «Unnötig zu erwähnen, dass ich das schon einmal gemacht habe. Aber falls sich deine Haut abschälen sollte, tut mir das wirklich, wirklich leid.»

Ich zog eine Augenbraue hoch und starrte wieder den Löffel an.

Die Worte kamen mir wie von selbst über die Lippen, und ich spürte ihr Gewicht bereits, bevor ich sie aussprach: «Ich vertraue dir.»

Wir waren nicht so weit gekommen, nur damit ich ihr jetzt das Vertrauen entzog!

Das Zoraat-Pulver legte sich auf meine Zunge und wurde in meinem Mund dick wie Öl.

«Was ...» Meine Zähne waren klebrig, und das Sprechen fiel mir schwer. Ich versuchte zu schlucken und musste sofort würgen.

«Es dauert eine Weile, bis man sich daran gewöhnt hat.»

«Ach, ernsthaft?» Ich keuchte und wand mich. Meine Knie sackten knackend auf den Boden. Ich krümmte die Zehen, spannte mich an. «Du hast mir nicht gesagt, dass es sich wie die Hölle anfühlt!»

«Nur für einen Moment. Versuch, nicht in Panik zu geraten.» Noors ruhige Stimme schwebte über mir. Überraschenderweise beruhigte sie tatsächlich mein hektisch schlagendes Herz.

Meine Glieder fühlten sich leicht und schwer zugleich an. Meine Beine wurden schlaff, und ich hatte nicht mehr genug Kraft zum Stehen. Und die ganze Zeit über hatte ich das Gefühl, als würde etwas in mich hineintropfen, während sich die ölartige Flüssigkeit in meinem ganzen Körper ausbreitete.

«Was soll ich jetzt machen?», fragte ich an die Dielen gewandt, die Hände flach auf den Boden gepresst. Krampfhaft versuchte ich, nicht aufzuschreien, während mich ein Gefühl durchfuhr, als würde ich völlig verdreht werden. Ich wollte gewiss keine Aufmerksamkeit erregen – und im Haus herumzuschreien, war alles andere als subtil!

«Versuch dir vorzustellen, was genau du willst», sagte Noor. Diesmal war ihre Stimme lauter. Ich merkte, dass sie neben mir auf dem Boden kauerte, ihre Knie dicht an meinem Kopf. «Denk daran: Ich mische die Samen – aber sobald du sie zu dir nimmst, liegt die Macht in deinen Händen. Ich gebe dir die genaue Dosis, die du brauchst. Und danach gehört die Welt dir.»

Die Welt gehört dir.

Die Rache ist mein.

Ich krallte meine Finger in den Boden, richtete mich auf und schaute in den Spiegel vor mir. Meine blutunterlaufenen Augen sahen wild aus und meine Haut war schmutzig vom Staub der Straße. Doch sobald ich mich auf die Macht konzentrierte, die durch meinen Körper floss, spürte ich, wie sie mir antwortete.

«Ich will mein Aussehen verändern», sagte ich zu Noor, und sie nickte.

«Verwandlung. Eine der anspruchsvolleren Kräfte des Zoraat – aber mit der richtigen Mischung möglich. Überlege dir, *wie* du dein Aussehen verändern willst. Konzentriere dich auf ein Merkmal. Die Magie wird deinen Körper verändern, als könnte ein Dschinn-Feuer deine Haut schmelzen, so wie Wasser den ungebrannten Ton weich und formbar macht.»

Ich schloss die Augen, während ich Noor zuhörte. Dann dachte ich an meine Nase, verlängerte sie in meiner Vorstellung und machte sie etwas breiter. Anschließend öffnete ich die Augen wieder.

Mir stockte der Atem in der Brust.

Noor lächelte. «Du siehst schon ganz anders aus.» Dann nahm ihr Gesicht einen ernsten Ausdruck an.

«Ändere so viel, wie du willst. Aber es gibt eine Grenze, wenn du erhalten willst, wer du bist. Es muss eine Sache geben, die du ganz und gar beibehältst. Irgendeinen physischen Aspekt von dir, den du nicht veränderst.»

«Meine Hände», sagte ich, ohne zu überlegen. Meine Hände

wussten, wie man eine Klinge ausbalanciert. Sie konnten den Griff eines Dolches umfassen und ihn durch die Luft sausen lassen, noch bevor ich überhaupt daran dachte, ein Ziel zu treffen. Wenn es etwas gab, das ich behalten würde, dann waren es diese Hände.

«Dann konzentrier dich auf etwas anderes an dir – und verwandele es. Nicht zu viel! Es reicht, wenn du nur einen kleinen Teil von dir veränderst, damit du anders aussiehst.»

Ich verformte meine Augen, zog sie in die Länge, machte sie schmaler, wachsamer. Den Farbton meiner Haut behielt ich bei, aber die Untertöne machte ich wärmer, was meinen Wangen eine rosige Farbe verlieh. Dann dehnte ich meine Wangenknochen – sie knirschten, als sie sich bewegten, und Schmerz schoss durch meinen Körper, während mein Gesicht immer mehr zu einem anderen Leben zu gehören schien.

Dann war ich endlich fertig.

Die Frau, die mich nun anstarrte, war nicht die Frau, die sich gegen Gefängniswächter zur Wehr gesetzt hatte. Oder die Frau, die erfahren hatte, dass man ihren Vater ermordet hatte.

Diese Frau hier war weich, hübsch und verwöhnt. Jemand, der in seinem Leben noch keinen einzigen harten Tag hatte erleben müssen.

Noor pfiff anerkennend. «Mazin wird dich auf gar keinen Fall wiedererkennen!»

«Gut», flüsterte ich und dachte daran, was ich alles mit ihm anstellen würde, während ich dieses Gesicht trug. «Das ist es, was ich will.»

«Wer wirst du sein, wenn du nicht mehr Dania bist?»

Ich hob die Hand und fuhr mit den Fingern über meine Lippen, zog die Ränder meiner Augen nach. «Sanaya», sagte ich schließlich. «Sanaya Khara. Tochter eines wohlhabenden Fürsten aus dem Norden.» Ich kannte die nördlichen Völker gut, dank meiner Mutter und Großmutter. Es war eine Lüge mit einem wahren Kern, darum konnte ich sie überzeugend verkörpern. Aber ich konnte nicht damit aufhören, das neue Gesicht anzustarren, das mit fremden Augen zurückschaute. «Das ist so unglaublich!»

«Ja. Aber es hält nicht ewig. Also müssen wir vorsichtig sein.»

Ich starrte sie an, meine neuen Augen weit aufgerissen. «Was meinst du damit?»

«Die Verwandlung ist nur vorübergehend. Sobald das Zoraat deinen Körper verlässt, wirst du anfangen, wieder zu dir selbst zu werden. Du musst weiterhin Zoraat konsumieren, um die Fassade aufrechtzuerhalten. Und du solltest auf Dauer nicht zu viel von dieser Mischung zu dir nehmen – selbst wenn wir einen unbegrenzten Vorrat an Samen hätten. Ich habe schon einige Attentäter gesehen, die ... der Dunkelheit verfallen sind, weil sie zu viel konsumierten.»

«Wie lange?» Ich starrte noch immer mein Spiegelbild an, hörte ihre Worte kaum. «Wie lange kann ich dieses Gesicht tragen?»

Noor schüttelte den Kopf. «Ich bin mir nicht sicher. Drei Wochen. Vielleicht einen Monat?»

«Ein Monat ist gut.» Ich würde die Zeit, die mir zur Verfügung stand, zu nutzen wissen. Doch ich brauchte mehr als nur ein neues Gesicht.

Ich brauchte die Macht, einen Kaiser zu stürzen.

Eine Armee.

Einen Liebhaber.

«Können wir die Samen auch für andere Dinge verwenden?»

«Ja. Ich kann dir verschiedene Zoraat-Kombinationen für andere Dschinn-Kräfte verabreichen.»

«Gut.» Ich wandte mich vom Spiegel ab und sah sie an. «Wirst du dich auch verwandeln?»

Noor schüttelte den Kopf. «Souma ließ mich schwören, niemals Zoraat zu nehmen. Nicht nach dem, was er bereits mitangesehen hatte. Auch wenn für uns in der Hinsicht keinerlei Risiko besteht. Außerdem weiß ohnehin niemand, wie ich aussehe – die Männer des Kaisers haben mich nie außerhalb von Soumas Lagerraum gesehen. Ich werde das Zoraat also nicht brauchen, und so haben wir auch mehr für dich. Wenn wir immer noch vorhaben, Vahid zu stürzen, brauche ich sonst nichts weiter.»

Sie musterte mich. Ihre Blicke schienen jedes Detail meines Gesichts zu prüfen, als wüsste *sie* nicht mehr, wer ich war – obwohl sie doch wusste, dass es nur eine Maske war.

«Bist du dir wirklich sicher, dass du das tun willst?» Erneut stellte sie mir dieselbe Frage, doch diesmal mit einer anderen Betonung. Sie fragte nicht mehr, ob ich sicher sei, dass ich die Samen konsumieren wolle – sondern eher, ob ich noch immer bereit war für unsere Sache. Ob ich diesen Weg weiter beschreiten wollte.

Denn wenn wir einmal anfingen, gab es kein Zurück mehr.

Eine kühle Ruhe überkam mich. Baba war von den Soldaten des Kaisers ermordet worden. Sein bester Freund hatte alle kostbaren Klingen aus seiner Schmiede gestohlen. Ich hatte im letzten Jahr alles verloren und dafür nichts als Schmerzen bekommen. Aber Mazin hatte noch alles! Obwohl er mir alles geraubt hatte. Ich dachte an sein Gesicht, kurz bevor die Wachen mich gefangen nahmen. Diese glatte, undurchdringliche Fassade ...

«Ja», sagte ich, und meine Stimme war ein tiefes Knurren. «Das ist alles, was ich will.»

SECHZEHN

Wir kauften uns ein weiteres Pferd und nahmen den direkten Weg zurück durch die Berge. Dadurch erreichten wir sehr schnell die Stadt. Ich machte mir nicht länger die Mühe, mein Gesicht zu verstecken, da ich ein völlig neues trug. Noor versteckte ihres unter ihrem Dupatta, doch sie hätte ohnehin niemand erkannt. Wir waren Fremde an diesem Ort, und genau so wollten wir es auch haben.

Die Stadt erhob sich aus den Dünen, als wäre sie ein Teil der Erde – eine natürlich gewachsene Festung, die im Boden verankert war. Und nicht etwa eine von Menschenhand gebaute Stadt, beschirmt von einer Mauer und gefärbt wie der ausgeblichene Sand, der sich bis zum Horizont erstreckte.

Basral.

Die Stadt der Dschinn-Macht und des Blutes. Der Ort, an dem ich meine Vergeltung finden würde.

Ich wiederholte die Namen, die zu meinen ständigen Begleitern geworden waren.

Casildo. Darbaran. Vahid. Mazin.

Sie hatten mich verraten, um sich zu bereichern. Und jetzt würden sie viel mehr bekommen, als sie sich jemals hätten vorstellen können. Zoraat strömte durch meine Adern, und das geflüsterte Wort im Wind drang wieder an meine Ohren.

Rache.

Ich konnte es auf der Zunge schmecken. Erinnerte mich an die dunkle Gestalt, die ich in der Höhle gesehen zu haben glaubte – und an die beiden Fußabdrücke neben meinen im Sand.

Ich erinnerte mich an das Ghoul-Gesicht meines Vaters. Es war verstörend, dass ich Zoraat nur zu berühren brauchte, um solche Illusionen hervorzurufen. Denn es machte mir bewusst, dass ich nicht wusste, wie viel Macht es wirklich besaß.

Vielleicht hatten wir genug Zoraat, um diese ganze Stadt dem Erdboden gleichzumachen.

Vielleicht könnte ich damit den Boden unter Mazins Füßen in Lava verwandeln und ihn dazu bringen, mich anzubetteln und um sein Leben zu flehen.

Ein dunkles Gefühl machte sich in mir breit. Es reichte tiefer, als meine Wut je gewesen war. Die Dschinn-Magie in meinem Körper fühlte sich an, als wäre sie lebendig geworden. Für einen Moment verfinsterte sich meine Sicht, und meine Handflächen brannten, als wären sie mit Feuer überzogen.

«Was sollen wir zuerst machen?» Noors Stimme durchbrach die Flammen, die mich erfasst hatten.

Der erste Schritt des Plans.

Wenn ich gewollt hätte, hätte ich sie alle auf der Stelle töten können. Aber das war nicht der Grund für unsere Rückkehr. Wir wollten mehr als nur ihren Tod, etwas Dunkleres als bloße Vergeltung.

Casildo hatte meinen Vater wegen seiner Schwerter verraten – und die Liebe zu seinem Kind als Waffe gegen ihn verwendet. Würde er dasselbe für das tun, was *ihm* wichtig war? Würde er für das kämpfen, was er liebte, so wie mein Vater es getan hatte? Darbaran war der Hauptmann der Palastwache, und schon früher hätte ich ihm am liebsten die Finger gebrochen, weil er seine Hände nicht bei sich behalten konnte und mich ständig lüstern anstarrte. Geld und die Ausbeutung der Schwächeren waren seine Laster – und Noor und ich hatten vor, das auszunutzen.

Kaiser Vahid war stets nur an einer Sache interessiert – Macht. Wenn wir uns in die Fundamente seiner Macht graben könnten, in die kleinsten Ritzen seines Reiches kriechen, könnten wir den Boden zertrümmern, auf dem er stand. Das war es, was Noor am meisten wollte.

Und natürlich Mazin.

Er hatte mich betrogen, indem er unsere Beziehung ausnutzte. Indem er meine Liebe und mein Vertrauen zu ihm verriet, um mich zum Sündenbock zu machen.

Jetzt würde ich dasselbe mit ihm tun!

Ich würde jeden einzelnen Schritt meines Rachefeldzugs sorgfältig planen.

«Zunächst einmal bauen wir uns einen Ruf auf», antwortete ich ihr, während ich meine Namensliste durchging.

Wir mussten die Aufmerksamkeit der richtigen Leute erregen, um nahe genug an den Kaiser heranzukommen und von Mazin bemerkt zu werden.

«Wir haben genug Gold, um ein wenig von uns reden zu machen. Also nutzen wir es! Dann brauchen wir jemanden, der uns bei Hofe einführt. Wir brauchen Zugang zum Palast und müssen in der Lage sein, nahe an Vahid heranzukommen.»

Und der Palast war der Ort, an dem auch Mazin sein würde.

Noor zeigte die Zähne. «Ich wollte schon immer mal nach Herzenslust einkaufen!»

Wir kauften uns ein Haus nahe bei der Stadtmauer – eines der prächtigsten Häuser in der gesamten Stadt. Noor suchte es aus, und als sie den dazugehörigen Garten entdeckte, schnaubte sie zufrieden und sah sich sorgfältig um. Sie hegte eine ausgeprägte Vorliebe für Kräuter und Pflanzen. Ich hingegen schlenderte durch die Flure des Hauses, um nach Stellen zu suchen, an denen Eindringlinge einbrechen könnten, und die Türen auf ihre Sicherheit zu prüfen. Wir mussten uns auffällig gebärden, damit Casildo, Darbaran und Vahid Interesse an uns gewannen. Doch es war schier unmöglich, zu sagen, was Mazin tun würde, wenn er erst einmal auf uns aufmerksam geworden war. Wir mussten gegen jede Bedrohung gewappnet sein!

Nach dem Kauf unseres Hauses gingen wir direkt auf den Basar und kauften genug Seide, Kleidung und Schmuck, um uns wie Königinnen auszustaffieren. Wir wählten Shalwar Kamiz, Lehengas und Tuniken in allen Farben, bestickt mit Perlen und kleinen Spiegeln, die Stoffe kunstvoll gemustert. Ich achtete darauf, dass ein paar Kleidungsstücke dabei waren, deren Machart und Stoffe typisch für den Norden waren: Stickereien aus rosafarbenem Garn, die große Blumen darstellten, geometrische Muster, Ornamente an den Säumen der Ärmel, die man mit Holzstempeln aufgetragen hatte – alles, was ich als Kind bei meiner Mutter und Großmutter gesehen hatte. Wenn ich schon die Rolle einer Frau aus dem Norden spielte, wollte ich ihr auch gerecht werden. Jedes Schmuckstück wurde für einen bestimmten Zweck ausgewählt – als ob wir uns mit den Teilen einer Rüstung für den Kampf wappnen würden.

Ich musste daran denken, wie Baba seine Klingen schmiedete. Wie er kunstvolle Tiere in die Griffe gravierte und jeden Edelstein mit Präzision einfügte. Und mir wurde klar, dass ich gerade dasselbe tat.

Ich bewaffnete mich mit Schönheit, um von der wahren Waffe abzulenken – von mir. Und während sie damit beschäftigt waren, mich zu bewundern, würde ich ihnen mit meiner Klinge die Finger abschneiden.

«Hast du schon einen Plan, wie wir an eine Einladung an den kaiserlichen Hof kommen sollen? Einmal abgesehen davon, einfach so viel Geld auszugeben, dass sie uns nicht ignorieren können?» Noor lag auf einem Stapel Kissen und knabberte frische

Mangoscheiben, während ich mir die neueste Dolchkollektion ansah, die mir einer der Schwertschmiede der Stadt gebracht hatte. Nichts im Vergleich zu den Klingen meines Vaters – aber ich brauchte mehr Waffen.

Und wenn unser Plan mit Casildo aufging, würde ich die Schwerter meines Vaters ohnehin sehr bald zurückbekommen.

«Das kommt später.» Ich hatte bereits Pläne, was Vahid anging, aber bevor ich sie ausführen konnte, musste ich zunächst gewisse Grundlagen dafür schaffen. «Jetzt brauchen wir erst einmal die Aufmerksamkeit von Casildo.»

Noor nickte.

Ich drehte die Spitze eines Dolches auf meinem Zeigefinger – der einzige Teil meines Körpers, den ich noch erkannte.

Zuerst musste ich wieder an die Klingen meines Vaters kommen.

«Er hat meinen Vater verraten, ihn von den Soldaten des Kaisers töten lassen und seine Schmiede geplündert. Es wird Zeit, dass wir diese Verkleidung in der echten Welt austesten.»

Die Luft auf dem Basar war drückend. Die glühende Sonne überzog alles mit sengender Hitze, die sich wie ein schweres Netz auf die Haut legte. Ich trug mein schönstes Shalwar Kamiz: Das Oberteil war in tiefem Indigo gehalten und mit einem kühnen Muster aus dem Norden bedeckt, die Hose aus Seide besaß einen dazu passenden Blauton. Mein dickes Haar – jetzt eine wilde Lockenmähne anstelle meiner üblichen glatten Strähnen – war zu einem kunstvollen Zopf geflochten, auf meinem Kopf festgesteckt und mit goldenen Perlen verziert. Meine neuen Augen waren dunkel mit Kajal umrandet. Ich schaute mit all dem Selbstbewusstsein durch sie in die Welt hinaus, das mir auch zu eigen gewesen wäre, wenn ich mich in meiner eigenen Haut befunden hätte. So schoben wir uns durch das Gedränge auf dem Markt und suchten nach Casildos Verkaufsstand.

Er befand sich am Rande des Platzes und war üppig mit Klingen bestückt, die Casildo aus dem ganzen Kaiserreich zusammengesammelt hatte.

Ich näherte mich dem Marktstand mit einer Nonchalance, die ich nicht wirklich empfand. Meine Haut rötete sich vor Wut – obwohl der kleine Mann, der die Dolchkollektion auf dem Tisch zum Verkauf anbot, nicht Casildo selbst war. Seine schlammbraunen Augen richteten sich auf mich. Sie beäugten meine Kleidung und die Diener an meiner Seite – darunter auch Noor, die sich als meine persönliche Zofe ausgab.

«Guten Tag, Sahiba. Kann ich Euch vielleicht helfen, etwas für Euren Mann zu finden?» Gier glitzerte in seinen Augen, als er sich daranmachte, seine mit Juwelen besetzten Klingen nach vorne zu schieben. Ich ließ den Blick über sie schweifen – keines der Messer stammte von meinem Vater. Das erkannte ich sofort.

«Ich habe keinen Ehemann», erwiderte ich, während ich beiläufig einen besonders prächtigen Dolch in der Hand wog, dessen Klinge seiner wertvollen Ausstattung allerdings nicht gerecht wurde. «Ich bin auf der Suche nach einem Schwert. Man könnte mich als Sammlerin bezeichnen.»

«Dann seid Ihr hier goldrichtig, Sahiba. Es gibt keine schöneren Schwerter als die von Casildo.»

Unbeeindruckt ließ ich meinen Blick über den Stand des Mannes schweifen. Ich nahm mir ein Katar, dessen Griff in Silber gefasst war, und schob meine Knöchel durch die Öffnung, sodass die Klinge über meinen Fingern lag. Noor hatte gewollt, dass ich ein wenig ungeschickt und unsicher mit den Klingen hantierte – aber das konnte ich auf keinen Fall tun! Er sollte ruhig sehen, dass ich genau wusste, wie ich mit ihnen umzugehen hatte.

«Ich suche etwas Besonderes. Etwas, das ich früher einmal

gesehen habe.» Ich dachte an die einzigartigen Waffen meines Vaters. An jedes Tier, das er in ihre Griffe geschnitzt hatte, an die Gravuren, die er in die Klingen eingearbeitet hatte. Mit der Spitze des Katars tippte ich gegen meine Lippen und gab einen summenden Laut von mir.

«Ein Halmasti-Kopf, geschnitzt aus Kamelknochen, besetzt mit Smaragden und Intarsien aus Gold.»

Der Mann strich sich über das Kinn, und sein Blick wanderte zur Seite. «Sahiba, so etwas Ähnliches habe ich in der Tat schon einmal gesehen! Aber nicht hier. Mein Herr, Casildo, beherbergt eine größere Sammlung von Klingen in seinem Haus, die er zuweilen privaten Sammlern zeigt. Die größte, die Ihr je gesehen habt! Aber ich muss Euch warnen – die Klingen sind sehr kostspielig.»

«Sehe ich etwa so aus, als könnte ich mir das nicht leisten?»

Ein schwaches Lächeln umspielte seine Lippen, und er senkte ehrerbietig den Blick. «Nein, Sahiba. Aber ich möchte meine Kunden nicht überrumpeln. Ich werde mit meinem Herrn über das sprechen, wonach Ihr sucht. Wo kann ich Euch erreichen?»

«Ich wohne im Süden der Stadt, in einem Haus namens Jasmin Koti. Kennt Ihr es?»

«Ah, ja, Sahiba, ich kenne es. In der Tat ein schönes Haus. Sehr schöne Gärten.»

Seine Augen leuchteten vor Gier noch heller auf, was ich nicht für möglich gehalten hätte. Gewiss rechnete er mit einer fetten Provision von Casildo – und ich würde ihn nicht enttäuschen. «Ich werde Eurem Diener morgen früh eine Nachricht bezüglich eines Treffens zukommen lassen, um über Casildos andere Schwerter zu sprechen. Erwartet, bald von mir zu hören.»

«Das tue ich.»

Schon an diesem Nachmittag stand ein nervöser Diener vor unserer Tür, um uns mitzuteilen, dass Casildo an einem Treffen mit uns interessiert sei.

«Das ging aber schnell.» Noor nahm dem verschwitzten jungen Mann den Zettel ab und warf ihn auf den Tisch in der Mitte des Raumes. Ich saß auf dem großen indigoblauen Diwan, während das Sonnenlicht durch die durchsichtigen Vorhänge an den Fenstern um uns herum fiel. Jeder, der hereinschaute, sah in mir wohl ein verwöhntes reiches Mädchen, das haufenweise Pistazien aß und Rosenwasser-Chai schlürfte.

Dazu passten allerdings nicht die Dolche, die ich quer durch den Raum schleuderte und in die hölzerne Wand gegenüber einschlagen ließ.

«Da steht, dass er sich morgen mit dir treffen will, um über das Schwert zu sprechen, das du suchst.»

«Sein Händler hat ihm wahrscheinlich vorgeschwärmt, wie reich wir sind. Ich meine, mit all den Juwelen in meinem Haar ...» Ich lachte ein wenig, wollte eigentlich den nächsten Dolch an die Wand schleudern – hielt dann aber inne.

Stattdessen drückte ich die Spitze der Klinge in meine Handfläche und ließ die Schneide in meine Haut stechen. Ich war so nah dran, Casildo zu sehen! So kurz davor, der Person unter die Augen zu treten, die den Tod meines Vaters in die Wege geleitet hatte. Wut flammte in meiner Brust auf, als ich seine Nachricht las.

«Ganz zu schweigen von den Diamanten, die deine Finger zieren.» Noor deutete mit einem Nicken auf meine Hände. «Wir sahen ja aus wie eine wandelnde Schatztruhe! Gut, dass du all diese Wachen um das Haus herum eingestellt hast, sonst hätte man uns gewiss bereits ausgeraubt.»

«Casildo spricht die Sprache der Gier und Feigheit. Schon immer war er besessen vom Ansehen meines Vaters, von seiner Kunstfertigkeit und seiner Klingensammlung. Aber er hat geduldig gewartet, bis er am Boden lag – und ihm dann alles genommen. Ihm muss genau bewusst sein, was wir ihm zu bieten haben – und dass er tatsächlich etwas davon in die Finger kriegen kann.»

Noor nahm eine getrocknete Aprikose von dem Teller vor mir und steckte sie sich in den Mund. «Indem er dich über den Tisch zieht?»

«Vielleicht. Wenn man ihm die Gelegenheit dazu gibt, sicherlich. Aber er könnte sogar noch Schlimmeres im Schilde führen.» Ich ließ die Klinge fliegen, schleuderte sie mit voller Wucht gegen die Wand. Meine Wut entlud sich mit ihr.

Denn für das, was uns als Nächstes bevorstand, brauchte ich einen kühlen Kopf.

Noor grinste. «Glaubst du, er wird versuchen, dich auszurauben? Mit dieser ganzen Armee von Wachen da draußen? Casildo hat deine Familie verraten, weil es einfach war und er alle Vorteile auf seiner Seite hatte. Er ist ein Feigling. Er wird nichts tun, was sein Leben gefährden könnte.»

«Deshalb muss er denken, dass es einfach ist. Bis es das nicht mehr ist. Und dann werden wir zuschlagen.»

«Du bist so blutdürstig.»

«Man könnte meinen, du kennst mich überhaupt nicht.» Ich lächelte, wurde aber schnell wieder ernst. «Wärst du das nicht an meiner Stelle?» Ich stand auf und zog meinen Dolch aus der Wand.

Noor schaute aus dem Fenster, von dem aus man den Palast sehen konnte. «Er hat dir deinen Vater weggenommen. Auch mir hat man das angetan, und aus genau diesem Grund will ich Rache. Aber pass auf, dass du nicht zu dem wirst, was du am meisten verachtest. Dass wir nicht beide zu dem werden, was wir am meisten verachten.»

«Und was soll das sein?»

«Gierig. Machthungrig.»

Ich dachte über ihre Worte nach. Die Macht, die mich durchflutete, war berauschend – das konnte ich nicht leugnen. Aber es bestand keine Gefahr, dass ich ihr erlag. Nicht, solange ich größere Pläne hatte. «Ich werde nicht vergessen, warum wir hier sind.»

Ihr Lachen hallte durch die Gänge des riesigen Hauses. «Ich weiß, dass du nicht leicht vergisst.»

SIEBZEHN

Für das Treffen in Casildos Haus hatten wir uns so prächtig ausstaffiert, wie wir nur konnten. Wir stellten Soumas außergewöhnlichen Reichtum zur Schau, um uns damit den größtmöglichen Vorteil zu verschaffen. Als wir ankamen, brannten im ganzen Haus Fackeln, und Wächter standen vor dem Tor. Dort empfing uns der Händler vom Basar mit einem breiten Lächeln.

«Sein Untergebener muss ihm wirklich tolle Geschichten über unsere Geldmittel erzählt haben», flüsterte Noor mir im Gehen zu.

«Dann werden wir ihnen wohl gerecht werden müssen.» Ich zog meinen Dupatta zurecht, wobei die glitzernden Perlen darauf klingend gegeneinanderschlugen, als würden sogar meine Kleider mir zustimmen.

«Willkommen in meinem Haus.» Casildo stand am Eingang, und ich musste all meine Selbstbeherrschung aufbringen, um mir nicht die Nadel, mit der mein Dupatta befestigt war, aus dem Haar zu reißen und ihm damit die Kehle aufzuschlitzen. «Tarfaan hat mir davon erzählt, was Ihr sucht – und dass Ihr erst seit Kurzem in der Stadt seid. Es ist mir eine Freude, Euch hier bewirten zu dürfen.»

Er sah genauso aus, wie ich ihn in Erinnerung hatte, nur dass sein dunkles Haar jetzt an den Schläfen ergraut war. Was einst ein warmes Lächeln gewesen war, wirkte jetzt berechnend und schmierig auf mich. Ich verzog selbst meinen Mund zu einem

Lächeln, doch meine Hand wanderte unwillkürlich zu dem Dolch, der an meinem Oberschenkel befestigt war. Langsam atmete ich aus, versuchte, mich zu beruhigen.

Ihn einfach nur zu töten war viel zu gut für ihn.

Trotz der kochenden Wut in meinen Adern lief mir ein Schauer der Angst über den Rücken, als er mein Gesicht musterte.

Hatte ich mein Aussehen wirklich genug verändert?

Konnte Casildo erkennen, wer ich war – trotz der Dschinn-Magie, die mich durchströmte?

Er war der erste Mensch, dem ich seit meiner Verwandlung begegnete, der mich noch aus der Zeit vor meiner Festnahme kannte. Nun musste ich testen, ob das Experiment erfolgreich war.

Sein Gesichtsausdruck veränderte sich nicht.

Er hatte immer noch dasselbe Lächeln aufgesetzt, schien beiläufig den Wert meines Kamiz abzuschätzen. Gut, dass ich das teuerste Kleidungsstück trug, das ich besaß.

Noor trug eine dunkelgrüne Kurta mit feiner Goldstickerei am Saum. Sie gab sich immer noch als meine Zofe aus. Auf diese Weise konnte sie an Orte gelangen, die mir verschlossen waren, um Informationen zu sammeln, zu denen ich keinen Zugang hatte. Die würden wir brauchen, wenn wir nahe genug an Casildo herankommen wollten.

Wenn ich ihn leiden lassen wollte, musste ich genau wissen, was ihm wichtig war. Und was er auf keinen Fall verlieren wollte. Ich spielte mit dem Ausschnitt meines Kamiz herum und schenkte ihm mit zusammengebissenen Zähnen ein zuckersüßes Lächeln. Zugleich gab ich mir alle Mühe, die Wut zu dämpfen, die mir die Kehle zuschnürte.

«Vielen Dank für den herzlichen Empfang, Sahib. Ich freue mich darauf, Eure Sammlung sehen zu dürfen. Euer Untergebener war äußerst hilfsbereit und so freundlich, mir Eure Klingen zu empfehlen.»

«Diese Messer waren nichts im Vergleich zu den Klingen in meinen privaten Kammern.» Casildo winkte uns herein und führte uns in einen offenen Innenhof, der mit Grünpflanzen, riesigen Lotusblumen und weißen Sterndahlien bepflanzt war. Sie erfüllten den ganzen Hof mit einem unangenehm parfümartigen Duft.

In den wohlhabenderen Häusern der Stadt waren solche Innengärten üblich, um den Griff der Hitze etwas zu mildern. Ein großer Springbrunnen in der Mitte nahm den größten Teil des Gartens ein. Als wir näher kamen, erkannte ich, dass es die in Stein gehauene Darstellung eines Mythos war: der Kampf zwischen dem Krieger Naveed und einem tödlichen Azi. Naveed zermalmte die großen Flügel des Drachen unter seinen Stiefeln, und sein Krummsäbel durchbohrte den Hals der Kreatur. Es war ein schauerliches Bild, aber es vermittelte den Ton in diesem Haus.

Hier wurden Macht und Waffen überaus geschätzt.

Ich betrachtete die schmerzerfüllten Augen des Azis, der in der Sage ein Dorf so lange heimgesucht hatte, bis Naveed ihn mit einer vergifteten Ziege fütterte und anschließend seinen betäubten Körper abschlachtete.

Eine weitere Lektion: Mit Hinterhältigkeit gewinnt man.

Mein Blick wanderte weiter über den Garten. Diener umringten uns und hielten verschiedene Platten mit Kristallpokalen, goldenen Tellern und jeder Art von Erfrischung bereit.

«Erwarten wir noch jemanden?», wandte ich mich an Casildo.

«Nur ein paar Freunde, um Euch in der Stadt willkommen zu heißen. Eure Ankunft hat viel Aufsehen erregt – vor allem, weil Ihr den halben Basar aufgekauft habt. In ganz Basral kursieren Gerüchte über Euch! Ich bin dankbar, dass Ihr bei meinem Stand vorbeigeschaut habt.»

«Ich bin auch dankbar, Sahib. Und sei es auch nur, weil ich einen anderen Schwertsammler kennenlernen darf.»

«Bitte, nennt mich Casildo.»

Ich neigte lächelnd den Kopf, und seine Augen funkelten. «Eure Gastfreundschaft ist überaus großzügig.»

Wir wurden zu Platten mit gebratenem Lammfleisch, scharf eingelegtem Gemüse und frischen Roti geführt. Mir lief das Wasser im Mund zusammen. Meine Zeit im Gefängnis hatte dazu geführt, dass ich einfach alles essen würde – ganz egal, was für eine Speise man mir anbot. Ich griff nach einem Roti, doch sobald ich das tat, gab Noor ein leises Geräusch von sich. Unsere Blicke trafen sich, und ihrer war voller Tadel. Sie trat vor und begann, einen Teller für mich zu füllen.

«Bitte – esst, so viel Ihr mögt.» Casildo deutete auf die Speisen. «Wenn wir gemeinsam gegessen haben, können wir uns die Schwerter ansehen, für die Ihr Euch interessiert.»

«Das würde mir sehr gefallen.» Ich biss in ein Stück zartes gebratenes Fleisch, kaute es ganz langsam und genoss den Geschmack. «Doch sagt mir: Woher bekommt Ihr eigentlich Eure Schwerter? Habt Ihr einen Lieferanten?»

Mein Magen krampfte sich zusammen, als ich mich für seine Antwort wappnete. Vielleicht würde er mir die ganze Geschichte erzählen, wie genau er meinen Vater verraten hatte. Ich war begierig darauf, ihn darüber reden zu hören. Begierig darauf, das Feuer meiner Wut zu schüren, während er damit prahlte, dass er nun Vaters Klingen besaß.

Wirst du es wagen, über meinen Vater zu sprechen, du ekelhafter Feigling?

«Früher hatte ich tatsächlich einen Lieferanten. Aber jetzt sammle ich hauptsächlich Klingen auf meinen Reisen. Ihr habt Euch ein ganz bestimmtes Schwert gewünscht – mit einem Knauf in Form eines Halmasti-Kopfes?» Er schürzte die Lippen und gab ein kussartiges Geräusch von sich. «Es gibt nur wenige, die je einen Halmasti gesehen haben.»

«Meine Nanu hat mir Geschichten über sie erzählt, als ich

noch ein kleines Mädchen war. Ich erinnere mich, wie ich die Klinge sah. Und wie ich bereute, sie nicht gekauft zu haben.»

«Hat Euer Vater sie nicht für Euch erworben?»

«Er hatte Wichtigeres mit seiner Zeit anzufangen, als jungen Mädchen hübsche Schwerter zu kaufen.» Ich lachte, und das Geräusch klang hohl in meinen Ohren. Wie Asche lag mir die Lüge auf der Zunge. Seit ich laufen konnte, hatte mir mein Vater wunderschöne Dolche geschenkt, die er selbst geschmiedet hatte. Aber jetzt musste ich in die Haut von Sanaya Khara schlüpfen.

«Ihr tragt den Namen einer Familie, die sehr bedeutend ist im Norden, nicht wahr? Der Stamm eines ziemlich mächtigen Kriegsherrn.» Er lehnte sich auf seinem Stuhl zurück und musterte mich. «Was führt Euch so weit weg von zu Hause, in die Stadt des Kaisers?»

«Mein Vater will Handel treiben und Verbindungen knüpfen, ohne sein Volk dafür verlassen zu müssen. Darum hat er mich an seiner Stelle nach Basral geschickt.» Ich schob mir etwas von der geschmorten Ziege in den Mund. Die Schärfe des Ingwers und des grünen Kardamoms legten sich auf meine Zunge. Ich zwang mich, kleine, zierliche Bissen zu nehmen, statt mir das Fleisch einfach in den Mund zu schaufeln, wie ich es nur zu gerne getan hätte. «Euer Essen ist köstlich. Sagt – wer ist Eure Köchin?»

Casildo lachte. «Ich werde gewiss nicht zulassen, dass Ihr sie mir wegschnappt! Zumindest nicht, bevor Ihr meine Klingen gesehen habt. Kommt!» Er bedeutete einem Diener, allen dampfend heißen Chai einzuschenken. «Lasst uns den Tee in der Galerie trinken.»

«Die Galerie?», fragte ich schärfer als beabsichtigt. «Ich bin nicht gekommen, um mir Bilder und Skulpturen anzusehen!»

In Casildos Rücken hob Noor eine Augenbraue, und ich hätte ihr beinahe mit einer unhöflichen Geste geantwortet. Stattdessen legte ich die Hände zusammen, malte ein sittsames Lächeln auf mein Gesicht und senkte meine Stimme. «Ich würde viel lieber Eure Schwertsammlung bewundern.»

Er schenkte mir ein herablassendes Lächeln und klopfte mir auf die Schulter. Am liebsten hätte ich ihm jeden Finger einzeln gebrochen.

«Ich glaube, diese Galerie wird Euch gefallen.»

Casildo ging voran, und wir folgten ihm durch die prunkvollen Flure seines großen Hauses. Als ich ihn kennengelernt hatte, war er ein einfacher Kaufmann gewesen. Er hatte ein Stadthaus mit drei Zimmern besessen und über bescheidene Mittel verfügt. Es gab nur eine Sache, die seinen Reichtum und seinen Status so sehr hätte verändern können – und das war die Belohnung, die er für den Verrat an meinem Vater erhalten hatte. Ich reckte mein Kinn vor, und die Schuldgefühle, die mir aus jeder Pore quollen, drohten mich zu überwältigen. Ich war nicht da gewesen, um meinem Vater zu helfen. Er war ganz allein gewesen, als sein engster Freund ihn verraten hatte.

Ich fuhr mit der Hand an einem Wandteppich entlang, der am Ende des Flurs hing. Er zeigte die Schlacht zwischen dem alten König und Kaiser Vahid. Groß und stolz stand der Kaiser da, mit einem Haufen schimmernder Dschinn-Samen in der Hand, während der alte König niedergestreckt auf einem Berg aus Leichen lag.

Ich dachte an die Taschen mit Zoraat, die in unserem Haus versteckt waren. An die leuchtenden Farben, die Noor exakt zu mischen wusste. Wenn alles wie geplant verlief, würde der Würgegriff gelöst werden, in dem Vahid das Reich gefangen hielt – und zwar durch eben jenes Zoraat, das er so wachsam hütete.

«Ah, die Schlacht von Chidkruh. Eine meiner Lieblingsschlachten.» Casildo trat neben mich – so nah, dass ich am liebsten meinen Kopf nach hinten gerissen und meine Zähne in seinen Hals geschlagen hätte. Ich stellte mir vor, wie das wohl wäre, und lächelte in mich hinein.

«Der Kaiser selbst hat mir diesen Teppich geschenkt.» Er erwiderte mein Lächeln, als ob wir beide gerade einen Witz gemacht hätten – allerdings würde ihm meine Pointe wohl kaum gefallen.

«Ihr müsst wahrlich eine beeindruckende Persönlichkeit sein, wenn Kaiser Vahid Euch ein solches Geschenk zukommen ließ.» Ich bemühte mich um einen ehrfürchtigen Tonfall.

Er lachte. «Seid vorsichtig, Sahiba – sonst nehme ich mir Eure Schmeicheleien noch zu Herzen.»

Unwillkürlich kräuselten sich meine Lippen vor Abscheu. Flirtete er etwa mit mir? Noor räusperte sich. Ich begegnete ihrem Blick, und sie signalisierte mir mit den Augen, dass mir meine wahren Gefühle zu deutlich anzusehen waren.

Aber mal im Ernst – der Mann war alt genug, um mein Großvater zu sein!

Ich zwang meine Gesichtszüge zu etwas, das einem verschämten Blick ähnelte.

Sollte er ruhig denken, dass er mit seinem Flirten möglicherweise Erfolg bei mir hatte. Wenn es dazu beitrug, sein Vertrauen zu gewinnen, dann würde ich mit den Wimpern klimpern, bis ich damit einen Sturm losbrach.

Casildo erwiderte mein Lächeln, er wirkte sichtlich erfreut. Noch mehr Abscheu stieg in meiner Brust auf.

Bäh! Das war schwieriger, als ich dachte.

«Der Kaiser hat mich einfach für eine gute Tat belohnt, die ich für ihn erbracht habe.»

Sofort spitzte ich die Ohren. «Eine gute Tat?» Ich versuchte, neugierig zu klingen.

«Ich berichtete ihm von einem Komplott, bei dem jemand es auf sein Leben abgesehen hatte. Und ich half ihm, den Verräter hinzurichten. Doch heutzutage sind die Dinge längst nicht mehr so abenteuerlich.»

Ich schnaubte amüsiert und hoffte nur, er dachte, dass mir

sein Scherz gefiel – und dass er nicht bemerkte, dass ich es gerade nicht wagte, den Mund aufzumachen. Meine Hände wanderten wieder hinunter zu dem Dolch an meinem Oberschenkel, der fest in seiner Scheide steckte und darauf wartete, gezogen zu werden. Das dunkle Bedürfnis, seinen dicken Hals aufzuschlitzen und sein Blut über den Marmorboden spritzen zu sehen, war überwältigend. Ich spürte, wie die Magie der Dschinn auf meine Wut antwortete, einem glimmenden Feuer gleich in meinen Adern prasselte.

Schwärze verdunkelte den Rand meines Sichtfeldes, und ein heißes Kribbeln durchfuhr meine Hände. Ich sah auf meine zuckenden Finger hinab – und entdeckte eine schwarze Ader, die sich von der Spitze meines Zeigefingers bis zum Knöchel schlängelte. Sie sah aus wie eine dunkle Ranke, die sich unter meiner Haut entlangwand. Offenbar reagierte sie auf die unsichtbare Magie, die mich durchströmte! Verwirrt starrte ich sie an. Dann machte sich ein Anflug von Panik in meiner Kehle breit. War dies eine Nebenwirkung des Zoraat? Ich presste meine Hand an meine Seite und verbarg so hoffentlich die schwarze Linie.

Dann stellte ich meine Füße schulterbreit auf, sodass ich einen sicheren Stand hatte – eine typische Kampfhaltung.

Noor stupste mich mit der Schulter an. Ihr Mund verzog sich zu einer dünnen Linie, und sie schüttelte den Kopf. Offensichtlich war ihr klar, dass ich im Begriff war, alle unsere Pläne über den Haufen zu werfen und hier, mitten in Casildos Halle, einen Mord zu begehen. Ich warf ihr einen giftigen Blick zu. Aber ich nahm die Hand von meinem Dolch.

Sie hatte recht. Ich durfte jetzt nicht den Kopf verlieren! Nicht, wenn wir schon so weit gekommen waren. Ich ballte die Hand zur Faust und nahm mir in Gedanken vor, Noor später nach der seltsamen schwarzen Ader zu fragen. Doch das würde mich nicht von dem ablenken, weswegen wir eigentlich hierhergekommen waren!

Rache.

Das Flüstern aus der Höhle erklang nun auch in mir. Aber ich konnte nicht mehr sagen, ob das meine eigene Stimme war oder nicht.

Mein Vater verdiente eine angemessenere Vergeltung, als einfach nur Casildo die Kehle durchzuschneiden. Ich atmete tief aus und spürte, wie die Wut aus mir herausfloss. Sie wurde ersetzt durch Entschlossenheit.

Nun kamen wir in einen großen Raum, der von mehreren Fackeln an den Steinwänden erhellt wurde. Um uns herum standen Glaskästen, die mit filigranen Goldverzierungen umrahmt waren. Ihr Inhalt schimmerte in dem flackernden Licht. Diese Vitrinen waren nicht mit Kunst gefüllt – sondern mit Waffen.

Schwerter. Dolche. Messer aller Art.

Es war ein Paradies für Schwertkämpfer!

Ich schaute von einer Vitrine in die nächste. Der Anblick dieser prächtigen Klingensammlung ließ mich fast vergessen, was ich eigentlich hier wollte.

Gerade stand ich vor einer großen Vitrine voller Saifs mit leicht gekrümmter Klinge, deren kunstvoll geschnitzte Griffe im Fackelschein glänzten. Dann wanderte mein Blick zu einer Auslage mit Säbeln. Ihre gebogenen Stahlklingen forderten meine Finger regelrecht auf, sie zu ergreifen. Überall um mich herum waren juwelenbesetzte Dolche zu sehen, mit Gravuren verzierte Khopeshs, gefährlich geschwungene Talwars, Kirpans mit goldumwickeltem Griff – genug Messer, Schwerter und Dolche, um Hunderte meiner Feinde umbringen zu können, wenn ich nur wollte.

Angesichts dieser Fülle atmete ich tief aus.

Dann blieb mir genau dieser Atemzug im Hals stecken – denn nun wandte ich den Kopf zur Wand am Ende des Raumes. Schwerter, die mir nur zu vertraut waren, schauten mir aus der Vitrine dort entgegen. Schwerter, die ich besser kannte als meine eigenen Hände. Vom Boden bis zur Decke füllten Klingen jeder Art und jeder Form die Vitrine – aber alle hatten eines gemeinsam: Derselbe Schwertschmied hatte sie gefertigt.

Casildo hatte eine komplette Wand mit den Waffen behängt, die er meinem Vater gestohlen hatte.

Unwillkürlich machte ich einen Schritt nach vorne, als würde ich auf Baba zugehen. Als wäre er noch am Leben, würde direkt vor mir atmen und lächeln. Dies war sein Lebenswerk! Und es befand sich im Haus des Mannes, der ihn ermordet hatte.

Mein Herz schlug wie wild. Ich presste meine Hand fest auf meine Brust, als könnte ich es herausreißen. Als könnte ich die Wut und den Kummer unterdrücken, die drohten, die Oberhand zu gewinnen.

«Wie ich sehe, konnte ich Euch überraschen, Sahiba. Ich dachte mir schon, dass Euch meine Sammlung gefallen würde, da Ihr doch ein so großes Interesse an Waffen habt.»

«Ich bin sprachlos», presste ich zwischen zusammengebissenen Zähnen heraus. Dabei hob ich die Mundwinkel, versuchte zu lächeln. Aber ich war mir sicher, dass ich nur eine verzerrte Grimasse zustande brachte.

Casildo bedeutete einem Diener, uns Chai nachzufüllen, und mehr dampfende Flüssigkeit wurde in das hohe Glas in meiner Hand gegossen. Getrocknete Rosenblütenblätter schwammen obenauf, und nicht einmal der vertraute Duft nach heißem Kardamom und zerstoßenen Pistazien konnte mich trösten. Meine Finger hielten das Glas fest umklammert. Wenn ich der Wut, die in mir brodelte, freien Lauf gelassen hätte, wäre es bereits in tausend Stücke zersprungen. Die schwarze Ranke auf meiner Hand wurde dicker und schlängelte sich nun hinunter bis zu meinem Handgelenk. Ich hob das Glas an die Lippen – erleichtert, dass die Flüssigkeit darin nicht zitterte. Und es gelang mir, den brühend heißen Tee zu schlucken.

Die Tür zur Galerie öffnete sich knarrend hinter uns. Ich

machte mir nicht die Mühe, den Kopf zu drehen. Noch immer starrte ich die Reihe der makellos polierten Klingen an, die im Fackelschein leuchteten. Wünschte mir, dass ich an ihrer Stelle meinen Vater wiedergefunden hätte.

In jedem Messergriff sah ich seine wettergegerbten Hände, die sich auf die Details seiner Kunstfertigkeit konzentrierten. Im Glanz jeder Klinge sah ich vor mir, wie er sich über seinen Amboss beugte und das Metall mit höchster Präzision formte. Das hier war er – und war es doch nicht. Es war alles, was er schätzte und wofür er gearbeitet hatte. Aber er war nicht mehr hier, und darum spielte all das keine Rolle mehr. Die einzige Person, die noch für ihn eintreten konnte, war ich. Und ich musste das Unrecht, das man ihm angetan hatte, wiedergutmachen.

«Ah, da bist du ja endlich.» Casildo begrüßte jemanden. Schritte näherten sich. Trotzdem wandte ich mich noch immer nicht um. Wenn ich jetzt versuchte, zu sprechen, würde ich die Wut, die in mir loderte, nicht verbergen können.

«Das ist Sanaya Khara, die Tochter des Khara-Fürsten. Sie ist neu in Basral. Sahiba Khara, bitte lasst mich Euch dem *Falken* vorstellen.»

Jemand lachte kurz auf. Und es war, als hätte jemand einen Kübel Eiswasser über mir ausgeschüttet.

Ich kannte dieses Lachen.

Ich erinnerte mich an dieses Lachen.

Ich hatte mich immer gefreut, diejenige zu sein, die es ihm entlockte.

«Bitte! Ich bemühe mich, diesen Spitznamen endgültig zu begraben», erwiderte eine tiefe Stimme. Sie klang wie das Grollen eines Felsbrockens, der von einem Berg herabpolterte.

Es war eine sehr klare Stimme, die Stimme eines Redners oder Politikers – glatt und selbstbewusst, aber irgendetwas an ihr zog einen in den Bann. Gab einem das Gefühl, dass er einem vertraute, dass man etwas Besonderes war.

Ich schloss meine Augen.

Nicht er.

Auf den Klang seiner Stimme hatte ich mich noch nicht vorbereiten können. Es war zu früh! Ich dachte, mir bliebe noch mehr Zeit, um mich zu wappnen. Um mich zu stählen wie einen der Talwars meines Vaters – undurchdringlich, unzerbrechlich. Aber jedes Wort, das er sprach, brachte alles wieder in mir hoch – bis ich mir nicht mehr sicher war, ob meine Beine mich noch tragen konnten. Ich konnte es spüren – alles! Seine Berührung auf meiner Haut. Sein Lächeln, wenn ich seinen Namen rief.

Seinen Gesichtsausdruck, als er mich verriet.

Das tat am meisten weh. Und es war keineswegs ich, die eine unzerbrechliche Klinge war – er war es. Und er durchdrang meine Schutzmauern, zerschmetterte mein Vertrauen und durchbohrte mir das Herz. Die ruhige Maske, die er zur Schau trug, als die Wachen mich festnahmen – das war das Gesicht, das mich die ganze Zeit im Gefängnis heimgesucht hatte.

«Ich finde, der Name passt zu dir», fuhr Casildo fort, ohne den Sturm der Gefühle zu bemerken, der in mir tobte. «Aber wie du willst. Darf ich Euch Mazin Sial vorstellen – den Stellvertreter des Kaisers. Nebenbei gesagt, der jüngste Stellvertreter, den es je gegeben hat.»

Noor atmete scharf ein, als sie seinen Namen vernahm. Ich spürte es eher, als dass ich es hörte.

Doch ich unterdrückte alle aufkommenden Gefühle, die in mir nach außen drängten.

Ich durfte nicht zusammenbrechen. Nicht jetzt.

Nicht bevor es vorbei war.

Und ich wollte verdammt sein, wenn *er* mich dazu bringen würde, zusammenzubrechen – nicht nach allem, was er getan hatte! Diesmal hatte *ich* die Kontrolle. Und ich würde diejenige sein, die dabei zusah, wie sein ganzes Leben in sich zusammenfiel. Ich nahm mir einen Moment Zeit, um mich zu sammeln, ehe ich an den Rand der Klippe trat. Tief und langsam atmete ich ein. Dann verwandelte ich meinen Gesichtsausdruck in eine freundliche Maske.

Das war es, was ich in seinen Augen sein würde: ein süßes, hübsches Stück Konfekt.

Und wenn er dann in den honigsüßen Zucker biss, würde pures Gift in seinem Mund schäumen.

ACHTZEHN

Er sah genauso aus wie früher. Das dunkle Haar, das immer ein wenig zu lang war. Das kleine Muttermal unter seinem Auge. Breite Schultern in derselben Palastuniform, die er schon früher getragen hatte: ein dunkler Sherwani mit goldenen Verzierungen und hohen Lederstiefeln, die ihm bis zu den Knien reichten. Sogar die Form seiner Augenbrauen erkannte ich wieder, ich hatte sie mir früher gewiss tausendmal eingeprägt.

Und doch hatte er dunkle Ringe unter den Augen. Sein Gesicht wirkte hager, schärfer, ausgeprägter – als könnte er ein paar gute Mahlzeiten vertragen. Seine Haltung war steif, von seinen verkrampften Schultern bis zum Rest seines Körpers. Er schien aus demselben Stahl gemacht zu sein wie der lange Krummsäbel, der an seiner Seite hing – ebenfalls eine Waffe aus der Hand meines Vaters. Seine Augen, die immer dunkel und von Sehnsucht erfüllt gewesen waren, zeigten jetzt ein anderes Gefühl. Wenn ich es nicht besser gewusst hätte, hätte ich es für Traurigkeit gehalten.

Das war gut. Verdammt, er sollte auch traurig sein!

Er sollte jeden einzelnen Moment eines jeden einzelnen Tages bereuen, der verging, seit er mich verraten hatte. Dabei wusste ich, dass das unmöglich der Fall sein konnte. Nicht, nachdem er mich im Auftrag seines geliebten Kaisers hintergangen hatte. Wenn sein Leben jetzt traurig war, lag das gewiss nicht an dem, was er mir angetan hatte. Doch dass Mazin nicht glücklich war, darin war ich mir sicher. Er war immer noch eine beeindruckende Erscheinung voller Autorität und komplexer Widersprüche. Aber ich kannte ihn zu gut, um seine innere Unrast nicht zu bemerken.

Und dieses Mal musste ich mich nicht zwingen, zu lächeln.

Du hast ja keine Ahnung, was ich noch mit dir vorhabe.

«Ich freue mich, Euch kennenzulernen, Sahiba Khara.»

Mein Lächeln wurde breiter, und ich neigte meinen Kopf in seine Richtung. Noor und ich hatten das geübt. Ich war nicht gerade eine geborene Verführerin – aber ich hatte noch nie so viel Motivation gehabt, eine zu werden, wie jetzt! Ich würde mit der gleichen Hartnäckigkeit daran arbeiten, dass Mazin sich in mich verliebte, wie ich mich damals angestrengt hatte, als ich den Umgang mit dem Schwert erlernte. Denn wenn ich ihm dann die Wahrheit enthüllte, würde das weit mehr schmerzen als die scharfe Schneide des Stahls.

Mein Blick wanderte zu dem Mädchen an seiner Seite, das ich ebenfalls sehr gut kannte. Ihr dunkles Haar war zu einem Zopf geflochten, den sie sich über die Schulter geworfen hatte, und darüber lag ein dunkelblauer Dupatta. Sie trug zarte Ohrringe, die leise klirrten, wann immer sie ihren Kopf bewegte.

Auch sie hatte sich nicht verändert, war noch so wie früher – unschuldig, vertrauensvoll, liebenswert. Und ich empfand nicht eine Unze Schuld darüber, dass ich im Begriff war, dieses Vertrauen ganz nach meinem Gutdünken zu manipulieren.

«Und wer ist das?»

«Das ist meine Schwester, Anam.»

Es war schier unmöglich, Anam zu hassen. Aber ich versuchte es trotzdem. Stets umspielte ein ansteckendes Lächeln ihre Lippen, und sie war nur zu gerne bereit, jedem und allem Glauben zu schenken – eine wandelnde Gelegenheit für die Hochstapler und Betrüger der Stadt.

Noor bewegte sich in Richtung Wand.

Sie sollte Casildo und mich allein lassen, damit wir reden

konnten. Unterdessen würde sie versuchen, in seinem Haus Informationen zu sammeln. Aber an ihrem Gesichtsausdruck erkannte ich, dass sie nicht gehen wollte. Nicht, wenn Mazin hier war.

Ich hingegen versuchte, mich trotz seines unerwarteten Auftauchens auf das Positive zu konzentrieren: Casildo hatte unsere Pläne um das Zehnfache beschleunigt, indem er mich mit ihm bekannt machte!

«Was führt Euch in unsere Stadt, Sahiba Khara?», wollte Maz wissen. Wieder durchfuhr mich beim Klang seiner Stimme ein leichtes Zittern. Ich versuchte aber besser gar nicht erst herauszufinden, was das genau war.

«Bitte, nennt mich Sanaya. Und ich bin nur zu Besuch hier. Mein Vater will irgendwann in die Stadt kommen und hat mich gebeten, ein Haus für seine Ankunft vorzubereiten.» Meine Stimme klang etwas höher, als mir lieb war. Ich biss mir auf die Unterlippe.

«Sie hat das leer stehende Jasmin-Koti-Anwesen gekauft», sagte Casildo im verschwörerischen Tonfall.

Mazins Augenbrauen hoben sich fast bis hinauf zu seinem Haaransatz.

Ich wandte mich an das Mädchen an seiner Seite. «Du musst mich unbedingt in der Stadt herumführen, Anam. Auf dem Basar war ich schon, aber ich habe keine Ahnung, bei wem ich kaufen soll, wer einen betrügt und wer einen anlügt.»

Mazin lachte leise, als ob ich einen Witz erzählt hätte. Am liebsten hätte ich seinen Kopf gegen eine der Vitrinen geschlagen. Stattdessen trat ich näher an ihn heran. Er würde nur das zu sehen bekommen, was ich ihm zeigen wollte – Sanaya Khara, eine schöne Fürstentochter, die unproblematisch und freundlich war. Ich wandte mich ihm zu, eine Frage in meinem Blick.

Und als unsere Augen sich trafen, fühlte ich mich plötzlich gänzlich atemlos.

«Anam wird Euch bei all diesen Dingen wohl nicht helfen können», erklärte er. «Ich wette, meine Schwester wird regelmäßig übers Ohr gehauen, während sie das Geld des Kaisers ausgibt.»

Mazins Worte schienen Anam zu beschämen, aber sie lächelte mich trotzdem an. «Ich würde dir sehr gerne die Stadt zeigen, Sanaya, und auch den Basar – egal, was mein Bruder sagt.»

«Natürlich. Und ich glaube ihm nicht ein Wort. Mit Augen wie den deinen musst *du* wahrscheinlich immer das Feilschen übernehmen.»

Sie strahlte und warf ihrem Bruder einen triumphierenden Blick zu.

Ich wandte mich wieder an Mazin und musste mich selbst gewaltsam daran erinnern, dass ich ihn in diesem Körper, mit diesem Gesicht, nicht hasste. In dieser Haut wollte ich hingegen von ihm angehimmelt werden – sosehr er mich auch zum Würgen brachte. Ich wollte, dass er mich wollte. So wie er früher vorgegeben hatte, mich zu wollen. Und dann würde ich ihm sein noch schlagendes Herz bei lebendigem Leib herausreißen!

«Und was führt Euch heute Abend in Casildos Haus, Sanaya?» Er ließ meinen falschen Namen wie eine Liebkosung über seine Zunge gleiten. Ich spürte, wie sich mein Puls beschleunigte.

Daran erinnerte ich mich noch von früher: Er war charmant. Andere Mädchen schwärmten immer kichernd von ihm und hofften, dass ich sie ihm vorstellen würde.

«Ich interessiere mich für Schwerter und Dolche aller Art. Auf dem Basar habe ich einige Stücke aus Casildos Sammlung gesehen. Und man hat mir gesagt, dass er möglicherweise daran interessiert sein könnte, mir etwas aus seiner privaten Sammlung zu verkaufen.»

Mazin neigte den Kopf. «Und hat er zugestimmt?»

Casildo schaltete sich von weiter hinten im Raum ein. «Sie

sucht eine bestimmte Klinge, die sie einmal auf einem Markt gesehen hat – aber ich habe keine Ahnung, wo. Ein Dolch mit einem Knochengriff, geschnitzt in der Form eines Halmasti-Kopfes.»

Mazin richtete sich zu seiner vollen Größe auf. Sein Mund verzog sich zu einer dünnen Linie. Ich konnte meinen Blick nicht von ihm losreißen. Er verhielt sich anders, als ich es mir vorgestellt hatte – nicht angeberisch oder arrogant. Ein kleiner Muskel zuckte an seinem Kiefer. Diese Reaktion hatte ich bei jedem Übungskampf gesehen, den wir zusammen bestritten hatten.

Er versuchte gerade, seine Gefühle im Zaum zu halten.

Aber warum?

«Mazin ist sehr wortkarg.» Casildo trat an uns heran, er klang amüsiert. Dann nahm er einen großen Schluck von seinem Chai und streckte die Hand aus, um sein Glas nachfüllen zu lassen. Ein Diener kam zu ihm herübergeeilt. Meine Lippen kräuselten sich. Casildo pflegte früher immer zu sagen, er sei ein Mann aus dem Volk. Damals trank er seinen Chai einträchtig mit meinem Vater und den Dorfbewohnern am Feuer vor seiner Schmiede. Und jetzt genoss er seinen Tee mit zerstoßenen Rosenblättern aus goldumrandeten Gefäßen und konnte nicht einmal sein eigenes Glas füllen.

«Er kennt die Klinge, die Ihr sucht, ganz genau. Leider befindet sie sich nicht in meiner Sammlung. Aber ich habe etwas ganz Ähnliches.» Casildo deutete auf die Glasvitrine an der Wand, in der die Klingen meines Vaters aufbewahrt wurden.

Ich zwang mich, den Blick von Maz zu lösen und mich wieder den ausgestellten Schwertern zuzuwenden. Noor stand neben mir, und ich begegnete kurz ihrem Blick, ehe ich mich wieder der Vitrine zuwandte.

Ich war dankbar, dass sie noch hier war. Sie war eine stumme Gestalt am Rande des Raums, die uns alle beobachtete, ohne selbst bemerkt zu werden – doch allein das Wissen darum, dass jemand hier war, der mir den Rücken freihielt, beruhigte mich ein wenig.

Auch wenn sie absolut nicht mit einem Schwert umgehen konnte.

«Der Dolch, den Ihr sucht, ist einzigartig.» Mazins Stimme war ein leises Grollen neben mir. Er war näher herangekommen – so nah, dass mir sein Duft in die Nase stieg. Angesichts der Erinnerungen, die nun über mich hereinbrachen, hätte ich beinahe die Augen geschlossen.

Wenn man von jemandem verraten wurde, den man liebte, gab es ein großes Problem: Man hatte ein Leben voller schöner Erinnerungen mit ihm zusammen – die man nun in einem anderen Licht betrachten musste.

Was einst Geborgenheit versprochen hatte – neben ihm zu stehen, in seinen Armen zu liegen und den Geruch nach Regen und Kiefernnadeln einzuatmen –, war in Wirklichkeit überaus gefährlich.

Ich atmete tief und langsam aus, um mein klopfendes Herz zu beruhigen.

«Ich kenne nur einen einzigen Schmied, der je eine Klinge mit einem Halmasti-Knauf hergestellt hat. Aber ich bezweifle, dass Ihr sie auf einem Markt gesehen habt. Der Mann, der sie gefertigt hat, verkaufte seine Waren stets direkt.»

«Tatsächlich?» Ich drehte mich zu Maz um. Unsere Gesichter waren jetzt nur wenige Zentimeter voneinander entfernt. Ich bewegte mich leicht, und der kalte Stahl an meinem Oberschenkel erinnerte mich daran, dass ich einen Dolch bei mir hatte. Aber ich wollte keine rasche Lösung. Ich wollte, dass er genauso litt, wie ich gelitten hatte. Ich wollte, dass ihnen allen klar wurde, was sie getan hatten – und dass sie während der letzten Augenblicke, die ihnen blieben, bereuten, wen sie da zerstört hatten.

Ich lächelte ihn an und zog meine Befriedigung vorerst lieber daraus, dass sein Blick wie geplant auf meinen Lippen lag – statt mir vorzustellen, wie ich sein Blut vergoss.

«Ihr müsst mir diesen Schwertschmied unbedingt vorstellen. Ich würde ihn sehr gerne treffen und direkt bei ihm kaufen.»

Das ließ das Lächeln aus seinem Gesicht verschwinden. Sein Blick wanderte zu Casildo. Für einen Moment offenbarten seine Züge aufgewühlte Emotionen, sein Mund verzog sich grimassenhaft. Doch rasch wurde sein Gesicht wieder zu einer glatten Maske.

«Er weilt leider nicht mehr unter uns.» Maz wandte den Blick von Casildo ab. «Er ist verstorben.»

Ich stemmte die Hände in die Hüften. «Was für eine Schande! Wie ist er denn gestorben?»

«Er war ein Verräter!» Casildos Stimme schallte durch den Raum, ehe Mazin antworten konnte.

«Er und seine Familie haben versucht, den Kaiser zu verraten. Sie wurden verhaftet und hingerichtet.»

Ich knirschte mit den Zähnen. *Nicht alle von ihnen.*

«Tatsächlich? Dann sind seine Klingen nun ja sogar noch mehr wert.» Ich zwang mich, meine Mundwinkel zu heben.

Casildo schenkte mir ein schmieriges Lächeln. «Genau mein Gedanke.» Er wandte sich noch einmal der Vitrine zu. «Ich denke, wir haben hier eine ähnliche Klinge wie die, die Ihr einst gesehen habt.»

«Zeigt sie mir, bitte.»

Ich hatte das Messer, das er mir nun zeigen wollte, bereits ausgemacht – kaum, dass ich die Sammlung meines Vaters erblickt hatte. Es besaß einen Knauf, der wie der Kopf eines Bergwolfs aus dem Norden geformt war. Diese Tiere wurden nicht so groß wie ein Halmasti, waren jedoch ebenso wild, wie mein Vater mir damals erzählt hatte. Aber ich würde all diese Schwerter ohnehin sehr bald wieder in meinem Besitz haben. In diesem

Moment ging es lediglich darum, Casildo das Märchen zu verkaufen, das er glauben sollte.

Das Märchen, dass ich wohlhabend und einflussreich war und mir allerlei sündhaft teure Extravaganzen leisten konnte, ohne einen zweiten Gedanken daran zu verschwenden. Denn das würde uns auch den Zugang zum kaiserlichen Hof ermöglichen.

Dass Mazin ebenfalls hier war, kam mir dabei sehr gelegen.

Ich warf einen Blick auf den fraglichen Dolch und sog aufgeregt den Atem ein – als ob ich nicht die ganze Zeit über genau gewusst hätte, wo er war. «Er ist dem, den ich gesehen habe, tatsächlich unglaublich ähnlich! Ich muss ihn unbedingt haben.»

«Ich fürchte, das wird kostspielig. Immerhin stammt er aus meiner Privatsammlung.»

Mazin bewegte sich hinter mir, und ich warf einen Blick über meine Schulter. Er verhielt sich bemerkenswert still und beobachtete Casildo mit unergründlichem Blick. Doch dann huschten seine Augen zu meinen.

Für eine Sekunde vergaß ich, dass ich so tat, als wäre ich jemand anderes. Ich vergaß, dass ich ihn gerade mit fremden Augen ansah. Und als er meinen Blick erwiderte, musste er das bemerkt haben – denn seine Augen weiteten sich. Er verzog das Gesicht, als würde er vor einem Rätsel stehen, das er nicht ergründen konnte.

Ich versuchte, mich schnell wieder in den Griff zu bekommen. Immerhin wollte ich ihn neugierig machen, nicht misstrauisch! Ich wollte, dass er sich danach sehnte, mich wiederzusehen – und nicht, dass er seine Soldaten auf mich hetzte.

Also wandte ich mich wieder Casildo zu und machte eine wegwerfende Handbewegung, als ob die Höhe der Kaufsumme für mich keine Rolle spielen würde. Was auch stimmte. Ich würde alles zahlen, um das Erbe meines Vaters wieder in die Hände zu bekommen! Doch das hier diente nur dazu, die Figur zu erschaffen, mit der wir Basral erobern würden. «Meine Zofe wird die nötige Summe bereitstellen.»

Ich nickte Noor zu. Casildo versuchte, sein Lächeln zu unterdrücken, was ihm jedoch nicht gelang. Es war so breit, als könne er seine Freude kaum im Zaum halten. Ein warmes Gefühl durchströmte mich: die Genugtuung, zu sehen, wie sich die Bestandteile meines Plans langsam zusammenfügten – den komplizierten Ornamenten auf einer Schwertklinge gleich.

Casildo musste wissen, welch immense *Möglichkeiten* mir offenstanden. Wenn er sich dann daranmachte, mir diese Reichtümer wegzunehmen, würde ich alles zerstören, was er besaß.

Bald darauf brachen wir auf. Während Casildo seine frisch verdienten Münzen zählte, ruhte einer der Dolche meines Vaters sicher in einer verzierten Schatulle auf meinem Schoß.

Die Genugtuung, die ich empfand, verblasste langsam und hinterließ eine bittere Leere – noch verstärkt durch Mazins Verhalten am Ende. Er mied meinen Blick, als wir uns verabschiedeten, und er versuchte auch nicht, mir einen Handkuss zu geben. Also konnte ich auch meine Verführungskünste nicht weiter betreiben. Doch während wir Casildos Haus verließen, nahm er nicht für eine Sekunde den Blick von der Schatulle mit dem Dolch.

NEUNZEHN

DER FALKE

Früher

Baba bestand darauf, dass ich mit Mazin trainierte, obwohl er sehr viel weniger Talent besaß als ich. Maz trainierte auch zusammen mit den übrigen Soldaten, aber der Kaiser hatte beschlossen, dass er eine noch gründlichere Ausbildung brauchte.

«Der Junge hat nicht viel drauf», hatte ich meinem Vater zugebrummt, als er uns zum Übungsplatz hinter der Schmiede führte. *Platz* war vielleicht nicht das richtige Wort: Der Hof glich eher einem dreckigen Acker mit ein paar spärlichen Sträuchern daneben.

Aber für mich war es der liebste Ort auf der Welt.

«Einen Kampf zu gewinnen, hat nichts mit Geschick zu tun, Dani. Dabei geht es ums Herz. Und damit ist Mazin reichlich gesegnet.»

Ich trat mit meinem Talwar in der Hand auf die festgestampfte Erde und musterte Maz, der einen zu großen Krummsäbel in der Hand hielt. Dann ließ mein Vater uns allein, damit wir mit unserem Trainingskampf beginnen konnten.

«Deine Kampffähigkeiten zu verbessern kommt mir wie ein wohltätiges Projekt vor!» Ich sprang vor und entwaffnete ihn, ehe er auch nur blinzeln konnte.

Und doch versuchte er immer wieder, es mit mir aufzunehmen. Ich wiederholte das Spiel noch drei weitere Male, bis ich schließlich meinen Talwar in den Boden rammte und mich gähnend darauf abstützte. Beim letzten Anlauf war es schwieriger gewesen, als ich gedacht hatte. Aber ich wollte nicht, dass er meine Überraschung darüber bemerkte.

Er hatte sich verbessert.

Nicht, dass ich ihm das sagen würde.

Er hob sein Schwert aus dem Dreck. Sein Kiefer war verkrampft, ein kleiner Muskel zuckte daran. Ich dachte, er würde sich gleich wieder auf mich stürzen und dasselbe unvorsichtige Manöver versuchen wie zuvor. Stattdessen ließ er seine Klinge sinken und sah mich an.

«Ich habe Hunger. Lass uns eine Pause machen.»

Ich schnaubte. «In Wirklichkeit willst du nur aufhören, um nicht noch mehr zu verlieren.»

Er stöhnte genervt und stieß seine eigene Klinge in den Boden, ahmte meine Haltung nach. «Hat dir schon mal jemand gesagt, dass es unmöglich ist, sich mit dir anzufreunden?»

Ein erschrockenes Lachen drängte aus meiner Kehle. «*Das* versuchst du also gerade? Du willst dich mit mir anfreunden? Freunde habe ich genug. Ich brauche nicht noch mehr.»

Er musterte mich skeptisch und lehnte sich zu mir. Bei seinem eindringlichen Blick machte mein Magen einen Hüpfer. Zum ersten Mal bemerkte ich, dass er gar nicht so schlecht aussah – obwohl er noch in seine langen Gliedmaßen reinwachsen musste und sein Haar einen nicht zu bändigenden Wust auf seinem Kopf bildete. Er rieb sich den Nacken, und mein Blick wanderte über die spielenden Muskeln seines Arms, ehe er zu seinem Gesicht zurückkehrte.

Was war bloß mit mir los?

«Dania – du hast doch gar keine Freunde. Zumindest habe ich hier noch keine gesehen. Du hast bloß Trainingspartner. Was du brauchst, ist ein bisschen Spaß.»

Ich starrte ihn an. «Was ich *brauche*, ist Training. Sonst werde ich am Ende noch genauso schlecht mit dem Schwert wie du», erwiderte ich und verschränkte die Arme vor der Brust. Dabei hoffte ich inständig, dass mein Gesicht nicht so rot war, wie es sich anfühlte.

Er lächelte. Ich spürte, wie meine Streitlust langsam verrauchte.

Ein paar Minuten würde ich wohl verschmerzen können. Eine gemeinsame Mittagspause bedeutete nicht gleich, dass wir Freunde waren.

«Gut. Eine Mahlzeit.» Ich stützte mich auf meinen Talwar. «Aber dann machen wir weiter mit dem Training! Mein Vater hat mich gebeten, dir zu helfen. Wenn du das nicht willst, übe ich allein weiter.»

Ich schnappte mir die frischen Parathas, die eine Frau aus dem Dorf uns heute gebracht hatte. Wir setzten uns an den Holzzaun des Übungsplatzes und aßen in geselligem Schweigen. Die Parathas waren gerollt und mit scharf eingelegtem Gemüse und Käse gefüllt. Ich musste ganz vergessen haben, wie hungrig ich war, denn ich verschlang sie regelrecht.

«Das ist vielleicht das Beste, was ich je gegessen habe», sagte Mazin zwischen zwei Bissen und lehnte sich gegen den Pfosten des Zauns.

Ich kaute, ohne ihn anzusehen – fest entschlossen, mich nicht auf ein Gespräch mit ihm einzulassen. Doch die Nachmittagssonne hüllte ihn in ihr warmes Licht, das den Tag weicher erscheinen ließ, irgendwie verträumter. Er legte den Kopf zurück und blickte hinauf zu den Bergen, die unser Dorf umgaben. In seinen Augen lag nun etwas Entschlossenes und ein Hauch von Sehnsucht. Ich konnte nicht anders, als seinem Blick zu folgen, wollte sehen, was er mit solcher Konzentration betrachtete.

Einen Moment lang wünschte ich mir, er würde *mich* so ansehen. Ich schluckte schwer und drehte meinen Kopf weg. Meine Haut war unangenehm heiß.

«Bekommt man im Palast nichts zu essen?» Meine Stimme klang heiser, und ich stopfte mir rasch noch mehr Paratha in den Mund, um meine Verlegenheit zu überspielen. Ich könnte mich jetzt genauso gut auf meinen Talwar aufspießen und sterben – das würde mir wenigstens weitere Demütigungen ersparen.

«Nicht solches Essen jedenfalls. Die Mahlzeiten dort bestehen aus üppigen Currys und übermäßig süßen Desserts. Der Kaiser will nur das Beste, das Extravaganteste. Aber das hier ist einfach und deftig, ideal für kurze Pausen in der Sonne. Es erinnert mich an die Zeit, als ich ein Junge war.»

«Du bist immer noch ein Junge», erinnerte ich ihn und leckte mir etwas von dem sauren Gemüse von den Fingern.

«Ich meine, bevor ich zum Kaiser kam.» Er hatte immer noch diese Sehnsucht in seinem Blick. Irgendwie wollte ich jetzt mehr erfahren.

Es störte mich, dass ich überhaupt etwas über seine Vergangenheit wissen wollte. Immerhin arbeitete er ja für Vahid.

Und doch wollte ich es. Er gehörte, soweit ich wusste, nicht zur kaiserlichen Familie. Und er sprach so, als hätte er einst in einem Dorf wie unserem gelebt. Ich biss mir auf die Innenseite der Wange, bis ich einen stechenden Schmerz spürte. Und doch hielt mich das nicht davon ab, ihn zu fragen.

«Was meinst du mit *bevor ich zum Kaiser kam*?»

Er sah von seinem Paratha auf und hielt kurz inne, ehe er noch einen Bissen nahm. Die Sonne ließ seine Augen golden schimmern. Die Richtung, in die meine Gedanken bei dem Anblick wanderten, gefiel mir gar nicht. Düster verzog ich das Gesicht. Meine säuerliche Miene brachte ihn dazu, die Mundwinkel zu heben.

«Ich merke schon, du willst wirklich etwas über meine Kindheit erfahren.» Er nahm noch einen Bissen von dem Brot.

«Nein, du willst einfach nicht aufhören, darüber zu reden. Also kann ich genauso gut nachfragen, wovon du da redest.»

«Das stimmt wohl.» Er legte den Kopf schief. «Meine Schwester und ich stammen aus einem Dorf im Süden. In jener Gegend hat Kaiser Vahid einst damit begonnen, mit dem Zoraat seinen Krieg gegen den alten König zu führen.» Sein Ton war leicht, aber als ich auf seine Knöchel blickte, traten sie weiß hervor.

So war er oft, wurde mir plötzlich bewusst. *Verschlossen* – wie ein Matkatopf aus Ton. Bis die Hitze des Feuers unter ihm zu stark wurde und er explodierte. Er kämpfte auch auf diese Weise, während ich das genaue Gegenteil davon war: Ich schlug eifrig um mich, ging immer direkt zum Angriff über. Er hingegen verharrte viel zu sehr in der Verteidigung, bis zum letztmöglichen Moment.

«Ich wusste nicht, dass du eine Schwester hast», sagte ich leise.

Bei diesen Worten hob er den Blick und sah mich an. «Ja. Anam war noch ein Baby, als der Kaiser kam. Meine Mutter hängte ihre Wiege an den Ast eines Banyanbaums und sagte mir, ich solle auf Anam aufpassen, während sie meinen Vater holen ging. Doch meine Eltern starben beide im Krieg, getötet von den Soldaten des alten Königs.» Er schluckte hart, ich konnte es an seiner Kehle sehen. Rasch nahm er einen weiteren Bissen. Meine eigene Kehle fühlte sich trocken an, und das Paratha in meiner Hand schien nach seinen Worten ungenießbar geworden zu sein.

«Plötzlich stieß ein Falke herab und versuchte, meine Schwester vom Baum zu reißen. Ich wehrte ihn ab, warf mit Steinen und Wüstengestrüpp nach ihm, während er sich immer wieder auf uns stürzte. Der Vogel war riesig – fast so groß wie ich. Seine Krallen waren so scharf ... Er hätte Anam einfach so weggetragen, und ich hätte sie nicht retten können. Aber während ich noch versuchte, sie zu beschützen, erschien Kaiser

Vahid selbst. Er schoss einen Pfeil ab und traf den Falken mitten ins Herz.» Maz legte einen Finger in die Nähe seines Kragens, wo eine Halskette zu sehen war. Daran hing eine einzelne schwarze Kralle.

«Du hast ein Stück von ihm mitgenommen.» Ich nickte in Richtung der Trophäe.

«Das war der Kaiser. Er schnitt sie dem toten Falken ab und gab sie mir. Dann sagte er, ich hätte tapfer gekämpft und er könne so jemanden wie mich an seiner Seite gebrauchen. Jemanden, der sich gegen die verteidigt, die ihn ausbeuten wollen. Und so beschloss er, uns bei sich aufzunehmen. Er hat uns gerettet.»

Er klang nun fast ehrfürchtig.

Ich schnaubte, und sein Blick schoss zu mir. «Kaiser Vahid hat den Krieg begonnen», sagte ich mit Nachdruck. «Den Krieg, in dem deine Eltern getötet wurden.» Ich verschränkte die Arme vor der Brust. «Er ist nicht dein Retter.»

«Er hat verhindert, dass meine Schwester und ich massakriert wurden. Der König wollte die Dörfer im Süden abschlachten, um Vahid eine Lektion zu erteilen. Vahid hat uns gerettet.»

Ich schürzte die Lippen und blickte zu den niedrigen Hügeln am Horizont, die sich im Schatten der Berge dahinzogen. Die karge Landschaft war mit Bäumen und Sträuchern besprenkelt. Ein Goldschakal rannte über das offene Gelände, ein Jungtier im Maul. Sein Ziel war ein naher Walnussbaum, der zur Seite geneigt war, als hänge er an seiner letzten Wurzel. Über ihm kreiste ein Greifvogel, der offenbar darauf lauerte, sich das Jungtier zu schnappen – dieselbe Bedrohung, der auch Mazins Schwester ausgesetzt gewesen war.

Aber Baba sagte immer, dass Falken schlau und geduldig seien. Sie warteten, bis der perfekte Zeitpunkt gekommen war – und schlugen dann zu.

Mazin und ich schwiegen beide für eine Weile. Schließlich sprach er weiter: «Es ist nicht leicht zu verstehen, ich weiß. Als meine Eltern von den Soldaten dahingemetzelt wurden, hätte sich der Hass in meinem Herzen festsetzen können. Aber Kaiser Vahid rettete uns. Er nahm uns bei sich auf und sorgte dafür, dass wir nicht leiden mussten. Was könnte ich anderes tun, als ihm dankbar zu sein? Meine Eltern waren tot – aber wir hatten noch uns. Ich verdanke dem Kaiser mein Leben, und er verdient meine Loyalität.»

Ich musterte ihn. Versuchte, die Sichtweise eines kleinen Jungen einzunehmen, der verzweifelt überleben wollte, verzweifelt mit seiner kleinen Schwester zusammenbleiben wollte. Der sogar verzweifelt genug war, um für *alles* dankbar zu sein – selbst für einen Mann, der den Krieg verursacht hatte, in dem seine Familie getötet worden war.

Mazin sah mir in die Augen. Auch er hatte das Paratha in seinen Händen vergessen. Aber ich wusste nicht, wie ich auf sein stummes Flehen um Verständnis reagieren sollte. Um Bestätigung: dass die Liebe, die er beim Kaiser suchte, nicht vergiftet war.

«Woran denkst du?», fragte er nach langem Schweigen.

Ich konnte das, was er vermutlich von mir hören wollte, nicht aussprechen. Aber das hätte ohnehin nicht zu uns gepasst. Freundlichkeit brachte einem nicht den Sieg auf dem Schlachtfeld ein!

Nur den Tod.

«Ich glaube», sagte ich schließlich, während ich mich aufrichtete und mir den Staub abwischte, «dass du deine Schwester an diesem Tag nicht wirklich vor einem Falken gerettet hast.»

ZWANZIG

Also, das war eine Überraschung.»

Noor ließ sich auf meinem Bett nieder, während ich begann, meinen Schmuck abzulegen.

«Ja.» Ich bewegte mich so wenig wie möglich – als würde ich sonst auseinanderfallen.

Dann schloss ich die Augen und ließ alles, was ich bisher unterdrückt hatte, über mich hereinbrechen.

Den Schock, Maz zu sehen.

Den inneren Konflikt, den ich spürte, als mein Blick seinen traf.

Die Wut darüber, dass die Schwerter meines Vaters wie eine Trophäe in Casildos Haus ausgestellt waren.

«Ich habe dort nicht mit Mazin gerechnet. Das war schlampig geplant von mir! Ich hätte diese Möglichkeit in Betracht ziehen müssen.»

«*Wir* hätten das in Betracht ziehen müssen», stimmte sie zu. «Aber das hat nichts an unserem Plan geändert.»

«Nein. Wir können sogar schneller mit der nächsten Phase beginnen.»

Noor nickte. «Ich werde morgen zum Basar gehen und die nächsten Schritte einleiten.» Sie machte Anstalten, den Raum zu verlassen – und hielt zögerlich inne.

«Was ist?» Ein fremdes Gesicht und eine fremde Persönlichkeit zu tragen, hatte mich ausgelaugt, und die Erschöpfung brach nun über mich herein. Meine Stimme klang müde. Das

Zoraat, das durch meine Adern floss, versetzte mich in Unruhe, als würde etwas Dunkles an meinem Magen nagen.

Ich erinnerte mich mit Schrecken an die schwarze Linie, die auf meinem Finger erschienen war – wie eine Spinne, die an meiner Hand herunterkroch. Doch als ich sie jetzt untersuchte, war die Linie nicht mehr da. Nur noch Sanayas glatte, braune Haut war zu sehen. Keine Spur von der Linie, nicht einmal ein blauer Fleck.

«Geht es dir gut?»

Ich atmete tief durch und sah wieder zu Noor auf. Sie musterte mich stirnrunzelnd. Abermals spreizte ich meine Finger – aber da war nichts. Hatte ich es mir nur eingebildet?

«Es ging mir schon mal besser.»

«Ich weiß. Als Casildo Mazins Namen sagte …» Sie schauderte und brachte den Satz nicht zu Ende. «Du scheinst es aber ganz gut zu verkraften.»

Ich zuckte mit den Schultern – eine Geste der Gleichgültigkeit, die ich nicht im Geringsten empfand. «Ich wusste, dass ich Maz irgendwann wiedersehen würde. So bald hatte ich nicht damit gerechnet, aber ich konnte mich trotzdem schnell anpassen.»

«Und du bist sicher, dass du mit all dem weitermachen willst? Seine Schwester scheint sehr nett zu sein.»

Ich funkelte sie finster an. «Ja, ich bin mir sicher. Wenn es um *ihn* geht, habe ich kein Gewissen.»

Sie biss sich auf die Lippe. «Selbst wenn seine Schwester dabei zu Schaden kommt?»

«Er ist der Grund, warum mein Vater tot ist – also ja. Selbst wenn seine Schwester dabei zu Schaden kommt.»

Noor nickte, und ihre Hände ballten sich zu Fäusten. «Gut. Solange der Plan nur immer noch vorsieht, Vahid zu Fall zu bringen! Ich muss wissen, dass er nicht mit allem, was er getan hat, davonkommen wird. Dass er am Ende nur noch Asche in den Händen halten wird.»

«So wie wir», sagte ich leise, und der Raum schien sich bei meinen Worten zu verdunkeln. Ich warf einen Blick aus dem Fenster, wo der Mond seinen Schatten auf Vahids Palast warf.

Sie ging zum Fenster, legte ihre Hände auf den Rahmen und drehte sich zu mir um. Der Mond beleuchtete nun auch sie, und ich erkannte die Traurigkeit in ihren braunen Augen. «Ja. So wie wir.»

Ich wusste, dass sie an Souma dachte – genau wie ich an meinen Vater.

Schweigend fuhr ich damit fort, meinen Schmuck abzulegen. Mit jedem Stück, das ich abnahm, fiel eine Last von mir ab: Vergoldete Armreifen an meinen Handgelenken. Eine dicke goldene Kette mit baumelnden Rubinen um meinen Hals. Eine filigrane Rubin-Tikka in meinem Haar. Ein goldener Ring in meinem Nasenflügel ... All das landete scheppernd in der Schale auf dem Tisch.

Als ich fertig war, rieb ich mir die Handgelenke und hatte das Gefühl, endlich wieder atmen zu können.

«Übrigens – es gibt etwas, das du mir definitiv nicht erzählt hast», sagte Noor, während sie sich gegen das Fenster lehnte.

Ich streckte die Arme über den Kopf, verschränkte die Finger ineinander und drückte meine Hände gen Decke. Es war eine Weile her, dass ich trainiert hatte. Und ich musste dringend etwas von den Muskeln wieder aufbauen, die ich im Gefängnis verloren hatte! «Was?»

Sie lächelte, und ihre Augen funkelten amüsiert. «Du hast nie erwähnt, wie attraktiv Mazin ist.»

Ich starrte sie an. Dann bückte ich mich wortlos, zog meinen Schuh mit der nach oben gebogenen Spitze aus und warf ihn nach ihrem Kopf.

Sie duckte sich unbeeindruckt. «Diese Wangenknochen? Die dunklen Augen? Kein Wunder, dass du dich in ihn verguckt hast!»

«Halt die Klappe», murmelte ich und drehte mich auf dem Absatz um.

«Du hast mir nie erzählt, wie breit seine Schultern sind!»

Ich trug einer Dienerin auf, uns Tee zu bringen, während Noors Lachen den Raum erfüllte.

«Kannst du nicht einmal ernst bleiben?»

«Warum? Du bist doch ernst genug für uns beide.»

Ich wusste, dass sie sich nur so gab, um die Stimmung aufzulockern. Aber es lag ein Körnchen Wahrheit in ihren Worten. Ich hatte es nicht gut verkraftet, dass Mazin plötzlich erschienen war. Er hatte es geschafft, dass ich mich wieder von ihm angezogen fühlte. Und er wirkte auf mich sogar noch verlockender als zuvor!

Aber ich durfte nicht zulassen, dass ich in meine eigene Falle tappte. Ich rieb mir mit den Händen über das Gesicht und versuchte, mir diesen Gedanken einzuprügeln.

Die Tür öffnete sich, und die Dienerin kam mit dem Tee herein. Sie stellte ihn auf den Tisch, verbeugte sich und zog sich zurück.

Ich nahm einen tiefen Schluck. Der heiße Chai wärmte meine Kehle, ließ mich wieder mehr zu mir selbst werden.

«Ich will, dass die Welt sieht, was für ein Feigling Casildo ist», sagte ich, als Noor sich zu mir umdrehte. «Ich will, dass seine Freunde und seine Familie sich von ihm abwenden. Ich will, dass er alles verliert, was er je besessen hat!» Meine Hand umklammerte die Tischkante. «Mir bleibt nicht mehr viel Zeit mit diesem Gesicht. Wenn wir nicht erreichen, wofür wir hergekommen sind, hätten wir genauso gut gleich im Gefängnis bleiben können.»

Noor musterte mich mit ihren unergründlichen goldenen Augen, genauso intensiv wie damals, als sie zum ersten Mal in meiner Zelle aufgetaucht war. «Wie ich schon sagte: Du bist ernst genug für uns beide.»

Ich atmete tief ein und lehnte mich auf dem Diwan zurück. Ein Windstoß rauschte durch den Raum und brachte die Vorhänge zum Rascheln.

Wenn ich genau hinhörte, klang es fast wie das Flüstern, das ich in Soumas Höhle vernommen hatte, als ich zum ersten Mal das Zoraat berührte.

Rache.

«Ich habe eine Aufgabe für dich», sagte ich plötzlich und riss mich abrupt von diesem Gedanken los, von der Erinnerung an den verwesenden Leichnam meines Vaters.

Noor kam zu mir, nahm mir den Chai aus den Händen und trank einen großen Schluck aus meiner Tasse.

«Wir haben mehr Gold, als du je in deinem Leben gesehen hast – und du kannst dir nicht einmal einen eigenen Becher Chai bestellen?»

«Er schmeckt besser, wenn ich ihn von dir klaue.»

Ich rollte mit den Augen. «Ich möchte, dass du Casildo beschattest. Ich will jeden seiner Schritte verfolgen. Und ich will wissen, was ihm wichtig ist. Wenn es irgendeinen Riss in seinem Fundament gibt, will ich das wissen!»

«Damit du es mit Wasser fluten kannst?»

Ich lächelte. «Damit ich die Erde wegspülen kann, auf der er steht.»

«Eine Liste von Dingen erstellen, die Casildo zerstören könnten. Verstanden. Was machst du in der Zwischenzeit?»

Ich nahm ihr meinen Becher Chai ab und lehnte mich auf dem Diwan zurück. «Ich werde einkaufen gehen.»

EINUNDZWANZIG

Auf dem Basar war es heute voll. Krakeelende Marktverkäufer buhlten um meine Aufmerksamkeit und die Leute drängten sich aus allen Richtungen an mir vorbei. Ich hatte mich noch nicht ganz an mein neues Aussehen gewöhnt, und jedes Mal, wenn ich an einem staubigen Spiegel vorbeikam, überraschte mich der Anblick aufs Neue.

Es war kein Wunder, dass die Stoffhändler mit aller Macht versuchten, mich als Kundin zu gewinnen. Schließlich sahen sie die bunten Stoffe, die ich meterweise trug – und in so leuchtenden Farben, dass allein die Herstellung des Färbemittels gewiss mindestens ein Jahr in Anspruch genommen hatte. Ich erwischte sogar einen frechen Taschendieb dabei, wie er versuchte, mir mein juwelenbesetztes Armband zu stehlen.

Heute trug ich einen Kamiz mit Blumenstickereien und aufgenähten kleinen blauen Perlen, die meine Ärmel wie tausend indigoblaue Sandkörner zierten. Mein Haar – das jetzt einen hellbraunen Mahagoniton besaß – war zu einem Knoten hochgesteckt und mit einem goldenen Stirnband verziert, auf dem Perlen und goldene Kügelchen aufgefädelt waren. Neben meiner Kleidung erstaunten mich immer noch am meisten die sanften Rundungen meiner Wangen, meine runden Augen und das sanfte, offene Gesicht.

Sanaya sah weich und zierlich aus, während Dania rau und wild war.

Aber wir wussten beide, was wir wollten! Meine Verkleidung

verbarg es nur besser hinter einem kunstvoll gewebten Shalwar Kamiz und einem Dupatta, den ich um meine Arme geschlungen hatte – so fein, als hätte ihn ein Dschinn erschaffen.

War das die Art von Frau, die Mazin wollte? Eine, die seine Willensstärke mit ihrer sanften Präsenz ergänzte?

Ich zwang mich, nicht weiter darüber nachzudenken.

Es spielte keine Rolle, welche Art von Liebe Mazin sich wünschte. Meine Aufgabe bestand lediglich darin, dafür zu sorgen, dass er sich für Sanaya entschied. Und sobald ich ihn dann vernichtet hatte, würde ich vielleicht endlich frei von ihm sein. Frei von seiner ständigen Gegenwart, die mich auf Schritt und Tritt wie ein Bhuta verfolgte – ein rastloser Geist, der jeden meiner Gedanken heimsuchte.

Ich ging eilig an den Gewürzständen vorbei, die sich bogen unter Safranfäden und schwarzem Salz, getrockneter Minze und süßem Mangopulver. Ich ignorierte die Schmuckstände, bei denen Noor immer unbedingt anhalten wollte – sie kaufte am liebsten Ohrringe, die mit kleinen Spiegeln besetzt waren, und kunstvoll gefertigte Tikkas. Ich würdigte nicht einmal die großen Ballen der Stoffhändler eines Blickes, deren Stände vor gemusterten Textilien, Baumwolle, Seide und Organza nahezu überquollen. Denn ich war aus einem gänzlich anderen Grund hier.

Eine Bewegung fiel mir ins Auge: Jemand huschte so geschickt durch die Menschenmenge, dass ich es fast nicht bemerkt hätte. Doch als ich genauer hinsah, stieg Triumph in mir auf, und ich beschleunigte meine Schritte.

Endlich hatte ich gefunden, was ich suchte!

Oder vielmehr: *wen*.

Der Junge war schmutzig. Nasser Schlamm klebte an seinem Mund, als hätte er gerade welchen gegessen. Sein Gesicht und seine Arme waren mit Dreck beschmiert wie mit Farbe – und mir wurde klar, dass man den Schmutz wahrscheinlich tatsächlich mit dem Pinsel aufgetragen hatte. Er wirkte wie ein verhungerndes Waisenkind, das seit Wochen nicht mehr gebadet hatte. Aber als ich meinen Blick über seinen Körper schweifen ließ, fielen mir seine kräftigen, gesunden Gliedmaßen auf, die unter seiner abgewetzten Kurta hervorlugten. Und ich wusste, dass er genug zu essen bekam. Er spielte lediglich den elenden Betteljungen, damit niemand bemerkte, wie geschickt er in seinem Beruf wirklich war. Als ich das letzte Mal mit Noor auf dem Basar gewesen war, hatte er versucht, meine Handtasche zu stehlen – und ich hatte ihn lachend entwischen lassen.

Heute jedoch hatte ich etwas Wichtiges zu erledigen.

Und er hatte mich noch nicht bemerkt. Mit geübter Leichtigkeit schlängelte er sich durch die Menge. Auf dem Basar herrschte gerade ein besonders reges Treiben. Der Arbeitstag war gerade zu Ende gegangen, und viele kamen nun hierher, um einzukaufen oder einen Happen an den zahlreichen Kebab- und Paratha-Ständen zu essen, die den Rand des Marktes säumten. Nicht einer der Kunden bemerkte den kleinen Taschendieb, der sich an all ihren teuren Habseligkeiten und prall gefüllten Geldbörsen bereicherte.

Es war ziemlich beeindruckend, ihm bei seinem Treiben zuzusehen. Juwelenbesetzte Armreifen, glänzende Taschenuhren, dicke Beutel mit Münzen – das alles ließ er in der kleinen, abgegriffenen Tasche verschwinden, die an seiner Taille hing. Irgendwann lief er hinüber auf die andere Straßenseite – und dort entdeckte ich endlich die Person, von der ich gehofft hatte, dass der Junge mich zu ihr führen würde: einen älteren Jungen, der am Rande einer Gasse wartete.

Das war derjenige, für den er arbeitete.

Wenn ich die beiden erwischen wollte, musste ich schnell handeln!

Sie schlüpften in die Gasse. Es war nur eine schmale Lücke zwischen ausgeblichenen, schlammfarbenen Backsteingebäuden – so wenig einladend, dass sich niemand freiwillig in ihrer Nähe aufhielt. Ich ging ihnen rasch hinterher. Dafür musste ich mich durch die Menschenmassen schieben und einen heruntergekommenen Jalebi-Stand umrunden.

Endlich bog ich um die Ecke und schlich mich hinter ihnen in die Gasse. Sofort umhüllte mich Dunkelheit.

Ich griff nach dem Dolch, der unter den Falten meines Kamiz versteckt war. Doch mit einer Sache hatte ich nicht gerechnet: mit dem kühlen Druck von Stahl an meinem Kinn, noch ehe ich meine eigene Waffe ziehen konnte!

«Dachtest du, wir hätten nicht bemerkt, dass du Yashem folgst? Sahiba, du fällst auf wie der Hengst des Kaisers in einer Herde von Lastkamelen.» Der Junge klang amüsiert und wirkte plötzlich viel älter, als er aus der Ferne ausgesehen hatte.

Meine Mundwinkel hoben sich unwillkürlich – trotz der Überraschung darüber, dass es dem Bengel gelungen war, mich zu überrumpeln. Ich dachte, ich wäre besser auf ihn vorbereitet gewesen. Und doch war ich eher zufrieden als ängstlich, auch wenn er mir gerade ein Messer an die Kehle hielt und nicht umgekehrt. Denn wenn er das bei mir schaffte, konnte er es auch mit Mazin aufnehmen! Ich schob meinen Hals leicht vor, um die Schärfe der Klinge zu testen. Die Schneide ritzte meine Haut nicht einmal an – ein deutliches Zeichen dafür, dass diese Klinge mit einem Stein geschliffen worden war.

Sie war stumpf. Damit konnte ich arbeiten.

«Es gibt nicht viele, die mich jemals mit einem Dolch überrumpeln konnten. Du scheinst wirklich talentiert zu sein.»

Er drückte die Spitze gegen mein Kinn, sodass ich den Kopf heben musste. «Das weiß ich wohl.»

Bevor er eine weitere Bewegung machen konnte, schoss meine Hand zu seiner vor. Ich drehte ihm blitzschnell den Dolch aus seinen Fingern und richtete die Waffe stattdessen auf ihn. Rasch stellte ich meine Füße schulterbreit auf, um einen sichereren Stand zu haben, und näherte mich ihm langsam, den Dolch in der Hand. Die Klinge war schwerer, als ich es erwartet hatte, ein recht ansehnliches Messer. Er musste die Waffe jemandem mit Geld gestohlen haben.

Der Junge streckte mir abwehrend die Hände entgegen, und Angst ersetzte nun seine gespielte Tapferkeit. Seine aufgerissenen braunen Augen wurden sogar noch größer, als ich ihm abrupt den Griff des Dolches hinhielt.

«Na los, nimm ihn. Ich bin nicht hier, um mit dir zu kämpfen. Ich habe etwas anderes im Sinn.»

Seine Miene wurde misstrauisch, und er riss mir die Klinge aus der Hand. «Was willst du?»

«Ich habe einen geschäftlichen Vorschlag.»

Der Junge starrte mich finster an. «Wir töten nicht für Geld, Sahiba! Geh jetzt, bevor wir dir all deine schönen Seidenstoffe stehlen.»

Ich hob die Hände. «Ich will nicht, dass du jemanden tötest. Mit etwas Glück wird niemandem etwas passieren. Und wenn du deine Sache gut machst – und an schnellem Geld interessiert bist –, habe ich im Anschluss noch mehr Arbeit für dich.»

«Was ist das für eine Sache?» Seine Stimme klang rau, sogar abweisend. Aber ich konnte das gierige Interesse dahinter heraushören – vor allem, als ich einen Geldbeutel voller Münzen hervorzog, um ihm zu zeigen, wie ernst es mir war.

Ich warf ihm den Beutel zu, und er fing ihn mit einer Hand auf.

«Anam Sial, das Mündel des Kaisers, wird später auf dem Basar einkaufen.» Ich schluckte schwer und verdrängte das seltsame Gefühl von Schuld, das in meiner Brust aufstieg. Aber Maz hatte seine Wahl getroffen – und damit Anams Schicksal besiegelt. Schuld war ein Gefühl, das ich mir nicht leisten konnte.

«Ich will, dass du sie entführst.»

Der Straßenjunge lachte und warf mir die Börse mit den

Münzen zurück. «Jetzt weiß ich sicher, dass du nicht recht bei Trost bist, Sahiba! Glaubst du, ich wüsste nicht, wer ihr Bruder ist? Mazin Sial regiert diese Stadt. Seine Schwester zu entführen, wäre mein Todesurteil. Er würde ganz Basral niederbrennen!»

Meine Mundwinkel hoben sich, als ich die Angst in der Stimme des Diebes hörte. Mazin hatte sich offenbar einen Ruf aufgebaut, während ich weg war. Einen Ruf, den ich mit Freuden zerreißen würde.

Der Junge öffnete den Mund – aber ich zog einen weiteren Beutel mit Münzen von meinem Gürtel hervor, und jedes Wort des Protests erstarb auf seiner Zunge. «Du wirst sie nicht lange festhalten müssen. Und Mazin wird nicht erfahren, wer das getan hat. Das bleibt ein Geheimnis zwischen dir und mir. Das kann ich dir versprechen.»

«Wie kannst du versprechen, uns den mächtigsten Mann der Stadt vom Hals zu halten, Sahiba? Das ist unmöglich!» Seine Stimme war fest, aber seine Augen blieben auf die Beutel in meiner Hand gerichtet.

«Weil *ich* Basral niederbrennen werde, bevor er überhaupt die Gelegenheit dazu bekommt.» Ich hielt die Geldbörsen hoch. «Willst du das Geld nun – oder nicht?»

Ich beobachtete den kleineren Jungen – der, den er Yashem genannt hatte. Er blickte zwischen mir und dem älteren Straßendieb hin und her. Vielleicht war es an der Zeit, die Taktik zu ändern.

«Du heißt Yashem, nicht wahr? Ihr arbeitet offensichtlich zusammen. Gibt es noch mehr von euch?»

«Ja, Sahiba.» Seine Worte waren eher ein Quieken, doch dann straffte er seine Schultern und reckte sein Kinn vor. «Wir sind viele.»

Er schaute auf die Münzen in meiner Hand und dann auf den älteren Jungen. Schließlich verdrehte der Ältere die Augen und nickte.

Yashem trat vor und streckte die Hände nach den Beuteln aus.

«Wir würden sehr gerne mehr über deinen Vorschlag erfahren, Sahiba.»

Lächelnd verschränkte ich die Arme vor der Brust.

Ein paar Stunden später war ich wieder auf dem Basar unterwegs. Noor hatte mich zuvor darüber informiert, dass Anam und ihre Leibwächter endlich auf dem Weg dorthin waren.

Ich saß an einem der Tische bei den Essensständen am Rande des Basars und sog die Gerüche in mich auf: heiße Pakoras, brutzelnde Currys und die Schärfe von Chilis. Nach einem Jahr der Gleichförmigkeit im Gefängnis hatten meine Sinne sich offenbar noch nicht auf solch intensive Eindrücke einstellen können und wurden nun regelrecht bombardiert. Und all diese Fülle hatte ich früher als selbstverständlich hingenommen. Doch nun saß ich hier, schloss die Augen und genoss einfach den Geruch von heißem Zucker und Ghee, während die frischen Jalebis zubereitet wurden.

Ich redete mir ein, dass das Knurren in meinem Magen vom Geruch des gebratenen Fleisches herrührte – und nicht von den Gewissensbissen, die mich von dem abbringen wollten, was ich vorhatte.

Ich sah auf meine Hände herab. Es waren immer noch meine eigenen, selbst nachdem ich mein Gesicht mit der Macht des Zoraat verwandelt hatte.

Mir war sofort klar gewesen, dass meine Hände das Einzige waren, was ich nicht verändern durfte. Sie hatten mich in die Freiheit geführt, waren der Grund dafür, dass ich so gut mit dem Schwert umgehen konnte. Aber vor allem wusste ich, dass ich es nicht ertragen hätte, herunterzuschauen und die Finger einer

Fremden zu sehen, gezeichnet von fremden Narben. Diese Hände würden nie wieder eingesperrt werden. Man würde ihnen nie wieder verweigern, das Gewicht eines Schwertes in ihrem Griff zu spüren. Es waren die Hände, die mir helfen würden, das alles hier zu überstehen.

Eine Bewegung am Ende des Basars erregte meine Aufmerksamkeit, und ich hob den Kopf. Anam bahnte sich ihren Weg durch die verwinkelten Gassen.

Sie trug einen schlichten Shalwar Kamiz in zartem Blau, dessen Saum mit filigranen Blumenstickereien verziert war.

Ich selbst hatte einen schwarzen, unscheinbaren Umhang über meine Kleidung gezogen, der es mir leichter machen würde, bei meiner nächsten Aufgabe in der Menge unterzutauchen. Doch das, was ich darunter trug, war nicht so dezent wie Anams Kleidung. Meine mit silbernen Perlen bestickte Aufmachung würde in der Nachmittagssonne grell leuchten – ich wollte Reichtum ausstrahlen, nicht Geschmack. Meine mit Diamanten besetzten Armreifen würden ebenfalls die Blicke aller Marktbesucher auf sich ziehen. Ich rückte näher an den Banyanbaum in der Mitte des Platzes heran und verschwand damit aus dem allgemeinen Blickfeld.

Anam wurde von zwei Wächtern flankiert, und ich kannte beide.

Durab und Tishk. Ich hatte mit ihnen im Palast trainiert, wann immer ich Maz besuchte. Sie waren nicht dumm – aber ich würde mein Geld darauf verwetten, dass die Taschendiebe schlauer waren. Ich wischte mir den Schweiß von der Stirn. Die Sonne brannte schon so heiß, dass ich unter meinem Mantel förmlich glühte. Nun blieb Anam an einem Schmuckstand stehen, um ein paar Ohrringe zu bewundern.

Ein Schrei ertönte in der Nähe! Ich lächelte vor mich hin.

Es ging los.

Der Stand direkt neben Anam ging in Flammen auf.

Die Menge geriet in Panik. Schreie hallten über den Basar, und die Leute drängten sich aneinander, versuchten verzweifelt, dem Feuer zu entkommen. Anam jedoch wurde von kleinen, schmutzigen Händen ans andere Ende des Marktes geschoben. Ich eilte die Straße hinunter und behielt sie im Auge, während sie von der Flut an Körpern verschluckt wurde. Durab und Tishk drängten sich brüllend durch die Menge. Versuchten, zu ihr zu gelangen – aber es war zu spät. Von Anam war bereits nichts mehr zu sehen, als ich mir meinen Weg durch das Chaos auf dem Markt bahnte, mich zwischen kreischenden Frauen und wütenden Ladenbesitzern hindurchschlängelte, die verbissen versuchten, ihre Waren vor dem Feuer zu schützen.

Einmal rempelte ich sogar gegen Durabs massigen Körper, während er Anams Namen rief.

Meine Kapuze verdeckte zum Glück mein Gesicht, und ich verschwand schnell wieder in der Menge. Doch er schenkte mir ohnehin keine Aufmerksamkeit. Schließlich trat ich in eine dunkle Gasse und warf einen Blick über die Schulter, um mich zu vergewissern, dass mir niemand gefolgt war. Dann verschwand ich in den Schatten.

«Hilfe! Tishk!» Anams Stimme drang durch die Gasse.

«Kannst du sie nicht zum Schweigen bringen?»

«Umpf.» Ein Schmerzenslaut erklang und jemand antwortete keuchend, aber ich konnte die Worte nicht verstehen. «Ich muss schon meine ganze Kraft aufbringen, um sie überhaupt festzuhalten!»

«Wenigstens haben wir jetzt das Seil, um sie – argh! Sie hat mich gebissen!»

«Lass mich los! Ich gebe dir auch meine Handtasche. Wenn

mein Bruder erfährt, dass du mich entführt hast, wird man dich hinrichten!»

Ich hob eine Augenbraue bei ihren Worten – und dem Gedanken dahinter. Sie sprach nicht aus Überheblichkeit, sondern hatte echte Angst um ihre Entführer. Angst davor, was ihr Bruder mit diesen Straßenkindern anstellen würde. War es Mazin tatsächlich zuzutrauen, Kinder hinzurichten? Der Junge hatte erwähnt, dass er die ganze Stadt niederbrennen würde, wenn jemand Anam entführte – aber ich hatte nicht gedacht, dass er es ernst meinte.

Was war nur aus Mazin geworden? Oder war das schon immer sein wahres Ich gewesen: ein machthungriger Tyrann, der die Stadt mithilfe von Angst regierte?

Ich verschränkte die Arme vor der Brust. Ein seltsames Gefühl der Vorfreude kochte in mir hoch. Sollte er doch kommen! Ich würde hier sein und Basral niederbrennen, bevor er überhaupt daran denken konnte, nach einem Streichholz zu greifen.

Die Straßendiebe hielten Anam am Ende der dunklen Gasse fest, in einem kleinen Gebäude, das seit Jahren leer stand. Sie saß gefesselt auf einem Stuhl, und nur ein einzelner Lichtstrahl, der durch einen zerbrochenen Dachziegel hereinfiel, beleuchtete die Szenerie. Ich hielt mich in den Schatten, während ich sie aus der Ferne betrachtete. Ihre Hände und Füße waren gefesselt, und doch hockten zwei Diebe neben ihr auf dem Boden und verarzteten die Wunden, die ihre Gegenwehr ihnen zugefügt hatte.

Beeindruckend. Mazin hatte ihr viel beigebracht.

Mithilfe meiner Lektionen.

«Wir lassen dich nicht gehen, ehe wir nicht das Lösegeld erhalten haben!» Der ältere Junge nickte Yashem zu.

«Maz wird euer Lösegeld bezahlen – und euch dann alle Gliedmaßen einzelnen vom Leib reißen. Dann wird der Kaiser eure Köpfe aufspießen und vor der Stadt zur Schau stellen», erwiderte sie, und ihre Stimme klang nicht bösartig, sondern flehend.

Sie hörte sich ehrlich an.

Zeit für meinen Auftritt! Rasch trat ich aus den Schatten. «Ich denke, es wäre klug, das Mädchen gehen zu lassen. Meint ihr nicht?»

Die Jungen drehten sich zu mir um. Yashem setzte dazu an, etwas zu sagen, aber ich schüttelte den Kopf. Der Ältere warf ihm einen Blick zu.

«Wer bist du?», fragte er und zwinkerte mir überdeutlich zu. Zum Glück konnte Anam es nicht sehen. Ich verdrehte die Augen und trat näher heran.

«Wer ist da?», rief nun auch sie mit deutlicher Verwirrung und Angst in der Stimme. Sie hob den Kopf und schien mich ansehen zu wollen, obwohl sie eine Augenbinde trug.

«Keine Sorge, Herrin Sial – ich bin hier, um Euch zu retten.» Ich wandte mich an die Diebe. «Ich werde dafür sorgen, dass es sich für euch lohnt, das Mädchen gehen zu lassen.» Yashem grinste breit, und ich sah ihn streng an. Der andere Junge schlug sich eine Hand vor den Mund.

Ich hätte wirklich bessere Schauspieler anheuern sollen!

«Am besten nehmen wir dich auch noch gefangen!» Der ältere Junge stürzte sich auf mich – genau, wie wir es geübt hatten. Ich wich nach links aus, versetzte ihm einen abgedämpften Schlag in den Magen und tänzelte um ihn herum. Er stieß ein übertriebenes Heulen aus – als würde jemand gerade eine Katze töten. Ich schnaubte entnervt und wedelte mit der Hand in Richtung Yashem, der gaffend dastand. Er nickte. Gemeinsam rannten sie mit den anderen Dieben davon und ließen Anam und mich allein zurück.

Für sie musste es sich angehört haben, als wäre ein Kampf ausgebrochen, in dem ihre Entführer unterlegen waren und schließlich in die Flucht geschlagen wurden. Damit hatte ich Anam genau da, wo ich sie haben wollte.

«Hallo?», rief sie durch das nun leere Gebäude.

«Anam?» Meine Stimme triefte vor falscher Besorgnis. Ich warf meinen dunklen Mantel zur Seite und kam zu ihr. Dann nahm ich ihr die Augenbinde ab und setzte einen besorgten Gesichtsausdruck auf.

«Sanaya?» Sie war sichtlich verwirrt. Trotz des dämmrigen Lichts musste sie immer wieder blinzeln, während sie mich mit ihren großen, dunklen Augen anstarrte.

Sie hatte die Augen ihres Bruders.

Ich zuckte zurück, das Herz hämmerte mir in der Brust.

Verflucht sei er! Ich würde jetzt nicht an ihn denken – schon gar nicht, wenn ich gerade Mitleid mit seiner Schwester empfand. Sie war nur ein Spielball. Jemand, den ich manipulieren konnte – so wie er mich manipuliert hatte.

Ich stählte mein Herz, hüllte es in geschmolzenes Metall, undurchdringlich für jegliches Schuldgefühl, für jede Traurigkeit. Dass sie seine Augen besaß, sollte mich eher daran erinnern, dass *er* mein eigentliches Ziel war!

Ich beugte mich wieder vor. «Geht es dir gut? Ich habe gesehen, wie du in die Gasse geschleppt wurdest. Aber durch das Feuer herrschte so viel Chaos! Ich wusste, dass ich etwas unternehmen musste. Vor allem, als sie davon sprachen, dich als Geisel zu nehmen!»

Die kleinen Diebe hatten mir mit ihren dramatischen Ausschmückungen eine gute Vorlage für diese Geschichte gegeben, und ich nutzte sie voll aus.

Erleichterung breitete sich auf Anams Zügen aus. «Sanaya – ich danke dir so sehr! Hol mich bitte hier raus. Mazin wird *so* wütend sein, dass ich mitten in seiner Stadt entführt wurde.»

In seiner Stadt.

Lange würde sie ihm nicht mehr gehören.

«Hauptsache, du bist wieder in Sicherheit.» Ich löste ihre übrigen Fesseln und half ihr vom Stuhl auf. «Komm! Wir bringen dich zurück zum Basar. Deine Leibwächter werden bestimmt schon nach dir suchen.»

Wir verließen das leer stehende Gebäude und kehrten auf die belebten Straßen zurück. Der Gestank von Rauch und verbranntem Stoff hing in der Luft, aber man hatte das Feuer gelöscht, und die Händler waren noch damit beschäftigt, ihre Stände wiederherzurichten. Von der Straße her ertönte ein Ruf, und Anams Wachen eilten auf uns zu.

«Anam! Wo seid Ihr bloß gewesen? Wir mussten Eurem Bruder melden, dass Ihr verschwunden seid!» Durab zog sein Schwert, als wollte er spontan die Hälfte der Menschen auf dem Markt niedermähen. Die Basarbesucher warfen ihm nervöse Blicke zu und machten einen großen Bogen um uns.

Perfekt! Es gibt nichts Besseres als in Panik geratene Leibwächter, um die Falle zuschnappen zu lassen.

«Es waren Straßenschläger, Durab! Sie haben mich in die Gasse gezerrt und wollten Lösegeld für mich fordern.»

Ich unterdrückte ein Lächeln. *Schläger* war ein ziemlich starkes Wort, wenn man das Alter und die Statur der Diebe bedachte. Aber Anam hatte wahrscheinlich nicht viel erkennen können, da sie ihr sehr schnell die Augen verbunden hatten. Das war gut.

«Doch Sanaya hat sie aufgehalten.» Anam schenkte mir einen bewundernden Blick.

Durab und Tishk starrten mich beide an, als ob sie mich jetzt erst bemerkten. Wieder spürte ich dieses unangenehme Jucken – die Befürchtung, dass sie meine Verkleidung durchschauen würden.

Ich dachte an das eine Mal, als ich Durab im Kampf besiegt hatte und er mit einem Mund voller Dreck auf dem Rücken lag, sein Schwert außer Reichweite. Wenn er gewusst hätte, wer ich war, hätte er mich gewiss ohne zu zögern mit seinem Krummsäbel in zwei Hälften zerspalten. Ich schaute zu Tishk, der neben Anam stand und sich vergewisserte, dass sie nicht verletzt war. Er war derjenige, vor dem ich mich in Acht nehmen musste. Denn er durchschaute die Taktiken auf dem Übungsplatz rasch und verstand sich darauf, die Schwächen eines Gegners gegen ihn einzusetzen.

Er erwiderte meinen Blick, musterte mich von Kopf bis Fuß, als wäre *ich* der Straßenschläger, der Anam verschleppt hatte. Tishk war stets allem und jedem gegenüber misstrauisch.

Als Antwort auf seinen finsteren Blick schenkte ich ihm ein strahlendes Lächeln.

«Ich habe nur getan, was jeder getan hätte, wirklich. Als ich sah, wie zwei Raufbolde Anam weggezerrt haben, wusste ich: Ich muss ihr helfen!» Ich nickte Anam zu. «Wir sind uns nur kurz begegnet, aber ich habe dich sofort wiedererkannt. Ich bin so froh, dass ich zur Stelle war!»

Anam lächelte, ergriff meine Hände und zog mich in eine Umarmung. Ich reagierte eine Sekunde zu langsam. Und so hielt sie mich fest, während meine Arme schlaff herabhingen. Es war lange her, dass ich von jemandem umarmt worden war – abgesehen von der Umarmung, die ich mit meiner Großmutter geteilt hatte. Und selbst das hatte sich hölzern und gezwungen angefühlt. Unverhofft stiegen mir Tränen in die Augen, und ich schluckte schwer. Was war nur los mit mir?

Freundlichkeit war so verführerisch. Als Sanaya konnte ich so tun, als wäre ich gütig. Als würde ich Dinge aus reiner Barmherzigkeit tun – und nicht etwa, weil ich ihren Bruder vernichten wollte.

Aber Rache war viel befriedigender.

Mazin war gewiss nicht gütig gewesen, als er mich in das schlimmste Gefängnis des Reiches sperren ließ. Und Güte würde mir auch jetzt nicht helfen.

Ich lehnte mich zurück, löste mich aus ihrer Umarmung, mit

einem freundlichen Lächeln auf dem Gesicht. «Als wir uns das erste Mal begegnet sind, habe ich bereits eine besondere Verbindung zwischen uns gespürt.»

Ein warmer Glanz trat in ihre Augen. Ich kannte sie gut. Wusste, dass sie sich einsam fühlte, weil sie im Palast lebte und niemanden hatte. Und das nutzte ich aus.

«Ich konnte doch nicht zulassen, dass du entführt wirst! Ich musste einfach etwas tun.»

«Aber du hast dich für mich in Gefahr gebracht. Und das ist lobenswert!» Sie blickte zu ihrem Leibwächter auf. «Ist es nicht so, Tishk?»

Er öffnete den Mund für eine Antwort, und etwas von seinem Misstrauen mir gegenüber schien sich zu verflüchtigen – zumindest deutete ich das Herabsinken seiner Schultern so. Doch die Stimme, die auf Anams Frage antwortete, gehörte nicht ihm.

«Das ist in der Tat lobenswert.»

Ich schloss die Augen.

Dieses tiefe Grollen hatte schon immer die Macht besessen, mich in die Knie zu zwingen.

Aber dieses Mal war ich auf ihn vorbereitet, hatte mit seiner Anwesenheit gerechnet. Ich drehte mich zu ihm um, strich die Perlen auf meinem Kamiz glatt, hob den Blick und sah ihm in die Augen.

Maz' Äußeres war makellos. Er war ganz in Schwarz gekleidet, wie immer, und das Gold auf seinem Sherwani-Mantel funkelte im Nachmittagslicht. Sein von der Sonne geküsstes Haar war nach hinten gekämmt, die dichten Wellen perfekt frisiert. Ich erinnerte mich daran, wie ich einst mit den Fingern durch dieses Haar gefahren war – früher, als er in meinem Bett lag und wir über all die Träume sprachen, die wir damals hatten. Erinnerte mich daran, wie ich ihn auf dem Übungsplatz besiegt hatte, die einzige Gelegenheit, bei der ich wirklich mal eine seiner Haarsträhnen in Unordnung sah. Unter seinem dunklen Blick verzogen sich meine Lippen zu einem Lächeln. Der kleine Muskel zuckte in seinem Kiefer, er schien sich kaum unter Kontrolle halten zu können – wie ein Schakal, der ein Tal auskundschaftete, um seine nächste Beute auszuspähen. Nur dass es hier keine Beute für ihn gab.

Warum fühlte ich mich dann immer noch so, als würde man Jagd auf mich machen?

«Es scheint, wir schulden Euch unseren Dank, Sanaya», sagte Mazin und umrundete mich dabei. Seine Stimme war fest.

Oh, du schuldest mir viel mehr als das!

Er gab sich anders, als er bei Casildo gewesen war. Diesmal war kein Hauch von Traurigkeit in seinen Augen zu erkennen – sondern pure Mordlust! Wut verdunkelte sein Antlitz. Das letzte Mal hatte ich ihn so in meinem Zimmer gesehen, als er gerade über den Kaiser sprach.

Heute hatte jemand seine Schwester entführt, und er war hier, um denjenigen dafür bezahlen zu lassen.

«Durab, Tishk! Trommelt die Stadtwachen zusammen. Ich will, dass der ganze Basar auf den Kopf gestellt wird! Die Täter können noch nicht weit sein. Irgendjemand in Basral wird etwas darüber wissen.»

«Ja, Herr», erwiderte Durab und umfasste seinen Krummsäbel fester.

«Und vergesst nicht», sagte Maz gefährlich sanft und schaute die beiden Wachen intensiv an, «meine Schwester wurde entführt, während *ihr* sie beschützen solltet.» Sein Mund verzog sich verächtlich. «Enttäuscht mich nicht noch einmal. Findet heraus, wer sie entführt hat!» Wieder begann dieser Muskel in seinem Kiefer zu zucken, und seine Augen funkelten bedrohlich.

Durab und Tishk schauten zu ihm auf. Scham stand ihnen ins Gesicht geschrieben. Sie nickten und ließen uns allein. Ihre eiligen Schritte brannten förmlich Löcher in die rote Erde.

Anam, Mazin und ich blieben auf dem Basar zurück.

«Danke, dass Ihr Anam gerettet habt», sagte Mazin leise zu mir. «Meine Wachen haben versagt, aber Ihr wart erfolgreich. Wir stehen tief in Eurer Schuld.»

«Das war doch nicht der Rede wert», erwiderte ich und war mir nicht ganz sicher, wer er jetzt eigentlich war. Er wirkte so *ernst*. So stoisch. Als hätte sich ein Schatten über ihn gelegt, der niemals ganz verschwand.

«Für mich ist es das.» Er legte den Kopf schief, ließ meinen Blick nicht los. Unbehagen überkam mich. Es lag noch zu viel Mordlust in der Art, wie er mich musterte.

«Mein Bruder hat recht. Du warst unglaublich! Du hättest sie sehen sollen, Maz. Na ja, nicht, dass ich etwas gesehen hätte ...» Sie verzog das Gesicht. «Aber ich habe sie gehört! Sie hat die Diebe vertrieben und mich gerettet.»

«Konntet Ihr einen näheren Blick auf sie erhaschen?» Sein Blick wurde prüfend. Ich straffte mich unter seinem Gewicht.

«Ich fürchte nicht», sagte ich und schüttelte mit falscher Enttäuschung den Kopf. «Es war dunkel. Und ich war mehr darauf konzentriert, Anam zu helfen.»

«Ihr Alter? Irgendwelche auffälligen Narben oder anderen Merkmale? Waren sie klein oder groß? Und was hatten sie an?»

«Bruder! Nun hör schon auf, sie zu bedrängen – wo sie mich doch gerade gerettet hat. Wir sollten uns bei ihr bedanken und sie nicht verhören. Komm, Sanaya.» Sie hakte sich bei mir unter und ging zusammen mit mir hinüber zu einer Kutsche, die bei den anderen Wagen am Rande des Basars auf sie wartete.

«Verzeiht mir», sagte Mazin leise, während er neben mir her schritt. Ich schloss die Augen und genoss, wie seine grollende Stimme in mir vibrierte.

«Es gibt nichts zu verzeihen.» Meine Stimme klang hell, blechern. Falsch. Doch alles an ihm war auch falsch gewesen!

«Kommt doch einmal zum Mittagessen zu uns in den Palast.»

Ich wandte mich ihm zu, und sein befehlsgewohnter Tonfall raubte mir den Atem. Seine Worte wirkten etwas überstürzt – als hätte ihn die Idee, mich einzuladen, plötzlich überfallen. Doch sein Gesicht war ernst, die Lippen fest zusammengepresst.

«Anam hat recht», fuhr er fort und legte den Kopf schief. «Wir sollten uns angemessen bei Euch bedanken. Euch für das ehren, was Ihr heute vollbracht habt.»

Anam ließ meinen Arm los und klatschte in die Hände. «Das klingt großartig! Wir sollten uns morgen im Palast treffen.»

«Das würde mich sehr freuen!»

«Dann ist es also abgemacht», schloss er und legte mir eine Hand auf den Rücken.

Trotz der Schichten aus Stoff und Perlen spürte ich die Wärme seiner Handfläche, als läge sie auf meiner nackten Haut. Ich schauderte.

Falls er die Regung bemerkt hatte, zeigte er es jedenfalls nicht. Noch immer musterte er mich mit demselben unergründlichen Blick.

«Was ist nur mit dir geschehen?», wollte ich ihn fragen. Wohin war der Junge verschwunden, den ich früher gekannt hatte?

Er hat nie existiert! War nie real.

Er zog seine Hand zurück, um Anam in die Kutsche zu helfen.

«Können wir Euch irgendwohin mitnehmen?»

Ich blinzelte ihn an, als ich seine ausgestreckte Hand bemerkte, mit der er auch mich in die Kutsche geleiten wollte. Ich wich zurück. Sosehr ich auch mehr Zeit mit ihm verbringen wollte – um die Saat meiner Rache säen zu können –, musste ich mich erst wieder sammeln. Denn wenn ich allein schon unter seiner Berührung erschauerte – was würde ich erst tun, wenn ich neben ihm in einer Kutsche saß?

Und gerade waren die Soldaten von Basral dabei, die Stadt nach meinen Taschendieben zu durchkämmen. Ich musste mich jetzt dringend um andere Dinge kümmern!

«Mein eigener Fahrer wartet auf mich. Ich wollte nur sichergehen, dass es Anam gut geht.»

Er nickte und rieb sich mit einer Hand über das Kinn. «Dann also bis morgen.»

«Bis morgen», wiederholte ich.

Ich wartete, bis sie außer Sichtweite waren und die Kutsche nicht einmal mehr ein Fleck auf der mit Kopfstein gepflasterten Straße war. Dann sackte ich auf die Bank neben dem Banyanbaum und ließ meinen Kopf in die Hände sinken.

Alles war perfekt verlaufen! Sie hatten mich in den Palast eingeladen, und ich hatte mich bei Anam eingeschmeichelt. Es lief genau so, wie wir es geplant hatten. Warum fühlte ich mich dann, als säße ich immer noch in diesem Gefängnis und zählte die Tage, die mich von der Freiheit trennten?

ZWEIUNDZWANZIG

Früher

Mit einem scharfen Klirren, das weit über den Übungsplatz hallte, traf sein Schwert auf meines. «Du wirst besser», presste ich zwischen zusammengebissenen Zähnen hervor, während ich ihn zurückstieß und mich durch den Staub von ihm wegrollte.

Maz kam gleichzeitig mit mir auf die Füße und ließ sein Schwert nach vorne schnellen, um meinen Schlag zu parieren.

«Gib es schon zu! Inzwischen bin ich genauso gut wie du.»

Wir tänzelten umeinander herum. Immer wieder trafen unsere Klingen aufeinander, Stahl prallte auf Stahl, beide Waffen geführt mit der ganzen Kraft unseres Stolzes.

Keiner von uns war bereit, klein beizugeben.

So war es stets, wenn wir kämpften: fiebrig-heiß und intensiv. Voller Hochgefühl, wenn ich einen Treffer landete! Und voller überwältigender Erschöpfung, wenn wir den Kampf schließlich beendeten. Ich durfte ihn auf keinen Fall wissen lassen, wie viel besser er geworden war.

«So gut wie ich? Das wünschst du dir nur!»

«Deine Lügen sind so leicht zu durchschauen, Dani.»

«Nenn mich nicht so!»

Er schmunzelte, wohl wissend, dass er einen Nerv bei mir getroffen hatte. Sein Lächeln ließ Hitze in meiner Brust aufsteigen. Ich löste mein Schwert von seiner Klinge und wirbelte es herum, sodass die Klinge nun zu mir zeigte. Das brachte den Griff in meiner Hand nach oben – und damit schlug ich ihm gegen den Kopf.

Er stolperte zurück. Mein Schwertgriff hatte ihm das Grinsen aus dem Gesicht gewischt.

«Wofür war das denn jetzt?»

«Wenn du mich noch einmal Dani nennst, schlage ich das nächste Mal nicht nur mit dem Griff zu!»

«Ganz schön empfindlich.»

Er hob sein Schwert erneut zum Angriff, und das Licht fing sich auf dem Stahl. Ich hob spontan eine Hand, um den grellen Lichtstrahl abzublocken. Zugleich hörte ich, wie er auf mich zugestürmt kam.

Ich lachte. «Dieser Trick funktioniert nur, wenn man nicht so schwere Schritte hat wie du! Ich würde dich selbst auf eine Meile Entfernung hören.»

Mein Schwert fauchte hoch, um seine Klinge abzuwehren – doch der Schlag kam nicht. Ich senkte die Arme und schaute nach ihm. Stocksteif stand er da, die Stirn gerunzelt, und blickte in die Ferne auf etwas, das sich hinter mir befinden musste.

«Was ...»

Ein Schrei hallte durch das Dorf, und mir erstarben die Worte auf den Lippen. Schon ertönten weitere Schreie und Rufe! Ein bleiernes Gewicht schien plötzlich in meinem Magen zu liegen. Ich drehte mich um in Richtung Dorf, zu den Häusern, die sich über den Berghang zogen.

Das unverkennbare Rumpeln vieler Hufe ertönte – Reiter näherten sich dem Ort!

Maz trat neben mich.

Ich hätte seine dunklen Augen für völlig ausdruckslos halten können. Aber ich kannte ihn gut, hatte an seiner Seite trainiert und jede noch so kleine Gefühlsregung von ihm studiert. Darum wusste ich, dass sein Gesicht keineswegs eine ausdruckslose Maske war, während wir den Geräuschen lauschten.

Ich kannte ihn.

So bemerkte ich das kleine Zucken, das an seinem Mundwinkel zupfte. Die feinen Schweißperlen, die über seine Stirn liefen. Den dunkleren Farbton seiner tiefbraunen Augen.

Maz hatte Angst.

«Was ist das?», flüsterte ich. Meine Zunge war so dick, dass ich die Worte kaum herausbrachte.

Seine Stimme war leise, und sein Blick blieb auf den Berghang gerichtet. «Räuber.»

Ich umklammerte den Griff meines Talwars fester. Mein Vater war in die Stadt gereist, um dem Kaiser neue Schwerter zu bringen. Ich war hier auf mich gestellt!

Mein Blick fiel auf Maz an meiner Seite. *Nicht ganz allein auf mich.*

«So nahe an der Residenz des Kaisers? Die müssen ganz schön mutig sein!» Ich leckte mir über die Lippen, die von der Hitze aufgesprungen waren. Angst durchströmte mich, mein Puls hämmerte gegen meine Haut. Ich hatte Tag für Tag trainiert, unter der Anleitung eines Meisterschwertschmieds. Es sollte eigentlich nichts geben, worauf ich nicht vorbereitet war!

Und doch hatte ich mich noch nie einem ernsthaften Kampf stellen müssen. Niemals außerhalb der Sicherheit des Übungsplatzes meine Klinge gezogen.

Blut durchströmte meine Hände und ließ sie lebendig werden! Ich hob meinen Talwar. Ein weiterer Schrei erklang, zerriss mir das Herz.

Dies war mein Dorf. Und dies waren meine Leute!

Es spielte keine Rolle, ob Maz und ich allein waren. Oder ob ich Angst hatte. Wir konnten das Dorf retten! Mussten es zumindest versuchen.

«Wir müssen sie aufhalten!»

Maz drehte sich zu mir um. Seine Lippen waren weiß. Die Angst zog sich in meinem Magen zusammen wie eine zusammengerollte Kobra.

Sein Gesichtsausdruck sagte, dass wir gleich sterben würden. Doch solange ich noch ein Wörtchen mitzureden hatte, würde das gewiss nicht geschehen!

«Es wurde mir ohnehin langsam langweilig, immer nur dich zu besiegen.»

Seine Mundwinkel hoben sich, und etwas von der Leere verschwand aus seinem Blick.

Er nickte mir knapp zu. Ich atmete erleichtert aus. Mein Herzschlag trommelte mir einen unruhigen Rhythmus in die Ohren, laut wie eine Tabla.

Wir rannten zum Dorf und versuchten, dabei nicht gesehen zu werden. Schließlich erreichten wir eine erste Ansammlung von Häusern und kleinen Hütten. Aus einer von ihnen quoll Rauch in dicken Schwaden gen Himmel.

Ein Kind schrie auf! Ich stürmte voran – nur um sofort von Maz zurückgerissen zu werden.

«Warte.»

«Da ist ein Kind!», schnauzte ich ihn an. Doch ich verharrte, als ich sah, wie zwei große Männer die Hütte verließen. Der eine trug einen Sack über der Schulter, der vermutlich mit Diebesgut gefüllt war. Der andere hatte etwas in der Faust, dessen Anblick mir den Magen zusammenzog: ein blutiges Schwert.

«Sie haben Menschen getötet.»

Maz nickte. «Wahrscheinlich. Aber es werden noch mehr Männer sein als nur diese beiden.»

«Wie viele?»

Er legte den Kopf schief. Sein Blick war nicht auf die Angreifer gerichtet, die mitten in meinem Dorf standen, sondern auf etwas anderes – auf eine Erinnerung, die er nur zu gerne hinter sich gelassen hätte. «Normalerweise sind es nicht mehr als ein

Dutzend. Räuber arbeiten nicht gerne in großen Gruppen; dann können sie sich nicht so gut verstecken.»

«Woher weißt du das?»

«Weil Räuber einst auch in mein Dorf kamen. Sie haben viele Menschen getötet.»

Ich konnte nichts anderes tun, als ihn hilflos anzustarren, mein Schwert fest umklammert.

«Das wusste ich nicht.»

Er schüttelte den Kopf, als ob er die Erinnerung abschütteln wollte. «Ist auch schon Jahre her.»

Wieder schrie ein Kind in der brennenden Hütte.

«Aber wir können sie jetzt aufhalten!», drängte ich.

«Hör mir zu, Dania. Räuber handeln völlig gewissenlos.» Maz umklammerte meine Schulter, seine langen Finger gruben sich in meinen Arm. «Es ist ihnen egal, wen sie töten oder verstümmeln. Sie denken nur an sich selbst. Wenn du dich vorschnell auf einen Kampf mit ihnen einlässt, wirst du das nicht überleben.»

«Dann lasse ich mich wohl besser wohlüberlegt auf einen Kampf mit ihnen ein, was?» Ich ließ mein Schwert herumwirbeln. Mir war nur zu bewusst, welche Konsequenzen es haben würde, wenn ich es nicht wenigstens versuchte. Und ich war nicht bereit, mit ihnen zu leben!

Ich lief auf die Hütte zu, während die Schreie des Kindes immer lauter wurden. Die beiden Männer standen davor und lachten, einer pulte in seinen Zähnen herum.

Und ich zögerte nicht. Sonst hätten sie um Hilfe rufen können. Ich brauchte keine Kampferfahrung, um zu wissen, dass ich mich mit so wenigen von ihnen wie möglich zugleich anlegen sollte.

Ich schwang mein Schwert und schlitzte die Wade des Räubers auf, der den Sack schleppte.

Er schrie auf und ließ die Beute fallen, um sein Bein zu umklammern. Sein Freund wirbelte zu mir herum.

Mein erster Gedanke war, wie jung der Kerl war.

Kaum älter als Maz und ich! Viel zu jung, um Dörfer zu überfallen und Kinder zu töten. Er trug eine viereckige Mütze, die schon so ausgeblichen und ausgefranst war, dass sie grau wirkte. Seine Kleidung hing wie schlaffe Säcke an ihm herab. Das Schwert in seiner Hand war rostig und nicht besonders gut gepflegt – obwohl die Blutspuren darauf deutlich bedrohlicher wirkten als mein glänzender, viel zu sauberer Talwar.

Er grinste, als ob sein Mitstreiter nicht gerade heulend am Boden liegen würde, die aufgeschlitzte Wade seines blutigen Beines umklammernd.

«Bist du gekommen, um gegen uns zu kämpfen, kleines Mädchen? Das wird lustig!»

Er stürzte sich auf mich. Doch ich war bereit! Ich wirbelte herum, riss hinter meinem Rücken die Klinge hoch und verpasste ihm einen blutigen Schnitt an seinem ausgestreckten Arm.

Er stieß einen erschrockenen Schrei aus. «Du Schlampe!»

«Ich habe dich zum Bluten gebracht – und dir fällt keine bessere Beschimpfung für mich ein?» Ich nickte zu dem Blut, das an seinem Arm hinunterlief.

«Dorfmädchen – wenn wir mit dir fertig sind, wird nichts mehr von dir übrig sein!»

Auch der andere Räuber stand nun wieder. Er hielt sein blutiges Schwert auf mich gerichtet. «Du kannst es nicht allein mit uns beiden aufnehmen!»

«Das muss sie auch nicht.»

Maz' tiefe Stimme erklang hinter mir. Ich gab es nur ungern zu – aber sie fühlte sich an wie ein befreiender Windstoß in der Wüste, der mich hoch in die Lüfte trug. Wir hatten noch nie Seite an Seite gestanden, nicht wirklich. Hatten beim Training stets nur gegeneinander gekämpft, uns immer wieder gegenseitig blutig geschlagen. Doch jetzt spürte ich es. Ich wusste: Er würde mich nicht allein kämpfen lassen.

«Wie rührend. Schon zwei Dorfkinder, die wir heute abschlachten können!»

Es war, als hätten wir das schon einmal getan. Als hätten wir es tausendmal geübt. Maz und ich umrundeten die Räuber, bewegten uns um sie herum wie in einem Tanz.

Ich stürzte mich auf den jüngeren Angreifer und wehrte seine Klinge mit geschickten Manövern ab. Das Adrenalin stieg mir in die Kehle, mit jeder erfolgreichen Parade wurde ich mutiger und sicherer. Das hier war nicht anders als die Kämpfe auf dem Übungsplatz – und dort war ich ungeschlagen! Die Räuber hatten zahlreiche Kämpfe hinter sich, aber ich war viel besser ausgebildet. Das zeigte sich, als ich meinen nächsten Treffer landete: Ich ließ mein Schwert über seine Schulter gleiten und fuhr ihm dann in die Seite. Er heulte auf, seine Bewegungen wurden immer fahriger. Meine Zuversicht aber wuchs. Ich hatte ihn! Und ich würde dafür sorgen, dass er nie wieder ein Dorf überfiel.

Doch der Rauch des brennenden Hauses um uns herum wurde immer dichter – und plötzlich durchbrach wieder ein Schrei des Kindes die Luft!

Der Junge war immer noch im Haus.

Meine Schritte gerieten ins Stocken, und ich verpatzte den nächsten Angriff. Die Klinge des Räubers streifte meine Hand, und ich schrie auf, als Blut aus meiner Haut hervorquoll.

«Dani!», rief Maz, während er mit seinem verletzten Gegner kämpfte.

Doch jetzt hatte ich meinen Rhythmus verloren. Der jüngere Räuber griff wieder an, sein Selbstvertrauen war gestärkt. Und ich hörte nichts als dieses Schreien. Wenn ich das Kind nicht bald dort herausholte, würde es sterben!

Aber wenn ich die Klinge des Räubers vor mir nicht abwehrte, galt das auch für mich.

Ich schluckte meinen Frust hinunter. Die unmögliche Entscheidung saß als Knoten in meiner Kehle. Auf dem Übungsplatz hatte es stets nur mich und das Schwert gegeben!

Das war es also, was Baba meinte, als er sagte, ein richtiger Kampf sei anders.

Und er hatte recht. Es ging nicht um das Können – sondern darum, was geschah, wenn der Instinkt die Oberhand gewann. In welche Richtung einen dann die eigenen Füße führten.

Es geht ums Herz.

Ich stürzte mich auf den Räuber, um ihn zu überrumpeln. Unsere Schwerter kreuzten sich, und ich stieß ihn, wodurch er aus dem Gleichgewicht geriet und in den Dreck fiel. Er hob sein Schwert erneut – doch ich schlug mit solcher Wucht zu, dass er es nicht mehr halten konnte. Es flog ihm aus der Hand. Er aber starrte mich an.

«Du bist nur ein Mädchen», sagte er, und seine Augen waren so jung wie meine. «Du hast nicht das Zeug dazu, jemanden zu töten.»

Ich schaute auf sein blutiges Schwert, das im Dreck lag. Dann auf das Haus, das er in Brand gesetzt hatte.

«Ein Mädchen zu sein, hält mich nicht davon ab, jemanden zu töten, der es verdient hat. Du hast dir heute das falsche Dorf für einen Überfall ausgesucht!»

Er versuchte, sich wegzurollen. Doch ich stieß mit meinem Schwert zu, trieb die Klinge durch seine Haut und durchbohrte ihm die Eingeweide. Mir drehte sich der Magen um, als ich spürte, wie seine Innereien von der Schneide durchtrennt wurden. Er brach im Staub zusammen, während das Leben aus ihm strömte.

Der Drang, mich zu übergeben, war unglaublich stark. Fast hätte ich meinen Mageninhalt über seinem zuckenden Leichnam entleert.

Doch ich hatte keine Zeit, über das nachzudenken, was ich getan hatte.

«Maz!», rief ich und deutete auf das Haus.

«Geh!», rief er zurück. «Ich suche die anderen Räuber.»

Sein Gegner lag auf dem Boden und blutete aus zahlreichen Wunden. Maz wandte sich dem Dorf zu, während ich in das brennende Haus rannte.

Das Dach stand in Flammen, es fiel bereits in sich zusammen. Das Feuer hatte auch die Möbel und Wände erfasst. Dichte Rauchschwaden strömten mir entgegen, und ich musste husten. Gehetzt folgte ich den Schreien in den hinteren Teil des kleinen Hauses.

Ein Kind lag auf dem Boden, klammerte sich an seine reglose Mutter. Sie war wohl der Grund dafür, warum das Schwert des Räubers blutbefleckt gewesen war.

«Amma!» Der Junge schaute zu mir auf, versuchte verzweifelt, seine Mutter zu wecken.

«Deine Mutter ist tot.» Ich ging auf ihn zu, um ihn zu greifen. Doch er klammerte sich noch fester an ihren Körper.

«Uns bleibt keine Zeit mehr», murmelte ich und zog an ihm.

«Ich will meine Amma.»

Ich versuchte nicht weiter, den Jungen davon zu überzeugen, dass wir hier raus mussten. Stattdessen riss ich ihn einfach von ihr weg und zerrte ihn aus dem Haus, während er unablässig schrie.

«Andere Leute brauchen auch Hilfe! Du wirst sterben, wenn du bei ihr bleibst. Sie ist bereits fort.»

Ich wusste, dass ich kaltherzig war. Das Kind brauchte mehr Trost, als ich ihm geben konnte. Aber *ich* war diejenige, die ihn aus diesem Haus trug – und nicht jemand anderes. Nicht jemand Wärmeres oder Freundlicheres. Meinetwegen würde der Junge leben – auch wenn er mich dafür hasste, dass ich ihn von ihr weggerissen hatte. Er würde leben.

Das Kind bäumte sich auf und trat mir gegen das Schienbein. Dann rannte es plötzlich fort von dem brennenden Haus und zum Berghang. Ich schaute ihm nach. Seine Schreie durchschnitten die Nachmittagsluft.

Plötzlich ertönte ein weiterer Schmerzensschrei, er ging mir durch Mark und Bein. Mit panischem Herzklopfen wandte ich mich in Richtung Dorf.

Ich kannte diese Stimme.

Sofort rannte ich los, mein blutiges Schwert in der Hand. Als ich den Dorfplatz erreichte, blieb ich abrupt stehen. Maz kniete am Boden, zwei Männer standen über ihm. Sein Krummsäbel war nirgends zu sehen. Blut lief ihm über die Arme und das Gesicht, und neben ihm lag der regungslose Körper eines Räubers im Dreck. Wenigstens hatte er noch einen von ihnen ausgeschaltet, bevor sie ihn erwischten.

Sie hatten ihn erwischt …

Aber nicht für lange!

Einige Waffen, die sie den Dorfbewohnern abgenommen hatten, waren beim Brunnen aufgestapelt. Daneben stand eine Gruppe von Frauen zusammen, die sich gegenseitig in den Armen hielten. Es waren Dorffrauen, die ich schon mein ganzes Leben lang kannte: Frauen, die mich gefüttert hatten. Die mich in die Wangen gekniffen hatten und meinem Vater immer wieder gesagt hatten, wie sehr ich meiner Mutter ähnelte. Als ich sie so verzweifelt sah, packten meine Finger den Griff meines Schwertes fester. Wut stieg in meiner Brust auf wie eine schwarze Wolke, wie der Rauch brennender Lehmwände.

Ich hockte mich hinter den Brunnen und zwang mich, vorerst in diesem Versteck zu bleiben. Mir blieb nicht viel Zeit. Maz war unbewaffnet, und die beiden Räuber näherten sich ihm. Aber wenn wir beide überleben sollten, brauchte ich einen Plan.

Neben den Räubern, die über ihm aufragten, wirkte Maz so winzig. Die beiden grobschlächtigen Männer machten mir erst klar, wie jung er eigentlich noch war.

Einer der Räuber hob sein Schwert – bereit, ihm damit den Hals durchzuschneiden.

Es war zu spät. Die Zeit war um!

Ich hob einen großen Stein vom Boden auf und schleuderte ihn auf den Räuber, der Mazin töten wollte.

Und während ich das tat, konnte ich Maz' Stimme in meinem Kopf hören: *Das ist also dein großer Plan? Ein Stein?*

Das Geschoss traf den Räuber im Gesicht. Er wirbelte herum, die Augen verengt. Mit gesenktem Schwert näherte er sich dem Brunnen, hinter dem ich mich versteckt hatte. Doch er ging nicht um ihn herum – sondern blieb stehen und wandte sich den Frauen zu. Er stand so nah bei mir, dass er ganz bestimmt mein wild hämmerndes Herz hören konnte.

«Wer von euch war das?» Die Stimme des Räubers war leise. Die Frauen kauerten sich zusammen. Er schwang sein blutverschmiertes Schwert – und zeigte mit der Klinge auf Afra, die zu den Ältesten im Dorf gehörte. Sie konnte die fluffigsten Parathas zubereiten und pflegte mich in die Arme zu schließen, wenn ich aus der Stadt in unser Dorf zurückkehrte. Ich fletschte die Zähne, auch wenn das niemand sehen konnte.

«Ich werde jede Einzelne von euch töten, bis ihr mir sagt, wer den Stein geworfen hat. Und mit ihr da werde ich anfangen.»

Afra hob trotzig ihr Kinn. Ihre tiefe Stimme tönte laut über den Platz.

«Du wirst uns sowieso alle umbringen. Gut, dass es wenigstens eine von uns geschafft hat, dir wehzutun.»

Der Räuber brüllte und hob sein Schwert. Afra zog ihren Kopf ein, erwartete seinen Hieb.

Doch ehe der Räuber zuschlagen konnte, grub sich mein Dolch in seinen Oberschenkel. Als er auf die Knie sank, stand ich schon über ihm. Ich packte ihn mit einer Hand an den Haaren und riss seinen Kopf zurück, um seine Kehle freizulegen. Dann ließ ich die scharfe Schneide meiner Klinge darüber gleiten und warf ihn zu Boden, wo er an seinem Blut erstickte. Ich aber wandte mich dem anderen Räuber zu. Er war nicht mehr allein!

Inzwischen standen mir sechs von ihnen gegenüber, und alle hatten mitangesehen, wie ich ihren Kumpanen getötet hatte. Der Größte von ihnen hatte seine kräftigen Hände um Maz' Hals gelegt.

«Du wirst es nicht mit uns allen aufnehmen können. Hast das wohl nicht besonders gut durchdacht, was?» Der große Räuber grinste und entblößte dabei ein Maul voller schwarzer Zähne.

«Ich habe das sehr gut durchdacht! Denn ich nehme an, dass ihr alle gleich ungeschickt mit der Klinge seid.»

«*Wir* sind hier nicht die Ungeschickten, Mädchen.»

«Nein? Wie würdest du es nennen, wenn du alle deine Gefangenen neben einem Haufen Schwerter und Keulen zusammentreibst?» Ich deutete auf die Frauen hinter mir. Auf meine Worte hin blickten sie alle gleichzeitig zu den Waffen am Brunnen.

«Gemeinsam können wir kämpfen – und sie besiegen!», rief ich den Frauen meines Dorfes zu, die mir seit meiner Kindheit beim Training mit meinem Vater zugesehen hatten. «Sie können uns nicht alle aufhalten.»

Sofort strömten die Frauen zu dem Haufen und griffen sich die Waffen. Ich musste lächeln, als sogar das jüngste Mädchen sich einen Katar schnappte und ihn sich über die Knöchel zog.

Wir waren die Frauen aus dem Dorf, in dem einer der größten Schwertschmiede der Welt lebte. Wir kannten Waffen.

Die Räuber wirkten unsicher – aber sie rückten trotzdem weiter vor.

Meine Hände zitterten, sie waren von Schweiß so glitschig, dass ich fast mein Schwert fallen ließ. Aber die Frauen waren nun mutiger als ich! Sie stürzten sich auf die Räuber und schlugen wild mit Knüppeln und Schwertern auf sie ein. Das gab mir die Gelegenheit, die ich brauchte.

Ich stürmte an ihnen vorbei und rammte mein Schwert dem Räuber in den Arm, der Maz noch immer festhielt. Mit der nächsten Bewegung schlitzte ich ihm die Kehle auf. Er gurgelte und presste seine Hände auf die Wunde. Dabei ließ er Maz los. Dieser sprang auf, und ich warf ihm ein Schwert zu.

«Wir müssen den Frauen helfen!»

Er grinste. Blut quoll aus seiner Lippe, und der Blick seiner dunklen Augen lag allein auf mir.

«Ich würde dir überallhin folgen, Dani.»

Irgendetwas zuckte in meinem Herzen. Und etwas raubte mir den Atem, das nichts mit diesem Kampf zu tun hatte.

Er hatte es einfach so, fast beiläufig gesagt. Doch seine Worte durchbohrten mein Innerstes wie ein heißes Messer, das durch Ghee schnitt. Nur hatte ich keine Zeit, darüber nachzudenken. Nicht, wenn der Kampf gerade erst so richtig begann!

Ich stürzte mich in die Schlacht, und Maz folgte mir. Wir kämpften Seite an Seite, bis unsere Hände bluteten und unsere Schultern wehtaten. Und erst dann, in der Stille nach dem Kampf, in der Trauer um die Gefallenen, im Triumph über unseren Sieg, dachte ich an jene Gefühle zurück. Maz hatte mich angesehen, als wäre ich eine Göttin und er mein treuer Anhänger.

Ich würde dir überallhin folgen.

DREIUNDZWANZIG

Die Einladung von Mazin war das, worauf wir gewartet hatten. Sie verschaffte uns Zutritt zum Palast – und Zugang zum Kaiser. Jede Unsicherheit darüber, was es mit mir machen würde, länger in Maz' Nähe zu sein, hatte ich inzwischen tief in mir vergraben. Seine Gesellschaft würde mich lediglich meinem Ziel näherbringen. Würde nur dazu beitragen, ihn weiter zu zerstören. Etwas sammelte sich in meiner Brust. Es war dunkel und zähflüssig.

Noor und ich fuhren in unserer Kutsche durch die Straßen der Stadt, kamen dem Palast immer näher.

Eine Brise kräuselte die Plane des Gefährts, und Noor seufzte erleichtert auf.

«Hier draußen ist es ja heißer als in Thohfsas Arschloch! Warum tragen wir so viele Schichten?»

Ich lehnte mich zurück. «Weil reiche Leute immer zu viele Kleider tragen. Sie müssen zeigen, wie viel Geld sie haben», murmelte ich, den Blick auf den Palast gerichtet.

Bald würde ich dort sein – wieder zurück an dem Ort, an dem ich damals gefangen genommen wurde. Zurück in den Gängen, durch die man mich gezerrt hatte. Wo meine Schreie von der gewölbten Decke widerhallten und niemand auf sie reagiert hatte. Zurück an dem Ort, wo ich Mazins Blick begegnet war – und zum ersten Mal erkannt hatte, wer er wirklich war: ein Junge, der alles zerstören würde, nur um zu bekommen, was er wollte.

Das Gebäude ragte nun vor uns auf. Seine strahlend weißen

Marmorsäulen erhoben sich wie ein schneebedeckter Berg über der Stadt. Der Palast war so imposant, dass man ihn meilenweit am Horizont sehen konnte. Eine Erinnerung daran, dass Vahids Macht allgegenwärtig war – egal, wo man sich befand. Und Mazin war sein Stellvertreter, es war also auch seine Macht.

Als wir den Palasthügel hinauffuhren, fühlte ich mich seltsam ruhig, als wenn alles in meinem Kopf erstarren würde. Ich musterte Noor, die ebenfalls den Palast anstarrte, die Stirn in Falten gelegt. Sorge tauchte ihre Augen in Schatten. Sie bemerkte meinen Blick und schenkte mir ein verlegenes Lächeln.

«Machst du dir Sorgen?» Mein Tonfall war sanft. Obwohl Noor offener über ihre Gefühle sprach als ich, war sie immer zurückhaltend, wenn es um das ging, was mit Souma und Vahid passiert war. Als würde sie immer direkt wieder zu Soumas Tod zurückkatapultiert werden, sobald sie darüber redete.

«Ich mache mir keine Sorgen. Nicht wegen unseres Plans. Eher um meine Selbstbeherrschung, wenn ich ihn sehe.»

«Vahid?»

Sie nickte. «Wenn ich daran denke, dass ich ihm in ein paar Minuten gegenüberstehen könnte, würde ich mir am liebsten die Haare ausreißen. Wie soll ich mich bloß davon abhalten, einfach eine Ampulle Gift in seinen Chai zu schütten?»

«Jetzt weißt du, wie ich mich fühle, wenn ich Maz sehe.»

Sie sank auf ihren Sitz zurück und schlug sich die Hände vors Gesicht. «Wie hast du es bloß geschafft, nicht direkt deinen Dolch in Mazins Herz zu stoßen, sobald du ihn zum ersten Mal wiedergesehen hast?»

«Glaub mir – das wollte ich nur zu gern.»

«Aber du bist so ruhig gewesen. Sogar danach. Ich kann kaum aufhören zu zittern – und ich habe den Kaiser bis jetzt noch nicht einmal gesehen.»

«Ich bin nicht ruhig.» Abrupt sah ich sie an. «Ich rase vor Wut. Ich kann es nur gut verbergen, weil ich ein Gesicht trage, das nicht das meine ist. Weil ich weiß, dass Mazin keine Ahnung hat, wer ich wirklich bin, wenn ich ihn anschaue. Ich muss den Sturm, der in mir tobt, unter Kontrolle halten – sonst wird das alles umsonst gewesen sein. Der Tod meines Vaters wird umsonst gewesen sein. Und ich kann nicht zulassen, dass Mazin – oder irgendwer anders von ihnen – mit dem davonkommt, was sie getan haben. Ich bin nicht ruhig. Nur fokussiert.»

«Du spielst deine Rolle jedenfalls gut. Ich bin mir nicht sicher, ob ich mich auch so fest im Griff hätte.»

«Das wirst du. Wenn du Vahid siehst, wirst du dich daran erinnern, warum wir hier sind.»

Sie warf mir einen skeptischen Blick zu. «Du scheinst dich wirklich durch nichts aus der Ruhe bringen zu lassen. Du schwitzt ja nicht einmal! Produziert dein Körper einfach keine Feuchtigkeit? Weinst du? Schwitzt du? Hast du überhaupt Speichel im Mund?»

Ich wandte den Blick ab. «Ich weine.»

«Seit wann? Du hast ja nicht einmal geweint, als du erfahren hast, dass dein Vater gestorben ist.»

Ich öffnete den Mund für eine Antwort – fand aber keine Worte. Babas Gesicht blitzte vor meinem inneren Auge auf: wie er über etwas lachte, das ich beim Frühstück gesagt hatte, während er sein Haleem mit einem dicken Stück Brot aus der Schale schöpfte. Am liebsten aß er Haleem mit Linsen und gehacktem Hammelfleisch zum Frühstück. Ich konnte mich nicht an unser Gespräch erinnern – nur an sein lautes Lachen, das seinen ganzen Körper schüttelte. Mein Vater war alles für mich gewesen: eine Mutter, als meine wirkliche getötet worden war. Ein Ernährer, der seine Schwerter an den von ihm gehassten Kaiser verkaufte, als wir das Geld brauchten. Ein Lehrer, als ich meine Begabung für den Kampf zeigte. Aber vor allem war er mein Freund. Jemand, der in den stillen Momenten bei mir saß. Der mit mir beim Frühstück lachte. Der mir Ratschläge gab, mich aber niemals verurteilte. Darüber zu weinen, dass er nicht mehr da war, fühlte sich einfach nach *zu wenig* an.

In der Kutsche herrschte nun beklommenes Schweigen. Noor wirkte betroffen.

«Dani, es tut mir lei...»

«Du brauchst dich nicht zu entschuldigen.» Ich setzte mich aufrechter hin. «Es ist ja wahr. Ich habe nicht geweint. Es gab damals zu viel, um das ich mir Gedanken machen musste. Einfach zu viel zu tun. Es wäre eine Verschwendung von Tränen gewesen.» Ich presste meine Hände auf meine Oberschenkel, klammerte mich so fest in den Stoff meiner Hose, dass ein paar der aufgestickten Perlen abplatzten. «Wenn er gerächt ist, werde ich weinen. Dann werde ich trauern. Ich hoffe nur, dass ich diesen Moment noch erleben werde.»

Sie nickte und schaute wieder zum Palast. «Das werden wir. Souma sagte immer: *Der Vogel sieht das Korn, aber nicht die Schlinge.* Wir werden dafür sorgen, dass sie nur sehen, was sie sehen wollen. Und sie werden in der Falle sitzen, ehe sie es überhaupt merken.»

«Und was ist der Plan?»

Noor schenkte mir ein vertrautes Grinsen und entspannte ihre Schultern. Sie hob eine Hand und klappte für jeden Punkt, den sie abhakte, einen Finger herunter. «Während du Meister Trägt-Nur-Schwarz betörst, erfahre ich so viel wie möglich über den Palast, den Hauptmann der Wache und Vahids Alltagsroutine. Und sammle so viele Informationen, wie ich nur kann.»

«Ganz genau.» Ich zupfte ein Klümpchen Erde, das von der Straße hochgespritzt war, von meinem indigoblauen Kamiz. Die Ärmel des Kleidungsstücks waren mit blühenden Lotusblüten bestickt und brachten meine dunkle Haut zur Geltung – so wie eine goldene Fassung einen Rubin herausstellte.

«Das sieht gut aus.» Noor deutete mit einem Nicken auf meine Aufmachung.

Ich lächelte. «Es ist Mazins Lieblingsfarbe.»

Gespielt schockiert richtete sie sich auf. «Du machst Witze! Willst du damit etwa sagen – er mag gar nicht am liebsten Schwarz?»

Ich stieß ein Lachen aus. «Im Dienst des Kaisers trägt er eben, was er trägt. Aber ich kenne ihn besser als jeder andere. Ich kenne seine Lieblingsfarben. Sein Lieblingsessen. Weiß, woran er denkt, wenn er aufwacht. Ich kenne ihn einfach.»

Ich atmete tief aus, spürte den Worten auf meiner Zunge nach. Und dachte daran zurück, wie sie sich früher angefühlt hätten – als ich noch dachte, ich würde ihn lieben.

Als ich mir so sicher war, dass *er* mich liebte.

«Das war einmal. Du weißt nie, wie ein Mensch sich verändert hat.» Noors Gesichtsausdruck verhärtete sich. «Er hat dich verraten. Also muss er dich überrascht haben.»

Ich lehnte mich ins Polster zurück und kaute auf meiner Unterlippe herum. «Ja, er hat mich verraten. Aber ich bin mit ihm aufgewachsen. Ich habe an seiner Seite gekämpft.»

«Und trotzdem hat er dich den Wachen ausgeliefert, ohne auch nur zu zögern.»

Noors Stimme klang sachlich. Ihre Worte waren wahr, und doch fühlte es sich an, als würde sie grobes Salz in eine frische Wunde reiben.

Ich biss die Zähne zusammen. «Du hast recht. Danke, dass du mir hilfst, mich an Dinge zu erinnern, die ich nur zu gerne vergessen würde.»

«Vor allem, wenn es um Maz geht.» Sie hob eine Augenbraue.

Meine Nägel gruben sich in das Fleisch meiner Handflächen. «Es ist tatsächlich schwer, mein Ziel im Auge zu behalten, wenn es um ihn geht», gab ich zu, und die Worte kamen mir nur schwer über die Lippen.

«Gerade hast du dich angehört wie eine Katze, die jemand erwürgt.»

«Es fällt mir nicht leicht, meine Schwächen zuzugeben.»

«Und? Ist er eine?»

«Eine Schwäche?»

Sie rollte mit den Augen. «Nein, eine fette Mango! Ja, natürlich eine Schwäche.»

Ich dachte über ihre Worte nach. Es war dumm von mir, zu versuchen, die Wahrheit zu leugnen. Ich hatte Maz mein halbes Leben lang geliebt. Der Hass, der nun in mir brodelte, grenzte fast schon an Besessenheit. Aber ich durfte das Gesamtbild nicht aus den Augen verlieren. Die Ziele, die Noor und ich gleichermaßen erreichen wollten.

«Ja. Das ist er.»

Noor stieß einen zischenden Pfiff zwischen ihren Zähnen aus. «Na, wenigstens bist du ehrlich. Gefährlicher ist es, wenn man sich selbst verleugnet.»

«Es besteht keine Gefahr, dass ich mich wieder in ihn verliebe, Noor», erwiderte ich trocken. «Aber ... Ich weiß, dass ich nicht ganz klar sehe, wenn es um ihn geht. Er war der Verrat, den ich nicht kommen sah. Immerhin war er die einzige Konstante in meinem Leben, die ich immer hatte – egal, was passiert.»

Ich konzentrierte mich wieder auf den Palast, der immer näher kam. All meine Feinde warteten dort auf mich. «Und jetzt ist er derjenige, den ich vernichten muss.»

Die Kutsche kam plötzlich zum Stehen. Noor wurde nach vorne geschleudert.

«Was ...»

Etwas schlug gegen die Seite der Kutsche. Meine Hand wanderte zu dem Talwar an meiner Seite. «Runter!», warnte ich sie. Dann hockte ich mich ebenfalls hin und spähte über den Rand des Wagens auf die Straße hinaus. Eine Menschenmenge hatte sich dort versammelt. Die Leute skandierten etwas und schrien. Sie blickten nicht zu uns, sondern auf den Palast. Eine Reihe von Soldaten versperrte ihnen den Weg, die Hände an ihren Schwertern.

Ich schaute an der Seite des Wagens hinunter und sah eine verfaulte, zerquetschte Tomate auf der Straße liegen – das Geschoss, das uns gerade getroffen hatte.

«Tut mir leid, Sahiba», sagte der Kutscher von vorne. «Die Straße ist blockiert. Da vorne gibt es einen Menschenauflauf.» Er schnalzte energisch mit der Zunge, und die Pferde begannen, die Richtung zu wechseln. Die Kutsche wendete und fuhr den Weg zurück, den wir gekommen waren.

Die Menge aber wurde immer wütender und bewarf die Soldaten mit Steinen und Müll.

«Was ist da los?», flüsterte Noor.

«Ein Aufruhr», erwiderte ich. «Die Leute protestieren gegen den Kaiser.»

Sie schnaubte. «Es scheint, dass die Menschen hier ihn inzwischen hassen.»

«Dann ist das perfekt für uns!»

Ein Stein flog in unsere Richtung. Die Menge hatte unseren Wagen entdeckt. Ich konnte den genauen Moment erkennen, in dem ihr Blutdurst ein Ziel fand. Wir waren wohlhabend – mit unserer vergoldeten Kutsche und den schwarzen Hengsten davor. Und wir waren auf dem Weg zum Palast. Wenn sie Vahid nicht haben konnten, wollten sie wenigstens uns in die Finger kriegen.

«Vielleicht doch nicht so perfekt.»

Noor verfolgte mit großen Augen, wie die Menge auf uns zu wogte. Das Geschrei wurde lauter, und Steine prasselten auf die Kutsche ein.

Unser Kutscher schrie ihnen Obszönitäten zu, und ich langte nach dem Griff meines Schwertes.

«Noor – kann ich etwas tun, um sie aufzuhalten? Mit dem Zoraat, meine ich.»

Sie schüttelte den Kopf. «Nein. Du benutzt es für deine Verwandlung. Jede Dosis hat einen bestimmten Zweck.» Sie umklammerte hilflos die kleine Handtasche an ihrer Seite. «Und ich habe kein Zoraat mitgenommen. Ich wollte nichts riskieren, falls der Kaiser uns durchsuchen lässt.»

Der Kutscher rief den Pferden einen Befehl zu, und die Kutsche fuhr nun schneller, fort von der Menge. Aber sie war nicht schnell genug! Die Leute drängten sich an uns heran. Wenn sie schon nicht Vahids Blut bekommen konnten, dann das von jemand anderem.

Jetzt waren sie uns so nah, dass ich den Dreck und die Verzweiflung auf ihren Gesichtern sehen konnte. Ich konnte ihre Angst schmecken, ihre Wut.

Und sie schmeckte fast so wie meine eigene.

Sie rüttelten an der Kutsche! Der Kutscher zog seinen Säbel, um auf sie einzuschlagen.

«Nein!», rief ich ihm zu. Ich hatte nicht vor, unschuldige Bürger niederzumetzeln. Ihr einziges Verbrechen bestand darin, wütend auf Vahid zu sein. «Tu ihnen nichts.»

Doch kaum hatte ich die Worte ausgesprochen, hüllten plötzlich helle Flammen die Kutsche ein! Das Feuer umringte die Menschenmenge, und die Leute strebten schreiend davon.

Unsere Pferde aber galoppierten los! Die Kutsche schlingerte so schnell die Straße hinunter, dass ich zurückgeschleudert wurde und mit einem harten Aufprall auf meinem Sitz landete. Vahids Soldaten kreisten die Aufständischen ein, und Dschinn-Feuer schoss aus ihren Händen. Sie verbrannten die Leute von Basral bei lebendigem Leib.

Der Gestank von verbranntem Fleisch und verkohltem Stoff erfüllte die Luft. Unwillkürlich presste ich den kleinen Dolchanhänger an meine Brust. Meine eigenen Schreie blieben mir in der Kehle stecken und wurden vom Brüllen der sterbenden Menschen übertönt.

«Aufhören», flüsterte ich. Niemand hörte mich.

Unsere Kutsche raste davon. Hinter uns brannte lichterloh

ein Scheiterhaufen aus Leichen, während wir einen anderen Weg zum Elfenbeinpalast des Kaisers einschlugen.

Bei unserer Ankunft hatte eine Einheit Palastwachen in Reih und Glied vor den Stufen des Palastes Aufstellung genommen. Noor und ich saßen schweigend in der Kutsche, noch immer geschockt von dem, was gerade passiert war. Wenn ich meine Augen schloss, sah ich die brennenden Menschen vor mir. Man hatte sie ermordet, weil sie gegen einen Herrscher protestierten, der ihre Stadt dank seines Handels mit einem Dschinn aussaugte.

Als wir nun vor dem Palast vorfuhren, legte sich beim Anblick der Reihen von Wachen ein seltsamer Druck auf meine Brust. Sie trugen die schwarz-goldenen Sherwani, die ich bereits von Mazin kannte, und vergoldete Krummsäbel an ihrer Seite. In die Lederscheiden war ein kompliziertes Muster eingraviert, das mir bestens vertraut war: eine Zoraat-Blüte, ähnlich dem Lotus, aber mit runderen Blütenblättern. Ein Schwert kreuzte die Blüte in der Mitte: das Zeichen der Hohen Garde des Kaisers, deren Kommandant Mazin war.

Mein Blick schweifte über die Wachen an der Marmortreppe. Ich musste feststellen, dass Mazin nicht gekommen war, um uns zu begrüßen.

Dann wurden wir in den Palast geführt. Die Böden hier waren wie ein stiller See, in dem sich das Klacken unserer feinen Absätze spiegelte, während wir durch die hochgewölbten Säle liefen.

Hier hatte sich nicht viel verändert. Und doch hatte sich alles verändert!

Denn als ich das letzte Mal hier gewesen war, hatte man mich verhaftet. Als ich das letzte Mal hier gewesen war, war meine ganze Welt zusammengebrochen.

Und als ich von den Scherben aufblickte, die von meinem

Leben blieben, hatte mich nur Mazins kalter, dunkler Blick angestarrt.

Ich biss mir auf die Innenseite der Lippe, bis ein metallischer Geschmack meine Zunge traf.

Gut! Wenigstens würde mich der körperliche Schmerz von den Gefühlen ablenken, die mich durchströmten, während ich wieder durch diese Hallen ging.

Der Palast war immer noch opulent ausgestattet: prunkvolle Goldstatuen, juwelenbesetzte Säulen und aufwendige Schnitzereien, die feiner waren als die Spitzen an den Säumen unserer Dupattas. Ein früherer König hatte den Palast entworfen, und als Vahid mit seiner Dschinn-Magie die Herrschaft übernahm, hatte er dem Ganzen noch mehr Prunk verliehen. Jedem Palastbesucher wurde überdeutlich seine Macht vor Augen geführt. Der Palast war eine Waffe für sich – eine Waffe, die Furcht und Ehrfurcht gleichermaßen hervorrief. Ich blickte zu Noor hinüber, die schweigend neben mir lief. Ihr Blick schweifte über die hohen Decken und weitete sich schließlich beim Anblick des großen Innenhofs unter freiem Himmel im Zentrum der Anlage.

«Dieser Ort ist so groß wie eine ganze Stadt», flüsterte sie, als wir in der hellen Nachmittagssonne durch den üppig bepflanzten Garten gingen. Sie strich mit einem Finger über einen Strauch dunkelrosafarbener Rosen. «Ich hatte keine Ahnung, dass Vahid so lebt! Soumas Haus war sehr schön – aber kein Vergleich zu dem hier.»

«Lass dich nicht täuschen», flüsterte ich zurück. «Das ist alles nur Blendwerk. Souma verfügte über Vahids wahre Macht – und wir haben sie jetzt auch. Vahid wäre nichts ohne die Magie der Dschinn. Gerade haben wir den Beweis dafür gesehen. Ohne Zoraat wäre er immer noch irgendein Bauer aus dem Süden, der versucht, seinen Landbesitz zu vergrößern.»

Anam empfing uns in einer kleinen Loggia am Rande des Gartens, wo ich schon oft gesessen hatte.

Es war ein schlichter Raum, in dem man Tee trinken konnte – wenn man unter *schlicht* goldverkleidete Decken und edle Fliesen verstand, die ein kunstvolles Blumenmotiv in Orange, Indigo und Fuchsia bildeten.

«Sanaya! Ich habe gehört, was passiert ist. Geht es dir gut?» Anam schaute zwischen Noor und mir hin und her. «Diese Aufständischen werden immer dreister.»

«Ja. Den Soldaten des Kaisers ist es gelungen, sie ... mit Zoraat zu überwältigen.» Die Worte fühlten sich in meinem Mund an wie Gift. Trotzdem verzog ich den Mund zu einem Lächeln. «Zum Glück.»

Der Geruch ihrer verbrannten Haare hing immer noch an meiner Kleidung.

«Was für ein schöner Raum!», wechselte ich mit falscher Freundlichkeit das Thema und atmete statt durch die Nase durch den Mund weiter.

«Ich freue mich, dass er dir gefällt. Er gehört natürlich nicht mir, aber ich sitze gerne hier. Und ich bekomme so selten Besuch.» Sie lachte kurz, und es klang traurig, als hätte sie gerade die Wahrheit hinter ihren Worten erkannt.

Mazin hatte sich noch nicht zu uns gesellt. Immer wieder warf ich einen Blick zum Eingang. Fest faltete ich die Hände in meinem Schoß, damit ich nicht nervös mit ihnen herumfuchtelte. Stattdessen konzentrierte ich mich auf Anam.

Verliere dich nicht zu sehr in dieser Sache!, ermahnte ich mich zum hundertsten Mal. Denn wenn ich mich selbst verlor, würde ich *alles* verlieren.

«Du bist das Mündel des Kaisers.» Es war keine Frage, aber sie verstand es als solche.

«Ja, er nahm uns auf, als wir noch Kinder waren. Wir konnten nirgendwo anders hin. Ich verdanke ihm alles.» Sie verschränkte die Hände auf ihren Oberschenkeln, aber ihr Tonfall war trotz des schweren Themas leicht.

«Was ist mit deinen Eltern passiert?» Meine Stimme klang harsch in der Hitze des Nachmittags.

Noor, die hinter Anam stand, hob eine Augenbraue. Ich verdrehte die Augen und bemühte mich um einen sanfteren Tonfall, setzte eine weichere Miene auf. «Ich bitte um Verzeihung, wenn ich zu weit gehe. Aber es ist etwas so Besonderes, dass der Kaiser selbst dich aufzog.»

Anams Blick verdunkelte sich.

«Meine Eltern starben, als ich noch ein Säugling war. Ich habe sie nie richtig gekannt. Und der Kaiser auch nicht. Er kam während seiner Kämpfe mit dem alten König durch unser Dorf und hat meinen Bruder ganz allein mit einem Säugling gesehen. Und er beschloss, uns bei sich aufzunehmen. Wir hatten Glück, dass der Kaiser uns gefunden hat.»

Glück.

Maz hatte seiner Schwester nie berichtet, wie ihre Eltern gestorben waren. Nicht, wie sie *wirklich* gestorben waren. Sie kannte nur die Version, die Vahid ihr erzählt hatte. Ich unterdrückte meinen Schock darüber und merkte mir diese Information für später. Vielleicht konnte sie noch einmal nützlich werden!

«Der Kaiser muss ein großherziger Mann sein.» Mein Lächeln fühlte sich an wie eine grässliche Fratze. Mit jedem Moment fiel es mir schwerer, meine wahren Gefühle zu verbergen – gegenüber Vahid, gegenüber Mazin, gegenüber irgendeinem von ihnen.

Anams Lachen kam so abrupt, dass ich zurücksprang.

«Oh! Das tut mir leid. Ich wollte nicht lachen. Es ist nur so – du bist die erste und einzige Person, die ihn jemals als *großherzig* bezeichnet hat.»

«Wie würdest *du* ihn denn beschreiben?» So langsam klang das Gespräch wie ein Verhör. Aber ich wollte wissen, wie Anam den Kaiser wirklich sah! Spielte sie ihm etwas vor? Verabscheute sie ihren goldenen Käfig?

«Er ist wie ein Vater für Mazin und mich. Er selbst hat keine Kinder. Und doch hat er uns im Palast mit allem Luxus großgezogen, den wir uns wünschen konnten! Meinem Bruder verlieh er eine mächtige Position an seiner Seite. Das alles hätte er nicht tun müssen.»

Er wollte sich damit deine Loyalität erkaufen.

Fast hätte ich die Worte laut ausgesprochen, aber ich hielt mich zurück. Denn da war noch etwas, das sie nicht sagte. Etwas hinter ihren Sätzen, das sich dunkler und wahrer anfühlte. Anam wusste mehr, als sie zugeben wollte.

«Doch andere könnten möglicherweise über ihn sagen, er sei ein ... gnadenloser Herrscher.»

Ein Schnauben ertönte aus Noors Richtung. Ich zwang mich, das Lächeln auf meinem Gesicht beizubehalten und mit den Augen weiter Anams Blick zu suchen.

Oh ja. Das Ausmaß seiner Gnadenlosigkeit haben wir gerade mit eigenen Augen gesehen.

Anam machte sich daran, den Tee zuzubereiten. Ich warf Noor einen mörderischen Blick zu. Sie zuckte mit den Schultern und schob sich aus dem Zimmer, wurde vom Schatten des Durchgangs verschluckt. Entweder konnte sie es nicht mehr ertragen, Anam über den Kaiser sprechen zu hören – oder sie wollte endlich das tun, was sie seit unserer Ankunft vorgehabt hatte.

Sobald sie weg war, atmete ich durch und wandte meine Aufmerksamkeit wieder Anam zu. Es war an der Zeit, dass ich ein paar Antworten von ihr darüber bekam, wer ihr Bruder wirklich war – wenn sie das überhaupt wusste.

«Dein Bruder wirkte gestern auf dem Basar ziemlich aufgebracht.»

Anam sah zu Boden. «Ja.»

«Ich nehme an, das ist verständlich. Er muss sich solche Sorgen gemacht haben, als er erfuhr, dass du verschwunden bist!»

«Das mag sein. Oder er ist einfach wütend darüber, dass er die Stadt nicht so sehr im Griff hat, wie er denkt», sagte sie und neigte mit einem milden Lächeln den Kopf.

Ich hob eine Braue. «Hat er das denn? Kontrolliert er Basral, meine ich? Ich weiß, dass er für die königliche Garde und die Stadtwachen zuständig ist. Aber anscheinend gibt es viele Probleme in Basral.»

«Oh, Maz hat sich darauf konzentriert, in jeder Ecke der Stadt Fuß zu fassen. Um ehrlich zu sein, sogar in jedem Winkel des Reiches. Er hat sehr hart daran gearbeitet – er ist sehr ehrgeizig.»

Sie sagte das mit Stolz. Als bewunderte sie die Dinge, die er getan hatte, um so weit zu kommen. Ich fragte mich, ob sie jemals über *mich* nachgedacht hatte. Und was er ihr wohl erzählt hatte, was mit mir passiert war.

Ich hatte Anam immer als niedlich und unkompliziert betrachtet, als eine Verbündete. Aber jetzt stellte ich alles infrage. Sie wusste, was Maz mir angetan hatte. Sie musste es wissen! Und doch saß sie hier und war stolz auf seine Leistungen. Stolz darauf, dass er seine beste Freundin für ein bisschen mehr Macht verraten hatte.

Ich krümmte meine Finger um das Bronzemesser, das auf dem Tisch neben dem kleinen Honigtopf lag.

Schritte polterten heran. Ich blickte auf und sah, wie eine große Gestalt den Durchgang zur Loggia ausfüllte. Mir stockte der Atem! Ich ließ das Messer in meiner Hand fallen, und es landete mit einem dumpfen Klang wieder auf dem Tisch.

Als Maz hereintrat, tauchte die Sonne den Raum gerade in ihr rotes Licht. Sein dunkles Haar glänzte wie flüssige Nacht. Die Goldfäden in seinen Augen glühten, als sie Anam betrachteten. Schließlich wanderte sein Blick zu mir. Er verzog die Lippen zur Begrüßung. Ich spürte das Lächeln mehr, als dass ich es sah. Spontan stieß ich einen langen Atemzug aus. Sicher konnten Anam und Mazin ihn beide hören.

Am liebsten wäre ich aus der Loggia gestürzt – so sehr hielt er meinen Körper noch immer in seinen Klauen. Aber genau so sollte ich mich doch verhalten: wie eine liebeskranke Närrin, die es nicht besser wusste. Ich durfte nur nicht selbst darauf hereinfallen.

«Ich bitte um Entschuldigung.» Seine tiefe Stimme erfüllte den Raum und ließ alles wärmer erscheinen. Ich zupfte am Kragen meines Kamiz' herum.

«Es gab ein Scharmützel im Westen der Stadt. Und ich bin auf eine Spur gestoßen, die mich zu den Schlägern führen könnte, die dich entführt haben, Anam.»

Ich straffte mich auf meinem Stuhl. Das Herz schlug mir heftig gegen die Brust. Wenn Mazin mich jetzt ansah, würde er die Wahrheit in meinem Gesichtsausdruck lesen können! Aber er schaute zu Anam. Und das gab mir die Möglichkeit, meine Panik zu unterdrücken. Wenn er irgendwelche Informationen über die Straßendiebe in die Hände bekommen hatte, musste ich sie warnen. Ich zwang mein Herz, langsamer zu schlagen. Unterdessen meldete sich auch wieder die Logik in mir zu Wort: Es waren Kinder, ja – aber ich erinnerte mich daran, wie schwer zu fassen sie waren. Sie konnten Mazin entkommen. Jedenfalls für den Moment.

«Sanaya hatte auch so ihre Probleme in der Nähe des Palastes. Soldaten mussten einschreiten.»

Mazins besorgter Blick traf den meinen. Ich biss mir auf die Lippe. Bemühte mich, aufgelöst zu wirken. «Der Aufruhr war furchtbar! Wir waren so dankbar für die kaiserlichen Soldaten. Sobald das Feuer kam, haben sich die Menschenmassen schnell zerstreut.»

«Die Soldaten haben Zoraat eingesetzt?», fragte Mazin scharf.

«Ja. So muss es gewesen sein. Es war auf jeden Fall ein Anblick, wie man ihn nicht alle Tage sieht. Zum Glück haben wir es geschafft, unverletzt zu entkommen.»

Das gilt allerdings nicht für die Aufständischen.

Ich biss mir auf die Unterlippe, um möglichst besorgt zu wirken, und sah ihn mit großen Augen an. «Ich hoffe, Euer eigenes Scharmützel war nicht gar zu schrecklich, Sahib.»

«Nenn mich doch einfach Maz.» Seine sanfte Stimme glitt über mich hinweg.

Es erschütterte mich, wie leicht sich ihre Haken in meine Haut bohrten. Seine Augen waren dieselben wie früher – und doch nicht. Etwas Neues lag nun in ihnen: ein berechnender Ausdruck, wie ein Schneeleopard, der auf seine Beute lauerte.

«Maz», erwiderte ich. «Ich hoffe, es wurde niemand verletzt.»

«Nur leichte Proteste, die wir sofort niederschlagen konnten. Nichts Besorgniserregendes.» Er schluckte, und ich folgte der Bewegung seiner Kehle. «Aber wir haben kein Zoraat gegen sie eingesetzt!» Er sprach die Worte aus, als wüsste er genau, was sie bedeuteten. Was ich gerade mitansehen musste.

Seine Augen, dunkel und forschend, trafen meine.

«Noch ein Aufruhr?», fragte ich und legte den Kopf schief. Das wäre eine willkommene Nachricht für Noor. Wenn es in Basral gerade so viele Unruhen gab, mussten wir das zu unserem Vorteil ausnutzen!

Mazin räusperte sich. «Der Kaiser hat vor Kurzem die Steuern erhöht. Daraufhin gab es einige ... Aufstände. Aber wir haben die Unzufriedenen schnell wieder zum Schweigen gebracht.»

«Ich hoffe, es war nicht so wie letztes Mal», warf Anam ein. «Das war schrecklich.»

«Was ist passiert?» Ich brauchte mein Interesse nicht zu heucheln. Je mächtiger das Feuer war, das wir gegen Vahid und Mazin schüren konnten – umso besser. Ich musste nur wissen, wo ich die Flammen anfachen konnte.

«Eine Protestversammlung, die aus dem Ruder lief», sagte Mazin. Er blickte auf seine Hände hinunter und streckte die langen Finger aus. «Der Kaiser gab den Befehl, alle für den Aufstand Verantwortlichen hinzurichten.»

«Es war ein Blutbad.» Anam zitterte. «Ich bin nur froh, dass du nicht verletzt wurdest, Maz.»

Ich legte meinen Kopf schief. «Du warst dabei?»

Sein Blick traf meinen, und er blinzelte nicht. «Das war ich.»

Wir beide wussten, was ich dabei nicht aussprach: *Warst du verantwortlich für das Blutbad?*

Und wir beide kannten die Antwort.

Seine mit Goldfäden durchsetzten Augen waren dieselben wie früher – aber sie waren es auch nicht.

Und ich wusste jetzt den Grund dafür.

Er war zu einem jener Verbrecher geworden, die er früher mit aller Macht bekämpfen wollte. Zu einem Mann, der verzweifelte Menschen unterdrückte. Der das Mädchen, das ihn liebte, um der Macht willen verriet. Ein kaltes Monster, das nicht mehr fähig zu Mitgefühl war.

«Danke, dass du unserer Einladung gefolgt bist, Sanaya.» Mazin setzte sich neben mich. Sein Bein streifte fast das meine.

Unter meinem Lächeln biss ich die Zähne zusammen. Jetzt musste ich das Monster verführen.

«Ich hoffe, dir ist bewusst, wie sehr wir in deiner Schuld stehen», fuhr er fort und gab einem Diener ein Zeichen, woraufhin uns Getränke eingeschenkt wurden. Ich versuchte, mich auf den rubinroten Schimmer des Granatapfel-Rosentees in meinem Glas zu konzentrieren, um nicht die neue Härte in Mazins Augen sehen zu müssen.

«Das hätte doch jeder getan, um Anam zu helfen.» Ich beugte mich vor, ließ meine Hand vom Stiel meines Teeglases fallen und streifte dabei hauchzart sein Handgelenk. Er blickte kurz auf seine Hand hinunter, dann wieder zu mir.

«Und doch *hat* es niemand sonst getan. Ich glaube, du bist zu bescheiden, Sahiba.» Er beugte sich vor, und ein Lächeln umspielte seine Lippen – eines der ersten, die ich überhaupt bei ihm sah. Mein Herz schlug schneller. Zu gerne hätte ich gesagt, dass es vor Wut war – oder sogar vor Angst. Aber ich kannte dieses Gefühl! Es war dasselbe Hochgefühl, das mich erfüllte, wenn ich den Griff eines neuen Schwertes in der Hand hielt – oder wenn ich den entscheidenden letzten Schlag gegen einen Gegner führte.

Erregung.

Ich lachte – ein sanftes, zartes Lachen, das Noor stolz gemacht hätte. «Bescheidenheit ist etwas, was man mir noch nie unterstellt hat. Also nehme ich dein Kompliment gerne an.» Ich bewegte meine Hand zurück zu meinem Glas und strich dabei mit den Fingern noch einmal über seine Haut. Dann nahm ich einen tiefen Schluck von meinem gekühlten Tee – wahrscheinlich zu tief – und stellte das Glas vorsichtig auf dem Tisch ab. Flirten war nicht gerade meine Stärke. Aber ich fand, dass ich mich gerade nicht allzu schlecht anstellte.

Die Bediensteten trugen uns ein duftendes Reisgericht auf, dazu pikant eingelegte Mangos und Lammfleisch, geschmort mit ganzen grünen Chilis. Ich konzentrierte mich auf das Essen und schmeckte die Schärfe der Gewürze kaum, obwohl es köstlich war. Von einer solchen Mahlzeit hatte ich geträumt, als ich auf dem nackten Boden meiner Gefängniszelle lag.

«Es gibt da eine Sache, die ich gerne wissen möchte.» Mazins Stimme klang entspannt, doch das war nicht echt. Ich kannte ihn schon so lange, dass ich es merkte, wenn ihn etwas umtrieb. Ein Gefühl der Vertrautheit überkam mich. Mir fiel wieder ein, wie gut ich seine Mimik einschätzen konnte. Wir waren in der Lage gewesen, nur mit Blicken miteinander zu kommunizieren.

«Anam erwähnte auf dem Basar, dass sie ein Handgemenge gehört hat, während ihr die Augen verbunden waren», fuhr er fort und lehnte sich zurück. «Es klang so, als ob jemand gegen die Entführer kämpfen würde. Hast du die Schurken vertrieben?» Ein Lächeln umspielte seine Lippen, und seine Schultern waren locker, als sei er entspannt und ruhig. Aber ich wusste es besser.

Ich erwiderte sein Lächeln.

«Ja, das habe ich tatsächlich», gab ich zu, und seine Augenbrauen hoben sich bis zu seinem Haaransatz. Diese Antwort hatte er nicht erwartet. Gut! Sanaya würde alles sein, was er nicht erwartet hatte. «Mir ist es gelungen, ein paar Treffer zu landen, ehe sie schließlich geflohen sind.» Ich nahm einen Schluck von meinem Tee. Der herbe, blumige Geschmack spülte die letzten Reste des Essens weg und schärfte meinen Verstand. Ich erwähnte wohlweislich nicht, dass es sich bei den fraglichen «Schlägern» um Kinder handelte – und dass sich eines von ihnen vor Lachen geschüttelt hatte, während wir so taten, als würden wir einen Kampf austragen

Mazin lächelte breit. Es erinnerte mich an einen Haifisch. Er beugte sich vor – so nah, dass ich seinen frischen Duft nach Wald riechen konnte. Dann verschränkte er seine Finger ineinander. «Verzeih mir – ich will dir nicht zu nahe treten. Aber du wirkst auf mich nicht unbedingt wie jemand, der eine Horde Schläger in die Flucht schlagen kann.» Sein Blick huschte über meinen Körper – so als wollte er, dass ich mitbekam, was er da sah. Und das tat ich. Ich saß hier vor ihm, geschmückt mit Juwelen und bekleidet mit einem reich bestickten Shalwar Kamiz von einer so leuchtenden Farbe, dass sie allein mehr gekostet haben musste als dieser ganze Flügel des Palastes. Ich war eine frivole, liebreizende Erscheinung – keine Kriegerin. Doch er wusste nicht, dass auch Kriegerinnen Juwelen tragen konnten.

«Meine Mutter hat mich unterrichtet. Sie wollte sichergehen, dass ich mich im Notfall verteidigen kann.» Das war eine Lüge, doch sie kam der Wahrheit sehr nah.

Mazin legte den Kopf schief und musterte mich immer noch, doch sein Gesichtsausdruck wurde nun sanfter. Ich wusste nicht, ob er mir meine Lüge abkaufte. Aber meine Worte hatten auf jeden Fall einen zusätzlichen Effekt: Sie machten ihn neugierig. «Das klingt, als wäre sie eine sehr kluge Frau.»

Ich neigte den Kopf. «Ja. Alle Frauen in unserem Volk haben gelernt zu kämpfen.» Ich befeuchtete meine Lippen. «Ich denke, es ist eine wichtige Fähigkeit. Ein Mädchen muss sich gegen Angreifer zur Wehr setzen können.»

Er stützte sein Kinn auf die Handfläche. Seine dunklen Augen waren wie der Himmel über den Bergen um Mitternacht.

«Du hast es mir doch auch beigebracht, Maz», unterbrach mich Anam mit leichter Betroffenheit in der Stimme. Und ich erinnerte mich daran, dass sie immer noch im Raum war. Ich wandte meine Augen von Mazins eindringlichem Blick ab und sah wieder zu seiner Schwester.

«Anam hat gut gekämpft.» Ich lächelte, und meine Stimme klang warm und anerkennend. «Als ich am Ort des Geschehens eintraf, hatte sie bereits einen der Schläger verletzt. Wäre sie nicht überrascht worden, hätte sie zweifellos alle Angreifer besiegt.»

Mazin schaute zwischen uns hin und her. «Leider ist Überraschung oft die Waffe der Gegner, um die Oberhand zu gewinnen.» Er wandte sich wieder mir zu. «Es ist die beste Taktik, die man bei einem Angriff anwenden kann.» Seine Stimme war trocken. Er sprach ohne jede Herablassung.

Ich blinzelte ihn an. «Ja. Mit mir hatten sie nicht gerechnet.» Ich räusperte mich. «*Ich* war die Überraschung.»

Ich hob mein Kinn. Unter meiner Haut regte sich jenes Kribbeln, das ich immer empfand, wenn ich wusste, dass der Gegner eine ebenso scharfe Waffe führte wie ich.

«Der Kaiser wollte sich eigentlich bei dir bedanken, aber er war leider nicht abkömmlich.» Seine Stimme klang wieder kalt, wie bei unserer Begegnung auf dem Basar.

Ich bin mir ziemlich sicher, dass der Kaiser nicht einmal weiß, dass ich hier bin oder wer ich überhaupt bin.

«Dennoch wünscht er, dir persönlich seinen Dank auszusprechen.» Er rieb sich mit der Hand über das Kinn. Ich verspürte den unerklärlichen Drang, meine eigene Hand dorthin zu legen, seinen Kiefer mit den Fingern zu umfassen und sein Gesicht zu berühren. Ich presste mir die Nägel in das Fleisch meiner Handfläche, um mich von etwas Unüberlegtem abzuhalten.

«Es wird ein Fest bei Hofe geben, und er lädt dich dazu ein», fuhr er fort.

«Oh – aber du bist hier gerne schon viel früher wieder willkommen!», rief Anam aus. «Bei allem, was du getan hast, würde ich mich freuen, wenn wir Freundinnen sein könnten.» Ich lächelte, und es war fast echt. Je öfter wir Zugang zum Palast hatten, umso bessere Chancen hatten wir, die Saat unserer Rache zu säen.

Und ich wusste, dass Anam eine von Mazins wenigen Schwächen war.

«Natürlich sind wir Freundinnen! Und du musst mich unbedingt auch einmal zu Hause besuchen.» Ich sah zu Maz auf. «Ich nehme sehr gerne an dem Fest des Kaisers teil – besonders da ich neu in der Stadt bin. Das ist wirklich sehr großzügig.»

Er nickte. Auf seinem Gesicht lag ein verwirrter Ausdruck, als ob er mich noch immer nicht ganz durchschaut hätte.

Nach dem Essen umarmte mich Anam, und wir versprachen uns, dass wir uns bald wiedersehen würden. Ich machte mich auf den Weg zurück zum Tor des Palastes – als Mazin plötzlich neben mich trat und sich meinen Schritten anpasste.

«Du brauchst mich nicht hinauszubegleiten», lachte ich und sah mich nach Noor um. Doch Mazin blieb an meiner Seite, und ich zwang meine Füße, einfach weiterzugehen.

Es war seltsam, wieder neben ihm her zu gehen, und obwohl ich diesmal längere Beine hatte, überragte er mich immer noch.

«Ich habe es ernst gemeint», sagte er so leise, dass ich näher an ihn herantreten musste. «Ich stehe in deiner Schuld. Und ich zahle meine Schulden stets zurück.» Es klang wie ein Schwur. Ich wollte ihm noch einmal sagen, dass das nicht nötig war. Doch mir blieben die Worte im Hals stecken.

Stattdessen nickte ich nur. Er atmete auf, als ob er diese Antwort gebraucht hätte. Diese Schuld gebraucht hätte.

Ich lächelte ihn an und schüttelte den Kopf. «Weißt du - du musst dich nicht immer revanchieren, wenn dir jemand hilft. Nicht alles ist irgendein Handel.» Er hielt inne. Ich stolperte fast über meine eigenen Füße, weil er so abrupt stehen blieb.

«Doch, das ist es. Nichts ist umsonst.»

«Für dich vielleicht. Aber nicht für mich. Wenn ich Menschen helfe, mache ich das nicht, weil ich im Gegenzug etwas dafür bekommen will.» Wenn Noor hier gewesen wäre, hätte sie sich das Lachen sicher nicht verkneifen können. Doch tief in meinem Herzen meinte ich die Worte genau so, wie ich sie gesagt hatte. In diesem Augenblick war ich nicht Sanaya, sondern Dania. Meine Liebe hatte keinen Preis, auch wenn das für seine nicht galt.

«Ich glaube, du kannst nicht verstehen, wie es früher für mich war, Sanaya. Ich bin so aufgewachsen, dass ich eines lernen musste: Jeder verfolgt eine bestimmte Absicht.»

«Was für eine furchtbare Art zu leben.» Ich runzelte die Stirn. «Wie kann man jemals wirklich frei sein, wenn man jeden Umgang mit anderen Menschen daran misst, was es einen kostet?»

«Oh - ich bin nicht frei.»

«Natürlich bist du das!» Wir gingen nun über den Innenhof, unter freiem Himmel. Die bunten, kunstvoll gestutzten Orchideen und Jasminblüten hüllten uns in ihren fast schon erdrückenden Duft. Instinktiv lehnte ich mich näher zu ihm, als könnte ich selbst in diesem Körper nicht genug von ihm bekommen. Wir standen neben einem großen Teich, aus dessen schlammigem Wasser der Tigerlotus wie eine Warnung herausstach. Ich breitete die Arme aus, deutete auf die Pracht, die uns umgab. Was ich als Nächstes sagte, musste ich mir nicht erst ausdenken. Schließlich hatte ich das letzte Jahr in echter Gefangenschaft verbracht.

«Du lebst in einem Palast – nicht in einem Gefängnis. Die Welt steht dir offen.» Ich lächelte und hoffte, dass es nicht zitterig wirkte. «Es liegt nur an dir, wenn du dich trotzdem eingeengt fühlst.»

Er hob eine Augenbraue. «Denkst du das wirklich? Dann musst du mir wohl eine Lektion in Sachen Freiheit erteilen.»

«Ich komme aus den nördlichen Landen und habe es bis hierher geschafft. Man kann mich nirgendwo einsperren.»

«Das gefällt mir», sagte er leise und wandte sich mir zu. «Ich würde mich gerne ...» Er leckte sich über die Lippen. Meine Augen folgten der Bewegung seiner Zunge. «... *befreit* fühlen.»

«Vielleicht kann ich es dir beibringen.» Meine Stimme war genauso sanft wie seine. Doch das Herz hämmerte mir in der Brust.

Er schaute mich aus verhangenen Augen an. «Vielleicht kannst du das wirklich.»

Schließlich hatten wir die Stufen des Palastes erreicht und gingen auf die Kutsche zu, die davor wartete.

Noor stand daneben und sah ausgesprochen gelassen aus. Man sah ihr nicht an, dass sie den Palast heute nach Geheimnissen durchforstet hatte.

Bei diesem unerwarteten Anblick stolperte ich auf den Stufen und wäre beinahe gefallen. Mazin streckte die Hand aus, um mich zu stützen. Er griff nach meinem Unterarm und legte seinen Arm um meine Taille. Die Berührung war warm, sie prägte sich in meine Haut wie ein Brandzeichen.

Mit leicht geöffneten Lippen sah er auf mich herab.

«Alles in Ordnung?»

«Ich hoffe doch.» Ich presste die Zähne zusammen und versuchte zu ignorieren, dass es sich nicht unangenehm anfühlte, so nah bei ihm zu sein. Als sich unsere Blicke trafen, war mir auch die Art nicht unangenehm, wie er mich ansah. Als hätte er mich am liebsten verschlungen.

Als ob er bald hingerichtet werden sollte – und ich war seine Henkersmahlzeit.

Aber er sieht nicht dich *an. Er sieht Sanaya.*

Dieser Gedanke riss mich aus meiner Verneblung. Ich trat einen halben Schritt näher, sodass ich die helleren braunen Linien in seinen dunklen Augen erkennen konnte. Seine Augenbrauen hoben sich bei meiner Annäherung – aber er wich nicht zurück. Ich hatte mein Glück also nicht zu sehr herausgefordert – noch nicht.

Hinter meiner Wut – hinter dem Gefühl, ihn sofort erdolchen zu wollen – merkte ich noch etwas anderes: Ich *vermisste* diese Nähe. Vermisste ihn. Mit ihm zu reden. Die Dinge, die wir miteinander teilten.

Stolper nicht in deine eigene Falle!

Ich sah zu Noor hinüber, die neben der Kutsche wartete. Ihre klugen Augen trafen meine. Ich räusperte mich.

«Es war mir ein Vergnügen, heute Zeit mit dir und deiner Schwester zu verbringen. Ich hoffe, du wirst noch erkennen, dass ich von euch beiden nichts weiter möchte als eure Freundschaft. Ich habe darüber hinaus keine Absichten. Es gibt keine Schulden zu begleichen.»

Er neigte seinen Kopf zu mir herunter. Es fühlte sich an, als ob mein Herz in meiner Kehle feststeckte und ich erst wieder atmen könnte, wenn ich es vollständig entfernte.

«Ich habe nicht viele Freunde, Sanaya. Aber ich nehme deine Freundschaft an.»

Er nahm meine Hände in seine und presste sie an seine Lippen. Sie waren warm und trocken. Es wäre eine Lüge, zu behaupten, dass ich davon abgestoßen war oder dabei nur an Rache gedacht hätte.

Ich sperrte mich nicht gegen seine Berührung und konzentrierte mich stattdessen auf dieses Gefühl: das knisternde Feuer unter meiner Haut, das ich nicht mehr gespürt hatte, seit wir das letzte Mal zusammen gewesen waren.

Ich hoffte nur, er spürte es auch. Hoffte, dass sein Körper sich an meinen erinnerte – so wie jeder Zentimeter meiner verräterischen Haut sich nach seiner sehnte.

Ich sah mit meinen verwandelten Augen zu ihm auf.

Er drückte meine Hände, und sein Atem ging stoßweise. Seine Pupillen waren geweitet, seine Lippen öffneten sich leicht.

Ich hatte ihn!

Ich wollte zur Kutsche gehen, meine Finger aus seiner Berührung lösen, aber er schien nicht gewillt zu sein, mich schon loszulassen. Schließlich tat er es doch. Ich zog meine Hände zu mir zurück. Konnte sehen, wie seine Finger sich verkrampften.

Dann stieg ich in die Kutsche und ließ Mazin im Staub zurück.

VIERUNDZWANZIG

Früher

Mein Schlafzimmerfenster knarrte. Dann fiel es mit einem dumpfen Schlag zu. Ich setzte mich ruckartig auf, das Herz schlug mir bis zum Hals. Meine Finger tasteten sofort unter dem Kissen nach der Schärfe meiner Klinge.

Eine Silhouette hob sich deutlich vor dem hellen Mondlicht ab! Ein Schrei blieb mir in der Kehle stecken. Die Angst hielt mich in ihren Klauen gefangen – bis ich endlich den Dolch unter dem Kissen hervorzog.

Doch etwas hielt mich davon ab, ihn zu werfen. Die breiten, leicht nach vorn gewölbten Schultern der Gestalt. Das markante Profil. Die eine Haarsträhne, die in einem seltsamen Winkel abstand – das alles war mir vertraut.

«Maz?» Die Angst entließ mich endlich aus ihren Klauen. Nun war ich sicher, dass er es war und nicht etwa ein Räuber, der in unser Haus eingebrochen war. Ich stieß ein erleichtertes Seufzen aus.

Doch meine Erleichterung wurde schnell von Wut verdrängt.

«Was soll das? Ich hätte fast meinen Dolch nach dir geworfen! Überrasch mich nicht einfach so mitten in der Nacht – ich hätte dich umbringen können!»

Er machte einen Schritt nach vorn, und ich konnte nun seine Gesichtszüge erkennen. Sein Haar war zerstrubbelt, als hätte er sich durch einen Sturm gekämpft. Dunkle Schatten lagen unter seinen Augen, und ein Hauch von Stoppeln war auf seinem Kinn zu erkennen. Seine Kleider saßen nicht gut – was sonst nie vorkam! Und er trug auch nicht die übliche schwarz-goldene Kleidung, die seine Zugehörigkeit zum Kaiser signalisierte. Stattdessen war er in eine einfache hellbraune Kurta mit weiten Hosen gekleidet, sein Krummsäbel hing in einer Scheide an seinem Gürtel. Sein Körper war bis zur Hüfte mit Schlamm bespritzt, als wäre er auf dem Weg hierher durch Treibsand gewatet.

Meine Lippen kräuselten sich. «Du siehst schrecklich aus.»

Er stieß ein Lachen aus, das ihn offenbar selbst überraschte. Als hätte er nicht erwartet, dass er heute Abend lachen würde. Dann kam er zu meinem Bett. Die Matratze gab unter seinem Gewicht nach. Ich rückte zur Seite, um ihm Platz zu machen.

Mein Puls beschleunigte sich wieder, und diesmal hatte es nichts mit Angst zu tun. Maz war noch nie mitten in der Nacht in meinem Zimmer gewesen! Meine verräterische Fantasie malte sich alle möglichen verräterischen Dinge aus.

Wie würde sich seine Haut unter meinen Fingern anfühlen?

Würde er auch noch nach Tannen und Sturm in den Bergen riechen, wenn er neben mir liegt?

Würde mein Name noch so klingen wie sonst, wenn er ihn mir ins Ohr flüstert?

Welche Seufzer würde er von sich geben, während ich mit den Händen durch sein Haar fahre?

Ich atmete tief aus und krallte mich in den dicken Stoff meiner Bettdecke. Dann zwang ich mich, den Kopf zu schütteln, um diese Gedanken loszuwerden.

Aus der Nähe sah Maz noch schlimmer aus. Seine Augen waren blutunterlaufen, und an seinem Kinn bildete sich gerade ein blauer Fleck, den ich vorher nicht bemerkt hatte. Für gewöhnlich war sein Erscheinungsbild stets tadellos: das Gewand ohne die kleinste ungehörige Falte, das Haar sorgsam frisiert, das Gesicht so sauber, als würden es die Elemente nicht wagen, ihn zu berühren.

Aber da war noch etwas anderes. Etwas, das nicht so offensichtlich war. Er trug eine Schwere in sich, die den ganzen Raum auszufüllen schien. Mein Blick heftete sich an den Bluterguss.

Wut stieg abrupt und heiß in meiner Brust auf.

«Was ist passiert? Wer hat dir das angetan?» Meine Stimme war wie ein scharfes Messer, das durch die schwere Stille schnitt. Doch zumindest schien es zu helfen, denn er schreckte aus seiner Starre auf.

«Woher willst du wissen, dass etwas passiert ist?» Seine dunklen Augen fanden meine. Der Mond brachte die goldenen Flecken in seiner Iris zum Leuchten.

«Weil du furchtbar aussiehst! Und du tauchst mitten in der Nacht in meinem Zimmer auf. Also musst du bei Sonnenuntergang losgeritten sein und hast das Tal im Dunkeln durchquert.» Ich legte den Kopf schief und starrte wieder auf den blauen Fleck. «Das hättest du nicht getan, wenn nicht etwas passiert wäre. Etwas Schlimmes.»

Er seufzte. Aber ich merkte, dass es kein Seufzer der Erleichterung war. Er wappnete sich für etwas. Dann wandte er sich mir zu, und diesmal fing der Schimmer des Mondlichts das Weiß seiner Augen ein und ließ die Dunkelheit in ihnen umso deutlicher hervortreten. Für einen Moment sah er nicht wie mein Maz aus, sondern dunkler. Wilder. Wie jemand, der fähig war, unaussprechliche Dinge zu tun.

Mein Maz.

Der Gedanke machte mich stutzig. Seit wann nannte ich ihn *meinen* Maz?

«Dani.» Er hauchte meinen Namen und hob seine Hand zu meinem Gesicht. Ich hielt den Atem an. War völlig gefangen in diesem Moment, in dem die schwielige Innenfläche seiner Hand auf meiner Wange ruhte. Etwas flatterte in meiner Brust, wie ein wilder Vogel, der herauswollte. Ein Falke, der sich in große Höhen hinaufschwang, um dann in einem atemberaubenden Sturzflug auf seine Beute herabzustürzen.

«Erzähl mir etwas Wahres.» Seine Worte waren rau, ein tiefes Kratzen, als hätte er Sand in der Kehle.

«Was?» Ich schüttelte den Kopf, um mich von dem Gefühl freizumachen, das seine Hand auf meiner Haut auslöste.

«Erzähl mir etwas Wahres. Etwas Reales.» Er sah mich ernst an, fast verzweifelt. Seine Lippen waren fest aufeinandergepresst, und der Muskel in seinem Kiefer zuckte. «Ich brauche jetzt irgendetwas Wahres.» Er ließ seine Hand von meiner Wange sinken, doch ich spürte noch immer seine Wärme auf meiner Haut.

«Maz, was ist los mit dir? Du bist irgendwie nicht du selbst.»

Er lehnte seine Stirn gegen meine. Mein Herz pochte zwischen uns – so laut, dass ich mich wunderte, warum er nicht nach unten schaute. Er hätte wohl gesehen, wie es von innen gegen meine lose Baumwollkurta schlug.

«Vahid hat meine Mutter getötet.»

Ich atmete tief durch meine Zähne ein, mit einem leisen Pfeifen. Hätte ich nicht noch immer krampfhaft meine Bettdecke umklammert – ich hätte meine Hand gehoben und ihm die menschliche Berührung gegeben, die er gerade zu brauchen schien.

Aber das war es nicht, was wir füreinander waren. Und ich war mir nicht sicher, ob er das überhaupt wollte.

Doch nun war er hier in meinem Zimmer. Saß auf meinem Bett. Sah mich mit diesem Blick an.

In meinem Kopf, meinem Herzen, meiner Lunge brach alles in sich zusammen. Nicht, dass ich nicht gewusst hätte, was ich wollte – aber ich wusste auch: Es könnte mich mehr kosten, mir das einzugestehen, als ich aufzugeben bereit war.

«Maz – es tut mir so leid.»

«Tu nicht so überrascht», sagte er mit bitterer Belustigung in der Stimme. «Du hast doch den Kaiser schon immer gehasst.»

Ich richtete meinen Blick wieder auf ihn. «Ich bin wirklich nicht überrascht, dass er etwas mit ihrem Tod zu tun hat. Er hat bei seiner Machtübernahme ganze Dörfer niedergebrannt! Du hast deine Eltern nicht mit eigenen Augen sterben sehen, ehe er dich fand. Vahid tut nie etwas ohne eine Absicht. Er handelt nie uneigennützig – und das weißt du.»

«Ich dachte nur immer, er sei ehrlich zu mir. Dachte, ich wüsste, woran ich bei ihm bin. Er hat meine Loyalität eingefordert, ja. Aber ich dachte, er hätte sie *uns* im Gegenzug auch gewährt. Der Handel erschien mir fair. Mir war nicht klar, dass ich von Anfang an übervorteilt wurde.»

Ich kaute auf meiner Unterlippe herum. Mein Blick fiel wieder auf den Bluterguss an seinem Kinn. «Wie hast du es herausgefunden?»

Was hat er mit dir gemacht?

«Er hat es mir gesagt.» Mazin presste die Lippen zusammen. «Als ich aus dem Norden zurückkam, nachdem ich es nicht geschafft hatte, die Rebellion dort niederzuschlagen. Der selbstgefällige Bastard kam zu mir und erzählte es mir einfach! Dass er mich all die Jahre belogen hat. Dass er sie getötet hat, als sie versuchte, zu uns zurückzulaufen. Dass ich ein Versager sei – genau wie sie.» Er rieb sich den Bluterguss an seinem Kiefer, und ich bemerkte, dass auch an seiner Lippe Blut klebte.

«Er hat mich geschlagen. Und er hat mich aufgefordert, zurückzuschlagen.» Er lachte bitter auf. «Wenn ich das getan hätte, hätte er mich ausgeweidet! Ich habe gesehen, wie er Leute von innen heraus verbrannt hat. Ihm hat es schon immer gefallen, alle denkbare Macht zu besitzen – und sie gegen jene einzusetzen, die keine haben.»

Ich schloss die Augen, um meine aufsteigende Wut zu zügeln. Es fiel mir schon immer schwerer als anderen, tröstende Worte zu finden. Und ich schaffte es nie, das Richtige zu sagen, um mein Gegenüber zu beruhigen. Ich war nicht warm und auch nicht weich oder freundlich.

Also sagte ich das Einzige, was für mich Sinn ergab.

«Wenn der Kaiser jetzt hier wäre, würde ich ihm die Kehle durchschneiden.» In der Dunkelheit meines Zimmers klang meine Stimme tief und rau.

«Seltsam – aber dadurch fühle ich mich tatsächlich besser.» Er lachte ein wenig, fuhr sich mit der Hand durchs Haar und schaute zur Decke. Ich folgte dem Weg seiner Finger mit meinen Blicken und biss mir auf die Unterlippe. «Das solltest du auch. Ich bin nämlich ziemlich geschickt mit dem Dolch.» Meine Stimme war nun leichter als zuvor, passte sich seinem Tonfall an.

«Als ob ich das nicht wüsste.» In seinen Augen lauerten noch immer Schatten, die ich um jeden Preis verjagen wollte.

Erzähl mir etwas Wahres.

Ich beugte mich näher zu ihm. Das Herz schlug mir bis zum Hals, doch meine Stimme war leise und ruhig. «Als ich dich das erste Mal gesehen habe, wollte ich dir am liebsten den Hals umdrehen.»

Maz starrte mich an – und stieß ein ungläubiges Lachen aus. «Ich weiß, dass du nicht besonders sensibel bist. Aber vielleicht ist jetzt nicht der ideale Zeitpunkt, um ausgerechnet darüber zu sprechen.» Er legte den Kopf schief. «Mal abgesehen davon wollte ich dir damals auch den Hals umdrehen.»

Ich schluckte meine Panik herunter und sprach weiter: «Ich glaube, du bist ein fast so guter Schwertkämpfer wie ich.» Meine Worte sprudelten aus mir heraus wie heißer Chai. Sie vertrieben die Kälte, die sich ins Zimmer eingeschlichen hatte, als Mazin über den Tod seiner Mutter sprach.

Sein Gesicht hellte sich auf, als ihm klar wurde, was ich hier gerade versuchte. «Dani ...»

Ich sprach einfach weiter. Mein Atem ging so schnell, als ob ich gerannt wäre, denn ich wollte mich von ihm nicht davon abhalten lassen, weiterzureden. Wenn er mich jetzt aufhielt, würde ich nie herausbringen, was ich als Nächstes sagen wollte.

«Manchmal, wenn wir kämpfen, muss ich einfach deine Arme anstarren. Und dann bin ich ganz abgelenkt von dem Anblick.» Mein Gesicht war unglaublich heiß – ein Wunder, dass nicht der ganze Raum davon beleuchtet wurde. Aber nun hatte ich es ausgesprochen.

Ich hatte ihm etwas Wahres erzählt.

Vielleicht etwas zu *Wahres.*

Maz stieß einen Laut aus, den ich nicht ganz einordnen konnte. Aber ich machte einfach weiter. Ich konnte das. Ich konnte weitermachen. Es ging nicht mehr nur um ihn – es ging auch um mich. Was war mein Leben wert, wenn ich nicht ehrlich zu den Menschen sein konnte, die mir am meisten bedeuteten?

Erzähl mir etwas Wahres.

Ich konnte jetzt nicht mehr aufhören.

«Die anderen Mädchen im Dorf sind neidisch, weil ich so oft mit dir zusammen bin. Lange konnte ich nicht verstehen, warum.» Meine Stimme wurde weicher.

Ich knetete die Falten meiner Kurta in meinen Händen und hielt seinen Blick fest. Dabei spürte ich ein ungewohntes Flattern in mir, hatte das Gefühl, von einer Klippe zu stürzen. Meine Angst entsprang diesen getriebenen dunklen Augen, die mich ansahen – und den Worten, die so schnell aus meinem Mund sprudelten, dass ich sie nicht zurückhalten konnte.

«Aber als wir mehr Zeit miteinander verbrachten, verstand ich es schließlich», fuhr ich fort. «Weil du mehr Ehre in deinem kleinen Zeh hast als der Kaiser in seinem ganzen Körper! Sie *mögen* dich, weil du anziehend auf andere wirkst. Du bist mutig, stark und *gut*. Ich soll dir etwas Wahres erzählen – doch die einzige Lüge, die ich je aussprechen würde, ist, wie viel du mir bedeutest. Denn es macht mir viel zu viel Angst, dir das zu sagen.»

Maz' Atem stockte. Sein Mund öffnete sich – aber es kam kein Laut heraus. Er sah so überrumpelt aus, wie ich mich fühlte.

Die Worte hingen zwischen uns in der Luft. Ich konnte sie nicht mehr zurücknehmen. So unangenehm es mir auch war, meine Gefühle offen auszusprechen – es war viel unangenehmer gewesen, sie zu verbergen. Wie eine stählerne Maske, die mich langsam niederdrückte.

«Der Kaiser hat dich belogen, und das tut mir leid.» Ich rückte näher an ihn heran. Mein Ton war ernst. «Aber du hast dir und deiner Schwester ein Leben aufgebaut! Und das solltest du nicht bereuen. Du musst Vahid nicht für immer folgen. Musst nicht für den Rest deines Lebens nach seiner Pfeife tanzen.»

Maz streckte die Hand aus – und tat, was ich mich nicht getraut hatte. Er berührte wieder meine Wange. Sein Daumen strich über meine Unterlippe. Vor Überraschung atmete ich scharf ein. Mit dieser Berührung hatte er mich überrumpelt! Sein Finger strich so sanft über meinen Mund – und doch fühlte es sich an, als würde er mit wildem Feuer auf meiner Haut malen.

Er beugte sich zu mir vor, so nah, dass seine Lippen nur Zentimeter von meinen entfernt waren. So verharrten wir für einen Moment, wie auf einem Tableau. Doch die Dunkelheit machte mich mutig! Ich überwand den Abstand zwischen uns, drückte meine Lippen auf seine. Mein Mund fing sein Keuchen auf, und wie zur Antwort seufzte ich auch.

Etwas in meiner Brust entfachte sich!

Ich hatte ihn überrascht, das merkte ich wohl – aber nicht für lange. Bereits eine Sekunde später erwiderte er meinen Kuss. Wir begegneten uns mit Inbrunst, erforschten und erkundeten gemeinsam dieses Neuland. Er fuhr mit den Händen zu meinem Hinterkopf, kämmte mit den Fingern durch mein Haar, neigte meinen Kopf nach hinten. Mein Mund öffnete sich weiter, und unsere Zungen trafen sich in einem heißen, wilden Rausch.

Es machte mich schwindelig. *Er* machte mich schwindelig! Ich seufzte an seinem Mund, und seine Zähne knabberten an meiner Unterlippe. Meine Hände griffen nach dem Kragen seiner Kurta und zogen ihn näher zu mir, als wollte ich ihn verschlingen.

Es war alles so neu – und doch auch wieder nicht. Wir hatten uns schon so lange auf diesen Punkt zubewegt, dass sich alles Weitere völlig natürlich anfühlte. Er küsste mich, meine Hände auf seiner Brust, seine Finger in meinem Haar.

Schließlich löste er sich von mir und holte tief Luft. Ich musterte ihn und wollte sehen, wer wir jetzt waren – ob er immer noch Maz war und ich immer noch Dani. Ob wir noch dieselben waren wie früher.

Schließlich brach er das Schweigen: «Du glaubst also wirklich, ich kann genauso gut mit dem Schwert umgehen wie du?»

Ich schlug ihm kräftig gegen die Schulter, und er fiel lachend auf das Bett zurück.

«Das ist das *Einzige*, was dir jetzt einfällt?» Ich warf ihm einen finsteren Blick zu, konnte mir aber ein Lächeln nicht verkneifen. Wir hatten uns geküsst. Ich konnte ihn noch immer auf meinen Lippen schmecken. Und doch lachten wir zusammen, als hätte sich dadurch nichts geändert.

Obwohl sich doch alles verändert hatte.

«Ich glaube, ich sagte: *fast* so gut.»

Er schüttelte den Kopf. «Nein, du hast eindeutig gesagt: *genauso* gut.» Er grinste mich an.

«Du wolltest, dass ich dir etwas Wahres erzähle. Also habe ich dir eben ein paar Sachen erzählt.» Ich verschränkte die Arme vor der Brust. «Und wir haben ein paar Sachen *getan*.»

«Nur eine Sache», sagte er weich. Sein Schmerz war immer noch da, ich konnte ihn hinter seinen Augen erkennen. Aber die Schatten schienen weniger tief zu sein. Und obwohl ich ihn nicht nur geküsst hatte, um ihm den Schmerz zu nehmen, war ich doch froh, dass es geholfen hatte.

«Meine Arme lenken dich also ab? Dann sollte ich wohl öfter mit nacktem Oberkörper gegen dich kämpfen. So würde ich vielleicht öfter gewinnen.»

Ich rollte mit den Augen. «Maz – ich habe immer noch einen Dolch. Und keinerlei Hemmungen, ihn zu benutzen!»

Er beugte sich zu mir, sein Gesicht war nun ernst. Ich atmete seinen Duft ein: die Frische eines Bergwaldes am Morgen. Die Behaglichkeit einer dicken Bettdecke, während ich darauf wartete, dass das Unwetter vorüberzog. Richtig fühlte sich das an. Dieser Kuss. Und das, was auch immer zwischen uns war. Was zwischen uns gewachsen war, bei unserem Training, den Kämpfen Seite an Seite, unserer erbitterten Rivalität … Es fühlte sich richtig an.

«Du bist mir auch wichtig, Dani.» Seine Stimme war feierlich, erfüllt von einer Sanftheit, wie ich sie noch nie bei ihm gehört hatte. Mein Herz fühlte sich an, als stünde es in Flammen, als würde sein Feuer den ganzen Raum erhellen.

«Und nur fürs Protokoll», fügte er hinzu, wobei seine Stimme wieder neckisch klang, «ich glaube nicht wirklich, dass ich dir mit dem Schwert ebenbürtig bin.»

Ich lächelte leicht, immer noch abgelenkt von dem, was er mir gestanden hatte. Von dem Kuss – und dem, was das jetzt für uns bedeutete.

Er schluckte, sein Adamsapfel hüpfte auf und ab. «Und danke, dass du mich etwas anderes fühlen lässt als alles verzehrende Wut. Denn mir blieben nur zwei Möglichkeiten: entweder den Kaiser zu ermorden – oder direkt hierherzukommen.»

Und er hat sich für mich entschieden.

Allein mit diesen Worten sagte er mir so viel!

Er hatte *mich* vorgezogen und nicht seine Rache, trotz der

brodelnden Gefühle, die jetzt in ihm toben mussten. Obwohl er nun wusste, dass der Mann, der ihn großgezogen hatte, seine Mutter ermordet hatte – er gab nicht der Wut nach, sondern suchte bei mir Trost.

«Bist du deshalb in der Dunkelheit durch die kalte Wüste geritten?», fragte ich und musterte erneut seine schlammige Kleidung, den zerrissenen Ärmel.

Er nickte und legte seine Hand auf meine. «Ich wusste, wenn ich nur hierherkäme – wenn ich dich nur sehen könnte –, würde es mich davon abhalten, etwas Unüberlegtes zu tun. Ich wusste, dass wir über alles reden könnten. Dass ich nichts tun würde, was Anam in Gefahr bringt. Denn wenn ich mich gegen Vahid wende, wird er nicht mich vernichten, sondern sie. Und das weiß er ganz genau: Er weiß, dass er durch meine Schwester Macht über mich hat. Also bin ich hierhergekommen.» Ein verlegenes Lächeln umspielte seine Lippen. «Weil ich wusste, dass du mir sagen würdest, ich solle mich beruhigen.»

Ich betrachtete ihn, und Hitze stieg in meinem Magen auf. «Aber du weißt schon, dass ich dir geraten hätte, dem Kaiser das Herz herauszuschneiden.»

Er lachte, und der Klang ließ mein Herz höherschlagen. «Ja. Aber du erdest mich auch! Im Kampf handelst du nie unüberlegt. Du gehst immer kalkuliert vor, immer präzise. Als wüsstest du, welchen Zug ich machen werde – noch bevor ich ihn mache. So will ich auch sein! Wenn ich Vahid zu Fall bringe, werde ich das ganz genau planen.» Er schaute aus meinem Schlafzimmerfenster, und ich folgte seinem Blick.

Von dieser Seite des Hauses aus konnte man die Lichter der Stadt in der Ferne leuchten sehen. Man konnte fast ihre Umrisse ausmachen, den gewaltigen Palast, der auf dem Hügel thronte. Der Ort, wo der Kaiser all seine Macht ausübte.

Ich nickte verständnisvoll. «Du willst Gerechtigkeit für deine Mutter.»

«Ich will Vergeltung!» Er riss seinen Blick vom Fenster los. «Ich will die Gewissheit, dass meine Mutter nicht umsonst gestorben ist. Dass es ihrem Sohn nicht egal war, was mit ihr passiert ist.» Er klammerte sich so fest an die Bettkante, dass seine Finger zitterten. Wenn der Kaiser jetzt hier wäre, könnte Maz sich womöglich nicht zurückhalten.

Und ich würde ihm helfen.

Das Miauen einer Katze schreckte uns beide auf. Jalebi sprang auf mein Bett und rieb ihren dunklen Körper an Maz. Er lachte, während er sie hinter den Ohren kraulte. Ihr Schnurren ließ das ganze Bett erbeben. Ich aber war froh über die Unterbrechung. So konnte ich meine Gedanken sammeln – eine Atempause in dem Sturm, zu dem sich diese Nacht entwickelt hatte.

«Verräterin.» Ich deutete mit einem Nicken auf Jalebi. «Sie will wahrscheinlich bei dir schlafen.» Ich spürte, wie sich mein Gesicht bei meinen Worten erhitzte. Und ich merkte erst, was sie bedeuteten, als sie mir schon aus dem Mund gesprungen waren. Nun hingen sie zwischen uns. *Wollte ich auch neben ihm schlafen?*

Aber Maz reagierte gar nicht darauf. Stattdessen kraulte er Jalebi den Bauch und schlug ihre Pfoten weg, als sie versuchte, ihn zu kratzen. Er lächelte. Dann schloss er die Augen, schien alles andere ausblenden zu wollen. Zum ersten Mal fiel mir auf, wie müde er aussah. Die Ringe unter seinen Augen waren wie dunkle Krater in seinem Gesicht.

«Ich sollte wahrscheinlich etwas schlafen. Ich bin den ganzen Weg hierher durchgeritten und habe nicht daran gedacht, wie erschöpft ich anschließend sein würde.» Er wollte aufstehen. «Ich gehe in den Hauptraum und lege mich dort auf den Diwan.»

«Schlaf doch einfach hier», platzte es aus mir heraus. Ich war dankbar, dass er im Dunkeln nicht sehen konnte, wie rot mein Gesicht wurde. Aber ich hatte ihn gerade geküsst. Ihm gesagt, dass ich seine Muskeln bewunderte. Dass er mir etwas bedeutete – da konnte ich unmöglich wegen so etwas verlegen sein!

Er zögerte. Seine Blicke huschten durch das Zimmer, schienen nach einem sicheren Ort zu suchen, auf dem sie zur Ruhe kommen konnten. «Bist du dir sicher?»

«Natürlich. Hier wirst du es ruhiger haben als im Hauptraum. Mein Vater wacht bei Sonnenaufgang auf und beginnt dann mit dem Schmieden.» Ich kaute auf meiner Unterlippe – nicht ganz sicher, was ich damit sagen wollte. Aber eines wusste ich sicher: Ich wollte nicht, dass er ging.

Wir hatten etwas Gewaltiges miteinander geteilt! Ich konnte unmöglich wieder einschlafen, wenn ich wusste, dass er im Nebenzimmer lag und genau wie ich an die Decke starrte.

Maz blickte vom Bett zur Tür.

«Es ist wirklich in Ordnung. Also hör schon auf, dich zu sträuben – das macht die ganze Sache nur noch seltsamer», sagte ich mit einem Lachen in der Stimme. Doch mein Herz schlug so schnell, dass es wahrscheinlich gleich aus meiner Brust hüpfen würde. Er musterte mich mit demselben wilden Blick wie vorhin – ich spürte ihn bis in meine Magengrube. Ich wandte mich von ihm ab, wagte es nicht länger, diesem intensiven Blick zu begegnen. Stattdessen rutschte ich auf die andere Seite des Bettes und drückte mich an die Wand, um ihm Platz zum Hinlegen zu geben.

Das Bett gab unter seinem Gewicht nach. Ich hielt so lange den Atem an, bis meine Lunge brannte. Er schob seinen Körper unter die Bettdecke und legte seinen Kopf auf das Kissen neben mir.

Mein eigener Körper aber war wie eingefroren.

Ich war zu nervös, um auch nur Luft zu holen – also ließ ich meinen Atem in flachen Stößen entweichen. Ein gehauchtes Lachen streifte mein Haar; Maz hatte es sich hinter meinem Rücken gemütlich gemacht.

Ich wurde stutzig und drehte den Kopf, um ihn anzusehen. «Was?»

«Das ist, als würde man neben einem steifen Holzbrett liegen!»

Mein Blut geriet vor Wut in Wallung, und mein Gesichtsausdruck verfinsterte sich. «Entschuldige bitte», erwiderte ich und verschränkte die Arme vor der Brust. «Aber ich habe eben noch nie neben einem Jungen geschlafen.» Ich rückte so weit wie möglich an den Rand des Bettes, um mehr Abstand zwischen uns zu bringen. «Ich bleibe am besten hier drüben.»

«Nein. Tu das nicht.» Er räusperte sich. Ich spürte seine Wärme hinter mir, als er näher an mich heranrutschte. Jedes einzelne Nervenende in meinem Körper wurde lebendig, als er sich gegen meinen Rücken drückte. Die Rückseite meiner Beine schmiegte sich an die Vorderseite seiner Oberschenkel. Seine feste Brust war wie eine Wand hinter mir, mein Hintern schmiegte sich in die Kuhle am Ansatz seiner Schenkel. Gerade, als ich glaubte, die unangenehme Stille nicht mehr ertragen zu können, schlang sich sein Arm um meine Taille – und sein Körper presste sich noch enger an mich. Ich atmete tief aus.

«Ist das in Ordnung so?» Seine Stimme klang zögernd und rau. Wenn das überhaupt möglich war, machte ihn das noch anziehender für mich.

Ich lächelte vor mich hin, und mein Herz wurde leichter. Dann legte ich meine Hand auf seine. «Ja.»

«Du kannst dich jetzt entspannen», murmelte er in mein Haar, und es hörte sich schläfrig an. «Ich bin es, der sich Sorgen machen sollte. Immerhin schläfst du jede Nacht mit einem Dolch unter deinem Kopfkissen.»

Die Muskeln in meinem Körper entspannten sich. Ich ließ das Gefühl der Ungewissheit los, auch wenn mein Herzschlag immer noch in meinen Ohren pochte. Aber jetzt, da er neben mir lag, fühlte sich das ganz natürlich an. Als ob wir das schon unser ganzes Leben lang so gemacht hätten.

«Wenigstens bin ich vorbereitet, falls mitten in der Nacht jemand in mein Zimmer einbricht, der aussieht wie ein Wüstenräuber», erwiderte ich.

Sein tiefes Lachen vibrierte an meinem Körper. Ich schloss die Augen und spürte, wie die Schwingungen durch mich hindurchliefen.

«Ein Wüstenräuber? Das klingt ja ziemlich verwegen.»

Mir entfuhr ebenfalls ein Lachen. Es endete abrupt, als plötzlich seine Daumenkuppe an der Unterseite meines Arms entlangstrich. Mein Magen machte einen Hüpfer. Doch es war eine langsame, zufriedene Berührung. Sie fühlte sich beruhigend an und nicht so, als ob er irgendetwas versuchen würde. Ich ließ mich gegen ihn sinken, und zwischen uns machte sich eine tiefe, angenehme Stille breit. Sein Atem ging gleichmäßig. Seine Hand löste sich und fiel sanft auf meine Taille. Meine Lider wurden schwer, aber ich wollte noch ein wenig länger wach bleiben, um dieses Gefühl auszukosten. Um zu genießen, wie sich seine Arme zum ersten Mal um mich legten.

Ich war sicher, dass er schon schlief – bis er noch etwas sagte.

«Danke, Dani.»

FÜNFUNDZWANZIG

Erzähl mir alles!» Die Kutsche war kaum losgefahren, als ich auch schon Noor bedrängte – auch, um den Gedanken daran aus meinem Kopf zu vertreiben, wie Mazin meine Hände an seine Lippen presste.

«Also: Während du Mazin schöne Augen gemacht hast, habe ich ein paar nützliche Informationen gesammelt. Die Sicherheitsvorkehrungen im Palast sind grauenhaft! Ich habe es geschafft, in die Küche zu gelangen und ein wenig mit den Küchenmädchen zu plaudern.»

Ich lehnte mich zurück. Wir fuhren gerade über eine Bodenwelle und wirbelten dabei eine Staubwolke auf. Noor musste husten und rieb sich die Augen.

«Was hast du dabei in Erfahrung gebracht?» Ich wollte nicht warten, bis sie den Staub endlich losgeworden war. Denn ich musste unbedingt mit dem Plan weitermachen! Zurück zur Realität finden. Zurück zu meinem Hass auf Mazin. Ich spürte, wie ich in alte Muster rutschte, und verfluchte mich für die Macht, die er noch immer über mich hatte.

«Es gibt in der Stadt eine Gruppe von Rebellen», erklärte Noor, während sie sich noch immer den Schmutz aus den Augen rieb. «Sie kämpfen gegen Kaiser Vahid und bezeichnen ihn als Thronräuber. In ganz Basral haben sie bereits für erheblichen Ärger gesorgt. Vahid versucht anscheinend, sie zum Schweigen zu bringen, indem er jeglichen Protest brutal niederschlägt.»

«Darum also heute diese furchtbare Machtdemonstration. Anam erwähnte etwas Ähnliches: dass es vor Kurzem einen Aufruhr gab, der in einem Blutbad endete. Und Mazin war dabei.»

Noor nickte. «Ja, Mazin war dort. Die Rebellen wollten Vahid stürzen und ihm die Kontrolle über alles Zoraat im Reich entreißen. Sie sagen, er gehöre nicht auf den Thron. Er habe ihn lediglich von einem Dschinn geschenkt bekommen.»

«Kein sonderlich originelles Argument», erwiderte ich und blickte aus der Kutsche auf die rot-goldenen Straßen der Stadt um uns herum. Der Fahrtwind peitschte durch mein Haar, und einige Leute wandten sich neugierig nach uns um. Die meisten jedoch hielten ihre Köpfe ängstlich gesenkt und huschten durch die Straßen davon, als sie das Geräusch der nahenden Kutsche hörten. Natürlich reagierten sie so! Wenn sie auch nur die geringsten Anzeichen von Widerstand zeigten, würde der Kaiser sie bei lebendigem Leib verbrennen.

Vahid hatte einst Freiheit versprochen. Dass jeder seine eigenen Entscheidungen treffen konnte. Einen Weg aus der Armut. Stattdessen hatte ihn die Macht der Dschinn korrumpiert.

«Vahid selbst verbreitet die Geschichte, dass ihn ein Dschinn mit dem Zoraat beschenkt hätte. Darum sei es ihm vorherbestimmt, zu herrschen. Dabei wurde er in Wahrheit von der Magie des Unsichtbaren korrumpiert und strebt die totale Kontrolle an.»

Ich verkrampfte meine Finger und musste an die letzte Dosis Zoraat denken, die ich erst heute Morgen eingenommen hatte. Und an die schwarze Ranke, die sich wie eine Schlange unter der Haut meines Fingers wand. Ich war mir immer noch nicht sicher, ob ich sie überhaupt wirklich gesehen hatte. Aber wenn ich nicht aufpasste, könnte ich genauso machtgierig werden wie Vahid! Bei alledem durfte ich nicht zulassen, dass die Magie der Dschinn mich vereinnahmte.

«Zumindest wollen die Rebellen dasselbe wie wir», meinte Noor und beugte sich zur Seite, um ebenfalls auf die vorüberziehende Stadt hinauszuschauen. Der Wind streifte die Spitzen ihrer kurzen Locken, und in der Nachmittagssonne wirkte sie plötzlich viel jünger. Irgendetwas hatte sich an ihr verändert; etwas, das ich nicht recht greifen konnte. Sie schien ein wenig verschlossener zu sein, seit wir aus dem Palast gekommen waren. Ich fragte mich, ob der Aufenthalt in Vahids Residenz sie an Souma erinnert hatte.

«Ich glaube jedenfalls, hier eröffnet sich uns eine Möglichkeit», fuhr sie fort.

«Du meinst, wir sollten mit ihnen zusammenarbeiten? Mit den Rebellen?» Ich lehnte mich gegen das weiche Polster und verschränkte die Arme vor der Brust.

Das war gar keine schlechte Idee. Die Saat der Feindschaft war bereits ausgesät – wir mussten sie nur noch wachsen lassen.

«Wir sollten sie zumindest in ihrer Sache unterstützen. Sie wollen dasselbe wie wir: dass dieses Lügenimperium fällt.» Sie zögerte kurz und sah mich an.

Ich bemerkte ihre Nervosität. «Was ist los?»

«Wir könnten das Zoraat auch auf ... andere Weise nutzen. Auf eine Art, mit der Vahid nicht rechnen wird.»

Ich blickte wieder auf die Straße. Eine Mutter kniete auf dem Boden und hielt ihr Kind umklammert, es schien krank zu sein. Sie klagte laut und verzweifelt, schrie um Hilfe. Die Leute gingen einfach an ihr vorbei, überließen sie ihrem Elend. Ich ließ unseren Kutscher anhalten und reichte ihm einen Beutel mit Münzen, den er der Frau übergab.

Der Kaiser verfügte über die Mittel und die Macht, diesen Menschen zu helfen. Aber er hatte sich dafür entschieden, das nicht zu tun. Am Ende würden es seine eigenen Taten sein, die ihn zu Fall brachten – nicht wir.

Der Gedanke, das Zoraat dafür zu benutzen, ließ mich allerdings zögern. Das Gefühl der Macht, die durch meine Fingerspitzen floss, war viel verführerischer, als ich zunächst gedacht hatte. Ich brauchte nicht die volle Kraft des Zoraat, um meine Rache zu vollenden.

Aber vielleicht ging es auch um mehr als nur um meine Rache. Vielleicht ging es darum, Basral – und dem Kaiserreich – die Hoffnung auf Veränderungen zu geben. Und vielleicht war es an der Zeit, die Dinge zu beschleunigen.

«Sag mir, wie», forderte ich Noor auf, während ich weiter die schluchzende Frau beobachtete. Sie hielt den Beutel mit Münzen krampfhaft umklammert und eilte mit ihrem Kind auf dem Arm zum nächsten Heiler.

«Als ich für Souma gearbeitet habe, haben wir verschiedenste Mischungen entwickelt: Mischungen, um die Ernte gedeihen zu lassen. Um Regen zu bringen. Um den Lehmboden mit Fruchtbarkeit zu tränken. Der Kaiser nutzt das alles, um die Erträge seiner eigenen Felder zu vergrößern. Um die Ernte-Mengen und damit die Preise der Feldfrüchte zu kontrollieren. Aber ich kann auch das Gegenteil bewirken.»

Ich kaute auf meiner Unterlippe. «Du meinst, du willst die Ernten ins Visier nehmen?»

«Ja. Die Ernten. Und den Viehbestand! Wir erschaffen eine Seuche, mit der sie niemals gerechnet hätten.»

«Dann würden alle glauben, Vahids Herrschaft wäre verflucht», murmelte ich, während ich mir ihren Plan durch den Kopf gehen ließ. «Und immer mehr Menschen werden sich gegen ihn erheben.» Ich spielte mit einer Quaste, die den Saum meines Ärmels zierte. «Aber die Menschen werden Hunger leiden. Sie werden sterben.»

«Nicht, wenn wir unsere eigenen gut gefüllten Vorratslager haben. Wir könnten Land am Rande der Stadt kaufen.»

«Das ist ein guter Plan.»

Sie grinste. «Siehst du, ich bin doch nützlich – auch wenn ich nicht kämpfen kann.»

«Ich habe nie behauptet, dass du nicht nützlich bist, weil du nicht mit dem Schwert umgehen kannst. Ich sagte lediglich, dass du mit Kampffähigkeiten *noch nützlicher* wärst», korrigierte ich sie. «Und außerdem hat dieser Plan einen schönen Vorteil: Wir können Vahid zu Fall bringen, ohne verdächtig zu wirken – während sein Imperium um ihn herum von selbst zerfällt.»

«Wir untergraben seine Herrschaft, ohne ihm auch nur nahekommen zu müssen», stimmte Noor zu.

Ich leckte mir über die Lippen und schmeckte die Reste der Rosenblüten aus dem gekühlten Tee im Palast. Dabei fragte ich mich kurz, ob Mazin in seinem Mund denselben Nachgeschmack hatte wie ich. Rasch schüttelte ich mich, um meine Gedanken nicht noch weiter in die Falle tappen zu lassen, die er darstellte.

Noch mehr Zoraat, als ich ohnehin schon konsumierte, wollte ich eigentlich nicht einsetzen. Aber wenn ich die Herrschaft des Kaisers mit dieser Magie sabotieren konnte, dann war es die Sache wert.

Mein Körper reagierte mit einem dunklen Hochgefühl auf die Vorstellung, noch einmal über die Dschinn-Macht zu gebieten.

Es war wie ein Juckreiz in meinem Hinterkopf – ein ständiges Verlangen, das aus einem Riss zu sickern schien, der sich gerade neu gebildet hatte. Aber wenn ich mehr Zoraat nahm, dann nicht, weil ich es wollte – sondern nur, um unsere Pläne in die Tat umzusetzen! Sobald das alles erledigt war, würde ich aufhören, es zu konsumieren.

Eine beunruhigende Stimme flüsterte am Rand meiner Gedanken – dieselbe Stimme, die zu mir gesprochen hatte, als ich das Zoraat zum ersten Mal berührt hatte.

Rache.

Das Wort lag im Geflüster des Windes.

Mehr.

Mit einem leisen Seufzer ergab ich mich seiner Verlockung.

Diese Stimme hatte gewusst, was ich wollte – und sie hatte den Geschmack der Ungeduld auf meiner Zunge gekostet. Es fühlte sich wild und aufwühlend an, ihr zu lauschen – aber irgendwie auch so, als würde ich mich gleich in der Dunkelheit von einer Klippe stürzen.

Der Rausch, der mich überkam, wann immer ich das Zoraat einnahm, machte mir Angst. Was auch immer diese Stimme war – was auch immer das Zoraat jedes Mal mit mir machte –, ich wollte nicht zu sehr darüber nachdenken. Denn hinter dieser Angst steckte etwas Dunkleres. Etwas Gefährliches.

Hunger.

Es zerrte an mir, ein verzehrendes Bedürfnis, das bei jedem Atemzug durch meine Adern pulsierte.

«Bereite die Zoraat-Mischung vor, mit der wir Vahid stürzen werden», sagte ich zu Noor und wandte mich wieder zu ihr. In ihren Augen las ich das, was ich gerade auch in meinem Herzen spürte. Es war nicht wirklich Glück – eher etwas, das an Zufriedenheit erinnerte.

«Misch mir etwas zusammen, das diese Stadt in Fetzen reißen wird.»

«Was genau schaue ich mir hier eigentlich an?»

«Warte nur ab.»

«Meinst du sie?»

Ich zeigte auf die attraktive Frau vor dem Schulhaus, einem weiß getünchten Gebäude, das sich in dem wohlhabenden Viertel im Norden der Stadt erhob. Hier waren wir weit entfernt vom Unrat und Gestank jener Baracken, in denen sich die Unzufriedenheit über die steigenden Lebensmittelpreise und Vahids Monopol auf die Magie der Heiler zusammenbraute.

Hier roch die Luft süß, und die Kinder und selbst die streunenden Hunde waren gut genährt.

Die Frau, auf die ich gerade deutete, stand wartend vor der Schule. Ihr Haar war mit einem smaragdfarbenen Dupatta verhüllt, und sie trug eine einfache weiße Kurta. Eine laute Glocke ertönte, und die Kinder strömten aus dem Schulhaus. Einige rannten zum Spielen in den nahe gelegenen Park, andere stoben in alle Richtungen davon.

«Ja, sie», hauchte Noor.

Ich folgte ihrem Blick zu einem jungen Mädchen, nicht älter als sechs Jahre. Sie trug eine adrette Uniform und hielt ihre Schultasche wie einen Schutzschild vor sich.

Die Frau mit dem grünen Dupatta nahm sie an der Hand, und gemeinsam gingen sie los. Sie folgten einer Straße mit schönen und offensichtlich teuren Häusern in der Nähe des Palastes.

«Dieses Mädchen ist das, was für Casildo am wertvollsten auf der Welt ist.» Noor verschränkte ihre Arme vor der Brust und nickte.

«Casildo hat also eine Tochter.» Die neue Erkenntnis ließ mich tief ausatmen. «Und sie lebt nicht bei ihm.»

«Eine Tochter mit seiner Geliebten. Er hält sie versteckt. Bei meinen heimlichen Nachforschungen habe ich in Erfahrung gebracht, dass er mehr Feinde hat als nur dich. Er hat schon viele Leute in Basral betrogen. Hat Menschen verraten, weil sie sich nicht an die Regeln gehalten haben, die er selbst ständig bricht.»

«Mit anderen Worten: Er hält seine Tochter geheim, falls diese Menschen versuchen sollten, ihm zu schaden.»

«Aber wir haben sie entdeckt.»

Ich starrte der kleiner werdenden Gestalt des Mädchens hinterher, das in seine pummeligen Beine erst noch hineinwachsen musste. «Ja, das haben wir.»

Noor machte sich daran, auf dem Schminktisch neben meinem Bett die Mischungen zuzubereiten, mit denen wir die Ernte des Kaisers vernichten würden. Sie zermahlte die verschiedenfarbigen Samen mit einer Geschicklichkeit, die von langer Übung zeugte. Sie musste das Zoraat hier, in meinem Zimmer, mischen, weil die Dienerschaft nichts davon mitbekommen durfte. Wir konnten nicht riskieren, dass jemand die äußerst wertvolle Dschinn-Magie des Kaisers in unserem Haus bemerkte – ihr Konsum wurde schließlich streng kontrolliert. Ich beäugte die ockerfarbenen Häufchen, wusste, dass ich sie bald einnehmen würde. Dass ich dann über eine neue Macht des Zoraat gebieten würde. Ich gab mir alle Mühe, die Aufregung zu dämpfen, die bei diesem Gedanken durch meinen Körper strömte.

Jedes Mal, wenn ich Zoraat einnahm, spürte ich den gleichen brennenden Schmerz – aber auch eine akute Welle der Erleichterung. Und hinterher fühlte ich stets tief in meinem Rachen das Bedürfnis nach mehr.

Ich wusste, was das für ein Gefühl war. Baba hatte es mir erklärt, als wir einmal in Basral waren und ich dort Männer sah, die ihr Bewusstsein in Flaschen mit dunklem Alkohol ertränkten – oder Kinder, die ihre Mutter zu einem Heiler schleppen mussten, nachdem die sich bis zur Bewusstlosigkeit mit Drogen vollgepumpt hatte.

Wenn ich nicht aufpasste, würde das Zoraat auch mich verschlingen. Aber solange ich meine Rache vor mir hatte, würde mein Bedürfnis nach ihrer Erfüllung stets obsiegen.

«Du wirst ihr doch nicht wehtun, oder?»

Noors vorsichtige Stimme durchbrach meine Gedanken. Sie sah nicht zu mir auf, sondern fuhr damit fort, die bunten Samen zu zerstoßen und das Pulver in kleinen Häufchen zu sortieren.

Ich ließ meinen Dolch auf dem Tisch kreisen und beobachtete, wie das Licht auf der Klinge spielte. Ich musste nicht fragen, wen sie meinte. Meine Gedanken waren nicht zur Ruhe gekommen, seit ich Casildos Tochter gesehen hatte: ein Wesen mit zwei tiefen Grübchen in den Wangen und einem ebenso tiefen Vertrauen in die Welt.

«Wir werden ihm exakt das antun, was er mir angetan hat.» Ich griff mir den Dolch und schleuderte ihn auf die mittlerweile bereits stark mitgenommene Wand neben der Tür. «Aber mach dir keine Sorgen. Ich werde Casildo eine Wahl lassen.»

«Das beantwortet nicht meine Frage.»

«Er hält seine Tochter aus einem bestimmten Grund versteckt. Also hat er Angst um sie.» Ich kaute an meinen Nägeln – einer der wenigen Teile meines Körpers, der sich vertraut anfühlte. «Wahrscheinlich befürchtet er, dass ihm jemand das antun könnte, was er meinem Vater angetan hat. Was er *mir* angetan hat.»

Ich sah zu Noor auf. «Die Menschen, die Angst verbreiten, haben selbst am meisten Angst. Und nein – ich habe nicht vor, dem Kind etwas anzutun.»

«Nun, im Moment kommen wir jedenfalls nicht an ihn heran. In seinem Haus gibt es ja mehr Wachen als im Palast!»

«Weißt du, wie oft ich versucht habe, aus dem Gefängnis zu entkommen?», fragte ich sie und musste an jeden einzelnen Ausbruchsversuch zurückdenken, bevor Noor durch den Boden meiner Zelle gebrochen war.

Noor schüttelte den Kopf.

«Mindestens zehn Mal! Und bei jedem Versuch habe ich gründlicher gelernt, dass kein Hindernis unüberwindbar ist. Man braucht nur die richtige Gelegenheit.»

«Und die wäre?»

Ich nahm einen weiteren Dolch in die Hand und zielte wieder auf die Tür. «Wir werden uns eine schaffen.»

Bald darauf suchte ich einen alten Freund meines Vaters im Süden von Basral auf. Er war ebenfalls Schwertschmied, und mein Vater hatte ihn immer besucht, wenn er den Kaiser mit Waffen belieferte. Ich wusste, dass der Mann ein Lager voller Schwerter besaß, die er niemandem zeigte. Mein Vater hatte die Klingen jedes Mal bestaunt. Er verkaufte die Waffen an niemanden, und kaum jemand wusste von ihnen. Doch sobald ich den Namen meines Vaters nannte, öffnete er jenen besonderen Lagerraum und holte den schönsten Krummsäbel heraus, den ich je gesehen hatte.

«Man sagt, dies sei der Säbel, mit dem der Held Naveed den Azi getötet hat», flüsterte er mir zu und forderte mich auf, die Klinge zu prüfen. Als ich sie in meiner Hand wog und ihren Glanz betrachtete, musste ich ein ehrfürchtiges Keuchen herunterschlucken.

«Danke», hauchte ich.

«*Ich* muss mich bei Euch bedanken. Der Schwertschmied, von dem Ihr spracht, gab mir diese Klinge zur Aufbewahrung. Seitdem habe ich darauf gewartet, dass jemand sie abholt.» Er zögerte. «Ich habe die Dinge nie geglaubt, die man über ihn sagte. Er wollte einfach nur seiner Tochter beistehen! Gewiss wollte er keinen Verrat begehen.»

Ich atmete tief aus, und meine Brust wurde mir eng.

Der Schmied gab mir den Krummsäbel, zusammen mit seinem Segen.

Anschließend brachten wir das Gerücht in Umlauf, dass Sanaya Khara das mythische Schwert Naveeds aufgetrieben hätte.

Ich wusste, dass Casildo diesem Schatz nicht widerstehen könnte – nicht, wenn ein Springbrunnen seinen Innenhof zierte, der den berühmten Kampf des Helden darstellte. Der Wert des Säbels übertraf jedes Stück in Casildos Sammlung. Es dauerte nicht lange, bis Noor einen von Casildos Handlangern entdeckte, der als Kundschafter um unser Haus herumschlich.

Casildo würde gar nicht erst versuchen, mir die Waffe abzukaufen, so viel wusste ich. Ihm war nur zu bewusst, dass ich sie niemals verkaufen würde – schließlich war ich selbst eine Sammlerin. Und er hatte sich ja auch die Schwerter meines Vaters durch Diebstahl angeeignet. Warum sollte er nun anders vorgehen?

«Sag den Wachen, sie sollen sich die Nacht für das Fest freinehmen», forderte ich Noor an jenem Abend auf, als sie mir von Casildos herumschnüffelnden Männern erzählt hatte. Es war der perfekte Zeitpunkt: kurz vor dem Ijal-Tag, dem großen Erntefest in Basral. «Und sorg dafür, dass Casildo davon erfährt. Sahiba Khara ist so großzügig, dass sie all ihren Dienern die Nacht freigegeben hat.»

Noch am selben Abend war das Schwert verschwunden.

Noor strich über den leeren Kasten, in dem der Krummsäbel gelegen hatte. «Es ist mehr als offensichtlich, dass er ihn stehlen ließ.»

«Casildo glaubt, er sei völlig unangreifbar. Dass er den Kaiser in der Tasche hat.»

«Zum Glück irrt er sich. Denn es gibt da jemanden, den wir zu unserem Vorteil nutzen können.»

Die zweite Person auf meiner Liste. Eine elegante Möglichkeit, das Vertrauen eines der Menschen zu gewinnen, die mich verraten hatten – und zugleich einen anderen zu vernichten.

«Darbaran», hauchte Noor. «Er ist jetzt der Kommandant der gesamten Stadtwache.»

«Die Straßendiebe kennen allen Klatsch und Tratsch in der Stadt. Und Yashem hat mir erzählt, dass Darbaran eine Menge Geld an Casildo verloren hat.»

«Böses Blut.» Noor verschränkte die Arme vor der Brust. «Er wird diese Schuld gewiss begleichen wollen. Und wenn wir ihm eine schöne Gelegenheit bieten, seine Macht gegen Casildo einzusetzen …»

Ich nickte mit zusammengekniffenem Mund. «Wende dich noch heute Abend an die Stadtwache. Ich will, dass Casildo sofort wegen Diebstahls angeklagt wird! Dann werden wir sehen, wem seine Loyalität gilt – seiner Familie? Oder sich selbst?»

SECHSUNDZWANZIG

Die Nacht war dunkel. Dichte Wolken verdeckten den Mond, sie schienen am Himmel darauf zu lauern, den Monsunregen zu entfesseln.

Wachen säumten die Straßen. Vor Casildos Haus hatte sich eine Menschenmenge versammelt. Die Leute starrten neugierig und versuchten herauszufinden, was hier wohl vor sich ging.

Ich wartete draußen auf Noor und den zweiten Mann, der mich verraten hatte: Darbaran.

Das letzte Mal, als ich ihn gesehen hatte, hatte er mich wegen Verrats festgenommen und an den Haaren in den Palastkerker gezerrt.

Meine Hand umfasste den Griff meiner Klinge fester, als ich schließlich sein pockennarbiges Gesicht mit dem selbstgefälligen Grinsen vor mir sah.

Er trug denselben Gesichtsausdruck zur Schau wie damals, als er mich wegsperrte.

Er war als Nächster dran!

Ich erinnerte mich nur zu gut an die Rolle, die er bei meiner Festnahme gespielt hatte. Es war nur eine Frage der Zeit, bis auch er untergehen würde.

Nach ihm kam Noor aus dem Haus. Direkt hinter ihr folgte ein empörter Casildo.

«Wie kannst du es nur wagen?!», stieß er aus, als er auf die Straße marschiert kam. «Wenn der Kaiser davon erfährt, wird er mir deinen Kopf zum Geschenk machen!»

Er funkelte Darbaran wütend an. Dann richteten sich seine Augen auf mich.

Ich zog mir die Kapuze tiefer ins Gesicht, stellte sicher, dass es komplett verdeckt war. Casildo wusste wahrscheinlich, dass ich es war – er *musste* es wissen. Aber ich wollte das Gerede in der Stadt in Grenzen halten, was Sanayas Rolle bei dieser Sache anging.

Darbaran warf mir einen Sack vor die Füße. Mein Krummsäbel rutschte heraus.

Ich machte mir nicht die Mühe, meine Kapuze zurückzuschlagen, um die Klinge auf dem Boden zu untersuchen. Ich wusste, dass es die Waffe war, die Casildo mir gestohlen hatte.

«Dieser Säbel wurde im Haus von Sahib Casildo gefunden! Und nach dem Recht von Basral ist Diebstahl eine Straftat.»

Casildo sah aus, als würden ihm gleich die Augen aus dem Kopf quellen. «Das ist doch lächerlich! Ich weiß nicht einmal, wo das Ding herkommt.»

«Was ist die Strafe für Diebstahl in Basral?», wollte ich wissen und bemühte mich dabei, besonders laut zu sprechen. Casildos Gesicht war rot angelaufen. Selbst in der Dunkelheit der Nacht konnte man es deutlich sehen. Um uns herum hob Gemurmel in der Menge an.

«Arbeitslager», verkündete Darbaran genüsslich. Vielleicht lag es daran, dass er es liebte, mit seiner Macht Leid zu verursachen. Vielleicht auch daran, dass nun seine Schuld bei Casildo getilgt war. Jedenfalls war klar, dass ihm diese Sache Freude bereitete.

Casildo wurde bei der Erwähnung der furchtbaren Arbeitslager blass, die Vahid im Norden eingerichtet hatte.

«Ihr habt mich bestohlen!», erklärte ich deutlich und trat vor, wobei ich mein Gesicht noch immer verborgen hielt. «Und niemand verstößt in Basral gegen das Gesetz.»

Ich leckte mir über die Lippen. Machte mich bereit für den

Höhepunkt meines Auftritts. «Es gibt allerdings eine Ausnahme von diesem Gesetz.»

Die Wachen setzten sich in Bewegung, um Casildo zu ergreifen.

«Wartet!», rief er mit Verzweiflung in der Stimme. «Was für eine Ausnahme?»

Ein diabolisches Grinsen breitete sich auf meinem Gesicht aus. «Ihr habt die Wahl», sagte ich und sprach die Worte langsam aus. Ich genoss jeden einzelnen Buchstaben. «Ihr könnt entscheiden, ob ein Familienmitglied Euren Platz an Eurer statt einnehmen soll.»

Casildo starrte mich an. «Aber ich habe doch gar keine Familie!»

«Also, das stimmt ja wohl nicht so ganz, nicht wahr?» Meine Stimme war trügerisch sanft.

Ich trat näher an ihn heran. Mit gerunzelter Stirn schielte Casildo zu mir.

«Ihr habt eine Tochter. Sie kann Euren Platz einnehmen. Das Gesetz wird ihr Blut für Eures akzeptieren.» Meine Worte waren kaum mehr als ein Flüstern.

Casildo taumelte zurück und fasste sich an die Brust. Am liebsten hätte ich über die Heuchelei gelacht. In dieser Stadt wurden jeden Tag Kinder in die Arbeitslager geschickt! Waisen, Taschendiebe, Betrüger ... Aber das Kind eines wohlhabenden Kaufmanns – das wäre unerhört! Schockierend. Als ich hingegen ins Gefängnis gekommen war, hatte niemand ein Wort darüber verloren.

Außer meinem Vater.

Sollte Casildo doch seiner eigenen Tochter das antun, was er mir angetan hatte.

«So lautet das Gesetz», wiederholte ich. «Es steht Euch frei, jemand anderen Eure Strafe verbüßen zu lassen. Ihr habt die Wahl: entweder Ihr oder Euer Kind.»

Er kniff die Augen zusammen. Ich konnte sehen, wie sein Verstand arbeitete. Dass er die Möglichkeit nicht sofort von sich wies, ließ ein Gefühl von Triumph in mir aufsteigen.

Zur Verdeutlichung meines Angebots erschien nun Noor mit seiner Tochter. Wir hatten sie aus ihrem Bettchen im Norden der Stadt holen lassen: ein kleines Mädchen mit einem süßen Gesicht und dunklem Haar, das sich seine Puppe an die Brust drückte. Sie hätte keinen besseren Märtyrer abgeben können! Die Frau, die sie von der Schule abgeholt hatte, war ebenfalls hier. Darbarans Soldaten hielten sie zurück, als sie weinend zu dem Mädchen laufen wollte. Casildo sah aus, als ob er sich gleich übergeben müsste. Sein Blick sprang rastlos zwischen dem kleinen Mädchen und mir hin und her.

«Gut», stieß er schließlich aus, ohne seine Tochter anzuschauen. «Nehmt sie an meiner statt.»

Ich stieß einen tiefen Atemzug aus. Gemurmel brandete um mich herum auf.

Er hatte es getan!

Er hatte sich tatsächlich für sein eigenes Wohl entschieden. Am Ende war er nicht einmal bereit, seine eigene Tochter zu retten.

Die Frau mit dem smaragdfarbenen Dupatta stieß einen Schrei aus.

«Baba?» Die Stimme seiner Tochter war flehend und leise. Noors Blick schoss zu mir, doch ich ignorierte ihn. Ich ballte meine Fäuste, um den Stahl in meinem Herzen für den nächsten Schritt zu härten.

Wenn ich dieses kleine Mädchen zu lange ansah – wenn ich mich an das Trauma meiner eigenen Verhaftung erinnerte, an das Gefühl des Alleinseins, an dem ich fast zerbrochen wäre –, dann würde ich nicht mehr tun können, was getan werden musste.

Das Mädchen hatte gerade miterlebt, wie jemand es verraten

hatte, den es liebte. Es für seine eigene Selbstsucht geopfert hatte. Es war besser, wenn es diese Lektion früh lernte.

«Ein Feigling bleibt eben immer ein Feigling», murmelte ich, hauptsächlich zu mir selbst. Doch Casildo hatte es gehört. Sein Blick schoss zu mir, und seine Augen verengten sich. Ich lächelte ihn an, fletschte dabei fast meine Zähne.

«Was habt Ihr gerade gesagt?»

«Ihr würdet Eure eigene Tochter für *Euer* Verbrechen in ein Arbeitslager gehen lassen? Ein Kind zu einem Leben in Gefangenschaft verurteilen?» Diesmal schallte meine Stimme klar über die Menge hinweg. Immer mehr Menschen versammelten sich auf dem Platz um uns herum.

«Ist es etwa besser, wenn das Kind ohne Vater aufwächst?», stammelte er. «Ich kann sie herausholen, sobald ich mit dem Kaiser gesprochen habe!»

«Habt Ihr denn keine Ehre?», rief jemand.

Casildo blickte sich gehetzt um. Seine Augen weiteten sich. Endlich schien er die Menschenmenge zu bemerken, die sich um ihn herum versammelt hatte. Die wütende, lärmende Menge, die immer näher heranrückte.

Johlen und Rufe hallten über den Platz.

Die Menge hatte sich gegen Casildo gewandt.

«Wartet», rief er dem wütenden Mob schwach entgegen. «Wartet, ich meinte doch nicht ...»

«Ich dachte, Ihr wärt eine der Säulen dieser Stadt, Sahib? Hm? Jetzt begeht Ihr also einen Diebstahl – und fordert, dass ein Kind Eure Strafe an Eurer Stelle auf sich nimmt?» Ich schrie die Worte über den Platz, stachelte die Menge weiter an und trieb die aufgeheizte Stimmung auf die Spitze.

«Aber Ihr habt doch gesagt ... Ihr habt gesagt ...», stotterte er. Wieder presste er sich die Hand aufs Herz. Jetzt sah er nicht länger wie ein mächtiger Mann aus, eher wie ein verängstigter kleiner Junge.

Ich beugte mich zu ihm, ohne das Geschrei der Menge zu beachten. Noor und die Wachen hielten sie in Schach, und nur Casildo konnte meine nächsten Worte hören.

«Das ist es, was du gerne mit Menschen machst, nicht wahr?»

Er schaute mich an. Seine Augen blitzten wild, doch meine Frage durchdrang seine Angst.

«Was?»

«Du hast mich schon verstanden. Ich habe gerade das mit dir getan, was du sonst tust. Ich habe dir alles genommen: deinen guten Ruf. Deine Familie. Das hast du auch meinem Vater angetan, oder? Du hast sein Vertrauen ausgenutzt. Seine Liebe zu seinem Kind. Und du hast ihn vernichtet.»

Casildo sah mir direkt ins Gesicht. «Euer Vater? Sanaya, ich habe Euren Vater nie getroffen!»

«Du bist zu klug, um so dumm zu tun, Casildo. Mein Vater hat dir vertraut! Und statt ihm zu helfen, hast du den Kaiser gewarnt. Du hast dafür gesorgt, dass er getötet wurde.»

Erkenntnis flackerte in seinen Augen auf.

«Dania?», flüsterte er mit kaum hörbarer Stimme. Er musterte mein Gesicht und wurde blass. Dann schüttelte er den Kopf. «Du kannst es nicht sein! Du siehst Dania überhaupt nicht ähnlich.»

Wortlos lächelte ich ihn an. Ein Ausdruck des Entsetzens überzog sein Gesicht.

«Ich habe dir alles genommen – so wie du mir alles genommen hast.»

Langsam sah ich mich um, betrachtete die aufgebrachte Menge. Dann wandte ich mich wieder ihm zu. «Übrigens gibt es keine Ausnahme von diesem Gesetz. Du musst selbst ins Arbeitslager. Aber jetzt weiß jeder, was für ein Mensch du bist.»

«Casildo wird verhaftet werden, nicht dieses Mädchen!», rief ich in die Menge.

Die Menschen jubelten. Casildo aber brach auf dem Boden zusammen. Er schlug sich die Hände vors Gesicht und weinte.

Noor gab den Wachen das Zeichen, ihn fortzuschaffen. Ich umfasste leicht Darbarans Arm, und er schenkte mir ein schmieriges Lächeln. Allein in seiner Nähe zu sein, machte mir eine Gänsehaut.

«Sorg dafür, dass er noch heute Abend abtransportiert wird! Je schneller du das tust, umso reicher wirst du belohnt werden.»

Darbaran nickte mit leuchtenden Augen.

Ich sah zu, wie der Mann in die Nacht davongeschleppt wurde, der meinen Vater verraten hatte. Auf dem ganzen Weg bettelte er um Gnade. Seine Tochter lag am Rande der Menge in den Armen ihrer Mutter, den Kopf an ihrer Brust vergraben. Als sie die Schreie ihres Vaters hörte, hob sie den Kopf. Für eine Sekunde trafen sich unsere Blicke – ihre Augen waren leuchtend grün, meine dunkel wie die Rache.

Ich fragte mich, ob sie dereinst Vergeltung von mir fordern würde, wenn sie älter war.

Noor trat an mich heran. «Was soll ich nun tun?»

Ich riss meinen Blick von dem kleinen Mädchen los.

«Sorg dafür, dass sie alles bekommt.» Ich deutete mit einem Nicken zu ihr und ihrer Mutter. «Jede Unze von Casildos Vermögen soll ihr gehören. Es soll ihr an nichts fehlen.»

Noor nickte und wollte sich auf den Weg machen. Aber ich hielt sie zurück. «Nur nicht die Schwerter.» Meine Stimme war leise. «Die will ich zurück.»

SIEBENUNDZWANZIG

Die Zoraat-Mischung, die Noor angesetzt hatte, brannte in meiner Kehle, als hätte ich mich gerade übergeben. Ihr Nachgeschmack war scharf und säuerlich, und ein bitterer Film lag auf meiner Zunge.

Ich musste würgen. Noor stand mit grimmiger Miene neben mir.

«Ich hätte nicht gedacht, dass ich so schnell eine weitere Dosis brauchen würde.»

«Vergiss nicht: Um die Gestalt eines anderen Menschen zu halten, muss der Zoraat-Gehalt in deinem Körper stets gleich hoch bleiben. Für alle anderen Anwendungen muss man im Allgemeinen nur so viel einnehmen, wie man für die jeweilige Aufgabe braucht – so wie ein Dschinn-Heiler, wenn er ein bestimmtes Leiden kuriert. Doch die Macht der Verwandlung ist eine sehr starke Kraft. Und sie erfordert starke Magie.»

Ich sackte auf mein Bett und schob dabei die bestickte Bettdecke unter meinem Körper zusammen.

«Und die Mischung für die Ernte?», murmelte ich.

«Daran arbeite ich bereits. Sie sollte bald fertig sein, ich muss nur noch ein paar kleine Dinge ändern. Aber das wird nicht so schlimm werden. Hier geht es jedoch darum, die Essenz deines Körpers zu verändern: deine Haut, deine Haare, deine Augen, deine Stimme. Alles, was dich zu *dir* macht. Um diese spezielle Dschinn-Macht nutzen zu können, muss man Schmerzen in Kauf nehmen und sich dem Zoraat ganz aussetzen.»

Ich presste meine Hände gegen die Wand und zitterte unter der Macht des Giftes, das durch meine Adern floss. Ich betrachtete meine Finger – und stellte schockiert fest, dass die schwarzen Linien erneut meine Haut bedeckten, diesmal von den Fingerspitzen bis hinunter zu den Handgelenken.

Erschrocken setzte ich mich auf und streckte die Hände vor mir aus – doch meine Haut war nun wieder makellos braun. Ich blinzelte. Meine Hände waren unverwandelt, sie gehörten immer noch mir.

Ich wusste, dass Zoraat kein Gift war. In diesem Reich nannte es niemand so.

Magie.

So nannten sie es. Über die Macht der Dschinn zu gebieten, war ein Privileg. Aber es fühlte sich nicht so an. Jedes Mal, wenn ich einen weiteren Mundvoll Zoraat herunterschluckte, sträubte sich mein Körper dagegen – und bettelte gleichzeitig um mehr. Als würde man ein Feuer essen, das einen von innen heraus verbrannte, während einem doch so kalt war, dass man alles für etwas Wärme tun würde. Ich war ein sterblicher Mensch, erschaffen aus Lehm. Die Dschinn waren Wesen des Feuers. Wenn ich ihre Macht verzehrte, verwandelte ich meinen menschlichen Körper in etwas anderes. In etwas aus dem Reich des Unsichtbaren.

Ich keuchte und musste mich auf meinen Knien abstützen. Diese Dosis raubte mir schier den Atem!

«So schlimm war es die letzten Male nicht.» Es fühlte sich an, als würde mir jemand die Worte mit einem spitzen Haken aus dem Mund reißen.

«Du hattest bereits etwas Zoraat im Körper. Eigentlich sollte es dadurch einfacher sein.» Noors Tonfall war sehr pragmatisch. «Aber ich habe noch nie jemanden für so lange Zeit verwandelt.» Seltsamerweise beruhigte mich ihre offene Ehrlichkeit mehr, als ihr Mitleid es getan hätte.

«Es fühlt sich an, als ob mein Blut in Flammen stünde.» Ich hustete, und in meinem Mund machte sich ein leicht metallischer Geschmack breit.

«Das bedeutet, dass es funktioniert.»

Ich hob meine Augenbrauen. «Oder es bringt mich um.»

Sie legte den Kopf schief. «Oder das, ja.»

Ich stieß ein Lachen aus, das meinen Körper vor Schmerz erzittern ließ. «Bring mich nicht zum Lachen!» Ich stöhnte und griff mir an den Bauch.

Etwas Kühles drückte sich gegen meinen Kopf. Noor sprach leise und beruhigend auf mich ein.

Doch ich brach auf dem Boden zusammen, und mir wurde schwarz vor Augen.

«Du hast eine ganze Weile geschlafen.» Noors Stimme durchbrach den Dunst in meinem Kopf. Ich hustete und setzte mich auf.

Ich lag mit dem Gesicht nach unten auf dem Bett. Meine Nase war blutverkrustet, und mein Schädel fühlte sich an, als hätte ihn jemand in zwei Hälften gespalten. Ich hob die Finger, um mein Gesicht abzutasten. Prüfte den Nasenrücken, den Winkel meiner Wangenknochen. Erleichtert atmete ich aus, obwohl es immer noch verstörend war, in einem anderen Körper zu stecken.

Dann schaute ich auf meine Hände hinunter, die immer noch meine waren, mit all ihren Narben. Sie waren es, die mir Halt gaben. Ich untersuchte sie auf Spuren der schwarzen, spinnwebartigen Linien, die zuvor an ihnen hinaufgekrochen waren. Nichts.

Noor saß auf einem Stuhl neben meinem Bett und war mit dem Zoraat beschäftigt.

«Wie lange war ich weg?»

«Fast den ganzen Nachmittag.»

«Wie oft muss ich das machen?» So etwas wie heute konnte ich unmöglich jeden Tag überstehen!

Aber der dunkle, wilde Teil von mir regte sich bei dieser Vorstellung. Der Teil, der nicht genug von der Magie kriegen konnte, die meinen Körper durchflutete. Von der Macht in meinen Händen.

Das machte mir am meisten Angst.

Sie verzog das Gesicht. «Das vorhin war eine stärkere Dosis. Sie sollte länger vorhalten.» Noor musterte mich. «Wir können die nächsten Gaben weiter hinauszögern. Ich wollte nur nicht, dass dein Gesicht sich plötzlich ohne Vorwarnung zurückverwandelt. Das sollte vor allem nicht passieren, wenn du gerade im Palast bist.»

Ich biss mir auf die Unterlippe und zuckte zusammen. Selbst diese kleine Bewegung schmerzte. «Nein.» Ich schnitt eine Grimasse. «Das wollen wir nicht.»

Ich stellte mir vor, wie Mazin reagieren würde, wenn ich mich vor seinen Augen plötzlich in Dania verwandelte.

Er würde mich noch im gleichen Moment mit dem Schwert niederstrecken! Meine Hände krümmten sich, als würden sie einen imaginären Dolch ergreifen. Sollte er es nur versuchen.

Noor stieß ein leises Lachen aus. «Ich will gar nicht wissen, woran du jetzt gerade denkst. Nicht mit diesem Gesichtsausdruck.»

«Ich denke, dass ich meinen Racheplan schneller vorantreiben sollte. Damit ich nicht mehr so viel Zoraat einnehmen muss.»

Und damit nicht wieder diese Spinnweb-Linien auf meinen Armen erscheinen. Und ich nicht länger Stimmen höre, die von Rache flüstern.

Das wäre auch nett.

Ich lehnte mich gegen das Kopfteil des Bettes, während Noor mir eine frische Tasse Chai brachte und sie auf dem Nachttisch abstellte.

«Ich habe den Dienern gesagt, dass du krank bist», murmelte sie.

«Das ist nicht mal gelogen.»

Noor kaute auf ihrer Unterlippe herum. «Die Menge an Zoraat, die du für die Verwandlung einnehmen musst, ist nicht ohne. Und ich habe mich noch nie mit den Folgen eines solchen Konsums befassen müssen. Ich kann sehen, was dir die Einnahme abverlangt. Wir müssen das nicht tun! Wir können etwas anderes machen, um unsere Rache zu bekommen – oder wir geben den Plan einfach ganz auf. Wir können die Samen verkaufen oder …»

«Oder?»

«Oder sie vernichten.» Sie stand auf und lief im Zimmer umher. «Der Gedanke kam mir schon, als ich noch für Souma gearbeitet habe. Einfach die ganze Ernte in Brand stecken und die Kräfte zu den Dschinn zurückkehren lassen, wo sie hingehören.»

Bei der Vorstellung, wie all diese Macht in Flammen aufging, drehte sich mir der Magen um.

Das war das Letzte, was ich tun wollte! Zoraat gab mir die Möglichkeit, die Menschen, die mir dieses Unrecht angetan hatten, bezahlen zu lassen.

Ich wollte diese Gelegenheit keinesfalls aufgeben. Und Noor sollte das auch nicht.

«Ist es das, was du wirklich willst? Soll Vahid mit seinen Taten einfach so davonkommen?»

Noor fuhr sich mit einer Hand durch ihre kurzen Locken. «Nein. Das ist nicht das, was ich will. Aber es macht dich kaputt! Mehr, als ich dachte. Wozu ist Rache gut, wenn wir dabei sterben? Wem nutzt sie dann noch? Dein Vater hätte nicht gewollt, dass du stirbst, um ihn zu rächen. Und auch Souma hätte nicht gewollt, dass ich diesen Weg einschlage.»

Ich nahm einen Schluck von dem Chai. Der warme, milchige Tee beruhigte meine geschundene Kehle. «Souma ist nicht hier», sagte ich leise. «Und mein Vater auch nicht. Wir beide kennen den Grund dafür.» Ich erhob mich vom Bett. Meine Beine trugen mich sicherer, als ich erwartet hatte. «Wenn wir nichts unternehmen, war ihr Tod bedeutungslos.»

Noor ließ sich schwer auf den Diwan plumpsen. «Ich könnte sie töten», sagte sie leise. «Dann musst du das nicht weiter durchziehen.»

Ich schnaubte. «Noor – du wolltest nicht einmal, dass ich Thohfsa töte! Du kannst niemanden umbringen.» Ich setzte mich neben sie. «Warum willst du nicht, dass ich das tue?»

Sie schaute mich an. «Du bist die erste Freundin, die ich seit Souma habe. Ich habe sonst niemanden. Und doch helfe ich dir dabei, dich selbst zu zerstören. Was für eine Freundin würde das tun?»

«Eine Freundin, die genau weiß, wie es sich anfühlt, alles zu verlieren.» Meine Stimme war nun ein wenig zu laut, aber ich konnte sie gerade nicht zügeln. Oder ich wollte es nicht. Ich konnte spüren, wie meine Augen loderten. Zorn brannte kalt und dunkel in meiner Kehle. «Wie es ist, für ein Verbrechen eingesperrt zu werden, das man nicht begangen hat. Den Menschen zu verlieren, dem man am wichtigsten war. Du weißt *genau*, wie das ist.»

Noor wischte sich eine Träne von der Wange. «Und was wirst du tun, wenn es vorbei ist? Wenn du keine Rache mehr zu verfolgen hast?», fragte sie ebenso laut, und die Worte sprudelten nur so aus ihr heraus. «Was werden wir beide dann anfangen?»

Ich wandte meinen Blick von ihr ab.

«Dann werden wir frei sein.» Die Worte klangen hohl. Als würde ich versuchen, sie von irgendetwas zu überzeugen, statt ihr die Wahrheit zu sagen.

Die Wahrheit war, dass nichts anderes irgendeine Bedeutung hatte, wenn ich meine Rache nicht bekam.

Die Wahrheit war, dass ich mich freiwillig tausendmal selbst zerstören würde, wenn ich dafür nur Vergeltung für meinen Vater bekäme.

«Frei?» Sie lachte auf – ein bitteres Geräusch. Dann schaute sie aus dem offenen Fenster, das Vahids Palast wie eine Zielscheibe umrahmte. «Werden wir frei sein? Oder einfach nur kaputt?»

Ich schüttelte den Kopf, und die schwarze, dunkle Wut stieg wieder in mir auf. Als würde sie langsam die Kontrolle über mich übernehmen. Worte kamen mir über die Lippen. Worte, die ich nicht kontrollieren konnte. Die mir von etwas anderem eingeflüstert zu werden schienen.

«Du kannst auch gerne gehen, wenn du nicht mehr mitmachen willst.» Ich deutete auf die Tür.

Noor stand auf, die Hände in die Hüften gestemmt. «Ich versuche, dich zu retten! Versuche, uns beide zu retten.»

«Ich brauche keine Rettung», widersprach ich. Aber die Stimme, die das sagte, war nicht meine eigene. Es war nicht einmal die von Sanaya. Diese Stimme war dunkel und tief – und wütend! «Ich brauche nur diese eine Sache. Und Souma kann dir nicht besonders viel bedeutet haben, wenn du jetzt aufgeben willst.»

Noor atmete scharf ein. Sie sah aus, als hätte ich ihr einen Dolch ins Herz gestoßen.

Ich blinzelte – und die Wut verflog. Sie wurde ersetzt durch Scham über Noors verletzten Gesichtsausdruck.

«Wie kannst du es wagen?», presste sie mit leiser, drängender Stimme heraus.

Ich stand auf und hob die Hände. Meine Schuldgefühle waren deutlich in meiner Stimme zu hören. «Noor – es tut mir leid! Ich weiß, dass Souma dir viel bedeutet hat. Ich habe es nicht so gemeint. Ich … ich weiß auch nicht, was gerade über mich gekommen ist.»

Tatsächlich konnte ich nicht erklären – nicht wirklich erfassen –, was ich gerade hörte, sah und fühlte. Ich kratzte mir über die Kopfhaut. Mir war klar, dass ich die Verantwortung für mein Verhalten übernehmen musste. Aber irgendwie fühlte es sich ein wenig so an, als würde ich meinen Verstand verlieren.

Noors Augen verengten sich vor Wut, wie ich es noch nie zuvor bei ihr gesehen hatte. «Du weißt nichts über Souma und mich! Du hast deinen Vater verloren, ja. Aber ich hatte nie wirklich einen – bis ich Souma gefunden habe. Er hat mir beigebracht, für mich selbst zu sorgen. Etwas zu tun, was sonst niemand kann. Du redest von Rache, als wärst du der verstoßene Außenseiter. Aber *du* wurdest dein ganzes Leben lang geliebt! Ich war ein Nichts. Verlassen. Vergessen. Souma war der Einzige, der mir je eine Chance gegeben hat.» Sie presste die Arme seitlich an ihren Körper. Mein Blick fiel auf ihre zitternden Hände. Sie folgte meinem Blick, umklammerte die eine Hand mit der anderen, damit sie stillhielten. Dann starrte sie mich finster an. «Und du hast immer noch deine Großmutter! Jemanden, der dich liebt. Ich habe nichts und niemanden. Vahid hat mir den einzigen Menschen genommen, der sich je um mich geschert hat. Und du sagst, das sei mir egal? Dass ich keine Rache will?»

Sie wandte den Blick ab und schaute wieder zu dem offenen Fenster, zum Palast. «Es ist mir nicht egal, was mit dir passiert, Dani. Denn ich weiß, wie es ist, alles zu verlieren. Wenn du alles hergibst, was du hast, um dein Ziel zu erreichen, wird dir vielleicht nicht gefallen, was am Ende noch übrig bleibt.»

«Was schlägst du denn vor? Was sollen wir tun? Sollen wir einfach aufgeben?» Ich warf die Hände in die Luft. «Das kann ich nicht!»

In meinen Worten schwang Verzweiflung mit. Und in meiner Brust breitete sich Panik aus bei dem Gedanken, die Sache nicht weiterzuverfolgen.

Bei dem Gedanken, kein Zoraat mehr einnehmen zu können.

«Ich kann sie nicht frei herumlaufen lassen. Nicht nach dem, was sie getan haben.» Ich rieb mir den Hinterkopf, der immer noch von der letzten Dosis schmerzte – und in dem jetzt auch Noors Worte nachklangen. «Und du hast *mich*! Wir stehen das gemeinsam durch. Du und ich. Nur gib jetzt bitte nicht auf. Nicht, wenn wir dem Ziel so nahe sind.»

Noors Schultern sackten herab. Zum ersten Mal seit langer Zeit sah ich sie wirklich an. Schatten lagen um ihre Augen, und sie war so blass. Sie konsumierte zwar kein Zoraat, aber all das forderte dennoch seinen Tribut von ihr.

Noor ließ sich auf den Rand des Bettes fallen. Sie wirkte, als wäre jedes Quäntchen Kraft aus ihr gewichen. «Ich will doch auch nicht aufgeben.» Ihre Stimme klang nun gefasst. «Ich will nicht, dass Vahid mit seinen Verbrechen davonkommt. Aber ich will mich auch nicht bei der Suche nach Rache verlieren.» Sie holte tief Luft. «Und ich will *dich* nicht verlieren. Ich bin hier, um dir zu helfen – egal, was du brauchst. Das bin ich dir schuldig, nachdem du mich aus dem Gefängnis befreit hast.»

«Du schuldest mir nichts.» Ich schüttelte den Kopf. «Wir haben uns gegenseitig geholfen, jenem Ort zu entkommen. Und wir sind beide hier, weil wir das gleiche Ziel haben. Mehr als das: Wir wollen, dass die andere Erfolg hat.» Mein Blick fand ihren, und ich hoffte so sehr, meine Worte von eben auslöschen zu können. «Ich will dir helfen, dich für das zu rächen, was er Souma angetan hat – genauso sehr, wie ich meinen Vater rächen will.»

«Das will ich auch, Dani. Aber ich muss dich aufhalten dürfen, wenn ich glaube, dass es dich umbringt.»

Ich nickte. «Ich werde nicht mehr Zoraat einnehmen als nötig. Wir bringen die Sache zu Ende! Für meinen Vater – und für deinen. Und wenn alles vorbei ist, werden wir so weit wie möglich von hier verschwinden. Wir werden das Reich verlassen.»

Noor atmete tief aus. Sie schien sich nicht weiter streiten zu wollen. «Also, *so weit* müssen wir nun auch wieder nicht reisen.»

Ich lachte – erleichtert darüber, dass sich die Spannung gelöst hatte. Erleichtert darüber, dass meine schrecklichen Worte Noor nicht vertrieben hatten. Doch das, was ich empfunden hatte, als ich diese Worte aussprach, wollte nicht verschwinden. Als ob die Person, die diese furchtbaren Dinge zu Noor gesagt hatte, gar nicht *ich* gewesen wäre.

«Na gut.» Noors Stimme riss mich aus meinen Gedanken, und ich war dankbar für die Ablenkung. «Wer ist der Nächste?»

ACHTUNDZWANZIG

Darbaran saß allein in einem Kaffeehaus und trank Kaffee, den er sich aus einer goldenen Dallah-Kanne einschenkte. Sie war so viel wert wie sein gesamter Jahressold, als er noch ein einfacher Wächter gewesen war. Jetzt, da er wohlhabend war und die Stadtwache von Basral kommandierte, ließ er die Stadtkasse durch seine Korruption ausbluten.

«Wir kennen seine Schwäche bereits ganz genau.» Noor saß mir gegenüber und tat so, als würde sie ein Buch lesen, während ich an meinem Tee nippte.

«Kaffee ist es jedenfalls nicht.»

Sie lächelte, die Augen auf ihr Buch gerichtet.

Gier.

So ziemlich die einfachste Sache, die man sich zunutze machen konnte. Aber es war mehr als das. Darbaran drangsalierte nur zu gerne die Schwachen, beutete Frauen und Mädchen aus und missbrauchte seine Position, um sich mächtig zu fühlen. Ich wollte, dass er sich stattdessen hilflos fühlt.

«Wir haben ihn gut dafür geschmiert, dass er Casildo aus der Stadt schafft, bevor der Kaiser Wind von der Sache bekommt. Es heißt, er würde für Geld alles tun – egal wie unappetitlich es auch ist. Basrals Stadtwache ist so korrupt, dass man mit genügend Gold machen kann, was man will. Und ich dachte erst, Mazin wäre der Herrscher über die Stadt. Stattdessen stellt sich heraus, dass es in Wirklichkeit Darbaran ist.»

Noor legte den Kopf schief. «Soweit ich das beurteilen kann, versucht Mazin gegen die Korruption vorzugehen. Aber Darbaran hat sich seit deiner Verhaftung ganz schön gemacht.»

«Er hat seine Loyalität bewiesen, indem er mir einen Mord anhängt.» Ich dachte an seinen schmierigen Gesichtsausdruck, während er mich wegzerrte. An sein selbstgefälliges Lächeln, als er die gläserne Phiole mit dem Gift einsteckte, die neben der Leiche des Fürsten lag, den ich angeblich getötet hatte. «Ich bin diejenige, der er seinen Reichtum verdankt.»

«Da passt es doch gut, dass du auch diejenige bist, die ihm das Gold wieder wegnehmen wird.» Noor lächelte in seine Richtung und nahm einen Bissen von einem runden Rosenwasser-Küchlein, bestreut mit Pistazien.

Ich hob mein Glas an die Lippen und genoss die letzten Tropfen Chai aus der Neige. Der Tee enthielt zerstoßene Mandeln und schmeckte süß und erdig.

«Seine eigene Gier wird seinen Untergang besiegeln.»

Ich stellte das Glas auf den Tisch und spannte meine Finger an. «Dann wollen wir mal für unseren lieben Hauptmann ein Spektakel auf die Beine stellen.»

Das Fest war das extravaganteste, an dem ich je teilgenommen hatte – und ich konnte nicht glauben, dass *ich* die Gastgeberin war. Heute Abend würde ich Darbarans Sarg einen weiteren Nagel hinzufügen.

«Sanaya – dein Haus ist unglaublich!»

Ich streckte Anam meine Arme entgegen, kaum dass sie durch die Doppeltür eingetreten war. Ihre Absätze klackten auf dem Marmor im Eingangsbereich, ihr Kamiz schimmerte im Mondlicht. Meine Kehle schnürte sich zu, als ich sah, wer hinter ihr hereinkam. Sein dunkler Mantel war makellos, die Goldstickereien darauf funkelten.

«Ich freue mich, dich hier zu sehen, Mazin.»

«Ich konnte meine Schwester doch nicht allein zu diesen Feierlichkeiten gehen lassen.» Sein Blick schweifte über den Eingang und landete schließlich auf mir. Ich wusste, was er sah: glänzendes Mahagonihaar, das perfekt frisiert war. Einen kastanienbraunen Shalwar Kamiz, der meinen Teint betonte. Schwarzen Kajal um meine Augen. Und juwelenbesetzte Armreifen, die meine Handgelenke zierten. Für meine Ausstattung an diesem Abend hatte ich weder Kosten noch Mühen gescheut. Ich sah aus wie eine Braut – und das war genau das, woran Mazin denken sollte, wenn er mich sah.

Seine Braut. Ein Mädchen, in das er sich verlieben könnte, das er heiraten könnte.

Ein Mädchen, das sein Herz verschlingen wird.

Er neigte den Kopf. «Danke, dass du uns heute Abend eingeladen hast.» Sein Blick wanderte über meinen Körper, berührte meine Schultern, meine Handgelenke, meine Hüften. «Du siehst überwältigend aus.» Seine Stimme war leise, aber selbstbewusst – nicht so ironisch, wie sie früher oft geklungen hatte, wenn er mit mir sprach. Als ob er so etwas ständig zu Mädchen sagte.

Wieder einmal fiel mir auf, wie sehr er sich verändert hatte. Wie souverän er geworden war.

Ich schenkte ihm ein kleines Lächeln und senkte meine Lider. War nur zu gerne bereit, die Rolle der verliebten Närrin zu spielen, wenn es das war, was seinem Ego schmeichelte.

«Sind das etwa schwarze Schwäne auf deinem Teich, Sanaya?» Anam unterbrach uns mit einem Quietschen und deutete auf den Innenhof, wo die großen Wasserspiele funkelten.

«Ja, wir haben sie letzte Woche gekauft. Sieh sie dir ruhig näher an. Ich mag sie sehr, aber wenn du ihnen zu nahe kommst, beißen sie dir die Finger ab.»

«Ich bringe Euch hin, Sahiba.» Noor verbeugte sich leicht vor

Anam und führte sie auf den Hof. Das gab mir die Möglichkeit, mit Mazin allein zu sein.

«Du bist gewiss gerade damit beschäftigt, deine anderen Gäste zu unterhalten», sagte er sanft, ohne seinen Blick von mir zu nehmen.

«Ganz und gar nicht», erwiderte ich mit nervöser Stimme, als würde seine Gegenwart mir den Atem rauben. Das war nur halb gespielt, denn mein Herz schlug wild gegen meinen Brustkorb. «Es gibt mehr als genug Lustbarkeiten im Haus, die sie unterhalten werden. Ich konnte es nicht abwarten, noch mehr Leute vom kaiserlichen Hof kennenzulernen. Da dachte ich, dass ich am besten mein eigenes Fest veranstalte.» Ich lachte leise.

«Du hast in der Stadt bereits Eindruck hinterlassen», meinte er, während wir nebeneinander durch das Haus gingen. Gelegentlich hielten wir inne, um den Feuerspuckern und sonstigen Gauklern zuzusehen, die Noor für den Abend angeworben hatte.

«Basral war gut zu mir», erwiderte ich schlicht und deutete auf die Trauben aus Menschen, die uns umgaben.

«Bei euch zu Hause in den nördlichen Bergen würden wir doch gewiss genauso willkommen geheißen werden?»

Ich hielt inne, denn die Worte waren keine Aussage, sondern eine Frage. Und wieder hatte ich das Gefühl, verhört zu werden.

Er vertraute mir also noch immer nicht vollständig.

Ich lachte abermals – ein satter, kehliger Ton. Mazin sah mich an, und in seinem Gesicht blitzte irgendetwas auf, verdrängte die ruhige, selbstbewusste Maske, die er für gewöhnlich trug. Aber ich würde nicht herausfinden, was er gerade dachte. Das war so erfolgversprechend wie der Versuch, fließendes Wasser mit den Fingerspitzen zu tragen.

Dann lächelte er mich an, wobei sich ein seltenes Grübchen in seiner Wange zeigte. Ich hatte immer versucht, dieses Grübchen hervorzulocken, indem ich während unseres Trainings Scherze machte.

«Ich habe dich noch nie so lachen gehört», sagte er, und seine Stimme klang tief und weich. «War das, was ich gesagt habe, so lustig?» Er legte den Kopf schief.

«Ja, in der Tat. Wenn du zu mir nach Hause in die Berge kämest, würde man dich zum Kampf herausfordern. Aber wenn du dich im Umgang mit der Klinge bewiesen hast, ist dir ein herzlicher Empfang sicher.»

«Du interessierst dich für Schwerter. Und du hast die Entführer meiner Schwester besiegt. Im Palast hast du mir erzählt, wie deine Mutter dir das Kämpfen beigebracht hat. Es scheint, als wärst du eine ernst zu nehmende Gegnerin – auch wenn du nicht danach aussiehst.»

Ich musste einen Stich der Wut unterdrücken. Sanaya mochte die Art von Frau sein, die ihren Zorn vor anderen verbarg – Dania war es nicht.

«Eine Frau kann also nicht gut kämpfen und sich gleichzeitig hübsch anziehen?», fragte ich mit gehobenen Augenbrauen. Zugleich ermahnte ich mich, gefällig und nachgiebig zu sein – das genaue Gegenteil meines wahren Ichs.

Ihm klappte der Mund auf. Für einen Moment wirkte er sprachlos. «Doch, natürlich», beeilte er sich dann zu sagen und gab zum ersten Mal seinen selbstsicheren Tonfall auf. «Es hat mich einfach nur überrascht.»

«Warum?», fragte ich barsch. Ein paar Gäste sahen schon zu uns herüber. Ich schenkte ihnen ein knappes Lächeln und ging mit Mazin weiter.

«Warum?», wiederholte er ausdruckslos.

«Warum überrascht es dich? Du hast deiner Schwester das Kämpfen beigebracht. Ich nehme an, du hast auch schon andere ... Frauen kämpfen sehen? Wir sind nicht anders als ihr. Hübsche Kleidung bedeutet nicht, dass wir dir nicht trotzdem die Kehle aufschlitzen können.»

Ich zuckte zusammen, denn meine Worte kamen dem, was

Dania sagen würde, gefährlich nahe. Doch alles andere an mir war ganz anders als bei ihr - von meiner Augenfarbe bis hin zum runden Schwung meines Kinns. Er konnte unmöglich nur aufgrund eines einzigen Satzes misstrauisch werden!

Er lächelte, und der sanfte Mazin zeigte sich wieder. Ich spürte einen Anflug von Enttäuschung. Warum war er nicht verunsichert? Ich wollte sein wahres Ich sehen, wenn er mit mir sprach - nicht diesen unerschütterlichen Mann mit den Schatten in seinen Augen und dem falschen Lächeln.

«Ich habe schon andere Frauen kämpfen sehen, ja. Genauer gesagt habe ich viele Jahre lang an der Seite einer der größten Schwertkämpferinnen überhaupt gefochten. Und ich wollte dich nicht beleidigen, sondern dir nur sagen, dass ich dein Interesse am Kämpfen interessant finde.»

Seine kurze Bemerkung über die größte Schwertkämpferin überhaupt ließ mich hellhörig werden.

Meinte er etwa mich damit? Wahrscheinlich schon. Ich betrachtete ihn aus den Augenwinkeln - aber er musterte mich immer noch mit derselben glatten Maske. «Ich habe etwas Übung im Umgang mit der Klinge», sagte ich lachend. «Aber ich bin keine Expertin. Ich ziehe es vor, sie zu bewundern, sie zu sammeln. Und ich bin nicht die Beste darin, sie tatsächlich einzusetzen.»

«Ich bin mir nicht sicher, ob ich das glauben soll. Wir müssen irgendwann einmal mit dem Schwert gegeneinander antreten.»

Ich schluckte schwer. Meine Finger brannten darauf, den Griff des Dolches zu packen, der an meinen Oberschenkel geschnallt war - und mich auf der Stelle in den Kampf mit ihm zu stürzen! Doch wenn wir jemals miteinander kämpfen sollten, würde er sofort erkennen, wer ich war.

Und wenn er sich auf einen ernsthaften Kampf mit der Klinge gegen mich einließe, würde er das nicht überleben. Für das, was ich ihm noch antun wollte, brauchte ich ihn aber lebendig.

Wir hatten inzwischen die obere Etage erreicht. Ich beugte mich vor, um mich auf dem Geländer abzustützen, von dem aus man den Eingang überblicken konnte. Von hier aus konnte man jeden sehen, der das Haus betrat. So schaute ich nach unten und beobachtete, welche Gäste ankamen. Wartete darauf, dass eine bestimmte Person ihr Gesicht zeigte.

«Ich fürchte, mit einem schweren Schwert in der Hand würde ich nicht lange durchhalten. Wirklich, ich sammle sie einfach nur gerne!»

«Eine Schande, was mit Casildos Schwertsammlung passiert ist – sie wurde unmittelbar nach seiner Verhaftung gestohlen. Als ich in sein Haus kam, war sie bereits verschwunden.» Mazins Stimme klang rau. «Es gab einige Klingen, die ich ihm abkaufen wollte. Ich hätte sie gerne für mich gehabt.»

Meine Augen verengten sich. Ich fragte mich, ob er da gerade von den Schwertern meines Vaters sprach. Und ich musste mir auf die Zunge beißen, um nicht damit herauszuplatzen, dass er sie niemals bekommen würde.

Nicht, solange ich am Leben war. Er hatte es nicht verdient, etwas zu besitzen, das mein Vater geschaffen hatte.

«Ich war auch untröstlich», erwiderte ich und gab mir alle Mühe, meine Stimme brüchig klingen zu lassen. «So schöne Schwerter – allesamt verloren.»

Ich erwähnte nicht, dass die gesamte Sammlung derzeit sicher im Keller dieses Hauses verwahrt wurde.

«Ich kann einfach nicht glauben, was ich nach seiner Verhaftung über Casildo gehört habe: Diebstahl. Erpressung. Bestechung von Stadtbeamten. Zum Glück ist er jetzt im Arbeitslager, wo er hingehört. Anscheinend bin ich nicht sehr gut darin, zu beurteilen, wer vertrauenswürdig ist und wer nicht.» Ich rieb mir den Nacken, wirkte zerknirscht.

«Sei nicht zu streng mir dir. Casildo hat viele getäuscht.» Er wandte den Blick von mir ab.

«Er wirkte wie ein überaus respektabler Mann. Immerhin sind wir beide uns in seinem Haus zum ersten Mal begegnet. Ich hätte nicht erwartet, dass ein Mann, der in der Gunst des Kaisers steht, so ein Schurke sein kann.»

«Manchmal verraten uns die, denen wir am meisten vertrauen», erwiderte er leise. Dabei sah er mich noch immer nicht an.

Bei seinen Worten hielt ich inne. Fast exakt das Gleiche hatte Noor zu mir gesagt, als wir zusammen im Gefängnis waren! Ich umklammerte das Geländer fester, um meine Hände vom Zittern abzuhalten. Oder um mich selbst davon abzuhalten, ihn mit ebendiesen Händen zu erwürgen.

«Was weißt du denn von Verrat?» Ich versuchte, meine Stimme möglichst weich klingen zu lassen – aber sie hörte sich immer noch schroff und aggressiv an, eher wie eine Anschuldigung als wie eine Frage. Als wollte ich sagen, dass er unmöglich verstehen konnte, was es hieß, betrogen zu werden.

Mazin sah mich an. In seinen Augen konnte ich eine Frage lesen. Er öffnete den Mund, um etwas zu sagen – doch stattdessen brach ein Tumult am Eingang aus. Wir drehten beide unsere Köpfe in diese Richtung.

Ein dröhnendes Lachen übertönte das festliche Treiben, und sein grausamer Beiklang verriet mir genau, wer da gekommen war.

Darbaran.

Der Gast, auf den ich gewartet hatte.

«Was will *der* denn hier?» Mazin erstarrte. Sein Blick bohrte sich in Darbaran, der in Begleitung einiger Freunde vor der Tür stand.

«Der Hauptmann?», fragte ich und versuchte, meine Belustigung hinter gespielter Unschuld zu verbergen. Mazin hatte Darbaran schon immer gehasst – und das aus gutem Grund. Die kleine Kakerlake hatte sich an den Frauen im Palast vergriffen. Doch Sanaya wusste das nicht. Sollte Mazin ruhig mein Retter in der Not sein.

«Er hat mir kürzlich geholfen. Und ich bin ihm sehr dankbar für die zusätzliche Sicherheit, die er meinem Haus mit seiner Anwesenheit beschert.» Ich lächelte Maz an, der Darbaran weiterhin mit giftigen Blicken beschoss. «Du magst ihn nicht?»

Mazin wandte sich wieder mir zu, und seine wütend gerunzelte Stirn glättete sich. «Darbaran war früher im Palast tätig. Er war der Hauptmann der königlichen Garde. Und er ist nicht unbedingt ... ein Mensch, mit dem ich gerne Zeit verbringe.» Er musterte mich, als wüsste er nicht, wie weit er mir vertrauen konnte.

Überhaupt nicht, hätte ich ihm fast geantwortet. Stattdessen starrte ich ihn mit großen Augen an und hoffte, dass ich dabei möglichst naiv wirkte.

Er leckte sich über die Lippen. Mein Blick wanderte direkt zu seinem Mund.

«Das bleibt doch unter uns?»

«Wie bitte?» Ich sah zu ihm auf. «Oh, natürlich.» Leise räusperte ich mich. «Weißt du etwas über Darbaran, das ich nicht weiß? Nach der Sache mit Casildo bin ich ganz unsicher, wem ich überhaupt noch trauen kann.»

«Du kannst dich nicht auf Darbaran verlassen», erklärte er unverblümt und presste die Lippen zusammen. «Mehr kann ich nicht sagen. Aber bitte vertrau ihm auf keinen Fall deine Sicherheit an.» Er wirkte so besorgt, dass ich fast gelacht hätte. Darbaran könnte mir nichts anhaben – selbst wenn er tausend Stadtwachen hinter sich hätte.

Ich beugte mich näher zu Mazin. «Aber wem soll ich meine Sicherheit dann anvertrauen? Dir?» Ich sprach das letzte Wort ganz leise aus. Es hing zwischen uns wie ein Anker.

Einen Moment lang starrten wir einander an. Ich konnte

nicht sagen, ob ich zu viel gewagt hatte. Doch dann rückte Mazin näher an mich heran, bis nur noch wenige Zentimeter uns trennten.

«Wenn du möchtest.»

Ich atmete tief durch. Mein Herz klopfte, als käme ich gerade direkt vom Schlachtfeld.

Er hatte einen Schwertkampf vorgeschlagen – und einen bekommen. Doch wir führten keine Talwars als Waffen, sondern unsere Worte. Unsere Körper. Es war ein Kampf der Intimität, bei dem wir den richtigen Schlag landen mussten. Austesten mussten, wo die Stärken unseres Gegners lagen. Wenn man vorschnell handelte – wenn man den falschen Fuß nach vorne setzte –, konnte man alles verlieren. Aber wenn es etwas gab, worin ich gut war, dann war es die Kriegsführung.

Ich befeuchte meine Lippen. «Und was möchtest *du*?»

Er stieß ein leises Lachen aus, das mir bis in die Magengrube drang.

«Ich möchte, dass du in Sicherheit bist», antwortete er leise. «Immerhin hast du meine Schwester gerettet.»

«Und das ist der einzige Grund?» Ich zog eine Augenbraue hoch. «Weil ich deine Schwester gerettet habe?»

Seine Augen wurden dunkel. Ich spürte die Hitze seines Körpers, die mich magisch anzog: ich die Motte – und er die heiße Flamme. Er spannte seine Hände an, und ich starrte auf die langen Finger hinunter. Hände, die ich so gut kannte wie meine eigenen.

«Ich mache mir Sorgen um deine Sicherheit, Sanaya.»

«Und sonst nichts?», hauchte ich. Damit ging ich so weit, wie ich es gerade noch wagte. Ich hatte noch nie zuvor geflirtet, fing aber an zu glauben, dass ich ziemlich gut darin war. Abgesehen davon, dass ich mir in meinem aufwendigen Kleid ständig Luft zufächeln musste. Es war so reich mit Perlen besetzt, dass ich es mir am liebsten vom Leib gerissen hätte.

«Möchtest du denn, dass da noch mehr ist?», erwiderte er. Ein Lächeln umspielte seine Lippen, doch in seinen Augen lag eine dunkle Hitze.

Oh ja. Das ist genau das, was ich will.

Ich versuchte zu ignorieren, wie dick sich meine Zunge in meinem Mund anfühlte – oder wie laut mein Herz in meiner Brust hämmerte. Stattdessen atmete ich tief aus. Ich konnte nicht zulassen, dass er in dieser Situation die Oberhand gewann! Nicht schon wieder. Ich war es, die hier die Kontrolle hatte.

Ich ging hinüber zu einer nahe gelegenen Nische. Maz folgte mir, als ob ich ihn an einer Schnur hinter mir herziehen würde.

«Du faszinierst mich, Mazin.» Ich sprach ganz leise, und er musste sich vorbeugen, um mich besser hören zu können. Ich verzog meine Lippen zu einem Lächeln und trat tiefer in die sichtgeschützte Nische ein. «Du beschützt deine Schwester mit aller Macht. Du bist deinem Kaiser gegenüber loyal. Und du bist um meine Sicherheit besorgt.» Ich hob eine Braue. «Und doch bleibst du unnahbar – du hältst mich auf Distanz. Ich kann einfach nicht in dir lesen, auch wenn ich das gerne könnte.» Ich presste meine Hände an meine Seiten, um meine Nervosität zu verstecken. Fürchtete, mich irgendwie zu verraten. Ein Teil von mir wünschte sich, ich wäre erfahrener im Umgang mit Männern, hätte mehr Erfahrung im Manipulieren und Verführen.

Aber Mazin war der einzige Mensch, mit dem ich je zusammen gewesen war. Und so war es schwierig, jetzt meine Gefühle im Zaum zu halten. Ich musste aufkeimende Intimität vortäuschen, während mein Körper bereits genau wusste, wie sie sich mit ihm anfühlte.

«Und wie würdest du gerne in mir lesen?» Er kam näher. Seine Brust berührte fast meine. Wir standen im Schatten eines Vorhangs, und ich konnte den Rhythmus seines Atems spüren.

«Ich würde in dir lesen wie in einem Roman: von der ersten bis zur letzten Seite, um alles über dich zu erfahren.»

Er legte den Kopf schief. «So nebenbei? Du würdest mich nur dann hervorholen, wenn dir gerade danach ist?»

Ich schnaubte. «Liest du so deine Romane, Mazin? Wie uninspirierend! Nein, ich würde dich in einem wilden Rausch verschlingen, bei Kerzenlicht, bis ich jede Seite gelesen und auswendig gelernt habe. Und dann blättere ich wieder zurück und fange von vorne an.»

Seine Augen flammten hell auf, die goldenen Flecken in dem satten Braun erwachten wie Glut zum Leben. Er rückte näher an mich heran, bis ich mit dem Rücken gegen die Wand stieß. Ich setzte ein verschämtes Lächeln auf – und forderte ihn gleichzeitig heraus, noch weiter zu gehen. Ich wollte alles! Wollte ihn gleich hier, in diesem Moment. Wollte, dass er dachte, er hätte mich.

«Ah.» Er biss sich auf die Unterlippe und ließ seinen Blick über mein Gesicht schweifen. «Vielleicht lese ich einfach die falschen Bücher. Soll ich dir verraten, wie ich *dich* lesen würde?»

Ich zitterte und schlang die Arme um mich, als ob sie mein Herz schützen könnten. Denn ich hatte vergessen, wie es war, wenn er mich mit diesen dunklen Augen ansah.

Er schien mein Schweigen als Zustimmung zu werten und fuhr fort: «Ich würde dich lesen wie eine heilige Schrift. Wie ein Gebet. Und dir dabei meine Verehrung zu Füßen legen.» Er sprach leise, als würde er tatsächlich beten oder eine Beschwörungsformel der Dschinn rezitieren. Worte, die von Magie und Macht flüsterten.

Ich atmete scharf durch die Zähne ein. Die Spannung zwischen uns war körperlich greifbar. Die Erinnerung an allzu vertraute Dinge stieg in mir auf: seine Arme, die er um mich geschlungen hatte. Seine Lippen, die auf der Haut in meiner Halsbeuge lagen. Seine Hände auf meinen Schenkeln.

Ich blickte in seine glühenden Augen – und übernahm die Kontrolle über diesen Moment. «Nur zu meinen Füßen?»

Er bewegte sich so schnell, dass ich es kaum wahrnahm. Schneller als in jedem Schwertkampf, den wir je ausgetragen hatten. Sein Mund schmiegte sich heiß und drängend an meinen. Sein Körper umgab mich, schützte mich, als wäre er ein Banyanbaum, der mich vor dem Monsun beschirmte.

Fast hätte ich geschluchzt.

Es war genau so, wie ich es in Erinnerung hatte: alles, was früher zwischen uns so real gewesen war. Es brachte mich dazu, um das Mädchen zu weinen, das ich gewesen war – hoffnungslos verliebt, leichtsinnig und viel zu vertrauensvoll.

Ich erwiderte seinen Kuss.

Erwiderte seinen Kuss, obwohl meine Haut in Flammen stand. Obwohl er einen Sturm in mir auslöste, der zwischen meinem Kopf und meinem Herzen tobte. Mein Körper seufzte vor Erleichterung auf, weil er endlich wieder von ihm berührt wurde. Doch mein Kopf erkannte ihn als den, der er war: der Junge, der mir erst alles gegeben und dann alles niedergebrannt hatte.

Meine Hände klammerten sich an seinen dunklen Sherwani, und in meinem Kopf drehte sich alles. Ich war mir nicht sicher, ob ich ihn näher zu mir ziehen sollte – oder ihn mit meinem Dolch niederstechen.

Aber das würde ich nicht tun! Noch nicht. Nicht, bevor ich sein Innerstes in Asche verwandelt hatte, so wie er meines verbrannt hatte. Es sollte nichts mehr von ihm übrig sein außer diesem Verlangen. Wie ein Verdurstender in der Wüste sollte er um mich betteln: die Fata Morgana, die ihn womöglich retten konnte.

Und die schlussendlich beschloss, ihn verdursten zu lassen.

NEUNUNDZWANZIG

Ich wollte dich und Mazin nicht dabei unterbrechen, euch gegenseitig das Gesicht abzuschlecken. Aber wir haben ein Problem.»

Ich sah Noor finster an und verschränkte die Arme vor der Brust.

Als Noors Hüsteln uns aufgeschreckt hatte, waren Mazin und ich regelrecht auseinandergesprungen. Ich hatte eine Entschuldigung gemurmelt und zugelassen, dass sie mich in mein Schlafzimmer zerrte. Dabei konnte ich Maz nicht einmal ansehen – nicht, nachdem ich mich in dem Kuss mit ihm fast verloren hätte. Meine Finger betasteten meine Lippen, als ob ich ihn so noch einmal schmecken könnte.

Doch während Noor sprach, machte sich ein einziger ernüchternder Gedanke in meinem Kopf breit und ließ mich nicht mehr los.

Er hält dich für eine andere.

Die Art, wie er mich küsste, wie er mich festhielt, wie er meinen Duft einatmete – das alles hatte er gerade nicht mit mir gemacht. Sondern mit Sanaya.

Wenn es irgendetwas gab, das meine alten Gefühle für ihn zerstören konnte, dann war es das.

Offensichtlich hatte er nie die gleichen Gefühle für mich gehegt wie ich für ihn. Sonst wäre er nicht fähig gewesen, eine andere auf diese Weise zu küssen! Ich hätte das ganz sicher nicht gekonnt.

Du willst ihn töten, rief ich mir ins Gedächtnis.

Mein Herz fühlte sich an, als würde es in zwei Hälften zersplittern. Das ergab keinen Sinn, denn er hatte es mir doch eigentlich bereits herausgerissen.

Stöhnend vergrub ich meinen Kopf in den Händen. Es war an der Zeit, unsere anderen Pläne voranzutreiben! Den Fokus auf jemand anderen zu richten. Noors Worte drangen endlich zu mir durch.

«Von welchem Problem redest du?», fragte ich durch meine Hände hindurch.

«Darbaran beißt bei unserem Köder nicht an.»

Ich hob den Kopf. Darbaran war der allerletzte Mensch, über den ich in diesem Moment sprechen wollte.

«Dann versüße ihm den Köder zusätzlich», sagte ich verärgert.

«Wie denn? Ich habe ihm ganz subtil Gold und Juwelen angeboten. Mehr Geld, als er sich erträumen kann. Ich habe ihm *alles* versprochen.»

Ich sah mich in meinem Zimmer um, und mein Blick fiel auf den Fußboden. Das rief mir in Erinnerung, was sich darunter verbarg. «Nicht alles.» Ich lehnte mich in meinen mit kostbaren Decken ausgekleideten Stuhl zurück. «Wenn die Gier ihn antreibt, dann müssen wir diese Schwäche ausnutzen.»

Noor richtete sich auf und deutete zur Tür. «Dann viel Spaß dabei.»

Ich straffte die Schultern, die Entschlossenheit stählte mein Rückgrat. Heute Abend musste wenigstens *eine* Sache gut laufen! Und wenn ich schon bei Mazin nicht die Oberhand behalten konnte, so würde ich mir ganz sicher nicht von einem Wiesel wie Darbaran die Zügel aus der Hand nehmen lassen.

Darbaran nahm einen tiefen Schluck aus der Flasche in seiner Hand. Dann lachte er laut auf und spuckte den dunklen Schnaps in den nahen Teich. Seine Freunde hüpften um den Teich herum und kreischten die Schwäne an.

Am liebsten hätte ich sie der Gnade der wehrhaften Vögel überlassen, mich zurückgelehnt und dabei zugesehen, wie sie ihnen die Augen aushackten. Stattdessen setzte ich ein amüsiertes Lächeln auf und ging auf die kleine Gruppe zu. Darbaran sollte am Ende glauben, er hätte sich das alles ausgedacht.

«Danke, dass du zu meinem Fest gekommen bist.»

Drei weitere Männer waren bei ihm. Zwei von ihnen trugen die kastanienbraunen Kurtas der Stadtwache. Der Dritte war in die gleiche dunkle Kurta gekleidet wie Darbaran. Alle warfen sie mir Blicke zu, die mich erschaudern ließen.

«Und danke auch, dass du deine ... charmanten Freunde mitgebracht hast.»

Er betrachtete mich lüstern. Aber so sah Darbaran jede Frau an, die auch nur an ihm vorbeiging. Bei meinen früheren Besuchen im Palast zusammen mit meinem Vater hatte ich mehr als einmal den Absatz meines Schuhs auf seinen Fuß knallen lassen.

«Das Vergnügen ist ganz meinerseits, Sahiba.» Sein Blick wanderte über meinen Körper. Ich zwang mich, teilnahmslos zu bleiben. Nicht durchscheinen zu lassen, dass ich ihm am liebsten die Kehle herausreißen wollte. Er war nur ein paar Jahre älter als ich und hatte ein Gesicht wie ein Mungo, mit einer kleinen Knubbelnase und wachen Augen. Irgendwie wirkte er immer so, als habe er sich lange nicht mehr gewaschen. Trotz seines neu gewonnenen Reichtums sah er nicht gepflegter aus als in den Tagen vor meiner Verhaftung – er glich immer noch einem Verbrecher von der Straße, nur in feinerer Kleidung.

«Verratet mir», setzte er an und trat an mich heran, «wie ist eine Frau aus dem Norden nur zu solchem Reichtum gekommen?» Er betrachtete die Armreifen an meinem Handgelenk, und seine Augen funkelten.

Bei seinen Worten versteifte ich mich. Denn sein Tonfall verriet mir, dass er auf die Menschen der nördlichen Völker herabblickte. Ich dachte an meine schöne Mutter und ihre Erzählungen über ihre Kindheit im Norden, während sie mir am Kamin die Haare flocht.

«Nun», erwiderte ich gespielt unbekümmert, obwohl ich den mühsam unterdrückten Zorn hinter meinen Worten heraushören konnte. «Im Norden gibt es *viele* Bodenschätze und *großen* Reichtum.» Ich knirschte mit den Zähnen. «Aber das ist nicht der Grund für den Wohlstand meiner Familie ...» Ich warf einen Blick über die Schulter zu seinen Freunden. Dann rückte ich näher an ihn heran und ließ meine Stimme zu einem Flüstern werden. Er senkte den Kopf, um meine Worte verstehen zu können.

«Oh, Saab, eigentlich sollte ich das nicht verraten.» Ich sah mich um und wartete, bis seine Freunde bei den Schwänen auf der anderen Seite des Teiches waren. «Ich möchte nicht, dass jemand einen falschen Eindruck bekommt. Weißt du, es ist nicht wirklich ... *legal.*»

Seine Augen weiteten sich interessiert.

«Aber, Sahiba – Ihr könnt mir vertrauen! Ich werde keiner Menschenseele davon erzählen.» Seine Stimme war schmierig und schmeichelnd. Ich konnte die Erregung spüren, die er ungeschickt zu verbergen versuchte.

Ich schenkte ihm ein erleichtertes Lächeln und griff nach der filigranen goldenen Halskette, die auf meiner Brust lag. Seine Augen folgten meinen Händen. Er musterte das Schmuckstück und schien abzuschätzen, wie viel es wert war.

«Das ist gut zu wissen. Du hast mir sehr geholfen, besonders bei der Sache mit Casildo.»

«Ich tue, was ich kann, damit die Missetäter in dieser Stadt zurechtgestutzt werden.» Er spuckte auf den Boden und fuhr sich mit der Zunge über seine Zähne.

«Und ich bin dir so dankbar dafür.» Ich trat über seinen Spuckeklumpen hinweg. «Aber ich benötige einmal mehr deine Hilfe. Ich würde gerne eine … bestimmte *Ware* unentdeckt transportieren. Eine *illegale* Ware.»

Seine Augen fokussierten sich auf mich, sie funkelten wild vor Erwartung. «Dabei kann ich Euch behilflich sein, Sahiba.»

Ich wich ein wenig zurück und schüttelte den Kopf. «Nein, nein. Ich sollte dich da nicht mit reinziehen.» Nachdenklich biss ich mir auf die Unterlippe. «Es wäre unglaublich lukrativ … Aber ich kann dich nicht bitten, etwas zu tun, was deine Position gefährden könnte.»

«Ich habe nichts dagegen, ab und an ein kleines Risiko einzugehen», sagte er begehrlich. Dann schien er sich wieder zu fangen. «Nicht, wenn ich damit einer neuen Bürgerin unserer Stadt helfen kann, meine ich natürlich.»

Ich zeigte lächelnd meine Zähne.

Er neigte den Kopf und kam näher zu mir, als wären wir enge Vertraute. Rohe Zwiebeln und abgestandener Schweiß krochen mir in die Nase. Ich hielt mir eine Hand vors Gesicht, um den Gestank nicht einatmen zu müssen.

«Wobei kann ich Euch denn helfen, Sahiba?»

«Das ist nichts, was wir hier besprechen sollten.» Mein Blick schweifte misstrauisch umher. Der Garten war ziemlich menschenleer. Die Leute flüchteten aus der Hitze im Freien und zogen sich in das kühle Haus zurück.

Darbarans Freunde wurden inzwischen von den Schwänen durch den Garten gejagt, die endlich genug von ihren Hänseleien hatten. Einige Diener versuchten vergeblich, die Vögel zu bändigen.

«Ich bin in den Besitz einer beträchtlichen Menge einer streng kontrollierten *Ressource* gekommen …» Ich ließ meine

Stimme absichtlich für einen Moment verklingen. «Eine Ressource, zu der normalerweise nur der *Kaiser* selbst Zugang hat. Und ich suche eine Gelegenheit, sie möglichst rasch zu verkaufen. Ich hatte bereits einen Käufer an der Hand, aber diese Option kommt inzwischen nicht mehr infrage.» Ich schlug die Hände zusammen und versuchte, ernst zu wirken.

Darbaran starrte mich mit leicht geöffnetem Mund an. Ich konnte sehen, wie sich die Zahnräder in seinem kleinen Gehirn drehten. «Ihr meint ...» Er konnte das Wort nicht einmal aussprechen.

«Ja», hauchte ich und presste mir eine Hand auf die Brust. «Genau das meine ich.»

Ein seltsames Leuchten trat in seine Augen. «Wie viel habt Ihr?» Er flüsterte die Frage, als wäre er sich nicht sicher, ob er überhaupt noch sprechen konnte.

Ich biss mir auf die Unterlippe, zog die Spannung weiter in die Länge. «Eine beträchtliche Menge.» Kurz zögerte ich. «Auf jeden Fall mehr, als ich selbst transportieren kann.»

«Ist Euch klar, was das bedeutet?» Seine Stimme wurde vor Aufregung lauter. «Der Kaiser hat alle undichten Stellen in seiner Produktion beseitigt! Entsprechend wäre das mehr wert, als wir uns überhaupt vorstellen können.» Sein Blick war auf irgendetwas in seiner Fantasie gerichtet. Unverhüllte Gier hatte sich in seine Stimme geschlichen, dick wie Rosenblütensirup. Er zählte bereits das Geld, das er mit dem Verkauf von Zoraat verdienen würde.

Ich schaute ihn hoffnungsvoll an. «Du kannst mir also helfen?»

Sein Blick wurde verschlagen, und ein dunkles Lächeln umspielte seine Mundwinkel. «Sahiba, es wäre mir eine Ehre.» Er legte sich seine Handfläche auf die Brust. «Allerdings wäre es in der Tat ein großes persönliches Risiko für mich. Es wird teuer werden – vor allem, da man so diskret vorgehen muss.»

«Natürlich. Was auch immer es kostet – ich werde es bezahlen.»

Diese Worte ließen ihn regelrecht vor Aufregung vibrieren. «Ich werde auch einen Anteil des Gewinns einbehalten müssen. Ihr versteht das gewiss», sagte er leise.

Meine Augen wurden groß. «Natürlich, Hauptmann! Ich bestehe sogar darauf.»

«Dann sind wir uns also einig.» Darbaran hielt mir seine Hand hin. Eine Sekunde lang spielte ich mit dem Gedanken, sie auszuschlagen, damit ich ihn nicht berühren musste.

Ich dachte an meine Festnahme zurück. Wie er mich durch die Gänge des Palastes zerrte, nachdem Maz mir den Rücken zugekehrt hatte. Ich dachte an Darbarans Gesichtsausdruck. Daran, wie er mich gröber als nötig anpackte und mich in eine Zelle des Palastkerkers warf, ehe ich schließlich ins Gefängnis überführt wurde.

Galle stieg in meiner Kehle auf, als ich seine Finger umfasste und seine feuchte, klebrige Hand kurz schüttelte.

«Ich werde meine Dienerin Noor bitten, dich über die nächsten Schritte auf dem Laufenden zu halten.» Ich ließ seine Finger los und widerstand dem Drang, mir die Hand an meinem Gewand abzuwischen. «In Kürze sollte eine Lieferung für dich bereitstehen. Kannst du bis dahin einen Käufer finden?»

«Oh, es wird eine Menge Interessenten geben, Sahiba», erwiderte er, und seine Stimme bebte vor Vergnügen.

Ich machte mich auf den Weg zurück nach drinnen, aber eine Bewegung in der Nähe des Banyanbaums erregte meine Aufmerksamkeit.

Als ich mich umdrehte, verschwand jemand in den Schatten. Doch zuvor erhaschte ich noch kurz einen Blick auf einen schwarz-goldenen Sherwani.

DREISSIG

Früher

Ich habe dir gesagt, du sollst mich in Ruhe lassen! Ich habe dir nichts zu sagen.» Anams Stimme durchbrach die Stille des Palastes, und sie sprach so vehement, dass ich hellhörig wurde. Ich hatte keine Ahnung, mit wem sie da redete. Aber ich wusste, dass es niemand war, den ich mögen würde.

«Was willst du denn tun?», höhnte eine Stimme. «Es deinem Bruder sagen?»

Ich saß in einem weichen Sessel auf der Loggia, verborgen hinter einer Tür, und runzelte die Stirn. Konzentriert versuchte ich, die Stimme des Mannes einzuordnen. Sie klang nasal, weinerlich. Irgendwie schief, wenn eine Stimme sich überhaupt schief anhören konnte.

«Natürlich nicht!», schoss Anam zurück. «Ich kann sehr gut selbst auf mich aufpassen.»

Ich lächelte, und Stolz erfüllte meine Brust. Sie gab nicht klein bei! Aber ich wollte nicht, dass sie allein mit diesem Mann fertigwerden musste.

Also ging ich durch die Tür – und sah, wie ein junger Mann mit verkniffenem Gesicht Anams Handgelenk festhielt. Er trug den dunklen Sherwani der Palastwachen, doch über seine Schulter war eine goldene Schärpe geschlungen. Ich versuchte mich daran zu erinnern, was diese Schärpe bedeutete. Doch da griff er wieder nach ihr, und Wut verdrängte all meine Gedanken.

«Hast du den Dolch verloren, den ich dir gegeben habe, Anam?» fragte ich laut, während meine Finger über dem Talwar an meiner Hüfte schwebten.

Sie erschraken beide. Der junge Mann wirbelte zu mir herum.

Anam nutzte die Gelegenheit und riss ihren Arm aus seinem Griff. Seine Finger zeichneten sich deutlich als roter Abdruck auf ihrer Haut ab. Ich kniff die Augen zusammen und trat einen Schritt vor.

«Und?» Ich neigte den Kopf.

Anam starrte mich an. Ihr schien erst jetzt wieder einzufallen, dass ich ihr eine Frage gestellt hatte. «Ich ... Nein. Ich habe ihn nicht verloren.» Sie machte einen eiligen Schritt auf mich zu.

«Warum hat dieser Mann dann noch seine Augen?» Lächelnd richtete ich meinen Blick auf ihn.

Anam entfuhr ein Lachen. Der Mann mit dem Mungo-Gesicht aber starrte mich an.

«Wer bist du?» Mit gekräuselten Lippen musterte er mich. Sein Blick blieb an meinem schlichten Kamiz hängen – dann an meiner Hand, die auf dem Schwert an meiner Hüfte ruhte. «Dieses Gespräch geht dich nichts an! Und wieso durftest du überhaupt eine Klinge mit in den Palast nehmen?»

«Ich bin die Tochter des kaiserlichen Waffenmeisters.» Ich verschränkte meine Arme. «Und *wer* bist *du*?»

«Das ist Darbaran, der neue Hauptmann der Palastwache.» Anam rückte näher an mich heran. Mir entging nicht, wie sie schützend ihre Arme um sich schlang. Die zart gemusterten Stickereien auf ihrem Kamiz spannten sich durch die Bewegung.

Ich musterte den Kerl von Kopf bis Fuß – jenen herablassenden Jungen, der Anam offenbar zu irgendetwas zwingen wollte. «*Dieses* Wiesel?»

«Dani!» Anam verbarg ihr Lachen hinter ihrer Hand.

Das Wiesel jedoch wurde knallrot. «Wenn du weiter so mit

mir redest, lasse ich dich festnehmen», presste er hervor und griff nach seinem Schwert.

«Ich würde dir die Hand abschlagen, bevor du auch nur deinen Säbel gezogen hast.»

Ich wandte mich von ihm ab.

Wende deinem Gegner niemals den Rücken zu! Ich konnte Babas Stimme förmlich in meinem Kopf hören. Doch ich ignorierte sie.

Das Geräusch von Metall, das aus der Scheide gezogen wurde, jagte einen Schauer der Erregung über mein Rückgrat. Sollte Darbaran mich tatsächlich angreifen, würde er es rasch bereuen!

«Darbaran, bitte, das ist nicht klug», flehte Anam.

«Ist schon gut, Anam. Soll er es ruhig versuchen.»

«Was glaubst du eigentlich, wer du bist?», spie er aus.

Ich sah über die Schulter zu ihm.

«Ich habe dir schon gesagt, wer ich bin. Wenn du das nicht verstehst, ist das dein Pech.» Ich zog meinen Talwar. «Es wird mich nicht besonders anstrengen, dich zu töten.»

«Dann wird der Kaiser dir den Kopf abschlagen!»

Ich zuckte mit den Schultern. «Für eine gute Sache gebe ich meinen Kopf gerne her. Und die Welt von dir zu befreien, wäre gewiss für alle eine überaus gute Sache.»

«Darbaran, verschwinde einfach», drängte Anam mit leiser Stimme. Dann legte sie ihre Hand auf meinen Arm. «Tu das bitte nicht. Er ist es nicht wert.»

Darbarans blitzende Augen wanderten zwischen ihr und mir hin und her. Für einen Moment starrten wir uns wortlos an, den nackten Stahl in der Hand.

«Ich gehe», sagte er schließlich und schob seinen Krummsäbel zurück in die Scheide. «Aber nicht, weil du mir gedroht hast! Sondern weil andere Pflichten auf mich warten. Glaub ja nicht, ich würde das hier vergessen.»

Ich verdrehte die Augen.

«Ich hingegen habe dich schon vergessen, obwohl du immer noch da bist.» Dazu schenkte ich ihm ein zuckersüßes Lächeln und genoss es, wie sein Gesicht rot anlief, ehe er schließlich durch die Tür zur Loggia davonstürmte.

«Du hättest dich nicht so über ihn lustig machen sollen», sagte Anam leise und trat an mich heran. Ein Sonnenstrahl berührte sie von hinten und ließ einen schwachen Rotstich in ihrem Haar hervortreten. Mazins Haar besaß den gleichen Farbton, und manchmal ertappte ich mich dabei, wie ich die vielen Schattierungen anstarrte, die das Licht der untergehenden Sonne darin hervorholte. «Er hat einigen Einfluss im Palast.»

«Wie kommt das?» Ich runzelte die Stirn. Der Kerl konnte nicht viel älter sein als Maz. «Er wirkt auf mich etwas jung für einen Hauptmann der Wache. Was ist mit Hassan passiert?»

«Hassan wurde entlassen, und Darbaran hat seinen Platz eingenommen. Sein Vater ist ein Freund des Kaisers, ein Kerkermeister. Ich glaube, der Kaiser nimmt gerne Leute in seine Dienste, die komplett von ihm abhängig sind. So sichert er sich ihre Loyalität.» Anams Stimme war nicht mehr als ein Flüstern. Sie biss sich auf die Unterlippe, als könne sie nicht glauben, dass sie diese Worte gerade ausgesprochen hatte.

Ich jedenfalls konnte es ganz sicher nicht glauben!

«Aber Anam – das war ja schon fast Verrat! So etwas habe ich noch nie von dir gehört.» Ich warf ihr ein Lächeln zu, schließlich kannte sie meine Meinung über den Kaiser. Und seit Maz mir berichtet hatte, was Vahid ihm angetan hatte, war mein Zorn auf ihn nur noch größer geworden.

Ich hatte nie mit Anam darüber gesprochen und hatte keine Ahnung, ob sie wusste, dass Kaiser Vahid ihre Mutter getötet hatte. Vermutlich würde Maz es ihr noch irgendwann erzählen.

Ich setzte mich wieder in meinen Sessel auf der Loggia. Anam nahm neben mir Platz. Stirnrunzelnd starrte ich auf die Quetschung an ihrem Arm, die morgen ein blauer Fleck sein würde. Ein Fleck, den sie vielleicht ihrem Bruder erklären musste. Sie schenkte uns Hibiskustee ein und nahm einen großen Schluck.

«Aber mal im Ernst – wo ist der Dolch, den ich dir gegeben habe? Du solltest dich nicht mit Kerlen wie ihm herumschlagen müssen.»

Sie lächelte, und Erleichterung durchfuhr mich. Es war traurig gewesen, ihre Angst zu sehen, als Darbaran sie gepackt hatte.

«Ich habe ihn heute nicht dabei.» Sie blickte auf ihre silbernen Kleider herunter: eine luftige Bluse, bestickt mit einem Blumenmuster und kleinen Spiegeln. Ihre Hose war mit dunkelblauen Perlen in einem ähnlichen Muster besetzt. «Er hat nicht zu meiner Kleidung gepasst.»

Ich starrte sie an. «Ein Dolch passt zu *jeder* Kleidung!»

«Das sagst du nur, weil du dich bei der Wahl deiner Kleider eindeutig an deinen Klingen orientierst. Die meisten Leute machen es andersherum.»

«Ich nicht», schnaubte ich und blickte auf meinen rostfarbenen Kamiz hinunter. Mein Vater bestand darauf, dass ich ihn im Palast trug. Wenn ich stattdessen meine einfache Kurta für das Kampftraining hätte tragen dürfen, dann hätte ich das getan. Vor allem, da ich hier sowieso für gewöhnlich mit Maz und seinen Freunden auf den Übungsplatz ging. Der Talwar, den ich dafür mitgebracht hatte, war einer von Babas schönsten; schimmernde Smaragde waren in seinen Griff eingelassen. Er passte perfekt zu dem dunklen Rot meiner Kleidung.

Ich runzelte die Stirn. «Hm. Ich schätze, mein Kamiz passt in der Tat zur Klinge.»

«Das ist bei dir immer so!» Anam ließ sich auf den Diwan zurücksinken.

«Aber was war das eben?» Meine Stimme klang ernst. Ich wollte Anam keine Angst einjagen, falls sie noch nicht über das sprechen wollte, was zwischen ihr und Darbaran vorgefallen war. «Redet Darbaran immer so mit dir?»

«Ach, das war nicht weiter schlimm. Darbaran wollte, dass ich mit ihm auf die Galerie gehe. Aber ich habe ihm gesagt, dass ich bereits mit dir zum Mittagessen verabredet bin.»

Ich musterte sie. «Das war nicht das erste Mal, dass er versucht hat, dich zu etwas zu zwingen.» Ich legte den Kopf schief. Es lag eine gewisse Vertrautheit in der Art und Weise, wie sie miteinander umgingen.

«Ja. Und das nächste Mal habe ich meinen Dolch dabei!» Sie nickte, ein kleines Lächeln auf den Lippen. «Mach dir nicht so viele Gedanken deswegen.»

«Soll ich deinen Bruder darauf ansprechen?»

Sie setzte sich auf. «Auf keinen Fall! Dann wird er mich noch viel schlimmer überbehüten, als er es ohnehin schon tut. Wenn das so weitergeht, darf ich mein Zimmer bald überhaupt nicht mehr verlassen.»

«Lern, dich selbst zu verteidigen. Dann kannst du beweisen, dass du keinen Schutz nötig hast», schlug ich ihr vor. «Maz ist nicht die Art von Mann, die andere einsperren will.»

«Nein, das ist er nicht. Aber er denkt genauso wie du. Ich soll lernen zu kämpfen. Aber ich bin nicht wie ihr beide! Die Kämpferei interessiert mich nicht.»

«Na ja, aber du hast schon ein Interesse daran, am Leben zu bleiben, oder?» Ich nahm einen Schluck Tee, und Anam biss in einen der mit kandierten Pistazien bestreuten Kekse.

«Warum sollte ich kämpfen lernen, wenn ich doch dich habe?», nuschelte sie zwischen zwei Bissen.

«Sag mir Bescheid, wenn er so etwas noch mal versucht», erwiderte ich fest. «Ich kann ihn nicht leiden.»

«Ich sage dir Bescheid, versprochen.» Sie blickte in Richtung Garten, wich meinem Blick aus. «Erzähl nur meinem Bruder nicht, was heute passiert ist.»

«Was soll sie mir nicht erzählen?»

Maz betrat die Loggia. Er trug den gleichen schwarzen Sherwani wie Darbaran, aber seiner wirkte makellos und elegant. Als ob Staub und hässliche Falten es nicht wagten, ihm nahe zu kommen.

«Dass sie ihr Kampftraining wieder aufnimmt», sagte ich. Ohne mit der Wimper zu zucken, begegnete ich Anams flehendem Blick. Maz sah ich jedoch nicht in die Augen – er hätte meine Lüge sofort durchschaut. «Sie ist nachlässig geworden.»

Mazin seufzte. «Sie hört einfach nicht mehr auf mich.» Er musterte Anam mit strenger Miene. «Wir werden vielleicht nicht für immer den Schutz des Palastes genießen, weißt du?»

Sie stieß einen lauten Seufzer aus. «Du machst dir zu viele Sorgen. Hinter diesen Mauern kann uns niemand etwas anhaben.»

«Ich wette, das dachte der alte König auch», schaltete ich mich ein und nahm einen Schluck von meinem Tee.

«Ja, aber er gebot nicht über die Macht der Dschinn.»

Ich prostete ihr mit dem Tee zu. «Stimmt.»

Anam verschränkte die Arme und blickte zu ihrem Bruder auf. «Worüber machst du dir überhaupt solche Sorgen?»

«Wir dürfen uns nicht darauf verlassen, dass es für immer so bleiben wird, Anam.» Er breitete seine Arme aus und deutete auf den Palast. Ich wusste, dass sie aus einem kleinen Dorf stammten. Maz hatte mir von der Armut erzählt, in der er aufgewachsen war. Anam war noch ein Säugling gewesen, als der Kaiser sie aufnahm, sie konnte sich nicht an diese Zeit erinnern.

«Du kannst nicht einfach immer davon ausgehen, dass du schon irgendwie beschützt werden wirst.» Sein Blick wirkte gequält. Ich spannte meine Hand an und hätte fast spontan nach meiner Klinge gegriffen. Wenn ich mir vorstellte, was er durchgemacht hatte, als seine Eltern starben ... Als er wusste, dass er der Einzige war, der sich um seine Schwester kümmern würde … Und als ihm dann klar wurde, dass er keine andere Wahl hatte, als ihr Schicksal in Vahids Hand zu geben … Bei so vielen bitteren Gedanken verspürte ich das plötzliche Bedürfnis, jemanden abzustechen.

Maz führte sein Leben, als könne ihm jegliche Sicherheit jederzeit wieder genommen werden.

«Ich stimme deinem Bruder zu. Du solltest dein Training auf jeden Fall wieder aufnehmen! Aber in einem Punkt bin ich nicht seiner Meinung.» Ich rutschte näher an Anam heran.

Maz neigte seinen Kopf in meine Richtung. «Und das wäre?» Er klang gereizt, doch zum Glück war die Bitterkeit aus seiner Stimme verschwunden.

Ich hob mein Glas und zwinkerte Anam zu. «Du darfst dich darauf verlassen, dass *ich* dich immer beschützen werde.»

EINUNDDREISSIG

Hat er es dir abgekauft?» Noors Stimme drang durch die Panik, die mich überfallen hatte, sobald ich den Garten verließ. Jemand anderes war dort gewesen, mit Darbaran und mir. Und ich schreckte davor zurück, meinen Verdacht laut auszusprechen, wer es gewesen war.

Hatte Mazin uns gerade beobachtet? Wie viel hatte er von unserem Gespräch mitbekommen?

Wir verabschiedeten unsere letzten Gäste, und ich wandte mich wieder an Noor. «Ich habe ihm genau das gegeben, was er wollte: die Aussicht, reicher zu werden, als er es je für möglich gehalten hätte. Was glaubst du, was er getan hat?»

Noor rieb sich den Nacken. «Du hast ihm also die Wahrheit gesagt? Das ist ein riskanter Zug!»

«Dieser ganze Plan ist riskant. Aber das wussten wir vorher schon.»

Ich ließ mich auf einen Diwan fallen, der mit violetten, pinken und grünen Kissen bedeckt war. Müde massierte ich mir die Schläfen. Alles lief nach Plan. Doch wenn Maz irgendetwas von dem mitbekommen hatte, was ich zu Darbaran sagte, hatten wir jetzt ein Problem.

«Willst du darüber reden?»

Noor setzte sich neben mich und schaute mich eindringlich an.

«Worüber?» Ich wischte ein unsichtbares Staubkörnchen von meinem Oberteil – entschlossen, das Thema Mazin so lange wie möglich zu vermeiden.

Noor schnaubte. «Netter Versuch. Aber du wirst mir jetzt alles bis ins kleinste Detail erzählen!»

Ich schlug die Hände vor die Augen und stöhnte. Ein Kissen landete auf meinem Kopf.

«Au!» Ich setzte mich auf.

«Sei nicht so dramatisch! Das hat nicht wehgetan. Du hast ihn also geküsst.» Es war eine Anschuldigung. Und sie hatte jedes Recht dazu.

Ich hatte ihn geküsst. Es war ein Teil des Plans, ihn zu küssen.

Aber Noor und ich wussten beide, dass der Plan es nicht vorsah, ihn *so* zu küssen. Nicht mit seinen Händen in meinen Haaren, meinen Armen um seinen Hals, aneinandergepresst, als würden wir gleich in Flammen aufgehen.

Er hält dich für eine andere.

Und das war das Schlimmste daran. Ich konnte meine Gefühle für ihn nicht wegwünschen – sie waren schon seit Jahren ein Teil von mir. Sie traten ganz von selbst in den Vordergrund, wenn wir zusammen waren. Aber ich hatte gehofft, ich könnte sie lenken, sie kontrollieren. Doch als er mich küsste, küsste er nicht Dania. Er küsste Sanaya – und empfand diese Gefühle für *sie*.

Das hatte ich vergessen.

«Sprich es nicht laut aus, das macht es real.» Ich drückte mein Gesicht in das Kissen, verzog den Mund.

«Eins ist jedenfalls sicher: Ich hätte nicht erwartet, euch beide regelrecht auseinanderpflücken zu müssen. Aber ...» Noor hielt inne, schien nachzudenken. «Das *ist* es doch, was du wolltest», fuhr sie fort. «Oder nicht?»

Ich seufzte. «Das dachte ich auch. Aber mir fällt es schwerer, es durchzuziehen, als ich dachte.»

Meine Hände ballten sich instinktiv zu Fäusten. Es war viel einfacher, einen Dolch zu führen! Einfacher, wenn meine Waffen blutige Klingen waren – und nicht meine Lippen, meine Oberschenkel und meine Haut.

Und es war einfacher, jemandem einen Dolch in die Brust zu rammen, als mein Herz zu verlieren.

«Du meinst also, du kannst deinen früheren Liebhaber, der dich verraten hat, nicht einfach so eiskalt verführen – ohne dass deine alten Gefühle sich wieder regen?» Sie verschränkte die Arme.

«Kannst du nicht einmal ernst bleiben?» Ich kaute auf meiner Unterlippe herum. «Mich lässt der Gedanke nicht los, dass er eine andere will.»

«Weil er glaubt, er wäre mit einer anderen zusammen, wenn er dich küsst?»

«Ja.»

Noor räusperte sich und lehnte sich mit dem Rücken gegen die Wand. «Du willst, dass ich ernst bin?»

Ich nickte.

«Also gut. Das hier meine ich ernst: Du liebst ihn immer noch.» Sie deutete mit dem Finger auf mich. Ich starrte ihre ausgestreckte Hand an.

Die Worte bohrten sich in mein Inneres. Ich hatte bislang vermieden, es vor mir zuzugeben. Aber ich konnte die Wahrheit tief in meinen Knochen spüren.

Und doch wollte ich es einfach nicht wahrhaben, es schnürte mir regelrecht die Worte ab. «Du hast es doch selbst gesagt: Er hat mich verraten. Mich festnehmen lassen. Zugelassen, dass man mich folterte und im Gefängnis verrotten ließ.» Verbittert brach ich ab und fuhr mir mit den Händen über das Gesicht. «Wie könnte ich so jemanden noch lieben? Wie dumm müsste ich da sein?»

«Man kann seine Gefühle nicht einfach so ein- oder ausschalten, Dania.»

«Für ihn war es anscheinend einfach!» Ich sprang auf. Mein Herzschlag dröhnte mir in den Ohren. Ich wollte, dass er Noor und ihre Vernunft gleichermaßen übertönte.

«Aber du bist nicht Mazin. Du bist nicht wie er.» Noor kam zu mir hinüber. Sie legte ihre Hände auf meine Schultern und verhinderte so, dass ich weiter durch den Raum tigerte. Für eine Minute standen wir einfach nur so da. «*Du* bist keine kaltherzige Bestie.»

«Wirklich nicht?» Ich lachte auf. Ein bitterer Laut, das raue Schaben eines Schwertes auf Stein. «Ich werde aber zu einer.» Diese Worte hatte ich ganz leise ausgesprochen. Ein Flüstern folgte ihnen wie ein Echo – doch es war eine fremde Stimme, die da sprach.

Ja.

«Hast du das gehört?» Ich blickte über meine Schulter auf den leeren Flur hinaus.

«Was soll ich gehört haben?» Noor runzelte die Stirn und schaute in dieselbe Richtung wie ich. Dann wandte sie sich mir wieder zu. Sie schüttelte den Kopf. «Ich mag Mazins Schwester. Willst du sie wirklich immer noch vernichten?»

Ich riss meinen Blick von dem dunklen Korridor los und richtete ihn wieder auf Noor. Die Stimme, die ich in Soumas Höhle gehört hatte, ging mir tief unter die Haut, erfüllte mich mit Grauen. Doch Noor hatte sie nicht einmal wahrgenommen.

Vielleicht verlor ich ja doch langsam den Verstand. Noor starrte mich erwartungsvoll an. Mir wurde bewusst, dass sie noch immer auf eine Antwort wartete. «Maz war meine Familie egal, als er mich ihr weggenommen hat.»

«Das Mädchen ist unschuldig.»

«Das war ich auch», zischte ich. Mein Gesicht war heiß vor Wut. «Ich sollte mich vor dir nicht rechtfertigen müssen. Gerade du solltest das verstehen!»

Noor schluckte. Ich konnte sehen, wie ihr Kiefer arbeitete.

Entnervt kniff ich die Augen zusammen. «Nun sag es schon, wenn es unbedingt herausmuss.»

«Du kannst deine Gefühle nicht einfach auslöschen, Dania!

So bist du nicht. Am Ende wirst du dir nur selbst wehtun – und das mehr, als du ahnst.»

Ich lachte. «Glaubst du, mich kümmert, was mit mir danach passiert?» Ich spürte, wie etwas Schwarzes und Dunkles in meine Brust eindrang – als würde der Hass mich komplett übermannen. Es war nicht länger ich selbst, die da sprach – sondern meine Rache. «Ich bin nur noch ein Werkzeug der Vergeltung», verkündete ich. «Ich existiere einzig, um diejenigen zu vernichten, die mir und meiner Familie schaden wollten.» Meine Finger kribbelten – ein Gefühl, als stünde ich kurz davor, mein Schwert für den Kampf zu ziehen. Das musste reine Kampfeslust sein!

Warum sonst fühlte sich mein Blut so an, als würde es in Flammen stehen? Und warum sonst wollte ich schreien, bis ich heiser war?

Wenn Noor dachte, ich könnte meine Gefühle nicht abstellen – gut, dann war das so. Aber ich konnte sie in etwas anderes verwandeln! Etwas, in dem ich gut war.

Noor wich von mir zurück, die Züge vor Schock verzerrt. «Dania! Deine Augen ...»

«Was?» Verwirrt hob ich die Hand zu meinem Gesicht.

«Ich ... Nichts, das muss das Licht gewesen sein. Für einen Moment sah es so aus ... Schon gut. Aber was du da sagst, meinst du doch nicht wirklich ernst. Du kannst ein komplett neues Leben beginnen, sobald das alles hier vorbei ist!»

Ich wirbelte herum, weg von ihr. Die Wut, die in meiner Brust pulsierte, richtete sich nun gegen Noor.

«Ein neues Leben wäre sinnlos, solange *sie* noch am Leben sind! Wenn ich weiß, dass sie ungestraft davongekommen sind.»

«Dani, hast du dir Mazin mal angesehen? Er sieht nicht so aus, als wäre er ungestraft davongekommen!»

Das brachte mich aus dem Konzept. «Was meinst du damit?»

«Sieht er für dich etwa aus, als ginge es ihm gut?» Sie rieb sich das Kinn. «Ich weiß nicht, wie er früher aussah – aber *jetzt*? Jetzt sieht er nur noch *gequält* aus! Als würde ihn irgendetwas verfolgen.»

Ich hatte die Veränderungen an ihm bemerkt, sie aber ignoriert. Wenn es die Schuld war, die ihn von innen auffraß, dann besaß er wenigstens so etwas wie ein Gewissen. Aber das entschuldigte nicht, was er getan hatte!

«Ein Schatten liegt über seinen Augen», fuhr sie fort. Dabei warf sie die Arme in die Luft und begann nun ebenfalls, auf und ab zu gehen. «Er geht nirgendwohin und tut nichts für sich. Seine ganze Welt besteht einzig darin, die Dinge in Basral am Laufen zu halten, die Soldaten des Kaisers zu befehligen und ihm dabei zu helfen, das Reich mit eiserner Faust zu regieren. Er hegt keine eigenen Träume. Er führt nur Befehle aus, zwanghaft und überfokussiert. Und er scheint eindeutig von einer verdammten Klippe gestürzt zu sein, nachdem du fort warst! Mazin bereut, was er dir angetan hat.»

«Das hoffe ich doch! Und er wird es noch sehr viel mehr bereuen, bevor das alles hier vorbei ist. Ich werde ihm das letzte bisschen Glück nehmen, das ihm noch bleibt.»

Noor musterte mich. «Du bist also fest entschlossen, die Sache durchzuziehen?»

«Habe ich dir irgendeinen Anlass gegeben, daran zu zweifeln?»

Nachdenklich befeuchtete sie sich die Lippen. «Ich weiß es nicht. Irgendetwas ... an der Art, wie du heute Abend mit Mazin umgegangen bist ...» Sie sah weg, schaute aus dem Fenster in Richtung Palast. «Es hat mich auf den Gedanken gebracht, dass du deine Meinung geändert haben könntest.»

Unwillkürlich klappte mir die Kinnlade herunter. «Hast *du* etwa deine Meinung geändert?» Die Worte landeten wie eine Ladung Steine im Zimmer.

Sie schaute mich an, und ihre rötlich-braunen Augen funkelten. «Das habe ich nicht! Aber ich mache mir Sorgen um dich.»

Ich bemühte mich, die Wut zu zügeln, die in meiner Brust pochte. Denn es war nicht Noor, auf die ich wütend war – sondern ich war wütend auf mich selbst.

Noor hatte nicht unrecht.

Nicht, dass ich meine Meinung ändern würde ... Aber ich spürte, wie ich Mazin gegenüber weicher wurde! Als er mich berührte, konnte ich meine Gefühle für ihn nicht mehr von meinem Hass trennen. Es war, als ob ich ihm tatsächlich verzieh, was er getan hatte.

Ich ballte meine Hände so fest zu Fäusten, dass sich die Nägel in meine Handflächen bohrten.

Ihm werde ich niemals vergeben.

Nachdrücklich verschränkte ich meine Arme vor der Brust. «Ich werde meine Meinung nicht ändern. Und es gibt nichts, weswegen du dir Sorgen machen musst.»

Noor nickte, doch es lag noch immer ein Schatten in ihrem Blick.

«Mazins Taten sind der Grund für all das», fuhr ich fort. «Nicht meine! Das Schicksal seiner Schwester wird in *seinen* Händen liegen. Und die sind bereits blutig.»

Noor nickte. «Und Darbaran?»

Ich schnaubte. Während dieses Gesprächs hatte ich nicht ein einziges Mal an Darbaran gedacht. «Er wird so tief in der Sache drinstecken, dass er erst im Gefängnis merkt, was eigentlich passiert ist.»

«Ein passender Ort für ihn», erwiderte sie.

«Vielleicht bringen sie ihn sogar in meiner alten Zelle unter.»

Noor schmunzelte. «Das können wir nur hoffen.» Sie ging zum Fenster und stützte ihre Hände auf dem Fensterbrett ab. «Ich werde die nächsten Schritte unserer Pläne mit Darbaran in die Wege leiten. In der Zwischenzeit gibt es andere Dinge, um die wir uns Sorgen machen müssen. Mehr als um Mazin. Mehr als um Darbaran.» Sie blickte über ihre Schulter zu mir. «Es gibt da jemanden, dem es bei all dem noch viel zu gut geht.»

Ich neigte den Kopf. «Vahid.»

Natürlich hatte ich nicht vergessen, dass auch Noor hier war, um sich zu rächen.

«Nicht mehr lange.» Ich schüttelte den Kopf. «Wir werden sein Reich in Flammen aufgehen lassen!»

Noor nickte abgehackt. «Ich habe die Zoraat-Mischung fertig angemischt. Nicht einmal die gesamten Zoraat-Vorräte des Kaisers werden ihm gegen diese Seuche helfen! Wir können jederzeit loslegen.»

Es war ein abrupter Themenwechsel – aber wir beide brauchten das jetzt. Es war spät, das frühe Licht der Morgendämmerung kroch bereits über das Haus und drang langsam durch die Fenster. «Und das Land, das wir gekauft haben?»

«Ist auch bereit.»

«Ich will nicht, dass die Menschen von Basral unnötig leiden. Sie sollen sehen, dass diese Seuche einzig auf Vahid zurückgeht! Unsere Ernte-Erträge werden ausreichen, um die gesamte Stadt zu versorgen. Aber vorerst werden wir uns zurückhalten.»

«Was willst du in der Zwischenzeit machen?»

Ich atmete tief ein. Jeder einzelne Schritt meines Plans war klar vor meinem inneren Auge zu sehen. «Ich habe jetzt erst einmal eine Verabredung mit ein paar Dieben.»

ZWEIUNDDREISSIG

«Wie viele kriegst du zusammen?» Ich ließ meine Fingerknöchel knacken – eine vertraute, beruhigende Geste. Gerade konnte ich das gut gebrauchen, denn ich stand mitten in lauwarmem Dreckwasser in einer Gasse. Ratten huschten um meine Füße, und mit einem Gesicht, das nicht das meine war, fragte ich ein Kind, ob es andere Taschendiebe dazu bringen könnte, mir zu helfen.

«So viele, wie du brauchst, Sahiba.» Yashem pulte sich in den Zähnen herum, als ob er mich kaum beachten würde. Aber ich wusste, dass er begierig auf jedes einzelne meiner Worte lauschte. Seine grünen Augen wirkten in der Dunkelheit blass, und sein Gesicht war erstaunlich sauber. Bei den letzten Malen, als ich ihn gesehen hatte, hatte er schmutzige Wangen und kunstvoll platzierte blaue Flecken zur Schau gestellt, um noch erbärmlicher auszusehen. Jetzt jedoch wirkte er wie ein adrett zurechtgemachter Junge und nicht wie das typische zerlumpte Straßenkind.

Mit einem raschen Blick über die Gasse vergewisserte ich mich, dass er wirklich allein war. Wenn Mazin mitbekommen hatte, was ich im Garten mit Darbaran besprochen hatte, spionierte er mir möglicherweise bereits hinterher. Aber mein heutiges Anliegen musste ich persönlich vortragen.

«Ich habe Augen und Ohren in allen Vierteln der Stadt, Diebe aus jedem Volk des Reiches. Es gibt kaum etwas, was wir nicht liefern können: jemanden aushorchen, jemanden nachdrücklich überzeugen – *alles, was du willst.*»

Den letzten Teil sagte er mit einem Funkeln in den Augen, als wüsste er, dass ich mit einem außergewöhnlichen Wunsch an ihn herantreten würde. Doch er wusste nicht, wie weit ich wirklich zu gehen bereit war.

«Und der Falke?», fragte ich, wobei ich mir Mazins Spitznamen auf der Zunge zergehen ließ. «Hast du immer noch Angst vor ihm?»

Er neigte nachdenklich den Kopf. «Ich wäre ein Narr, wenn nicht, Sahiba. Er zahlt gut und straft streng. Also findet sich immer jemand, der bereit ist, für ihn zu arbeiten. Aber du hast etwas, was er nicht hat.»

«Mehr Geld?»

Das Grinsen des Jungen leuchtete auf wie ein Blitz in der Dunkelheit. «Wenn es nur um Geld ginge, Sahiba, hätte man dich schon längst geschnappt. Der Falke ist bereit, viel für die Information zu bezahlen, wer seine Schwester entführt hat.»

Ich schnaubte. «Wenn du vorhast, mich zu verraten, würdest du damit auch *dich* verraten.» Doch etwas in seinen Worten machte mich neugierig. «Was ist denn bei mir so anders als bei ihm?»

«Du stehst nicht in den Diensten des Kaisers. Vahid hat diese Stadt mit seiner Gier ausbluten lassen! Es gibt viele, die seine Herrschaft stürzen wollen.»

«Also, dabei kann ich behilflich sein», sagte ich mit fester Stimme, obwohl sich plötzlich Dunkelheit in meinen Innereien ausbreitete. Die Sache mit Casildo war ein bisschen *zu* einfach gelaufen – ein bloßer Probelauf für das, was noch folgen würde. Denn nun ging es darum, ein ganzes Kaiserreich zu stürzen! Und wenn das nicht klappte, würde ich viele Menschen mit mir ins Unglück stürzen – Noor, die Taschendiebe und all die Bürger der Stadt, die sich für ihre Freiheit gegen den Kaiser auflehnten – ohne zu wissen, dass sie es in Wahrheit im Dienste meiner Rache tun würden.

«Ich brauche die gesamte Stadt!» Meine Worte durchbrachen die Stille der Gasse, breiteten sich zwischen uns aus, nahmen den ganzen Raum um uns herum ein.

Yashems Augen weiteten sich. Es fühlte sich seltsam befriedigend an, seine Überraschung zu sehen – gerade bei jemandem, der so abgebrüht war wie der junge Dieb.

«Wie ich sehe, habe ich nun deine volle Aufmerksamkeit.» Ich lehnte mich an die Wand hinter mir. In seinen Augen blitzte eine Spur von Angst auf.

«Schaffst du das?» Mein Tonfall verriet, dass ich ihm das nicht zutraute. Doch sein überbordendes Selbstbewusstsein hatte ihn überhaupt erst dazu gebracht, meinen ersten Auftrag anzunehmen. Nun brauchte ich ihn auch für die nächsten Schritte!

Yashem öffnete den Mund, um etwas zu erwidern – und schloss ihn wieder. Misstrauisch kniff er die Augen zusammen. «Worum geht es hier überhaupt?»

Ich schluckte. Der Kloß in meinem Hals war nicht mehr zu ignorieren. «Ist das wichtig? Ich muss nur wissen, ob du das schaffst. Ob du die gesamte Stadt kontrollieren kannst.»

«Du willst wissen, ob *du* die Stadt kontrollieren kannst, nicht wahr? Ob *du* die Menschen manipulieren kannst, mit einem Flüstern ins Ohr oder einer Münze in der Tasche – anstelle der Leute, die über die Macht der Dschinn gebieten.»

«Ja.» Ich knirschte mit den Zähnen.

Er spielte mit dem Ärmel seiner Kurta. Ich wartete ab, beobachtete ihn.

«Das wird teuer.»

«Ich kann es mir leisten», sagte ich rasch – und verfluchte sofort meine vorschnelle Reaktion.

Seine Augenbrauen hoben sich. «Du hast genug Geld, um die gesamte Stadt zu bestechen?», spottete er. «Genug, um jeden Taschendieb von hier bis zum Palast zu schmieren? Genug, um einen Aufstand anzuzetteln?»

Ich verschränkte die Arme vor der Brust. Soumas Gold mochte am Ende aufgebraucht sein – doch was nützte mir das Geld, wenn ich damit nicht meinen Vater rächen konnte?

«Du sagst es. Genau dazu bin ich imstande.»

Er kaute einen Moment auf seiner Unterlippe, dann schüttelte er den Kopf. «Dafür braucht es mehr als nur ein paar unverbindliche Anstöße. Das geht nur mit einem starken Grund für den Mob! Etwas, das ihn anstachelt, seine Wut überhaupt erst entzündet.»

«Dafür werde ich sorgen. Von dir will ich einfach nur, dass du Unfrieden in der Stadt verbreitest. Sprecht mit den Klatschweibern von Basral über Vahids verfluchte Herrschaft. Pflanzt das in die Köpfe der Leute!»

«Das können wir alles machen, Sahiba – wenn das Geld stimmt.»

Ich nickte. Ein Gefühl der Ruhe überkam mich. «Dann erwarte mein Zeichen.»

Noor stand im Licht der Morgendämmerung am Saum eines üppigen Feldes. Ihr kurzes, lockiges Haar hob sich von dem gelben Getreide hinter ihr ab. «Wie viel Zeit haben wir noch?»

«Die Felder der Stadt sind nicht sehr gut bewacht. Die Wächter kümmern sich hauptsächlich um die Zoraat-Plantagen. Hier passen sie nur auf, dass niemand die kaiserlichen Bauern bestiehlt. Uns bleibt noch ein wenig Zeit bis zur nächsten Wachablösung.»

«Dann sollten wir uns besser an die Arbeit machen.»

Noor zog eine Phiole aus ihrer Tasche. Diesmal war es eine tiefgrüne Mischung und nicht das Rot, das meinen Körper verwandelt hatte. Mein Magen hüpfte vor Vorfreude auf die nächste Dosis Zoraat. Der wahnhafte Drang, Noor die Phiole einfach aus den Händen zu reißen, übermannte mich fast. Ich atmete tief durch die Nase, um mich irgendwie zu beherrschen.

«Falls du dir Sorgen wegen der Schmerzen machst, kann ich dich beruhigen. Die Mischung hier ist nicht so stark wie die, die du bisher genommen hast», sagte Noor, die meinen verkrampften Gesichtsausdruck offenbar falsch deutete. Es waren nicht die Schmerzen, um die ich mir Sorgen machte – sondern meine Unfähigkeit, mich gegen das Zoraat zu behaupten und nicht zu seiner willenlosen Sklavin zu werden.

«Das spielt keine Rolle. Ich tue, was getan werden muss.» Dabei biss ich mir so fest auf die Unterlippe, dass ich Blut schmeckte. «Das hier ist aber weniger Zoraat als sonst.»

«Es ist eine einfachere Mischung als die, die du bisher konsumiert hast. Wir brauchen es ja nur für eine einzelne Aufgabe und nicht, um einen menschlichen Körper über längere Zeit zu verwandeln. Also ist die Magie weniger komplex. Du solltest nichts davon spüren.»

Ich riss die Phiole auf und schluckte die Mischung in einem Zug hinunter. Das vertraute Brennen stach in meine Kehle. Aber Noor hatte recht: Es war nicht der vertraute stechende Schmerz, der den Konsum sonst begleitete. Diesmal war es nur ein Rausch aus Energie – ein deutliches Zeichen dafür, dass die Dschinn-Magie wirkte. Ich spürte einen Machtschub durch mein Blut rauschen und starrte auf das Getreide vor mir.

Noor deutete auf die Felder, die sich bis in weite Ferne dahinzogen. «Wenn wir früher Erntemagie betrieben haben, mussten wir den Anwender ...»

«Ich weiß, was ich jetzt tun muss.» Das Wissen durchströmte mich regelrecht! Etwas schien mir ins Ohr zu flüstern und mir zu sagen, was die nächsten Schritte waren. Ich hatte nicht die geringste Ahnung, woher dieses Wissen kam.

Die Sonne stieg weiter am Himmel auf, die Morgendämmerung leuchtete heller. Noor verstummte und wartete.

Als ich mein Gesicht verwandelt hatte, hatte ich mich darauf konzentriert, die Macht der Dschinn dorthin zu leiten und meine Knochen, Haut und Knorpel wie Lehm zu verformen. So hatte Noor es mich gelehrt. Das waren die nötigen Schritte, um einen Körper in einen anderen zu verwandeln.

Doch mit der Erde unter meinen Händen verhielt es sich anders. Im Boden unter mir pulsierte eine tiefe, machtvolle Lebenskraft – etwas, das viel älter und stärker war als ich.

Ich ließ die Macht der Dschinn in die Erde fließen, als würde ich in der Tiefe unter mir ein Feuer entfachen und ihren geschmolzenen Kern an die Oberfläche holen. Meine Hände wurden heiß, und ich spürte ein Ziehen unter der Haut, während ich die Magie in den Boden goss. Ein grollendes Geräusch erklang, als würde der Boden erbeben. Ich spürte das lebendige Wurzelwerk der Pflanzen, gesund und geschmeidig dank der Kraft der Ernte-Magie. Die Wurzeln begrüßten mich vertrauensvoll, als ob sie mich erkannten. Meine Kraft griff nach ihnen.

Zu spät erkannten sie, dass ich nicht gekommen war, um sie zu nähren.

Qualvoll schrien die Wurzeln unter der Energie auf, die ich in den Boden pumpte. Ich spürte, wie ihre Spitzen zu schrumpfen begannen und unter meinem Ansturm verbrannten.

«Ich kann den Unterschied schon erkennen.» Noors leise Stimme drang zu mir durch.

Ich hob den Kopf und sah, dass die Pflanzen bereits jede Farbe verloren hatten. Das Leben selbst war aus ihnen herausgebrannt worden.

In meinem Magen öffnete sich ein dunkles Loch: die Gewissheit, dass bald das gesamte Feld zu Asche verwandelt sein würde.

Die Schuldgefühle wuchsen, als auch die anderen Felder in der Nähe ihre Farbe verloren. Das lebendige Grün quoll aus ihnen heraus wie bei einem Menschen, der nach einem Messerstich verblutete. Noors Keuchen hallte über das nun leichenblasse Feld.

Ich folgte ihrem Blick und beobachtete, wie sich die Seuche weiter ausbreitete. Nun hatte sie auch die Felder in der Ferne erfasst – als ob ich die gesamte Erde vergiftet hätte.

Eine Schweißperle bildete sich an meiner Schläfe. Ich musste meine Hände an die Seiten pressen, damit sie nicht mehr zitterten.

Ich hatte das angerichtet! Hatte einer ganzen Stadt die Nahrungsgrundlage entzogen – und das alles nur, um einen Aufstand gegen einen Kaiser anzustacheln.

In meinem Mund lag der Geschmack von Asche.

«Sie werden Vahid die Schuld an dieser Seuche geben. Das müssen sie einfach! Niemandem stirbt einfach so über Nacht die gesamte Ernte weg.»

Noor atmete scharf ein. «Sie werden sagen, dass er nicht länger in der Gunst des Dschinns steht. Dass ein Fluch auf ihm liegt.»

Ich blickte über die Felder, die jetzt eine Einöde aus verendeten Pflanzen waren.

«Darauf hoffe ich.» Meine Stimme war leise. Ein Versprechen.

«Was macht ihr da?», rief jemand schroff. Wir beide wirbelten herum.

Ein hochgewachsener Wächter kam auf uns zu! Seine Uniform war abgetragen, aber ordentlich, und seine Stirn war in angespannte Falten geworfen.

Noor sprang vor, den Kopf ehrerbietig gesenkt. «Saab, wir waren nur spazieren und haben uns wohl ein wenig verlaufen.»

Ich verbeugte mich ebenfalls. Bewegte mich unauffällig weiter voran, bis ich seitlich von ihm stand, die Hand auf dem Griff meines Schwertes.

Der Wachmann runzelte die Stirn. Sein Blick huschte zwischen unseren dunklen Mänteln und unbewegten Gesichtern hin und her. Ich wusste, was er sah: Wir waren zu fein gekleidet, um einfache Diebe zu sein, und hatten zu höfliche Umgangsformen für Vandalen.

Er kratzte sich am Hinterkopf, die Augen verengt. «Ich werde das melden müssen ...»

Der Griff meines Schwertes traf ihn so hart am Kopf, dass er wie ein Stein zu Boden sackte.

«Ich bin beeindruckt. Du hast nicht versucht, ihn zu töten.» Noor stemmte die Hände in die Hüften und betrachtete die bewusstlose Wache.

«Warum soll ich mir die Hände blutig machen, wenn wir ihn stattdessen wie einen Betrunkenen aussehen lassen können?» Ich kramte in seiner Gürteltasche und zog eine Tonflasche voll Bier heraus. Die kippte ich über ihm aus und warf sie neben ihm auf den Boden.

Dann verschränkte ich die Arme vor der Brust und sah auf die Wache herab. «Ich werde die Nachricht verbreiten lassen, dass die Felder des Kaisers brachliegen. Panik wird rasch losbrechen.»

Noor musterte mich mit grimmiger Miene.

Sie sah nicht aus wie eine Frau, die sich rächen wollte – eher wie eine, die alles verloren hatte und verzweifelt versuchte, sich nicht auch noch selbst zu verlieren. Aber vielleicht ging es mir gerade ganz genauso.

Ich hatte keine Ahnung, was aus uns beiden werden würde, wenn das alles vorbei war.

Würden wir glücklich sein? Zufrieden?

Ich konnte mir nicht vorstellen, jemals wieder etwas dieser Art zu empfinden. Nicht mit dem dunklen Loch in meiner Brust, wo einst mein Herz geschlagen hatte.

Das Einzige, was mich noch aufrecht hielt, war dieser eine Drang. Dieses körperliche Bedürfnis tief in mir drinnen, nicht von ihnen abzulassen, sie mit ihren Taten nicht davonkommen zu lassen.

«Noor – lass uns seine Stadt niederbrennen.»

DREIUNDDREISSIG

Darbaran war in Dunkelheit gehüllt. Er stand am Ufer des breiten Flusses, der sich durch Basral schlängelte, und wartete. Ganz allein stand er da, ohne ein Gefolge aus Stadtwachen.

Das hätte mich nicht überraschen dürfen, aber ein Teil von mir war es doch. Der Kerl fügte sich perfekt in meinen Plan ein, wie ein großer Stein in eine Mauer, die gerade errichtet wurde. Er hätte versuchen können, mich an die Obrigkeit auszuliefern; für diesen Fall hatten Noor und ich bereits einen Notfallplan geschmiedet. Doch er war hier, um seine Gier zu befriedigen – die einzige Sache, der er niemals widerstehen konnte.

«Ich sehe, du hältst dein Wort, Hauptmann.» Ich ließ meine Stimme in die Nacht fließen, ein sanftes Flüstern, das ihn weiter anlockte.

«Aber gewiss. Habt Ihr die Ware?» Er fuhr sich mit der Zunge über die Zähne und ließ ein beunruhigendes Grinsen aufblitzen.

Noor warf ihm den Leinenbeutel mit Zoraat vor die Füße. Der Verschluss löste sich dabei. Der Sack öffnete sich und enthüllte die kleinen Dschinn-Samen, die im Schein der Fackel wie bunte Edelsteine glitzerten. Darbaran bückte sich und hob den Beutel auf. Seine Finger zitterten.

Dann stieß er ein Lachen aus, nicht lauter als ein Flüstern. «Ja ... ja ...», sagte er mehr zu sich selbst. Er leckte sich über die Lippen und sah dann zu uns auf. «Dafür kann ich ein hübsches Sümmchen bekommen, Sahiba. Wartet's nur ab!» Seine Augen leuchteten so hell wie die Samen in seinen Händen.

«Was sollte ich nur ohne dich machen, Hauptmann.» Ich bemühte mich, atemlos zu klingen. «Wenn ich noch mehr besorgen kann – könntest du das dann auch verkaufen?» Er versuchte, seine Überraschung zu verbergen. Doch es gelang ihm nicht. Ein dunkles, aufregendes Gefühl machte sich in meiner Brust breit. «Natürlich», erwiderte er ein wenig zu schnell. «Aber wie wollt Ihr an noch mehr davon herankommen?» Er drückte den Beutel mit Zoraat an seine Brust.

Ich lachte leise. «Ich kann doch nicht gleich alle meine Geheimnisse verraten. Nicht wahr, Hauptmann?»

Er wirkte leicht verärgert.

Er würde noch schnell genug herausfinden, woher ich die Samen hatte.

«An wen wollt Ihr sie verkaufen?» wollte Noor wissen. Möglichst beiläufig versuchte sie, mehr herauszufinden.

«Ich kenne einige Adlige, die viel Geld dafür bezahlen würden, über solche Macht zu gebieten.» Er tätschelte den Beutel. «Aber darüber braucht Ihr Euch keine Gedanken zu machen.» Sein Blick wanderte wieder zu mir. «Es wird schneller verkauft sein, als Ihr blinzeln könnt.» Sein grausames Lachen schnitt durch die Nachtluft. «Ich habe bereits einen Käufer.»

Ich lächelte wölfisch. *Da bin ich mir ganz sicher.*

«Du bist mein Retter, Hauptmann.» Ich senkte den Blick, machte mich ganz klein. Sollte er nur glauben, dass *er* die Kontrolle hatte. Er war auch derjenige, der sehr bald im Gefängnis verrotten würde.

Ich wartete, bis er das Zoraat in seiner Satteltasche verstaut hatte und davongeritten war. Erleichterung erfüllte mich, während er über das Kopfsteinpflaster der Straße verschwand, das Pferd beladen mit illegaler Dschinn-Magie.

Jetzt! Jetzt würde er gleich selbst erfahren, was er mir angetan hatte.

Rache.

Ich machte einen überraschten Schritt nach vorn, schaute blinzelnd über die dunkle Straße. Da war sie schon wieder gewesen – diese flüsternde Stimme! Die Stimme aus Soumas Grab, die ich auch bei uns im Haus gehört hatte. Die Stimme, die in den stillen Kammern meines Geistes sprach, wenn alles ruhig war. Die unter meinen Fingerspitzen zu pulsieren schien, wenn ich meinen Morgentee trank oder eine Dosis Zoraat nahm. Unwillkürlich ballten sich meine Hände zu Fäusten. Die vertraute Dunkelheit kroch wieder unter meine Haut.

«Hast du das gehört?» Mit zusammengekniffenen Augen betrachtete ich eine dunkle Gasse. Langsam drehte ich mich zu Noor um. «Diese Stimme?»

Noor blinzelte in die Richtung, in die ich geschaut hatte, und trat an mich heran. «Nein. Ich habe keine Stimme gehört. Soll ich mal nachsehen?»

Ich schüttelte den Kopf. «Nein, nein. Ich glaube, ich habe mir das nur eingebildet.»

Noor musterte mein Gesicht genau. «Deine Augen wirken irgendwie ... anders. Vielleicht sollte ich deine Dosis anpassen.» Sie umfasste mein Kinn und neigte meinen Kopf zum Fackellicht.

Ich wich vor ihr zurück.

«Mir geht's gut! Ich will mich einfach nur auf unsere Pläne konzentrieren.»

Noor sah aus, als wollte sie etwas sagen – überlegte es sich dann aber anders.

«Du weißt, was du zu tun hast?» Ich versuchte, das Thema zu wechseln. Aber ich konnte nicht aufhören, dorthin zu starren, von wo die Stimme gekommen war.

«Ist bereits geschehen», erwiderte sie. «Mit ihm war es einfacher als bei Casildo.»

«Wie ich schon sagte: Er brauchte nur den richtigen Anreiz. Gier treibt ihn an! Er will reich sein. Aber noch mehr als das will er Macht über die Schwächeren ausüben.»

Ich atmete durch, verdrängte die beunruhigende Stimme aus meinem Kopf. Stattdessen stellte ich mir vor, wie befriedigend es sein würde, wenn Darbaran endlich in jenes Gefängnis geworfen wurde, in dem auch ich gesessen hatte.

«Zu schade, dass er dort, wo er hingeht, überhaupt keine Macht mehr haben wird.»

Ich rührte meinen Chai um, setzte mich auf den Diwan und wartete auf Noors Rückkehr. Als die Tür endlich knarrend aufging, drehte ich mich um.

«Ist es vollbracht?» Ich hielt den Atem an.

«Ja.» Sie nickte. «Heute Morgen haben sie Darbaran abgeholt. Zusammen mit dem Zoraat, das vor einigen Tagen einem Heiler des Kaisers gestohlen wurde.»

Ich schloss meine Augen und atmete langsam aus. In Gedanken strich ich einen weiteren Namen von meiner Liste.

Nur noch zwei.

Zwei ... und dann wäre ich endlich fertig! Schmerz legte sich schwer auf meine Schultern. Man hatte eine weitere Last von ihnen genommen, aber die Erinnerung an das Gewicht und die Pein waren immer noch da.

Noch zwei Namen – dann könnte ich die Fesseln lösen, die ich meinem Herzen angelegt hatte. Durfte mir endlich erlauben, um Baba zu trauern. Um das Leben zu trauern, das ich eigentlich hätte führen sollen.

Ich sah zu ihr auf. «Weißt du, was sie mit ihm vorhaben?»

Noor zuckte mit den Schultern. «Sie werden ihn in dasselbe Gefängnis stecken, in dem auch wir ... Hast du das gehört?» Noor drehte ihren Kopf ruckartig in Richtung der offenen Tür zum Innenhof.

Ich setzte mich auf und griff nach meinem Dolch.

Draußen erklang ein dumpfer Schlag – gefolgt von einem Schrei, der abrupt verstummte. Ich zog meinen Katar aus der Scheide und sprang auf. Mein Herzschlag hallte in dem ansonsten völlig stillen Haus wider.

«Wie viele Wachen haben wir da draußen?», zischte ich Noor zu.

Sie rückte näher an mich heran, die Augen weit aufgerissen, und hielt ihr Kamiz über ihrer Brust umklammert. «Mindestens vier.»

«Nicht genug», murmelte ich. Das Zoraat war sicher; ein gewöhnlicher Einbrecher würde es nicht einfach so finden können. Wenn jemand uns ausrauben wollte, musste er sich schon gewaltig anstrengen, um die Sicherheitsvorkehrungen in diesem Haus zu überwinden. Und selbst wenn ihm das gelang – musste er sich als Nächstes mir stellen.

Ich bewegte mich zur offenen Tür und huschte in den Innenhof. Flüsterleise glitten meine nackten Füße über den Steinboden.

Aber ich war nicht schnell genug.

Eine Klinge küsste meinen Hals. Sie bewegte sich erstaunlich ruhig, wenn man bedachte, wessen Hand sie führte.

Ich drehte langsam den Kopf. Darbarans abgestandener Atem traf mich, und er trat aus der Dunkelheit näher heran. Das Licht der Fackeln spiegelte sich auf seinem verzerrten Gesicht.

Noor stieß einen erstickten Schrei aus, doch ich hob die Hand. In der anderen hielt ich immer noch meinen Dolch. Ich war mir nicht sicher, wie geschickt Darbaran wirklich mit dem Schwert umgehen konnte. Er hatte mich gerade überrumpeln können, und das bedeutete, dass er sich genauso flink zu bewegen vermochte wie ich. Ich durfte nicht riskieren, ihn mit dem Dolch zu attackieren, während er sein Schwert gegen meine pulsierende Halsschlagader drückte.

«Schlampe.» Sein fauliger Gestank breitete sich um mich herum aus: der stechende Geruch von Abwasser und Schweiß, mit einer leicht metallischen, vertrauten Färbung darunter.

Ich verdrängte meine Panik und konzentrierte mich auf diesen Metallgeruch. Meine Augen suchten seinen Körper in der Dunkelheit ab und versuchten, seine Quelle zu finden.

Dort.

Ein dunkelroter Fleck, der sich wie verschüttete Farbe über seinem Bauch ausbreitete. Er war verletzt! Und die Wunde war tief.

Ich lächelte.

«Darbaran», schnurrte ich lang gezogen, die Stimme süß wie Rosenblütenhonig. «So schnell hatte ich dich nicht zurückerwartet. Hast du die Ware schon verkauft?»

«Die Ware, die du *gestohlen* hast, meinst du», knurrte er. Sein ganzer Körper bebte vor Wut. «Dann hast du *mir* den Diebstahl angehängt und den Soldaten des Kaisers einen Tipp gegeben.» Er hustete – ein nasses, matschiges Geräusch. «Gut, dass ich ein paar Leute kannte, die sich bestechen ließen.»

Ich legte den Kopf schief. «Es waren wohl nicht die richtigen Leute, wenn du so eine Wunde davongetragen hast.» Ich sah demonstrativ auf seinen Bauch. «Der Schnitt ist tief.» Meine Stimme verlor ihren falschen Charme und klang stattdessen so, wie ich mich innerlich fühlte: kalt. Grimmig.

Er lachte, und seine blutverschmierten Zähne schimmerten auf. Dann wurde er wieder ernst.

«Warum?», knurrte er, während er weiter ins Licht trat und seinen Krummsäbel stärker gegen die weiche Kurve meines Halses drückte. Noor trat in mein Blickfeld, schob sich langsam weiter in unsere Richtung. Ich aber schüttelte fast unmerklich den Kopf. Darbaran könnte mir binnen eines Lidschlags die Kehle durchschneiden, dann müsste sie sich allein gegen ihn behaupten. Und Noor konnte nicht mit einer Waffe umgehen.

Wir mussten es auf meine Art machen.

«Warum was?» Ich hob eine Braue.

Er kam noch näher, und mein Fleisch gab unter dem scharfen Stich seiner Klinge nach. Ich zischte vor Schmerz auf, als ein dünnes Rinnsal aus Wärme auf meine Brust tropfte.

«Du weißt genau, wovon ich spreche.» Seine Stimme wurde lauter. Ich konnte die Verzweiflung in seinen Worten heraushören. Er stand mit dem Rücken zur Wand, war ein Mungo in der Falle – und ich der Schakal.

«Warum hast du mich reingelegt?», brachte er mühsam heraus. «Die Sache war zu gut organisiert. Zu gezielt. Du hast nicht wirklich versucht, mit der Ware Geld zu verdienen. Mit alledem wolltest du nur mich erwischen. Warum?» Seine wässrigen Augen waren blutunterlaufen und blitzten wild – und sie waren ganz auf mich konzentriert. Er beugte sich näher zu mir heran.

«Was habe ich dir getan? Verrat es mir, bevor ich dein Blut auf deinem schönen Fußboden vergieße!»

Seine Klinge war bereits rot gefärbt, und wie zum Beweis brannte mein Hals an der Stelle, an der die Schneide seines Säbels lag. Mein Blick schweifte über den Innenhof. Dort drüben lag die Leiche eines Wächters, den er getötet hatte. Das war also das Geräusch gewesen, das wir eben gehört hatten. Ich richtete meinen Blick wieder auf Darbaran.

Später würde ich die Familie der Wache entschädigen – aber sein Leben würde ich ihm nicht zurückgeben können.

Ein Leben, das es noch geben würde, wenn ich nicht gewesen wäre.

Ich hatte genug von Leuten wie Darbaran, die dachten, sie könnten tun, was immer sie wollten. Die andere töteten, sie benutzten und einsperrten, wann immer sie wollten, während sie dabei reich wurden. Die Dunkelheit stieg wieder in mir auf, die Wut nahm zu – bis es ganz dunkel um mich herum wurde und die Bestie in meiner Brust die Oberhand gewann.

Kein Falke, kein Schakal – sondern ein Halmasti. Der Riesenwolf, der im Schatten der Berge jagt. Die Wut verlieh mir Sicherheit, und plötzlich wollte ich, dass Darbaran *wusste*, wer ich war – hinter dieser affektierten, hübschen Maske. Mein wahres Ich. Das Mädchen, das er zu einem Leben im Gefängnis, zur Folter, ja sogar zum Tod verurteilt hatte – alles nur für Geld.

Ich tastete nach dem Faden der Dschinn-Magie, der mich verwandelt hatte. Tastete nach ihm – und *zog*.

Meine Nase, meine Augen, die Wangenknochen – ich ließ alles verschwinden, was Sanaya war, bis nur noch *mein* Gesicht übrig blieb.

Bis ich wieder in meine eigene Haut passte.

Dania, Tochter des getöteten Schwertschmieds.

Dania, die ihr bester Freund im Stich gelassen hatte.

Dania, die einen der Menschen ansah, die sie verraten hatten.

«Du willst wissen, *warum*?» Ich spie die Frage förmlich aus – dieses Mal mit meiner eigenen Stimme, tief und bestimmt.

Darbaran wich vor mir zurück, die Augen weit aufgerissen, den Mund aufgesperrt. Er geriet ins Stolpern, sein Schwert rutschte von meinem Hals. Schockiert hielt er die Klinge umklammert.

«Du!»

«Ich.»

Ich ging weiter auf ihn zu, und er fiel über seine eigenen Füße, bis er vor mir auf dem Rücken lag und zu mir aufblickte.

«Ich sage dir, warum.» Meine Stimme war leise, wie das Fauchen einer Klinge, die durch die Nachtluft schnitt. «Weil du eine Wahl hattest! Du hast dich entschieden, mich zu verraten. Ein Mädchen für Geld zu verkaufen. Ihr etwas anzuhängen. Und so habe auch ich eine Wahl getroffen – und ich wähle *das*.» Ich hob den Dolch. Er glitzerte im Fackelschein des Gartens, in dem die Leichen der Wachen verstreut lagen, die ich angeheuert hatte. Wut stieg in mir auf! Aber da war noch etwas anderes. Etwas Wildes. Elementares.

Das ermächtigende Wissen, dass dieser Zorn gerechtfertigt war.

Es gab so viele Frauen und Mädchen, denen Männer Unrecht antaten – ohne dass diese jemals Konsequenzen zu tragen hatten.

Heute würde *ich* die Konsequenz sein.

«Ich wähle die Rache. Ich wähle den Tod. Und am Ende ist das auch *deine* Wahl.»

Darbaran sprang auf die Füße und riss sein Schwert hoch. Aber ich konnte den Schlägen seiner Klinge mit Leichtigkeit ausweichen. Er stolperte immer wieder, das Blut tropfte unaufhörlich an seinem Bein hinunter auf den Steinboden. Schließlich wirbelte er herum und stürmte wieder auf mich zu.

«Ich wusste es! Sie hätten dich hinrichten sollen, als sie die Gelegenheit dazu hatten. Aber dieser dumme Junge wollte, dass du am Leben bleibst.»

Ich atmete scharf ein. Doch mir blieb keine Zeit, seine Worte zu verarbeiten.

Darbaran attackiere mich heftig, und seine Wut machte ihn unberechenbar. Sein Schwert verfehlte mich nur um wenige Zentimeter! Ich schlug seine Klinge mit meinem Dolch beiseite, kam mit meiner kurzen Klinge aber nicht nahe genug an ihn heran für einen Treffer. Er schlug einfach zu wild um sich!

Ich brauchte mein Schwert.

Rasch wich ich vor ihm zurück, in Richtung des Raumes hinter mir. Mein Blick fiel auf meinen Talwar, der an der Wand über dem Diwan hing. Ich sprang auf die Tür zu – doch Darbaran stellte sich mir in den Weg, den Säbel weit über seinen Kopf gehoben.

Er schwankte bei der Bewegung und wirkte so, als ob eine kräftige Bö ihn einfach so umstoßen könnte.

Heulend taumelte er vorwärts. Doch noch ehe er zuschlagen konnte, kippte er mit dem Gesicht voran auf den gepflasterten

Weg vor mir. Ich starrte ihn an, wie er stöhnend auf dem Boden lag.

Noor stand hinter ihm. In der Hand hielt sie einen großen, schweren Dahl-Topf.

Grunzend kämpfte Darbaran sich wieder auf die Beine und wirbelte zu ihr herum. Sein Schwert richtete sich nun auf Noor! In meinen Ohren ertönte ein Gebrüll, das alles andere übertönte. Nur schwach drangen die Schreie an mein Ohr, die plötzlich zu hören waren.

Ich bemerkte, dass diese Schreie von mir kamen.

Denn ich war zu langsam. Ich würde es nicht rechtzeitig zu ihr schaffen!

Noor würde sterben.

«Nein!»

Darbaran stürzte sich mit seinem Krummsäbel auf Noor. Panik verzerrte ihr Gesicht, sie geriet ins Stolpern.

Ich hechtete zu ihr und stieß Noor beiseite – gerade als Darbarans Schwert auf sie herabsauste. Ein brennender Schmerz durchzuckte meinen Körper. Sein Krummsäbel hatte sich in meinen Unterleib gebohrt.

Ich blickte auf den goldenen, filigranen Griff des Säbels, der in meinem Bauch steckte. Auch dies war eine Klinge von meinem Vater. Dann hob ich den Kopf, blickte direkt in Darbarans Gesicht. Auf sein triumphierendes Lächeln.

Schmerz presste mein Herz zusammen. Nicht nur von der gebogenen Klinge, die in meinem Körper steckte – sondern auch darüber, dass die Verräter keine Gerechtigkeit mehr erfahren würden. Der ungestillte Durst nach Rache erfüllte meine ganze Brust. Der Druck war schier unerträglich!

Nein. Ich biss die Zähne zusammen und starrte in sein selbstgefälliges, ekelhaftes Gesicht.

Nein – es brauchte mehr als das, um mich zu besiegen.

Meine Finger krallten sich fest um den Katar meines Vaters.

Das Schlangenmuster auf dem Griff drückte sich in meine vernarbte Hand, hinterließ einen Abdruck darauf.

Darbarans Gesicht war meinem jetzt ganz nah. Ich konnte sogar die gelben Flecken im Weiß seiner Augen erkennen, die schwarzen Poren auf seiner Nase. Und ich konnte ganz aus der Nähe verfolgen, wie der Triumph in seinem Gesicht sich in fassungslose Qual verwandelte – als ich ihm mit dem Dolch die Kehle durchtrennte.

Sein Mund öffnete sich, und er versuchte, ihn zu bewegen.

Einmal. Zweimal. Er formte Worte, ohne jeden Laut.

Doch ich hatte genug Worte für uns beide.

«Dieses Ende war dir vorherbestimmt», flüsterte ich ihm zu, während sein lebloser Körper zu Boden sank. Ich fiel neben ihm auf die Knie. Dann kippte ich auf die Seite, die Hände um den Griff jenes Krummsäbels aus der Schmiede meines Vaters gelegt, der mich getötet hatte.

Vielleicht war auch mein Ende mir vorherbestimmt gewesen.

VIERUNDDREISSIG

Du darfst noch nicht sterben!» Noors verzweifelte Stimme drang durch die Dunkelheit zu mir. «Du kannst mich nicht mitten in dieser Scheiße zurücklassen und erwarten, dass ich mich da selbst wieder rausschaufle. Nicht heute», murmelte sie, aber ich konnte die Angst hinter ihren Worten spüren. Eigentlich hätte ich diese Angst gar nicht bemerken dürfen. Nicht, wenn ich tot war.

«Du bist nicht tot. Noch nicht.»

Ich musste die Worte laut ausgesprochen haben. Als ich versuchte, ihr zu antworten, kam nur ein raues Stöhnen heraus.

Wieder umfloss mich Noors Stimme. Mein Inneres aber krampfte sich plötzlich zusammen, stand in Flammen. Statt Blut floss ein glühender Lavastrom durch meine Adern.

Ich stieß ein Heulen aus, bäumte mich auf. Der Schmerz war schlimmer als das Schwert, das mitten in meinen Eingeweiden steckte!

«Ich habe die beste Zoraat-Heilmischung angesetzt, die ich kenne. Wenn das nicht funktioniert, bist du offiziell zu stur, um überhaupt auf irgendjemanden zu hören.»

«Musst du gerade sagen.» Ich hustete die Worte förmlich heraus. Meine Stimme klang feucht, und meine Zunge schmeckte metallisch.

Plötzlich erschien Noors Gesicht vor mir. Ihre Züge wurden schärfer, ihr besorgter Blick traf meinen. Ich blinzelte ein paarmal und sah sie finster an.

Sie stieß ein ersticktes Keuchen aus und schlug sich die Hände vors Gesicht. «Es hat funktioniert!»

Hustend setzte ich mich auf. Noor half mir und drückte ihre Hand auf meinen Bauch, als wollte sie dort etwas ertasten. Erst jetzt merkte ich, dass da nichts war.

Darbarans Krummsäbel war weg.

Warum ist er nicht mehr da?

Ein warmes Gefühl durchströmte meinen Magen. Diesmal setzte jemand Dschinn-Magie *bei mir* ein, ich nutzte sie nicht selbst.

Mein Blick schoss zu ihr.

«Du hast Zoraat genommen? Aber was ist mit deinem Schwur?»

Noor schürzte die Lippen. Ihre Hände auf meinem Bauch zitterten. «Ich konnte dich doch nicht einfach im Innenhof sterben lassen, oder?» Mir entging nicht, wie ihre Stimme kurz ins Stocken geriet.

Ich starrte sie an. Eine ungewohnte Leichtigkeit erfüllte plötzlich meine Brust. «Doch», brachte ich rau hervor. «Das hättest du tun können.»

Sie schüttelte den Kopf. «Na ja, ich habe es jedenfalls nicht getan. Du solltest mir dankbar sein.»

Ich berührte meinen Bauch – und stieß an die Stelle, die eben noch eine klaffende Wunde gewesen war. Jetzt war meine Haut dort unversehrt, nicht einmal eine nennenswerte Narbe war zu erkennen. «Die Verletzung ist komplett verschwunden», hauchte ich staunend. Ich hatte erlebt, wie die Dschinn-Magie die Knochen in meinem Gesicht und die Haut an meinem Körper verändert hatte – aber das hier wirkte irgendwie noch bedeutender auf mich.

«Es tut nicht einmal mehr weh.» Ich pikste mir mit dem Finger in den Unterleib.

«Also, ich kann dir nicht versprechen, dass du ab jetzt nicht mehr jeden Monat Krämpfe bekommst. Aber wenigstens stirbst du nicht mehr an deiner Schwertwunde.»

«All die Macht der Dschinn – und du kannst nicht einmal verhindern, dass ich Krämpfe bekomme?» Ich stützte mich auf meine Ellbogen und fühlte mich, als wäre ich um hundert Jahre gealtert.

Sie lächelte, doch es verblasste rasch.

«Ich dachte, du wärst tot», sagte sie schließlich und hockte sich auf ihre Fersen.

«*Ich* dachte, ich wäre tot. Und ich dachte, du würdest ebenfalls sterben. Du hättest dich nicht einmischen sollen! Ich wäre schon mit ihm fertiggeworden.»

Sie verdrehte die Augen. «Klar. Natürlich wärst du das. Noch zwei Sekunden länger, und Darbaran hätte dich *und* mich aufgespießt! Wenigstens hat er so nur eine von uns erwischt.»

«Gern geschehen.» Ich blickte zu seinem leblosen Körper auf dem Hof hinüber, der mitten in einer dunklen Blutlache lag. «Wie lange war ich weg?»

«Nicht lange, höchstens ein paar Minuten. Ich habe auch nach den Wachen gesehen. Er hat zwei von ihnen getötet, die anderen beiden hat er einfach niedergeschlagen.»

Ich atmete aus. Ein vertrauter Schmerz durchzuckte mein Herz angesichts der weiteren Leben, die ich auf dem Gewissen hatte. «Darbaran hätte es niemals schaffen dürfen, hier einzudringen.»

«Wir werden die Wachen verdoppeln.» Noor dachte einen Moment nach. «Und ich werde seine Leiche auf den Feldern vor der Stadt entsorgen.»

Ich schnaubte. «Das hat er verdient.» Dann stand ich auf, und meine Beine waren so wackelig, dass Noor mich stützen musste.

«Du hast ihm dein Gesicht gezeigt.» Ihre Stimme war leise. Ich hob meine Hände und berührte meine Züge, betastete Haut und Haare, die ich seit Wochen nicht mehr gespürt hatte. Es war ein gutes Gefühl, wieder in meinem eigenen Körper zu stecken.

«Ich wollte, dass er sieht, wer für seinen Untergang verantwortlich ist.»

Noor biss sich auf die Lippe.

Ich kniff die Augen zusammen. «Was ist los?»

«Hast du gehört, was er gesagt hat? Er wollte deine Hinrichtung – aber *dieser Junge* hat das verhindert. Meinst du, er hat Mazin damit gemeint?»

«Wahrscheinlich», erwiderte ich resigniert. «Keine Ahnung, was er wirklich meinte.» Ich zuckte mit den Schultern. «Mazin wollte wahrscheinlich, dass ich so viel leiden muss wie irgend möglich.»

Ich lehnte mich zurück und schaute hinauf in den Nachthimmel voller Sterne. Sie erinnerten mich an andere Sterne in anderen Nächten. Und der Mensch, mit dem zusammen ich sie betrachtet hatte, war er gewesen. Vielleicht hatte Mazin es einfach nicht über sich gebracht, mich töten zu lassen – nach allem, was wir gemeinsam erlebt hatten. Vielleicht wollte er lediglich, dass ich im Gefängnis war, aber nicht tot.

Ich schüttelte mich. Es kam nichts Gutes bei solchen Grübeleien heraus. Mein Vater war immer noch tot! Und Mazin hatte kein Wort zu meiner Verteidigung verloren, als ich festgenommen wurde.

Er hätte mich genauso gut selbst töten können.

Noor sah aus, als ob sie noch etwas sagen wollte.

«Was ist denn?»

«Oder ...» Sie sah den Ausdruck auf meinem Gesicht und hob abwehrend die Hände. «Hör mich an. Oder er hat dir das Leben gerettet!»

Ich drehte mich weg und sah aus dem Nordfenster. Der Palast wurde von goldenem Licht erleuchtet. Ich hatte das Gefühl, in zwei Hälften gerissen zu werden: auf der einen Seite die rasende, dunkle Rache, die bereit war, ganz Basral in Brand zu setzen. Und auf der anderen Seite der Teil von mir, der sich wieder lebendig und frei gefühlt hatte, als Maz mich küsste.

Doch welche meiner Hälften würde gewinnen?

Und von welcher hoffte ich, dass sie gewann?

FÜNFUNDDREISSIG

Ich hatte geglaubt, die Feier in meinem Hause sei opulent gewesen. Doch vom Fest des Kaisers wurde sie mühelos in den Schatten gestellt. Hier gab es Gaukler zu bestaunen, die sich regelrecht zusammenfalten konnten, bis sie in winzige Holzkisten passten. Tiger wurden an goldenen Leinen herumgeführt, und Zoraat-Künstler sprengten alle Grenzen der Vorstellungskraft.

Und wenn man den Schlüssel zur Dschinn-Macht besaß, konnte man sich offenbar eine ganze Menge vorstellen.

«Ich habe gerade gesehen, wie sich eine Frau in eine Kobra verwandelt hat! Dann hat sie einen Mann verschlungen, den sie zuvor in eine weißbäuchige Ratte verwandelt hatte. Wer will so etwas bitte sehen? Ich habe mich fast übergeben.» Noor schüttelte sich.

«Wie es aussieht, der Kaiser und seine Höflinge.» Angewidert schaute ich mich um.

Auch Noor musterte den Raum mit finsterem Blick, als ob sie den Kaiser allein mit ihren Augen herbeibeschwören konnte.

«Vahid wird sich wahrscheinlich erst später zeigen», flüsterte ich mit gesenkter Stimme. «Der Kaiser besaß schon immer eine Vorliebe für dramatische Auftritte.» Die wenigen Male, die ich ihn gesehen hatte, war er stets an der Seite meines Vaters gewesen und hatte dessen Schwerter begutachtet. Ich verstand nicht, warum er überhaupt Schwerter kaufen wollte, wenn er über die Macht der Dschinn gebot. Er hatte meinem Vater gesagt, dass er das Gefühl mochte, etwas in der Hand zu halten, das nicht durch Magie erschaffen worden war, sondern von Menschenhand.

«Ich habe noch nie so viele Wirkungen von Zoraat an einem Ort gesehen!» Noor ließ ihren Blick über die Menge schweifen.

«Der Kaiser kontrolliert die Nutzung penibel, aber er gibt gerne an. Jeder soll wissen, dass nur *er* Zugang zu dieser Macht hat.»

Sie strich sich mit den Händen durch ihr kurzes Haar. «Was auch der Grund dafür ist, warum er meinen Vater getötet hat.»

Ich drückte ihren Oberarm leicht. «Bleib einfach ruhig. Er weiß nicht, wer du bist. Und er kann dir nicht wehtun.»

Wir hielten beide entsetzt inne: Vor uns zerteilte sich gerade ein Mann in zwei Hälften – und schmolz seinen Körper anschließend wieder zusammen. Zuvor hatte er eine leuchtend gelbe Dosis Zoraat konsumiert.

«Oh doch. Er kann mir wehtun.» Noors Stimme klang leise und verbittert, während sie dem Mann zusah. Schweiß bildete sich auf ihrer Stirn, und sie verlagerte nervös ihr Gewicht von einem Fuß auf den anderen. Sie wirkte verängstigt.

Ich packte sie am Handgelenk und zog sie fort von den Gauklern. «Achte einfach nicht auf diese ganzen Zoraat-Zaubereien.» Ich ließ meinen Blick über die Menge schweifen und vergewisserte mich, dass Mazin nicht in der Nähe war.

«Nicht darauf achten? Das ist so, als sollte ich die Sonne an einem heißen Tag ignorieren! Wir sind vollständig davon umgeben.» Sie deutete auf die zahlreichen grotesken Vorführungen ringsum.

Ich schnaubte leise. Sie hatte recht. Aber ich brauchte jetzt einen klaren Kopf für das, was wir als Nächstes tun mussten. «Vahid demonstriert mit alledem seine Macht. Dass er alles kontrolliert. Aber wir haben eine Sache, die er nicht hat.»

«Und die wäre?»

Ich berührte mit meiner Hand den Dolch, den ich in einer opulenten Scheide an meiner Taille trug – als wäre die Waffe ein reines Zierstück, das nicht zum Töten taugte. Schön, aber ungefährlich. Genauso, wie auch ich erscheinen wollte.

«Mich.»

Noor rollte mit den Augen und stieß ein Lachen aus.

«Hör dich ein wenig um. Schau, ob du etwas über die Aufstände oder die vernichtete Ernte mitbekommst. Wir müssen unsere nächsten Schritte planen können.» Noor nickte und verschwand dann in der Menge. Zielstrebigkeit hatte die Angst auf ihrem Gesicht verdrängt.

Ich sah ihr nach, wie sie verschwand, und schaute dann auf meine Hände hinunter – nur um zusammenzuzucken! Schwarze Linien kräuselten sich von meinen Handflächen bis zur Innenseite meines Handgelenks. Und dieses Mal bildete ich sie mir ganz bestimmt nicht ein! Sie waren da, auf meiner Haut – wie dunkle Tintenflecken. Ich drückte meine Finger an meine Wangen und ertastete, ob Sanayas Gesicht noch da war. Ob die Dschinn-Magie irgendwie nachgelassen hatte.

Was geschah bloß mit mir?

Ich suchte in der Menge nach Noor, aber sie war schon weg.

Sie mochte vielleicht keine Angst mehr haben – doch die Angst war jetzt in *meinem* Herzen eingesperrt. Und sie drohte, sich zu befreien und uns alle ins Verderben zu reißen.

Ich schlängelte mich durch die Menge und ging die Treppen hinauf, fort von den Zoraat-Künstlern. Dorthin, wo es ruhiger war. Ich musste einen klaren Kopf bekommen, ehe der Kaiser sich zeigte. Ein Paar schwarzer Handschuhe lag auf einem Geländer, einer der Zoraat-Darsteller musste sie vergessen haben. Ich streifte sie mir über die Hände, um die dunklen Adern zu verdecken. Dann ging ich hinüber zu einer Nische, die von einem Brokatvorhang verdeckt wurde. Hier konnte ich hoffentlich herausfinden, was gerade mit mir geschah.

Doch eine Hand ergriff meinen Arm, ehe ich sie erreichen konnte!

Flink wirbelte ich herum und zog meinen Dolch aus der Scheide. Jemand atmete erschrocken ein, und ich hielt inne.

«Ich dachte, du sammelst nur gerne Messer. Aber du scheinst *doch* damit umgehen zu können.»

Mein Magen machte einen Hüpfer, als ich in Mazins dunkle, unergründliche Augen blickte. Wir sahen uns einen Moment lang an. Die Spannung zwischen uns war körperlich greifbar, und mein Dolch drückte noch immer gegen seine Haut. Bis seine Mundwinkel sich schließlich hoben. Meine Schultern entspannten sich, und ich ließ meinen Arm sinken, steckte den Dolch wieder weg.

«Ich weiß mich eben zu verteidigen«, erwiderte ich und zwang mich zu einem Lächeln.

«Du glaubst, dass du dich auf dem Fest des Kaisers verteidigen musst?» Sein Mund war immer noch amüsiert gekräuselt, als er nun in eine andere Richtung schaute. Er deutete auf die Wachen, die überall an den Säulen standen und jeden Zentimeter des Palastes im Blick behielten. Glücklicherweise hatten sie nicht mitbekommen, wie ich einen Dolch gezogen und den Stellvertreter des Kaisers bedroht hatte. Doch das schien Mazin ohnehin nicht besonders zu stören.

«Ganz egal, wie viel Zoraat es hier auch geben mag – der Kaiser würde nie zulassen, dass auch nur ein einziges Samenkorn das Gelände verlässt.»

«Seine Magie mag er beschützen. Aber das heißt nicht, dass er auch die Menschen im Palast beschützt», sagte ich neckend. Und merkte zu spät, wie das klang – fast wie die Worte einer Verräterin!

Doch Mazin wirkte nicht besonders erschrocken. Stattdessen musterte er mich. Sein Blick wanderte über meinen Körper und kam erneut auf meinem Gesicht zur Ruhe. «Das ist wahr.»

Ich hob überrascht mein Kinn. Falls Mazin es bemerkte, ließ er es sich nicht anmerken. Stattdessen lehnte er sich mit den Unterarmen auf das Geländer und schaute über die Menge unter uns.

Ich biss mir auf die Unterlippe. «Ich habe nicht erwartet, dass du mir zustimmen würdest.»

Er wandte sich mir zu. «Wie könnte ich nicht?» Ein schwaches Lächeln erschien auf seinem Gesicht, doch es erreichte seine Augen nicht. «Ich erlebe hautnah mit, wie viel Wert der Kaiser auf seine Magie legt. Wie besessen er vom Zoraat-Anbau ist.» Er verzog die Lippen. «Und es ist im letzten Jahr noch deutlich schlimmer geworden.»

Ob seiner ehrlichen Worte bildete sich Gänsehaut auf meinen Armen.

«Schlimmer?» Ich hauchte das Wort nur, wollte nicht, dass er das Thema wechselte.

«Er ist zum Sklaven seines Hungers nach Magie geworden», sagte Mazin bitter. Er sah aus, als wollte er noch etwas hinzufügen, überlegte es sich aber offenbar anders. Sein Gesichtsausdruck wurde weich. «Aber heute Abend möchte ich mit dir nicht über ihn sprechen.»

Ich schon!

Irgendwie musste ich das Gespräch wieder auf Vahid lenken. Wenn es mir gelänge, Mazin zum Reden zu bringen, dann würde er vielleicht mehr von den Geheimnissen des Kaisers preisgeben. «Wir sind doch auf seine Einladung hin hier, nicht wahr? Da erscheint es nur angemessen, über ihn zu sprechen.»

«Selbst wenn wir einen Mann in seinem eigenen Haus beleidigen?»

Ich hob eine Braue. «Ist es denn tatsächlich seins?»

Mazin atmete scharf durch seine Zähne ein, während Aufregung durch meine Adern rauschte.

Selbst ich wusste, dass das zu weit ging. Genauso gut hätte ich Vahid gleich einen Thronräuber nennen können!

«Wenn du deinen Kopf behalten willst, dann *ist* es sein Haus.»

«Ich habe noch nie allzu viel Wert auf meinen Kopf gelegt.»

«Dabei ist er so hübsch.»

Ich warf ihm einen Seitenblick zu, und mein Herz machte einen Sprung. Wieder musste ich mir ins Gedächtnis rufen, dass er nicht von mir sprach, sondern von einem anderen Mädchen.

«Benutzt du allen Ernstes ein Gespräch übers Geköpft-Werden, um mit mir zu flirten?»

Seine Augen leuchteten auf. «Ich wüsste niemanden außer dir, der bei diesem Thema ans Flirten denken würde!»

«Und doch kann ich seit unserem Kuss an nichts anderes mehr denken.»

Wir hatten uns danach nicht mehr gesehen, und ich ging ein Risiko damit ein, den Kuss zu erwähnen. Unwillkürlich spannte ich meine Finger an und verhinderte damit, dass ich meine Lippen berührte. Verdrängte die Erinnerung daran, wie sich sein Mund auf meinen drückte.

Nicht mein Mund. Sanayas Mund!

Er straffte sich, und ein rastloser Ausdruck huschte über sein Gesicht.

Hatte ich ihn zu sehr bedrängt?

«Ich muss auch immer wieder daran denken», gab er zu, als ob er es nicht so recht wollte. Ich lächelte innerlich. Wenn er an Sanaya denken musste, war ich dem Ziel einen Schritt näher, sein Herz zu besitzen. Und ich wollte es besitzen. Unbedingt! Wollte es in meiner Hand schlagen fühlen, seine Liebe spüren, seine Gefühle, sein Vertrauen – bevor ich es unter meinem Stiefel zerquetschte.

«Und doch stehen wir heute hier: zwei Menschen, die über

Hinrichtungen diskutieren. Obwohl wir eigentlich das tun könnten, was wir beide wirklich wollen.»

Sein Mund öffnete sich, und ein überraschtes Lachen kam heraus – ein kehliger Laut, der tief in seiner Brust vibrierte.

Ich schloss die Augen. Für eine Sekunde war ich wieder dort, wo wir früher zusammen gewesen waren, auf dem Übungsplatz. Mazins Lachen hallte durch die Berge und wärmte meinen Magen wie Feuer.

«Du überraschst mich immer wieder aufs Neue, Sanaya.»

«Wenigstens bin ich niemals langweilig.»

«Nein. Das bist du nicht.» Er stieß ein weiteres Lachen aus. Dann sah er mich wieder an. «Ich muss dir etwas zeigen. Würdest du mit mir kommen?»

Er streckte seine Hand aus, und ich starrte auf sie hinunter. Die Schwielen darauf waren mir so vertraut wie meine eigenen. Die langen Finger waren perfekt dafür geeignet, den Griff eines Schwertes zu umfassen – oder um sie mit meinen zu verschränken.

Ich legte meine behandschuhte Hand in seine, und er drückte sie fest, als wären wir bereits ein Liebespaar. Als würde er mich zu einem geheimen Ort für eine Verabredung bringen. Und als würde ich ihn nicht täuschen – so wie er mich einst getäuscht hatte.

SECHSUNDDREISSIG

Früher

Dani, kann ich dir etwas zeigen?»

Ich blickte zu Maz' ernstem Gesicht auf, dann auf seine ausgestreckte Hand. Misstrauisch verzog ich das Gesicht. «Ist das irgendein Trick, um mir heimzuzahlen, dass ich dich auf dem Übungsplatz besiegt habe?»

Er lachte, und es klang tiefer, als ich es in Erinnerung hatte. «Ich verspreche, dass ich mit meinen Niederlagen stets fair umgehe.»

«Das ist gut – schließlich erlebst du so viele davon.» Ein zurückhaltendes Lächeln umspielte meine Lippen.

«Wie lange wird dein Vater wohl beim Kaiser sein?»

«Stundenlang! Der Kaiser bespricht gern jeden Aspekt eines Schwertes. Ich weiß nicht, warum. Es ist ja nicht so, als würde Vahid seine Klingen benutzen.»

«Vielleicht will er sichergehen, dass er auch dann noch kampfbereit ist, wenn er keine Macht über die Dschinn-Magie mehr hat?»

«Na ja, dann reicht es aber nicht, besonders schöne Waffen zu besitzen. Er sollte sich lieber ein paar Stunden Unterricht im Schwertkampf gönnen», erwiderte ich. Dann sah ich ihn wieder an. «Was willst du mir zeigen?»

Er rieb sich den Nacken und wirkte plötzlich verlegen. «Etwas in meinem Zimmer.»

Ich blinzelte ihn an. «Ist das etwa nur ein Vorwand, um mich in dein Zimmer zu locken?»

«Was? Nein!» Er wurde rot wie eine Pflaume; die Röte kroch sogar seinen Hals hinauf. Ich lachte, aber bei seiner Reaktion verging mir plötzlich die lockere Stimmung. Was als freundschaftliche Neckerei begonnen hatte, führte plötzlich dazu, dass mir selbst heiß wurde. Ich strich mir über den Ausschnitt meiner Kurta – als könnte ich damit das unangenehme Gefühl vertreiben, einer Wahrheit nahegekommen zu sein, die ich mir nicht eingestehen wollte.

Wir hatten uns geküsst.

Ich war eingeschlafen, während er seine Arme um mich geschlungen hatte, mit seinem Atem an meinem Hals. Manchmal dachte ich, ich hätte mir das alles nur eingebildet. Aber dann sah er mich mit seinem dunklen Blick an oder unsere Finger berührten sich – und es wurde wieder real.

«Was ist es denn?», hörte ich mich sagen.

«Es ist einfacher, es dir zu zeigen.»

Seit vielen Jahren besuchte ich schon den Palast und trainierte mit Maz auf dem Übungsplatz, doch noch nie hatte er mich in sein Zimmer mitgenommen. In den Speisesaal schon und auch in den kleinen Salon, wo wir mit seiner Schwester zusammensaßen – aber nie in sein Schlafzimmer.

Vorher wäre es nicht seltsam gewesen ... Doch jetzt konnte ich gar nicht anders, als die Wärme seines Körpers zu spüren, während er vor mir herging. Konnte die Aufregung in meiner Brust nicht ignorieren, als wir die Steinstufen hinaufgingen.

Er öffnete die Tür zu einem Zimmer, das größer war, als ich es mir vorgestellt hatte. Daran schloss sich ein Schlafzimmer an, und es gab auch einen Balkon mit Blick über die Stadt.

Ich pfiff durch die Zähne, während ich meinen Blick über die prachtvolle Ausstattung schweifen ließ. Das war auf jeden Fall sehr viel beeindruckender als *mein* winziges Zimmer!

«Der Kaiser wollte sicherstellen, dass seine Adoptivkinder gut versorgt sind», sagte Maz ein wenig verlegen. «Anams Zimmer befindet sich am Ende des Flurs.» Ich ging hinüber zum Balkon und schaute auf die Stadt unter mir. Sie dehnte sich wie ein gewaltiger, wirbelnder Sandsturm ringsum aus – an einigen Stellen dicht gedrängt und rauschend, an den Rändern dünn und schmutzig.

«Immerhin hast du eine gute Aussicht», sagte ich trocken.

Mazin musste lachen. Dabei setzte er sich auf die Bettkante und durchwühlte die Schubladen im Schränkchen daneben. Er schien etwas zu suchen. «Du hasst die Stadt.»

«Stimmt.» Ich biss mir auf die Unterlippe, wog meine nächsten Worte ab. «Genau wie du», sagte ich leise.

Sein Kopf schoss in die Höhe, und sein Blick wurde vorsichtig. «Das habe ich dir nie erzählt!»

Ich zuckte mit den Schultern. «Das musstest du auch nicht. Hier wirkst du immer so eingeengt auf mich – als wäre deine Jacke zu eng geknöpft und du könntest nicht atmen. So warst du auch, als ich dich das erste Mal getroffen habe. Aber in unserem Dorf bist du viel entspannter! Als ob du dir bei der Ankunft den Stock aus dem Arsch ziehst, und wenn du zurück beim Kaiser bist, steckst du ihn dir wieder rein.»

Er legte den Kopf schief. «Ich bin nicht sicher, ob du mir gerade ein Kompliment gemacht hast oder nicht.»

Ich schnaubte. «Ich auch nicht.»

Ich ging zum Diwan hinüber und ließ mich auf die weichen Kissen fallen.

«Im Dorf ist es anders.» Seine Stimme klang leise und tief. Etwas daran ließ mich aufhorchen, ließ mich zweimal darüber nachdenken, ob ich mich wieder mit meinem bissigen Humor abschotten sollte – so wie ich es immer tat, wenn die Gefühle an die Oberfläche zu kommen drohten.

«Man hat dort nicht das Gefühl, dass einen alle beobachten.

Alle darauf warten, dass man einen Fehler macht. Und niemand scheint sich für irgendwelche Blutlinien zu interessieren oder dafür, ob und wie sich meine wahre Abstammung offenbaren wird.» Er seufzte und ging auf den Balkon. Ich musterte ihn und fuhr mit meinen Blicken die Konturen seiner Schultern nach. Eine Last schien von ihnen abgefallen zu sein, erleichtert waren sie herabgesackt. «Wenn ich in deinem Dorf bin und wir trainieren – wenn ich mit dir zusammen bin –, habe ich das Gefühl, dass man mich einzig an meinem Können mit dem Schwert misst.»

«So ist es auch», erwiderte ich schlicht. «Das ist das Einzige, was zählt.»

Er sah zu mir herüber. Sein dunkles Haar zeichnete sich gegen das tiefe Orange des Himmels ab, und seine Augen wirkten traurig.

«Maz?» Ich richtete mich auf. «Was ist los?»

«Es ist so, wie ich sagte. Dir ist es egal, wer meine Familie war. Ich muss nicht etwas an mir ändern, das ich doch nie ändern kann. Mit dir habe ich das Gefühl, ich selbst sein zu können.»

Etwas in meinem Herzen zerbrach bei dem Klang seiner Stimme. «Warum klingst du dann so unglücklich?»

Er lachte angespannt. «Weil mir gerade klar geworden ist, dass ich mich in eurem Dorf am freiesten fühle! Den Rest der Zeit bin ich hier – und meistens in diesem Käfig gefangen.» Er umfasste das riesige, vor Luxus überquellende Zimmer mit einer Geste.

«Es ist allerdings ein goldener Käfig.»

«Das ist er definitiv.»

Ich nahm eine Handvoll Pistazien aus einer Schale neben mir und steckte sie mir in den Mund – unsicher, wie ich reagieren sollte. Wie definierte sich unsere Freundschaft, nachdem wir uns geküsst hatten? Nachdem wir uns unsere Gefühle gestanden hatten, in der Dunkelheit in den Armen des anderen gelegen hatten? Wenn er sich bei mir frei fühlte – was empfand dann ich, wenn ich mit ihm zusammen war?

Wenn ich mit ihm auf dem Übungsplatz war – empfand ich dann das Gleiche wie mit anderen Trainingspartnern?

Nein.

Das wusste ich ganz genau. Wenn ich mit ihm auf dem Sandboden tanzte und unsere Schwerter in der Sonne blitzten, war das wie ein Blitz in der weiten Wüste. Wenn sich unsere Klingen trafen, war es ein befreiender Seufzer.

Er war mein Gegenstück.

Bei dieser Erkenntnis verschluckte ich mich an einer Pistazie und hustete in eines der Kissen auf dem Sofa. Maz kam sofort alarmiert zu mir und klopfte mir auf den Rücken. «Dani? Alles in Ordnung mit dir?»

«Mir geht es gut», keuchte ich abwinkend. Ich setzte mich auf, und er bot mir kalten Hibiskustee an. Ich trank ihn gierig.

Du warst niemals ein Feigling, Dania.

Doch jetzt hatte ich das Gefühl, dass ich es war! Er hatte sich mir mit einer Wahrheit geöffnet – und meine Antwort hatte darin bestanden, ein paar Nüsse zu essen.

Ich hob den Kopf, und mir stockte der Atem, weil er mir plötzlich so nah erschien. Er beugte sich über mich; seine Augen lagen im Schatten. Hitze kroch mir den Hals hinauf, doch ich riss meinen Blick nicht von ihm los.

Du warst niemals ein Feigling.

«Mir geht es übrigens genauso!», platzte ich heraus, wobei mir die Worte fast im Hals stecken blieben.

«Was? Du fühlst dich auch wie in einem goldenen Käfig?» Er lachte leicht, ohne mir in die Augen zu sehen. Und ich begriff, was er vorhatte.

Er gab mir einen Ausweg.

Wir hatten seit jener Nacht vor ein paar Wochen, die sich jetzt fast wie ein Traum anfühlte, nicht mehr über unsere Gefühle gesprochen. Aber er war seit Jahren an meiner Seite, und wann immer er das Dorf wieder verlassen musste, sehnte ich mich nach ihm. Wenn ich dann wieder die Hufschläge seines Hengstes auf unserem Dorfweg hörte, jubelte mein Herz.

Ich würde es nicht zulassen, dass er heute als Einziger ein Geständnis machte.

«Auch ich habe mit dir das Gefühl, ich selbst sein zu können», sagte ich leise. «Ich fühle mich dann frei.»

Leise atmete er ein, und doch hallte es laut in der Stille zwischen uns wider. Ich wollte unbedingt dieser mahnenden Stimme in meinem Kopf beweisen, dass sie falschlag. Wollte die nagende Angst überwinden, die mir riet, zu zweifeln. Dass ich es lassen solle, alles tun solle – nur nicht das, was ich gleich machen würde. All das wollte ich endgültig zum Verstummen bringen. Also beugte ich mich vor und drückte meine Lippen zum zweiten Mal auf seine.

Es verging nur ein winziger Augenblick, bis sein Mund den Kuss erwiderte. Doch während dieses kurzen Moments wurde ich von der Angst in meinem Herzen regelrecht aufgefressen. Was, wenn er bereute, was wir getan hatten? Was, wenn er im kalten Licht des Tages kein Interesse mehr an mir hatte?

Doch er erwiderte meinen Kuss.

Ein Falke erhob sich in meiner Brust, seine mächtigen Flügelschläge streiften meine Haut, wollten meinen gesamten Körper in die Lüfte erheben.

Maz umfasste mein Kinn mit den Händen. Ich spürte seine rauen, schwieligen Finger an meinem Gesicht und rückte noch näher an ihn heran, verschlang ihn noch gieriger – bis wir uns schließlich beide gegenseitig verzehrten.

Ich sank rücklings auf das Sofa, und er ließ sich mit mir fallen, stützte sich dabei auf seine Ellenbogen.

Dann löste ich die goldenen Knöpfe an seinem Sherwani und

streifte ihm den Mantel von den breiten Schultern. Er zog sich die Tunika aus.

Ich hatte ihn schon öfter ohne Oberteil gesehen, vor allem nach dem Training, wenn er sich am Wasserbecken neben dem Übungsplatz wusch. Dann hatte ich stets weggeschaut, um nicht dabei ertappt zu werden, wie ich ihn anstarrte. Wie meine Erregung sich glühend heiß auf meinen Wangen abzeichnete. Doch jetzt gab es keinen Grund mehr, ihn nicht anzustarren!

«Du machst mich nervös. So siehst du immer aus, kurz bevor du mich bei einem Übungskampf erstichst.» Er lachte leise.

«Du weißt doch, dass ich nie halbe Sachen mache.»

«Oh ja. Es ist beunruhigend, wenn du dich so auf *mich* konzentrierst.»

Ich atmete scharf ein. «Soll ich aufhören?», wollte ich zögernd wissen.

«Niemals.» Er sprach das Wort mit so viel Überzeugung aus, dass es mir den Atem raubte.

«Ich ...» Ich wusste nicht, wie ich es ansprechen sollte. Doch es gab etwas, das ich ihm sagen musste. Also befeuchtete ich meine Lippen und setzte erneut an. «Manchmal habe ich schlimme Krämpfe», platzte ich heraus. «Zu dieser bestimmten Zeit, einmal im Monat.»

Er starrte mich an. «Hast du sie jetzt gerade?», fragte er verwirrt, weil ich so abrupt das Thema wechselte.

«Nein, ich habe nicht ...» Ich schüttelte den Kopf und holte tief Luft. «Das wollte ich damit nicht sagen. Afra hat mir Pakaal-Tee gegeben, um sie zu lindern. Ich trinke ihn regelmäßig.» Ich kämpfte erfolglos darum, den Kloß in meinem Hals herunterzuschlucken. «Für gewöhnlich trinkt man ihn, um eine Schwangerschaft zu verhindern.»

«Ah.» Er schien zu verstehen, was ich meinte. Röte kroch seinen Hals hinauf.

«Ja. Und jetzt entschuldige mich, ich muss mich rasch vom Balkon stürzen.»

Ich versuchte vom Diwan aufzustehen. Aber er lachte und drückte mich sanft wieder zurück. «Nein. Mach das nicht. Zumindest nicht, ehe ich mit dir fertig bin.»

Ich schlug spielerisch nach ihm, doch meine Hand blieb auf seiner Brust liegen. Wir sahen beide auf meine Finger hinunter, die unsicher seine Haut berührten. Ich fuhr an seiner Brust hinunter und ertastete die kleinen Narben, die seinen Körper bedeckten. Viele von ihnen stammten von unseren Kämpfen.

«Ich habe dich gekennzeichnet», sagte ich mit Verwunderung in der Stimme, während meine Finger tiefer wanderten, zu seinem Bauchnabel. Er holte tief Luft, und ich hielt inne. Dann krümmte ich meine Finger, bis ich nur noch meine eigene Handfläche berührte.

Langsam und bedächtig verzogen sich seine Lippen zu einem Lächeln. Ich hatte das Gefühl, dass ich gleich explodieren würde. «Soll ich dir verraten, welche meine Lieblingsnarben sind?»

Er wartete gar nicht erst auf meine Antwort und ergriff meine Hand. Ich hätte sowieso nichts herausgebracht. Denn ich fühlte mich wie am Rande eines Gewitters: Ich wusste, dass der Weg hinein gefährlich war, wollte aber den kühlen Regen auf meinem Gesicht spüren. Er legte meine Handfläche an die Seite seines schlanken Bauches, und ich konnte die Erhebung des Narbengewebes darauf spüren. Sie war geformt wie ein Haken.

«Diese hier.» Seine Stimme war leise. «Erinnerst du dich daran?»

Ich versuchte zu lächeln. Aber es wurde immer schwieriger, die ganze Sache unbekümmert anzugehen, bei diesem dunklen Blick in seinen Augen.

Wie sollte ich das wohl vergessen?

«Ja, natürlich. Ich hatte damals gerade angefangen, mit dem Krummsäbel zu trainieren.»

«Ich dachte, ich wäre besser als du, weil ich mit Säbeln mehr Erfahrung hatte. Aber du hast im letzten Moment deinen Säbel zur Seite geschwungen und mich in die Flanke getroffen.»

«Und ich hatte solche Schuldgefühle», platzte ich heraus. «Deine Schmerzensschreie hörte ich noch wochenlang in meinen Albträumen. Wie kann *das* deine Lieblingsnarbe sein? Die Erde färbte sich rot von deinem Blut! Ich dachte, ich hätte dich getötet.»

Ich spürte, wie sich seine Lippen auf meiner Haut bewegten. «Es ist wegen dem, was danach passiert ist. Du hast mich wieder zusammengeflickt. Und die ganze Zeit über hast du dich selbst beschimpft – und mir so sanft die Salbe aufgetragen, wie ich es bei dir nicht für möglich gehalten hätte.»

Ich gab ihm einen Klaps auf den Arm, und er beugte sich vor, bis seine Lippen nur noch wenige Zentimeter von meinen entfernt waren. «So viel hatten wir uns noch nie außerhalb des Trainings berührt. Und ich wusste, dass du nun auf ewig auf meiner Haut verewigt sein würdest. Du hast mich gekennzeichnet – in mehr als nur einer Hinsicht. Ich konnte nicht mehr aufhören, an dich zu denken. Daran, wie sich deine Hände anfühlten. Musste immer an dein schuldbewusstes Lächeln denken, während du die Salbe auftrugst. Die Art, wie deine Augen dunkler wurden, während du dich auf das Nähen der Wunde konzentriert hast.»

«Du willst sagen: Es hat dir gefallen, dass ich dir meinen Säbel in den Körper gerammt habe?» Mein Lachen war ein wenig atemlos. Und der Versuch, die Situation durch Humor aufzulockern, scheiterte kläglich, blieb mir förmlich im Hals stecken. «Wer außer mir könnte einen Jungen finden, der genauso blutdürstig ist wie ich.»

Er hob meine Hand zu seiner Wange. Unter den Stoppeln ertastete ich eine lange, gezackte Narbe entlang seines Kiefers. «Erinnerst du dich auch an die hier?», fragte er, und seine Stimme war ebenso atemlos wie meine.

Ich schluckte. «Das war das erste Mal, dass du mich in einem Kampf besiegt hast. Ich bin sicher, das ist deine absolute Lieblingsnarbe!»

Er lachte laut auf – ein dröhnendes Geräusch, das seinen Körper erbeben ließ. Und mir bewusst machte, dass er ohne Oberteil auf mir lag. «Aber nicht, weil ich den Kampf gewonnen habe. Sondern wegen dem, was danach kam. Erinnerst du dich?»

Ich dachte an letztes Jahr – das Jahr, in dem es passiert war. Ich war im Palast gewesen; mein Vater war vor einiger Zeit damit beauftragt worden, die königliche Garde mit neuen Waffen auszustatten, und dadurch rief man ihn öfter nach Basral als sonst. Ich traf mich mit Maz auf dem Übungsplatz. Grünes Gras bedeckte hier den Boden, nicht Sand und festgetrampelte Erde. Und unsere Klingen waren derart auf Hochglanz poliert, dass es mir regelrecht wehtat, ihr Schimmern mit Blut zu besudeln. Wir kämpften, und Maz setzte meine eigene Technik gegen mich ein: Er ließ sein Schwert an der Schneide meines Schwertes entlanggleiten und drehte dann plötzlich die Klinge, sodass ich die Balance verlor. Doch vorher schaffte ich es zumindest noch, ihn mit meinem Schwert zu streifen. Dadurch war sein Sieg nicht ganz so makellos, immerhin hatte er eine Wunde kassiert. Ich dachte an das, was wir nach dem Kampf getan hatten, und erinnerte mich an den zuckrigen Geschmack von Kulfi auf meiner Zunge. Das Eis war mit Mandeln bestreut gewesen – eine seltene Leckerei, die es bei uns im Dorf nie gab. Aber vor allem erinnerte ich mich an das Lachen in meinem Bauch. Und daran, wie ich Mazin meinen abgeschleckten Kulfi-Stiel ins Gesicht warf, weil er zum millionsten Mal erwähnte, dass er gegen mich gewonnen hatte.

«Das, was danach kam», wiederholte ich und dachte nach, während ich die Erinnerungen in Gedanken noch einmal durchging. «Wir haben Kulfi im Gras gegessen. Und du hast mir von deiner Mutter erzählt.» Ich lächelte und erinnerte mich, dass auch Anam in der Nähe herumhüpfte. Sie war dankbar, als wir ihr endlich unsere Aufmerksamkeit schenkten. «Dann haben wir mit deiner Schwester Lattoo gespielt, bis ihr Kreisel kaputt ging.»

Er nickte. «Dein Vater kam später dazu und wir haben im Palast zu Abend gegessen.»

Ich nickte ebenfalls und dachte an das kleine Zimmer, in dem wir beisammengesessen hatten. Es war keiner der großen Speisesäle des Palastes, sondern ein warmer, gemütlicher Raum, den normalerweise die Bediensteten nutzten. Maz hatte mir erzählt, dass er und Anam normalerweise allein im Palast aßen.

«Das beste geschmorte Lamm, das ich je gegessen habe.»

«Es war einfach ein perfekter Tag.»

Ich gab ein zustimmendes Brummen von mir. Er nahm meine Hand und legte sie in die Mitte seiner Handfläche.

«Und die hier?», murmelte er an meinem Arm.

Ich atmete tief ein, und mein Herz klopfte so heftig, dass ich nichts anderes hören konnte als dieses eine Geräusch. Eine dünne, unregelmäßige Narbe verlief auf der Innenseite seiner Hand wie eine Gravur. «Unser erster Kampf.» Ich atmete langsam aus, um meinen rasenden Puls zu beruhigen.

«Manchmal, wenn ich dich vermisse, reibe ich mir über meine Handfläche.»

Ich schloss kurz die Augen.

Dann nahm ich seine Hand in meine, legte seine Finger auf die Knöchel meiner rechten Hand. «Diese Narbe hier stammt von dem Talwar, den dir mein Vater gab. Bevor du mit dem Kaiser in den Norden gezogen bist.»

Langsam breitete sich ein Lächeln auf seinem Gesicht aus. «Du warst so wütend, dass ich es geschafft habe, dich damit zu erwischen!»

Ich zog eine Braue hoch. «Ich habe mir damals geschworen, dass du mich nie wieder auch nur berühren würdest!»

Er legte seine Hände auf meine Wangen. «Und jetzt?»

«Würde ich das sehr gerne zurücknehmen.»

Sein Atem veränderte sich. Ihm stockten die Atemzüge, und das tiefe Geräusch, das er dabei von sich gab, hallte in meinem Körper nach. Wieder trafen seine Lippen auf meine. Dann half er mir aus meiner leichten Kurta. Wir zogen beide die restliche Kleidung aus, bis nur noch unsere Haut und die vernarbten Spuren der Vergangenheit zwischen uns waren. Wir hatten uns gegenseitig geholfen, sie zu heilen – doch es ging um mehr als nur um die äußeren Narben. Wir waren zwei einsame Menschen, die beieinander Trost gefunden hatten. Ich wusste genau, was Maz meinte, als er all die Erinnerungen aufzählte, die uns miteinander verbanden. Wir waren ineinander verflochten, waren jeweils ein Teil des anderen, und bei ihm fühlte ich mich zu Hause.

Ich strich ihm über den Rücken, als er sich an mich schmiegte, und spürte die anderen Narben, die sich darauf abzeichneten. Viele von ihnen stammten aus den hässlichen Abschnitten seines Lebens. Zeiten, an die er sich, wie ich wusste, nicht erinnern wollte.

«Soll ich dich noch einmal kennzeichnen?», fragte ich, als meine Schenkel seine Hüften umschlagen und meine Lippen erneut seine fanden. «Dich zu dem Meinen machen?», flüsterte ich und schmeckte das Salz auf seiner Haut.

Er lachte an meinem Mund. «Das hast du bereits.»

Ich wölbte mich ihm entgegen, und wir pressten uns aneinander wie Sternenstaub am klaren Nachthimmel. Gemeinsam machten wir uns auf den Weg nach Hause.

«Es war also wirklich nur ein Vorwand, was?», fragte ich und musste dabei mein Lachen zurückhalten.

Mazin stützte sich mit zerzaustem Haar auf seinen Unterarmen ab und sah mich fragend an.

Ich grinste. «Du hast mich doch gebeten, mit auf dein Zimmer zu kommen, damit du mir etwas zeigen kannst.»

Erkenntnis hellte sein Gesicht auf, und er sprang aus dem Bett. Ohne sich erst die Mühe zu machen, sich irgendetwas überzuwerfen, ging er zu einem großen hölzernen Schrank auf der anderen Seite des Zimmers.

«Du könntest dir wenigstens etwas anziehen», stöhnte ich. Sein nackter Körper ließ mir die Hitze in die Wangen steigen. Ich setzte mich auf und wickelte mich in meine Kurta, die ich vorhin eilig zur Seite geworfen hatte.

«Das kostet doch nur Zeit», rief er und kramte in dem Schrank herum.

Mit einem triumphierenden Gesichtsausdruck kehrte er schließlich zum Bett zurück. Ich bemühte mich, alles anzusehen – nur nicht ihn.

«Zieh dir was an!», insistierte ich noch einmal und hielt mir die Augen zu.

Er stieß ein Lachen aus. «Wie kannst du so empfindlich sein? Du hast meinen Körper doch schon tausendmal gesehen.»

«Nicht so», brummte ich. «Und nicht direkt, nachdem wir ... Nicht so.»

«Na schön. Ich ziehe mich an. Aber zuerst nimmst du das hier!»

Ich nahm ihm die Schachtel aus der Hand, ohne ihn anzuschauen. Er lachte tief und warf sich die lange, elfenbeinfarbene Tunika über, die er zuvor auf den Boden geworfen hatte.

«Jetzt hör schon auf, rot anzulaufen, und öffne sie endlich. Sie enthält den Beweis dafür, dass ich dich nicht in mein Schlafzimmer geschleppt habe, um die Situation auszunutzen.»

Ich hob eine Augenbraue. «Es ist ja wohl eher so, dass *ich* die Situation ausgenutzt habe», sagte ich und verschränkte die Arme vor der Brust.

Er beugte sich vor und küsste mich. «Ja, das hast du. Jetzt mach sie schon auf.»

Ich wickelte die Schachtel aus dem Papier, das sie umhüllte. Sie war mit geschnitzten Wildblumen-Mustern verziert. Ich hob den hölzernen Deckel an. Zum Vorschein kam ein kleiner goldener Dolch – ein Anhänger mit einer echten Klinge, nicht länger als mein kleiner Finger. Der Griff des Dolches war mit einem Halmasti-Kopf verziert, und er besaß eine geschwungene Klinge. Genau wie der Dolch, den mein Vater geschmiedet hatte.

«Wie hast du …?»

«Im Norden gibt es einen Juwelier, der Anhänger nach Wunsch herstellt. So etwas Kunstvolles habe ich noch nicht gesehen! Er arbeitet auch für den Kaiser, und es würde mich nicht wundern, wenn der ihn mit Zoraat beliefert. Jedenfalls formt er Meisterwerke aus Gold und Stahl. Ich habe ihn gefragt, ob er mir solch einen Miniaturdolch herstellen kann, und er hat es getan.»

«Er ist perfekt», sagte ich, und meine Stimme war vor Rührung ganz rau.

«Endlich habe ich Schmuck gefunden, den du tragen kannst!» Er schenkte mir ein schiefes Grinsen. «Und natürlich ist es ein Dolch.» Dann wurde er ernst. «Du wirst ihn doch tragen, oder nicht?»

Ich strich über die Narbe auf meinen Fingerknöcheln und sah in seine dunklen Augen. «Ich werde ihn niemals abnehmen.»

SIEBENUNDDREISSIG

Mazin führte mich in sein Schlafzimmer. Ich hätte mich über diese Wendung der Ereignisse freuen sollen. Schließlich würde dies ein weiterer Moment sein, den ich gegen ihn nutzen würde! Eine weitere Möglichkeit, mich zu rächen.

Doch ich fühlte lediglich, wie sich mir der Magen umdrehte, während meine Angst mit jedem Schritt größer wurde. Ich wollte, dass er litt. Aber ich war mir nicht sicher, ob ich *dafür* bereit war.

Noch nicht.

So betraten wir das Zimmer, das ich nur zu gut kannte – obwohl er keine Ahnung hatte, dass ich schon einmal hier gewesen war. Die Lampen waren bereits angezündet und warfen ihren sanften Schein in den dunklen Raum. Ich musste an das letzte Mal denken, als ich hier gewesen war. Daran, wie anders die Dinge damals gewesen waren. In jener Zeit konnten wir uns jedes Geheimnis erzählen, uns jedes Missgeschick eingestehen – ohne befürchten zu müssen, von dem anderen verurteilt zu werden.

Damals, als ich ihn liebte.

Jetzt war es anders.

Aber *er* war auch anders – auch wenn ich diejenige mit dem neuen Gesicht war. Ich warf einen verstohlenen Blick in seine Richtung und entdeckte die dunklen Ringe unter seinen Augen, als hätte er seit einem Jahr nicht mehr geschlafen. Sein Gesicht war hager, was ihn frustrierenderweise sogar noch attraktiver machte. Es war, als hätte er etwas von seinem jungenhaften Wesen verloren und wäre stattdessen kalt und berechnend geworden. Ein Mörder.

Ich verstand das – denn mir war es genauso ergangen.

Wir waren das, was er aus uns gemacht hatte.

«Willst du mir etwas zeigen?», wollte ich wissen – als ob wir beide nicht wüssten, dass wir aus einem ganz anderen Grund hier waren. Der Atem blieb mir in der Kehle stecken, der Druck war unerträglich. Ich presste meine Hände auf meine Oberschenkel, um ihr Zittern zu unterdrücken.

Ganz dringend brauchte ich Abstand. Ich brauchte Zeit, um mich unter Kontrolle zu bringen, ehe ich diesen dunklen Pfad einschlug.

«Ja», erwiderte er geradeheraus. Er ging zu seinem Schreibtisch aus dunklem Mahagoniholz, der nun dort stand, wo sich früher der Schrank befunden hatte. Ich ließ meinen Blick durch den Raum schweifen und stellte fest, dass auch andere Dinge sich verändert hatten. Das Zimmer wirkte dunkler, als wäre die Leere in seinen Augen in die kostbaren Stoffe und die Wände gesickert, um einen Raum voller Schatten zu erschaffen. Jede Farbe, jedes Leben war daraus verschwunden. Früher hatte er das Bild einer Jasminblüte an der Wand gehabt, das seine Schwester gemalt hatte. Selbst das war entfernt worden. An der Stelle, an der es gehangen hatte, war nur noch ein schwacher Umriss zu erkennen. Mazin näherte sich mir – doch eine Bewegung auf der anderen Seite des Raumes lenkte meinen Blick auf sich.

Ein kleiner schwarzer Schatten huschte aus der Dunkelheit auf mich zu! Ich machte einen Satz zurück. Versuchte, meine Augen an das Dunkel zu gewöhnen und zu erkennen, was ich da sah. Hatte Mazin auch Zoraat genommen? Hatte er die Schatten mit Magie zum Leben erweckt? Keuchend stieß ich mit Maz zusammen, der mir beruhigend die Hand auf die Schulter legte.

«Was ...»

Die Kreatur kam aus der Dunkelheit gesprungen – direkt auf mich zu. Und irgendwo in meinem Hinterkopf, hinter Schrecken und Angst, erkannte ich sie.

Eine Katze sprang mir in die Arme! Eine Katze, die einmal meine gewesen war.

Vorher hatte ich schon das Gefühl gehabt, nicht atmen zu können. Jetzt war ich regelrecht am Ertrinken. Ich drückte das dunkle Fellknäuel an meine Brust, meine Augen brannten.

Ich durfte nicht weinen! Nicht jetzt. Ich biss mir so fest auf die Lippe, dass Blut floss, um meine Tränen zu verdrängen. Zugleich überlegte ich angestrengt, was ich antworten sollte. «Ich habe keine Katze in deinem Zimmer erwartet …» Unbeholfen ließ ich den Rest des Satzes in der Luft hängen.

«Für gewöhnlich meidet Jalebi Fremde. Es tut mir leid, dass sie dich erschreckt hat.» Die letzten Worte sagte er mit einem leichten Hauch von Belustigung – als wäre es unmöglich, sich vor der Katze zu fürchten, die sich gerade an mich klammerte.

Er wollte mir die Katze aus den Armen nehmen, doch ich wich zurück, drückte Jalebi fest an mich.

«Nein, es ist schon in Ordnung. Ich war nur überrascht.» Sanft streichelte ich ihr über den Kopf. «Sie ist süß.» Ich vergrub meinen Kopf in ihrem flauschigen Nacken und schloss bei dem Schnurren die Augen, das sie als Antwort von sich gab. Ich hatte vergessen, wie sehr sie mir gefehlt hatte. Wie viel von meinem alten Leben ich tatsächlich vermisste.

Er legte den Kopf schief. «Lass das bloß meine Schwester nicht hören! Jalebi neigt dazu, jeden anzugreifen, der ihr über den Weg läuft. Sie ist ein bisschen wild.»

Sein spöttischer Tonfall machte mich stutzig. «Warum hast du sie dann bei dir?»

Er hielt inne, ein leichtes Lächeln auf den Lippen. «Sie gehörte jemandem, den ich einmal kannte. Und ich wollte sicherstellen, dass sie ein Zuhause hat.»

Ich konnte nicht verhindern, dass sich ein finsterer Ausdruck auf mein Gesicht legte.

Sie hätte ihr wahres Zuhause noch, wenn du mich nicht festgenommen hättest, du selbstsüchtiger Bastard.

«Das ist so nett von dir», presste ich zwischen zusammengebissenen Zähnen hervor. Wahrscheinlich sah ich dabei genauso wild aus wie Jalebi.

Er rieb sich den Nacken, als wäre er plötzlich verunsichert. «Wie auch immer ... Das hier ist es, was ich dir zeigen wollte.»

Er reichte mir eine Schachtel, und ich setzte Jalebi auf dem Bett ab. Sie protestierte miauend, doch ich widmete meine Aufmerksamkeit nun der mit komplizierten Mustern verzierten Holzschachtel. Sie war der Schatulle sehr ähnlich, die er mir damals in seinem Schlafzimmer geschenkt hatte – nur dass diese Schachtel größer und nicht eingewickelt war.

«Ein Geschenk?», fragte ich vorsichtig. Ich erinnerte mich an sein letztes Geschenk, von dem ich einst dachte, dass ich es für immer in Ehren halten würde. Stattdessen war es zu einer Erinnerung an seinen Verrat geworden, und der kalte Biss des Metalls ruhte immer noch auf meiner Brust.

«In gewisser Weise. Ich habe es gefunden, als ich letzte Woche im Süden war, um mich um die Rebellion dort zu kümmern.» Er schenkte mir ein verlegenes Lächeln. «Es hat mich an dich erinnert.» Seine Stimme war leise – fast so, als würde er sich nicht trauen, die Worte auszusprechen.

Unerklärlicherweise stieg Hitze in meinem Bauch auf. Meine Brust fühlte sich an, als würde sie gleich platzen.

Ich hätte mir dieses verräterische Herz am liebsten herausgeschnitten und es auf den Teppich geworfen!

Er sprach nicht mit mir, sondern mit Sanaya. Er dachte nicht an mich, sondern an die Kreatur, die ich erschaffen hatte. Und dennoch ließ sein Geschenk mich erröten, während mein Puls wild raste. Es war, als könnte ich mein Herz nicht mit meinem

Kopf in Einklang bringen – ausgerechnet das Ding, das alle meine Gefühle kontrollierte. Ich bemühte mich, es zum Schweigen zu bringen – als ob ich einfach den Blutfluss zu jenem Organ in meiner Brust unterbrechen könnte, das der Grund für meine Schwäche war. Dennoch zitterten meine Finger, als ich die Schachtel öffnete.

Darin lag ein Dolch mit einem glatten Kamelknochen-Griff, der wie der Kopf einer Kobra geschnitzt war. Er besaß eine elegant geschwungene Klinge mit einer filigranen Silberscheide.

Ein Dolch. Er hatte dem Mädchen, das Juwelen trug, einen Dolch geschenkt – und der Schwertkämpferin eine Halskette mit einem Anhänger. Wenigstens war er konsequent in seiner Widersprüchlichkeit.

«Ich weiß nicht, was ich sagen soll.» Meine Stimme klang gepresst. «Er ist wunderschön.»

Das Wort *wunderschön* wurde der Klinge jedoch nicht gerecht. Der Kamelknochen war auf Hochglanz poliert und die Kobra so detailliert gearbeitet, dass ich beinahe ihre einzelnen Schuppen unter meinen Fingern spüren konnte.

«Ich wusste, dass er dir gefallen würde.» Mazin sah mich mit dunklen Augen an, das Gesicht ausdruckslos. Ich schloss die Schachtel mit einem dumpfen Schlag, der zwischen uns widerhallte. Hart schluckte ich gegen den Kloß in meiner Kehle an – gegen dieses unangenehme Gefühl, das ich nicht genau zuordnen konnte. Schuld konnte es nicht sein. Nicht, wenn er mir so viel angetan hatte. Nicht, wenn er alles verdiente, was ich ihm antun würde!

«Ich liebe ihn», presste ich hervor, weil ich wusste, dass ich irgendetwas sagen musste.

Es war eine Lüge. Das konnte ich in meinen Worten hören. Denn in diesem Moment hasste ich diesen Dolch mit jeder Faser meines Körpers. Ich hasste ihn, weil er mich dazu brachte, Mazin als Mensch anzusehen. Als jemanden, der etwas für jene

Frau kaufte, an die er immerzu denken musste. Vor allem aber hasste ich ihn, weil ich nicht wusste, ob ich ihn dafür küssen wollte – oder meine Finger um den Griff legen, um den Dolch in seine Brust zu stoßen.

Mazin kam näher. Seine Präsenz war wie ein Schatten – eine kühle Erholung an einem heißen Tag. Ich stellte die Schachtel ab und presste meine behandschuhten Handflächen auf meine Oberschenkel. Meine Gedanken wirbelten wild durcheinander. Für einen Moment schloss ich die Augen, um alles zum Stillstand zu bringen. Genoss die plötzliche Stille.

Und in ihr hörte ich wieder diese Stimme.

Rache.

Meine Hände brannten an den Stellen, an denen sich die dunklen Linien wanden. Diesmal war die Stimme ein leises Flüstern. Sie klang verdächtig vertraut, obwohl ich sie nicht genau zuordnen konnte. Außer mir konnte sie niemand hören, also erklang sie wohl nur in meinem Kopf.

Aber es war so schwer, nicht zu vergessen, dass ich für meine Rache hier war! Immerhin umgab mich Mazin mit Erinnerungen an all die Dinge, die mich einst dazu gebracht hatten, ihn zu lieben.

Ich öffnete die Augen – und erblickte sofort wieder ihn.

Jetzt musste ich einfach auf mein Bauchgefühl vertrauen. Das war die eine Sache, die mich durch jeden Kampf und jede Schlacht gebracht hatte.

Ich schmiegte mich an ihn und genoss das Vertraute zwischen uns. In seinem Zimmer, umgeben von ihm, umgeben von *mir*.

Dann spürte ich seine Hände, ihre Schwielen an meinen Schultern, schließlich an meinem Kinn.

Er küsste mich. Seine Lippen trafen auf meine, sie stellten eine Frage, die ich nur zu bereitwillig beantwortete. Ich verdrängte alle meine Ängste und dachte nur an *ihn*. Daran, wie ich mich bei ihm fühlte. An die Geräusche, die gerade aus seiner Kehle drangen, während er mich an sich drückte. Ich erwiderte seinen Kuss mit allem, was ich zu geben hatte. Und plötzlich war es nicht mehr genug! Wir erhoben uns zusammen in die Lüfte, stürzten einen Berg aus Wut und Leidenschaft hinunter, aus so heftigem Verlangen, dass ich kaum noch atmen konnte.

Dann war da noch dieses Loch in meiner Magengrube. Immer tiefer und dunkler wurde es, wie ein Abgrund, der mich zu verschlingen drohte. Und die ganze Zeit über regte sich immer wieder derselbe Gedanke in meinem Kopf.

Er denkt, du wärst jemand anderes.

Er denkt, du wärst jemand anderes.

In meinem Inneren brodelte es. Mein Mund schmeckte nach Asche. Ich drückte ihn mit aller Macht von mir weg, stieß ihn regelrecht gegen die Wand! Unsere schweren Atemzüge erfüllten die Stille des Raumes. Er sah mich an, die dunklen Augen wild, die Lippen rot von unserem Kuss.

«Ich kann nicht», keuchte ich verzweifelt – und es war mir egal, was er darauf sagen würde. Ich konnte diesen Weg einfach nicht beschreiten! Nicht mal für meine Rache. Jeder einzelne Teil meines Körpers rebellierte gegen das, was ich da tat. Gegen das, was ich geworden war.

Mazin konnte sich nicht wirklich freiwillig auf diese Sache einlassen, wenn *ich* diejenige war, die vor ihm stand. Er wollte schließlich nicht mit *mir* zusammen sein, sondern mit Sanaya.

«Ich kann nicht», wiederholte ich und berührte meine geschwollenen Lippen mit den Fingern. Meine Worte hingen schwer in der Luft. Dann rannte ich aus dem Zimmer, ohne auf eine Antwort zu warten. Ohne den Dolch zu nehmen, den er mir gerade geschenkt hatte. Versuchte einfach nur verzweifelt, diesem Schicksal zu entkommen, das ich für mich selbst geschaffen hatte.

ACHTUNDDREISSIG

Ich stürmte durch die Flure des Palastes. Mühsam riss ich mich zusammen, bis ich endlich ein freies Zimmer fand, in dem ich mich verstecken konnte – weit weg von den Zoraat-Künstlern und der Menschenmenge. So stand ich in der Dunkelheit, mit dem Rücken gegen die Tür gelehnt. Mein schwerer Atem war das einzige Geräusch neben dem gedämpften Lärm, der von draußen hereindrang.

Dann brach ich zusammen.

Und ließ endlich zu, dass meine Tränen flossen.

Um meinen Vater.

Um all die Liebe, die ich in meinem Herzen für Mazin empfunden hatte.

Aber vor allem um mich selbst. Denn auch wenn ich dem Gefängnis entkommen war – es fühlte sich immer noch so an, als wäre ich dort eingesperrt.

Schluchzer schüttelten meinen Körper, während ich in mich zusammensank. Ich presste mein Gesicht auf den Boden und weinte um alles, was ich nie wieder haben würde. Fest schlang ich die Arme um mich, spürte den kühlen Marmor auf meiner Haut. Nicht zum ersten Mal wünschte ich mir, dass ich die Zeit zurückdrehen könnte – zurück zu einem Zeitpunkt, als mir Entscheidungen noch leichtfielen und nicht jeder Schritt ein Verrat an mir selbst oder meiner Familie war.

Schließlich hörte ich auf zu weinen. Ich legte mir die Hände auf die Augen und wischte meine Tränen mit den Handballen fort.

Langsam setzte ich mich auf. Das war genug – mehr Gefühle würde ich mir nicht gestatten.

Nur diesen kleinen Ausbruch, bevor ich wieder meine Rüstung anlegte und auf das Schlachtfeld zurückkehrte. Ich fuhr mir mit den Fingern durch die Haare, massierte meine Kopfhaut, um die Kopfschmerzen zu lindern. Ich wünschte nur, ich hätte etwas von dem gekochten Senföl von Afra dabei, um mich zu beruhigen.

Der Kaiser hatte sich noch nicht bei seinen Feierlichkeiten gezeigt, und ich konnte mich nicht ewig in diesem Zimmer verstecken. Ich würde nicht zerbrechen. Nicht jetzt! Mein Wille war das Einzige, was mich noch am Leben hielt, mich durchhalten ließ.

Ich stand auf und lief in dem dunklen Raum auf und ab. Dabei trocknete ich mir das Gesicht und ließ die Emotionen aus mir herausströmen, ersetzte sie durch eine stählerne Klinge. Irgendwie schaffte ich es schließlich, die Tür zu öffnen und wieder zu der Menschenmenge zurückzukehren, die über die zur Schau gestellte Dschinn-Magie lachte und sie bejubelte. Doch ihre wahre Macht übertraf die Kunststücke der Darsteller bei Weitem, und sie war heute auch zu sehen. Es bemerkte nur niemand.

Diese Macht konnte einen in eine lebende Waffe verwandeln. Sie konnte die Haut, die man trug, verändern und die eigenen Knochen neu formen.

Mit ihr konnte man ganze Reiche erobern.

Meine Blicke suchten die Räume nach Noor ab, aber ich konnte ihr dunkles, kurz geschnittenes Haar nirgends entdecken. Schließlich wurde die Menschenmenge leiser, und die Darsteller hörten auf, Zoraat einzunehmen. Der Lärm verstummte zu einem Flüstern. Die Menschen standen einfach da und warteten.

Der Kaiser kam.

Ich hatte nur wenige Erinnerungen an ihn. Sie stammten von jenen Anlässen, wenn mein Vater mich in den Palast mitgenommen hatte. Doch offenbar hatte Vahid mehr Notiz von mir genommen, als ich gedacht hatte – sonst hätte er mich nicht als politische Schachfigur missbraucht. Vielleicht war es aber auch Mazins Vorschlag gewesen, mich zu opfern.

Die Menschenmassen teilten sich, von den oberen Absätzen der Treppen bis ganz nach unten. Der Kaiser schritt beiläufig durch sie hindurch, als wäre das sein Geburtsrecht.

Doch das war es nicht. Vahid hatte als bescheidener Bauer angefangen, bevor er einen Handel mit einem Dschinn einging. Nur durch dessen Hilfe hatte er sein Reich erobern können.

Die prunkvolle Erlesenheit seiner Kleidung war nicht zu leugnen. Er trug einen goldenen Sherwani mit Knöpfen aus Diamanten, dazu smaragdgrüne, mit Silber und Perlen bestickte Schuhe und einen mit Rubinen besetzten Goldreif. Den Reif bekrönte ein Juwel, das mit der größten Kostbarkeit überhaupt hergestellt worden war: Dschinn-Magie.

Doch wenn man seine Kleidung ignorierte, war Vahid ein schlichter, durchschnittlicher Mann. Er war von bescheidener Statur, sein Haar war ergraut und seine fahle Haut hatte einen Gelbstich. In seinem Gesicht funkelten die wachen, schwarzen Augen eines Thronräubers.

Es waren immer seine Augen gewesen, vor denen ich mich am meisten gefürchtet hatte.

Es waren die Augen eines Menschen, den das Streben nach Macht zerfressen hatte.

Der Kaiser bewegte sich durch die Menge und wechselte ein paar Worte mit seinen Höflingen – jenen Kriechern, die ihm die Füße geküsst hatten, als er in die Hauptstadt eingezogen war. Langsam näherte er sich der Stelle, an der ich stand, und ich umklammerte meinen Dolch fester, den ich in der Tasche meines Kamiz versteckt hatte.

Ich könnte es jetzt einfach beenden. Mein Messer könnte seinen Brokatmantel durchschneiden, sein Herz durchbohren und das ganze Zoraat in seinem Blut aus seinen Adern rinnen lassen.

Dann wäre es vorbei.

Er kam immer näher. Die Menge teilte sich um mich herum, und ich nahm an, dass Vahid an mir vorbeigehen würde. Doch er hielt inne! Sein Blick blieb an mir haften. Dann hob er den Kopf und schaute über mich hinweg – auf eine Person, die hinter mir stand.

Mazin.

Ich wollte ihm nicht gegenübertreten! Nicht nach dem, was ich gerade fast getan hätte. Wie ich reagiert hatte. Ich wappnete mich. Bereitete mich darauf vor, ihm in die Augen zu sehen. Ich holte tief Luft und straffte die Schultern. Dann drehte ich den Kopf.

Und blickte direkt in das Gesicht von Thohfsa.

NEUNUNDDREISSIG

Ich habe dich so früh noch nicht erwartet, Kerkermeisterin.» Hinter mir erklang die grollende Stimme des Kaisers. Doch ich bekam weder seine Worte mit noch ihre Antwort. Vor mir stand Thohfsa! Die Frau, der ich ein rostiges Schwert in den Bauch gerammt hatte. Die Frau, die mich und Noor gefoltert und terrorisiert hatte.

Noor.

Panik durchzuckte mich wie ein Blitz. Denn mir wurde klar, dass *ich* eine Verkleidung hatte, ein neues Gesicht, geformt von Dschinn-Magie. Das galt aber nicht für Noor!

Und Thohfsa wusste genau, wer sie war.

Ich versuchte, nicht auf sie zu reagieren. Meinen Gesichtsausdruck nicht im Geringsten zu verändern, während ich so dicht bei Thohfsa stand, dass ich sie ganz leicht hätte berühren können. Doch selbst wenn ein Muskel in meinem Gesicht gezuckt hätte – das hätte keinen Unterschied gemacht. Denn sie beachtete mich kaum. Stattdessen starrte sie den Kaiser an, mit einem hungrigen Funkeln in den Augen, als wäre sie eine Hyäne und der Kaiser ein Metzger mit einem Eimer voll frischem Fleisch. Ich erkannte eine fanatische Anhängerin, wenn ich eine sah.

Vahid hatte Thohfsa Macht verliehen – etwas, das sie nie zuvor besessen hatte. Und sie war ganz trunken von dieser Macht.

Mein Blick tastete ihren Körper ab, suchte nach einem Hinweis darauf, wie es sein konnte, dass sie jetzt vor mir stand. Ihr schwarzes Haar war nach hinten gekämmt und geölt. Das höhnische Grinsen, das sie für gewöhnlich zur Schau stellte, war einem seligen Lächeln gewichen.

Sie sah aus, als erfreue sie sich bester Gesundheit. Und das konnte nicht sein! Kein Mensch hätte sich von dieser Wunde erholt.

Kein Mensch ohne Dschinn-Magie.

Ich dachte an den Tag zurück, als ich zusammen mit Noor geflohen war. Thohfsa hatte damals eine Heilerin mit der Macht des Unsichtbaren ins Gefängnis holen lassen, um Noor zu retten. Sie hätte sich auch selbst auf diese Weise heilen lassen können. Wenn mein Schwertstich in den Magen sie nicht sofort getötet hatte, war ihr vielleicht genug Zeit geblieben, die Dschinn-Heilerin zu rufen, bevor der Blutverlust tödlich wurde.

Ich ballte meine Fäuste und betrachtete ihr schmieriges Lächeln, während sie mit dem Kaiser sprach. Dabei musste ich daran denken, wie sie mich das letzte Mal geschlagen hatte. An die blutigen Striemen, die ihr Ledergürtel auf meinem Körper hinterlassen hatte.

Ich würde sie wohl einfach noch einmal töten müssen.

«Gibt es einen bestimmten Grund, warum Ihr mich anstarrt, Sahiba?» Thohfsas nasale Stimme durchbrach meine Gedanken. Ihr flackernder Blick war auf mich gerichtet.

«Ich hatte das Gefühl, wir wären uns schon einmal begegnet», erwiderte ich ruhig. Ich rief mir ins Gedächtnis, dass sie keine Ahnung hatte, wer ich war. Also blieb mein Gesicht eine unbewegliche Maske. «Aber wie ich sehe, habe ich mich wohl geirrt.»

Sie legte den Kopf schief, und ein verschlagenes Funkeln trat in ihre Augen. «Seid Ihr Euch da sicher?»

Ich atmete scharf ein. Verdrängte die Panik. Es war einfach nicht möglich, dass sie es wusste. Der Kaiser, der immer noch hinter mir stand, räusperte sich.

«Ich habe neue Informationen zu der Situation, über die wir gesprochen haben», sagte Thohfsa zum ihm, wobei sie mich immer noch fixierte.

Er verengte die Augen. «Nicht hier.»

Sie nickte knapp. Dann wandte der Kaiser seinen Blick wieder mir zu – und seine hellen Augen verengten sich abermals. Während er mich musterte, hatte ich das Gefühl, irgendetwas würde über meine Haut krabbeln. Dieser Mann hatte den Untergang meiner Familie inszeniert! Es war ihm völlig egal, wen er tötete oder zerstörte, solange es nur seinem Ziel diente, immer mehr Macht zu erlangen.

«Wer bist du?»

Ich öffnete den Mund zu einer Antwort. Aber Thohfsa kam mir zuvor: «Das ist Sanaya von den nördlichen Völkern.»

Ich erschrak, und mein Herz schlug mir bis zum Hals. Doch ein Lächeln breitete sich auf ihrem Gesicht aus, als sie weitersprach.

«Sie ist gekommen, um für Ihren Vater Eure Gunst zu gewinnen. Ich habe außerdem gehört, dass sie Eure Adoptivtochter vor einer Bande von Straßenräubern gerettet hat.» Thohfsa lachte viel zu schrill. Das Geräusch schnitt wie eine Peitsche durch meine Haut. Woher wusste sie das alles? Hatte sie sich im Palast nach mir erkundigt? Ich ballte meine Hände zu Fäusten, damit sie nicht zitterten.

«Ah ja», erwiderte der Kaiser mit milder Stimme. «Mazin hat dich einmal erwähnt.» Er nickte in meine Richtung, und sein Blick glitt über mich, ohne mich wirklich zu sehen. «Meinen Dank dafür, dass du jemandem aus meinem Hause geholfen hast.»

Jemandem aus seinem Hause. Nicht seinem Kind. Nicht seiner Tochter. Ich fragte mich, ob er es überhaupt bemerken würde, wenn Anam plötzlich sterben sollte. Etwas Dunkles stieg in mir auf. Dieser Mann kümmerte sich um rein gar nichts – außer sich selbst.

Nicht um mich. Nicht um meinen Vater. Nicht einmal um diejenigen, die er als seine Kinder großgezogen hatte.

Rache.

Die Stimme schlängelte sich um mich herum, drang in mein Innerstes ein, hallte in meinen Ohren wider. Jetzt wäre es möglich! In exakt diesem Moment könnte ich meinen Dolch ziehen und mit einer einzigen Bewegung meines Handgelenks seinen fleischigen Hals aufschlitzen, bevor er seine Dschinn-Kräfte einsetzen konnte.

«Es war mir ein Vergnügen, Eure Exzellenz», hörte ich mich mit zusammengebissenen Zähnen sagen, während ich mich tief verbeugte. Jetzt war noch nicht der richtige Zeitpunkt. Es war mir egal, was danach mit mir geschah – aber ich musste mich immer noch um Mazin kümmern und hatte zudem keine Ahnung, wo Noor steckte.

Thohfsa und den Kaiser zusammen zu sehen, hatte mein Selbstvertrauen erschüttert. Ich wollte mit dem Kaiser sprechen, ihm näherkommen – aber nicht auf diese Weise! Ich hatte das Gefühl, dass Thohfsa gerade das Sagen hatte. Dass sie die Situation kontrollierte, aus einem Grund, der mir noch nicht ganz klar war. Der Kaiser jedoch bemerkte meinen inneren Aufruhr nicht und ging weiter, um mit anderen Höflingen und Kriegsherren zu sprechen, die gekommen waren, um ihm ihre Aufwartung zu machen.

Ich ließ meinen Blick umherschweifen, versuchte Noor in der Menge zu entdecken. «Na? Suchst du nach deiner kleinen Freundin?»

Beim Klang ihrer nasalen Stimme blieb mir das Herz stehen.

Deine kleine Freundin.

Thohfsa wusste Bescheid.

Sie wusste, wer ich war – wer ich *wirklich war*. Mein Körper spannte sich sofort an! Mein Muskelgedächtnis erkannte die Gefahr, stellte sich auf einen Kampf ein.

Wir befanden uns in einem Saal voller ausgelassen feiernder Menschen und starrten uns inmitten der Menge hasserfüllt an. Nun verstellten wir uns nicht länger – dies war ein offener Kampf.

Ich umklammerte die Klinge unter meinem Kamiz. Sie würde nicht länger die Oberhand behalten! Im Gefängnis hatte sie uns terrorisiert und ihre Macht eingesetzt, um uns zu brechen. Nun jedoch bewegten wir uns auf Augenhöhe.

«Wenn wir nicht in einem überfüllten Raum wären, würde ich dich gleich wieder ausweiden.» Meine Stimme war ruhig und flüsterleise. Aber ich wusste, dass Thohfsa mich hören konnte, denn sie verzog ihre Lippen und blähte ihre Nasenlöcher.

«Wie ich sehe, versuchst du nicht einmal, es zu leugnen», hauchte sie, und ihre Mundwinkel verzogen sich.

«Was sollte das bringen? Offenbar weißt du schon alles», erwiderte ich gefährlich leise.

«Warten wir ab, welche Geheimnisse du ausplaudern wirst, wenn der Kaiser dich erst einmal verhört.» Doch ihre Worte klangen nicht sehr sicher, wirkten nicht überzeugend.

Ein Bluff.

«Wenn es das wäre, was du willst, hättest du es ihm schon längst erzählt. Reichlich Gelegenheit dazu hattest du.» Mein Blick musterte ihr finsteres Gesicht. Und mir wurde etwas klar. «Nein. Du willst etwas von mir.»

In diesem Moment wusste ich auch, warum ich Noor bislang noch nicht entdeckt hatte.

Wut raste durch meine Adern, heiß und verzehrend. Ich bewegte mich auf Thohfsa zu. Kam ihr so nah, dass sie unmöglich verkennen konnte, wie ernst mir jedes einzelne meiner Worte war.

«Wo ist Noor?», knurrte ich und zog meinen Dolch aus der Scheide, ohne mich darum zu scheren, wer das Aufblitzen meiner Klinge in der Menge bemerken mochte. «Wenn du sie nicht sofort freilässt, wirst du dir wünschen, du wärst schon beim ersten Mal gestorben!»

In dem Gefängnis, das sie kontrollierte, war Thohfsa eine brutale Meisterin gewesen. Doch von Angesicht zu Angesicht hatte sie keine Chance gegen mich, und das wusste sie. Ihre Augen weiteten sich, aber sie blieb standhaft.

«Sie hätte auch ihr Gesicht verstecken sollen. Stell dir meine Überraschung vor, als ich die kleine Made mitten im Palast des Kaisers seelenruhig herumspazieren sah! Da wusste ich, dass ihr beide ihn gefunden habt. Soumas Schatz.» Ihre Stimme brach, doch sie sprach weiter. Ihr Selbstvertrauen wuchs mit jedem Wort, während meines immer schwächer wurde. «Und ihr werdet ihn mir übergeben! Den ganzen Schatz.» Sie lächelte wie ein Hai, der den ersten Tropfen Blut gekostet hatte. «Wenn du dich weigerst, wird deine Freundin nicht mehr lange am Leben sein. Ich werde alles dem Kaiser offenbaren – und er wird dich dafür zahlen lassen.»

Ich atmete tief aus und kämpfte darum, meine aufkeimende Panik im Zaum zu halten. Wie konnte es sein, dass Thohfsa nun schon wieder Macht über mich hatte!

«Das könntest du auch tun, selbst wenn ich dir den Schatz übergebe», sagte ich mit falscher Gelassenheit, darum bemüht, meine Stimme ruhig klingen zu lassen.

Sie wusste nicht, wie viel Macht sie wirklich über mich hatte. Und auch nicht, wie viel ich Noor zu verdanken hatte. «Aber du willst Soumas Schatz nicht mit Vahid teilen, nicht wahr?» Ich legte den Kopf schief und musterte sie. Trotz allem war Thohfsas Handeln noch immer von Gier bestimmt. Von ihrem Streben nach Macht.

«Der Kaiser teilt mit niemandem. Er würde sich alles nehmen und mich mit ein paar Almosen abspeisen.» Sie spuckte auf den Boden. «Aber täusche dich nicht: Ich werde nicht zögern, dich und Noor sofort an ihn auszuliefern, wenn du mir das Zoraat nicht übergibst.»

Ich knurrte tief in meiner Kehle. Mein sorgfältig ausgearbeiteter Plan war gerade dabei, mir aus den Fingern zu gleiten.

«Ich überlasse dir das Zoraat», gab ich schließlich nach, und sie begann zu strahlen. «Sag mir nur, wo Noor ist!»

«Ich bin keine Närrin. Du bekommst sie zurück, sobald ich den Schatz in den Händen halte.»

Ich schüttelte den Kopf, den Dolch noch immer in meinen gekrümmten Fingern. Doch ich konnte sie jetzt nicht töten. Dann würde ich vielleicht nie erfahren, was sie Noor angetan hatte. «Ich gebe dir gar nichts, solange ich nicht weiß, dass sie in Sicherheit und am Leben ist.»

«Gut. Wir treffen uns morgen bei Sonnenuntergang bei dem Banyanbaum am Rande des Basars. Ich bringe deine Freundin mit – und du meine Macht.»

Ich nickte angespannt, und sie machte auf dem Absatz kehrt und verschwand. Ich versuchte, mir nicht vorzustellen, was Noor gerade durchmachen musste, weil ich sie nicht beschützt hatte. Ich hoffte nur, dass Thohfsa sie nicht tötete, bis mir eine Möglichkeit eingefallen war, wie ich uns beide aus der Sache herausholen konnte.

VIERZIG

Ich ging zurück zu unserem Stadthaus und holte die fein gearbeiteten Waffen meines Vaters heraus. In der Sammlung befanden sich alle Arten von Schwertern, eine Vielzahl von Dolchen und eine Armbrust. Ich verfügte über Zoraat und besaß genug Gold, um so viele Söldner anzuheuern, wie ich brauchte, um Thohfsa auszuschalten. Aber wenn Noor bereits tot war und Thohfsa dem Kaiser alles erzählt hatte, wäre das völlig umsonst.

Thohfsa war gierig. Genau wie Casildo. Genau wie Darbaran. Diese Schwäche konnte ich gegen sie verwenden! Aber ich durfte es nicht riskieren, die Zoraat-Samen zu behalten, wenn das Noors sicheren Tod bedeutete. Das konnte ich ihr nicht antun.

Ich atmete zischend zwischen meinen zusammengepressten Zähnen aus und bemühte mich, einen Plan auszuhecken, der Noor und mich lebend aus der Sache herausholte und gleichzeitig Thohfsa, Vahid und Mazin zur Strecke brachte. Das Bedürfnis nach Rache brannte nach wie vor heiß in meinen Adern.

Aber solange Noor noch am Leben war, spielte es keine Rolle, wie viel Rachedurst in meinen Adern pulsierte. Ich musste dafür sorgen, dass sie auch am Leben blieb!

Wir hatten das alles zusammen geschafft. Wir waren geflohen, hatten Pläne geschmiedet und gemeinsam um unsere Väter getrauert. Und jetzt musste ich mir überlegen, wie ich sie zurückbekommen konnte.

Ich legte mich in meinem Schlafzimmer auf den Boden. Die Kälte der Steinfliesen stach mir in die Wange.

Wenn ich alles aufgab, was ich erreicht hatte, um Noor zu befreien – wer war ich dann noch?

Das Mädchen, das nicht um das Andenken seines Vaters gekämpft hatte? Das die Leute, die ihn getötet und sie verraten hatten, frei herumlaufen ließ? Wenn ich das Zoraat im Tausch für Noors Leben aufgab, verzichtete ich auf die Rache für meinen Vater. Wenn ich Thohfsa ignorierte und weiter nach Vergeltung strebte, würde die einzige Freundin sterben, die ich auf der Welt hatte.

Das dunkle Loch in meinem Innern schien sich endlos auszudehnen – wie eine klaffende Wunde, die niemals heilen konnte.

Wenn ich Noor einfach so ihrem Schicksal überließ – unterschied ich mich dann überhaupt noch von Mazin? Von Casildo? Von Darbaran?

Kalte Wut überschwemmte mich, verdunkelte meine Sicht, als wäre eine Fackel erloschen. Ich konnte sie sogar zwischen meinen Zähnen spüren.

Ich zog die Handschuhe aus, die meine Hände verhüllten, und untersuchte die schwarzen Linien, die sie versteckten. Sie hatten sich weiter ausgebreitet: Nun erwuchsen sie aus der Mitte meiner Handflächen und den Enden meiner Fingerspitzen und wanden sich wie seltsame Tätowierungen meine Handgelenke hinauf. Es sah aus, als hätte ich meine Haut in dunkle Farbe getaucht und die Tropfen meine Arme hinabrinnen lassen. Was hatte das zu bedeuten? Hatte ich zu viel Zoraat genommen? Hatte seine Macht mich vergiftet?

Und ich konnte nicht einmal Noor danach fragen.

Mit jedem Augenblick wurde es schwieriger, meine Wut und meinen Blutdurst zu zügeln.

Ich schloss die Augen und spürte, wie mich eine vertraute Kraft durchströmte. Sie hatte nichts mit Dschinn-Magie oder Zoraat zu tun, sondern mit meiner eigenen Stärke. Die Stärke, die mich hierhergebracht hatte. Die dafür gesorgt hatte, dass ich für Noor zurück in den Krankentrakt gegangen war. Die uns aus diesem Gefängnis herausgeführt hatte.

Ich zog meinen schweren Shalwar Kamiz aus. Stattdessen streifte eine schlichte schwarze Tunika über, dazu enge Hosen. Mein Haar band ich zusammen. Ich hatte die Chance, Noor zurückzubekommen – und ich würde sie nutzen!

Ich konnte das schaffen. Trotz allem konnte ich immer noch gewinnen.

Auch ohne jegliche Magie.

Ich würde Noor retten *und* die Macht behalten, die wir uns beschafft hatten.

Mit neuer Entschlossenheit packte ich die Waffen ein, die ich brauchte. Dann machte ich mich auf den Weg. Als ich an dem großen Spiegel in meinem Zimmer vorbeikam, hielt ich noch einmal inne.

Etwas hielt mich zurück. Da stimmte etwas nicht mit meinem Spiegelbild! Ich hob meine Hände zu meinem Gesicht, betastete meine Wangen, meine Nase.

Ich sah aus wie *ich*.

Mit Grauen wurde mir klar, dass ich heute Nacht eine zusätzliche Dosis Zoraat hätte nehmen müssen. Seine Wirkung hatte bereits nachgelassen – und zwar schneller als zuvor.

Ich kramte nach dem Sack mit den Dschinn-Samen, der unter zwei losen Steinplatten im Boden versteckt war. Rasch zog ich ihn hervor und öffnete ihn.

Die bunten Samen glitzerten mir im Mondlicht entgegen: unterschiedliche Mengen, unterschiedliche Texturen – und ich hatte keine Ahnung davon.

Noor hatte mir nicht beigebracht, wie man die Mischung ansetzte. Und ich traute meiner Erinnerung nicht. Eine Zoraat-Mischung konnte gut funktionieren – oder einen von innen heraus verbrennen.

Ich hockte mich auf die Fersen und ballte meine Fäuste, drückte sie gegen den Boden.

Dann brüllte ich in die Nacht hinaus, bis meine Stimme heiser war.

So durfte es nicht enden! Ich würde mich Thohfsa und ihren Wachen allein mit meinem Schwert stellen müssen.

Mit meinem Schwert – und meinem wahren Gesicht.

Aber was war, wenn ich versagte?

Schließlich holte ich ein Fläschchen aus dem Versteck: eine einzelne Dosis in der richtigen Farbe und Menge, wie ich es bei Noor so oft gesehen hatte. Das Pulver darin war dunkelrot und fein wie Sand. Wenn ich alles davon schluckte, würde mir das sicher ausreichend Kraft geben, um mein Äußeres zu verwandeln und Noor zu befreien.

Oder es würde mich umbringen.

Meine Hände zitterten. Ich setzte das Fläschchen an meine Lippen an – und zögerte. Brauchte ich diese Kraft?

Doch bevor ich das Zoraat schlucken konnte, ertönte vom Innenhof her ein schwerer Schlag! Das Geräusch eines fallenden Körpers, gefolgt von zersplitterndem Glas.

Ich sprang auf. Noor hatte die Zahl der Wachen seit Darbarans Angriff verdreifacht. Nun sollte es eigentlich unmöglich sein, unsere Sicherheitsmaßnahmen zu überwinden!

War das Thohfsa? Hatte sie unsere Vereinbarung in den Wind geschossen und versuchte jetzt, mich in meinem eigenen Haus zu überrumpeln?

Vielleicht hatte sie dem Kaiser doch verraten, wer ich wirklich war, und Vahids Soldaten umstellten jetzt das Haus.

Ich nahm meinen Talwar vom Bett und schlich den Flur entlang in Richtung Garten. Im Haus war es gespenstisch still. Bei der Eingangshalle blieb ich stehen, als ich eine unserer Dienerinnen entdeckte. Sie stand neben einem Diwan und starrte nach draußen, ein zerbrochenes Glas zu ihren Füßen.

«Vira?»

Sie bewegte sich nicht. Die Gedanken schwirrten in meinem Kopf herum, schrien mich an. Ich versuchte, zu begreifen, was genau ich da vor mir sah. Vorsichtig trat ich näher an sie heran, das Schwert hoch erhoben. Ich schaute in ihr Gesicht.

Es war erstarrt zu einer Maske des Schreckens, die Augen weit aufgerissen. Sie schien hinaus in den Garten zu schauen und wirkte wie eine beunruhigend-makabre Statue, die jemand in sein Wohnzimmer gestellt hatte.

Ich wedelte mit der Hand vor ihrem Gesicht herum. Sie blinzelte nicht einmal.

Meine Finger schlossen sich fester um den Griff meiner Klinge. In der Stille des Hauses klang mein Atem heiser und viel zu laut. Die Luft war kühl, als ich nach draußen ging. In der Ecke des Gartens stand eine Wache und bewegte sich ebenfalls nicht. Sie starrte in meine Richtung, als könne sie den Blick nicht abwenden.

Angst kroch meine Wirbelsäule hinauf. Ich spürte die schwere Präsenz einer anderen Person, noch bevor ich sie sah.

Sanfter Atem strich über meinen Nacken.

Ich wirbelte herum, das Schwert erhoben! Doch es erstarrte in meinen Händen. Ich versuchte, die Klinge herabsausen zu lassen – aber meine Arme rührten sich keinen Zentimeter, verharrten mitten im Schlag.

Eine Gestalt in einem bodenlangen Mantel stand vor mir. Dunkle Augen leuchteten unter der Kapuze hervor und musterten mich hungrig.

«Wer bist du?», hauchte ich voller Angst, dass meine Worte ebenso eingefroren wären wie der Talwar in meiner Hand.

«Du weißt, wer ich bin.»

Ich schloss die Augen. Wollte nicht aussprechen, was ich bereits ahnte.

Denn sonst hätte ich mir eingestehen müssen, dass ich es

mit etwas zu tun hatte, das sich vollkommen meiner Kontrolle entzog. Dass ich nicht nur mit meiner eigenen Welt zurechtkommen musste – sondern auch mit einer anderen.

Der Welt des Unsichtbaren.

Das Schweigen zwischen uns zog sich in die Länge. Es fühlte sich an, als verginge ein ganzes Leben in der Stille. Schließlich sagte ich ein einziges Wort. Jenes Wort, das auszusprechen mich mehr als alles andere ängstigte.

«Dschinn.»

EINUNDVIERZIG

Der Dschinn, der vor mir stand, lächelte. Seine Zähne waren makellos und weiß, wie kleine Diamantsplitter in einem alterslosen Gesicht.

Er sah menschlich aus wie ich – nur älter. Oder jünger? Ich konnte es nicht sagen. Und er starrte mich an, als würde er mich kennen. Das fand ich noch viel beunruhigender.

Ich wollte nicht, dass ein Dschinn mich kannte!

«Du bist anders als der letzte Mensch, mit dem ich einen Handel einging. Sie trug schwarze Rache in ihrer Seele, die sich nicht zügeln ließ. Doch Vahid besaß denselben Hunger wie du.»

Seine alterslose Stimme floss durch mich hindurch, kalt und gleichgültig. Dann ließ der Griff nach, in dem er mich gefangen hielt. Meine gefrorenen Glieder tauten auf, bis mein Schwert schließlich heruntersackte. Die Worte blieben mir im Mund stecken wie kaltes Ghee, doch ich verdrängte meine Angst. Noor war immer noch gefangen – und mir blieb nicht viel Zeit, ihr zu helfen!

«Du bist der Dschinn, der Vahid seine Macht verliehen hat?»

Der Dschinn lächelte wieder, als ob er sich über meine Frage freute. Nein, als ob er stolz darauf wäre!

«Damals war Vahid ein einfacher Bauer, der über die Ungerechtigkeit in den Königreichen schimpfte.» Der Dschinn kicherte, wobei sich sein Gesicht kaum regte. «Er erzählte davon, wie die Kinder in seinem Dorf verhungerten. Und er wollte den König für diese Hungersnot bezahlen lassen. Er trug so viel *Hass* in sich.» Der Dschinn klang nun schadenfroh. «Ich habe ihn gewarnt, dass er den Preis akzeptieren muss, wenn er meine Macht will. Oh ja, ich habe ihn gewarnt. Aber wie du siehst, hat er nicht auf mich gehört.» Seine Augen blitzten hungrig.

Ich atmete scharf ein. Ein Wort, das er benutzt hatte, brannte in mir wie Säure.

«Der *Preis*?» Meine Stimme war nur noch ein Flüstern. Ich war mir nicht sicher, ob ich mehr Angst vor meiner Frage hatte – oder vor seiner Antwort.

Der Dschinn beugte sich vor, und seine Augen funkelten. «Du spürst es doch gewiss? Hm? Wie du dich selbst aufzehrst. Wie die Dunkelheit dich verschlingt, je mehr Zoraat du nimmst. Bei manchen dauert es Jahre, ehe sie es spüren. Aber Menschen, die so viel konsumieren wie du – die so stark *fühlen* wie du –, die spüren es fast sofort.»

Meine Gedanken wirbelten wild herum. Diese Stimme, die ich immer wieder gehört hatte. Die Anfälle von tiefer Wut, die mir das Gefühl gaben, allmählich den Verstand zu verlieren. Die Momente, in denen die Wut regelrecht meine Sicht verdunkelte. Als ich mit Mazin zusammen war, hatte der Zorn mich fast übermannt, mich dazu angestachelt, Rache zu nehmen – doch meine eigene leise Stimme hatte sich gewehrt. Ich umklammerte fest den Griff meines Schwertes, doch meine Finger fühlten sich kraftlos an. Meine Klinge würde gegen das Wesen vor mir wenig ausrichten.

«Warum bist du jetzt hier?» Ich wünschte mir verzweifelt, dass meine Stimme nicht so zittern würde. Dass ich fest auf meinen Füßen stehen könnte, statt vor ihm zurückzuweichen – als wollte mein Körper mehr weglaufen als ich selbst.

Er lächelte wieder, bedachte mich mit diesem eindringlichen, verstörenden Blick. «Um dir denselben Handel anzubieten, den ich Vahid angeboten habe: einen Teil meiner Macht. Dschinn-Magie, um dir deine Rache zu ermöglichen.»

Ich atmete ein, doch mein Atem blieb mir in der Kehle stecken. Meine Brust fühlte sich an, als würde sie gleich explodieren.

Etwas Bitteres schien in meinem Hals festzustecken. Im Geist wiederholte ich dieses eine Wort.

Handel.

Das war kein Geschenk. Es würde immer einen Preis haben.

«Ich habe bereits Zugang zu deiner Macht, Dschinn. Ich muss nicht mit dir darum feilschen.»

«Du hast Zugang zu einem winzigen Sandkorn verglichen mit dem, was ich dir geben kann. Wenn du deine Freundin retten willst, kann ich dir alles bieten, was du dazu brauchst.»

Tief atmete ich aus. Ich wusste, dass er die Wahrheit sprach. Mit der Macht, die mir gerade zur Verfügung stand, hatte ich keine Chance, Noor zu befreien. Wenn er mir etwas geben würde, womit ich Thohfsa zerstören könnte – um anschließend Vahid zu stürzen ...

Aber wenn diese Magie nun mehr kostete, als ich geben konnte?

«Und im Gegenzug?» Ich wich einen weiteren Schritt zurück. «Was ist der Preis, den ich für solche Macht zahlen müsste?»

Die Augen des Dschinns leuchteten auf, als hätte jemand das Feuer in seinem Inneren geschürt. «Der Preis ist die Nutzung deines Körpers.»

Ich geriet ins Stolpern, blieb an einer Stufe hängen, konnte mich gerade noch so fangen. Dann öffnete ich den Mund, um etwas zu sagen – aber die Worte wollten nicht herauskommen. Angst brodelte in meinem Magen, ließ meine Haut zu Eis werden. Sie kühlte den Schweiß auf meiner Stirn, überzog mich mit einem klammen Gefühl.

Und doch ... *und doch!*

«Ich würde von dir Besitz ergreifen, deine Haut bewohnen und vollständig in deiner Welt leben», fuhr er fort.

«Du befindest dich bereits in meiner Welt», gab ich zurück und deutete auf den Innenhof um uns herum. Auf den mit Sternen übersäten Nachthimmel. «Und du verfügst hier über Macht! Meine Diener können sich nicht mehr bewegen. Meine Wachen sind steif gefroren. Du hast mein Schwert aufgehalten, ohne es auch nur zu berühren. Was willst du noch?»

«Das sind alles simple Tricks», zischte er und kam einen Schritt näher. «Was ich hier ausrichten kann, ist begrenzt. Doch in einem menschlichen Körper wäre es das nicht! Ich könnte meine Kraft durch dich kanalisieren – so wie das kostbare Zoraat, das du konsumierst.»

«Und warum sollte ich dir meinen Körper zur Verfügung stellen – wenn ich bereits einen Teil deiner Macht habe?»

«Weil ich dir *alles* geben kann, was du dir immer gewünscht hast. Alles, wovon du in deinem tiefsten Innern träumst.»

«Was glaubst du denn, was ich will? Ich bin nicht wie Vahid. Ich tue das alles nicht um der Macht willen.»

«Wirklich nicht? Wolltest du nicht schon immer die Macht besitzen, deine Feinde zu vernichten? Du hast mit dem Schwert trainiert, bis deine Hände blutig waren! Hast eine Mauer um dich herum aufgebaut, damit niemand dir schaden kann. Aber ja – du willst mehr als nur Macht, das gestehe ich dir zu. Du willst etwas viel Interessanteres. Vergeltung. Rache. Das verstehe ich sehr gut. Ich kann dir die Macht geben, ein ganzes Reich zu zerstören. Die Macht, einen Mann zu vernichten und ihm alles zu nehmen, was er liebt. Das ist es doch, wonach du dich sehnst, nicht wahr?»

Ich presste die Lippen zusammen. Ja, ich wollte meine Rache – aber wie Vahid werden wollte ich nicht. Doch Thohfsa hielt immer noch Noor gefangen. Wenn ich nichts unternahm, würde sie sterben. Ginge es nur um mich, könnte ich den Tod wohl akzeptieren. Aber Noor verdiente es, zu leben. Frei zu sein.

Ein Geräusch im Garten ließ mich aufhorchen. Leise Schritte

hallten durch den Innenhof. Eine der Wachen kam auf mich zu, als wäre sie in den letzten Minuten nicht zur Statue erstarrt gewesen. Sie kam näher – und ich blinzelte, als ich die Gestalt zum ersten Mal deutlich sah.

Der Mann, der aus der Dunkelheit hervortrat, war keiner meiner Wächter. Das Herz blieb mir in der Kehle stecken, mein Atem stockte.

Es war jemand, den es nicht mehr geben konnte.

«Ich hätte nie gedacht, dass ich dich wiedersehen würde.» Seine sanfte Stimme wehte zu mir herüber, tief und fest. Die Stimme, die mich immer beruhigt hatte. Die stets für mich da gewesen war, wenn ich Rat brauchte.

«Baba?» Das Wort kam mir zögerlich über die Lippen, wurde mir regelrecht aus der Kehle gelockt. Es klang, als würde ich meine eigene Sprache nicht mehr beherrschen.

Ich drehte den Kopf zu dem Dschinn neben mir. Er sah mich mit Augen an, in denen Flammen loderten. «Was hast du getan?»

«Wieder nur einfache Tricks.» Er zuckte mit den Schultern. Die Geste wirkte so unnatürlich wie seine Anwesenheit. «Aber sie sind effektiv! Die Menschen werden so sehr von ihrer Vergangenheit kontrolliert. Sie diktiert ihnen alles, was sie tun.»

Ich presste den Atem durch meine Nasenlöcher. Meine Hände umklammerten den Schwertgriff so fest, dass er wahrscheinlich gleich in zwei Teile zerbrach.

Als die Illusion näher kam, konnte ich meinen Vater sogar riechen: ein leichter Duft von Rauch und Flammen. Erdiges, heißes Eisen, vermischt mit dem leicht beißenden Geruch von geschmolzenem Stahl. Erinnerungen überfluteten mich: wie ich auf einem Stuhl auf der anderen Seite der Schmiede saß, während mein Vater das Feuer schürte. Das Geräusch seines Messers, das über Kamelknochen schabte, wenn er am Abend schnitzte. Der Stolz in meinem Magen, wenn er über einen meiner Witze lachte, während wir heiße Dal Kachoris aßen.

Und jetzt stand ebendieser Mann vor mir. Das Grau seines Bartes leuchtete im Fackelschein. Die tiefen Falten in seinem dunklen Gesicht waren mir ebenso vertraut wie die Sternbilder über uns.

Aber mein Vater war tot.

Mein Magen sackte herab, als würde er aus massivem Eisen bestehen. Ich schloss die Augen, um meinen Vater nicht mehr ansehen zu müssen.

«Schaff ihn weg», presste ich durch meine zusammengebissenen Zähne hervor. «Ich will ihn nicht mehr sehen!»

«Doch, du willst ihn sehen», flüsterte der Dschinn leise und selbstzufrieden in mein Ohr. Plötzlich war er mir so nah, dass ich ihn leicht hätte berühren können. «Du willst ihn so sehr sehen, dass du dir dafür selbst die Zunge herausschneiden würdest. Ich kann sie fühlen, deine Sehnsucht. Deine Qualen. Deine Wut. Ich bin fast trunken davon.» Sein kalter Atem streifte meinen Nacken. «Das ist der Grund, warum ich hier bin.» Der Dschinn deutete mit der Hand auf mich. «Wegen dir. Wegen deines *brennenden* Bedürfnisses nach Vergeltung. Wegen dem, den du verloren hast – und dem, was du deswegen tun willst.»

«Er wurde mir weggenommen! Das hier ist nicht mein Vater.»

«Dein Vater wurde ermordet. Du wurdest verraten. Und seitdem hast du nur noch ein Ziel. Sag mir – was würdest du tun, wenn du unbegrenzte Macht hättest? Wenn du den Leuten, die dir dein Leben gestohlen haben, alles antun könntest, was du willst? Würdest du sie den Preis dafür zahlen lassen?»

Ich starrte in die dunklen Augen meines Vaters. Sie waren umkränzt von Lachfältchen. Seine Mundwinkel hoben sich, und er schenkte mir das Lächeln, das ich von ihm kannte. Das Lächeln, mit dem er mich immer bedacht hatte, wenn er mir liebevoll das Haar zerzauste und mir dann zeigte, wie man einen Dolch richtig hält.

Mein Vater legte den Kopf schief. «Wonach suchst du, Beti?»

Ich atmete tief aus und suchte nach etwas, das ihn irgendwie unnatürlich machte. Fremd. Aber er fühlte sich so real an wie das Schwert in meiner Hand. «Nach der Antwort, Baba.»

Mein Vater beugte sich vor und streckte seine Hand aus, um mich zu berühren. Meine Lunge verkrampfte sich.

«Nicht», flüsterte ich, und meine Stimme brach. Seine Hände hielten in der Luft inne. In seinem Blick lag eine Frage. Als meine Mutter gestorben war, hatte mein Vater die Scherben unseres Lebens aufgesammelt. Meine Nanu war zerbrochen, war in ihrer Trauer gefangen. Und ich musste ihren Verlust ebenso verkraften wie den meiner Mutter. Mein Vater war die einzige Konstante in meinem Leben. Derjenige, der mich liebte – egal, was passierte.

Als ich von seinem Tod erfahren hatte, war mein Herz zerbrochen. Die Schwärze darin floss seither heraus und verhärtete mein Inneres mit mehr Wut, als ich mir vorstellen konnte. Als ich ihn am meisten gebraucht hätte, um mich zu trösten, war er nicht da gewesen.

Wenn ich jetzt seine Hand auf meiner Schulter spürte, würde ich zusammenbrechen.

Und das durfte ich nicht.

Nicht jetzt. Nicht, solange nicht nur meine Rache auf dem Spiel stand – sondern auch Noors Leben. Was, wenn meine einzige lebende Freundin meinetwegen sterben würde?

Meinen Körper würde ich tausendmal hergeben, wenn ich dafür nur meinen Vater zurückbekommen könnte. Aber das war es nicht, was der Dschinn mir anbot.

Niemand konnte die Toten zurückbringen. Nicht einmal die Dschinn.

Aber wenn ich damit jemand anderen retten könnte? Wenn ich Noor retten könnte – was würde ich dafür hergeben? Was wäre ich bereit zu tun?

Ich blickte zu dem Dschinn auf und riss dafür den Blick von meinem Vater los, sosehr es auch schmerzte.

Ich hatte nun die Antwort. Hatte sie schon immer gehabt. Ich wusste nur nicht, ob ich die Kraft besaß, die Sache auch durchzuziehen.

«Ich akzeptiere den Preis», sagte ich, und meine Stimme verursachte ein seltsames Beben im Garten – wie die Erschütterung in einem Teich, in den man einen Stein geworfen hatte. Ich sprach weiter, ehe ich den Mut verlor. Bevor meine Beine versagten und ich einfach auf dem Boden zusammensackte wie ein Häufchen Elend. «Aber ich will mehr als das, was ich schon habe!» Ich umklammerte den Griff meines Schwertes und erinnerte mich an all die anderen Leben, die Vahid genommen und zerstört hatte. An die Menschen, die er verhungern ließ. An die Aufständischen, die auf der Straße verbrannt waren. An Mazins Eltern, abgeschlachtet in ihrem Dorf. Er hatte die Königreiche systematisch mit seiner grenzenlosen Gier zerstört. Jetzt würde ich sie davon befreien.

«Ich will die Macht, Noor zu retten und Vahids Reich in Schutt und Asche zu legen. Ich will den Tod des Kaisers. Und ...» Ich hielt inne und erinnerte mich an ein Paar dunkler Augen, die zu vergessen ich einst geschworen hatte. An die Berührung durch jemanden, von dem ich dachte, er würde mich lieben – bis ich erfuhr, wie falsch ich damit lag. «Ich will, dass Mazin es sieht. Alles. Er soll wissen, dass ich es war, die ihm alles genommen hat – bevor ich ihn töte. Das ist mein Handel, Dschinn.»

Ich ließ mein Schwert auf den Boden fallen und streckte meine Hände aus. Dabei betrachtete ich die Narben, Furchen und Unebenheiten, die sie erst zu meinen Händen machten. Auf diesen Narben breiteten sich die schwarzen, spinnennetzartigen Linien aus, von der Mitte meiner Handflächen bis hinauf über meine Arme – wie schmieriges Öl, das in meine Haut sickerte.

Doch meine Hände gehörten immer noch mir. Jeder Schnitt und jede Narbe darauf gehörte *mir*.

Und ich stand kurz davor, sie einem Dschinn zu überlassen.

Mein Magen war nur noch ein dunkles Loch, das mich von innen auffraß. Alles in meinem Körper rebellierte gegen diese Entscheidung. Sie würde mir geben, was ich wollte – und mir zugleich alles nehmen, was ich noch hatte.

Ich blickte wieder zu meinem Vater. Aber es war nicht mehr sein warmes Lächeln, das ich sah. Es war das Lächeln des Dschinns, dessen eisige Zähne wie Rasierklingen im Mondlicht blitzten.

«Es ist vollbracht.»

ZWEIUNDVIERZIG

Ich versteckte mich hinter einem geschlossenen Basarstand und beobachtete Thohfsa. Das Mondlicht hob ihren Umriss wie ein glühendes Leuchtfeuer in der Nacht hervor.

Sie war allein gekommen – es gab keine Spur von Noor. Hätte sie Noor mitgebracht, hätte ich mit dem Schwert gegen sie kämpfen können. Aber ich durfte nicht riskieren, dass Noor irgendwo da draußen den Tod fand, weil Thohfsa nicht zurückkam, um sie zu holen.

«Wo ist sie?» Meine Stimme schnitt durch die Nacht, wie ich es am liebsten mit meinem Schwert getan hätte. «Wo ist Noor?»

Thohfsas Kopf ruckte hoch. Ihr Mund verzog sich zu dem nur zu vertrauten Grinsen. «Fürs Erste ist sie in Sicherheit.» Sie musterte mein Gesicht, das nun frei war von der Magie, die mich zuvor getarnt hatte. «Ich hatte ganz vergessen, wie hässlich du bist.»

Ich verdrehte die Augen. «Ich will wissen, ob Noor noch lebt.»

Thohfsa gluckste. «Ja, der kleine Wurm lebt noch. Tot ist sie für mich wertlos.» Dann hob sie ihre brennende Fackel in die Luft und pfiff leise. In einem Gebäude am Rande des Basars ging ein Licht an. Noor stand im Fenster. Jemand presste ihr ein Messer an die Kehle, und Pein zeichnete ihre Züge.

Erleichterung durchströmte mich. Sie war am Leben – und hier!

Damit konnte ich arbeiten.

«Lass sie frei», knurrte ich, während ich langsam auf Thohfsa zuging.

Die hob ihren Arm. «Wenn du Hand an mich legst, wird man ihr die Kehle durchschneiden. Dir wird keine Zeit bleiben, sie zu retten – auch nicht mit aller Dschinn-Magie der Welt.»

Du hast ja keine Ahnung, über was für Magie ich gebiete.

Ich nickte knapp und öffnete die Tasche an meiner Seite. Daraus zog ich den Sack mit Zoraat hervor auf und blickte ein letztes Mal auf die Samen. Sie hatten mir die Macht verliehen, mich an Darbaran, Casildo, Vahid und Mazin zu rächen.

Aber jetzt brauchte ich sie nicht mehr.

Ich blickte hoch zu Noor am Fenster. Zu der einzigen Freundin, die mir noch blieb. Wenn ich sie nicht retten konnte, wäre alles umsonst gewesen. Ich ignorierte Noors entsetzten Schrei – und warf Thohfsa den Sack vor die Füße.

«Da.»

Sie bückte sich und hob ihn mit einem gierigen Lächeln auf. «Ist das alles?»

«Jedes einzelne Samenkorn.»

«Woher soll ich wissen, dass du nicht lügst?»

Ich deutete auf mein unverhülltes Gesicht. «Würde ich sonst so herumlaufen?»

Thohfsa nickte. Dann gab sie wieder einen leisen Pfiff von sich. Dieses Mal antwortete das eindringliche Geräusch von Stiefeln, die im Gleichschritt über Kopfsteinpflaster liefen. Es erfüllte den ganzen Platz.

Es waren Hunderte von Soldaten.

Ich betrachtete Thohfsa, die mir unbewegt gegenüberstand. Prägte mir jedes Detail ihres selbstgefälligen Gesichtsausdrucks ein.

«Hast du wirklich geglaubt, ich würde dich nicht verraten?» Sie steckte das Zoraat in ihre Tasche. «Hast du gedacht, ich würde dich einfach so gehen lassen?»

Oben im Fenster schrie Noor auf. Ich warf ihr einen raschen Blick zu. Man hatte sie nicht getötet – noch nicht.

Ein ganzer Trupp Soldaten umringte mich, aber ich würdigte sie kaum eines Blickes. Selbst dann nicht, als sie ihre Schwerter zogen.

«Und du hast wirklich geglaubt, ich würde dir vertrauen, Thohfsa?»

Sie verengte die Augen. Doch bevor sie etwas tun konnte, griff ich nach der Kraft, die in meinen Adern brodelte.

Die Macht, für die ich mein Leben im Tausch gegeben hatte.

Ich spürte ein leichtes Ziehen. Dann ein Knacken, als die Magie mich durchflutete: tausend brennende Nadeln, die in meine Haut stachen und mich mit Dschinn-Feuer erfüllten.

Jeder einzelne Soldat um mich herum richtete seine Klinge plötzlich in die andere Richtung. Auf Thohfsa.

Ich konnte ihre Lebenskraft spüren. Ihr Blut.

Tricks hatte der Dschinn es genannt. Aber es war, als würde ich die Soldaten wie formbaren Ton bewegen und sie zwingen, meinem Willen zu gehorchen. Ihre Gesichter waren gleichmütige Masken – und ihre Körper unterstanden meinem Befehl.

«Was …?» Thohfsa fummelte an der Tasche an ihrer Hüfte herum. Sie kramte nach dem Zoraat – als ob ihr das jetzt noch helfen konnte! Doch Thohfsa hatte noch nie gewusst, wie sie ihre Macht einsetzen sollte, wenn sie welche hatte.

«Du wolltest Dschinn-Magie im Austausch gegen Noor. Ein schlechter Handel für dich.»

Ich winkte mit der Hand, und die Soldaten bewegten sich auf sie zu. Thohfsa zog eine Handvoll Samenkörner aus dem Sack und stopfte sie sich in den Mund.

Die Soldaten rückten unbeirrt weiter vor.

«Die Sache ist nämlich die: Wenn man Zoraat besitzt, muss man auch wissen, wie man es benutzt.»

Binnen weniger Sekunden begann Thohfsa zu würgen. Ihre Beine gaben unter ihr nach. Sie hielt ihre Kehle umklammert, ihre Augen quollen hervor, und Schweiß rann ihr über das Gesicht.

Die Reihe der Soldaten teilte sich, um mich zu ihr durchzulassen. Ich hockte mich neben Thohfsa. «Dieses Mal *wirst* du sterben.»

«Dania.»

Noor stand am Rande des Platzes und starrte mit großen, dunklen Augen auf die Soldaten, die mich umringten. Ich erhob mich, sah sie an.

«Was hast du getan?»

DREIUNDVIERZIG

Der Kaiser wird wissen, dass wir hier sind. Ohne sein Einverständnis hätte Thohfsa nicht mit den Soldaten anrücken können.»

Noor beugte sich zu Thohfsa hinunter. Inzwischen hatte sie aufgehört, zu zucken und zu stöhnen. Reglos lag sie da.

Tot.

Noor sah zu mir auf. Ihr Mund war zu einer grimmigen Linie zusammengepresst.

«Was hast du getan?», wiederholte sie. Ihre Stimme war so leise, dass ich mich anstrengen musste, um sie zu verstehen. Ihr Blick wanderte zu den Soldaten – dann wieder zurück zu mir. Ihr gequälter Gesichtsausdruck verriet, dass sie einen schrecklichen Verdacht hegte.

Und doch war es noch viel schlimmer, als sie es sich überhaupt vorstellen konnte.

Der Tadel in ihrer Stimme ließ mich zusammenzucken. «Ich habe getan, was ich tun musste – um dich zu retten», schoss ich zurück.

«Blödsinn!», schnauzte sie mich wütend an.

Ich blinzelte.

«Du hast es für dich selbst getan.» Schmerz blitzte in ihren Augen auf, als hätte ich sie zerstört, statt sie zu befreien.

«Warum kümmert dich das überhaupt?» Ich warf die Arme in die Luft. «Du kannst jetzt gehen, wohin auch immer du willst. Du bist frei!»

Ich spürte, wie die Dunkelheit an mir zehrte. Wie meine Wut an die Oberfläche brodelte, der Frust darüber, dass Noor nicht einmal dankbar für alles war, was ich für sie getan hatte. Es war eine Wut, die sich nicht zügeln ließ, eine Flutwelle dunkler Gefühle, die mich zu verschlingen drohten.

«Warum es mich kümmert?» Noor starrte mich ungläubig an. «Bist du solch eine Närrin? Denkst du, ich helfe dir seit Wochen, weil ich nichts Besseres zu tun habe?»

«Ich glaube, du hast das Gefühl, dass du mir etwas schuldest. Weil ich dich aus dem Gefängnis geholt habe. Nun, das ist nicht länger der Fall. Ich entbinde dich von jeder Verpflichtung, die du mir gegenüber zu haben glaubst.»

«Du denkst also nicht nur, ich hätte einfach nichts Besseres zu tun, als dir zu helfen – sondern auch, dass ich es aus reinem *Pflichtgefühl* tue?!» Ihre Augen bestanden nur noch aus Feuer. Ihr Körper zitterte vor Wut.

«Warum schreist du mich an? Ich habe dir gerade das Leben gerettet!»

Ihr Blick verengte sich. «Und ich bin dankbar dafür. Aber ich stehe nicht nur aus Pflichtgefühl an deiner Seite.»

Ich schluckte. Ein Kloß steckte in meinem Hals. «Warum dann?»

Sie starrte mich an. «Weil ich deine *Freundin* bin, Dani.»

Wärme erfüllte meine Brust – ganz anders als die Dunkelheit in mir. Aber ich wandte den Blick von Noors Gesicht und ihrem flehenden Blick ab. Stattdessen dachte ich an Babas Lächeln, an seine rußverschmierten Hände. An Babas Geist, der vor mir gestanden hatte, von dem Dschinn erschaffen.

«Hast du vergessen, dass du dich auch an Vahid rächen willst?» Meine Stimme brach. Verzweifelt versuchte ich, mich an irgendetwas zu klammern – und wenn es nur Rache war.

«Keine Rache ist *das* wert!»

«Was denn? Dass ich mein Leben dafür hingebe? Das war ohnehin die ganze Zeit über der Plan! Ich wusste, worauf ich mich einlasse.»

Noor stieß ein bitteres Lachen aus. «Sie ist jedenfalls nicht das wert, was du dir angetan hast. Die Kontrolle, die du über diese Soldaten ausübst, hat nichts mit Zoraat zu tun. Das weiß ich besser als jeder andere. Was auch immer du getan hast, um das vollbringen zu können – das ist es nicht wert.»

Für einen Moment schwieg ich. «Woher weißt du, dass mir nicht Zoraat diese Kraft verliehen hat?»

Sie biss sich auf die Unterlippe und schaute zu den Soldaten auf dem Platz, die auf mein Kommando warteten. «Weil ich einschätzen kann, wozu Zoraat fähig ist. Ich habe jahrelang damit gearbeitet. Was du getan hast, liegt nicht im Bereich des Möglichen. Also musst du Hilfe gehabt haben.» Sie verschränkte die Arme. «Ein Dschinn hat dich aufgesucht, nicht wahr?»

Ich atmete tief aus. «Ja. Derselbe Dschinn, der Vahid seine Macht verliehen hat.»

Noor gab einen gequälten Laut von sich. Dann presste sie die Lippen zusammen. «Und was wollte er von dir als Gegenleistung für all diese Macht?»

«Nichts, was ich nicht zu geben bereit war», erwiderte ich bitter. Langsam atmete ich aus. Noor war nicht diejenige, die meinen Zorn verdiente.

«Noor», sagte ich, während ich meine Hände ausstreckte und meine Stimme sanfter werden ließ. «Als Thohfsa dich entführt hat, blieb mir nichts mehr. Ich habe alles gegeben, was ich noch hatte, um die Sache ein für alle Mal zu beenden. Ich werde tun, was ich gelobt habe.»

«Aber zu welchem Preis? Diese Rache frisst dich auf! Sie wird dir nicht das geben, was du suchst. Dein Vater wird nie wieder zurückkommen. Und er hätte auch nicht gewollt, dass du diesen Weg einschlägst.»

Ich lachte rau auf. «Du weißt nicht, was er gewollt hätte! Das hier bin ich ihm schuldig.» Ich ballte meine Fäuste. Mit Freundlichkeit kam ich nicht mehr weiter. «Begeh nicht den Fehler, zu glauben, dass du mich aufhalten könntest! Nun werde ich sie endlich alle büßen lassen.»

Noor hob die Augenbrauen und pfiff leise. «Drohst du mir jetzt etwa? Sieh dir an, was diese Macht mit dir gemacht hat! Niemand, der dich liebt, würde wollen, dass du dich auf der Suche nach Vergeltung selbst zerstörst.»

«Aber diese Entscheidung liegt nicht bei jemand anderem – sondern bei mir!»

«Und ich frage dich noch einmal: zu welchem Preis?»

Ich presste meine Lippen zusammen und starrte Noor an.

Sie seufzte und fuhr sich mit den Händen durch ihr Haar. «Es hat keinen Sinn, mit dir zu streiten. Und es bleibt uns auch nicht mehr viel Zeit. Ich werde zu deiner Großmutter gehen und dafür sorgen, dass sie außer Gefahr ist. Wenn du mir schon nicht sagst, welchen Handel du eingegangen bist, dann vergiss wenigstens eines nicht.» Sie trat einen Schritt vor und packte meine Handgelenke. Die Geste überraschte mich so sehr, dass ich fast nach ihr geschlagen hätte. Ich konnte spüren, wie meine neue Macht viel zu schnell an die Oberfläche strömte.

«Die Dschinn können weder deinen Körper besitzen noch deine Seele – egal, was sie behaupten. Souma hat mir oft von ihnen erzählt. Ich glaube, er ist sogar selbst einmal einem begegnet. Du musst nicht alles für deine Rache opfern.» Ihr Blick war flehend, als ob mich diese Information irgendwie retten könnte. Doch ihr war nicht klar, dass es dafür längst zu spät war.

«Ich werde zu Ende bringen, was ich begonnen habe – egal, welche Konsequenzen das hat.» Ich verschränkte meine Arme, um mein Zittern zu verbergen.

Noor gab einen frustrierten Laut von sich. Dann schwang sie sich auf das gesattelte Pferd, das ich für die Flucht mitgebracht hatte. Sie sah noch einmal zu mir.

«Ich bin nicht in der Stimmung, mir noch einen Vortrag anzuhören», sagte ich warnend.

«Das hatte ich auch nicht vor. Hier ist stattdessen eine Warnung – und ein kleiner Ratschlag. Mehr Soldaten des Kaisers werden anrücken, sobald sie merken, dass Thohfsa nicht zurückkommt. Geh zuerst zu Vahid und schlag ihn in seinem eigenen Spiel. Und, Dani ...» Sie schüttelte unglücklich den Kopf. «Verändere dein Aussehen nicht mehr. Lass sie sehen, wer du wirklich bist! Lass es Mazin aus deinem eigenen Munde hören.»

Sie trieb das Pferd an, doch schon nach wenigen Metern rief ich nach ihr.

Unsere Blicke trafen sich – meine Augen dunkel, ihre hell. Ich musste an jenen Tag denken, als sie den Boden meiner Zelle durchbrochen hatte. Als sie mir die Hoffnung schenkte, dass ich mehr sein könnte als das, was das Gefängnis aus mir gemacht hatte.

«Danke.»

Sie nickte, den Mund zu einem schmalen Strich verzogen. Dann ritt sie fort, verschwand aus meinem Blickfeld.

Ich blieb allein zurück.

Vielleicht zum ersten Mal wirklich allein, seit ich zurückgekehrt war.

Ich schritt auf den Palast zu – und auf die Zukunft, die ich mit blutigen Händen ergreifen würde.

VIERUNDVIERZIG

Das Geräusch meiner Stiefel hallte über das Kopfsteinpflaster, während ich mich dem glitzernden Sandsteinpalast im Zentrum der Stadt näherte. Um die jüngsten Aufstände im Keim zu ersticken, hatte man rings um das Gebäude Blockaden errichtet. Davor lagen Haufen verbrannter Leichen, die man noch nicht beseitigt hatte. Ein Ring aus Tod umgab den Palast. Das war Vahids Antwort darauf, dass seine Untertanen sich gegen ihn erhoben.

Und auch ich trug Schuld daran.

Ich hatte die Flammen geschürt, in denen die Menschen verbrannt waren. Denn ich hatte sie dazu angestachelt, Vahid zu stürzen. Also war auch ich für diese Toten verantwortlich.

Ringsum erwachte Basral langsam. Die Leute blickten nervös in meine Richtung. Ich wusste, was sie sahen: ein Mädchen mit mörderischem Blick, in schwarzen Stiefeln, mit einem Schwert auf dem Rücken und offenem, dunklem Haar. Ich erwiderte ihre Blicke, bis sie wegschauten. Bis sie nicht mehr ertragen konnten, was sie in mir sahen.

Der Palast kam immer näher. Brennende Kraft durchflutete mich! Als ich den Fuß der Palasttreppe erreichte, wartete davor bereits eine ganze Armee von Soldaten.

Doch Vahid war davon ausgegangen, dass er es mit Aufständischen zu tun haben würde. Mit einfachen Stadtbewohnern, die man überwältigen und bei lebendigem Leib im Zoraat-Feuer verbrennen konnte.

Er rechnete nicht mit jemandem, der mächtiger war als er.

Die Soldaten hatten Zoraat genommen – das konnte ich an ihrem Lächeln erkennen, als ich mich näherte. An der Art, wie die Schwerter in ihren Händen zuckten. Meine eigenen Finger spannten sich an, als wollte ich nach dem Talwar greifen, den ich auf dem Rücken trug. Aber ich brauchte diese Waffe gar nicht. Nicht, wenn die Macht eines Dschinns durch meine Adern floss.

Ich versenkte meine Hände in der Erde – so wie ich es getan hatte, als ich die Ernte des Kaisers vernichtet hatte. Doch diesmal griff ich nicht nach den Lebensfäden, nicht nach den Wurzeln der Pflanzen – sondern nach der Erde selbst.

Und ich ließ sie erzittern.

Ein Krachen ertönte! Die Soldaten schrien auf, als eine Säule des Palastes zu Boden stürzte. Dann begann die Erde zu beben. Die Bewegung wälzte sich durch die Stadt, ließ Glas zerspringen und Stein zerbersten. Eine Reihe von Soldaten kam auf mich zugestürmt. Dschinn-Magie verwandelte ihre Schwerter in Feuerklingen.

Ich fegte sie hinweg, während Dschinn-Feuer aus meinen Händen strömte. Sie gingen als Aschehaufen zu Boden – genau wie die Körper der Stadtbewohner, die sie bei den Blockaden verbrannt hatten.

Ein Hochgefühl durchströmte mich.

Das hier – *das hier* – war jeden Preis wert!

Die Macht, Vahid vernichten zu können.

Dunkle Wolken zogen auf. Ein Sturm braute sich über Basral zusammen, als wollte er mit seiner eigenen Kraft zu meinem Gemetzel beitragen.

Ich zog mein Schwert aus der Rückenscheide und ging die Stufen zum Palast hinauf, der noch immer unter meiner Macht erbebte. Menschen rannten schreiend davon. Jeden einzelnen Soldaten, der mir über den Weg lief, streckte ich mit einer Klinge aus weißglühendem Licht nieder. Meine Schritte klangen hell auf dem Marmor, während ich zielstrebig zum Thronsaal schritt.

Ich trat in den offenen Innenhof, wo sich der sturmdunkle Himmel über Vahids gepflegtem Garten abzeichnete.

Eine Reihe von Zoraat-Pflanzen säumte den Hof. Der Kaiser erinnerte seine Besucher nur zu gerne daran, woher seine Macht stammte. Ich zündete sie alle an. Mein kochendes Blut fachte die Flammen an, und der Rauch stieg in den schwarzen Himmel hinauf.

Hinter mir näherten sich Schritte. Ich machte mich bereit, weitere Soldaten zu töten. Vielleicht sogar Vahid selbst.

Aber auf *ihn* war ich nicht vorbereitet.

FÜNFUNDVIERZIG

Früher

Ich blinzelte und starrte auf den gekrümmten Körper, der zu meinen Füßen lag. Versuchte, ihn mit dem kräftigen Kriegsherrn in Einklang zu bringen, der heute Morgen noch sehr lebendig gewesen war. Lebendig und wütend, weil ich ihn bedroht hatte. Seine Hände waren zu Klauen gekrümmt und schwarz – dieselben Hände, die heute noch sein Schwert gezogen und die Klinge auf mich gerichtet hatten. Sein Mund war weit aufgerissen. Ein stummer, gequälter Schrei schien zwischen seinen Lippen zu hängen. Sie waren schwarz gefärbt vom Dschinn-Gift.

Dschinn-Gift.

Aber wer sollte ihn vergiftet haben?

Eine zerbrochene Phiole lag neben der Leiche, doch sie bot keinerlei Hinweise auf den Täter.

Es stimmte – heute Morgen hätte ich den Kriegsherrn am liebsten getötet. Es hieß, er sei der Mann, der für den Tod meiner Mutter während eines Aufstandes verantwortlich war. Mein hitziges Temperament hatte die Oberhand gewonnen, und ich hatte ihm gedroht. Aber ich hätte ihn mit der Klinge meines Schwertes getötet – nicht durch Gift.

Vor den Türen war ein Geräusch zu hören, es hallte durch den Palast.

Ich schaute mich um – aber hier gab es nur mich und den

toten Kriegsherrn. Maz hatte mich darum gebeten, mich an diesem Ort mit ihm zu treffen. Aber er war nirgends zu sehen.

Ein weiteres Geräusch! Wie Donner grollte es in der Ferne.

Ich musste jemandem melden, dass der Kriegsherr hier tot auf dem Boden lag! Ich musste Maz finden.

Als hätte ich ihn gerufen, öffnete sich die Tür – und Maz schritt hindurch. Sein Gesicht war so düster wie sein mitternachtsfarbener Sherwani. Ich atmete tief aus, und die Anspannung in meiner Brust löste sich etwas. Maz würde wissen, was jetzt zu tun war.

Doch direkt hinter ihm folgten etwa zwanzig Wachen.

«Maz», hauchte ich, während die Erleichterung mich durchströmte.

Der Kaiser würde wütend sein. Ein Kriegsherr, der mitten in seinem Palast ermordet wurde? Er hatte bereits genug Schwierigkeiten damit, die Rebellionen im Norden niederzuschlagen! Und er würde noch weitaus größere Probleme bekommen, wenn der Verdacht aufkam, dass er gerade einen seiner größten Gegner unter dem Deckmantel der Gastfreundschaft ermordet hatte.

«Ich wollte dich gerade suchen», sagte ich und deutete auf die Leiche zu meinen Füßen.

Diesem Kriegsherren weinte ich mit Sicherheit keine Träne nach! «Ich habe ihn hier so gefunden. Er ist tot.»

«Dani.» Maz' Gesicht war eine kalte Maske. «Was machst du hier?»

«Sie befindet sich am Ort des Verbrechens!» Darbaran sprang vor, er hatte seinen Krummsäbel gezogen.

Aus Reflex packte ich den Griff meines Schwertes und wich vor ihm zurück.

«Seht Ihr? Sie will mich angreifen! Mich, den Hauptmann der Palastwache!» Sein kleines Mungo-Gesicht war vor Wut ganz verkniffen. Ich hätte ihm am liebsten mitten hinein getreten.

«Oh, halt die Klappe!», erwiderte ich und verdrehte die Augen. «Es ist ja wohl offensichtlich, dass ich nichts mit dieser Sache zu tun habe.»

Ich wandte mich leicht amüsiert Maz zu – und hielt inne. Denn er sah alles andere als amüsiert aus. Stattdessen zeigte sich auf seinem Gesicht noch immer dieser teilnahmslose Ausdruck.

Irgendetwas zog an meinem Bewusstsein. Ich hatte das Gefühl, als hätte man mir den Geist aus dem Körper gezogen, als würde ich das Geschehen aus weiter Ferne beobachten.

«Maz?» Beim Klang meiner eigenen Stimme zuckte ich zusammen – sie hörte sich fast flehend an.

«Das kann nicht Euer Ernst sein!», schnaubte Darbaran. «Sie steht direkt vor seinem toten Körper. Das muss unverzüglich dem Kaiser gemeldet werden. Sie hat einen Kriegsherrn unter seinem Dach ermordet!»

«Oh, das kommt ihm gewiss sehr gelegen – wenn man bedenkt, dass ebendieser Kriegsherr eine der größten Fraktionen gegen ihn anführt!», schnauzte ich.

Doch in dem Moment, als ich es aussprach, wusste ich schon, dass es ein Fehler war.

Ich hatte noch nie ein Problem damit gehabt, genau das zu sagen, was mir durch den Kopf ging. Und noch nie hatte ich mich um die Folgen geschert. Doch jetzt erkannte ich, dass ich mir lieber auf die Zunge hätte beißen sollen.

Alle zwanzig Wachen zogen zugleich ihre Schwerter und richteten sie auf mich.

Schweißperlen traten mir auf die Stirn. Meine Hände wurden feucht. Ich umklammerte den Griff meines Schwertes – sonst hätte mein ganzer Körper gezittert. Ich würde mich nicht ohne jede Gegenwehr einfach so aufspießen lassen!

Langsam ging ich in Kampfstellung, hob meine eigene Klinge.

Mazin stand immer noch wie erstarrt da.

«Maz.» Ich zwang mich, ruhig zu sprechen, ohne zu schreien. Dabei war ich mit jeder Faser meines Seins bereit, diesen ganzen Palast zusammenzubrüllen! «*Tu* doch etwas!»

Er könnte diesen Soldaten einfach einen Befehl erteilen. Könnte sie davon abhalten, sich weiter auf mich zuzubewegen.

Meine Worte schienen ihn aus seiner Trance aufzurütteln. Auch er griff nun nach seiner Klinge.

Verwirrt schüttelte ich den Kopf. Warum zog er sein Schwert?

Warum sagte er ihnen nicht einfach, dass sie sich zurückziehen sollten?

Sein Gesicht war wie versteinert. Das einzige Anzeichen, dass er mir überhaupt noch zuhörte, war das leichte Zucken in seinem Kiefer.

Entsetzen wuchs in mir heran, überflutete mich.

Er konnte es nicht.

Maz konnte ihnen nicht sagen, dass sie mich gehen lassen sollten! Nicht, wenn einer der wichtigsten Kriegsherren der nördlichen Völker tot zu meinen Füßen lag.

Er kam mit gezücktem Schwert auf mich zu. Mir wurde klar, was er da tat: Er wollte sich zusammen mit mir den Weg freikämpfen!

Wir mussten gemeinsam fliehen und dann herausfinden, wer den Kriegsherren wirklich getötet hatte. Alleine konnte ich es nicht mit all diesen Soldaten aufnehmen. Aber Maz und ich zusammen hätten eine Chance! Mir war klar, dass der Tod des Kriegsherrn nützlich für den Kaiser war. Aber ich wollte bestimmt nicht als sein Sündenbock enden.

Und wenigstens hatte ich Maz an meiner Seite.

Ich schenkte ihm ein dankbares Lächeln – aber er erwiderte es nicht. Stattdessen starrte er mich mit diesem unergründlichen Blick an und blieb neben den Wachen stehen.

«Dani …» Seine Stimme war leise und sanft.

«Worauf wartet Ihr?», knurrte Darbaran und machte einen

Satz nach vorn. «Wenn *Ihr* sie nicht festnehmt, werde ich es tun!» Er musterte mich von Kopf bis Fuß. Seine Augen funkelten. «Und wenn sie sich wehren sollte, werde ich Gewalt anwenden.»

«Fass mich an und ich schneide dir deine widerlichen Hände ab!»

«Nach diesem Tag wirst du selbst bald keine Hände mehr haben, Mädchen!», brüllte er zurück.

«Mazin!», schrie ich in dem vergeblichen Versuch, seiner versteinerten Miene irgendeine Reaktion zu entlocken.

Ich wollte, dass er endlich aufwachte. Dass er an meine Seite sprang und meine Hand nahm, damit wir beide gemeinsam fliehen konnten.

Wir würden seine Schwester holen und dann zurück in mein Dorf gehen. Dort würden wir meinen Vater und Nanu bitten, ein paar Sachen für uns zusammenzupacken.

Und wir würden fliehen.

Ich begegnete Mazins eindringlichem Blick. Er wirkte wild und dunkel, wie in jener Nacht, als er in mein Zimmer kam und mir erzählte, dass Vahid seine Mutter getötet hatte.

Aber wenn wir weglaufen, wären wir für den Rest unseres Lebens auf der Flucht.

Und plötzlich verstand ich.

Er würde nicht mit mir kommen.

Und er würde auch nicht an meiner Seite kämpfen.

Ich war auf mich allein gestellt.

Mir wurde der Boden unter den Füßen weggezogen. Mein Mund war plötzlich ganz trocken. Ich bewegte meine Lippen – aber es kam kein Ton heraus. Verzweifelt hob ich eine Hand zum Mund, als ob mich diese Berührung wieder daran erinnern könnte, wie man sprach. Aber das Einzige, woran ich mich erinnerte, war Mazin, wie er mich an diesem Morgen noch geküsst hatte. An den warmen Druck seines Mundes auf meiner Haut, als er lächelte.

Doch jetzt waren seine Augen kalt und seltsam leer, erfüllt von einer düsteren Entschlossenheit, die ich so noch nie bei ihm gesehen hatte. Ich umklammerte meinen Talwar verkrampft wie eine Anfängerin und sah mich verzweifelt im Raum um. Die Fenster waren zu weit weg, um sie zu erreichen und hinauszuklettern. Und die Wachen versperrten den einzigen anderen Fluchtweg.

Ich würde es nicht schaffen. Nicht gegen zwanzig Wachen und Mazin. Nicht *ohne* ihn.

«Dani.» Seine Stimme war sanft, als würde er einen wilden Wüstenhengst beruhigen – ehe er ihm das Seil um den Hals legte.

Aber das würde ich nicht zulassen!

«Wie kannst du es wagen?», knurrte ich ihn an und richtete mein Schwert nun auf ihn. Wenn er sich mir nicht anschließen wollte, dann würde ich eben allein fliehen. Mazins Gesicht verfinsterte sich. Sein Blick richtete sich auf meine Klinge. Dann wandte er sich an die Wache neben ihm.

«Nehmt sie fest.»

Meine Lunge kollabierte, und mir gefror das Herz in der Brust. Er hatte sich endgültig entschieden – und er hatte Vahid gewählt.

Hatte den Mann gewählt, bei dem er aufgewachsen war – und der seine Mutter getötet hatte. Und plötzlich ergab der tote Kriegsherr zu meinen Füßen Sinn. Es war kein Zufall, dass sie mich hier aufgegriffen hatten! Alles war Teil eines Plans.

«Du warst das», zischte ich Mazin an. Wenn ich ihn nicht so gut gekannt hätte, wäre mir das Zucken nicht aufgefallen, das kaum merklich über seine Züge glitt. Ein Schock durchfuhr mich. Denn das Zucken bestätigte meinen Verdacht. Doch mehr war in seinem Gesicht nicht zu lesen.

«Dani, mach es dir nicht so schwer. Wehr dich nicht, und dir wird nichts geschehen.»

«Ich soll mich nicht wehren?!» Ich lachte auf. Es klang wahnhaft, erfüllt von Panik.

Das Lachen hallte von den hohen Decken des Palastes wider wie das ekelerregende Bersten von Knochen. «Wenn du das wirklich glaubst, kennst du mich überhaupt nicht!» Ich wandte mich den Wachen zu. «Nur zu! Versucht mich zu verhaften. Schaut einfach, was dann passiert.»

«Dani.» Mazins Stimme klang jetzt schärfer, eindringlicher. Leiser. «Tu das nicht.»

«Sag mir nie wieder, was ich tun soll.» Ich hob mein Schwert hoch über meinen Kopf, machte mich bereit. «Du bedeutest mir nichts mehr! Und es wird mir ein Vergnügen sein, dich zu töten.»

«Dani, hör auf. Du wirst sterben.» Seine Stimme war immer noch leise. Aber ich hatte sein Spiel jetzt durchschaut.

«Ich sterbe sowieso, sobald der Kaiser mich in die Finger bekommt.» Ich machte einen Schritt nach vorne. «Da kann ich genauso gut kämpfend untergehen.»

Ich bewegte mich auf die Wachen zu, die mich langsam einzukreisen begannen. Vielleicht konnte ich zwischen ihnen durchbrechen und mir irgendwie einen Weg nach draußen bahnen. Doch Mazins Untätigkeit endete, sobald ich mich bewegte. Er wirbelte herum und richtete seine eigene Klinge auf mich.

Mir stockte der Atem in der Brust, und ich verengte die Augen. «Willst du wirklich gegen mich kämpfen, Maz? Du wirst verlieren.»

Doch bevor er antworten konnte, stürzte Darbaran schon auf mich zu! Ich fuhr herum, um mich ihm zu stellen. Aus dem Augenwinkel bemerkte ich, wie Mazin hinter mich trat.

Ich konnte nicht gegen beide zugleich kämpfen.

Tief atmete ich ein, konzentrierte mich auf den Kampf. Würde ich so sterben? Von hinten erstochen durch meinen ehemaligen Geliebten?

Mazins Schwert blitzte auf, es spiegelte sich im Fenster hinter mir. Abrupt drehte ich mich um.

Ich wollte verdammt sein, wenn er mir nicht wenigstens in die Augen schaute, während er mich niederstreckte!

Doch er hielt sein Schwert verkehrt herum, den Griff zu mir gewandt. Ich runzelte die Stirn und trat einen Schritt zurück. Verwirrung mischte sich unter die Wut über seinen Verrat. Bis mir klar wurde, was er vorhatte.

Nein!

Ich öffnete den Mund, wollte schreien. Doch der Laut blieb mir im Hals stecken. Ich hob mein eigenes Schwert, aber es war schon zu spät.

Der Griff prallte gegen meine Schläfe.

Meine Beine gaben nach, ich fiel wie ein Stein zu Boden und stürzte in die Dunkelheit.

SECHSUNDVIERZIG

Geh mir aus dem Weg!»

«Dani ...»

Mein Gesicht war wieder mein eigenes. Er wusste, wer ich war. Aber mein Name auf seinen Lippen weckte Erinnerungen, die ich begraben wollte: die Art, wie sich seine Stimme am Ende des Satzes senkte. Das Gefühl, wenn seine Finger über meine Schulter strichen, während er mir ins Ohr flüsterte.

«Du hast kein Recht, mich so zu nennen. Nicht mehr!»

«Wie soll ich dich dann nennen? Sanaya?»

Ich riss den Kopf hoch. Er wusste es!

Maz machte einen Schritt auf mich zu. Als könnte er sich nicht vorstellen, dass ich ihn tatsächlich verletzen würde. Als würde ich nicht das Schwert meines toten Vaters in der Hand halten – bereit, ihm die Kehle durchzuschneiden.

Ich hob meine Klinge.

Er kam immer noch näher, setzte seine Schritte methodisch und langsam. Sein eigenes Schwert verblieb in der Scheide. Er machte keine Anstalten, es zu ziehen.

«Hat Thohfsa dir verraten, wer ich bin?»

«Glaubst du wirklich, ich wusste nicht, dass du es bist?» Er sprach leise, aber seine Stimme war deutlich im Innenhof zu vernehmen. Ich verstand jedes Wort. Er legte den Kopf schief und musterte mich. Ließ seinen Blick über mein Gesicht schweifen, das nun nicht länger verhüllt war. Plötzlich fühlte ich mich seltsam verletzlich. Wut stieg in meiner Brust auf –

Wut auf mich selbst. Dass er immer noch die Macht hatte, solche Gefühle in mir auszulösen!

Ich wich einen halben Schritt zurück. Die Wut, die in mir brannte, war klar in meiner Stimme zu hören. «Unmöglich.»

«Du hast deine Hände nicht verwandelt», sagte er mit leicht rauer Stimme. Er hielt seine rechte Faust hoch und deutete auf seine Knöchel.

«Ich erinnere mich an jede einzelne Narbe auf deinem Körper. Besonders an die, die ich selbst dir verpasst habe! Als du in den Palast kamst, habe ich die Narbe auf deinen Fingerknöcheln gespürt.»

Mein Herz schlug heftig. Ich erinnerte mich, wie er an diesem Tag meine Hand gehalten hatte. Wie er sich langsam vorgebeugt hatte, um meine Knöchel zu küssen. Seine Lippen hatten meine Narbe direkt berührt.

«Du wusstest es – und hast nichts gesagt?» Meine Haut fühlte sich kalt an. «Du wusstest, dass ich es war. Die ganze Zeit über! Während wir ...»

Ich dachte an unseren Kuss. Daran, wie ich in sein Zimmer gekommen war – und was wir fast getan hatten. An jedes einzelne Mal, wenn ich mit ihm geflirtet hatte. Ich hatte immer gedacht, ich würde die Situation kontrollieren. Aber die ganze Zeit über hatte *er* mich manipuliert!

Frische Wut durchströmte mich. Ich schämte mich, dass er mich wieder einmal überlistet hatte – obwohl ich so sehr auf der Hut gewesen war.

«Ich wollte herausfinden, wie dein Plan aussieht. Und ... Ich fühlte mich schuldig. Wegen dem, was ich getan habe.» Er wandte den Blick ab, verzog den Mund zu einer schmalen Linie. «Außerdem wollte ich wissen, wie weit du das Ganze treiben würdest. Ich hätte aufgehört, ehe wir ... Aber am Ende warst du diejenige, die die Sache abgebrochen hat.» Er trat einen Schritt näher. «Ich wusste nicht, dass du geflohen bist. Die Kerkermeisterin hat es niemandem erzählt. Du bist aus einem der brutalsten Gefängnisse des Reiches entkommen! Und dann bist du direkt wieder hierher zurückgekommen. Warum?»

«Das weißt du sehr gut», knurrte ich, während wir uns umkreisten. «Du hast mich verraten! Du hast meinen Vater verraten. Und jetzt ist er tot.» Ich trat einen Schritt vor. Meine Stimme brach fast unter dem Gewicht meiner Wut. «Du hast mir mein gesamtes Leben gestohlen!»

Sein Blick war gequält, aber hart. «Ich habe versucht, dich da rauszuholen.»

Ich presste die Lippen zusammen. «Das glaube ich dir nicht.»

«Hast du dich nie gefragt, warum du nicht hingerichtet wurdest? Auch deinen Vater hätte man verschont. Aber er hat versucht, dich rauszuholen, bevor ich eingreifen konnte. Zumindest ist es mir gelungen, dich ins Gefängnis zu schaffen und damit dein Leben zu retten.»

«Du hast mich zum Leiden verurteilt!», schrie ich, und schwarze Wut durchtränkte mich. Die geflüsterten Worte waren wieder zu hören. Die Stimme, die ich jetzt als die Stimme des Dschinns erkannte. Immer und immer wieder sagte sie das gleiche Wort.

Rache. Rache. Rache.

Maz wirkte angeschlagen.

Ich ging weiter auf ihn zu, mein Schwert erhoben. «Du hast mich dazu verurteilt, gefoltert und gequält zu werden.» Meine Worte klangen kehlig. Mit jedem Schritt wurden seine Augen trauriger. «Dazu verurteilt, mich immer wieder fragen zu müssen, warum der Mensch mich verraten hat, den ich *liebte*. Warum also solltest du versuchen, mein Leben zu retten – wenn du es bereits zerstört hast?» Die letzten Worte waren nur ein Flüstern, leise und zornig.

Mazin ballte die Fäuste. Seine Knöchel traten weiß hervor. «Weil es das Einzige war, was mir einfiel, um dich irgendwie zu retten. Sonst hätten sie dich getötet.»

«Nein! Du wolltest, dass ich leide.»

«Das wollte ich nicht.» Er schüttelte den Kopf, seine Augen waren nun flehend.

«Warum dann?» Ich hasste es, wie meine Stimme brach. Hasste es, dass ich seine Antwort hören wollte. Dass ich ihn nicht einfach mit meiner Klinge durchbohren konnte, ohne weiter darüber nachzudenken. Aber ich musste es wissen! Ich brauchte seine Antwort – wie auch immer seine Erklärung aussehen mochte. «Warum?»

Ein Muskel in seinem Kiefer zuckte. Er schaute weg, als könnte er meinen Blick nicht länger ertragen.

«Vahid hat meine Mutter getötet! Und er hat darüber gelacht. Ich wollte ihn nicht damit davonkommen lassen. Aber alles ging schief! Ich wollte die nördlichen Völker unter einer Fahne versammeln, um den Kaiser zu stürzen. Stattdessen wurde dir der Tod des Kriegsherrn in die Schuhe geschoben.»

«Du gibst also zu, dass du das alles inszeniert hast?»

Er schüttelte den Kopf, den Mund grimmig verzogen. «Nein! Mein Plan war es, mich mit dem Kriegsherrn zu verbünden. Gemeinsam wollten wir die Streitkräfte des Kaisers besiegen und ihm den Thron entreißen. Aber der Mann war tot, bevor ich überhaupt die Chance dazu hatte.»

«Lügner!», spie ich aus. «*Du* warst es, der ihn getötet hat. Du hast seine verbrannte Leiche dort platziert, damit ich sie finde.»

«Warum sollte ich das tun?»

«Weil du dich trotz allem, was passiert ist, immer noch für den Kaiser entschieden hast! Diesen Kriegsherrn loszuwerden, passte dir gut in den Kram. Sein Tod hätte allerdings einen Bürgerkrieg auslösen können – wenn man mich nicht dafür verantwortlich gemacht hätte. Ich war die nächstbeste Lösung.»

«Dani! Ich wollte dich aus dem Gefängnis holen. Das schwöre ich! Aber vorher ...»

«Vorher musstest du zusehen, wie mein Vater getötet wird? Und deine eigenen Rachepläne verfolgen? Ist es das? Selbst wenn deine Geschichte wahr ist, selbst wenn du die ganze Sache nicht geplant hast, mich nicht beschuldigen wolltest – hast du dennoch zugelassen, dass ich dafür angeklagt wurde! Alles nur, damit du dich am Kaiser rächen kannst. Du warst mir mehr schuldig als das.»

«Du hast recht», sagte er leise.

Ich wich zurück. «Was?»

«Ich war dir mehr schuldig als das. Aber ich hätte mich nicht an deiner Seite aus dem Palast kämpfen können. Ich musste auch an Anam denken! Was hätte der Kaiser mit meiner Schwester gemacht, wenn ich geflohen wäre? Ich musste sie beschützen.»

Anam.

Als er ihren Namen sagte, schmeckte ich Säure in meinem Mund. Ich wollte ihn dazu bringen, dass er es aussprach. Er sollte zugeben, dass er an alle anderen gedacht hatte – nur nicht an mich.

Donner hallte durch die Säle des Palastes. Ich blickte hinauf in die schweren Wolken über dem Innenhof. Sie verdunkelten unsere Umrisse und verschmolzen unsere Schatten zu einer Einheit.

Regen setzte ein. Dicke Tropfen prasselten auf den Boden. Der Monsun ergoss sich über uns, und das Geräusch des Regens klang wie ein Schrei.

«Dani ... Die Entscheidung, die ich getroffen habe ...» Er schüttelte den Kopf. «Es war die falsche Entscheidung. Ich habe die Rache über dich gestellt. Ich habe sie über alles andere gestellt.»

Seine Worte kratzten über meine Haut – ein Echo meiner eigenen Aussagen. Ich aber wischte sie beiseite wie den Regen, der meine Schultern benetzte.

«Lass es mich dir jetzt beweisen! Sag mir, was du willst, Dani.»

«Was ich will?» Ich hob mein Schwert, und der Regen prasselte auf die Klinge. «Ich will meine verdammte Katze zurück!»

Ich stürzte mich auf ihn. Meine Klinge zielte auf sein Herz. Ich führte sie mit glitschigen Händen, und meine Sicht war verschwommen. Doch wenn es um Mazin ging, sah ich klar! Ich sah *alles*. Er würde nicht derjenige sein, der mir wieder alles wegnehmen würde.

Auch er zog nun seinen Krummsäbel, doch er hob die Klinge nur zur Verteidigung, nicht zum Angriff. Geschickt parierte er meine Waffe. Aber ich kannte ihn! Ich kannte seinen Körper, die Muskeln in seinen Armen. Wusste genau, wie lange es dauern würde, bis er müde wurde. Kannte seine Eigenarten und Gewohnheiten.

Ich wusste, wie ich ihn schlagen konnte.

Immer wieder griff ich an! Wieder. Und wieder. Und wieder. Ich riss mein Schwert in die Höhe, und mitten im pladdernden Regen traf meine Klinge auf seine.

«Ich will nicht mit dir kämpfen!»

«Dir bleibt keine Wahl.»

Er parierte jede meiner Attacken, griff aber nie an. Sein Gesicht war eine einzige Maske der Qual. Doch ich erkannte die Art, wie sein Kiefer sich entschlossen anspannte. Wie sich diese kleine Falte auf seiner Stirn bildete.

Er hielt sich zurück! Und ich wollte, dass er endlich die Beherrschung verlor. Wollte, dass er genauso vor Hass brannte wie ich. Dass er kämpfte, als ob es ihm ernst war. Als ob ich ihm jemals etwas bedeutet hätte – irgendetwas.

«Hattest du bereits geplant, mich zu hintergehen, als wir zusammen in deinem Zimmer waren?»

Etwas Dunkles blitzte in seinen Augen auf. Ich hatte seiner Maske einen Riss versetzt!

«Und als wir über deine Mutter sprachen ... Wusstest du da

schon, dass du mich Vahid zum Fraß vorwerfen würdest? So, wie sie ihm zum Opfer gefallen ist?»

Er schlug nach meinem Schwert, doch seine Klinge rutschte ab. Meine eigene Waffe glitt an seiner entlang und verpasste ihm eine Wunde am Arm. Er zuckte zusammen, wich aber meinem nächsten Angriff durch einen Schritt zur Seite aus. Rasch drehte er sich und riss den Krummsäbel hoch. Wieder traf er klirrend auf mein Schwert.

«Was war, als ich dir mein Herz geöffnet habe? Wusstest du da schon, dass du es brechen würdest?»

Ich duckte mich und schwang meine Klinge seitwärts. Sie erwischte ihn in der Körpermitte, bevor er zurückstolpern konnte. Stöhnend fiel er auf den Rücken. Der Regen prasselte auf ihn.

Er stützte sich auf die Unterarme, drehte sich um und sprang wieder auf die Beine, bevor ich mich abermals auf ihn stürzen konnte.

Diesmal griff er an!

Ich spürte Genugtuung, als sein Schwert auf meines traf. Als ich den Zorn entdeckte, der in der Dunkelheit seiner Augen aufglomm.

«Nein!» Er schrie das Wort heraus, und der Regen verstärkte den Klang. «Das alles war nicht geplant! Nichts davon habe ich gewollt.» Seine Stimme hörte sich heiser an, und seine versteinerte Fassade hatte endlich Risse bekommen. «Ich wollte, dass Vahid leidet – nicht du! Aber du bist da irgendwie hineingeraten.»

«Und mein Vater?» Ich wirbelte herum und rammte ihm den Griff meines Schwertes gegen den Kiefer. Sein Kopf schnappte zurück, und er geriet ins Stolpern. Ich stürzte mich auf ihn, die Klinge auf seine Brust gerichtet.

Aber er drehte sich im letzten Moment weg. Ich streifte ihn nur mit der Spitze, zog einen Schnitt quer über seine Brust, wo sich sein Herz befand.

Wenn er denn eines gehabt hätte.

«Was, dachtest du, würde passieren, als ich verhaftet wurde? Du wusstest, dass mein Vater versuchen würde, mich zu befreien!»

Schmerz zeichnete sich auf seinen Zügen ab und ließ etwas in meiner Brust zerbrechen. «Ich dachte, ich hätte mehr Zeit.»

Ich lachte. Der bittere Klang wurde vom Regen verschluckt. «Du hattest also alles geplant. Aber du hast vergessen, jemanden in diese Pläne einzuweihen!»

«Meine Rache sollte schnell und einfach sein.»

«War sie aber nicht.»

«Für keinen von uns», stimmte er zu.

«Wie bitte? Du willst, dass ich dich bemitleide? Dich, der du in diesem goldenen Palast lebst? Der die Wünsche des Mannes erfüllt, der seine Mutter ermordet hat? Und das alles, um seine Schwester zu beschützen, der es wahrscheinlich besser ginge, wenn sie nicht hier leben müsste? Was weißt du davon, wie es ist, verraten zu werden? Was weißt du von dem, was ich durchgemacht habe?»

Mazin stieß mein Schwert mit seiner Klinge beiseite. Die schiere Kraft seiner Arme überrumpelte mich. Wenn ich mich auf bloße Kraft verließ, würde ich ihn nie besiegen. Aber ich war schneller als er, klüger. Meine Taktik bestand stets darin, die Schwächen eines Mannes herauszufinden – und sie zu meinem Vorteil zu nutzen. Er schlug zu. Die Klinge durchschnitt die Luft kurz vor meinem Gesicht. Der Schlag sollte mich wohl vor allem auf Abstand halten. Ich wich tänzelnd zurück und hob meine Klinge.

«Glaubst du, ich verstehe das nicht?» Seine Stimme zitterte, sein Gesicht war ganz dicht an meinem, während wir unsere Klingen in verbissenem Kräftemessen gegeneinander pressten. «Glaubst du, ich habe den Tod deines Vaters nicht auch betrauert? Ich habe ihn geliebt – als wäre er mein eigener!»

«Und doch lässt deine Loyalität etwas anderes vermuten.»

«Ich dachte, ich könnte Vahid vernichten!», schrie Mazin und stieß mein Schwert zur Seite.

Ich senkte es.

«Ich hatte gehofft, den Einfluss des Kaisers auf den Norden untergraben zu können nach dem Tod ihres geliebten Kriegsherrn. So wollte ich Vahid schließlich den Thron abnehmen.»

Seine Augen waren fiebrig, sein Mund glich einer roten Wunde.

Ich schenkte ihm ein grimmiges Lächeln. «Und endlich kommen wir zur Wahrheit! Du wolltest den Thron für dich. Es ging nicht darum, deine Schwester zu beschützen. Es ging nicht um Rache. Es ging dir immer nur um dich!»

«Ich *wollte* Rache», knurrte er. Die Worte hallten in meinem Körper nach, als hätte ich sie selbst ausgesprochen.

Weil ich sie selbst schon einmal gesagt hatte.

«Rache für meine Mutter. Und schau, was es mich gekostet hat. Sag mir: Was ist der Preis für *deine* Rache?» Er warf sein Schwert auf den weißen Marmor. Dann öffnete er die goldenen Schnallen seines Sherwani und streifte den durchnässten Stoff ab. Die blasse Kurta darunter war ebenfalls bereits vom Regen durchtränkt. Der Stoff schmiegte sich wie eine zweite Haut an seinen Körper, ich konnte sogar die Narben darunter erkennen, fühlte die Furchen praktisch unter meinen Fingerspitzen.

«Was ist der Preis für deine Rache?»

Er sank auf die Knie. Dann schaute er zu mir auf, als warte er auf seine Hinrichtung.

«Ich bin nur noch die Hülle des Mannes, der ich einmal war. Wegen dem, was ich dir angetan habe! Wegen dem, was ich deinem Vater angetan habe. Und dennoch sitzt Vahid noch immer auf seinem goldenen Thron. Er herrscht noch immer über das Reich – trotz allem, was er getan hat.»

Er legte eine nasse Hand auf seine Brust. Der Regen hatte

nachgelassen, fiel nur noch in sanften Tropfen herab. «Glaubst du etwa, es hätte sich nicht so angefühlt, als würde man mir das Herz herausreißen, als sie dich weggebracht haben? Zu wissen, dass sie dich in ihrer Gewalt hatten ... Dass du gefangen warst ... Und nichts tun zu können?»

Mein Schwert verharrte auf der Stelle. Ich versuchte, meine Hände zu bewegen. Mich vorzubeugen und ihm die Klinge in die Brust zu stoßen – so, wie er es mit *mir* gemacht hatte, als er mich in dieses Gefängnis warf. Aber etwas hielt mich davon ab. Er kniete hier vor mir, hatte sich vollkommen entblößt – als gäbe es zwischen uns nichts als die Wahrheit, diesen Kampf und dieses gemeinsame Elend.

Er sagte, er habe mich nicht verraten. Doch selbst wenn das stimmte, hatte er mich zumindest aufgegeben, um sich zu rächen. War das etwa besser?

Ich hob mein Schwert und schrie. Ein Schrei, der mich förmlich zerriss! Die Wut, der Schmerz, die Qualen – all das strömte wie ein wilder Fluss durch meinen Körper.

Trotzdem bewegte er sich nicht. Seine dunklen Augen betrachteten mich, als ob er mit allem einverstanden wäre, was ich tun würde – selbst wenn ich ihm mein Schwert direkt ins Herz stoßen würde.

Meine Arme schmerzten und waren wie eingefroren. Ich konnte mich nicht bewegen.

Was ist der Preis für deine Rache?

Noor hatte mir etwas Ähnliches gesagt – aber ich hatte nicht auf sie gehört. Ich spürte, wie der Sturm der Dschinn-Magie noch immer mein Blut in Flammen setzte. Und ich wusste, dass es keinen Schwertkampf mit Mazin brauchte, um ihn zu töten. Ich hätte ihn mit einem Fingerschnipsen vernichten können. Dunkle Wut erfasste mich und führte mein Schwert – als stünde ich auf dem Gipfel eines Berges und wäre bereit, mich ins Nichts zu stürzen. Ich war an einem Punkt angelangt, von dem es kein Zurück mehr gab. Der Zorn der Dschinn-Magie war so stark, dass ich kaum noch klar sehen konnte. Ich ertrank förmlich in meinem eigenen Blutrausch.

«Dani – ich liebe dich.»

Ich schloss die Augen und wünschte, er hätte diese Worte nie gesagt. Sie riefen mich zu mir selbst zurück. Zu dem, was ich wirklich war – bevor all dies geschehen war. Vor dem Tod meines Vaters. Bevor mir alles, was ich kannte und worauf ich vertraute, entrissen wurde.

Und was war mit den Dingen, die ich getan hatte? Der Person, zu der ich geworden war, um ihn zu besiegen?

Meine Klinge schwankte in meiner Hand.

«Dani.» Er sprach die Worte ganz leise aus – so leise, dass ich ihn im Regen kaum verstehen konnte. «Es tut mir leid.»

Ich ließ meine Arme sinken.

Mein Schwert landete klappernd auf dem Steinboden. Meine Knie folgten ihm prompt. Dann lag auch ich auf dem Boden, und der Regen fiel um mich herum.

«Dania.»

Seine Stimme durchbohrte mir die Brust. Sosehr ich auch versuchte, davor wegzulaufen, es zu verdrängen – die Hälfte meines Herzens gehörte noch immer ihm. Auch wenn er es mir herausgeschnitten hatte, gehörte es noch immer ihm. Und ich konnte einfach nicht anders – ich musste es ihm schenken.

Er kam näher, streckte die Hände aus.

Und ich ergriff sie.

SIEBENUNDVIERZIG

Seine Hände waren warm. Trotz des Regens – und obwohl in mir ein Sturm aus Emotionen tobte – fühlte es sich gut an, ihn zu berühren. Seine Finger verschränkten sich mit meinen, und ich schloss die Augen.

«Warum kann ich dich nicht töten?» Meine Worte klangen verzweifelt, wild – aber nicht länger erfüllt von Zorn. Ich spürte noch immer die Macht des Dschinns in meinen Adern, aber es fühlte sich irgendwie gedämpft an.

«Aus demselben Grund, aus dem ich seit einem Jahr nicht mehr richtig schlafen kann. Denn wenn ich träume, dann immer nur von dir. Wenn ich kämpfe, höre ich stets deine Stimme in meinem Hinterkopf. Wir sind ein Teil des anderen. Dani – ich habe kein Recht, für das um Vergebung zu bitten, was ich getan habe. Ich hätte für dich kämpfen müssen! Hätte dich über mein Bedürfnis nach Rache stellen sollen.» Er seufzte und schloss ebenfalls die Augen. «Ich dachte, ich könnte mehr tun, um dir zu helfen. Und ja – ich wollte Vahid seine Macht entreißen und sie mir selbst nehmen. Er sollte wissen, was es heißt, machtlos zu sein! Aber ich hätte dich niemals dafür opfern dürfen.»

Er war mir so nah, dass ich fast die Regentropfen auf seinen Lippen schmecken konnte. Dennoch fühlte ich mich hin- und hergerissen.

Wer war ich ohne meine Rache?

Ich musste die Worte laut ausgesprochen haben. Denn in Mazins Augen leuchtete ein Feuer auf, und er sah mich an, als würde er mein Gesicht zum ersten Mal seit einem Jahr wirklich sehen. «Du bist Dania.»

«Aber das bin ich nicht! Ich weiß nicht mehr, was ich bin. Vielleicht nicht einmal mehr ein Mensch.» Ich krümmte meine Finger, lenkte das Pulsieren der Macht unter meiner Haut.

Ich musste daran denken, was ich all den Soldaten angetan hatte, die sich mir auf Befehl des Kaisers in den Weg gestellt hatten. An die Gefängniswärter, die ich niedergestreckt hatte. Und plötzlich fühlte ich mich ... müde.

Noors Gesicht schob sich vor mein inneres Auge. Wie sie mich anflehte, aufzuhören. Und dann Anam, die immer noch nicht wusste, wer ich wirklich war. Und die mir dennoch vertraute, auch wenn ich ein anderes Gesicht angenommen hatte. Und ich dachte an meine Nanu, die in unserem Dorf wartete. Wenn ich jetzt aufhörte, konnte ich vielleicht noch verhindern, alles zu zerstören.

Ein brennendes Gefühl schoss durch meine Adern – als ob die Magie in mir ahnte, mit was für einer Entscheidung ich rang. Würde der Dschinn mich immer noch für sich beanspruchen, wenn ich die Macht in mir aufgab?

Mir war bewusst, dass ich mich selbst verdammt hatte, als ich diesen Handel einging. Doch ich wusste auch, dass ich verloren wäre, wenn ich mich von dieser Macht führen lassen würde. Sie fühlte sich an wie die Zoraat-Mischung, die ich konsumiert hatte – aber um das Tausendfache verstärkt. Und dieser dunkle Zorn war immer noch da. Er lauerte unter der Oberfläche und drohte mich zu überwältigen.

Wann hatte ich jemals zugelassen, dass irgendeine äußere Macht kontrollierte, wer ich war?

Ich wandte mich an Maz. «Wo ist Anam?»

«Sie ist in Sicherheit. Ich habe sie weggeschickt, wegen der zunehmenden Aufstände in Basral. Außerdem wusste ich nicht, was du vorhast.»

«Ich würde Anam nie etwas antun», sagte ich. Und ich wusste: Als ich noch die Kontrolle über mich hatte, wären diese Worte wahr gewesen. Aber wie konnte ich jetzt noch sicher sein, während die Macht des Dschinns durch meine Adern floss? War ich überhaupt noch ich?

«Ich hatte Angst, du würdest jeden einzelnen Stein einreißen, um an mich heranzukommen.» Seine Worte endeten mit einem schnaufenden Lachen und einem unsicheren Lächeln – als würde er diesem Waffenstillstand zwischen uns noch nicht ganz trauen.

Genauso wenig wie ich.

«Das hätte ich auch fast getan.» Ich atmete tief aus.

Ich wusste nicht, ob ich Maz wirklich verziehen hatte – aber ich wollte ihn zumindest nicht mehr umbringen. Das war doch schon mal etwas.

«Vahid rechnet damit, dass ich zu ihm komme, um ihn zu töten», sagte ich langsam und spürte den Worten auf meiner Zunge nach. «Und ich ...» Was jetzt kam, blieb mir fast im Hals stecken. Ich sah Mazin an. Etwas von meiner Panik musste wohl zu erkennen sein, denn seine Augen weiteten sich.

«Ich bin einen Handel mit einem Dschinn eingegangen», brachte ich schließlich heraus.

Ich spürte, wie Maz tief Luft holte. Es war überdeutlich zu erkennen, was für ein Schock das für ihn war. Doch ich konnte mich jetzt nicht länger zurückhalten, sonst würde ich die Worte nicht mehr herausbekommen. «Ich habe mit ihm ausgehandelt, dass ich seine Macht nutze, um dich und Vahid zu vernichten. Und er erwartet von mir, dass ich diese Abmachung einhalte.»

Ich konnte mich nicht dazu durchringen, ihm zu sagen, was hinterher mit mir passieren würde. Langsam ließ ich den Atem aus meinem Körper entweichen. Dann griff ich mir meinen Talwar, stand auf und bot Maz meine freie Hand an. Seine Augenbrauen wanderten bis hinauf zu seinem Haaransatz. Ich senkte das Kinn, um mein Lächeln zu verbergen – und verlor fast den Halt, als er mit seinen schwieligen Fingern meine Hand ergriff. Ich zog ihn auf die Beine. Für einen Moment sahen wir uns einfach nur an.

«Also – was wirst du jetzt tun?», fragte er leise. Sein Blick wanderte zu meinen Lippen.

Ich schluckte und schenkte ihm ein reumütiges Lächeln, während ich mich auf dieses vertraute und doch neue Gefühl zwischen uns einließ.

«Na ja ... Ich habe noch nie getan, was irgendwelche Männer von mir erwarten.»

ACHTUNDVIERZIG

Wir ließen den Palast hinter uns. Und irgendwann verschwand auch die Stadt in einer Staubwolke in unserem Rücken. Jeder von Dschinn-Magie durchtränkte Blutstropfen in meinem Körper rebellierte gegen diese Richtung. Schließlich ließ ich den Kaiser und somit meine Rache zurück.

Mein Herz aber fühlte sich frei.

Wir ritten auf Mazins Hengst durch das Tal zu meinem Dorf. Ich versuchte, nicht daran zu denken, wie gut es sich anfühlte, wieder seine Arme um mich zu spüren.

Noch hatte ich das Bedürfnis nach Rache nicht ganz abgeschüttelt, ebenso wenig das Gefühl von Schuld darüber, dass ich den Tod meines Vaters nun nicht rächen würde. Aber Noor hatte recht! Baba hätte nicht gewollt, dass ich mich deswegen selbst zerstörte. Auch wenn ich das vielleicht schon getan hatte.

Schwarze Ranken wanden sich über die Innenseiten meiner Hände, sie führten nun auch an meinen Unterarmen hinauf. Der Dschinn hatte mich gezeichnet – und ich konnte nicht vor meiner eigenen Haut davonlaufen.

Ich war einen Handel eingegangen. Aber ich würde meinen Teil nicht einhalten. Wenn der Dschinn kam, um seinen Preis einzufordern, musste ich bereit sein.

Ein Sturm zog über den Himmel: dunkel wirbelnde Wolken, die alles andere als natürlichen Ursprungs zu sein schienen. Blitze zuckten über uns. Die Dunkelheit öffnete ihre Schleusen, ließ ihren Zorn auf uns herabregnen.

«Ich glaube nicht, dass wir noch viel weiter kommen!», rief Maz mir über das Hufgetrappel und den brüllenden Regen hinweg ins Ohr. «Rakhna hält nicht mehr lange durch. Nicht bei diesen Blitzen!»

Er lenkte sein Pferd weg von dem ausgetretenen Weg. Nun galoppierten wir auf eine große Aprikosenplantage zu, die von einigen Häusern umgeben war. Hier gab es auch eine Karawanserei mit weiß getünchten Mauern.

Völlig durchnässt erreichten wir das Gebäude.

Das Dorf lag geschützt im Tal, und doch prasselten die Regenströme unbarmherzig auf seine Dächer ein. Die Aprikosenbäume schwankten unter dem Zorn des Windes, unreife Früchte flogen von den Ästen. Eine Ziegenherde wurde in einen Unterstand getrieben. Um uns herum suchten die Dorfbewohner eilig nach Schutz. Niemand war während dieses Sturms unterwegs – nicht einmal der Kaiser.

Eine alte Frau kam uns an der Tür der Karawanserei entgegen, sie trug zwei Tassen mit heißem Chai. Ich stürzte ihn sofort hinunter und genoss, wie der brühend heiße Tee durch meine Kehle rann.

Maz machte sich daran, Rakhna im Stall unterzubringen. Ich wartete am Eingang auf ihn.

«Die Dschinn sind wütend.»

Ich wirbelte herum. «Was?»

Die Frau deutete auf den schwarzen Himmel über mir. «Die Dschinn. Nur sie können einen solchen Sturm erzeugen. Doch ich frage mich, warum sie so wütend sind.»

Donner krachte über uns, als ob er ihre Worte bestätigen wollte. Die Frau war in einen roten Dupatta mit ausgefransten Rändern gehüllt, bestickt mit gewundenen Ranken von Jasminblüten. Die Augen in ihrem wettergegerbten Gesicht waren von einem warmen, satten Braun. Ich hatte mit meinem Vater auf dem Weg nach Basral schon ein paarmal in diesem Dorf haltgemacht, doch in dieser Karawanserei waren wir noch nie gewesen.

«Vielleicht hat sie jemand beleidigt», sagte ich und verbarg meine von Magie gezeichneten Hände in den Falten meiner nassen Kurta.

Vielleicht ist jemand von einem Handel zurückgetreten.

Aber dieser Sturm schien nicht zu dem Dschinn zu passen, mit dem ich diesen Handel eingegangen war. Auf mich hatte er selbstbewusst und emotionslos gewirkt. Dieser Sturm jedoch war erfüllt von bitterer Wut.

Er tobte über dem winzigen Dorf im Tal, bis das Wasser in Bächen durch die Straßen strömte, vorbei an den Mauern der Karawanserei. Die Menschen hier waren auf Überschwemmungen vorbereitet, denn immer wieder verwüsteten starke Regenfälle Dörfer wie dieses. Doch wenn es mit dem Regen so weiterging, würde es Probleme geben.

«Braucht ihr ein Zimmer?»

«Wie bitte?» Ich hob den Kopf und sah in ihre freundlichen Augen.

«Du und dein Begleiter. Es gibt nur noch ein Zimmer. Und so, wie es gerade regnet, solltet ihr es nehmen. Wir werden bald mit Reisenden überschwemmt werden, die auf dem Weg nach Basral hier durchkommen.»

Ich starrte sie an. Wir hatten eigentlich vorgehabt, hier nur den Sturm abzuwarten. Aber die Möglichkeit, ganz trocken zu werden und meine Kleidung zu wechseln, war mir mehr als willkommen.

«Ja, wir nehmen es gern», sagte ich und versuchte gar nicht erst daran zu denken, was das bedeutete.

«Gut. Ich werde Attaf bitten, euch etwas von dem Hammel-Nihari zu bringen, das wir auf dem Feuer haben. Es wird euch beide wärmen.»

«Habt ihr vielleicht auch noch eine Kurta?», fragte ich und

fuhr dabei mit der Hand über meine durchnässten Kleider. «Oder irgendetwas, mit dem ich mich abtrocknen kann?»

«Er wird ein paar Sachen für dich und deinen Freund rauf bringen.» Die Frau beugte sich verschwörerisch zu mir. «Ich werde auch etwas Pakaal-Tee kochen und mitschicken», sagte sie mit leiser Stimme. «Falls du ihn brauchst.» Ich spürte, wie mein Gesicht rot anlief, als sie den empfängnisverhütenden Kräutertee erwähnte. Doch sie wandte sich schon wieder anderen Aufgaben zu, ehe ich etwas sagen konnte.

Sie schaute auf, als Maz schließlich hereinkam. Regenwasser tropfte schwer von seinen Schultern. Als wir aus dem Palast geflohen waren, hatte er sich wieder seinen Sherwani übergestreift. Die mahagonifarbenen Augen der Frau wurden groß, als sie das Kleidungsstück erkannte.

«Sahib.» Sie senkte den Kopf. «Bitte verzeiht – ich wusste nicht, dass ein Mann des Kaisers hier ist! Sonst hätte ich natürlich einen Diener geschickt, damit er sich um Euer Pferd kümmert.»

«Das ist kein Problem», erwiderte Mazin sanft.

Es war erstaunlich, wie viel älter er wirkte, seit ich zurückgekehrt war. Ich war nur ein Jahr fort gewesen – und doch erfüllte er den Raum mit einer Präsenz, die er vor meiner Verhaftung noch nicht besessen hatte. Vielleicht war es mir aber auch einfach nur nicht aufgefallen.

«Ich habe uns ein Zimmer besorgt», sagte ich hastig.

Mazin blinzelte.

«Damit wir uns aufwärmen können», fuhr ich fort, und meine Wangen wurden heiß. «Und um diese nassen Klamotten loszuwerden.» Ich deutete auf meine durchtränkte Kurta.

Mazin schaute auf das Kleidungsstück – und riss den Blick hastig wieder hoch.

«Ich meine: um trockene Sachen anzuziehen!»

Mein Gesicht war so heiß, dass ich mich am liebsten in den

tobenden Sturm geworfen hätte, um nie wieder zurückzukommen.

«Natürlich», antwortete er mit einem Räuspern.

Die Frau hinter uns unterdrückte ein Lachen. Ich hätte es nicht für möglich gehalten, aber meine Beschämung wuchs tatsächlich noch weiter an – weil ich ganz vergessen hatte, dass sie noch da war. Den Tee zur Empfängnisverhütung, den sie mir angeboten hatte, erwähnte ich gar nicht erst.

«Euer Zimmer ist oben links, Sahib.» Sie reichte Mazin den Schlüssel. «Euer Essen und Eure Wechselkleidung werden gleich raufgebracht.» Sie nickte uns zu und schlurfte in die Küche.

Wir gingen schweigend die Treppe hinauf, vorbei an den Reisenden im Speisesaal, die den Sturm mit staunenden Gesichtern durch die Fenster beobachteten.

Dunkle Wolken verdeckten den Himmel über Basral und wirbelten in einem wilden Rausch umeinander. Fürs Erste waren wir hier drinnen sicher – aber wie lange würde es dauern, bis der Kaiser uns aufgespürt hatte? Und wann würde der Dschinn die Verfolgung aufnehmen?

Oben betraten wir unser Zimmer. Ein heftiger Ruck ging durch meinen Magen, als Mazin die Tür hinter uns schloss. Das Feuer brannte bereits, und ich trat näher heran, rieb mir die frierende Haut, um wieder etwas Gefühl hinein zu bekommen. Ich drehte mich um – und hielt beim Anblick des Bettes inne, das in der Mitte des Raumes stand.

Die angespannte Stille, die sich zwischen uns ausbreitete, war dick wie Sirup.

Es klopfte an der Tür – und wir beide fuhren zusammen. Ein kleiner Mann, vermutlich Attaf, balancierte ein sehr großes Tablett mit Essen auf der einen Hand und trug trockene Kleidung und Handtücher mit der anderen.

«Es ist nur schlichte Kleidung, Sahib. Aber sie ist trocken und warm.» Attaf huschte ins Zimmer, stellte das Tablett auf dem kleinen Tisch neben dem Feuer ab und legte die Kleider auf das Bett. «Badeea macht das beste Nihari außerhalb von Basral. Danach wird Euch ganz bestimmt nicht mehr kalt sein.»

«Danke», sagte Mazin und schloss die Tür, kaum dass der Mann verschwunden war.

Dann drehte er sich zu mir um. «Wenn du möchtest, gehe ich runter und überlasse dir das Zimmer. Unten bin ich gut aufgehoben – da kann ich den Sturm im Auge behalten und schauen, wann wir wieder loskönnen.»

«Maz! Wir haben uns schon früher ein Zimmer geteilt», schnaubte ich. «Wir haben sogar noch viel mehr als das geteilt!» Ich hob eine Augenbraue. Es hatte keinen Sinn, um das Offensichtliche herumzureden. «Und du bist völlig durchnässt. Zieh dich wenigstens um und iss etwas! Niemand ist bei diesem Wetter da draußen unterwegs. Und es sieht so aus, als würde der Sturm die ganze Nacht andauern. Du kannst ganz sicher nicht *die ganze Nacht* da unten sitzen.»

Er atmete schwer und wirkte immer noch unschlüssig.

«Was ist los? Denkst du, ich erdolche dich im Schlaf?»

Mit einem schiefen Lächeln schaute er auf. «Der Gedanke kam mir durchaus, ja.»

«Dann setz dich halt in den Speisesaal, wenn du Angst vor mir hast.»

Sein Grübchen zeigte sich plötzlich, und mir stockte der Atem.

«Ich habe nie behauptet, dass ich Angst vor dir habe, Dani! Vielleicht *will* ich ja sogar, dass du versuchst, mich zu erdolchen.»

«Ich frage mich wirklich, ob du mit mir flirtest, indem du mich bittest, dich zu töten.»

Das Lächeln verschwand von seinen Lippen. Er ging rüber zum Feuer, den Rücken mir zugewandt. Sein Sherwani begann in der Wärme des Zimmers bereits zu trocknen. Mir war nicht mehr kalt – nicht annähernd so sehr wie vorhin. Doch meine Baumwoll-Kurta klebte immer noch klatschnass auf meiner Haut.

«Als du festgenommen wurdest», sagte er plötzlich, «und als ich Vahid überredet habe, dich ins Gefängnis zu werfen – da dachte ich wirklich, das sei der sicherste Ort für dich, während ich mir irgendetwas ausdenke. Ich weiß, du wolltest, dass ich an deiner Seite kämpfe – aber ich konnte sie nicht verlassen. Ich habe meiner Mutter damals gesagt, dass ich Anam immer beschützen würde. Ich habe es ihr sogar geschworen.» Seine Stimme brach, und er fuhr sich mit der Hand hilflos durch die Haare.

«Ich verstehe», sagte ich und trat hinter ihn. «Mehr, als du ahnst.» Ich dachte an Noor, die ich erst seit kurzer Zeit kannte – und zu der ich doch eine so starke Bindung aufgebaut hatte, dass es unvorstellbar war, sie im Stich zu lassen. Und Anam und Maz hatten nur sich selbst. Ich verstand ihn – aber es schmerzte mich mehr, als ich zugeben wollte.

«Ich habe trotzdem gehofft, dass du an meiner Seite kämpfen würdest. Dass du *für* mich kämpfen würdest! Und ich war am Boden zerstört, als du es nicht getan hast. Warum hast du mir nicht von deinen Plänen erzählt, Vahid zu stürzen?»

Er drehte sich zu mir um, und seine Augen waren ernst. «Dani, ich habe gesehen, wie Vahid Menschen mit Zoraat gefoltert hat, um Informationen aus ihnen herauszupressen. Ich wollte dich auf keinen Fall in diese Lage bringen! Mein Plan bestand darin, den Norden gegen Vahid zu mobilisieren. Dann hätte es eine echte Chance auf Veränderung gegeben. Aber dann starb dieser Kriegsherr, sie verhafteten dich und töteten deinen Vater ... All meine Pläne wurden zerschlagen. Und ich musste mich plötzlich ganz darauf konzentrieren, zu überleben. Und Anam zu beschützen. Und dich zu befreien. Aber die Kerkermeisterin hat das annähernd unmöglich gemacht. Ich habe alles versucht!

Jede Form von Bestechung. Jedes Mittel, das mir zur Verfügung stand. Ich hatte sogar schon einen ersten Fluchtplan entworfen. Aber dann …»

Ich hatte Angst, etwas zu fragen. Angst, überhaupt zu sprechen. Denn sosehr ich diese Geschichte auch hören wollte – es fühlte sich an, als würde ich Salz in eine frische Wunde streuen. Ich wollte es unbedingt wissen – und auch nicht. Wollte meine Wut begraben, meine Rache. Und doch war sie immer noch ein Teil von mir, für alle sichtbar auf meinen Händen.

Trotzdem *musste* ich hören, was er zu sagen hatte!

Für mich. Für uns. Ich musste sehen, ob ich dieses Loch in meinem Herzen schließen konnte. Musste wissen, ob es wirklich zwischen uns aus war.

Oder ob er noch mein war – und ich noch sein.

Dani, ich liebe dich.

«Aber dann …?», hakte ich nach.

«Aber dann … bist du aufgetaucht. Du hast wie jemand anderes ausgesehen und nach den Klingen deines Vaters gefragt. Aber die Art, wie du gesprochen hast … Deine Gesten … Sogar die Art, wie du dir auf die Unterlippe gebissen hast – das warst *du*. Und doch war es unmöglich! Ich wusste, dass du immer noch im Gefängnis stecktest, immer noch weggesperrt warst, während ich langsam den Verstand verlor. Als ich mit Sanaya sprach und dann plötzlich fühlte …» Er brach ab und blickte in die Flammen. Ihr Widerschein tanzte auf seinem Gesicht, ließ seine hohen, stolzen Wangenknochen hervortreten, seine unergründlich tiefen Augen. Eine Narbe zeichnete sich über einer Augenbraue ab. Sie war mir neu, und sie erinnerte mich daran, dass er ein Leben gelebt hatte – während ich im Gefängnis gehockt hatte. Er hatte Narben davongetragen, von denen ich nichts wusste.

Wieder fuhr er sich mit den Händen durch die Haare. «Ich dachte, ich werde verrückt», flüsterte er. «Jedes Mal, wenn wir miteinander sprachen, fühlte es sich an, als wäre ich endgültig übergeschnappt. Ich habe dich in einem anderen Menschen gesehen ... Ich dachte, es läge an meinem Verstand, der irgendwie mit dem fertigzuwerden versucht, was ich getan habe. Wir erhielten sogar die Nachricht, dass du in deinem Dorf gesehen wurdest! Sofort schickte ich Soldaten aus, um der Sache nachzugehen. Ich schrieb an das Gefängnis und verlangte, dich zu sehen. Aber die Kerkermeisterin weigerte sich. Sie verheimlichte deine Flucht. Offenbar wollte sie nicht, dass der Kaiser erfährt, dass zwei äußerst wichtige Gefangene aus ihrem vermeintlich ausbruchssicheren Gefängnis ausgebrochen sind.» Er hob den Kopf und trat näher an mich heran. Mir hämmerte das Herz in der Brust.

«Aber dann habe ich deine Hände berührt. Und ich *wusste* es! Ich spürte die Narben, die *ich* dir zugefügt habe. Spürte die Erinnerungen, die uns miteinander verbanden.» Er machte einen weiteren Schritt auf mich zu, bis er nur noch wenige Zentimeter von mir entfernt war. Die Hitze seines Körpers war wie das Feuer selbst. Meine Finger spannten sich an, wollten nach ihm greifen. Doch ich hielt sie an meine Seite gepresst. Konnte ich ihm noch einmal mein Herz schenken – nach allem, was geschehen war?

Vielleicht hatte ich das aber auch schon getan, wollte und konnte einfach nicht anders.

«Maz ...»

«Dachtest du, ich würde die Magie nicht durchschauen? Ich würde dich mit *jedem* Gesicht erkennen! In jeder Haut. Mit jedem Haar. Tausend Dschinn könnten dich verwandeln – und ich würde dich immer noch allein durch den Klang deines Atems finden.»

Ich atmete tief aus. Der Abstand zwischen uns war so gering, dass er es wahrscheinlich an seiner Wange spüren konnte.

«Sag mir, dass du mir niemals verzeihen kannst – und ich

werde gehen. Sag mir, dass du mich hasst, und ich werde dich nicht mehr belästigen.»

Mein Körper bewegte sich auf ihn zu. Meine Haut kannte die Antwort, ehe ich sie laut aussprechen konnte.

«Denn wenn du mir nichts dergleichen sagst, hofft und träumt mein törichtes Herz weiter. Ich kann nicht wiedergutmachen, was ich getan habe. Ich kann es nicht ändern. Aber ich kann flehen! Ich kann dir versprechen, dass ich in allen Dingen – in jeder Hinsicht – zu dir gehöre. Und du brauchst nie wieder zu befürchten, dass ich nicht für dich kämpfen werde.»

Seine Stimme war das Knistern der Flammen. Der Schlag meines Herzens. Der Atem in meiner Lunge. Sie übertönte die dunkle Magie in meinem Blut. Das Flüstern des Dschinns. Die zweifelnden Gedanken in meinem Kopf.

«Nein», sagte ich deutlich und mit fester Stimme. «Ich kann dir das alles nicht sagen. Ich kann es nicht – weil es nicht wahr wäre. Und wir haben uns versprochen, einander immer die Wahrheit zu sagen, oder?»

Er schloss die Augen, und seine Hände entspannten sich. Ich hob den Arm, berührte seine Wange. Die unsichtbare Barriere zwischen uns zerbrach unter der Berührung. Und dann zog er mich auch schon in seine Arme! Er drückte mich an sich, legte seinen Mund auf meine Lippen, meine Kehle. Vergrub die Finger in meinem Haar. Ich erwiderte seinen Kuss – es war schier unmöglich, es nicht zu tun. Ich hatte das Gefühl, sterben zu müssen, wenn ich es nicht täte.

Rasch streifte ich ihm den Mantel von den Schultern. Meine nasse Kurta gesellte sich zu seiner Kleidung auf dem Boden. Zusammen fielen wir auf das Bett – seine Lippen auf meiner Haut. Seine Hände an meiner Taille, an meinen Schenkeln. Wir fielen in einen Rausch, der dem Sturm draußen an Wildheit in nichts nachstand. Doch er bestand nicht aus Wut und Zorn, sondern aus jeder Erinnerung, die wir teilten. Aus jeder leichten Berührung, jedem erhitzten Blick. Ein ganzes Leben voller Leidenschaft, voller Rivalität, voller Schmerz und Hoffnung.

Dieser Sturm waren wir. Jeder chaotische, ängstliche, glühende Teil von uns – eng miteinander verschmolzen, wie es früher gewesen war. Es waren meine vernarbten Hände in seinen. Seine Zunge an meiner Halsschlagader. Meine Beine um seine Taille. Die Menschen, die wir gewesen waren – und die wir sein würden. Und ich wusste, dass er recht hatte.

Er würde mich immer erkennen. Würde mich immer finden.

So wie ich ihn immer finden würde.

«Der Sturm lässt nach.»

Ich sah aus dem Fenster, während Maz mit seinen Fingern träge Kreise auf meiner Hüfte malte.

«Dann sollten wir bald aufbrechen.» Seine Stimme war sanft. Ich wusste, dass er genauso gerne hierbleiben wollte wie ich. Aber wir hatten beide Menschen, die auf uns zählten – und wir durften sie nicht im Stich lassen. «Vahid wird uns bald nachsetzen.»

Die Erwähnung dieses Namens vertrieb die wohlige Wärme aus unserem Karawanserei-Zimmer und holte mich in die Realität zurück. Leider weckte er auch die Magie unter meiner Haut – als wüsste die Macht des Dschinns in meinen Adern genau, was Vahids Name bedeutete. Wir zogen uns eilig die trockene Kleidung an, die Attaf uns gegeben hatte, und Maz lief los, um sein Pferd zu satteln.

Vor der Karawanserei trafen wir uns wieder. Er legte seine Hände um meine Taille, um mich auf seinen Hengst zu heben.

Doch dann hielt er plötzlich inne.

Alarmiert schaute ich zu ihm hinunter.

«Was ist los?»

«Nichts.» Er schüttelte den Kopf. «Was auch immer als Nächstes geschehen wird – was der Kaiser auch gegen uns auffahren mag –, ich wollte diesen Moment im Gedächtnis behalten. Genau so, wie er gerade ist.»

Er schwang sich hinter mir in den Sattel. Seine Arme lagen stark und sicher um meinen Körper, während er das Pferd durch das Tal in Richtung meines kleinen Bergdorfs lenkte. Hoffnung stieg wie ein kleiner Vogel in meiner Brust auf. Es fühlte sich an, als könnten wir alles überwinden, solange wir nur zusammen waren.

Ich wünschte nur, ich wüsste, was uns noch bevorstand.

Als wir den Rand des Dorfes erreichten, trieb Maz sein Pferd weiter an, bis wir schließlich zu dem kleinen Haus kamen, in dem meine Nanu wohnte. Noor hätte schon längst hier sein müssen – aber ich sah weder eine Spur von ihr noch von ihrem Pferd.

Grauen überkam mich. Das Dorf wirkte zu ruhig, irgendwie unbelebt. So hatte es sich auch angefühlt, als wir vom Schicksal meines Vaters erfahren hatten.

Ich stieg ab und rannte sogleich in Nanus Haus.

Es war leer. Die Asche im Kamin war kalt, ein Becher mit Chai stand unberührt auf dem Tisch aus Mangoholz.

«Wo sind sie?», flüsterte ich mit brüchiger Stimme.

Maz stand hinter mir. Seine ruhige Präsenz war Balsam für meine aufsteigende Panik. Noch vor Kurzem hätte ich mir nicht vorstellen können, jemals wieder Erleichterung zu verspüren, weil Mazin neben mir stand. Doch jetzt gab mir seine Nähe das Gefühl, wieder atmen zu können. Ich lehnte mich an ihn, spürte seine Überraschung über die unerwartete Berührung. Seine Hände umfassten meine Arme.

«Wir werden sie finden», murmelte er in mein Haar.

«Noor und Nanu sind die beiden einzigen anderen Menschen, die mir noch geblieben sind.»

«Wir werden sie finden», wiederholte er und ließ seinen Blick durch das kleine Haus schweifen. «Aber hier sind sie anscheinend nicht.»

Wir verließen das Gebäude. Die ersten Sonnenstrahlen fielen in die leeren Straßen. Da hallte plötzlich ein Geräusch über den Dorfplatz: das Zerspringen von Glas, gefolgt von einem dumpfen Stöhnen.

Wir griffen beide gleichzeitig nach unseren Schwertern.

Ich wusste, aus welcher Richtung das kam.

«Die Schmiede.» Ich sah Mazin an.

Das Haus meines Vaters.

Als ich das letzte Mal dort gewesen war, hatte ich von seinem Tod erfahren. Damals hatte ich den Mann, der jetzt neben mir stand, verflucht. Hatte gelobt, Vergeltung an ihm zu üben.

Doch jetzt wollte ich nur noch eines: die Menschen finden, die mir etwas bedeuteten, und sie lebend aus dieser Sache herausholen.

Wir rannten hinüber zu meinem alten Zuhause. Unsere Schritte fanden ganz von selbst denselben Rhythmus – wie bei einem Tanz, dessen Schritte wir beide gelernt hatten.

Ich kannte Maz, kannte seine Bewegungen, seinen Atem. Und ich spürte, wie die Last auf meinen Schultern kleiner wurde – jetzt, da wir wieder auf derselben Seite standen. Wir blieben am Rande des Dorfes stehen und schauten aus einiger Entfernung zu der Schmiede und dem kleinen Haus daneben.

Ich warf einen Blick auf Maz, der sich neben eine Steinmauer kniete, den Krummsäbel in der Hand, die dunklen Augen auf die Schmiede gerichtet. Er ließ seinen Blick in meine Richtung schweifen und hielt inne. Die Schatten verliehen seinen Zügen Härte.

Ein erwartungsvolles Kribbeln machte sich in meinem Magen breit, als er mich mit diesem intensiven Blick ansah. Das hier fühlte sich nicht wie Erleichterung an, nicht wie Ruhe oder Trost – sondern als würde ich Hals über Kopf in ein dunkles Meer stürzen. Nie hätte ich geglaubt, dass er so etwas noch einmal in mir auslösen könnte!

«Was ist los?» Seine Stimme klang tiefer als zuvor, rauer. Ich fragte mich, ob er bei der Aussicht, wieder Seite an Seite zu kämpfen, dasselbe empfand wie ich.

«Es fühlt sich gut an», sagte ich. Meine direkte Art überraschte uns beide immer wieder aufs Neue. «Dich wieder an meiner Seite zu haben, meine ich.»

Seine Augen wurden dunkler. Er kam näher zu mir – nahe genug, dass ich seine leisen Worte hören konnte.

«Es tut mir leid, dass du jemals glauben musstest, ich wäre es nicht.»

Ich atmete tief aus. Sein leiser, grimmiger Tonfall ließ mich bis ins Innere erbeben.

Wir schlichen uns näher an das kleine Steingebäude neben der Schmiede heran. Doch es drang kein weiterer Laut aus dem Innern. Schließlich schob ich mich durch die Tür, mein Schwert in der Hand – bereit, es mit allem aufzunehmen, was ich dort vorfinden würde.

Aber alle Räume waren leer, wie bei meinem letzten Besuch.

Und alle Besitztümer meines Vaters waren fort, das Haus immer noch geplündert.

Bis ich zum letzten Zimmer kam – dem Schlafzimmer meiner Eltern.

Dort saß eine Gestalt auf dem Bett – allein, in sich zusammengesunken. Sie wirkte fast, als hätte sie es aufgegeben, zu leben.

«Nanu?»

Sie sprang auf und starrte mich an. Ihre hellen Augen blitzten etwas kräftiger als sonst, und ihre faltige, dunkle Haut hatte die Farbe von verbranntem Holz. Doch irgendetwas wirkte … falsch.

«Dania.» Ihr Tonfall war klagend. Das war keine Frage – es klang eher, als würde sie sich vergewissern, dass ich es wirklich war. Als ob sie hier auf mich gewartet hätte.

Ich stürzte nach vorne und schloss ihren kleinen Körper in meine Arme. Sie fühlte sich kalt an und erwiderte meine Umarmung nicht.

«Nanu, geht es dir gut? Wir dachten, dir wäre etwas passiert … Dein Haus …»

«Es geht mir gut. Wirklich», sagte sie seltsam unbeteiligt. Als ob sie aus weiter Ferne zu mir sprechen würde …

Ich runzelte die Stirn und musterte sie eindringlich. «Was machst du hier so ganz allein, Nanu? Wo ist Noor? Sie wollte zu dir kommen!»

Hatte Noor es überhaupt bis zum Dorf geschafft?

Bei der Erwähnung von Noors Namen blitzten die blassen Feueraugen meiner Großmutter auf. «Dania, deiner Freundin kann man nicht trauen.» Ihre Worte waren ein Zischen, ein ungewohnt wütender Laut. Ich wich vor ihr zurück. Unbehagen breitete sich in meinem Magen aus.

«Was meinst du damit?» Mein Blick schweifte durch den Raum, als ob Noor sich hier irgendwo verstecken würde.

«Noor kam hierher, ja. Aber sie hat dich verraten, meine Enkelin!» Irgendetwas stimmte hier nicht! Ich schüttelte verwirrt den Kopf.

Zwar war ich schon einmal betrogen worden – aber in meinem Herzen spürte ich Gewissheit, anders als früher: Noor würde so etwas nicht tun.

«Nanu, wovon redest du?»

Ein dumpfer Schrei ertönte von irgendwo in der Nähe. Mir wurde klar, dass Maz nicht zu uns ins Zimmer gekommen war! Ich machte einen Schritt auf die Tür zu. Doch Nanus Hand schoss vor und packte mein Handgelenk so fest, dass ich überrumpelt aufschrie. Ihre Kraft überraschte mich! Ich zerrte an meiner Hand, aber sie ließ mich nicht los.

«Geh nicht!», zischte sie mit rauer Stimme.

Meine Blicke huschten durch das Zimmer. Versuchten das Unbehagen, das mich erfüllte, an irgendetwas fest zu machen. «Nanu, lass los!»

«Deine Freundin hat dich verraten», wiederholte sie in diesem seltsam unbeteiligten Tonfall. «Sie hat dich für Vahid fallen lassen.»

Etwas glitzerte in der Ecke des Raumes. Etwas Dunkles und Glattes. Meine Augen fokussierten sich darauf. Und dann erkannte ich sie: kleine, ovale Perlen, denen ich anscheinend nicht entkommen konnte.

Dschinn-Samen.

Auf dem Nachttisch lag ein kleiner Beutel mit Zoraat. Es war der Beutel, den ich Noor übergeben hatte, ehe sie aufgebrochen war. Mein Atem stockte, und mein Blick schoss zurück zu meiner Großmutter.

«Nanu! Woher hast du die Samen?»

Sie drehte den Kopf, um hinter sich zu blicken – und ich riss meinen Arm los. Alles in mir verlangte danach, mein Schwert zu ziehen.

Aber konnte ich das? Konnte ich meine Waffe gegen meine eigene Großmutter richten? Ich legte meine andere Hand auf meinen Dolch, und etwas zersplitterte in meiner Brust.

Doch ich wurde einfach dieses Gefühl nicht los! Dieses Grollen in meinen Eingeweiden, das mir deutlich sagte, dass hier etwas nicht stimmte.

Mein Blick wanderte wieder zu den Samenkörnern. Warum war das Zoraat hier? Denn mithilfe der Samen war es durchaus möglich, dass die Frau, die hier vor mir stand, gar nicht meine Großmutter war!

«Du bist nicht meine Nanu, oder?»

Sie sah mich seltsam an, als ob meine Frage sie verwirrt hätte. Ich suchte ihren Körper nach irgendetwas ab, an dem ich sie erkennen könnte. Nach jenem Anteil der wahren Gestalt, den eine Person beibehalten musste, wenn sie sich mit Magie verwandelte.

Aber da war nichts. Sie war genau dieselbe Frau wie früher: ihre Augen. Ihre wettergegerbten Hände. Jede einzelne silberne Strähne ihres Haares. Sogar ihr Geruch war derselbe: ein holziger Duft aus den Bergen, mit einem Hauch von Krokussen. Ihre Haut schien papierdünn, ihre Augen strahlend – sie war immer noch meine Großmutter.

«Warum sollte ich vorgeben, jemand anderes zu sein? Dir hat es doch auch nicht dabei geholfen, deine Rache zu bekommen. Nicht wahr, Mädchen?» Ihre Stimme war nicht grausam – nur sachlich. Als ob sie lediglich neugierig wäre.

Ich öffnete den Mund, doch die Worte erstarben mir auf der Zunge. In mir kämpfte Verwirrung mit Angst – und noch mit etwas anderem, das mich heiß durchströmte.

Rache. Rache. Rache, flüsterte es.

Doch dieses Mal waren die Worte nicht für mich bestimmt.

«Ich habe gesehen, wie du mit deinem Mazin ins Dorf geritten kamst», fuhr Nanu fort. «War er nicht derjenige, der dich ins Gefängnis gebracht hat?»

Ich runzelte die Stirn, frustriert über den abrupten Themenwechsel. «Was ist mit Noor passiert?», fragte ich abermals.

Und wo ist Mazin? Ich warf einen Blick in den Flur, in der Hoffnung, ihn dort zu sehen. Noch immer verfügte ich über die Macht des Dschinns; aber je weniger ich sie einsetzte, desto besser. Und ich wollte sie ganz sicher nicht gegen Nanu entfesseln! Ich betrachtete wieder die Samen auf dem Nachttisch.

Wenn meine Großmutter etwas davon eingenommen hatte, war nicht abzusehen, wozu sie gerade fähig war.

Aber wozu braucht sie bloß die Macht der Dschinn?

«Noor ist schwach!», fauchte sie. «Es überrascht mich, dass du dich mit Leuten wie ihr abgibst. Mit Leuten wie Mazin! Menschen, die nur an deiner Seite sind, um dir deine Kraft auszusaugen. Du bist eine Kriegerin wie deine Mutter. Du hast es nicht nötig, dich mit Schwächlingen einzulassen. So wie deine Mutter, als sie sich für deinen Vater entschied.»

Als ich die Bedeutung ihrer Worte erfasste, stockte mir der Atem. Meine Haut fühlte sich weißglühend an. Etwas begann, in mir emporzusteigen. Etwas, das größer war als die Macht der Dschinn. Etwas, das mein gesamtes Weltbild über den Haufen warf.

Ich hatte gewusst, dass meine Großmutter und mein Vater nicht gut miteinander ausgekommen waren. Aber das Ausmaß ihrer Abneigung war mir nie klar gewesen! Ich wich zurück – und stieß gegen die Tür hinter mir. Nanu hatte noch nie so über meine Mutter und meinen Vater gesprochen, niemals.

Eine flüchtige Erinnerung zupfte an meinem Bewusstsein. Eine Erinnerung aus der Zeit, bevor meine Mutter getötet worden war. Als meine Nanu eine ganz andere Frau gewesen war. Nicht diese schweigsame, angespannte Person. Eine Erinnerung an die Nacht, in der meine Mutter starb. Wie Nanu aufgeheult hatte, sich die Haare ausgerissen hatte. Wie sie schrie und mich wegstieß.

Wie mein Vater versuchte, sie zu beruhigen – obwohl auch er gerade seine Frau verloren hatte. Aber sie wollte mit niemandem sprechen. Stattdessen zog sie aus dem Haus aus und lebte allein im Dorf. Seit dem Tod meiner Mutter war Nanu so distanziert gewesen, als wäre auch ein Teil von ihr gestorben.

Doch nun lag in ihren Augen ein Funkeln, als ob etwas in ihr wieder lebendig geworden wäre.

Als lauerte eine Viper unter ihrer Haut.

Eiskalte Schauer der Angst liefen mir über den Rücken,

als sie auf mich zukam. Ihre blassen Augen waren groß und rund.

«Baba war nicht schwach», sagte ich langsam, während ich verzweifelt zu verstehen versuchte, was hier vor sich ging. «Er war der stärkste Mensch, den ich kenne.»

«Dann hast du deine Mutter nicht gut genug gekannt. Sie hätte über die nördlichen Völker herrschen können! Stattdessen wählte sie deinen Vater und kam hierher.» Sie spuckte auf den Boden. «Und hat sich umbringen lassen.»

«Mama wurde von einem Mann aus dem Norden getötet, Nanu. Es war nicht Babas Schuld.»

«Er ließ sie ohne jeden Schutz dorthin gehen! Und er hatte den Kriegsherrn verärgert, der sie getötet hat. Denn er hatte sich geweigert, ihm ein Schwert zu schmieden. Ihr Tod war genauso sehr seine Schuld wie die des Mannes, der ihr die Kehle durchgeschnitten hat.»

In meinem Kopf drehte sich alles. Mir wurde klar, dass Nanu mein ganzes Leben lang so empfunden haben musste. Bis heute hatte ich es nur nicht gesehen. Und jetzt sah ich *alles*.

Es war, als ob der Himmel über mir einstürzte und mir den Atem aus dem Leib presste. Mein Brustkorb wurde mir zu eng und drohte zu platzen. Meine Augen brannten, aber es kamen keine Tränen.

«Der Kriegsherr», sagte ich und brachte die Worte kaum über die Lippen. «Der Kriegsherr aus dem Norden, den ich angeblich umgebracht habe – das warst du, nicht wahr?»

Sie brauchte das «Ja» nicht auszusprechen – es stand ihr förmlich ins Gesicht geschrieben. Sie presste die Lippen zusammen, ihre Nasenflügel waren gebläht. Sie wirkte schuldbewusst, aber auch ... stolz?

Der Fürst aus dem Norden war ermordet worden – und die ganze Zeit über hatte ich gedacht, es sei Vahid gewesen, weil er eine Rebellion niederschlagen wollte.

Aber es war meine Großmutter! Sie hatte sich an dem Kriegsherrn gerächt und mich damit auf diesen Pfad der Verdammnis geführt.

Ich stolperte zurück. Mein Mund schien nur noch aus Staub zu bestehen. Meine Hände, gezeichnet mit dem Mal des Dschinns, zitterten. Meine eigene Großmutter war der Grund für meine Gefangenschaft gewesen!

«Er war der Fürst, der deine Mutter getötet hat», bestätigte sie und streckte ihre Hände nach mir aus. «Ich wusste, dass er nach Basral kommen würde – das erste Mal seit Jahren. Seit er mein Mädchen getötet hatte. Und ich hatte noch nie ein solches Bedürfnis nach Vergeltung verspürt. Er hat mir mein Leben geraubt! Und als ich dachte, dass die Ungerechtigkeit mich zerreißen würde, kam ein Dschinn zu mir. Ich schloss mit ihm einen Handel ab, erhielt eine kleine Menge Macht – gerade genug, um zu tun, was getan werden musste. Und ich vernichtete den Mann, der meine Tochter getötet hat.» Ihre Augen leuchteten hell. Schweiß benetzte ihre Oberlippe, als wäre sie krank. Ihre Haut wirkte grau und wächsern.

Ich konnte mich nicht bewegen, konnte nicht sprechen. Ich starrte einfach nur meine Großmutter an. Mir wurde klar, dass ich sie nie wirklich gekannt hatte. Sie hatte einen Pakt mit einem Dschinn geschlossen! Hatte sich von ihm die Macht geben lassen, Vergeltung zu üben.

Wir waren uns ähnlicher, als ich gedacht hätte.

«Ich sah zu, wie er sich wand, während seine Eingeweide verbrannten», flüsterte sie, die Stimme so sanft wie eine Liebkosung. «Während seine Haut Blasen warf und sein Blut in ihm kochte. Es war nicht genug! Es war nicht genug Schmerz für das, was er mir gestohlen hat. Und dennoch spürte ich Befriedigung. Ich spürte Stärke. Mehr Stärke, als ich in all den Jahren zuvor gespürt hatte.»

Sie sah mich an. Ihre blassgrünen Augen – die Augen meiner

Mutter – bohrten sich in mich hinein. Fraßen mich auf mit ihrem Hunger nach Rache.

Dieser Kriegsherr hatte den Tod verdient. Ich machte ihr keinen Vorwurf für diesen Akt der Rache. Ich hätte wohl dasselbe getan, dachte ich bitter.

Ich *hatte* dasselbe getan.

«Ich wusste, dass du auf dem Weg in dieses Zimmer warst», fuhr sie fort, und mir gefror der Atem. «Ich hatte von deinen Plänen an diesem Tag erfahren.» Sie schloss die Augen. «Es gab noch eine Person, die eine Bestrafung für das verdient hatte, was deiner Mutter angetan wurde. Und ich wusste: Wenn du festgenommen wirst, würde er versuchen, dir zu helfen.»

Ein stechender Schmerz durchzuckte mich. Doch sie sprach weiter, ohne die Qualen mitzubekommen, die sie verursachte.

«Ich habe deinen Vater ermutigt, es zu versuchen. Ihn ermutigt, dich zu befreien. Das war nicht schwer. Er stürmte zum Palast, den Krummsäbel erhoben. Tat für dich, was er für meine Tochter nie getan hat.» Ihre Stimme war tief und rau. Der Hass strömte wie bitterer Tee aus ihr heraus.

«Er hat dich mehr geliebt als sie. Deshalb ist er nicht mit ihr in den Norden gegangen. Deshalb ist sie jetzt tot. Sie hätte etwas Besseres verdient als ihn. Sie hätte etwas Besseres als euch beide verdient.» Unsere Blicke trafen sich. Ich war erschüttert von der Dunkelheit in ihren Augen.

«Nanu. *Du* hast Baba getötet.» Die Worte krochen über meine Zunge – wie Gift, das meinen Mund betäubte. Ich wollte es immer noch nicht wahrhaben. «Du hast mich festnehmen lassen. Ich wurde verprügelt, gefoltert. Ich saß *ein Jahr lang* im Gefängnis!»

«Aber du hast überlebt.» Nanu schlug die Hände zusammen, und ihre Augen leuchteten nun stärker. Sie kam auf mich zu. Ich fragte mich, ob sie etwas von dem Zoraat konsumiert hatte.

«Ich dachte, du würdest hingerichtet werden. Damit hatte ich fest gerechnet! Dann hätte ich meinen Teil der Abmachung erfüllt. Ich musste etwas aufgeben: dich, im Austausch für den Kriegsherrn. Dich, im Austausch für deinen Vater. Aber du hast überlebt.» Sie musterte mich mit einer erschreckenden Intensität.

«Weil du stark bist!», fuhr sie fort. «Du bist wie ich. Wie deine Mutter. Auch du wurdest in den Feuern des Hasses geschmiedet und durch deine Rache neu geschaffen. Ich habe dich beobachtet, als du zurückkehrtest. Du warst jemand geworden, der diese Welt in Brand setzen könnte, der sie sich ganz und gar untertan machen könnte. Ich wollte dich damals töten – aber am Ende konnte ich es nicht. Nicht, wenn du mich so sehr an sie erinnertest. Du warst fähig, Vahid zu vernichten! Und jeden zu zerquetschen, der sich dir dabei in den Weg stellte. Deine Seele war getränkt mit dem Durst nach Rache – *genau wie meine*.»

Sie streckte mir eine wettergegerbte Hand entgegen – als sollte ich sie ergreifen und an meine Brust drücken. Als hätte ich nicht viel lieber mein Schwert erhoben, um ihr jeden einzelnen Finger abzuhacken! Sie hatte meinen Vater umgebracht. Sie hatte mir den Tod gewünscht. Sie hatte uns beide aufgegeben, als meine Mutter getötet wurde.

«Da wusste ich, dass du ihrer würdig bist. Eine Tochter, die mit der Macht der Dschinn die Erde in Schutt und Asche legen könnte!»

Sie griff wieder nach mir. Etwas in mir riss entzwei. «Du hast Baba getötet! Du hast mich zum Tode verurteilt! Du hast deine Familie zerstört – für eine Tochter, die gehasst hätte, was du tust. Mama hat Baba *geliebt*. Und sie liebte mich. Und um sie zu ehren, hast du alles zerstört, was sie liebte!»

Ich atmete schwer aus, meine Augen brannten. Langsam ließ ich mein Schwert sinken. «Ich bin nicht wie du. Ich werde nicht weiter mein ganzes Leben für einen Pfad wegwerfen, der nur zu Tod und kalter Asche führt. Das ist nicht das, was Amma für uns gewollt hätte.»

Meine Großmutter ließ die Hände sinken. Ihr Gesicht nahm einen grimmigen Ausdruck an. «Dann bekomme ich wohl doch noch die Gelegenheit, meinen Teil der Abmachung zu erfüllen.» Die Tür hinter mir bewegte sich. Ein Krummsäbel blitzte dahinter auf.

«Dani.» Mazins Augen bewegten sich zwischen meiner Großmutter und mir hin und her. «Ich habe Noor gefunden! Es geht ihr gut. Sie ist bewegungsunfähig und gefesselt, und ich konnte sie nicht befreien. Ich glaube, dahinter steckt Dschinn-Magie.»

Ich wandte meinen Blick wieder zu meiner Großmutter. «Du hast also einige der Samen eingenommen.»

Sie schnaubte. «Denkst du, ich würde diese Macht verschwenden? Du hättest alles damit erreichen können! Ich dachte, du wärst schlauer.» Sie sah Mazin an. «Aber du hast dir auch einen Schwächling an deine Seite geholt.»

«Er ist nicht schwach», sagte ich gefährlich leise. «Schwäche ist es, wenn man aus Rache seine Familie zerstört. Wenn man diejenigen, die einen lieben, für seinen eigenen Vorteil tötet.» Ich ließ mein Schwert noch etwas tiefer sinken und trat einen Schritt vor. «Aber du musst das nicht tun, Nanu. Du kannst immer noch mit uns kommen.» Ich schob das Schwert in die Scheide. «Wir werden die restlichen Samenkörner vernichten und dafür sorgen, dass niemand sie je wieder benutzen kann.» Ich schluckte den Kloß in meinem Hals hinunter und dachte an all das, was sie meinem Vater, Maz und mir angetan hatte. So viele Leben, die für ihre Rache zerstört worden waren!

Doch dieser Kreis würde hier und jetzt durchbrochen werden.

«Ich vergebe dir, Nanu. Ich vergebe dir, was du getan hast.»

Meine Großmutter sah mich einen langen Moment an. Ihre Augen blitzten. «Mir vergeben? Es gibt nichts zu vergeben! Ich habe dir die Chance gegeben, stark zu sein. Dein eigenes Schicksal zu schmieden. Und jetzt hast du sie weggeworfen.» Sie griff in die Tasche ihres dunklen Shalwars und holte eine Handvoll Samen heraus. «Aber ich werde diese Chance nicht wegwerfen! Ich werde sie selbst ergreifen.»

Sie stopfte sich die Samen in den Mund. Sie glitzerten wie winzige Käfer und schwärzten ihr Zahnfleisch, ihre Lippen, ihre Zunge.

Ich stürzte nach vorn und griff nach ihrem Handgelenk. «Nanu, nein! Du hast keine Ahnung, was diese Dosis mit dir anstellen wird!»

Ich hatte gesehen, wie vorsichtig Noor war, wenn sie die Samen zermahlte. Wie sorgfältig sie jede Portion abwog. Ich hatte gesehen, wie Thohfsa zusammenbrach und starb, weil sie zu viel Zoraat konsumiert hatte.

Wenn man die Dschinn-Magie im Blut hatte, fühlte man sich unbesiegbar.

Ich selbst spürte jetzt die Anziehungskraft, die die Samen auf die Macht in meinen Adern ausübten. Ich musste darum kämpfen, sie unter Kontrolle zu halten! Rasch versuchte ich, Nanus Arme wegzuziehen. Aber es war zu spät. Sie hatte die Samenkörner geschluckt, und ihr Blick war erfüllt von der gleißenden Macht des Zoraats. Sie brüllte vor Schmerz, hielt ihre Kehle umklammert. Die Augen quollen ihr hervor. Abrupt starrte sie Mazin und mich an.

Ich aber schaute zu Maz, unsere Blicke trafen sich. Alles, was ich ihm sagen wollte, lag in meinen Augen: Furcht. Sehnsucht.

Liebe.

Dann öffnete ich meinen Mund und sagte ein letztes Wort zu ihm: «Lauf!»

NEUNUNDVIERZIG

Maz stellte keine Fragen, zögerte nicht. Er rannte aus dem Zimmer und rief nach Noor.

«Nanu – du willst das nicht tun.»

«Du lässt mir keine andere Wahl. Stell dich mir nicht in den Weg.»

«Ich werde dir nicht wehtun.» Ich spürte, wie die Dschinn-Macht in meinen Adern kribbelte. Eine heiße Flamme der Magie brannte in mir, war bereit, aus mir hervorzubrechen – und alles zu verzehren: das Haus. Meine Großmutter. Mich selbst.

Aber ich wollte diesen Pfad nicht länger beschreiten.

Ich wollte Nanu nicht töten – trotz allem, was sie getan hatte. Das würde den Kreislauf des Hasses und der Rache nicht durchbrechen.

«Du könntest mir nicht wehtun, selbst wenn du es versuchen würdest.»

«Ich gebiete über mehr Macht als du», sagte ich langsam und hob meine Hand, damit sie die Schwärze sehen konnte, die meine Handfläche bedeckte. Die heiße Flamme, die dahinter loderte. «Ich will sie nicht einsetzen müssen.»

Ihre Augen leuchteten hell. «Du bist also auch einen Handel eingegangen.» Sie lächelte – ein viel zu breitgezogenes Lächeln. Es sah aus, als würde man Haut über einen nackten Schädel spannen. Sie war zu etwas anderem geworden, war kein Mensch mehr. Als hätte der Dschinn in ihr gelebt und ihr die

Menschlichkeit geraubt, sodass ihr Körper nur noch eine Hülle war, genährt von ihrer Wut.

Sie kam auf mich zu. Aber dieses Mal wich ich nicht zurück.

War es das, was aus mir werden würde?

War das die Zukunft, die mich erwartete?

Eine Frau, elend und verschrumpelt durch ihre Gier nach Rache?

Nein. Nicht mehr. Man musste sich bewusst dafür entscheiden, so zu werden. Alle Freude aufzugeben um der Macht zur Zerstörung willen.

So würde ich nicht werden.

Sie machte einen weiteren Schritt nach vorn, und ich hob erneut meine Handflächen. Unbehagen blitzte in ihren Augen auf. Plötzlich veränderte sich ihr Ausdruck!

Ihr Gesicht verzog sich vor Schmerz. Sie stieß ein tiefes Heulen aus.

«Nanu?» Zögernd bewegte ich mich auf sie zu.

«Nenn mich nicht so!», fauchte sie und wich vor meiner ausgestreckten Hand zurück. Sie rollte sich zusammen. «Du bist nicht mehr meine Enkelin», krächzte sie.

Dann hob sie ihre Hände. Schwärze verschlang die blassgrüne Farbe ihrer Augen. Glänzende Ranken aus Dunkelheit flossen aus ihren Fingerspitzen, als hätte sie eine Flasche Tinte in die Luft geschüttet, die sich nun ausbreitete. Mir stockte der Atem. Die Ranken schlangen sich um mich – wie ein Python, der sich um seine Beute wand, um das Leben aus ihr herauszupressen.

Ich hätte meine Hände zur Verteidigung heben können. Hätte die Macht des Dschinns nutzen können, die in meinen Adern pochte, um die dunklen Ranken in Brand zu setzen.

Aber das tat ich nicht. Ich wollte sehen, wie weit sie gehen würde.

«Du hättest mich lieben können», flüsterte ich. «All die Jahre hast du dich zurückgezogen. Und ich habe nie verstanden, dass der Grund dafür die Trauer über den Verlust meiner Mutter war. Aber du hättest dich öffnen können. Mich lieben können.»

«So wie du dich nach dem Tod deines Vaters geöffnet hast? Du bist aus genau demselben Grund zurückgekommen: Rache.»

Die schwarzen Ranken in der Luft kräuselten sich, zogen sich immer enger um mich zusammen – ein Spiegelbild der Linien, die meine Hände zeichneten. Dabei wurde es kühler und kühler, schließlich unerträglich kalt.

Ich rief nach der geliehenen Dschinn-Magie, die unter meiner Haut brannte und nur darauf wartete, auszubrechen. Sofort umhüllte sie die Schwärze der Ranken, umbrauste sie wie ein Schwarm feuriger Bienen. Eine Flammensäule brach aus mir hervor und umfasste den Beutel neben dem Bett. Sofort ging er in Flammen auf wie dürres Wüstengestrüpp.

Quer durch das brüllende Feuer schritt ich auf meine Großmutter zu.

Ihre Augen weiteten sich, ihr Gesicht wurde blass.

«Wie hast du das gemacht? Wie viel Zoraat musstest du dafür einnehmen?»

«Ich habe gar nichts konsumiert. Die Magie wurde mir vom Dschinn selbst gegeben.»

«Dschinn *geben* nicht. Du hast etwas Großes für eine Kostprobe dieser Macht eingetauscht.» Sie legte den Kopf schief. Ihre schwarzen Augen funkelten wissend. «Dein Leben vielleicht?» Sie musterte mein Gesicht genau. Mir wurde klar, dass sie schon seit Jahren so mit mir verfuhr: Sie schätzte mich ab, bewertete mich. «Du denkst, *ich* sei eine Gefahr? Wenn du doch diejenige bist, die so viel mehr eingetauscht hat?» Sie ließ mich nicht aus den Augen. «Du bist *tatsächlich* genau wie ich.»

«Ich bin nicht wie du», presste ich hervor. «Denn ich bin fähig, mich zu ändern. Und selbst wenn ich etwas getan habe, das ich bereue – dann kann ich etwas dagegen tun. Ich kann es wiedergutmachen.»

Daran wollte ich glauben.

Daran *musste* ich glauben.

Denn ich konnte den Handel, den ich eingegangen war, auf keinen Fall erfüllen. Nicht wenn ich so klar sah, wohin er mich führen würde.

«Es ist noch nicht zu spät, Nanu.» Erneut reichte ich ihr die Hand. «Du musst das nicht tun.»

Sie schüttelte den Kopf. Ihre Augen blitzten immer noch wild, aber sie waren auch traurig. «Behalt deine Vergebung für dich. Ich will nicht, dass man mir vergibt! Ich habe meiner Tochter Gerechtigkeit verschafft. Ich habe ...»

Sie stockte. Ein erstickter Laut brachte ihre Worte abrupt zum Verstummen. Ihre Hände wanderten zu ihrem Hals, krallten sich verkrampft in ihre Haut.

«Nanu? Was ist los?»

Sie krümmte sich und schrie auf. Noch mehr schwarze Ranken wanden sich aus ihren Händen und füllten das Zimmer um uns herum.

«Ich ... kann nicht ... Ich kann nicht ...», keuchte sie. Ich kniete mich neben sie, während sie sich auf dem Boden wand. Wieder schrie sie auf. Ich sah, dass die Zunge in ihrem Mund verschrumpelte. Ihre Zähne wurden schwarz.

«Die Samenkörner.» Sie hatte zu viele davon geschluckt – und auch nicht in der richtigen Dosierung. Nanu musste die Samen in anderen Mengen eingenommen haben als Thohfsa. Sie hatten ihr vorübergehend Macht verliehen – und sie anschließend vergiftet.

Ich schluckte. Meine Kehle war wie zugeschnürt, meine Augen brannten vor ungeweinten Tränen.

Nanu hatte meinen Vater getötet. Sie hatte mich verraten und festnehmen lassen. Verdiente sie meine Freundlichkeit? Mein Mitgefühl?

Ich atmete tief aus und legte meine Hände auf ihren Körper.

Meine Seele würde ich im Dienste der Rache nicht zerstören – egal, was sie verdient hätte. «Ich werde versuchen, dir zu helfen.»

Ich schloss die Augen und zerrte an der Macht, die mich mit dem Dschinn verband. Bis jetzt hatte sie sich immer meinem Willen gebeugt, wenn ich sie rief. Etwas flüsterte in mir, dunkel und tief. Ich konnte sie retten. Ich wusste, dass ich es konnte.

Nanu zuckte. Das Gift schüttelte ihren Körper! Ich drückte meine Hand auf ihren Mund. Dann konzentrierte ich mich darauf, das Gift aus ihren Adern zu spülen. Sie schrie auf, aber ich hielt sie fest. Fest schlang ich den Arm um ihre Taille, damit sie sich nicht von mir losriss.

«Ich versuche, dir zu helfen, Nanu!»

Doch je mehr Macht ich in sie fließen ließ, desto deutlicher merkte ich, dass ich ... mehr brauchte.

Das Zoraat reagierte nicht so, wie ich es erwartet hatte. Es widersetzte sich mir.

Ich würde noch mehr Macht brauchen, mehr Stärke. Vielleicht alles, was ich hatte.

Nanu hörte genau in dem Augenblick auf, sich zu winden, als meine Arme schlaff wurden. Ich ließ sie los – und sie setzte sich auf ihren Händen und Knien auf.

«Hilf mir», flehte sie mit angsterfüllter Stimme. «Hol es aus mir raus.»

Ich befeuchtete meine Lippen mit der Zunge. Versuchte, die richtigen Worte zu finden. Ihr zu sagen, dass ich es tun wollte – es mich aber zu viel kosten würde.

«Ich kann nicht.»

«Was?»

«Es ist zu viel. Ich kann dich nicht retten, ohne mich dabei selbst zu zerstören.»

Sie hustete. Schwarze Flüssigkeit tropfte aus ihrer Kehle auf die Matte aus Dattelpalmenfasern. «Du willst es nicht einmal versuchen – für dein letztes lebendes Familienmitglied?» Sie griff sich an den Bauch. «Hilf mir!», schrie sie.

Ich zögerte. «Ich bin dir nichts schuldig», sagte ich schließlich. «Ich schulde dir nicht mein Leben. Nicht nach dem, was du getan hast. Vielleicht auch vorher schon nicht. Und wenn du mich lieben würdest, hättest du das niemals von mir verlangt.»

Sie hustete – ein Laut, der mein Innerstes aufwühlte. «Ich dachte, du hättest der Rache den Rücken gekehrt? Du bestrafst mich für den Tod deines Vaters!»

Ich kniete mich neben sie. Sprach leise, fast schon unhörbar. «Hier geht es nicht um Rache. Es geht um Ursache und Wirkung.»

«Dania.» Ihre Stimme klang flehend – ein hohes Wimmern, das mir tief ins Herz schnitt. Aber es gab noch mehr Menschen in meinem Herzen. Baba wäre jetzt hier bei mir, wenn sie nicht gewesen wäre. Noor und Mazin waren noch hier. Ich war noch hier. Am Ende galt meine Loyalität ihnen – und mir selbst.

«Ich kann dir nicht helfen, Nanu. Nicht um den Preis meiner selbst.»

Sie krümmte sich und schrie erneut auf, während ihre Nägel sich schwarz färbten. Schmerz, Schuld und Leid durchzuckten mich – aber ich wandte mich von ihr ab.

Ich ging aus dem Zimmer. Die Schreie meiner Großmutter waren das Letzte, was ich hörte, bevor ich endgültig die Tür zu Babas Haus hinter mir schloss.

FÜNFZIG

Geht es dir gut?», ertönte Maz' ruhige Stimme, während ich versuchte, nicht an den Tod meiner Großmutter zu denken. An das Zoraat, das sie genommen hatte. Daran, dass ich sie zurückgelassen hatte. An die Entscheidungen, die wir beide getroffen hatten – und die uns an diesen Punkt geführt hatten.

Durch ihren Durst nach Rache hatte sie den Tod gefunden.

Steht auch mir das bevor?

Noor und Maz warteten am Rande des Dorfes. Mazins Pferd war gesattelt, und dahinter stand ein Packesel bereit. Noor saß im Straßenstaub, ihre Hände waren mit einem verzauberten Seil zusammengebunden. Ein Knebel, den sie zuvor wohl im Mund gehabt hatte, hing jetzt lose um ihren Hals. Ich atmete erleichtert aus, als ich sah, dass sie ansonsten unversehrt war. Ihre runden Augen begegneten meinem Blick, und sie nickte. Soumas Schatz war auf den Rücken des Packesels geschnallt. Und das Tier trug noch einen weiteren Sack: das verbliebene Zoraat.

«Nein», antwortete ich Mazin, «mir geht es nicht gut.»

Mein Blick fiel auf das Zoraat.

Ich ging an Maz vorbei und schnappte mir den Sack mit Samenkörnern, der seitlich am Geschirr des Packesels hing.

«Mir wird es erst wieder gut gehen, wenn dieses Zeug vernichtet wurde. Jedes einzelne Korn!»

Ich warf den Sack auf den Boden. Meine Brust hob und senkte sich mühsam. Tausend schreiende Stimmen hallten in meinem Kopf wider.

Diese Samenkörner waren der Tod.

Der Tod meiner Großmutter. Babas Tod. Der Tod all der Aufständischen in der Stadt, die ums nackte Überleben gekämpft hatten. Die Macht in meinen Adern rebellierte gegen das, was ich jetzt tun würde. Aber ich ignorierte sie. Stattdessen ballte ich die Energie in mir zu einem Speer aus reinem Feuer – und richtete ihn auf den Sack. Binnen eines Lidschlags begann er zu brennen! Eine Flamme loderte auf – so heiß, dass sie sich erst hellblau und dann rot färbte. Es war schnell vorbei. Der Sack mit dem Zoraat verbrannte zu Asche.

Dort, wo er gelegen hatte, bedeckte nun schwarzer Ruß den Boden.

«Das war vielleicht ein bisschen übertrieben», sagte Noor. Sie hob ihre Hände. «Aber wenn du ohnehin schon herumläufst und Dinge verbrennst – könntest du mir dann bitte auch gleich diese Dschinn-Fesseln wegbrennen?»

Ich kümmerte mich sofort um das Seil, mit dem ihre Hände gefesselt waren, konzentrierte meine Macht darauf, bis es zu Asche zerfiel.

Nachdem Noor endlich befreit war, stand sie auf und schaute zwischen Maz und mir hin und her. «Als wir uns das letzte Mal gesehen haben, wolltest du ihn ermorden. Was seid ihr jetzt? Freunde?» Sie verschränkte die Arme. «Oder sogar mehr?»

«Ich habe meine Meinung eben geändert», erwiderte ich und stemmte die Hände in die Hüften. Ihre andere Frage ignorierte ich absichtlich.

«Tatsächlich?» Maz hob eine Augenbraue. «Da bin ich aber erleichtert! Ich dachte schon, du würdest gleich wieder das Schwert gegen mich erheben.» Er lächelte, und ich erwiderte es.

In meiner Brust regte sich ein seltsames Gefühl, vertraut und doch neu. Diesen neuen Mazin kannte ich noch nicht – und doch schaffte er es, meinen Körper zu entflammen, wie es keine Magie dieser Welt vermochte.

«Ich glaube, mir war es lieber, als ihr euch noch gegenseitig umbringen wolltet», stöhnte Noor.

Ich warf ihr einen Blick zu. «Zur Kenntnis genommen.»

«Was ist mit deiner Großmutter?», wollte Mazin wissen. Doch ich erwiderte seinen Blick nicht. Ich empfand Trauer über ihren Tod, obwohl sie hinter allem gesteckt hatte. Gefühle kollidierten heftig in mir, Trauer und Wut rangen miteinander. Ich konnte verstehen, warum sie es getan hatte – und das war vielleicht das, was mir am meisten Angst machte. Sie hatte meine Mutter so sehr geliebt, dass sie alle anderen Beziehungen ihrer Rache untergeordnet hatte und nicht mehr erkennen konnte, was ihr noch geblieben war.

Noor verzog besorgt das Gesicht.

«Sie hat zu viel Zoraat genommen», erklärte ich. «Das konnte ihr Körper nicht verkraften. Ich habe versucht, es ... aus ihr herauszuholen. Aber dazu hätte ich mich selbst aufzehren müssen. Und ich war nicht bereit, das für sie zu tun.»

Noor blickte zu Boden, als würde sie noch eine andere Erinnerung plagen. Ich warf einen Blick zu Maz, dessen dunkle Augen ernst dreinblickten. Der Tod hatte uns allen etwas genommen – und es war an der Zeit, diese Dämonen endlich zu vertreiben.

Doch zuvor erlaubte ich mir einen winzigen Moment der Trauer.

Ich schlang die Arme um mich, schloss die Augen und dachte an meine Mutter, an meinen Vater – und an meine Großmutter. An all die Menschen, die jetzt nicht mehr da waren.

Mazins Schritte näherten sich mir. Er legte einen Arm um meine Schultern und zog mich an seine Brust. Ich drückte mein Gesicht in seinen Sherwani und sog seinen Duft ein – Zitronen und der Wald am frühen Morgen. All die Dinge, die mich an ihn denken ließen – und die ich aus meinen Erinnerungen hatte verdrängen wollen. Doch jetzt konnte ich nicht anders, ich musste sie einfach in mich aufnehmen. Er schob seine Hände durch mein offenes Haar und drückte seine Lippen auf meinen Scheitel, während ich schluchzend an seiner Brust weinte.

Meine Großmutter mochte ihre Entscheidungen getroffen haben – aber ihre Schmerzensschreie, während ich sie verließ, würden mich noch lange verfolgen.

Ich wartete noch ein paar Augenblicke. Dann löste ich mich schließlich von ihm und wischte mir mit dem Handrücken über mein tränenüberströmtes Gesicht.

«Danke», sagte ich leise und merkte dabei, wie schwer es war, dieses Wort herauszubringen.

«Immer», erwiderte er und sah mich mit diesen unergründlichen Augen an.

Noors Stimme durchbrach meine Gedanken und holte mich in die Gegenwart zurück. «Also, folgender Plan: Wir holen Mazins Schwester ab und verschwinden aus diesem verdammten Reich, bevor Vahid sich entschließt, uns zu jagen. Wir haben noch genug Gold, um uns irgendwo anders ein neues Leben aufzubauen und von all diesen dschinnbesessenen Leuten wegzukommen.» Sie lehnte sich gegen einen niedrigen Dattelbaum hinter ihr.

Ich spielte mit dem Ärmel meiner Kurta und dachte genau über das nach, was ich nun sagen wollte. Dann sprudelten die Worte aus mir heraus. Wir konnten nicht einfach so gehen und alles hinter uns zurücklassen – nicht so!

«Ich habe einen anderen Plan.»

Noor blieb der Mund offen stehen. «Dania – seit wir uns kennen, haben wir immer deine Pläne verfolgt. Das Einzige, was sie uns gebracht haben, ist eine Armee von Leuten, die uns töten wollen. Bitte sag mir, dass dein Vorschlag nicht beinhaltet, wieder zurück ins Maul des Dämons zu laufen! Wir alle wissen, dass du das nur zu gern tust.»

Ich schnaufte. «Wir müssen aber zurück in die Stadt.»

«Ich wusste es.» Noor schlug sich die Hände vors Gesicht.

Ich hob meine eigenen Arme. «Noor! Du weißt besser als jeder andere, was diese Samenkörner anrichten können. Wir müssen sie vernichten. *Jedes Einzelne.*»

Verzweiflung schwang in meiner Stimme mit. Wenn es irgendetwas gab, das ich tun konnte, um diesen ganzen Schlamassel wiedergutzumachen, dann war es das. Ich würde nicht zulassen, dass noch mehr Leben zerstört wurden!

Noor stieß sich von dem Baum ab, an dem sie lehnte. «Du willst die Dschinn-Felder des Kaisers vernichten!»

Maz stellte sich neben mich, sein Blick wirkte entschlossen. «Ich sehe das wie Dania.»

Noor stieß einen Laut aus, der halb ein Lachen und halb ein Weinen war. «Natürlich tust du das! Du bist genauso von Sinnen wie sie! Und glaubt nicht, ich hätte vergessen, dass ihr beide euch auch an Vahid rächen wollt.» Sie blickte gen Himmel. «Er hat mir genauso viel genommen wie euch. Und ich will auch Vergeltung! Aber dorthin zurückzugehen, wäre reiner Wahnsinn. Rache hat keinem von uns das gegeben, was wir wirklich wollten. Warum lassen wir sie nicht einfach hinter uns?»

Ich schüttelte den Kopf. «Noor, hier geht es nicht um Rache. Ich will dafür sorgen, dass diese Macht nicht in den Händen von jemandem bleibt, der sie für Zerstörung einsetzt. Dieser Kreislauf muss durchbrochen werden.»

Noor sah Maz mit hochgezogenen Augenbrauen an.

«Gut – ein bisschen geht es auch um Rache», gab er zu.

Sie beugte sich vor und vergrub den Kopf in ihren Händen. «Ich hasse euch beide.»

Ich hievte mich auf Mazins Pferd, und er sprang hinter mir auf. Mit einem unglücklichen Gesichtsausdruck schaute Noor zu uns, doch sie hielt das Kinn entschlossen erhoben. Ich kannte diesen Blick. Ich hatte ihn schon einmal gesehen, nachdem wir aus dem Gefängnis ausgebrochen waren und sie zugestimmt hatte, mit mir zu kommen.

«Du weißt, dass es das Richtige ist», rief ich ihr zu.

«Ich weiß», erwiderte sie niedergeschlagen. «Und seltsamerweise glaube ich sogar, dass Souma dir zustimmen würde.» Sie rieb sich die Schulter.

«Noor, du musst uns nicht begleiten. Du hast Soumas Vermögen. Und du hast es selbst gesagt: Du kannst überallhin gehen, wohin du willst. Sein, wer auch immer du sein möchtest.»

«Und das alles verpassen? Ich komme mit. Aber ich bin nicht glücklich darüber, dass du mich zwingst, auf dem Packesel zu reiten.»

Als sie gerade auf den Esel steigen wollte, fiel ihr Blick auf den Schatz auf dem Rücken des Tieres – das Letzte, was ihr von Souma noch geblieben war. Plötzlich wurde sie ernst. Ich wusste, dass sie an ihren Vater dachte. «Ja. Ich will das gesamte Zoraat vernichten – und Vahid mit ihm.»

«Sieh an. Wer ist denn jetzt auf Rache aus?»

Sie schwang sich auf den Rücken des Esels und strich sich die Haare aus dem Gesicht. «Das habe ich von dir gelernt.»

EINUNDFÜNFZIG

Im Schutz der Nacht machten wir uns auf den Weg zurück in die Stadt. Wächter patrouillierten die Straße und hielten jeden an, der nach Basral hinein oder hinaus wollte. Doch Mazin und ich kannten dieses Tal. Wir schlängelten uns im Zickzack durch die kalte Wüste, suchten Deckung hinter schneebekrönten Sanddünen und schlichen durch die Mango-Plantagen im fruchtbaren Teil des Tals. Die belebte Hauptstraße mieden wir.

Noor führte uns zu den Zoraat-Plantagen – an den Ort, an dem sie mit Souma gelebt hatte. Wachen und Soldaten waren über die ganze Stadt ausgeschwärmt, um jeden noch so kleinen Aufstand sofort niederzuschlagen. Und die verbliebenen Soldaten, die die Zoraat-Felder des Kaisers bewachten, waren nicht auf die Dschinn-Magie vorbereitet, die mich durchströmte. Ich durchbrach ihre Reihen mit Leichtigkeit.

Schließlich standen wir am Rande der Felder, an der Nordseite von Basral. Vor uns dehnten sich die Zoraat-Pflanzen über viele Meilen aus. Ich hatte alle Wachen außer Gefecht gesetzt, doch uns war bewusst, dass Vahid mit seiner Armee anrücken würde, um uns aufzuhalten. Niemals würde er kampflos zulassen, dass wir ihm seine Macht entrissen!

Doch er würde zu spät kommen.

Ich legte meinen Talwar auf den Boden und versenkte meine Hände in die Erde, um nach den Zoraat-Wurzeln zu tasten. Sobald ich sie berührte, schoss Dschinn-Feuer aus meinen Fingern in die Erde. Es verschlang die Pflanzen von innen heraus –

und entfachte eine gewaltige Feuersbrunst am Himmel, als das Dschinn-Feuer brüllend durch alle Pflanzen auf den Feldern rauschte.

Die Hitze der Flammen drängte uns zurück. Wir blieben am Rand der Felder stehen, um zuzusehen, wie die Zoraat-Pflanzen verbrannten. Vahids wertvollster Besitz – verantwortlich für so viele Tote. Der Rauch stieg deutlich sichtbar in die Luft, als wollte er das weithin verkünden. Der lodernde schwarze Scheiterhaufen hob sich dem Nachthimmel entgegen. Noor entzündete Fackeln an meinem Dschinn-Feuer und kümmerte sich auch um die weiter entfernten Pflanzen. Sie ging von Feld zu Feld und fackelte das Zoraat mit meinen widernatürlichen Flammen ab.

Pferdehufe donnerten heran – Vahids Armee rückte an!

«Was habt ihr getan?» Ein gequälter Schrei hallte über die Plantagen.

Ich wirbelte herum – und sah die einzige Person, die meine Rache noch nicht erfasst hatte.

Den Mann, der uns alle drei als gemeinsames Ziel vereinte.

Das Gesicht von Kaiser Vahid war im Flammenschein zu einer grässlichen Maske der Empörung verzerrt.

Hinter ihm stand seine Armee bereit und wartete auf sein Kommando. Die Augen der Soldaten waren glasig von dem Zoraat, das sie eingenommen hatten.

«Meine Felder ...» Er ballte die Fäuste. Ich erschrak über die schwarzen Linien, die sich auch an seinen Armen entlangschlängelten.

Seine glühenden Augen suchten die Plantagen ab – und blieben an uns dreien hängen.

«Du.» Er zeigte in meine Richtung, die Augen schwarz vor Hass. «Ich hätte dich gleich hinrichten lassen sollen!»

«Vahid.» Maz stand direkt neben mir. Durch seine ruhige Präsenz fühlte ich mich stärker, als ich es für möglich gehalten hätte. Er nickte mir zu und bekräftigte damit, dass er auch im Angesicht von Vahids Zorn an meiner Seite bleiben würde.

Aber es war *mein* Zorn, den der Kaiser jetzt zu spüren bekäme!

«Wir haben deine Felder niedergebrannt», sagte ich mit verschränkten Armen. «Und wir haben Soumas geheimen Zoraat-Vorrat zerstört. Du verfügst über keinerlei Dschinn-Macht mehr, um dieses Reich zu kontrollieren und jeden zu töten, der sich gegen dich stellt. Und ohne diese Macht bist du ein Nichts.»

Er machte einen Schritt nach vorne. Seltsam sah er aus im Vergleich zum letzten Mal, als ich ihn auf dem Fest gesehen hatte. Er wirkte geschrumpft, in sich zusammengesunken, unsicher.

Seine Haut hatte einen fahlen Farbton, als ob er krank wäre. Seine Lippen waren grau-schwarz und seine Wangen so hohl, wie ich es nur bei Sterbenden gesehen hatte.

Er sah so aus, wie meine Großmutter zuletzt ausgesehen hatte.

«Die Macht der Dschinn bringt dich um. Sieh dich doch nur an!»

«Sieh *du* dich an», zischte Kaiser Vahid. «Sieh dir deine Hände an. Ich kann es an dir riechen. Du wirst noch früh genug erfahren, was es mit dir machen wird.»

«Wir haben dir alles genommen!», schaltete sich Maz wütend ein. «All die Aufstände werden dir schon bald die Kontrolle über die Stadt entreißen. Auch die Königreiche wirst du nicht länger beherrschen können. Der Norden hat bereits damit begonnen, sich gegen dich zusammenzuschließen. Du hast verloren, Vahid.»

Vahids Gesicht färbte sich violett. «Ich habe dich aufgenommen. Habe dich und deine Schwester aus eurem armseligen Dasein geholt. Ich habe dir Macht verliehen! Im Gegenzug hättest du mich verehren sollen – statt mich zu verraten.»

«Es tut mir sehr leid, dass ich keinen Respekt vor dem Mann habe, der meine Mutter ermordet hat», fauchte Mazin.

«Ich habe dich zu dem gemacht, was du bist, Junge.»

«Nein», sagte Maz und deutete mit seinem Kinn auf mich. «Das war sie.»

Hitze durchflutete meinen Körper. Und das hatte nichts mit der Dschinn-Magie zu tun. Maz' Vertrauen in mich machte mich stärker als die Macht von hundert Dschinn!

Ich sah hinüber zu Noor. Der Kaiser folgte meinem Blick – und stieß einen rauen Schrei aus! Denn Noor bewegte sich gerade mit ihrem Dschinn-Feuer auf das letzte verbliebene Feld zu. Vahid wich von uns zurück und hob die Hände, um Noor daran zu hindern, auch noch das letzte Feld zu verbrennen.

Ich riss ebenfalls die Arme hoch und spürte, wie die Kraft, die er an mir gerochen hatte, an die Oberfläche stieg. Sie war berauschend! Ich konnte verstehen, wie Vahid in ihren Bann geraten war. Die negativen Auswirkungen einer solchen Macht waren nur zu leicht zu ignorieren – wenn sie einem das Gefühl gab, man könnte die ganze Erde unterjochen.

Doch ich hatte gesehen, was die Rache Nanu, Maz und mir angetan hatte. Und ich würde nicht zulassen, dass sie noch mehr Leben zerstörte.

«Halt!» Das Dschinn-Feuer wallte in meinem Blut auf. Es rief nach Vahids Feuer – und ich spürte einen Ruck als Antwort.

Sofort griff ich nach diesem Faden aus reiner Macht in Vahid. Und zog daran.

Kaiser Vahid taumelte, seine Arme sackten herab. Er wandte sich von Noor ab und starrte mich an.

«Was hast du …?»

«Ich habe auch ein Geschenk bekommen. Von jemandem, den du kennst.»

Vahids Gesicht hob sich weiß vor dem schwarzen Himmel ab.

«Nein», flüsterte er. Seine Stimme war so leise, dass es auch nur der Wind hätte sein können. «Was hast du ihm im Gegenzug versprochen?»

Ich legte den Kopf schief und fragte mich, was *Vahid* ihm versprochen hatte, dass er jetzt so ängstlich wirkte. «Etwas, das ich zu geben bereit bin – wenn es so weit ist.»

Wenn.

Gab es überhaupt ein *wenn* bei diesem Handel, den ich geschlossen hatte? Vielleicht nicht. Ich würde zumindest versuchen, da irgendwie herauszukommen. Ich ballte meine Hände zu Fäusten. Es gab wahrscheinlich nur noch eine Sache, die ich tun konnte.

Ich tastete erneut nach der Macht des Kaisers und verwob meine eigene Magie mit seiner. Statt nur sanft daran zu ziehen, ergriff ich diesmal alles davon.

Und riss die Magie aus seinem Körper.

Vahid schrie auf. Er brach auf dem Feld zusammen, stützte sich auf Hände und Knie.

Maz umklammerte meinen Arm. «Dani, was ...»

«Ich weiß, was ich tue», erwiderte ich leise. «Vertrau mir.»

Schwer atmete Maz durch die Nase ein. Dann trat er näher an mich heran. Seine Präsenz half mir, ruhig zu bleiben.

«Immer.»

Ich dehnte meine Macht auf Vahids Armeen am Rande des Felds aus – und riss auch ihnen das Zoraat aus dem Körper. Zog es aus ihrem Blut. Das hatte ich auch bei meiner Großmutter versucht, aber sie hatte zu viel davon genommen, und es war schon zu spät gewesen.

Doch jetzt kannte ich das Gefühl der schwarzen Ranken, die sich durch die Adern eines anderen Menschen wanden. Ich wusste, was ich tun musste, um sie zu beseitigen. Also löste ich die Dschinn-Magie, als würde ich eine komplizierte Naht in ihren Adern auftrennen, bis seiner Armee keinerlei Zoraat mehr blieb.

Bis *ihm* nichts mehr blieb.

Aus den Augenwinkeln sah ich, wie Noor das letzte Feld in Brand steckte. Dann kam sie zu uns gerannt. Vahid kämpfte sich taumelnd auf die Füße – und stürzte auf mich zu! Mazin zückte sein Schwert.

Doch noch während er das tat, wurde die Luft plötzlich dick und schwer.

Maz' Schwert hielt mitten in der Bewegung inne.

Auch Noor war erstarrt.

Vahid aber blieb stehen, richtete sich zu seiner vollen Größe auf und blickte angsterfüllt auf etwas, das sich hinter mir befand.

Ich drehte mich um. Auch ohne hinzusehen, wusste ich, wer hinter mir stand: die wächserne Haut. Die Reihe kleiner, glänzender Zähne. Augen, erfüllt von einem rauchlosen Feuer.

Der Dschinn war gekommen, um seinen Preis einzufordern.

ZWEIUNDFÜNFZIG

Er war so nah, dass ich jede feine Linie auf seiner Haut erkennen konnte – als würde er eine Maske tragen, die einen Menschen darstellen sollte. Seine Augen glühten vor Wut. Es kostete mich alle verfügbare Selbstbeherrschung, nicht vor ihm zurückzuweichen.

Doch dieses Wesen würde mich nicht angsterfüllt sehen! Auch wenn Angst genau das war, was ich gerade empfand.

«Die Zeit ist gekommen, den Preis zu zahlen.»

Der Dschinn krümmte seine Finger, und der dunkle Stoff seines Gewands bewegte sich bei der Geste. Er leckte sich über die Lippen. Ich konnte spüren, dass er auf etwas wartete, das er schon seit sehr langer Zeit wollte.

«Meine Rache ist noch nicht vollendet.» Ich deutete auf Vahid.

Er war völlig regungslos, obwohl der Dschinn ihn gar nicht eingefroren hatte.

«Dann töte ihn jetzt.» Die Lippen des Dschinns kräuselten sich. «Er ist ohnehin nicht mehr von Nutzen für mich.»

«Wir hatten eine Abmachung, Dschinn!», rief Vahid verzweifelt.

Die Augen des Dschinns loderten heller. «Und ich habe meinen Teil erfüllt. Du hast mir gegeben, was ich brauchte. Aber dieses Mädchen bietet mir noch mehr.»

«Dann werde *ich* dir dasselbe geben.» Vahid deutete zu mir. «Verleih mir die Kraft, die du ihr überlassen hast! Sonst ist das nicht fair.» Seine Stimme glich immer mehr dem Jammern eines kleinen Jungen.

«Glaubst du wirklich, dass ich deinen Körper jetzt noch will? Du bist alt und krank. Du hast keinen Nutzen mehr für mich.» Der Dschinn richtete seine Augen auf mich. «Vollende deine Rache. Ich bin gekommen, um einzufordern, was mir gehört.»

Aber unter der Vorfreude des Dschinns spürte ich eine seltsame Dringlichkeit. Sie stand im Widerspruch zu dem, was ich über ihn wusste. Ich hatte das Gefühl, er wollte, dass ich Vahid aus irgendeinem Grund genau *jetzt* tötete. Ich sollte den Handel abschließen – weil die Möglichkeit bestand, dass ich es sonst nie tun würde.

Nie tun *konnte*.

«Warum tauchst du ausgerechnet jetzt auf?» Ich beobachtete ihn genau. Sah, wie seine Blicke zurück zum Kaiser schnellten. Irgendetwas war geschehen. Etwas hatte ihn aufgescheucht, und deswegen war er nun erschienen.

«Weil ich das will, was mir gehört», knurrte er und kam auf mich zu.

«Wie nanntest du deine Macht noch gleich? Tricks?» Ich winkte zu Maz und Noor, die sich immer noch nicht rühren konnten. «Versuch nicht, mich einzuschüchtern! Ich weiß, dass du nicht wirklich etwas bewirken kannst.»

«Ach nein?» Die Stimme des Dschinns wurde bedrohlich leise. «Es ist meine Macht, die durch deine Adern fließt, Mädchen.»

«Und *ich* bin die einzige Person, die dir geben kann, was du willst. Du willst meinen Körper besitzen, damit du in unserer Welt deine volle Macht entfalten kannst, nicht wahr? Und das heißt: Du musst warten, bis unsere Abmachung erfüllt ist.»

Es ist meine Macht, die durch deine Adern fließt.

Er hatte recht.

Aber was wäre, wenn es gar keine Macht gäbe?

«Du hast meine Rache für dich ausgenutzt. Seine Rache.» Ich zeigte auf Vahid. «Aber *du* bekommst nichts, wenn *ich* nicht das erhalte, was mir versprochen wurde. Wenn ich meine Rache nicht vollende.»

«Töte ihn!», rief der Dschinn und zeigte mit dem Finger auf Vahid. «Er ist der Grund, warum dein Vater tot ist! Er ist der Grund, warum du gefoltert wurdest. Warum du im Gefängnis verrotten musstest. Wenn du ihn jetzt tötest, bekommst du alles, was du dir jemals gewünscht hast.»

«Nein», murmelte ich. «Wenn ich ihm das Leben nehme, bekommst *du* alles, was du dir jemals gewünscht hast. Aber ich habe immer noch deine Macht. Und ich schätze mal, sie kann nur durch mich eingesetzt werden.»

Der Dschinn schürzte seine dunklen Lippen. Die Augen traten ihm fast aus dem Kopf. Und dann erkannte ich, was ihn so rasch hierhergebracht hatte. Und warum er so wütend wirkte.

Wenn Vahid und ich keine Macht mehr besaßen, dann besaß auch der Dschinn keine mehr! Und ich war gerade dabei, Vahid all seine Macht zu nehmen und all seine Zoraat-Pflanzen zu Asche zu verbrennen.

Ich drehte mich wieder zu Vahid um und hob meine Hände. Dann riss ich den letzten Faden aus Macht an mich, der in ihm noch verblieben war. Das letzte bisschen Feuer, das sein Blut erwärmte. Vahid schrie auf und sackte zu Boden. In diesem Augenblick stürzte der Dschinn sich auf mich.

Ich wich zurück. Versuchte so schnell wie möglich von ihm wegzukommen.

Ich hatte das aufgegeben, was ich mir im letzten Jahr am meisten gewünscht hatte – die Rache, die ich so dringend hatte einfordern wollen. Die Macht in meinem Blut hätte mir geholfen, dieses Ziel zu erreichen.

Aber ich hatte noch jede Menge meiner eigenen Macht übrig!

Wieder tastete ich nach der Dschinn-Magie in mir. Diesmal

zog ich alles davon in meinem Innersten zusammen – und verdichtete die Macht zu einer hellen, konzentrierten Flamme.

Dann ließ ich sie los.

Ich vertrieb die Dschinn-Flamme aus meinem Körper. Sie nahm den einzigen Weg, der ihr blieb: mitten hinein in das brennende Feld der Zoraat-Pflanzen, die den dunklen Himmel wie ein Lagerfeuer erleuchteten.

Der Horizont explodierte in weißglühenden Flammen. Mörderische Hitze ergoss sich über uns.

Hinter mir schrie der Dschinn auf – und schlang seine Hände um meine Kehle! Wir stürzten zu Boden, während die Felder um uns herum brannten. Die Flammen schlugen höher und höher – und Noor und Maz waren mittendrin gefangen, unfähig, sich zu bewegen!

Der Griff des Dschinns hielt mich fest wie ein eiserner Schraubstock. Ich versuchte verzweifelt, ihn wegzustoßen. Er würgte mich, seine langen Finger legten sich immer fester um meinen Hals. Seine Zähne waren mir so nah, dass ich dachte, er würde mir damit die Kehle herausreißen.

Panisch schaute ich zu Mazin und Noor, die noch immer von der Macht des Dschinns eingefroren waren, während das tosende Feuer auf sie zugebraust kam.

Und ich war dafür verantwortlich.

Mein Verlangen nach Rache hatte am Ende dazu geführt, dass die beiden Menschen sterben mussten, die mir inzwischen am meisten bedeuteten.

Ich war diesen Handel mit dem Dschinn eingegangen. Ich hatte diese Konsequenzen heraufbeschworen.

Das war einfach Ursache und Wirkung – genau wie bei meiner Großmutter. Es waren die Pläne, die ich in Gang gesetzt hatte, die uns alle an genau diesen Punkt gebracht hatten.

Ich durfte mich nicht aufgeben und das alles einfach geschehen lassen!

Meine Hände tasteten nach irgendetwas. Wanderten über den Boden, auf der Suche nach einem Stein oder einer Waffe. Blind griff ich nach dem Einzigen, was ich ertasten konnte: Mazins Dolchanhänger, der um meinen Hals hing.

Ich riss ihn los und stach ihn dem Dschinn ins Auge.

Er bäumte sich mit einem Schrei auf. Schwarzes Sekret strömte aus seiner Wunde. Das verschaffte mir nur einen kurzen Aufschub – aber es reichte aus, um Luft zu holen und die Dunkelheit zurückzudrängen, die langsam mein Sichtfeld einnahm und mich in die Tiefe zu ziehen drohte.

«Du gehörst mir!», heulte der Dschinn.

Mir blieb nichts mehr. Keine Dschinn-Macht. Kein Schwert. Keine Hoffnung.

Einen Kampf zu gewinnen, hat nichts mit Geschick zu tun, Dani. Dabei geht es ums Herz.

Babas Worte durchdrangen den Nebel in meinem Kopf. Sie halfen mir, meine Gedanken zu fokussieren. Hier ging es nicht mehr ums Kämpfen! Es ging um meine Freunde. Um Liebe. Um Vergebung.

Ich stieß den Dschinn von mir. Rasch kroch ich weg und sah zu Maz und Noor. Sie waren kurz davor, von den Flammen verschlungen zu werden.

«Lass sie frei!», schrie ich den Dschinn an. «Sie werden sterben!»

Seine Antwort war ein Lachen. Mein Dolchanhänger ragte noch immer aus seinem Auge.

«Glaubst du, das interessiert mich? Gib mir, was ich will – dann werde ich sie freilassen. Gib mir deinen Körper, damit ich über dieses Reich herrschen und diese Welt mit meinem Feuer überfluten kann!»

«Klingt ja sehr verlockend. Aber ich gebe dir überhaupt nichts!»

In meinem Augenwinkel flackerte eine Bewegung auf. Doch

ich hielt meinen Blick weiter auf den Dschinn gerichtet. Er kam wieder auf mich zu.

Ich machte keine Anstalten, mich zu bewegen. Ich könnte vielleicht Maz mit einem raschen Spurt erreichen, aber Noor wäre trotzdem verloren. Es bestand nur eine Hoffnung, beide zu retten: Ich musste den Bann brechen, in dem der Dschinn sie gefangen hielt.

Doch ehe er mich erreicht hatte, blieb der Dschinn plötzlich stehen. Ein Ausdruck des Entsetzens verzerrte seine Züge. Dann senkte sich sein Blick auf seine Brust.

Wir schauten beide dorthin. Sahen, wie die Spitze meines Talwars aus seiner Brust herausragte. Schwarzes Blut quoll aus der Wunde und tropfte an seinem Körper herunter.

Auf einen Schlag schien sich der Bann zu lösen, den der Dschinn über die Welt gelegt hatte. Die Luft wurde klarer.

Noors Schrei hallte über das Feld. Ich aber sah zu, wie Kaiser Vahid mein Schwert aus dem Rücken des Dschinns zog.

DREIUNDFÜNFZIG

«Dani.» Maz' Stimme durchdrang den Nebel in meinem Kopf. Er packte mich an den Schultern und schüttelte mich kräftig. «Dani, wir müssen hier weg!»

Vahid schob den Körper des Dschinns von meinem Schwert. Mehr schwarzes Blut ergoss sich auf die Erde. Der Dschinn rührte sich nicht mehr. Die Form, die er in dieser Welt angenommen hatte, war vernichtet.

Meine Halskette fiel zu Boden. Dunkles Dschinnblut bedeckte die kleine Klinge. Ich hob sie auf und umklammerte den Anhänger fest mit meiner Hand. Vahids Augen waren schwarz und tief. Der Feuerfunke, der vorhin noch in ihnen gelodert hatte, war verschwunden. Vahid wirkte nur noch hohl und leer.

Maz schaute zu ihm und atmete scharf ein.

Der Kaiser betrachtete uns beide. «Na los. Macht schon, weswegen ihr hergekommen seid!» Er breitete die Arme aus, während die Flammen um ihn herum wüteten. Die Hitze drang von allen Seiten auf uns ein. Der einzige Weg in die Freiheit wurde von dem wilden Dschinn-Feuer immer weiter verschlungen.

«Mir bleibt nichts mehr. Also nehmt schon eure Rache.»

Mazin umklammerte den Griff seines Krummsäbels so fest, dass seine Knöchel weiß hervortraten. Mein Blick fiel auf meine blutige Klinge am Boden.

Die Person vor uns war ebenso wenig menschlich, wie der Dschinn es gewesen war. Es war eine gebrochene Kreatur, die da vor mir auf dem Boden kniete – mit hohlen Wangen und einem leeren Ausdruck in den Augen, den meine Rache niemals hätte hervorrufen können.

Er war bereits am Ende.

Auch die Dschinn-Macht in meinen Adern war verschwunden. Vielleicht lag es am Tod des Dschinns in der Menschenwelt, vielleicht auch an dem, was ich getan hatte, um die Kraft aus mir zu verbannen – ich wusste es nicht. Aber ich wusste, dass es nicht mehr Wut war, die meine Handlungen bestimmte.

«Lass uns gehen», sagte ich zu Maz und wandte mich vom Kaiser ab.

«Warte», erwiderte Mazin, der Vahid weiter anstarrte.

Ich warf einen Blick zu Noor. Sie war dem Feuer entkommen und rief uns nun von der anderen Seite des Feldes aus. Auch sie schaute zu Vahid hinüber. Ihre Augen brannten so heiß wie die Flammen auf dem Feld. Und ich wusste, was es sie kosten musste, sich von ihm abzuwenden. Wir alle verspürten den Wunsch nach Rache – doch es war an der Zeit, ihn loszulassen.

«Maz – wenn wir jetzt nicht gehen, wird es zu spät sein!»

«Komm mit uns», sagte Mazin, den Blick noch immer auf den Kaiser gerichtet. Er streckte eine Hand aus. Ich keuchte erschrocken auf. Und das nach allem, was Vahid getan hatte! Ich hätte nie erwartet, dass Maz ihm die Hand reichen würde. Der Kaiser wirkte wie erstarrt. Er war genauso fassungslos wie ich.

«Hast du nicht gehört, was ich gesagt habe?», höhnte Vahid mit verzogenem Mund. Sein Körper zitterte. Er glich einem schwächlichen Vogel, der kaum noch den Kopf hochhalten konnte. «Ich sagte, du sollst dich rächen! Töte mich endlich!»

Mazin erschauderte. Doch er schien sich nicht losreißen zu können.

«Maz.» Ich zerrte an seinem Arm. Die Flammen kamen immer näher! Endlich schaute er in meine Richtung. Seine dunklen Augen trafen meine. Ich wusste, welche Überwindung ihn das kostete – aber ich wollte, dass Mazin lebte.

Das hatten wir verdient.

Rasch überlegte ich, was ich sagen sollte. Uns blieb nur noch wenig Zeit zur Flucht! Wenn ich ihn jetzt nicht überreden konnte, mit mir zu kommen, müsste ich ihm eins überziehen und ihn eigenhändig von dem in Flammen stehenden Feld herunterzerren.

Was für mich in Ordnung wäre.

«Du magst keine Rache mehr wollen, aber gib ihm nicht noch mehr von dir! Wenn er den Tod will, soll er ihn haben. Lass nicht zu, dass seine Taten ...» Ich musste mich räuspern. Diese Worte sagte ich nicht nur zu Maz. Ich sagte sie auch zu mir. Dabei dachte ich daran, was ich für meine Großmutter empfunden hatte – und an die Leben, die sie ruiniert hatte. «Lass nicht zu, dass seine Taten dein Leben zerstören. Du hast ihm vielleicht vergeben – aber das bedeutet nicht, dass du ihm Güte schuldest.»

Mazins Schultern sackten herab, als hätte ich ihm die Erlaubnis gegeben, endlich loszulassen. Dann ergriff er meine Hand und lief zusammen mit mir durch die Flammen, zu dem sicheren Pfad dahinter.

Noor stand einfach nur da und sah zu, wie das Feuer den Rest der Felder in Asche verwandelte. Das tat sie, seit ich ihr gesagt hatte, dass Vahid in den Flammen zurückgeblieben war. Dass Mazin und ich ihn dort zurückgelassen hatten.

«Wonach hältst du Ausschau?», fragte ich und trat dicht an sie heran.

«Nach einem Beweis dafür, dass er wirklich tot ist.» Sie wandte ihren Blick nicht von den schwarzen Feldern ab.

«Ich glaube nicht, dass du den finden wirst.» Ich schüttelte den Kopf. «Nicht nach diesem Feuer.»

«Nein. Aber zumindest muss ich zusehen, wie Soumas Lebenswerk zerstört wird. Zoraat ist das, was ihn getötet hat – genau wie Vahid. Beide waren Sklaven der Macht eines anderen.»

Ihr Blick blieb auf die schwelenden Pflanzenstängel gerichtet. Ich hatte sie noch nie so niedergeschlagen und allein gesehen. Betreten leckte ich mir über die rissigen Lippen. Ich hoffte nur, dass ich sie nach all dem nicht verloren hatte. «Hast du das gefunden, was du hier gesucht hast?»

Endlich wandte Noor ihren Blick von der verbrannten Erde ab. «Hast du das?»

Ein schiefes Lächeln umspielte meine Lippen. «Ich habe *dich* zuerst gefragt!»

«Ich habe Rache gesucht. Aber gefunden habe ich etwas viel Wertvolleres: Freundschaft.» Sie stieß ein Lachen aus und schenkte mir ein zaghaftes Lächeln. «Wie geht es dir?»

Ich wusste, was sie meinte. Ich streckte meine Hände aus – die schwarzen Linien auf meiner Haut waren verschwunden. Vorsichtig griff ich nach der dunklen Macht, die einst meine Adern durchströmt hatte. Und zu meiner Erleichterung antwortete sie mir nicht. Die einzige Stimme, die in mir zu hören war, war meine eigene.

«Ich fühle mich … normal. Als ob ich niemals Zoraat konsumiert hätte. Und ich kann immer noch ein Schwert führen! Das ist alles, was für mich zählt.»

«Und hier?» Noor drückte ihre Handfläche gegen ihre Brust. «Wie fühlst du dich hier?»

Ich kaute auf meiner Unterlippe herum und hob meinen Blick zu Mazin, der etwas von uns entfernt stand. Er starrte ebenfalls auf die Felder. Doch als ich ihn ansah, blickte er in meine Richtung.

«Ich fühle mich wund. Verletzt, aber immer noch lebendig. Und das muss doch etwas zählen.»

«Ja», erwiderte Noor und folgte meinem Blick zu Mazin. «Das tut es. Du musst nicht so leben wie deine Großmutter.»

«Ich habe die Wahl», sagte ich. Und zum ersten Mal glaubte ich wirklich, dass es wahr war. Ich glaubte daran, dass ich meine eigene Macht besaß! Meine eigene Freiheit. Die Fähigkeit, mein Schicksal selbst zu bestimmen – und nicht von der Vergangenheit zurückgehalten zu werden.

«Und was wählst du?»

Ich sah wieder zu Maz. Er begegnete meinem Blick mit einem Lächeln auf den Lippen, das mehr als nur ein wenig fragend war.

Fest umklammerte ich den Anhänger mit meiner Hand. Die Klinge, die verkörperte, wer ich war. Und ich sah Mazin an, den Menschen, mit dem ich eine gemeinsame Zukunft haben könnte – trotz all der Verluste, des Schmerzes und der gebrochenen Herzen.

«Ich wähle ihn», antwortete ich Noor. «Und ich wähle mich selbst.»

EPILOG

Heute gab es günstiges Licht für das Training.
Die Sonnenstrahlen lugten durch die grau gesprenkelten Wolken, und eine frische Brise wehte über das Feld. Sie verschaffte meinen Schülern die dringend benötigte Abkühlung von der Hitze.

«Und noch eine Wiederholung!», rief ich über die Köpfe der Schüler hinweg. Ein Chor aus gequältem Stöhnen war die Antwort.

Eine Tasse stupste gegen meinen Ellenbogen. Der Duft von aufgebrühter Minze und Kardamom wehte mir entgegen.

«Noch ein Durchgang? Am Ende des Tages werden sie deinen Namen verfluchen.»

Dankbar nahm ich den Tee von Mazin entgegen und atmete tief ein. «Wenigstens werden sie dann wissen, wie man richtig pariert. Das ist mehr, als ich im Moment von Imran behaupten kann.»

Mazin legte seinen Arm um mich und drückte seine Lippen auf mein Haar. Ich schloss die Augen und lehnte mich an ihn. Atmete seinen Duft ein. Wald. Zitrone. Früher Morgen.

Hoffnung.

Dann öffnete ich ein Auge – und brüllte einen Befehl. «Yalina! Nimm die Arme hoch! Du hast dich gerade fast mit deinem eigenen Krummsäbel aufgespießt!»

«Ich liebe es, wenn du mir Befehle ins Ohr brüllst, während ich dich küsse», murmelte er in mein Haar.

Ich schnaubte. «Müsstest du nicht gerade bei irgendeiner Ratssitzung in Basral sein?»

«Anam ist dort. Sie hat immer gesagt, sie sei keine Kämpferin. Aber in diesen Sitzungen hat sie weitaus mehr Kämpfe geführt als wir auf dem Schlachtfeld.»

«*Ich* wusste immer, dass sie eine Kriegerin ist.» Ein Lächeln umspielte meine Lippen, als ich mir vorstellte, wie sie sich mit den Mächtigen der anderen Königreiche anlegte und dabei ihr ganz eigenes Reich schuf.

Wir standen für einen Moment einfach so da und sahen zu, wie meine Schüler eine weitere Wiederholung durchliefen. Die Jungen und Mädchen führten alle eine Klinge, die mein Vater gefertigt hatte. Nun wurden die Waffen so genutzt, wie er es sich gewünscht hatte. Unsere Dorfschmiede war zu neuem Leben erwacht, mit einer neuen Aufgabe – genau wie ich.

«Du hast Besuch.»

Ich sah zu der Stelle, auf die Maz deutete – und erblickte Noor, die am Zaun lehnte. Sie hatte einen gesattelten Hengst neben sich und trug ihr Reisegepäck über der Schulter. Meine Brust zog sich zusammen, als ich sie sah. Ich richtete mich auf und löste mich langsam von Maz, obwohl er protestierend murrte.

«Leitest du die letzte Wiederholung für mich an?»

Mazin nickte und schenkte mir einen besorgten Blick. Dann trat er hinaus auf den Trainingsplatz und rief den Schülern Anweisungen zu.

Ich aber ging hinüber zu Noor. Rasch sprang ich über den Zaun und traf schließlich am Tor mit ihr zusammen.

«Deine Schule hat sich ganz schön gemacht», sagte sie und deutete mit einem Nicken auf den Übungsplatz. «Ziemlich beeindruckend.»

Ich folgte ihrem Blick und betrachtete meine Schüler mit Stolz.

«Ich wusste immer, dass du etwas Erstaunliches schaffen

würdest.» Sie sprach die Worte so leise aus, dass sie fast vom Wind weggetragen wurden.

«Ich bin mir nicht sicher, ob das wirklich so erstaunlich ist. Immerhin errichte ich kein Imperium oder so. Aber ich liebe es.»

«Du *errichtest* ein Imperium! Es besteht nicht aus Königreichen und Dschinn – aber das heißt nicht, dass es nicht mächtig wäre. Und es bedeutet auch nicht, dass du keine Kaiserin bist, die über all das herrscht.»

«Kaiserin? Das gefällt mir!»

Mein Grinsen verblasste, als ich ihr Reisegepäck und ihren Hengst betrachtete. «Und du?», wagte ich zu fragen. «Was wirst du tun?»

Sie seufzte tief und hob den Kopf der Sonne entgegen. Ihre kurzen, wilden Locken wehten im Wind. «Die Frage habe ich mir auch schon gestellt. Nachdem ich Anam und Mazin geholfen habe, die letzten Reste des Zoraats zu vernichten, gibt es in Basral keinen großen Bedarf mehr an Kräuterspezialistinnen.»

«Du wirst hier immer gebraucht werden», sagte ich leise.

Sie schenkte mir ein dankbares Lächeln. «Und ich würde nur zu gerne hierbleiben und für den Rest meines Lebens Gebirgspflanzen kultivieren, um alle Wehwehchen deiner Möchtegern-Assassinen zu heilen.»

«Schwertmeister! Nicht Assassinen», korrigierte ich sie.

Sie zog eine Braue hoch. «Wie du meinst. Ich weigere mich zu glauben, dass dies keine geheime Attentäter-Schule ist.» Sie pustete sich eine Haarlocke aus der Stirn und sah mich ernst an. «Ich wäre hier glücklich, Dania.»

Ich seufzte. «Aber das ist nicht genug.»

Sie schüttelte den Kopf. «Ich will die Familie meiner Mutter finden. Ich habe so viele unbeantwortete Fragen. Und bevor ich mich niederlasse, um eine Dorfälteste zu werden, möchte ich herausfinden, woher ich komme. Ich möchte meine Familie kennenlernen.»

«Also, hier wirst du jedenfalls immer eine Familie haben. Wann immer du zurückkommen willst.»

«Ich weiß. Und ich werde wiederkommen.» So standen wir in einträchtigem Schweigen da, bis Noor sich schließlich mit dem Rücken an den Zaun lehnte, mir einen Blick zuwarf und ein Kichern ausstieß.

«Was?» Ich schlug ihr auf den Arm.

«Ich musste nur daran denken, wie anders du aussahst, als ich dich das erste Mal gesehen habe: schmutzig und blutverschmiert! Du bist auf dem Boden deiner Zelle herumgekrochen und hast behauptet, ich wäre ein Ghoul.»

«Glaub mir – bei dir hat ein Bad auch *Wunder* gewirkt.» Ich schenkte ihr ein kleines Lächeln und erinnerte mich an den Moment, als wir uns kennenlernten. An all die Wut und Angst, die damals in mir wohnten.

Aber da war auch Sehnsucht. Der Traum, dass es noch etwas jenseits der Mauern unserer Zelle gab – mehr als das, wozu wir verurteilt waren. Noor hatte mir geholfen, das zu erkennen.

«Weißt du – in die falsche Richtung zu graben und dann in deiner Zelle zu landen, war das Beste, was mir je passiert ist.»

«Mir auch.»

Meine Augen brannten von den Dingen, die wir uns nicht sagten. Aber unsere Umarmung zum Abschied sagte mehr als alle Worte, die wir noch hätten aussprechen können.

Maz kam zu mir herüber – lange nachdem Noor weggeritten war. Er lehnte sich gegen den Zaun.

«Noor ist aufgebrochen?»

Ich atmete tief aus und sah zu ihm auf. Die Schatten in seinen Augen waren nicht ganz verschwunden, aber weniger geworden. Ich wusste, dass meine Augen auch so aussahen. Wut und Trauer hatten mir so viel genommen – aber sie hatten mir auch viel gegeben. Dass Mazin in seiner blauen Tunika in der Nachmittagssonne neben mir stand, war ein Geschenk. Und ich hätte niemals gedacht, dass ich es je bekommen würde. Noors Freundschaft war ein weiteres. Und obwohl mein Herz nicht wollte, dass sie ging, wusste ich, dass sie ihre Bestimmung finden musste – so wie ich meine gefunden hatte.

«Ja. Sie will die Familie ihrer Mutter finden.»

«Sie wird zurückkommen.» Seine Stimme klang so sicher, dass ich es kaum glauben konnte.

«Ich hoffe es.»

«Dani – ich glaube nicht, dass sich jemand lange von dir fernhalten kann.»

Ich hob eine Braue. «Damit meinst du gerade nur dich selbst.»

«Das stimmt wahrscheinlich. Ich halte es in Basral nie länger als einen Tag aus, ehe ich Rakhnas Schritte wieder hierher zurücklenke.»

«Oder vielleicht magst du einfach nur Afras Kochkünste.»

Er lachte, lang und herzhaft. Mein Herz machte bei dem Klang einen Sprung – so wie jedes Mal, wenn ich sein Lachen hörte. Wir waren zerbrochen. Verloren. Waren noch dabei, uns wieder zusammenzuflicken. Aber ganz langsam – mit jedem Lachen, jedem geflüsterten Wort und jedem sanften Kuss – fanden wir zu dem zurück, was wir einst zusammen gewesen waren.

Er beugte sich vor, und seine Augen verdunkelten sich unter meinem Blick. «Warum siehst du mich so an?»

«Wie sehe ich dich denn an?»

Langsam verzogen sich seine Lippen zu einem Lächeln, das mein Herz schneller schlagen ließ. «Als ob du mich entweder küssen oder erstechen willst. Ich kann das bei dir nicht immer genau sagen – aber aus irgendeinem Grund ist beides gleich aufregend.»

Ich lachte und zog dabei meinen Talwar aus der Scheide –

während er seinen Krummsäbel zog. «Sollen wir ihnen ein kleines Spektakel bieten?» Mit einem Nicken deutete ich in Richtung meiner Schüler. «Dann kannst du herausfinden, ob ich dich erstechen oder küssen wollte.»

Er grinste, sah mich aber weiter an. «Oder beides? Wenn ich mich schon erstechen lasse, sollte es danach besser auch Küsse geben.»

«Dann folg einfach meiner Führung.» Ich ging auf ihn zu, blieb aber stehen, als sein Blick ernst wurde.

«Dani – du weißt, dass ich dir überallhin folgen würde.»

Ich umfasste den Griff meines Schwertes fester. Hatte Angst, diesen Moment zu verlieren. Aber ich war mir meiner Gefühle für ihn noch nie so sicher gewesen wie jetzt. «Ich weiß.»

Unsere Klingen blitzten in der Nachmittagssonne und trafen sich in der Luft – wie alte Freunde.

Und als der Kampf vorbei war und die Schüler nach Hause gegangen waren, gab es nur noch ihn und mich. Wir heilten die Narben, die wir nicht sehen konnten. Und wir waren füreinander das, was wir in der Dunkelheit am meisten brauchten.

DANKSAGUNG

Ich hätte nie gedacht, dass ich einmal so weit kommen würde, in meinem eigenen veröffentlichten Roman eine Danksagung zu schreiben. Aber dank der folgenden Menschen ist das möglich geworden.

Als Erstes muss ich Mara Delgado Sánchez danken – und zwar für alles, was du getan hast, um dieses Buch ins Leben zu rufen. Dein Glaube an mich als Autorin und an diese Geschichte hat mich angetrieben und ist der Grund dafür, dass ich heute meinen Traum leben kann: eine veröffentlichte Autorin zu sein.

Dem ganzen Team von Wednesday Books, die dazu beigetragen haben, dass dieses Buch Wirklichkeit wurde, danke ich von ganzem Herzen. Mein besonderer Dank gilt Sara Goodman, Cassie Gutman, Meghan Harrington, Alexis Neuville und Brant Janeway.

An mein britisches Team bei PanMacmillan: Vielen Dank für euren Enthusiasmus und eure Unterstützung – und dafür, dass ihr so begeistert über meine Worte wart.

Der größtmögliche Dank geht an meine Agentinnen Laura Rennert und Paige Terlip. Laura, du bist so enthusiastisch und wahrscheinlich der netteste Mensch, den ich je getroffen habe. Und ich bin dankbar, dich an meiner Seite zu haben. Paige, ich kann gar nicht glauben, dass ich das Glück hatte, eine Agentin wie dich zu finden – jemanden, der perfekt zu mir passt, ein echtes Arbeitstier durch und durch. Danke für alles, was du für mich getan hast. Ich kann es kaum erwarten, eines Tages mit dir auf einem Schloss irgendwo in Schottland mit Champagner anzustoßen.

Es gibt so viele Menschen, denen ich danken muss. Menschen, die dazu beigetragen haben, dass dieses Buch möglich wurde, und die meine Karriere unterstützt haben - ohne euch wäre ich gar nicht an diesem Punkt.

An Cheryl Binnie, die sich kopfüber in dieses Buch gestürzt hat und mir das aufschlussreichste und fantastischste Feedback gab, das ich je bekommen habe: Du hast diese Geschichte geformt und sie zu dem gemacht, was sie ist. Ich werde dir bis ans Ende der Zeit mein Schreiben anvertrauen, und ich bin so dankbar, dass ich dich bei diesem kleinen Retreat in Schottland getroffen habe.

Danke an Adrienne Young - deine Großzügigkeit, was deine Zeit und deine Ratschläge angeht, kennt keine Grenzen. Und alles, was du für die Writing Community tust, versetzt mich in Erstaunen. Du hilfst Schreibenden wie mir, daran zu glauben, dass sie es schaffen können, dass sie ihre Träume in die Realität umsetzen können. Vielen Dank für alles, was du und deine *Writing With the Soul*-Community getan haben.

Meiner *Writing With the Soul*-Community danke ich für ihre Worte und Kommentare zu meinen frühen Entwürfen dieses Buches und für die Unterstützung, die sie meinem Roman geschenkt hat. Besonderer Dank gilt den Teilnehmenden des Storytellers Retreat in Schottland und Saltwater Farms, insbesondere Erynne, Jamye, Morgan, Gretchen und Rachelle.

Kristin Dwyer: Obwohl ich immer noch nicht glauben kann, dass wir echte Freundinnen sind, freue ich mich so sehr, deine Vielleicht-Freundin zu sein und dir gelegentlich Textnachrichten / Sprachnotizen schicken zu können, in denen ich mich einfach mal auskotze, während du mich aufziehst. Wenn ich so darüber nachdenke, könnte das tatsächlich echte Freundschaft sein.

Danke an Naomi Louise Jenkins: Ich hätte nie gedacht, dass die Begegnung mit einer anderen Schriftstellerin in einer Diskussionsgruppe zum Podcast *88 Cups of Tea* zu einer der wichtigsten Freundschaften meines Lebens führen würde. Aber ich bin so dankbar für dich und deinen Glauben an mich als Autorin.

Danke an meine Anwaltsfreunde: Melanie Pituch, Samantha Boyce Bal, Delna Contractor, Jesse Bonner, Kay Turner, Maria-Rose Spronk Johnson und Elise Doherty. Eure Unterstützung bedeutet mir sehr viel. Ich bin mir ziemlich sicher, dass ihr die Hälfte der Zeit nicht wisst, wovon ich überhaupt rede, wenn es um Bücher und das Verlagswesen geht – und trotzdem hört ihr mir zu und unterstützt mich bei allem. Ich liebe euch, Leute.

Vielen Dank an Diane Meronyk, Maureen MacKenzie, Nikita Oliver-Lew, Ilana Davine und Paul Johnson, deren Freundschaft und Unterstützung über die Jahre hinweg wie ein Rettungsanker war.

Danke an meine Geschäftspartnerin und Arbeitsehefrau Holly McCord Lonseth: Ich bin so dankbar, dass du mich unterstützt und ich mit dir zusammen ein Unternehmen gründen konnte, das unsere jeweiligen Träume und Ziele fördert. An meine Assistentin Caleigh Hunt: Girl, du weißt, dass ich das alles nicht ohne dich hätte schaffen können.

Danke an Jena Colpitts – es gibt niemanden, mit dem ich lieber lustige Memes zum Thema Recht austauschen würde. Du machst mein Leben unendlich viel besser.

An Siobhan Keller, die eine meiner größten Unterstützerinnen und Cheerleader ist: Du passt auf mich auf, bist fast schon wie eine Schwester – danke für alles.

Vielen Dank an den Canada Council for the Arts, der das Schreiben dieses Buches mit einem Stipendium unterstützt hat.

Ich danke den Autorinnen und Autoren, die so großzügig waren, Zitate für den Einband zu verfassen, und die das Projekt unterstützt haben, indem sie sich die Zeit genommen haben, mein Buch in verschiedenen Versionen zu lesen. Ein besonderer Dank geht an Judy I. Lin (vor allem für unsere Abendessen, die waren großartig), Adalyn Grace, Stephanie Garber, Rachel Griffin, Ashley Woodfolk (die DIE BESTEN Ratschläge gibt) und Akshaya Raman.

Vielen Dank an Susan Dennard, deren weise Worte und Ratschläge mir dabei geholfen haben, diese Reise als Debütautorin zu meistern.

Mein besonderer Dank gilt meinen Sensitivity Readern Sidrah Rana und Aamna Qureshi: Ohne euch wäre das Buch nicht das, was es ist. Und ich bin euch sehr dankbar für euer Wissen und eure Erfahrung.

An meine 2019 Pitch Wars Crew: The Writing Folk. Ich habe das Gefühl, euch schon mein ganzes Leben lang zu kennen, und kann nicht glauben, dass wir uns nur durch reines Glück gefunden haben. Ich wüsste nicht, was ich ohne euch und die Unterstützung, Liebe und Freundschaft, die ihr mir gegeben habt, tun würde. Jeden Tag mit euch zu chatten, hat mich zu der Schriftstellerin gemacht, die ich bin – und ich bin die glücklichste Schriftstellerin der Welt, weil ich euch habe. Sami Ellis, Vaishnavi Patel, Elora Ditton, Kaitlyn Hill, Amanda Helander, Anita Kelly, Anna Sortino, Avione Lee, Briana Johnson, Briana Milano, Brighton Rose, Gigi Griffis, Hugh Blackthorne, Kat Hillis, A. Y. Chao, Lani Frank, Mara Shatat, Piper Vossy, Siana LaForest, Cate Baumer, LC Milburn, Chandra Fisher, Sarah Mughal Rana, Tanvi Berwah, Molly Steen, Maiga Doocy, Ridley Adams, Kate Dylan, Victor Manibo, Angel Di Zhang, Katie Bohn und Sophia Mortensen – ihr seid meine Schriftstellerfamilie. Viele von euch haben die ersten Seiten dieses Buches und viele Variationen davon gelesen. Und ich liebe euch über alles, weil ihr mir geholfen habt. Mein besonderer Dank gilt LC Milburn und Chandra Fisher, die buchstäblich jeden Entwurf gelesen und so viel von ihrer

Zeit und ihrem Wissen zur Verfügung gestellt haben. Angel Di Zhang – ich werde nie deinen Kommentar zu meinem frühen Entwurf vergessen, in dem du einen Witz unterstrichen und gesagt hast: «Das ist sehr lustig.» Dieses Kompliment werde ich wahrlich mit ins Grab nehmen. Danke an Vaishnavi Patel, die immer weiß, wann sie mir eine SMS schicken muss, um mich aufzumuntern, und deren Zitat auf dem Einband ich, wenn ich ehrlich bin, am liebsten auf meinen Grabstein graviert haben möchte.

An Sami Ellis: Ich glaube nicht, dass es dieses Buch ohne dich gegeben hätte. Du hast mir geholfen, es von dem Samenkorn einer Idee zu einem vollwertigen Plot zu machen – und ich habe das Gefühl, dass jeder Schreibende etwas verpasst, wenn er dich nicht als Brainstorming-Partner hat. Ein besonderer Dank geht an Lani Frank, die für den Titel dieses Buches verantwortlich ist. Ehrlich gesagt bekomme ich jedes Mal eine Gänsehaut, wenn ich ihn laut ausspreche.

Sarah Mughal Rana – man kann gar nicht in Worte fassen, was du für mein Schreiben und mein Leben getan hast. Du hast dieses Buch mitgestaltet, aber auch meine Verbindung zu einem Erbe und einer Kultur unterstützt und gefördert, von der ich dachte, dass ich sie nie haben könnte. Ich lerne jeden Tag so viel von dir und habe keine Ahnung, was ich ohne dich getan hätte – dieses Buch gäbe es mit Sicherheit nicht ohne dich. Danke, danke, danke.

Ich danke meinen Brüdern Karlo und Richard für all ihre Liebe und Unterstützung.

An meinen Ehemann Andrew Buchan: Ich habe den ersten Entwurf dieses Buches im Mutterschaftsurlaub geschrieben, umgeben von einem Baby und einem Kleinkind. Und ich hätte meine schriftstellerischen Ziele niemals verfolgen können, wenn du mich nicht unterstützt hättest. Ich bin dir dankbar für jeden Tag, an dem du mit den Kindern aus dem Haus gegangen bist, damit ich schreiben konnte. Für die Hotelzimmer, die du für mich gebucht hast, wenn die Deadline bevorstand. Und für die Art und Weise, wie du an mich und meine Träume geglaubt hast. Ich wäre nicht in der Lage gewesen, Bücher zu schreiben, wenn ich dich nicht an meiner Seite gehabt hätte – und ich bin dir an jedem einzelnen Tag dankbar dafür.

Für meine Mutter, die plötzlich auftauchte, als ich mit meinem ersten Baby im Mutterschaftsurlaub war, mich aus dem Haus warf und mich zwang, eine Auszeit zu nehmen und zu schreiben: Du hast mir beigebracht, dass es sich lohnt, meine Träume zu verfolgen. Und du hast mich auf dem Weg dorthin unterstützt. Wir haben so unendlich viel Glück, dich zu haben. Und du erinnerst mich immer wieder daran, dass es mächtig, wichtig und wertvoll ist, Kunst zu schaffen.

Für meine Kinder Thomas und Zora: Ihr seid der Grund dafür, dass ich überhaupt schreibe. Und ich hoffe, dass ich auch nur einen Fingerhut voll von der Fantasie einfangen kann, die ihr beide habt. Ihr seid der Grund für alles, was ich tue, und ich liebe euch über alles.

GLOSSAR

AMMA	Mutter
AZI	Drache, manchmal mit drei Köpfen und sechs Augen dargestellt
BABA	Vater
BETI	Tochter
CHAI	Gewürztee
DAL KACHORIS	kleine gefüllte und frittierte Teigtaschen; die Füllung besteht oft aus Linsen oder Bohnen
DUPATTA	sehr langer und breiter Schleier, Teil der weiblichen Bekleidung in Indien und Pakistan
GHEE	geklärte Butter
HALMASTI	wolfsartiges Fabelwesen
HALEEM	dicker Eintopf aus Getreide, Linsen und Fleisch
JALEBI	frittierter Teig, der in süßen Sirup getunkt wurde
KARAHI	Eintopf aus Fleisch und Gemüse, benannt nach dem Topf, in dem er gekocht wird
KATAR	Faust- oder Stoßdolch, den man über die Finger zieht
KHOPESH	altägyptisches Sichelschwert
KIRPAN	Krummdolch

KOFTGARI	Verzierungstechnik / Intarsien aus Gold auf Stahluntergrund
KURTA	kragenloses Hemd
LEHENGA	ein Rock, der in Kombination mit einem bauchfreien Oberteil und Dupatta getragen wird
MATKA	Kochtopf aus Ton
NIHARI	pakistanischer Schmoreintopf
PAKORA	in Kichererbsenteig frittiertes Gemüse, Käse oder Fleisch
PARATHA	ungesäuertes Fladenbrot, hergestellt mit Ghee
ROTI	weiches Fladenbrot aus Mehl
SAAB	respektvolle Anrede, vor allem für ältere Personen von jüngeren
SAHIB	respektvolle Anrede für Männer
SAHIBA	respektvolle Anrede für Frauen
SAIF	Säbel
SHALWAR KAMIZ	Kombination aus langem, bis zur Hüfte geschlitztem Hemd (Kamiz) und Hose (Shalwar); dazu kann auch ein Dupatta getragen werden
SHERWANI	langärmeliger, geschlossener Mantel
TABLA	Handtrommel, charakteristisch ist der schwarze Punkt auf der Schlagfläche
TALWAR	schlanker Krummsäbel
TIKKA	Haarschmuck für Frauen; oft eine Schmuckkette, die über den Scheitel reicht und auf der Stirn endet